T0258435

Rudyard Kipling (1865-1930) nació en Bombay, India. A los seis años fue enviado a estudiar a Inglaterra y en 1882 regresó a su país natal, donde trabajó como editor para la *Civil and Military Gazette* de Lahore hasta 1889. De su obra narrativa cabe destacar *La luz que se apaga* (1891), *El libro de la selva* (1894), *Capitanes intrépidos* (1897), *Stalky & Cía.* (1899) y *Kim* (1901). También es notable su obra poética, con títulos como *Baladas del cuartel* (1892) y *Las cinco naciones* (1903). Viajó por Asia y Estados Unidos, se casó con Caroline Balestier, y vivió un tiempo en Vermont. En 1902 se estableció definitivamente en Sussex, Inglaterra, y en 1907 se le concedió el Premio Nobel de Literatura. Kipling fue uno de los autores más populares y respetados de su época, uno de los grandes escritores del crepúsculo victoriano.

Kaori Nagai es profesora de literatura inglesa en la Universidad de Kent. Se ha especializado en estudios coloniales y poscoloniales del siglo XIX y principios del XX, centrando su investigación en las obras de Rudyard Kipling.

Jordi Beltrán ha traducido un buen número de obras y a diversos autores, entre los que se cuentan los Premio Nobel Rudyard Kipling y V. S. Naipaul y Roald Dahl, Patricia Highsmith o Robert Louis Stevenson.

PREMIO NOBEL DE LITERATURA

RUDYARD KIPLING

El libro de la selva

Introducción de
KAORI NAGAI

Traducción de
JORDI BELTRÁN

PENGUIN CLÁSICOS

Primera edición: noviembre de 2015
Tercera reimpresión: enero de 2020

PENGUIN, el logo de Penguin y la imagen comercial asociada son marcas registradas
de Penguin Books Limited y se utilizan bajo licencia.

Printed in Spain – Impreso en España

ISBN: 978-84-9105-067-4
Depósito legal: B-21.429-2015

Compuesto en M. I. maqueta, S. C. P.

Impreso en Liberdúplex
Sant Llorenç d'Hortons (Barcelona)

PG 2 6 7 6 4

Penguin
Random House
Grupo Editorial

ÍNDICE

El libro de la selva

El segundo libro de la selva

INTRODUCCIÓN

Escribir «libros de la selva» es harto difícil. Tengo que traducir el lenguaje de los animales y el de la selva a un inglés sencillo y comprensible y, puesto que los animales utilizan palabras combinadas como las que Humpty-Dumpty dirigía a Alicia a través del espejo, cuesta mucho traducirlas. Cuando un tigre o un oso dice «Grrr» en tono agudo quiere decir algo muy distinto de «Grrr» en tono grave, y cuando dice «¿Grrr?», como si estuviera formulando una pregunta, significa otra cosa. Y lo mimo ocurre cuando [dice] «Grrr-rrr» con una pausa en medio.

Donde ahora vivo, en Estados Unidos, tenemos muchísimos animales, pero no son criaturas de la selva. Tenemos zorros y, de vez en cuando, un oso mata un ternero o un jabalí...[1]

I

El libro de la selva es una recopilación de dos colecciones de relatos, *El libro de la selva* (1894) y *El segundo libro de la selva* (1895), el fruto más importante de la etapa estadounidense de Kipling (1892-96) cuando vivía en Brattleboro, Vermont, hogar de su esposa Caroline («Carrie»), con quien hacía poco que se había casado. En su autobiografía *Algo de mí mismo*, obra póstuma publicada en 1937, Kipling recuerda cómo «en la incierta calma del invierno del 92», su daimon, su impulso creativo, que estuvo «con él» durante todo el proceso de escritura de *El libro de la selva*, lo llevó a escribir «Los hermanos de Mowgli»: «Tras esbozar el argumento principal, la pluma hizo el resto, y vi cómo empezaba a escribir historias sobre Mowgli y los animales, que luego se convertirían en *El libro de la selva*».[2] Cabe destacar que dicho proceso coincidió con el mágico y espontáneo florecimiento de su nueva familia, que además los inspiró. Las ideas iniciales sobre las obras le vinieron a la mente mientras Carrie estaba embarazada de su primera hija, Josephine, y la segunda, Elsie, nació en 1896, poco después de terminar *El segundo libro de la selva*. Favoreció su creatividad la vida tranquila en la región montañosa de Vermont, famosa por su belleza natural y su clima saludable, donde construyó su primera casa, Naulakha, en la que escribió y revisó la mayor parte de los relatos de *El libro de la selva*.

Fue en esa época, la más feliz y productiva de su vida, cuando Kipling, a quien se alababa por su capacidad para identificarse con «cualquier cosa o persona sobre la que escribía»,[3] se aventuró a adentrarse en el mundo de los animales y a ponerse en su piel. Rosemary Sutcliff, una famosa escritora de obras infantiles, al recordar su experiencia cuando de niña leyó *El libro de la selva*, se maravilla de «cómo alguien que no anda a cuatro patas ni tiene el cuerpo cubierto por un pelaje aterciopelado de color ébano puede estar tan seguro de lo que siente una pantera negra».[4] El fragmento introductorio, extraído de una carta que Kipling escribió en respuesta a la que le envió un admirador de corta edad desde Inglaterra en 1895, capta de forma interesante hasta qué punto el escritor, al «traducir» el lenguaje de los animales al inglés, producía sonidos casi iguales a los de los propios animales, mientras que *El libro de la selva* se fusiona, mediante de la figura de Humpty-Dumpty, con el mundo de *A través del espejo*, que Kipling suponía que el niño había leído. Al escribir sobre los animales y como ellos, Kipling perseguía ser admitido de nuevo en el mágico y privilegiado universo de los lectores infantiles, cosa que también se aprecia en el tono fraternal con el que se dirige al niño. Algunos de los primeros relatos de *El libro de la selva* los escribió para la revista *St Nicholas*, una publicación infantil muy popular en Estados Unidos editada por Mary Mapes Dodge y que Kipling había disfrutado mucho leyendo. Le encantaba el reto de crear historias para niños, a quienes consideraba un público «bastante más importante y exigente» que el de los adultos.[5]

El libro de la selva, escrito en el momento culminante del poder imperial británico, invita inevitablemente a ser considerado una alegoría de la ideología imperialista del autor; de ahí la reputación de Kipling de «bardo del Imperio». No obstante, incluso quienes detestan a Kipling por su imperialismo son capaces de hacer una excepción con sus dos obras más famosas para niños, *El libro de la selva* y *Solo cuentos (para niños)* (1902), y considerarlos los únicos «que merece la pena leer».[6] En particular, *El libro de la selva*, quizá la más conocida de las obras maestras de Kipling, ha tenido un impacto más trascendental en nuestra fantasía con la creación de Mowgli, el niño lobo. Su estructura, que integra la saga de Mowgli en otras historias más realistas de animales, representa el encuentro entre sueño y realidad; con ello Kipling buscaba construir una esfera infantil de juego e imaginación, lejos del mundo laboral de los adultos, con la forma de la selva de Mowgli. Incluso cuando las obras «para adultos» de Kipling perdieron rápidamente su popularidad al mismo tiempo que se iniciaba el declive de la hegemonía del Imperio británico en la primera mitad del siglo XX, *El libro de la selva* permaneció en las estanterías de las habitaciones infantiles y se convirtió prácticamente en sinónimo de la alegría de la infancia y de la lectura. Es posible que los lectores actuales lo hayan conocido a través de la versión de dibujos animados de Disney (1967) y sus spin-off que, aunque apenas captan la complejidad del original de Kipling, han desempeñado un importante papel a la hora de difundir el mito de Mowgli y las imágenes de animales salvajes que lo acompañan como parte fundamental de una infancia feliz.

Uno de los primeros borradores de «Los hermanos de Mowgli» revela que originalmente Kipling situó la selva en «los montes Aravulli», en el estado de Mewar en Rajputana (actual Rajastán), al noroeste de la India.[7] Kipling conocía bien esa zona, ya que la había visitado en 1887 como enviado especial del *The Pioneer*, el periódico para el que entonces trabajaba en la India. Sin embargo, pronto trasladó la ubicación de la selva a «los montes de Seeonee» en el centro de la India, que jamás había visitado, y se dice que, para describir la zona, recurrió en gran medida a la obra de Robert Armitage Sterndale *Seonee or Camp Life on the Satpura Range* (1877).[8] Así, durante el proceso de escritura de *El libro de la selva*, Kipling tomó la decisión deliberada de distanciarse de sus propias experiencias en la India reubicando la selva de Mowgli, como si con ello quisiera reproducir su reciente traslado a Estados Unidos. De ese modo, sus profundos conocimientos y experiencias de la India se reordenaron para adquirir nuevas formas de expresión, en las que al paisaje de la India se superpuso el de Estados Unidos, países ambos poblados por «muchísimos animales».

Resulta significativo que la ubicación en la India y la creación de un joven héroe permitan a Kipling revivir su propia infancia en la India colonial, donde había pasado sus primeros años. Igual que Mowgli, Kipling, un niño angloindio, se consideraba morador de dos mundos. Pertenecía al mundo de sus padres ingleses, del que procedía su autoridad como niño inglés, mientras que disfrutaba de la compañía de sus sirvientes indígenas con quienes exploraba el mundo indio, exótico y lleno de color, con sus «días de luz clara y de oscuridad».[9] John McBratney lo llama «espacio feliz» de la infancia, un breve período de tiempo durante el que un niño inglés nacido en la India, inmerso en la lengua y la cultura autóctonas, pudo disfrutar de una verdadera fraternidad con los nativos, ajeno todavía a las políticas de jerarquía racial de los adultos.[10] Al mismo tiempo, *El libro de la selva*, que termina cuando Mowgli alcanza la madurez y abandona la selva para entrar en el mundo de los humanos, la presenta como un lugar lleno de nostalgia, una infancia perdida muy atrás en el tiempo a la que los adultos evocan con reverencia. La maravillosa infancia del propio Kipling en la India terminó de forma abrupta cuando a los cinco años lo enviaron a Inglaterra para ser escolarizado. El trauma del desarraigo de la India y la época de desdicha que vivió en el hogar de la familia que lo acogió en Southsea, al que llamaba «Casa de la Desolación», fueron trasladados a la ficción con gran acierto en su relato semiautobiográfico «Baa Baa Black Sheep» (1888), mientras que en *El libro de la selva* sus queridos recuerdos de la India y la irreparable sensación de pérdida de la que jamás se recuperó quedan bellamente sublimados con un mito universal de la infancia.

Vermont fue el nuevo jardín del edén de Kipling, y la selva de Mowgli lo refleja de distintas maneras. Allí fue felizmente ajeno a las inminentes desdichas y tragedias que le sobrevendrían, pero la vida idílica en Vermont resultó durar menos que la infancia de Kipling en la India. La creciente tensión con su cuñado y vecino Beatty Balestier lo obligó a abandonar Estados Unidos con su familia en agosto de 1896. Cuando los Kipling visitaron el país en 1899 el escritor y su hija Josephine cayeron gravemente enfermos durante el viaje y ella murió mientras él estaba aún convaleciente. Después de esa tragedia, Kipling jamás regresó a Estados Unidos, y Vermont se convirtió en otro paraíso perdido.

II

La base sobre la que se fundamentó la temprana reputación de Kipling fue su papel de narrador de historias del pueblo indio. Escribía no solo acerca de una amplia variedad de «nativos» de diferentes razas y condiciones, sino también sobre los angloindios que servían a su país en la India. Kipling denomina a unos y otros «mi propia gente», y lo hace con gran cariño y un fuerte sentido de la camaradería, como bellamente queda reflejado en su epígrafe de *El hándicap de la vida* (1891): «Me crucé con cien hombres en el camino a Delhi y todos ellos eran mis hermanos».[11] En *El libro de la selva*, Kipling vuelve su mirada hacia los animales, también «hermanos» queridos con los que se encontró durante su viaje por la India y más allá. Al igual que el narrador de *El hándicap de la vida*, que recopilaba relatos «en todas partes y entre toda clase de personas», el narrador de *El libro de la selva* reconoce en el prefacio (pp. 61-2) su «deuda» para con los diversos animales que le proporcionaron de primera mano relatos de historias maravillosas —elefantes, un mono, un puerco espín, un oso, una mangosta y muchos otros que desean «permanecer en el más riguroso anonimato»—, y se presenta a sí mismo como un simple «recopilador» de esas asombrosas historias. Así pues, desde este punto de vista *El libro de la selva* es una versión animal de *El hándicap de la vida*. De hecho, Limmershin, el Reyezuelo Invernal, un «pajarillo muy raro» que «sabe decir la verdad» y que se identifica como el informador de «La foca blanca», recuerda en cierto modo a Gobinda, un viejo cuentacuentos indígena de *El hándicap de la vida*, que suele proporcionar al narrador historias «reales» aunque no necesariamente aptas para ser publicadas.[12]

El libro de la selva es, en primer lugar y ante todo, una historia de animales, cuya vida va íntimamente ligada a la sociedad humana y a los asuntos del Imperio británico. «Toomai de los Elefantes», por ejemplo, nos permite comprender la vida de Kala Nag, que «había servido al gobierno indio, de todas las maneras en que un elefante puede servir» (p. 191) durante cuarenta y siete largos años, así como la de cuatro generaciones de *mahouts*, también fieles al gobierno, que tuvieron buen cuidado de él. Muchos de los personajes del reino animal de Kipling están inspirados en los animales que conoció en la India. Por ejemplo, «una mangosta completamente salvaje», según

Kipling, «solía acercarse y sentarse en [su] hombro en [su] despacho de la India»,[13] y se convirtió en el modelo de la epónima heroína de «Rikki-Tikki-Tavi». Los maliciosos *Bandarlog*, el Pueblo de los Monos de los relatos de Mowgli, recuerdan un artículo que Kipling escribió sobre un grupo de monos de Simla —«La ladera del monte cobra vida con su clamor»— que mandó «una comisión» y lo interrumpió cuando estaba escribiendo en su galería.[14] La propia foxterrier de Kipling, Vixen, aparece como perrita del narrador en «Los sirvientes de Su Majestad»: corretea «por todo el campamento» (p. 231) en busca de su dueño, evocando felices recuerdos de la época que Kipling pasó junto a ella en la India.

En muchos aspectos, *El libro de la selva* puede considerarse una versión imaginativa del libro del padre de Kipling *Beast and Man in India* (1891), en el que describe al detalle los animales de la India «en sus relaciones con la gente».[15] John Lockwood Kipling, artista e ilustrador de gran talento, trabajó en Bombay y más tarde en Lahore como profesor y conservador de museo, desde 1865 hasta 1893. Padre e hijo compartían idénticas sensibilidad y adoración hacia los animales, y sus trabajos se solapan de forma significativa. Kipling escribió nueve epígrafes en verso y dos poemas para el libro de su padre —sobre monos, asnos, búfalos, bueyes y demás—.[16] Para exhibir los escritos de su hijo sobre animales, el orgulloso padre citaba larguísimos fragmentos de artículos de periódico de Rudyard, y se ocupó de la publicación íntegra de una de sus baladas del cuartel, *Oonts!* (1890) pues, a decir de Kipling padre, esta captaba de forma «vívida y verdadera» la relación entre el soldado británico y el camello.[17]

A su vez, Kipling buscó libremente inspiración en el libro de su padre y materiales con los que escribir sus historias de animales. Además, John Lockwood Kipling colaboró como ilustrador en *El libro de la selva*, y pasó a ser ilustrador único en *El segundo libro de la selva*. *El libro de la selva* fue, pues, fruto de la colaboración familiar, como tantos proyectos imperiales.

En el siglo xix la figura del animal salvaje gozaba de gran popularidad, ya fuera en libros de historia natural o en literatura de caza, dado que la exploración y la explotación de la naturaleza formaban parte esencial de la expansión colonial británica. Kipling, al escribir *El libro de la selva*, se apoya considerablemente en esta tradición. En este sentido, una de sus fuentes es la obra de R. A. Sterndale *Natural History of the Mammalia of India and Ceylon* (1884), y el encuentro de Mowgli con el tigre Shere Khan está en la línea de la literatura colonial de caza, que se recrea en la emoción de cazar grandes animales. Durante este período hubo también muchos relatos «fantásticos» en los que aparecían animales, como *Alicia en el país de las maravillas* de Lewis Carroll (1865) y su secuela *A través del espejo* (1871). Estos relatos, como los de Mowgli, situaban el paso de la niñez a la edad adulta en un mundo de animales parlantes. Kipling, en *Algo de mí mismo*, se refiere a «el vago recuerdo de los leones de la Masonería de la revista de [su] infancia» como fuente de inspiración para *El libro de la selva*, junto con «una frase» de *Nada, el lirio* de Rider Haggard (1892), que contiene un episodio de dos hombres que se convierten en reyes de lobos fantasma.[18] La fuente citada en primer lugar se ha identificado como *King Lion* de James Greenwood, publicado por entregas en *Boy's Own Magazine* de enero a diciembre de 1864.[19]

En *El libro de la selva*, Kipling combinó las versiones populares de los animales exóticos del territorio colonial con el mundo de fantasía de los animales parlantes, y de este modo elevó el viejo género de los cuentos de animales a un nuevo estadio. Por encima de todo, Kipling fue aplaudido por sus vívidas descripciones de animales, que «ayudan [a los lectores] a entrar, mediante el poder de la imaginación, en la naturaleza misma de las criaturas»,[20] Además, fue pionero en la presentación de los animales salvajes como personajes con nombres que los identificaban y con numerosas e interesantes historias que contar. Si bien ya existía la obra de Anna Sewell *Belleza Negra*

(1877), donde se describe gráficamente la crueldad humana con los caballos desde el punto de vista de uno de ellos, hasta entonces ningún escritor se había mostrado comprensivo con los animales salvajes. *El libro de la selva* creó un mercado y despertó el gusto por esta clase de relatos, allanando así el terreno a escritores naturalistas como Ernest Thompson Seton y Charles G. D. Roberts, quienes desarrollaron el género de ficción animal realista, e impulsando a la vez la aparición de cuentos fantásticos sobre animales parlantes en libertad, entre los que se encuentran los libros de Perico el Conejo de Beatrix Potter (1902-12) y *El viento en los sauces* de Kenneth Grahame (1908). Tal como Kipling recuerda en *Algo de mí mismo*, *El libro de la selva* engendró «auténticos zoos [de imitadores]»; según Kipling, uno de esos imitadores es el escritor estadounidense Edgar Rice Burroughs, el autor de *Tarzán de los monos* (1912), quien «improvisaba sobre el tema de *El libro de la selva* cuando tocaba jazz, y supongo que se lo pasaba muy bien».[21]

A los animales de Kipling se los ha acusado de inexactos, o de «francamente humanizados».[22] Tal como dice Seton: «Puesto que Kipling no tenía conocimientos de historia natural, y no hace ningún esfuerzo por exponerlo, y puesto que, además, sus animales hablan y viven como humanos, sus relatos no son relatos de animales en un sentido realista: son bellos y maravillosos cuentos de hadas».[23] El verdadero ingenio de *El libro de la selva*, sin embargo, reside en la combinación de relatos realistas de animales, situados en el mundo contemporáneo, con la consagrada tradición de las fábulas de animales. En estas, sobre todo en la tradición literaria occidental, los animales se crean para representar tipos humanos, y sus historias son, tácitamente, reflexiones o sátiras de aspectos diversos de la sociedad humana. Este desdoblamiento de la figura animal nos permite leer *El libro de la selva* como una alegoría de, por ejemplo, el imperialismo, la política racial, la infancia o cualquier otro tema que nos interese encontrar en el texto. En cuanto se publicó *El libro de la selva* Kipling fue aclamado como el Esopo de su época.

Es más, en el siglo XIX las fábulas de animales —como ocurre en el folclore oriental y africano— se consideraban documentos antropológicos vitales que arrojaban luz sobre los orígenes de la especie humana. Se creía que originariamente habían sido transmitidos de boca en boca por salvajes primitivos, que todavía no se diferenciaban a sí mismos de los otros animales, y para cuyas mentes «el animal semihumano no es ninguna criatura ficticia» sino una realidad.[24] Kipling escribió sus relatos sobre la selva con la idea de las fábulas de animales en mente, y «[le] parec[ía] algo nuevo en el sentido de que se trataba de una idea muy antigua y olvidada».[25] En gran medida influían en él los cuentos jataka, fábulas y parábolas budistas que tratan de las encarnaciones previas de Buda tanto en forma humana como animal, así como los cuentos de «los cazadores indígenas de la India actual», la mayoría de los cuales, según Kipling, pensaban «de forma muy parecida a como lo hace un cerebro de animal». Así pues, había «"plagiado" libremente sus cuentos».[26] Otra fuente de inspiración fue la obra de Joel Chandler Harris *Uncle Remus* (1881), basada en fábulas de animales de la tradición «negra» recogidas en el sur de Estados Unidos, donde figura el famoso embaucador Brer Rabbit. *Uncle Remus* fue un best seller cuando Kipling iba a la escuela, y según decía en una carta a Harris: «... los dichos de los nobles animalitos de *Uncle Remus* se propagaron como un voraz incendio por la escuela pública inglesa cuando [él] tenía alrededor de quince años».[27]

Los préstamos del antiguo género de las fábulas de animales dotaron de una cualidad mítica a los relatos de *El libro de la selva* de Kipling, quien los creó, según J. M. S. Tompkins, para explorar «el mundo de lo salvaje y lo extraño, lo antiguo y lo lejano».[28] *El libro de la selva* nos traslada a nuestros orígenes primigenios, «extraordinariamente diversos, agrestes y remotos»,[29] donde las fieras proporcionan un vínculo esencial con la naturaleza animal del ser humano y con etapas primitivas, mientras que Mowgli es la expresión del regreso del hombre a lo arcaico y a su exploración. Es más, al emplazar *El libro de la selva* principalmente en la India, Kipling sitúa sus historias en la tradición oriental de la fraternidad universal entre las criaturas vivientes. En la época de Kipling a nadie extrañaba que en las fábulas indias o budistas «a los animales se les permit[iera] actuar como animales», puesto que los orientales creían en la transmigración del alma a través de la reencarnación, que «borra las diferencias entre el hombre y el animal, y que en todo lo viviente ve a un hermano».[30] «El milagro de Purun Bhagat» es un bonito ejemplo de ello: un santón traba amistad con criaturas salvajes que más tarde le advierten del peligro de un inminente desprendimiento de tierras, permitiéndole de ese modo que salve a los aldeanos. El hombre se dirige a sus amigos animales con las palabras «*Bhai! Bhai!*» (p. 278), es decir, «¡Hermano! ¡Hermano!», y esa llamada que conecta al hombre con las fieras resuena a lo largo de todos los relatos de Mowgli, a quien los animales reciben como a un hermano.

La India es el lugar de origen del *Panchatantra*, una de las colecciones de fábulas de animales no solo más antiguas conocidas hasta la fecha, sino además más difundidas y repetidas por todo el mundo, por lo que han ido cambiando a lo largo de su recorrido: La Fontaine, por ejemplo, reconoce su deuda con las antiguas fuentes indias a la hora de escribir sus fábulas.[31] El estrecho vínculo entre *El libro de la selva* y las fábulas de animales de la India es evidente en «Rikki-Tikki-Tavi», un relato que recuerda el de «El brahmán y la mangosta» del *Panchatantra*, en el que una mangosta doméstica lucha con una serpiente y la mata para defender al bebé de su amo. Asimismo, «El *ankus* del rey», en el que Mowgli es testigo de cómo unos hombres se matan entre sí por una aguijada para elefantes cubierta de piedras preciosas, se hace eco de «El cuento del perdonador» de Chaucer, cuya fuente original se dice que fue el cuento jataka «Los ladrones y el tesoro». De hecho, Kipling, en una carta de 1905, rebatía la sugerencia de que «El *ankus* del rey» era una adaptación de «El cuento del perdonador», ya que conocía una versión india de la historia: «No recuerdo una época en que no conociera esa historia. Supongo que la aprendí como un cuento de hadas de mi niñera de Bombay». Para Kipling «Chaucer era un advenedizo» en la antigua tradición fabulística original de la India, en la que él se inspiró directamente.[32]

Los relatos de *El libro de la selva*, que están conectados con el resto del mundo gracias a la tradicional transmisión de fábulas de animales, están tejidos en torno a un fuerte sentido del cosmopolitismo, de la conciencia de que hay —por citar el título de la colección de relatos de Kipling publicada en 1917— «una diversidad de criaturas» que coexisten y comparten el mismo mundo. Kipling se esmera en mostrar hasta qué punto el reino animal, en apariencia atemporal y mítico, está, de hecho, íntimamente relacionado con el mundo contemporáneo y en proceso de una rápida globalización. En «Los enterradores», por ejemplo, el Marabú describe desde la orilla de un río de la India las sensaciones que experimentó al «tragarse un trozo de hielo, de siete libras de peso» (p. 337) del lago Wenham, recién transportado desde Massachusetts por un buque frigorífico americano, sin saber lo que era. En «Quiquern» se muestra asimismo una población inuit de la isla de Baffin como parte integrante de un mundo internacional más amplio: «... la olla que el cocinero de un barco se agenciara en el bazar de Bhendy [la zona más cosmopolita de Bombay] tal vez terminaba sus días colgada sobre una lámpara de grasa de ballena en algún frío paraje del Círculo Polar Ártico» (p. 380). Esta historia narra la aventura de Kotuko y una muchacha inuit, una «extranjera» de otra zona del Círculo Polar Ártico, que partió en busca de comida para su hambriento pueblo. Termina con la integración de la chica en la comunidad al casarse con él. El movimiento y el impulso del trineo tirado por perros, que hace avanzar la aventura de la pareja, se yuxtaponen implícitamente con los de los barcos de vapor, que finalmente traerán la historia escrita de Kotuko, que había pasado de mano en mano entre los comerciantes, y la llevarán hasta Colombo, donde la encuentra el narrador. Este sentido de la interconexión del mundo se solapa con la unidad o asociación del hombre y la naturaleza, que con extraordinaria concisión expresa el hecho de que Kotuko se llame igual que su perro, el cual avanza hacia la edad adulta en paralelo con su amo y, de hecho, constituye una parte esencial de su identidad.

III

Las historias de cachorros humanos que son criados por lobos y viven con ellos vienen de antiguo y tienen un origen mitológico, como la leyenda de Rómulo y Remo, los gemelos que fundaron la ciudad de Roma, que de bebés fueron abandonados y arrojados al río, y luego fueron rescatados por una loba, que los amamantó para devolverles la salud. En el mito los niños lobo, expulsados de la comunidad humana y criados por una loba, prosperan y fundan lo que acabará siendo el Imperio romano. En *El libro de la selva* Mowgli, un paria en la sociedad india de la que procede a quien una familia de lobos adopta, desempeña un papel similar en relación con el Imperio británico. La selva, de la que Mowgli acaba convirtiéndose en señor, representa el paradigma del imperio con su sentido del juego limpio y la legalidad. Kipling también presenta la selva como el lugar preciso en el que se crea un orden social más elevado a través de la interacción con la naturaleza y la integración en esta. Mowgli, el niño lobo, es la personificación de este nuevo orden social, en el que el pueblo indio no puede participar a causa de su actitud supersticiosa y hostil hacia la selva.

Los últimos años del siglo XIX vieron renacer el interés por las historias de niños lobo debido a su importancia crucial en la exploración del origen del hombre —así como de la frontera entre humanos y animales, entre cultura y naturaleza— en las investigaciones antropológicas estimuladas por *El origen de las especies* de Charles Darwin (1859). La India se convirtió en el centro de atención por considerarse «la cuna»[33] de tales historias a raíz de la publicación en 1852 del opúsculo «An Account of Wolves Nurturing Children in Their Dens», de William Henry Sleeman (1788-1856), un oficial británico que trabajaba como administrador en la India, en el que se presentaban diversos casos de niños lobo indios.[34] Estos niños, descubiertos y «rescatados» por aldeanos, caminan a cuatro patas, comen carne cruda y mueren poco después de ser capturados. El testimonio de Sleeman se citó repetidamente y apareció en publicaciones diversas a finales del siglo xix, y lo corroboraron numerosos relatos de testigos oculares. Kipling, mientras trabajaba como periodista en la India, debió de tropezarse con infinidad de historias de niños lobo. No obstante, los antropólogos tuvieron dificultades para determinar hasta qué punto esas historias eran reales o inventadas, y advirtieron de la necesidad de cribar la información. Por ejemplo, cuando Friedrich Max Müller (1823-1900), filólogo y mitólogo comparatista, escribió un breve artículo sobre los niños lobo hizo hincapié en la probabilidad de que esos relatos se hubieran creado a partir de mitos y supersticiones indígenas, aunque aceptó de buen grado los testimonios presentados por honorables «caballeros y servidores ingleses». Müller llega incluso a comparar los niños lobo con criaturas mitológicas como los monstruos marinos: «Aunque se acabe con ellos y se les dé muerte, aparecen una y otra vez, cada una con más fuerza y con el apoyo de testigos más poderosos».[35] Así, la figura del niño lobo brindaba un fértil campo de investigación, donde interactuaban los hechos y la imaginación, los mitos y la preocupación occidental por el lugar que ocupaba el hombre en la naturaleza, acentuada por el temor colonial a los nativos, considerados criaturas salvajes. Tal vez sea esta la razón por la que el padre de Kipling, en su *Beast and Man in India*, se abstuvo de explorar el tópico en detalle, aduciendo que el lobo quedaba «fuera del limitado ámbito de este tratado»,[36] mientras que su hijo se aferró con ambas manos al fascinante material y a partir de él creó a

Mowgli, uno de los personajes más extraordinarios de la literatura.

En *El libro de la selva*, Kipling se sumerge en los mitos que rodean a los niños lobo y los enfoca desde una nueva perspectiva. Por una parte, Mowgli es, como señala Daniel Karlin, «casi el polo opuesto al típico niño lobo de Sleeman», que era «mudo, feroz, sucio y espantoso» y era imposible reformar para que se adaptara a la condición humana.[37] Mowgli es limpio e inteligente, y adopta con rapidez los usos y costumbres de los aldeanos, incluido el lenguaje. Además, sus aventuras, fabulosas e increíbles por sí solas, no tienen nada que ver con las supersticiones indígenas sobre los niños lobo y los animales de la selva. Mowgli desprecia las historias sobre la selva que cuenta Buldeo, el cazador del poblado, porque las considera «patrañas y sandeces»: «He estado aquí tendido, escuchando lo que decís, toda la velada […] y, salvando una o dos excepciones, Buldeo no ha dicho una sola palabra cierta acerca de la jungla, y eso que la tiene a la puerta de su casa. Siendo así, ¿cómo voy a creerme esas historias de fantasmas, dioses y duendecillos que dice haber visto?» (p. 128). A la inversa, Buldeo, que ha sido testigo de cómo Mowgli da órdenes a un lobo, lo tacha de «demonio de la jungla» (p. 138) e incita a los habitantes del poblado a ponerse en su contra. Si tenemos en cuenta que Buldeo es un experto cuentacuentos, capaz de relatar historias maravillosas que encandilan a los niños, percibiremos quizá cierta rivalidad entre este y Kipling en el arte de narrar: al inventar a Mowgli, cuyo dominio y conocimiento de la selva ponen en entredicho la autenticidad de los relatos indígenas, Kipling devuelve a Buldeo su papel de verdadero cuentacuentos indio, y transforma astutamente la selva en un espacio imperial.

Por otra parte, Mowgli también es distinto del típico niño lobo en cuanto a que el lobo no es ni mucho menos el único animal tótem cuyas características comparte. Mowgli es asimismo «la Rana», pues así lo llaman cariñosamente sus amigos animales, destacando con este apelativo la ligereza de sus movimientos saltarines. Mowgli la Rana es el nombre que le asigna Madre Loba cuando se da cuenta de su desnudez y vulnerabilidad por su condición de criatura humana, y pide a los animales de la selva que lo protejan. Irónicamente, ese mismo nombre simboliza también sus privilegios por ser una criatura humana, a saber: su pertenencia a dos mundos y su capacidad para moverse tanto en la selva como entre los humanos, al igual que la rana, por ser anfibio, se mueve en la tierra y en el agua. En efecto, Mowgli es por encima de todo un «cachorro de hombre», dotado de encanto para atraer y ganarse el afecto de una amplia variedad de animales poderosos; como Harry Rickett indica con humor, hay «una cola de aspirantes a padres adoptivos que se atropellan unos a otros por cuidarlo».[38] En particular, Mowgli crea un estrecho vínculo con Baloo, Bagheera y Kaa, cada uno de los cuales ejerce de guía y maestro suyo. También el buey es un animal especial para Mowgli, ya que Bagheera compra su ingreso en la Manada de Lobos a cambio de la vida de un buey. Por ello se le ordena «jamás […] matar o comer reses, ya sean jóvenes o viejas» (p. 75), pues así lo dicta la Ley de la Jungla, y se precisará la vida de otro buey para liberarlo de la selva al final de su periplo. Por otra parte, algunos animales representan los peligros y a los enemigos que Mowgli, el joven héroe, debe vencer como parte de su proceso de maduración. En la dramática historia «Los perros jaros», por ejemplo, lucha junto a los lobos contra la invasión de una gran manada de mortíferos *dholes* (perros salvajes). Los *dholes* representan una amenaza para la sociedad de la selva, y luchar contra ellos ayuda a Mowgli a madurar para convertirse en un defensor de la justicia y de la ley.

Kipling añadió otra dimensión a la cualidad híbrida de Mowgli de niño lobo al destacar su relación con dos sociedades. Como ya hemos visto, las historias de Mowgli entrelazan dos temas opuestos de la infancia que reflejan la experiencia del propio Kipling: la alegría del niño en un entorno cariñoso y su trauma a causa del abandono. Sin embargo, a pesar de que el tono general es de felicidad y fraternidad con los animales, Mowgli, antes incluso de abandonar por fin la selva, es expulsado de ella en «Los hermanos de Mowgli», así como del poblado indio en «¡El tigre! ¡El tigre!». La pertenencia y el rechazo en estos dos mundos definen la doble identidad de Mowgli. Así queda brevemente reflejado en la canción que canta en la Roca del Consejo (p. 143):

> *[...] La jungla me está vedada*
> *y me han cerrado las puertas del poblado. ¿Por qué?*
> *Igual que Mang vuela entre las fieras y los pájaros,*
> *   vuelo yo*
> *entre el poblado y la jungla. ¿Por qué?*

Serán sus madres adoptivas quienes encarnen la polaridad de los dos hogares de Mowgli: Madre Loba en la selva y Messua en el poblado indio. Y a través de la relación con sus dos madres se gana la pertenencia a sus respectivas comunidades. La leche con la que amamantan a Mowgli no solo simboliza el amor materno sino que también facilita, a modo de poción mágica, su circulación de un hogar a otro; tal como señala Jan Montefiore, la leche, ofrecida como alimento tanto por parte de la madre humana como de la madre loba, «cruza la línea divisoria entre el mundo de los humanos y la selva».[39] Resulta irónico que ambas madres representen también la no pertenencia de Mowgli al lugar que ha convertido en su casa. Madre Loba, que ama a Mowgli más que a sus otros hijos, es consciente a su pesar de que está destinado a marcharse con los hombres y de que no le pertenece. Messua, por otra parte, lo llama Nathoo porque cree que puede tratarse del hijo que el tigre le arrebató tiempo atrás. De hecho, es poco probable que Mowgli, hijo de un leñador, sea el hijo de Messua, teniendo en cuenta que ella es la esposa del habitante más rico del poblado. Sin embargo, el narrador no llega a descartar explícitamente esa posibilidad.[40] Su encuentro apunta constantemente y de un modo inquietante a las razones que inducen a creer que Mowgli podría ser su hijo, y esa incertidumbre textual convierte a Mowgli en el fantasma de Nathoo, e impide que llegue a establecerse del todo en el hogar de Messua. En «Correteos primaverales», Mowgli es finalmente liberado de ese rol, ya que encuentra a Messua con su nuevo bebé varón, que, tal como corresponde, llena el vacío que había dejado el Nathoo original.

Es importante destacar que el momento en que Mowgli mata a Shere Khan coincide con el momento en que toma conciencia de su doble identidad. Shere Khan, el malvado por excelencia de *El libro de la selva*, representa la transgresión de la ley, ya que quebranta una y otra vez el mayor tabú de la selva, a saber: dar muerte y devorar a un hombre. Mowgli, en un inicio, entra en la selva como presa suya. La pareja formada por Mowgli y Shere Khan es la mayor innovación de Kipling en relación con el mito del niño lobo. En cuanto a estructura, es asombroso hasta qué punto se asemejan: igual que Mowgli, Shere Khan, el devorador de hombres, representa un nexo entre el poblado y la selva, entre la civilización y la naturaleza, entre los humanos y los animales. A través de la lucha entre ambos, Kipling explora esa intersección y plasma las tensiones entre los dos mundos. Shere Khan, el archienemigo de Mowgli, es también su propia sombra: igual que el tigre, Mowgli es fundamentalmente un intruso, temido y rechazado por los dos mundos con los que crea vínculos.

En cierto sentido, Kipling convierte el mito del niño lobo en una *Bildungsroman* que, según Elliot L. Gilbert, «trata del crecimiento interior de un joven —con sus esfuerzos por acoplarse al mundo en el que se encuentra y por descubrir su verdadera naturaleza».[41] Desde este punto de vista, el niño lobo es como un adolescente: al sentirse siempre como un intruso, se ve impulsado a embarcarse en un viaje para descubrir su verdadera identidad y su lugar en el mundo. Para Mowgli, el final de su viaje adopta la forma de una constatación y aceptación de su cualidad de hombre. La edénica selva de Mowgli, el mundo fabuloso de mitos y animales, deviene entonces un punto de referencia con el que medimos sus constantes progresos. Su educación termina cuando por fin se convierte en hombre, en un triple sentido: adulto, varón y humano. Cuando abandona la selva se lleva consigo a sus hermanos lobos como para demostrar que el hecho de mandar sobre los lobos/perros es una parte esencial de su condición humana.

IV

En la selva de Mowgli impera la Ley de la Jungla, que, según el narrador, es «la más antigua de las leyes del mundo» (p. 243). Se compone de una serie de normas e instrucciones prácticas que cubren todos los aspectos de la vida animal. A pesar del énfasis en la tradición y la costumbre, las normas de la ley son, al parecer, lo bastante flexibles para adaptarse a una situación nueva. Por ejemplo, se nos dice que la «verdadera razón» por la que la Ley de la Jungla prohíbe a la bestias comerse al hombre es que «antes o después aparecerán hombres blancos montados en elefantes, armados con fusiles y acompañados por centenares de hombres morenos provistos de gongs, cohetes y antorchas» (p. 66), imagen que remite claramente al gobierno británico de la India en la época. La ley combina tradición y modernidad para generar nuevos códigos que encajen con la realidad: la del Imperio británico. Además, Bagheera reinterpreta las normas de la ley para que Mowgli sea aceptado como miembro de la Manada de Lobos, escena que puede interpretarse como una interesante alegoría de cómo los británicos negociaron su entrada en la India para acabar gobernando su vasto territorio.

El aspecto de la ley que más llama la atención es el extraordinario énfasis que pone en el orden y en la virtud de la sumisión: «... *la cabeza y la pata y las ancas y el lomo de la ley son: ¡Obedecedla!*» (p. 266). Kipling atribuye los mismos principios al ejército de la India en «Los sirvientes de Su Majestad», el último relato de *El libro de la selva* (p. 236):

> [Los animales] obedecen como obedecen los hombres. El mulo, el caballo, el elefante o el buey obedecen al hombre que los conduce, y este obedece a su sargento, y el sargento a su teniente, y el teniente a su capitán, y el capitán a su mayor, y el mayor a su coronel, y el coronel a su brigadier, que manda tres regimientos, y el brigadier a su general, que obedece al virrey, que es el sirviente de la emperatriz.

La historia está inspirada en el Rawalpindi Durbar, el encuentro entre el virrey lord Dufferin y el emir de Afganistán que tuvo lugar en 1885, sobre el que Kipling informó como enviado especial. Afganistán era un protectorado británico, y el emir era la pieza clave del Gran Juego: la rivalidad entre la India británica y Rusia para disputarse el dominio de Asia Central. La cita anterior muestra el deseo de Kipling de considerarlo parte de la gran cadena imperial de mando, en la que los animales, y el apego y la lealtad hacia sus amos, quieren representar la solidaridad del Imperio británico. Bajo una misma orden de «¡Obedecedla!», Kipling aúna, e incluso equipara, dos representaciones de la vida animal en la India: una que consiste en que los animales salvajes sigan la ley de la naturaleza y otra que simboliza la jerarquía militar a la que los animales domesticados se someten voluntariamente. Así pues, presenta el Raj como el encuentro de distintos espacios, separados aunque comparten la misma ley, mientras que la asombrosa afinidad de la selva de Mowgli con la India británica nos permite contemplar la primera como una simbolización del Imperio británico que encarna los ideales imperiales de Kipling.

Resulta interesante el hecho de que «Los sirvientes de Su Majestad» aborde el encuentro entre los británicos y los dirigentes nativos, teniendo en cuenta que, como se ha mencionado con anterioridad, los Estados Nativos de Rajputana inspiraron originariamente la selva de Mowgli. Por ejemplo, para los Cubiles Fríos, el principal escenario de «La cacería de Kaa» y de «El *ankus* del rey», sirven de modelo las viejas ciudades desiertas de Amber y Chitor, que Kipling visitó durante su viaje a Rajputana en 1887. Las ciudades indias desiertas y en ruinas ejercían un atractivo especial en el imaginario británico y eran destinos turísticos muy populares; tal como afirma Stephen Montagu Burrows en su artículo de 1887: «Las dos grandes ciudades desiertas de la India, Ambair [Amber] en Rajputana y Fathpur Sikri cerca de Agra, atraen cada año más aglomeraciones de visitantes».[42] Y Kipling era uno de ellos. Los Estados Nativos representaban, pues, un espacio de exotismo y fantasía integrado en el Imperio británico. Además, eran poderosos aliados que los británicos tenían que «domar» para poder conservarlos. El personaje de Bagheera, nacida y criada en «las jaulas del rey en Oodeypore» (p. 365), representa a la vez el poder, la nobleza y el exotismo de los Estados Nativos así como su brutal modo de tratar a los animales salvajes, y está inspirado en una pantera negra real que Kipling vio entre la colección de animales salvajes del rey en Udaipur (Oodeypore). También en este estado fue testigo, para su horror, de cómo atraían a panteras para matarlas por puro placer y como una exhibición del poder que tenía el estado en la reserva de caza del rey.[43] Dichos Estados Nativos, aunque estaban sujetos al gobierno británico mediante tratados independientes, tenían permiso para ejercer poder absoluto sobre la vida animal en sus dominios. En las historias de Mowgli, Kipling libera a la pantera de la jaula y, del mismo modo, el poder de los Estados Nativos, y estudia la posibilidad de establecer una relación más «natural» con los animales salvajes, de la que el Imperio británico pueda sentirse orgulloso. De esta manera, el Raj británico puede reclamar sus derechos de protección sobre los animales y sobre el inmenso territorio de la India en el que habitan, donde los príncipes nativos son vistos como animales salvajes y poderosos aliados a los que sojuzgar.

El libro de la selva principalmente se presenta como el área de juego de un chico, donde habitan jóvenes héroes como Mowgli, Toomai, Rikki-Tikki-Tavi, Kotick y Kotuko. En cuanto a las afinidades entre *El libro de la selva* y las ideologías imperialistas, se aprecian también en el hecho de que las historias de Mowgli prepararon maravillosamente el terreno para los Lobatos, la sección más joven del movimiento scout, creada en 1916. Los boy scouts nacieron en el seno del Imperio británico en 1907, cuando el teniente general Robert Baden-Powell —el héroe del sitio de Mafeking, que tuvo lugar durante la guerra de los Bóer— fundó el movimiento con el fin de entrenar a los chicos para futuras operaciones militares mediante juegos y actividades al aire libre. En su obra *The Wolf Cub's Handbook* (1916), Baden-Powell, con permiso de Kipling, utiliza exhaustivamente material de *El libro de la selva*.[44] Los jóvenes scouts, igual que Mowgli, deben convertirse en «lobos» con un cuerpo fuerte y sano, a quienes la Ley de la Jungla enseñe las reglas prácticas y las habilidades necesarias para la supervivencia diaria, así como disciplina y orden. Tales scouts compartían el espíritu de «los colonizadores de las zonas más agrestes de nuestro imperio», y se esperaba que acabaran convirtiéndose en uno de ellos, entre los que se contaban «los habitantes de los bosques, los cazadores, los rastreadores, los cartógrafos, nuestros soldados y marinos, los navegantes del Ártico, los misioneros»: «... todos esos hombres de nuestra raza que viven lejos de la civilización, haciendo frente a dificultades y peligros porque ese es su deber, soportando penurias, cuidando de sí mismos, ensalzando el nombre de británicos con su valentía, su amabilidad y su justicia en todo el mundo; estos son los scouts de la nación hoy día: los Lobos».[45] Cuando Baden-Powell escribió estas líneas el Imperio británico estaba sufriendo los devastadores efectos de la Primera Guerra Mundial, pero *El libro de la selva* siempre podía ofrecer inspiración y esperanza a la fortaleza y la vitalidad renovadas de los hombres del imperio.

La selva de Mowgli se presenta como un espacio de amistad y hospitalidad en el que las diferentes naciones y razas coexisten en armonía bajo la autoridad suprema del hombre blanco. Los animales amigos de Mowgli, por tanto, representan sujetos coloniales que respetan la ley y que no pueden ni quieren desobedecer al hombre blanco, encarnado en la figura masculina de Mowgli (especies aparte). En palabras de John McClure: «Estar por encima pero integrado, ser obedecido como un dios pero amado como un hermano, ese es el sueño de Kipling en relación con el gobernante imperial, un sueño que Mowgli consigue alcanzar».[46] El hecho de utilizar animales, que pueden ser domados y que no replican en la lengua de los humanos, facilita la construcción y la perpetuación de esa fantasía colonial.

Las historias de Mowgli han sido muy criticadas por su caracterización racista de los nativos. No solo ofrecen una imagen negativa de los habitantes del poblado, sino que además se genera una incómoda confusión entre ellos y los demonizados adversarios animales de Mowgli. Veamos por ejemplo a los *Bandar-log*, el Pueblo de los Monos que Mowgli compara con los habitantes del poblado indio: «¡Palabras y nada más! ¡Mucho ruido y pocas nueces! Los hombres son hermanos de sangre de los *Bandar-log*» (p. 302). Estos monos son los marginados de la sociedad de la selva, y «se presentan como holgazanes e insensatos porque carecen por completo de organización y de código social de conducta» al igual que los yahoo de *Los viajes de Gulliver* (1726), como señala Mark Paffard.[47] Los *Bandar-log* han sido interpretados como una alegoría política, para citar a Green, de «los americanos o los liberales, o una de esas "razas inferiores que carecen de ley" ya que [...] Kipling se moría de ganas de insultarlos en el momento en que escribía».[48] En el contexto colonial simbolizan la parte subversiva e indomable de la subjetividad colonial: «una psique colonial, una forma de identidad enloquecedora o tal vez ya enloquecida, que amenaza la estabilidad del gobierno colonial».[49] Para Nirad C. Chaudhuri, un famoso escritor bengalí, los *Bandar-log* no son sino la caricatura de los intelectuales bengalíes o *babus* que, a ojos de Kipling, se anglicanizaban hasta extremos alarmantes con tal de conseguir la independencia. Chaudhuri señala la representación de los monos como «malvados, sucios, desvergonzados», cuyo único deseo es «llamar la atención del Pueblo de la Jungla», que en este caso se refiere, por supuesto, a los británicos, y argumenta que la falta de líderes, principios y perseverancia de los *Bandar-log* revela que Kipling conocía y ridiculizaba «el papel que desempeñaban los bengalíes» en sus esfuerzos por conseguir la independencia.[50]

Los *Bandar-log* son numerosos, por lo que representan también el miedo a que los nativos se conviertan en una masa ingobernable, y Kaa, que puede obligarlos a meterse en su boca con su fascinante Danza del Hambre, es creada para ejercer de guardián contra tal amenaza. El poblado indio representa otra comunidad como la de los *Bandar-log*, una distopía en marcado contraste con la naturaleza edénica y utópica de la selva. Los habitantes del poblado se caracterizan por ser mucho más «salvajes» que los *Bandar-log*, precisamente porque son «humanos» y a diferencia de los animales de la selva son capaces de tenderse trampas, torturarse y matarse entre ellos a causa de sus supersticiones y sobre todo por dinero. La avaricia humana es el tema central de «El *ankus* del rey», y en «La selva invasora», los habitantes del poblado atraen a Messua y a su marido con la intención de matarlos para apoderarse de su ganado y de sus tierras. Cuando Mowgli moviliza a los animales de la selva y acaba con el poblado, Kipling combina sus pulsiones misantrópicas contra la parte bárbara y corrupta de la naturaleza humana, que representan los nativos, con la fantasía colonial de perderlos de vista. En cualquier caso, la representación racista de los nativos sirve para justificar la presencia del hombre blanco, la encarnación de la legalidad, la justicia e incluso la propia humanidad.

La rebelión de los Cipayos de 1857, la mayor crisis de la historia del Raj, en la que los nativos se alzaron contra los británicos, marcó un importante punto de inflexión en la dominación colonial de la India: cuando se hubo sofocado, contribuyó a la consolidación del Raj, ya que el gobierno británico se atribuyó de inmediato la administración de la Compañía Británica de la Indias Orientales y la India pasó a recibir órdenes directas de la Corona. Don Randall califica acertadamente los relatos de *El libro de la selva* de «alegorías del imperio tras la sublevación».[51] En este contexto, la cacería de Shere Khan puede interpretarse como la nueva versión y puesta en escena de la sofocación del motín como mito del imperio, sobre todo porque en el siglo XIX los tigres simbolizaban la parte más feroz e indomable de la India.[52] La lucha de Mowgli con Shere Khan se eleva a la categoría de la eterna batalla entre el hombre y la bestia que, según Hathi en «De cómo llegó el miedo», tiene su origen en la muerte del hombre bajo las garras del Primer Tigre, en tanto que la rebelión de los Cipayos siempre fue descrita como una «represalia» británica ante las atrocidades cometidas por los nativos. La historia de Hathi borra silenciosamente cualquier posible planteamiento sobre una actuación inapropiada por parte de los británicos/hombres para provocar el ataque de los nativos/tigres.

Si bien muchas de las historias de *El libro de la selva* parecen celebrar abiertamente el funcionamiento del imperio, «Los enterradores», de *El segundo libro de la selva*, insinúa de un modo interesante que entre los nativos circulaban numerosos relatos no oficiales, e incluso entre los animales, y que tuvieron que ser eliminados a toda costa. La historia adopta la forma de una conversación entre tres carroñeros que viven en la periferia de la India británica: el *Mugger*, un cocodrilo devorador de hombres, el Chacal y el Marabú. Su versión de la rebelión de los Cipayos se refleja en los recuerdos del *Mugger*, que en aquel momento recorrió la zona afectada y celebró un festín con los cadáveres. El hecho de que lamente haber perdido la oportunidad de devorar a una criatura blanca durante la rebelión representa la latente insubordinación frente a la dominación británica y la posibilidad de otro levantamiento. El relato acaba con la muerte del *Mugger* abatido por los disparos del niño blanco, que ha crecido y se dedica a construir puentes, poniendo así fin a la persistente amenaza de los nativos, en teoría sin daños. Sin embargo, los otros dos carroñeros siguen con vida, y con ellos el inframundo indígena que transmite la versión de la historia que cuenta el *Mugger*. Este relato debe leerse conjuntamente con otra de las historias de Kipling, «Los constructores del puente», incluido en *The Day's Work* de 1898,* en la que el *Mugger* es Madre Gunga, la personificación del río Ganges, que lamenta que lo hayan sometido a la rigidez de los puentes británicos. El *Mugger* representa el poder de la naturaleza india, que, como el motín, los británicos tuvieron que dominar para consolidar su imperio.

A menudo se compara a Mowgli con Kim, el héroe de la novela homónima que Kipling escribió en 1901. Kim es un huérfano irlandés criado por los nativos de la India como si fuera uno de ellos. Igual que Mowgli, lleva una doble vida: por una parte es un *chela* (discípulo) de su querido lama —al que acompaña en la búsqueda que ha de liberarlo de la Rueda de la Vida— y por otra parte es un muchacho «inglés» que disfruta de su papel de espía en el Gran Juego. Tanto Kim como Mowgli gozan de la privilegiada posición de niño favorito entre los nativos. La condición de niño blanco de Kim y la de humano de Mowgli los dotan respectivamente de una superioridad natural; ambos, a causa de su doble lealtad, experimentan una crisis de identidad que forma parte de su proceso de maduración. La gran discrepancia entre ellos, sin embargo, radica en que Kim, a diferencia de Mowgli, no llega a sentir una hostili-

---

* La obra en castellano se ha publicado en dos volúmenes. «Los constructores del puente» aparece en *Los constructores del puente y otros relatos*, Rudyard Kipling, Valdemar, Madrid, 2003. *(N. de la T.)*

dad manifiesta por parte de los dos mundos a los que pertenece. Edward Said ha destacado «la ausencia de conflicto» en *Kim*, que él interpreta como un reflejo del absoluto convencimiento de Kipling de la rectitud del gobierno británico: «... no porque Kipling no pueda hacerle frente sino porque para él en la India británica no había conflicto alguno».[53] Por el contrario, *El libro de la selva* se construye en torno a conflictos, que se trasladan a la naturaleza al ambientarlos en la selva, donde los animales luchan entre sí por la supervivencia y donde cualquier desacuerdo se zanja con violencia. Es posible que el fabuloso recurso de los animales parlantes permita que la narración exprese los conflictos y contradicciones del Raj británico sin llegar a admitir claramente su existencia. Por ejemplo, el hecho de que Mowgli sea expulsado tanto del poblado como de la selva puede interpretarse como la preocupación ante la posibilidad de que la mayoría de la población rechace la dominación británica. A pesar de que en la selva Mowgli dispone de bastantes patronos poderosos, cuando se marcha tan solo se despiden de él unos cuantos animales, y Messua es la única persona del poblado en quien confía.

V

Mowgli hizo su primera aparición con anterioridad a *El libro de la selva* en un relato llamado «En el *rukh*» que se publicó por primera vez en *Muchas fantasías* (1893). La historia cuenta cómo Mowgli, de adulto, se topa con funcionarios del servicio forestal de la India, a quienes impresiona con sus amplios conocimientos sobre los animales salvajes. En consecuencia, le ofrecen un empleo como funcionario del servicio forestal que le permite casarse y formar una familia. En las lecturas poscoloniales de *El libro de la selva*, «En el *rukh*» deviene un texto clave porque muestra claramente qué lugar corresponde a Mowgli en el orden imperial. El relato proporciona contextos históricos e ideológicos que en *El libro de la selva* aparecen confusos, y aporta cierto aire conclusivo a la saga de Mowgli como mito imperial. Por otra parte, muchos expertos comparten la sensación de que, tal como dice W. W. Robson, «En el *rukh*» no «pertenece en realidad al mismo impulso imaginativo o daemónico» de otras historias de Mowgli, «sin tener necesariamente la capacidad de expresar los motivos».[54] Por ejemplo, J. M. S. Tompkins siente que «el Mowgli de "En el *rukh*" no está muy en consonancia con el Mowgli de *El libro de la selva*»,[55] y Karlin, de un modo similar, argumenta que el relato es «una anticipación mal concebida» del protagonista de *El libro de la selva* y debe considerarse tan solo uno de los muchos «texto[s] mediocre[s] que ha[n] contribuido a la creación de Mowgli».[56]

«En el *rukh*» puede leerse, por supuesto, independientemente de *El libro de la selva* y no tenemos la obligación de aceptar el futuro de Mowgli como guardabosques imperial. Es más, es preferible que quienes han disfrutado del mágico mundo de *El libro de la selva* no sepan de las preocupaciones de su protagonista por cuestiones tan mundanas como la pensión. Por otra parte, es difícil no tener en cuenta el hecho de que el Mowgli que Kipling concibió para «En el *rukh*» sea el mismo personaje que encontramos en *El libro de la selva*. Cuando en 1896 se volvió publicar el relato en *McClure's Magazine*, Kipling, en su nota sobre el texto, lo describe como «la primera historia que se escribió sobre Mowgli, aunque se ocupa de los episodios finales de su carrera —en concreto, su presentación al hombre blanco, su matrimonio y su proceso de civilización».[57]

En consecuencia, Kipling incorporó «En el *rukh*» a la edición de *El libro de la selva* que en 1897 realizó Outward Bound, en la que recopilaba y reordenaba todas las historias de Mowgli en un solo volumen, mientras que aquellas en las que no aparecía Mowgli componían el segundo volumen (véase la Nota sobre los textos).[58] «En el *rukh*» es también el relato que cierra la saga de Mowgli en *All the Mowgli Stories*, de 1933. En la presente edición se incluye como apéndice, para hacer honor a su complementariedad con *El libro de la selva*. Esta disposición ofrece la ventaja de permitir comprobar a simple vista que los dos textos son excluyentes, al igual que lo son para Mowgli la selva y su vida adulta.

«En el *rukh*», de hecho, tiene mucho en común con uno de los relatos donde no aparece Mowgli, «Toomai de los Elefantes», ya que ambos muestran el funcionamiento del gobierno de la India a pleno rendimiento. «Toomai de los Elefantes» tiene lugar durante la expedición anual del gobierno a las montañas de Garó con el fin de capturar elefantes salvajes para ponerlos a su servicio. El héroe de este relato es el muchacho indio Toomai Pequeño, hijo de un *mahout*, cuya privilegiada relación con el elefante Kala Nag es comparable con el estrecho vínculo que une a Mowgli con los animales de la selva: Toomai Pequeño se adentra en las profundidades del bosque a lomos de Kala Nag y presencia un baile de elefantes que ningún hombre ha visto jamás, y Mowgli alcanza un nivel de conocimiento de la selva al que ningún hombre blanco tiene acceso. El éxito del gobierno de la India depende, pues, en gran medida de la inclusión de esos muchachos nativos a quienes los animales obedecen de buen grado.

«Toomai de los Elefantes» presenta a los británicos como gobernantes benévolos y diligentes que se esfuerzan por cultivar las relaciones con el mundo natural de la India. En particular, muestra la nueva técnica de caza, introducida por George Peress Sanderson en la década de 1870, que consiste en atraer a toda una manada de elefantes hacia un recinto cercado *(keddah)*. La caza de elefantes al estilo británico no solo ofrecía un gran espectáculo, sino que además se consideraba más humana que el habitual método tradicional, que consistía en cazar elefantes de uno en uno mediante trampas: en «La selva invasora», sin ir más lejos, Hathi queda malherido al clavarse «la estaca afilada que había en el foso» (p. 311) donde había caído, razón por la que él y sus tres hijos dejaron «que la jungla invadiese cinco poblados» para ahuyentar a los hombres. La nueva identidad del colonizador británico como protector de la naturaleza es también el tema central de «En el *rukh*». La palabra «rukh», en el vocabulario del gobierno local del Punjab, donde Kipling trabajó como periodista, se refiere a una reserva forestal, una tierra especialmente designada por el gobierno para que crezca la hierba o la leña que servirá de combustible. En su origen deriva de la palabra punjabí «rakkhna», que significa mantener o colocar aparte, así como del término «rakkha», protector o guardián. La palabra sintetiza a la perfección la nueva actitud tutelar del gobierno de la India en relación con la naturaleza. A mediados del siglo XIX había quedado claro que los recursos naturales, cada vez más escasos por culpa de la rápida deforestación, no bastarían para satisfacer la demanda creciente de combustible, debida a la construcción de un nuevo sistema de ferrocarril y a los consiguientes avances, por lo que unas determinadas tierras pertenecientes al gobierno, o *rukhs*, se destinaron a la plantación y reforestación. Así pues, es en el *rukh* donde se inventaron tanto la «naturaleza» como la nueva subjetividad imperial de guardianes de esta. Mowgli, el niño lobo que pertenece «a la selva de la cabeza a los pies» (p. 477), emerge por arte de magia en ese *rukh* donde concede a la nueva naturaleza gestionada por el hombre su sello de aprobación y autenticidad. Es más, Mowgli encarna la nueva relación del hombre con la naturaleza: la constante y atenta observación de la misma como si se tratara de un espacio de protección delimitado. Kipling debió de sentir un orgullo y una emoción considerables al recalcar que el verdadero y noble origen de Mowgli estaba «en el *rukh*».

El libro de la selva muestra la preocupación contemporánea por el empobrecimiento de la naturaleza y la vida animal, y en ese contexto fueron revisados: uno de los primeros críticos de la obra observó que «cuanto más escasos y raros son los animales del mundo, más intenso es el interés que las personas civilizadas sienten hacia ellos».[59] Cuando Kipling estaba escribiendo *El libro de la selva*, la mítica abundancia de animales en la naturaleza, que en las colonias había propiciado el culto a la caza y que, por tanto, permitió que a lo largo del siglo XIX el imperialismo se considerara una hazaña masculina y heroica, empezó a desvanecerse gradualmente a medida que las realidades del exceso de caza y de la explotación de animales salieron a la luz pública.[60] Kipling, mediante la figura de Mowgli, elogia a un nuevo tipo de cazador, que no mata si no es por necesidad. «¡Buena caza!» es el saludo habitual en la selva, y la ley añade que uno debe cazar «en busca de alimento, pero no por placer» (p. 90). Por lo demás, matar solo está justificado cuando la vida o la comunidad corren peligro, como ocurre con Shere Khan o con los *dholes* de «Los perros jaros». El héroe de Kipling es un hombre nuevo que ha aprendido la ley de la naturaleza.

Kipling es consciente de la violencia antropocéntrica que ejerce el hombre sobre los animales y de sus devastadoras consecuencias, como se aprecia claramente en «La foca blanca», donde ataca la matanza de focas a escala internacional, que llevó al oso marino al borde de la extinción. Cuenta la historia de Kotick, la foca blanca, natural de una isla de la costa de Alaska habitada por focas, que decide hallar un escondite tranquilo para los suyos tras ser testigo de la brutal muerte a garrotazos de sus amigos, en manos de los hombres. La historia es una revisión desde el punto de vista de una foca del libro de Henry Wood Elliott *The Seal-Islands of Alaska* (1881), que incluye una larga lista de colonias en las que los osos marinos se extinguieron a causa de la sobreexplotación. Kipling nos invita a viajar con Kotick por los siete mares para visitarlas una a una, y cada vez nos topamos con la misma noticia desoladora: «los hombres las habían exterminando a todas» (p. 160). Kotick, guiado por Vaca Marina, encuentra al final una reserva perfecta. Sin embargo, ese final feliz se ha interpretado como la irónica insinuación de que las focas serán, en última instancia, exterminadas, al igual que Vaca Marina, que pertenece a una desaparecida especie de manatí que fue exterminada poco después de que los europeos la descubrieran en el siglo xviii. Tal como Karlin bellamente expresa, «la salvación se ha convertido en un eufemismo de la gradual extinción de las focas».[61]

«La foca blanca» se escribió inicialmente en respuesta a la tensión angloamericana en relación con el derecho de cazar focas en el mar de Bering a principios de la década de 1890, durante la cual Elliott, que había abogado por la caza de focas en Alaska, emerge como crítico vehemente de la caza indiscriminada de esta especie, tras ser testigo de la caída en picado de la población de focas en colonias en las que antes abundaban, en cuestión de diez años.[62] Kipling se pone claramente de parte de Elliott en su campaña, y eso explica el tono sensacionalista de la historia en cuanto a la inminente amenaza de la extinción de las focas. El relato apareció en la *National Review* en el momento oportuno, pocas semanas antes de que se resolviera la disputa mediante arbitraje internacional, en agosto de 1893. También conviene destacar la blancura de Kotick, que guía a los suyos hacia la salvación, pues simboliza la importancia de la unión angloamericana a la hora de acabar con la disputa, así como la del liderazgo del hombre blanco en la causa de la salvaguarda de la naturaleza, ya que de este modo enmienda un pasado en el cual había sido la mayor y principal fuerza destructiva de la naturaleza.

El libro de la selva nos ofrece una visión de la compleja y con frecuencia contradictoria relación que el hombre ha mantenido con la naturaleza, especialmente porque dirige nuestra atención —y en ello se basa— hacia la suposición antropocéntrica de que el hombre es el amo y señor de los animales, a la vez que expresa la fuerza y la brutalidad con que los subyuga. El poder de Mowgli como hombre se simboliza mediante el simple poder de su mirada, que sus amigos del reino animal no son capaces de devolver. Si Adán, el primer hombre, se hace con el control de los animales poniéndoles nombre, Mowgli hace lo propio al verlos y conocerlos, instalando así el miedo en sus corazones. Su relación con los animales también recuerda la promesa que Dios hizo a Noé: «Infundiréis temor y miedo a todos los animales de la tierra» (*Génesis*, 9-2); esta promesa habla del mito fundacional de la selva, que expone Hathi en «De cómo llegó el miedo», sobre por qué los animales «entre todas las cosas, al hombre es a la que más [temen]» (p. 255). En un dramático momento de «La selva invasora», Mowgli obliga a la rebelde Bagheera a someterse recurriendo al poder de su mirada y a su capacidad humana de hablar. Este episodio pone a Bagheera en su sitio, y la convierte en una compañera que ama a Mowgli («Y yo no soy más que una pantera negra. Pero te quiero, Hermanito», p. 307), a la vez que consolida con éxito el especial puesto que ocupa el hombre en el mundo animal («Tú eres de la jungla y *no* eres de la jungla», p. 307). Aunque esta escena suele interpretarse sencillamente como una ilustración alegórica de la relación colonial entre el colonizador y el colonizado, debería considerarse en primera instancia una forma de ilustrar este tipo de relación entre el hombre y los animales y una prueba más de hasta qué punto el control del hombre sobre el reino animal es la base de toda relación colonial. He aquí la manifiesta limitación del sueño de Kipling sobre la fraternidad entre humanos y animales, inspirada por la tradición religiosa oriental: solo se permite funcionar dentro del marco bíblico de la dominación absoluta de los animales por parte del hombre, y eso tiñe de cierta falsedad e ironía la súplica de Bagheera a su «Hermanito».

El libro de la selva y *El segundo libro de la selva* de Kipling forman un único espacio textual en el que coexisten mundos y discursos en conflicto: la India y Gran Bretaña, el hombre y la naturaleza, el origen primigenio de la humanidad y el mundo moderno, la selva con la que sueña un niño y el mundo adulto del trabajo, la adoración de Oriente y la crueldad del racismo, entre otras cosas. Mowgli habita en la intersección entre unas y otras, y lleva la marca característica de la dualidad: a través de la figura del niño lobo, Kipling inventa un nuevo mito del hombre contemporáneo. Es más, Kipling reconoce los mundos de los animales, real e imaginario, como parte esencial de su imperio, con el que establecemos íntimas conexiones. Los libros son en última instancia una valiosísima recopilación de las relaciones entre humanos y animales que existieron en el Raj a finales del siglo XIX. En el momento en que Kipling recopilaba sus notas para la Edición Sussex de *El libro de la selva*, publicada con carácter póstumo en 1937, algunas de sus descripciones habían quedado ya obsoletas. Su nota para «los bueyes y elefantes de las baterías de cañones Armstrong de 40 libras» nos informa de que «no se les necesita ahora que la maquinaria se ha puesto de moda y hace tiempo que se abolieron las baterías».[63] Aquellos animales que Kipling conoció en la India han desaparecido, han quedado relegados al pasado y a la imaginación.

Kaori Nagai, 2013

Notas

1. Carta a Mr. Bower, 28 de noviembre de 1895, en *Two Christmas Letters* de Rudyard Kipling, edición de David Alan Richards (impresión privada, 2011). La carta forma parte de la Colección Kipling de David Alan Richards, que se encuentra en la Beinecke Rare Book and Manuscript Library de la Universidad de Yale. Quisiera expresar mi agradecimiento a Mr. Richards y a la biblioteca Beinecke por conceder el permiso para reproducir un fragmento de la carta.

2. Rudyard Kipling, *Algo de mí mismo: para mis amigos conocidos y desconocidos*, Valencia, Pre-Textos, 1998, p. 130.

3. Rosemary Sutcliff, «Kipling for Children», *Kipling Journal*, 156 (diciembre de 1965), p. 25.

4. *Ibid.*

5. Carta de Kipling a Mary Mapes Dodge, 21 de febrero de 1892, en *The Letters of Rudyard Kipling*, edición de Thomas Pinney, 6 vols. Basingstoke, Macmillan, 1990-2004, vol. 2, p. 49.

6. Roger Lancelyn Green, *Kipling and the Children*, Londres, Elek Books, 1965, p. 9.

7. «Manuscript page from "Mowgli's Brothers"» (página del manuscrito de «Los hermanos de Mowgli»), febrero de 1893, reproducida en *Rudyard Kipling: A Friendly Profile* de Lucile Russell Carpenter, Chicago, Argus Books, 1942.

8. Para más detalles sobre el cambio de ubicación de la selva de Mowgli de Mewar a Seeonee, véase, por ejemplo, «Mowgli's Other Jungle» en *Kipling Journal*, 167 (septiembre de 1968), pp. 2-3, «Seeonee: The Site of Mowgli's Jungle?» de John Slater, y «Kipling's Jungle: Fact or Fancy?» de Rhona Ghate (publicados originalmente en *The March of India* 12/12, diciembre de 1960). Ambos pueden encontrarse en la página web de la Kipling Society, www.kipling.org.uk/rg_junglebooks.htm.

9. Kipling, *Algo de mí mismo*, p. 18.

10. John McBratney, *Imperial Subjects, Imperial Space: Rudyard Kipling's Fiction of the Native-Born*, Columbus, Ohio State University Press, 2002.

11. Proverbio indio, citado en *El hándicap de la vida: que son los relatos de mi propia gente* de Rudyard Kipling, Madrid, Siruela, 2001.

12. *Ibid.*

13. Rudyard Kipling, «Author's Notes on the Names in *The Jungle Books*», nota incluida en *The Sussex Edition of the Complete Works in Prose and Verse of Rudyard Kipling*, vol. 12: *The Jungle Books*, Londres, Macmillan, 1937, p. 267.

14. Kipling, «Simla Notes», *Civil and Military Gazette*, 24 (junio de 1885). El artículo forma parte de la recopilación de Tomas Pinney *Kipling's India: Uncollected Sketches 1884-88*, Basingstoke, Macmillan, 1986, pp. 104-108. La experiencia de Kipling con los monos de Simla fue trasladada a la ficción en el relato «Collar-Wallah and the Poison Stick», que la revista *St Nicholas* publicó en febrero de 1893.

15. John Lockwood Kipling, *Beast and Man in India: A Popular Sketch of Indian Animals in Their Relations with the People*, 2.ª ed., Londres, Macmillan, 1904.

16. Kipling compuso epígrafes en verso para los siguientes capítulos del libro de su padre: «Of Monkeys», «Of Asses», «Of Goats and Sheep», «Of Buffaloes and Pigs», «Of Elephants», «Of Camels», «Of Reptiles», «Animal Calls» y «Of Animals and the Supernatural». También compuso un poema para «Of Cows and Oxen», que más tarde fue incluido en *Songs from Books* (1912) con el título «The Oxen», y colaboró en «Of Horses and Mules» con una estrofa de un poema anterior, «The Sudder Bazaar» (1884), que describía un poni que tiraba de un *okka* (un carruaje ligero utilizado en la India). «Of Cows and Oxen» también muestra dos ilustraciones de John Lockwood Kipling, tituladas «In Time of Drought» e «In a Good Season», ambas enmarcadas por cuatro versos de su hijo. Los versos que enmarcan «In a Good Season» están tomados del poema de Kipling «What the People Said» (1887).

17. John Lockwood Kipling, *Beast and Man in India*, p. 250.

18. Kipling, *Algo de mí mismo*, p. 130.

19. Lancelyn Green, *Kipling and the Children*, p. 117.

20. «The Jungle Book», *Saturday Review*, 77 (1894), p. 639.

21. Kipling, *Algo de mí mismo*, p. 236.

22. Charles G. D. Roberts, *The Kindred of the Wild: A Book of Animal Life*, Boston, L. C. Page, 1907, p. 27.

23. Ernest Thompson Seton, *Trail of an Artist-naturalist*, Nueva York, Charles Scribner's Sons, 1948, p. 353.

24. Edward B. Tylor, *Cultura primitiva*, Madrid, Ayuso, 1977.

25. Carta de Kipling a Edward Everett Hale, 16 de enero de 1895, en *The Letters of Rudyard Kipling*, edición de Thomas Pinney, vol. 2, p. 168.

26. *Ibid.*

27. Carta a Joel Chandler Harris, 6 de diciembre de 1895, en *The Letters of Rudyard Kipling*, edición de Thomas Pinney, vol. 2, p. 217. Más tarde Kipling novela este episodio en uno de los relatos de Stalky, «The United Idolaters», recogido en *Debits and Credits* (1926).

28. J. M. Tompkins, *The Art of Rudyard Kipling*, 2.ª ed., Londres, Methuen, 1965, p. 68.

29. *Ibid.* p. 69.

30. «Beast-fables», *Chamber's Encyclopaedia: A Dictionary of Universal Knowledge*, vol. 1, Londres, William & Robert Chambers, 1908, pp. 821-822.

31. Friedrich Max Müller, «On the Migration of Fables», en *Chips from a German Workshop*, vol. 4, Londres, Longmans, Green & Co., 1875, p. 146.

32. Carta a Brander Matthews, 7 de febrero de 1905, en *The Letters of Rudyard Kipling*, edición de Thomas Pinney, vol. 3, p. 176.

33. John Lockwood Kipling, *Beast and Man in India*, p. 281.

34. «Account of Wolves Nurturing Children in Their Dens. By an Indian Official», Plymouth, Jenkin Thomas, 1852. El opúsculo de Sleeman, publicado originariamente como obra anónima, era un fragmento de su largo informe oficial para el gobierno de la India, que se publicaría con carácter póstumo con el título *A Journey through the Kingdom of Oude* (1858).

35. Friedrich Max Müller, «Wolf-Children», *Academy*, 7 (noviembre de 1874), pp. 512-513.

36. John Lockwood Kipling, *Beast and Man in India*, p. 281.

37. Daniel Karlin, «Introduction» en *The Jungle Books* de Rudyard Kipling, Londres, Penguin Classics, 2000, pp. 17-18.

38. Harry Rickett, *The Unforgiving Minute: A Life of Rudyard Kipling*, Londres, Chatto & Windus, 1999, p. 207.

39. Jan Montefiore, «Kipling as a children's writer and the *Jungle Books*», en *The Cambridge Companion to Rudyard Kipling*, editado por Howard Booth, Cambridge, Cambridge University Press, 2011, p. 106.

40. Kipling, *The Jungle Play*, Londres, Penguin Books, 2001, p. 30. Cabe destacar que *The Jungle Play* (véase la Nota sobre los textos) deja bien claro que Mowgli no es Nathoo, aclaración necesaria para evitar cualquier indicio de incesto, ya que la pieza aborda la relación amorosa de Mowgli con Dulia, hija de Messua.

41. Elliot L. Gilbert, *The Good Kipling: Studies in the Short Story*, Manchester, Manchester University Press, 1972, p. 71.

42. S. M. Burrows, «A City of Granite», *Macmillan's Magazine*, 56 (1887), p. 354.

43. Kipling, *América*, Valencia, Pre-Textos, 2014.

44. Para la relación entre Kipling y el movimiento scout, véase la obra de Hugh Brogan *Mowgli's Sons: Kipling and Baden-Powell's Scouts*, Londres, Cape, 1987.

45. Lord Baden-Powell of Gilwell, *The Wolf Cub's Handbook*, Londres, C. Arthur Pearson, 1938, 9.ª ed., p. 23.

46. John A. McClure, *Kipling and Conrad: The Colonial Fiction*, Cambridge, Massachusetts, y Londres, Harvard University Press, 1981, p. 60.

47. Mark Paffard, *Kipling's Indian Fiction*, Londres, Macmillan, 1989, p. 93.

48. Lancelyn Green, *Kipling and the Children*, p. 120.

49. Jopi Nyman, *Postcolonial Animal Tale from Kipling to Coetzee*, Nueva Delhi, Atlantic, 2003, p. 44.

50. Nirad C. Chaudhuri, *Thy Hand, Great Anarch! India: 1921-1952*, Londres, Chatto & Windus, 1987, p. 672.

51. «Post-Mutiny Allegories of Empire», título del segundo capítulo de *Kipling's Imperial Boy: Adolescence and Cultural Hybridity*, de Don Randall, Basingstoke, Palgrave, Macmillan, 2000.

52. Durante la sublevación se evocó repetidamente la metáfora del tigre para crear la imagen de que los sublevados eran maleantes feroces y sanguinarios. En una viñeta titulada «The British Lion's Vengeance on the Bengal Tiger», por ejemplo, un león macho que representa a Gran Bretaña se abalanza sobre un tigre que está atacando a una mujer con un bebé en brazos. La viñeta se publicó en la revista *Punch*, 33 (22 de agosto de 1857), pp. 76-77.

53. Edward W. Said, *Cultura e Imperialismo*, Barcelona, Anagrama, 1996.

54. W. W. Robson, «Introduction» en *The Jungle Books* de Rudyard Kipling, Oxford, Oxford University Press, 1992, p. xix.

55. Tompkins, *The Art of Rudyard Kipling*, p. 68.

56. Karlin, «Introduction», p. 13.

57. Kipling, «In the Rukh: Mowgli's Introduction to White Men», *McClure's Magazine*, 7 (junio de 1896), p. 23.

58. Vale la pena destacar que la edición de Outward Bound no incluye *Muchas fantasías*, ya que todos los relatos de esta obra, incluido «En el *rukh*», se publicaron en distintos volúmenes de acuerdo con la política editorial de «[agrupar] los relatos por temas» (Rudyard Kipling, «"Outward Bound" Edition: Preface», en *The Writings in Prose and Verse of Rudyard Kipling*, vol. 1, Nueva York, Charles Scribner's Sons, 1897, p. vii). Por ejemplo, los relatos sobre Mulvaney, el famoso personaje irlandés de Kipling, como «Mi señor el elefante» y «Amor de las mujeres», que formaban parte de *Muchas fantasías*, se incorporaron a *Soldiers Three and Military Tales*,

que corresponden a los volúmenes 2 y 3 de la edición de Outward Bound.

59. «Los libros de la selva», *Saturday Review*, 77 (1894), p. 639.

60. Para comprender mejor el significado de la caza en el contexto imperial, véase, por ejemplo, *The Empire of Nature: Hunting, Conservation and British Imperialism*, de John M. MacKenzie, publicada en Manchester y Nueva York, Manchester University Press, 1988, así como la colección del mismo autor: *Imperialism and the Natural World*, publicada en Manchester y Nueva York, Manchester University Press, 1990.

61. Karlin, «Introduction», p. 11.

62. Información extraída del artículo de Charles S. Campbell «The Anglo-American Crisis in the Bering Sea, 1890-1891», *Mississippi Valley Historical Review*, 48, n.º 3 (diciembre de 1961), pp. 393-414.

63. Kipling, «Author's Notes on the Names in *The Jungle Books*», p. 478.

Cronología

1865   Joseph Rudyard Kipling nace el 30 de diciembre en Bombay, hijo de Alice y John Lockwood Kipling, profesor de arte en la escuela Sir Jamesetjee Jejeeboy School of Art and Industry.

1868   Nace su hemana Alice («Trix»).

1871-7   Rudyard y Alice son enviados a Inglaterra y quedan al cuidado de la familia Holloway, en Lorne Lodge, Southsea (la «Casa de la Desolación»).

1878-82   Estudia en el United Services College en Westward Ho!, Devon.

1880   Se enamora de Florence («Flo») Garrard y mantiene correspondencia con ella durante cuatro años.

1881   Alice Kipling se encarga de la impresión privada de *Schoolboy Lyrics* en Lahore, India.

1882   Deja la escuela para reunirse con su familia en Lahore (donde su padre trabaja como director en la Lahore School of Art y como conservador del Lahore Museum desde 1875). Se promete «no oficialmente» con Flo Garrard.

1882-7   Trabaja como periodista para la *Civil and Military Gazette* de Lahore con un salario inicial de 150 rupias al mes que, tras seis meses, asciende a 200 y, tras un año, a 400.

1884   Se funda el Indian National Congress. Flo Garrard rompe con él. Se hace una impresión privada de *Echoes*, un libro de parodias y poemas burlescos que escribió con su hermana.

1885   En Lahore publica *Departmental Ditties* y *Quartette*, un suplemento de la *Civil and Military Gazette* escrito por la familia Kipling, que incuye «The Phantom 'Rickshaw» y «The Strange Ride of Morrowbie Jukes».

1886   Se publica *Departmental Ditties* en Londres. Entre noviembre de 1886 y junio de 1887 aparece *Cuentos de las colinas* por entregas en la *Civil and Military Gazette*. En Bombay negocia con Thacker Spink su publicación en forma de libro.

1887   Se traslada a Allahabad para colaborar con el periódico *Pioneer*, con un sueldo que asciende a 600 rupias al mes. Escribe unos ensayos sobre viajes por los Estados Nativos titulados *Letters of Marque*, que más tarde volverán a publicarse en *América*, 1899.

1888   Thacker Spink publica *Cuentos de las colinas*, revisado y ampliado, en Bombay y en Inglaterra. A. D. Wheeler publica *Soldiers Three, Wee Willie Winkie, Under the Deodars, In Black and White* y *The Story of the Gadsbys* en la serie de la Indian Railway Library.

1889   Deja la India para convertirse en escritor free lance y viaja por China, Japón y Estados Unidos, tal como describe en *América*. Llega a Inglaterra, se instala en Londres, cerca de Charing Cross, y pronto alcanza un éxito literario espectacular. Macmillan se convierte en su editorial en Londres y publica todas sus obras salvo la poesía.

1890   Es admitido en el Savile Club. Publica *Baladas del cuartel* en *The Scots Observer*, y muchos poemas y relatos cortos en la *Macmillan's Magazine*, la *St James Gazette* y la *Lippincott's Monthly Magazine* en Nueva York. Sufre una crisis nerviosa y se recupera; vuelve a coincidir con Flo Garrard, de nuevo se enamora y es rechazado, experiencia que plasma en *La luz que se apaga*. Se hace muy amigo del agente literario estadounidense Wolcott Balestier y comienza con él su novela conjunta, *El collar sagrado*.

1891   Se publican *La luz que se apaga* y *El hándicap de la vida: que son los relatos de mi propia gente*. En octubre parte en barco hacia Sudáfrica, Nueva Zelanda y Australia, y hace la que resultará ser su última visita a la India. El 7 de diciembre se entera de la muerte de Wolcott Balestier por un telegrama de su hermana Caroline («Carrie») Balestier, y el 27 de diciembre abandona Lahore rumbo a Inglaterra.

1892   El 10 de enero se casa con Carrie Balestier en la iglesia All Souls en Langham Place en Londres. El 3 de febrero la pareja parte hacia Brattleboro, Vermont, para reunirse con la familia Balestier. En marzo continúan su luna de miel hacia Japón pasando por Vancouver. El 9 de junio Kipling pierde todos sus ahorros, casi 2.000 libras esterlinas, cuando su banco, el

New Oriental Banking Co., quiebra. Regresan a Estados Unidos y se instalan en Brattleboro, en Bliss Cottage. El 29 de diciembre nace Josephine, su «niña querida». Se publica *El collar sagrado*. Se venden 7.000 ejemplares de *Baladas del cuartel* (Methuen) en el primer año.

1893   Los Kipling se trasladan a su propia casa, Naulakha. Se publica *Muchas fantasías*.

1894   Se publica *El libro de la selva*. Lockwood y Alice Kipling dejan la India y se retiran a Tisbury, Wiltshire.

1895   Se publican *El segundo libro de la selva*, *Soldiers Three and Other Stories* y *Wee Willie Winkie and Other Stories*. El sentimiento anglófobo entre Estados Unidos y Gran Bretaña en relación con Venezuela incomoda a Kipling. A la muerte de Tennyson, proponen nombrarlo poeta laureado, pero él se opone.

1896   El 3 de febrero nace su segunda hija, Elsie. Un altercado con Beatty Balestier, el hermano de Carrie, seguido de una vergonzosa acción judicial, inducen a Kipling a volver a Inglaterra. En septiembre se instalan en una casa en Torquay, Devon.

1897   La familia se traslada a Rottingdean, en East Sussex. En junio se celebra el sexagésimo aniversario de la ascensión al trono de la reina Victoria y Kipling escribe el admonitorio «Recessional», que aparece en *The Times* el 17 de julio. Su hijo John nace el 17 de agosto. Se publica *Capitanes intrépidos* y el libro de poesía *Los siete mares*.

1898   Kitchener es asesinado en Omdurman. Se publica *The Day's Work*. La familia Kipling viaja a Cape Town, Sudáfrica, y se quedan allí desde enero hasta abril. Kipling entabla amistad con Cecil Rhodes y Alfred Milner.

1899   Se publica *Stalky & Cía*. En febrero aparece en *The Times* y en el estadounidense *McClure's Journal* «The White Man's Burden», donde alentaba a Estados Unidos a anexionarse Filipinas. Kipling y su familia emprenden una nefasta visita a Estados Unidos. Al llegar a Nueva York, Kipling contrae una grave neumonía. Su estado, a las puertas de la muerte, y su posterior recuperación ocupan los titulares de todo el mundo. El 6 de marzo muere su hija Josephine. Su hermana Trix sufre su primera crisis. Se publican los ensayos sobre viajes recogidos en *De mar a mar* (2 vols.). El 11 de octubre empieza la guerra de los Boer. Kipling, férreo partidario del gobierno, escribe «The Absent-minded Beggar», al que Arthur Sullivan pone música en favor del Fondo para las Familias de los Soldados y para el que se recaudarán 300.000 libras esterlinas.

1900   Entre enero y abril Kipling y su familia viajan a Sudáfrica y se alojan en Cape Town. Kipling visita a las tropas para levantarles los ánimos. Más adelante se dedica a escribir *Kim* y comenta los progresos con su padre. Desde 1900 hasta 1908 Kipling y su familia pasan los inviernos en Cape Town, en The Woolsack, una casa que Cecil Rhodes encarga construir especialmente para ellos.

1901   Se publica *Kim*.

1902   Muere Cecil Rhodes. El Tratado de Vereeniging acaba con la guerra de los Boer. El 2 de enero *The Times* publica *The Islanders*, un poema en el que Kipling reprende a los británicos por su falta de preparación militar. Kipling compra la casa Batemans en Burwash, East Sussex, y se traslada allí el 3 de septiembre. Se publica *Solo cuentos (para niños)*.

1903   Se publica el libro de poemas *Las cinco naciones*.

1904   Se publica *Tráficos y descubrimientos*.

1906   Se publica *Puck de la colina de Pook*.

1907   Otorgan a Kipling el Premio Nobel de Literatura y las universidades de Oxford y Durham lo nombran doctor honoris causa.

1909   Se publica *Acciones y reacciones*.

1910   Se publica *Nuevos cuentos de las colinas*. Muere Eduardo VII y se crea la Unión Sudafricana, lo cual indigna a Kipling. El 23 de noviembre muere Alice Kipling.

1911   El 26 de enero muere Lockwood Kipling. Se publica *A History of England* de C. R. L. Fletcher, con poemas de Kipling. Agitación entre la población por el sufragio femenino. Como respuesta hostil, Kipling publica el poema *The Female of the Species*.

1912   El escándalo Marconi, referente al tráfico de información privilegiada por parte de miembros del gobierno liberal entre los que se incluye Rufus Isaacs, indigna a Kipling. Se publica el libro de poemas *Songs from Books*.

1913   Rufus Isaacs es nombrado fiscal general. Kipling escribe y hace circular en privado el poema antisemítico *Gehazi*, en el que lo ataca. La Cámara de los Comunes aprueba por dos veces el proyecto de ley de autogobierno de Irlanda, pero la de los Lores lo rechaza. Edward Carson fomenta la rebelión en el Ulster y Kipling lo apoya en los mítines.

1914   El proyecto de ley de autogobierno de Irlanda pasa la tercera lectura en la Cámara de los Comunes, lo cual exaspera a los protestantes del Ulster. En abril *The Morning Post* publica el poema *Ulster* de Kipling en el que apoya la sedición de Edward Carson; pronuncia un discurso en Tunbridge Wells en el que ataca a los liberales y el autogobierno de Irlanda. El 4 de agosto Gran Bretaña declara la guerra a Alemania. El 1 de septiembre se publica en *The Times* el llamamiento a las armas de Kipling, *For All We Have and Are*. El 10 de septiembre el hijo de Kipling se une a la Guardia Irlandesa.

1915   Kipling escribe algunos relatos de guerra que incluyen *Mary Postgate*. El batallón de John Kipling se traslada a Francia para tomar parte en la batalla de Loos (25-28 de septiembre). El 27 de septiembre declaran desaparecido al alférez John Kipling. Empiezan los fuertes dolores de estómago que Kipling sufrirá durante los siguientes diecinueve años. Escribe ensayos y poemas navales que se publican bajo el título *Los flecos de la escuadra* y cuatro de los poemas son musicalizados por Edward Elgar.

1916   El Easter Rising, el alzamiento de Pascua, es sofocado por el ejército británico en Dublin; ejecución de sus líderes. Se publica *Sea Warfare*, que incluye el poema *My Boy Jack*.

1917   Piden a Kipling que escriba la historia de la Guardia Irlandesa y él acepta. Se publica *Una diversidad de criaturas*. Su poema *Mesopotamia*, en el que protesta por las bajas en la mal llevada campaña de Mesopotamia, se publica en *The Morning Post*. En septiembre Kipling es nombrado miembro de la Comisión de Tumbas de Guerra. Empieza a escribir *Epitafios de la guerra*.

1918   Fin de la Primera Guerra Mundial. El Sinn Féin gana las elecciones en Irlanda, lo cual provoca disturbios que son sofocados por las tropas británicas (los llamados «Black and Tans»). Kipling escribe el poema *Gods of the Copybook Headings*. Se publica *The Years Between*, un libro de poemas que incluye *Epitafios de la guerra*.

1921   Se proclama el Estado Libre de Irlanda.

1922   Kipling padece fuertes dolores de estómago y cae enfermo. Se le diagnostica erróneamente un cáncer.

1923   Lo eligen rector de la Universidad de Saint Andrews. Se publican *History of the Irish Guards in the Great War* y *Land and Sea Tales for Scouts and Guides*.

1924   Elsie Kipling se casa con el capitán George Bambridge.

1926   Se publica *Debits and Credits*.

1930   Se publica *Thy Servant a Dog*, que se convierte inmediatamente en un best seller.

1932   Se publica *Límites y horizontes*. Kipling escribe el texto del primer mensaje real de Navidad dirigido al imperio y transmitido por el monarca Jorge V.

1934   A Kipling le diagnostican una úlcera de duodeno como causa de los dolores de estómago y recibe el tratamiento adecuado. Su salud mejora.

1935   En agosto Kipling empieza a escribir *Algo de mí mismo*.

1936   El 12 de enero Kipling enferma de úlcera de duodeno perforada y muere el 16 de enero. Es incinerado en Golders Green. El 23 de enero entierran sus cenizas en el rincón de los poetas de la Abadía de Westminster. Entre los portadores del féretro se encuentra el primer ministro, su primo Stanley Baldwin.

1937   Se publica *Algo de mí mismo*.

1937-9   Se lanza la Edición Sussex de las obras de Kipling en 35 volúmenes.

JAN MONTEFIORE, 2011

El libro de la selva

Prefacio

La preparación de una obra como la presente exige recurrir en numerosas ocasiones a la generosidad de los especialistas. Así, pues, el encargado de recopilar las diversas narraciones que en la obra se incluyen pecaría de desagradecido si no hiciera cuanto estuviese en su mano para reconocer, en la medida de lo posible, la inmensa deuda contraída con motivo del generoso tratamiento que le ha sido dispensado.

En primer lugar, debe dar las gracias al docto y distinguido Bahadur Shah, elefante portaequipajes número 174 del Registro de la India, quien, conjuntamente con su amable hermana Pudmini, tuvo la gentileza de aportar la narración titulada «Toomai de los Elefantes», así como gran parte de la información que contiene «Los sirvientes de Su Majestad». Las aventuras de Mowgli fueron recogidas en diversos momentos y lugares de boca de numerosos informadores, la mayor parte de los cuales desean permanecer en el más riguroso anonimato. Sin embargo, dado que ya ha transcurrido cierto tiempo, el recopilador se toma la libertad de expresar su agradecimiento a cierto caballero hindú, apreciado residente en las altas laderas de Jakko, por sus convincentes, si bien algo cáusticas, opiniones sobre las características nacionales de su casta: los présbites. Sahi, erudito de laboriosidad y recursos infinitos, miembro de la Manada de Seeonee, disuelta recientemente, y artista muy conocido en la mayoría de las ferias locales del sur de la India, donde, con el bozal puesto, ejecuta una danza con su amo que consigue atraer a la juventud, belleza y cultura de muchos pueblos, y que ha aportado datos sumamente valiosos sobre la gente, las costumbres y las tradiciones. Tales datos han sido de gran utilidad para la preparación de las narraciones tituladas «¡El tigre! ¡El tigre!», «La cacería de Kaa» y «Los hermanos de Mowgli». Por las líneas generales del cuento «Rikiki-Tikki-Tavi» el recopilador está en deuda con uno de los principales herpetólogos de la Alta India, investigador independiente e intrépido que, «decidido a no vivir sin conocer», recientemente sacrificó su vida a causa de su excesiva aplicación al estudio de nuestras serpientes venenosas. Una feliz coincidencia hizo que el recopilador, que viajaba a bordo del *Empress of India,* pudiera prestar cierta ayuda a uno de los otros pasajeros. De cómo le fueron devueltos con creces sus pobres servicios el lector se dará cuenta por sí mismo en la narración titulada «La foca blanca».

LOS HERMANOS DE MOWGLI

Ya Chil, el Milano, nos trae la noche
que Mang, el Murciélago, ha soltado.
Ya en corrales y establos han encerrado los rebaños,
pues hasta el alba merodeamos.
La hora ha sonado del orgullo y el poder,
de garras, colmillos y zarpas.
¡Oíd la llamada! ¡Buena caza a todos vosotros,
defensores de la Ley de la Jungla!

Canción nocturna de la jungla

Eran las siete de una tarde muy calurosa, en las colinas de Seeonee, cuando Padre Lobo despertó tras dormir todo el día. Se rascó, bostezó y una tras otra fue estirando sus zarpas para librarse del entumecimiento que sentía en las puntas. Madre Loba yacía con su enorme hocico gris sobre sus cuatro cachorros, revoltosos y chillones, y la luz de la luna penetraba por la entrada de la cueva donde vivían todos ellos.

—¡Augr! —dijo Padre Lobo—. Ya vuelve a ser hora de cazar.

Y se disponía a bajar brincando por la ladera cuando una pequeña sombra de frondosa cola cruzó el umbral de la cueva y con voz lastimera dijo:

—¡La suerte sea contigo, oh Jefe de los Lobos! ¡Sea también con tus hijos y les dé dientes blancos y fuertes! ¡Que jamás se olviden de los que en este mundo pasan hambre!

Era Tabaqui el Lameplatos, el Chacal. Los lobos de la India desprecian a Tabaqui porque corre de un lado a otro, haciendo diabluras, contando historias y comiéndose los trapos y trozos de cuero que encuentra en los vertederos de basura de los pueblos. Pero también lo temen, ya que Tabaqui, más que cualquier otro habitante de la jungla, tiende a volverse loco y entonces, olvidándose de que alguna vez haya temido a alguien, cruza el bosque como una exhalación, mordiendo todo lo que halla a su paso. Hasta el tigre corre a esconderse cuando al pequeño Tabaqui le da un ataque de locura, pues la locura es la peor desgracia que pueda caer sobre una criatura. Nosotros la llamamos hidrofobia, pero ellos la llaman *dewanee* (la locura) y huyen corriendo.

—Entra y echa un vistazo, pues —dijo Padre Lobo severamente—, pero aquí no hay comida.

—No la habrá para un lobo —dijo Tabaqui—, pero para un ser tan insignificante como yo un hueso seco es todo un festín. ¿Quiénes somos nosotros, los *Gidurlog* (el Pueblo Chacal) para andarnos con remilgos?

Se metió corriendo hasta el fondo de la cueva, donde encontró un hueso de gamo en el que quedaba un poco de carne, y se sentó a roerlo tranquilamente.

—Muchísimas gracias por tan deliciosa comida —dijo, lamiéndose los labios—. ¡Qué hermosos son tus nobles hijos! ¡Qué ojos más grandes tienen! ¡Son tan jóvenes! En verdad, en verdad que podría haber recordado que los hijos de los reyes son ya hombres cuando nacen.

Ahora bien, Tabaqui sabía tan bien como cualquier otro animal que no hay nada peor que dedicar cumplidos a los pequeños estando ellos delante y le gustó ver como Madre Loba y Padre Lobo se sentían molestos.

Tabaqui siguió sentado, gozando de la diablura que acababa de cometer, y luego, con tono desdeñoso, dijo:

—Shere Khan, el Grande, ha cambiado de cazadero. Según él mismo me ha dicho, cuando cambie la luna cazará en estas colinas.

Shere Khan era el tigre que vivía cerca del río Waingunga, a veinte millas de la cueva.

—¡No tiene ningún derecho! —dijo Padre Lobo con enojo—. Bajo la Ley de la Jungla no tiene ningún derecho a mudar de guarida sin advertirlo con antelación. Asustará a toda la caza que hay en diez millas a la redonda y yo… yo tengo que cazar por dos hoy en día.

—Su madre no le puso por nombre Lungri (el Cojo) por nada —dijo tranquilamente Madre Loba—. Desde que nació ha cojeado de una pata. Es por eso que solamente mata reses. Como la gente de los pueblos que hay en las márgenes del Waingunga está furiosa con él, ahora viene a hacer lo mismo en nuestra región. Cuando él no esté, rastrearán la jungla para atraparlo y nosotros y nuestros pequeños tendremos que huir cuando peguen fuego a la hierba. ¡Le estamos muy agradecidos a Shere Khan! ¡Vaya si lo estamos!

—¿Queréis que le hable de vuestra gratitud? —preguntó Tabaqui.

—¡Fuera de aquí! —dijo secamente Padre Lobo—. Vete a cazar con tu amo. Por esta noche ya has hecho bastante daño.

—Me voy —dijo Tabaqui tranquilamente—. Vosotros mismos podéis oír a Shere Khan allá abajo, en la espesura. Podría haberme ahorrado el viaje.

Padre Lobo aguzó los oídos. Abajo en el valle que se extendía hasta un riachuelo se oía la voz seca, enojada y gruñona de un tigre que no ha logrado cazar nada y le importa un rábano que toda la jungla lo sepa.

—¡El muy imbécil! —dijo Padre Lobo—. ¡Mira que empezar la caza armando tanto ruido! ¿Se cree que nuestros gamos son como sus gordinflones bueyes del Waingunga?

—¡Chitón! No son bueyes ni gamos lo que caza esta noche —dijo Madre Loba—. Es el hombre.

La voz quejosa del tigre dejó paso a un ronroneo zumbador que parecía venir de los cuatro puntos cardinales. Era el ruido que turba a los leñadores y gitanos que duermen al raso y que, a veces, los hace huir hasta caer en las mismas fauces del tigre.

—¡El hombre! —exclamó Padre Lobo, mostrando todos sus blancos dientes—. ¡Puf! ¿Es que no hay suficientes escarabajos y ranas en los estanques, que tiene que comerse al hombre, y además en nuestra tierra?

La Ley de la Jungla, que jamás da una orden sin motivo, prohíbe a todas las bestias comerse al hombre, excepto cuando maten para enseñar a sus cachorros a matar, e incluso entonces han de cazar fuera del territorio de caza de su manada o tribu. La verdadera razón de semejante prohibición es que la muerte de un ser humano significa que antes o después aparecerán hombres blancos montados en elefantes, armados con fusiles y acompañados por centenares de hombres morenos provistos de gongs, cohetes y antorchas. Entonces son todos los habitantes de la jungla los que sufren. La razón que las bestias aducen al hablar entre ellas es que el hombre es el más débil e indefenso de todos los seres vivos y, por tanto, es poco deportivo meterse con él. Dicen también, y con razón, que los devoradores de hombres se vuelven sarnosos y pierden la dentadura.

El ronroneo fue creciendo en intensidad hasta culminar en el «¡Aaar!» sonoro del tigre al lanzarse al ataque.

Seguidamente se oyó un aullido, un aullido que nada tenía de tigre pese a haber sido proferido por Shere Khan.

—Ha fallado —dijo Madre Loba—. ¿Qué será?

Padre Lobo avanzó corriendo unos cuantos pasos y con las ancas pegadas al suelo, dispuesto a saltar. Luego, oyó que Shere Khan musitaba y farfullaba salvajemente, al tiempo que se revolcaba entre los matorrales.

—Al muy necio no se le ha ocurrido otra cosa que saltar sobre la hoguera del campamento de un leñador y, claro, se ha quemado las patas —dijo Padre Lobo con un gruñido—. Tabaqui está con él.

—Algo está subiendo la ladera —dijo Madre Loba, moviendo convulsivamente una de sus orejas—. Prepárate.

Crujió un poco el follaje y Padre Lobo se agachó. De haberos fijado, habríais visto la cosa más maravillosa del mundo: el lobo se detuvo a medio salto. Se lanzó sobre su presa antes de haber visto cuál era esta y luego intentó detenerse. El resultado fue que salió disparado en línea recta hacia arriba y, tras remontarse un metro o metro y medio, volvió a caer casi en el mismo sitio de antes.

—¡El hombre! —exclamó—. ¡Un cachorro de hombre! ¡Mira!

Directamente ante él, asiéndose a una rama baja para no caerse, se hallaba un pequeñuelo moreno y desnudo que apenas sabría caminar todavía: la criaturita más suave y de más graciosos hoyuelos que jamás se haya presentado de noche en la guarida de un lobo. Alzó la vista hacia el rostro de Padre Lobo y se echó a reír.

—¿Eso es un cachorro de hombre? —dijo Madre Loba—. Es la primera vez que veo uno. Tráelo aquí.

Un lobo acostumbrado a trasladar de un sitio a otro sus lobeznos sabe, si hace falta, transportar con la boca un huevo sin que este se rompa y, aunque las mandíbulas de Padre Lobo se cerraron con firmeza sobre las espaldas del niño, este no sufrió ni siquiera una rozadura al depositarlo el lobo entre sus cachorros.

—¡Qué pequeño! ¡Qué desnudo y… qué atrevido! —dijo dulcemente Madre Loba.

El pequeño trataba de apartar a los cachorros para disfrutar del calor de la piel de la loba.

—¡Ajá! Ahora come con los otros. Conque esto es un cachorro de hombre… ¿Ha habido jamás algún lobo que pudiera alardear de tener un cachorro de hombre entre sus hijos?

—He oído hablar de ello algunas veces, pero nunca refiriéndose a nuestra Manada ni a mi época —dijo Padre Lobo—. No tiene nada de pelo y podría matarlo con un simple golpecito. Pero mira: nos observa sin miedo.

Algo impidió que los rayos de luna penetrasen en el interior de la cueva. La enorme y cuadrada mole que formaban la cabeza y los hombros de Shere Khan tapaba la entrada. Detrás de él, Tabaqui chillaba:

—¡Mi señor, mi señor! ¡Se ha metido ahí!

—Shere Khan nos hace un gran honor —dijo Padre Lobo, aunque en sus ojos se reflejaba un gran enojo—. ¿Qué necesita Shere Khan de nosotros?

—Mi presa. Un cachorro de hombre que se metió por aquí —dijo Shere Khan—. Sus padres han huido. Entrégamelo.

Como había dicho Padre Lobo, Shere Khan había saltado sobre la hoguera de un leñador y se sentía furioso a causa del dolor que sufría debido a las quemaduras de sus patas. Pero Padre Lobo sabía que la entrada de la cueva era demasiado angosta para que por ella pudiera colarse un tigre. Incluso donde estaba ahora Shere Khan el espacio era tan reducido que apenas podía mover los hombros y las patas delanteras. Se encontraba en la misma situación que un hombre que intentase luchar hallándose metido en un barril.

—Los lobos somos un pueblo libre —dijo Padre Lobo—. Recibimos órdenes del Jefe de la Manada y no de un matavacas de piel a rayas. El cachorro de hombre es nuestro y podemos matarlo si nos da la gana.

—¡Que si os da o no os da la gana! ¿Con qué derecho me habláis de esta forma? ¡Por el buey que maté! ¿Debo quedarme así, con la nariz metida en vuestra guarida de perros, en espera de que se me conceda lo que por derecho es mío? ¡Soy yo, Shere Khan, el que os habla!

El rugido del tigre atronó toda la cueva. Madre Loba se sacudió los cachorros de encima, dio un salto hacia delante, brillándole los ojos cual dos lunas verdes en la oscuridad, y cayó a poca distancia de los llameantes ojos de Shere Khan.

—¡Y soy yo, Raksha (el Demonio), quien te responde! El cachorro de hombre es mío, Lungri. ¡Mío y de nadie más! Nadie le dará muerte. Vivirá para correr y cazar con la Manada y al final, óyeme bien, cazador de cachorros desnudos, comedor de ranas, matapeces, al final ¡te cazará a ti! Ahora vete de aquí o por el sambhur[1] que maté (yo no como reses famélicas) que regresarás al lado de tu madre más cojo de lo que eras al nacer. ¡Vete ya, fiera chamuscada! ¡Fuera!

Padre Lobo contemplaba la escena lleno de asombro. Ya casi había olvidado los días en que había ganado para él a Madre Loba tras noble y reñida lucha con otros cinco lobos, cuando ella corría con el resto de la Manada y no era un simple cumplido que la llamasen el Demonio. Puede que Shere Khan hubiese plantado cara a Padre Lobo, pero no era capaz de vérselas con Madre Loba, pues sabía que tal como estaba ella le llevaba todas las ventajas y estaba dispuesta a luchar a muerte. Así que retrocedió para salir de la entrada de la cueva, no sin gruñir mientras lo hacía, y cuando se hubo librado de su prisión, gritó:

—¡Cada perro ladra en su propio patio! Ya veremos qué dice la Manada sobre criar cachorros de hombre. El cachorro es mío y acabará entre mis colmillos. ¡No lo olvidéis, ladrones de cola peluda!

Madre Loba se dejó caer jadeando entre sus pequeñuelos y Padre Lobo le dijo con tono grave:

—En esto tiene razón Shere Khan. Hay que mostrar el cachorro a la Manada. ¿Aún deseas conservarlo, Madre?

—¡Conservarlo! —exclamó ella—. Vino de noche, desnudo, solo y muy hambriento. ¡Y pese a todo no tenía miedo! Fíjate, ya ha echado a un lado a uno de mis pequeños. ¡Y pensar que ese carnicero cojo lo habría matado! ¡Que luego se habría fugado al Waingunga, mientras las gentes de los alrededores acosaban nuestras guaridas para vengarse! ¿Si quiero

1. Ciervo de gran tamaño que habita en el S. E. asiático. *(N. del T.)*

conservarlo? Ten la seguridad de que sí quiero. Acuéstate y quédate quietecita, ranita. Te lo digo a ti, Mowgli, pues Mowgli la Rana te llamaré. Llegará un día en que tú perseguirás a Shere Khan del mismo modo que él te ha perseguido.

—¿Pero qué dirá nuestra Manada? —dijo Padre Lobo.

La Ley de la Jungla establece muy claramente que todo lobo, al casarse, puede retirarse de la Manada a la que pertenece, pero que, tan pronto como sus cachorros hayan alcanzado la edad en que puedan tenerse en pie, debe presentarlos al Consejo de la Manada, que generalmente se celebra una vez al mes cuando hay luna llena, con el fin de que los demás lobos puedan identificarlos. Después de esa inspección, los cachorros son libres de correr a donde les plazca y, en tanto no hayan matado su primer gamo, no se acepta excusa alguna si alguno de los lobos crecidos que integran la Manada da muerte a uno de los cachorros. El castigo que se aplica es la muerte allí mismo donde se localice al asesino y, si pensáis un poco en ello, veréis que así debe ser.

Padre Lobo esperó hasta que sus cachorros supieron correr un poco y entonces, la noche en que se celebraba la Reunión de la Manada, se los llevó, junto con Madre Loba y Mowgli, a la Roca del Consejo, que era la cima de una colina cubierta de piedras y peñascos entre los que podían esconderse un centenar de lobos. Akela, el gran Lobo Solitario de pelo gris que gobernaba a toda la Manada gracias a su fuerza y astucia, yacía cuan largo era sobre su roca y a sus pies se hallaban sentados cuarenta o más lobos de todos los tamaños y colores, desde veteranos color tejón, capaces de vérselas solos con un gamo, hasta lobitos de piel negra que a sus tres años se creían capaces de hacer lo mismo. Hacía ya un año que Lobo Solitario era el jefe. En su juventud había caído dos veces en una trampa para lobos y en otra ocasión le habían propinado una paliza, dejándolo luego por muerto. Así, pues, conocía muy bien las costumbres y usos de los hombres. Poco se hablaba en la roca. Los cachorros jugueteaban en medio del círculo formado por sus madres y padres y de vez en cuando un lobo de mayor edad se acercaba calladamente a un cachorro, lo miraba detenidamente y lo devolvía a su lugar sin hacer el menor ruido al caminar. A veces una madre empujaba a su cachorro hasta que la luz de la luna caía de lleno sobre él, para cerciorarse de que no lo hubiesen pasado por alto. Desde lo alto de su roca, Akela exclamaba:

—¡Ya conocéis la ley! ¡Ya la conocéis! ¡Fijaos bien, oh Lobos!

Y las madres, angustiadas, repetían el grito:

—¡Fijaos! ¡Fijaos bien, oh lobos!

Por fin (y en aquel momento a Madre Loba se le erizaron los pelos del cuello) Padre Lobo empujó a «Mowgli la Rana», como solían llamarlo, hacia el centro del círculo, donde se quedó sentado, riéndose y jugando con unos cuantos guijarros que relucían a la luz de la luna.

Akela no alzó en ningún momento la cabeza, sino que siguió con su monótono grito:

—¡Fijaos bien!

De detrás de las rocas surgió un rugido sofocado. Era la voz de Shere Khan exclamando:

—¡El cachorro es mío! ¡Dámelo! ¿Qué tiene que ver el Pueblo Libre con un cachorro de hombre?

Akela ni siquiera movió las orejas y se limitó a decir:

—¡Fijaos bien, oh lobos! ¿Qué tiene que ver el Pueblo Libre con unas órdenes que no emanen de su propio seno? ¡Fijaos bien!

Se alzó un coro de graves gruñidos y un lobezno de cuatro años recogió la pregunta de Shere Khan y se la lanzó a Akela:

—¿Qué tiene que ver el Pueblo Libre con un cachorro de hombre?

Ahora bien, la Ley de la Jungla establece que si se produce alguna disputa sobre el derecho de un cachorro a ser aceptado por la Manada, en favor de dicho cachorro deben hablar por lo menos dos miembros de la Manada que no sean ni su padre ni su madre.

—¿Quién hablará en nombre de este cachorro? —preguntó Akela—. ¿Quién hablará entre los que formáis el Pueblo Libre?

No hubo respuesta, por lo que Madre Loba se aprestó para lo que sabía que iba a ser su última batalla, si es que las cosas iban a peores.

Entonces el único animal de otra especie al que se permite asistir a los Consejos de la Manada, Baloo, el oso pardo y dormilón que enseña la Ley de la Jungla a los cachorros de lobo, el viejo Baloo, que puede ir y venir a su antojo, porque solo come nueces, raíces y miel, se levantó sobre los cuartos traseros y gruñó.

—¿El cachorro de hombre? ¿El cachorro de hombre? —dijo—. Yo hablo por el cachorro de hombre. No tiene nada de malo un cachorro de hombre. No poseo el don de la oratoria, pero digo siempre la verdad. Dejad que corra con la Manada y sea aceptado con los demás. Yo mismo me encargaré de enseñarle.

—Aún necesitamos otro que hable en su nombre —dijo Akela—. Baloo ya ha hablado y él es el profesor de los cachorros jóvenes. ¿Quién más habla aparte de Baloo?

Una sombra negra cayó en el interior del círculo. Se trataba de Bagheera la Pantera Negra. Todo su cuerpo era del color de la tinta china, pero, según la luz que la bañaba, las marcas propias de la pantera se veían como las aguas de ciertas clases de seda. Todo el mundo conocía a Bagheera y a nadie le hacía gracia cruzarse en su camino, pues era astuta como Tabaqui, atrevida como un búfalo salvaje y temeraria como un elefante herido. Pero su voz era dulce como la miel silvestre que mana gotita a gotita del tronco de un árbol y su piel era más suave que la pelusa.

—Oh, Akela y vosotros, el Pueblo Libre —ronroneó—. No tengo ningún derecho en vuestra asamblea, pero la Ley de la Jungla dice que si surge alguna duda que no sea cuestión de.vida o muerte en relación con algún cachorro nuevo, la vida de ese cachorro puede comprarse por un precio y la ley no dice quién puede o quién no puede pagar ese precio. ¿Tengo razón?

—¡Viva, viva! —gritaron los lobos jóvenes, que siempre tienen hambre—. Escuchad a Bagheera. Se puede comprar el cachorro por un precio. Es la ley.

—Sabiendo que no tengo ningún derecho a hablar aquí, os pido permiso para hacerlo.

—¡Habla pues! —exclamaron veinte voces.

—Matar a un cachorro desnudo es una vergüenza. Además, puede que cuando sea mayor os resulte útil. Baloo ya ha hablado por él. Pues bien, a la palabra de Baloo añadiré yo un buey, bien gordo por cierto, que acabo de matar a menos de media milla de aquí, si estáis dispuestos a aceptar al cachorro de hombre conforme marca la ley. ¿Os parece difícil?

Se alzó un clamor de voces, veintenas de voces, que decían:

—¿Qué más da? Morirá cuando vengan las lluvias del invierno. Se abrasará bajo el sol. ¿Qué daño nos puede hacer una rana desnuda? Dejémosle correr con la Manada. ¿Dónde está el buey, Bagheera? Aceptémoslo.

Y seguidamente se oyó el ladrido de Akela exclamando:

—¡Fijaos bien! ¡Fijaos bien, oh lobos!

Mowgli seguía profundamente interesado por los guijarros, por lo que no se dio cuenta de que los lobos se acercaban para mirarlo de uno en uno. Finalmente bajaron todos por la colina en busca del buey muerto dejando solo a Akela, Bagheera, Baloo y los lobos de Mowgli. En el silencio de la noche seguían oyéndose los rugidos de Shere Khan, que estaba muy enfadado porque no le habían entregado a Mowgli.

—Haces bien en rugir ahora —dijo Bagheera—, pues, o no conozco al hombre, o llegará un día en que ese animalito desnudo te hará rugir de otro modo.

—Hemos hecho bien —dijo Akela—. Los hombres y sus cachorros son muy sabios. Puede que con el tiempo nos resulte útil.

—En verdad que os será útil en la necesidad, pues nadie puede confiar en ser eternamente el Jefe de la Manada —dijo Bagheera.

Akela permaneció callado. Pensaba en el momento que inevitablemente llega para todo jefe de manada cuando sus fuerzas lo abandonan y se va sintiendo más y más débil, hasta que finalmente los lobos le dan muerte y surge un nuevo jefe, que a su vez es muerto cuando llega su hora.

—Lleváoslo —le dijo a Padre Lobo— y adiestradlo como corresponde a un miembro del Pueblo Libre.

Y así es como Mowgli ingresó en la Manada de Lobos de Seeonee por el precio de un buey y las buenas palabras de Baloo.

Me permitiréis ahora que dé un salto de diez u once años y os contentaréis con imaginar únicamente la maravillosa vida que Mowgli llevó entre los lobos, ya que, si tuviera que escribirla detalladamente, llenaría un sinfín de libros. Creció con los cachorros, aunque ellos, por supuesto, eran ya lobos crecidos antes de que él fuese niño. Padre Lobo le enseñó el oficio y el significado de las cosas de la jungla, hasta que cada crujido de la hierba, cada soplo del cálido aire de la noche, cada nota que los búhos cantaban en lo alto de los árboles, los rasguños de las garras de los murciélagos al posarse en la rama de un árbol, el chapoteo de los pececillos en un estanque tenían para él tanto significado como el trabajo de la oficina lo tiene para el hombre de negocios. Cuando no estaba aprendiendo algo, se sentaba al sol y echaba un sueñecito, luego despertaba para comer algo y volvía a conciliar el sueño. Cuando se sentía sucio o tenía calor nadaba en los estanques de la selva. Y cuando quería miel (Baloo le había dicho que la miel con nueces era un bocado tan apetecible como la carne cruda) se encaramaba a un árbol para cogerla. Bagheera le había enseñado a hacerlo. Bagheera se tendía en una rama y le llamaba: «Ven aquí, Hermanito». Al principio Mowgli se pegaba al tronco como el perezoso, pero después aprendió a saltar de rama en rama casi con la misma osadía que el mono gris. También ocupaba su lugar en la Roca del Consejo cuando la Manada se reunía y fue allí donde descubrió que, si miraba con insistencia a alguno de los lobos, este se veía obligado a bajar los ojos, de manera que Mowgli solía hacerlo para divertirse. Otras veces extraía las largas espinas que a sus amigos se les clavaban en las patas, pues los lobos sufren horriblemente cuando se les clava una espina o una esquirla puntiaguda en la piel. De noche bajaba la ladera de la colina y se metía en las tierras cultivadas y miraba con mucha curiosidad a los campesinos que dormían en sus chozas, aunque desconfiaba de los hombres, porque Bagheera le había mostrado una caja cuadrada con una puerta que se cerraba de golpe, tan astutamente oculta en la jungla que Mowgli estuvo a punto de meterse en ella. Bagheera le explicó que aquello era una trampa. Lo que más le gustaba era adentrarse con Bagheera en el cálido y oscuro corazón de la selva, pasarse durmiendo el bochornoso día y, al hacerse de noche, ver cómo Bagheera se dedicaba a matar. Bagheera mataba a diestro y siniestro cuando tenía hambre, y lo mismo hacía Mowgli, aunque con una excepción. En cuanto fue lo suficientemente mayor para comprender las cosas, Bagheera le explicó que jamás debía tocar las reses, ya que le habían admitido en la Manada por el precio de la vida de un buey.

—Toda la jungla es tuya —decía Bagheera— y puedes matar todo lo que tus fuerzas te permitan. Pero, por respeto al buey que sirvió para comprarte, jamás debes matar o comer reses, ya sean jóvenes o viejas. Así lo ordena la Ley de la Jungla.

Mowgli obedeció fielmente.

Y creció y creció fuerte como un mozalbete debe crecer cuando no sabe que está aprendiendo sus lecciones y no tiene que preocuparse de otra cosa que de encontrar comida.

Madre Loba le dijo una o dos veces que Shere Khan no era una criatura digna de confianza y que algún día él, Mowgli, tendría que matar a Shere Khan. Pero, aunque un lobo joven habría tenido siempre presente el consejo, Mowgli se olvidó del mismo porque él no era más que un niño, aunque habría dicho que era un lobo si hubiese sabido hablar como un hombre.

En la jungla, Shere Khan siempre se cruzaba en su camino, pues, a medida que Akela se iba haciendo más viejo y débil, el tigre cojo se hizo muy amigo de los lobos jóvenes de la Manada, que iban tras él en busca de las sobras de sus comidas, cosa que Akela jamás habría permitido si se hubiese atrevido a imponer su autoridad. Shere Khan aprovechaba la ocasión para adularlos diciendo que le extrañaba que tan consumados y jóvenes cazadores se dejasen guiar por un lobo moribundo y un cachorro de hombre.

—Me han dicho —solía comentar Shere Khan— que en el Consejo no os atrevéis a mirarlo a los ojos.

Los lobos jóvenes contestaban con gruñidos amenazadores.

Bagheera, que tenía ojos y oídos en todas partes, estaba enterada de esto y en una o dos ocasiones le dijo a Mowgli que Shere Khan lo mataría algún día. Mowgli se reía de la pantera y contestaba:

—Tengo la Manada y te tengo a ti, y Baloo, aunque sea tan perezoso, sería capaz de pegar unos cuantos mamporros por mí. ¿Por qué he de tener miedo, pues?

Fue un día muy caluroso cuando a Bagheera se le ocurrió otra idea, fruto de algo que había oído decir. Puede que se lo hubiese dicho Ikki, el Puerco Espín, pero lo cierto es que, estando con Mowgli en el corazón de la jungla, tendido el pequeño en el suelo, con la cabeza recostada en la hermosa piel negra de Bagheera, esta le dijo:

—Hermanito, ¿cuántas veces te he dicho que Shere Khan es tu enemigo?

—Tantas como frutos hay en aquella palmera —dijo Mowgli, que, naturalmente, no sabía contar—. ¿Y qué? Tengo sueño,

Bagheera, y Shere Khan no tiene más que mucha cola y muchas ganas de hablar, igual que Mao, el Pavo Real.

—Pues este no es momento para dormir. Baloo lo sabe, yo lo sé, la Manada lo sabe, incluso lo saben los ciervos, esos tontos entre todos los tontos. También Tabaqui te lo ha dicho.

—¡Ja, ja! —exclamó Mowgli—. No hace mucho Tabaqui me vino con no sé qué groserías sobre si yo era un cachorro de hombre desnudo que no servía ni para coger raíces de esas que comen los cerdos. Pero yo cogí a Tabaqui por la cola y lo golpeé un par de veces contra el tronco de una palmera, para que aprendiese mejores modales.

—Eso fue una tontería, pues, aunque Tabaqui sea un cizañero, te habría dicho algo que te concernía mucho. Abre los ojos, Hermanito. Shere Khan no se atreve a matarte en la jungla, pero recuerda que Akela es muy viejo y pronto llegará el día en que no podrá matar un gamo y entonces dejará de ser el jefe. Muchos de los lobos que te examinaron cuando fuiste presentado al Consejo son también muy viejos y los lobos jóvenes creen, como les ha enseñado Shere Khan, que un cachorro de hombre no tiene cabida en la Manada. Dentro de muy poco serás hombre.

—¿Y qué tiene un hombre que le impida correr con sus hermanos? —dijo Mowgli—. Nací en la jungla. He obedecido la Ley de la Jungla y no hay ningún lobo entre nosotros al que no le haya extraído una espina. ¡Seguro que son mis hermanos!

Bagheera se tendió cuan larga era y entornó los ojos.

—Hermanito —dijo—, pon tu mano debajo de mi mandíbula.

Mowgli alzó su mano fuerte y morena y justo debajo del sedoso mentón de Bagheera, donde sus poderosos músculos quedaban ocultos por el pelo lustroso, notó que había una pequeña zona pelada.

—No hay nadie en la jungla que sepa que yo, Bagheera, llevo esta señal: la señal de un collar. Pero yo, Hermanito, nací entre los hombres y fue entre ellos donde murió mi madre: en las jaulas del palacio real de Oodeypore. Fue por esta razón que pagué el precio que pedían por ti en el Consejo, cuando tú no eras más que un cachorro pequeño y desnudo. Sí, también yo nací entre los hombres. Jamás había visto la jungla. Me servían la comida entre rejas, en un recipiente de hierro, hasta que una noche se me ocurrió pensar que yo era Bagheera, la Pantera, y no un juguete de los hombres, así que de un solo zarpazo partí el estúpido candado y me escapé. Y si en la jungla llegué a ser más terrible que Shere Khan fue porque había aprendido las costumbres de los hombres. ¿No es así?

—Sí —dijo Mowgli—. La jungla toda teme a Bagheera…, toda menos Mowgli.

—Oh, pero es que tú eres un cachorro de hombre —dijo la Pantera Negra con mucha ternura— y, del mismo modo que yo regresé a mi jungla, tú deberás volver con los hombres, con los hombres que son tus hermanos, si antes no te matan en el Consejo.

—Pero ¿por qué? ¿Por qué iba alguien a desear mi muerte? —dijo Mowgli.

—Mírame —dijo Bagheera.

Mowgli la miró fijamente a los ojos. La enorme pantera volvió la cabeza a los pocos instantes.

—He aquí el porqué —dijo, moviendo las zarpas sobre las hojas que cubrían el suelo—. Ni siquiera yo puedo sostener tu mirada, y eso que nací entre los hombres y te quiero, Hermanito. Los otros te odian porque no son capaces de mirarte cara a cara, porque eres sabio, porque les has sacado las espinas que se les clavaban en las garras, porque tú eres hombre.

—No sabía nada de todo esto —dijo Mowgli, entristecido y frunciendo sus pobladas cejas negras.

—¿Qué dice la Ley de la Jungla? Primero pega y después ladra. Por tu propio descuido saben que eres hombre. Pero sé prudente. Me dice el corazón que cuando Akela pierda la próxima presa, y cada vez le cuesta más atraparlas, la Manada se volverá contra él y en contra de ti. Celebrarán un Consejo de la Jungla en la Roca y luego… luego… ¡Ya lo tengo! —exclamó Bagheera levantándose de un salto—. Baja corriendo a las chozas que los hombres tienen en el valle y coge un poco de la Flor Roja que allí cultivan. Así, cuando llegue el momento, contarás con un amigo más fuerte que yo o que Baloo o los miembros de la Manada que te quieren bien. Ve por la Flor Roja.

Al decir «Flor Roja», Bagheera se refería al fuego, solo que ninguna de las criaturas de la jungla llama al fuego por su verdadero nombre. Todas las bestias viven en constante temor del fuego, un temor mortal que las mueve a inventar un centenar de formas de llamarlo.

—¿La Flor Roja? —dijo Mowgli—. Ah, sí, eso que crece ante sus chozas al caer la noche. Cogeré un poco.

—Ha hablado Cachorro de Hombre —dijo Bagheera con acento de orgullo—. Recuerda que crece en unas macetas pequeñas. Coge una rápidamente y guárdala siempre junto a ti para cuando la necesites.

—¡Muy bien! —dijo Mowgli—. Allá voy. Pero ¿estás segura, Bagheera mía? —dijo, rodeando con su brazo el espléndido cuello de Bagheera y clavando la mirada en sus ojazos—. ¿Estás segura de que todo esto es obra de Shere Khan?

—¡Lo juro por el Candado Roto que me libró del encierro! ¡Tenlo por seguro, Hermanito!

—Entonces ¡por el buey que me compró, juro que le daré a Shere Khan todo lo que se merece! ¡Hasta puede que un poco más! —dijo Mowgli, echando ya a correr.

—¡Eso es un hombre! ¡Un hombre hecho y derecho! —exclamó Bagheera para sí, volviendo a tumbarse en el suelo—. ¡Ay de ti, Shere Khan! ¡Jamás te has metido en más negra aventura que la cacería de ranas que emprendiste hace diez años!

Mowgli corría a través de la espesura, alejándose más y más, con el corazón desbocado. Llegó a la cueva justo cuando empezaba a alzarse la neblina vespertina. Se detuvo para recobrar el aliento y miró al valle que se extendía a los pies de la colina. Los cachorros habían salido, pero Madre Loba, que estaba en el fondo de la cueva, adivinó que algo le pasaba a su ranita al oír su respiración.

—¿Qué te ocurre, hijo? —preguntó.

—Habladurías de Shere Khan, que dice cosas propias de murciélago —respondió Mowgli desde donde estaba—. Esta noche voy a cazar en los campos de labranza.

Y, así diciendo, empezó a bajar por la ladera entre los arbustos, hasta llegar al río que corría por el valle. Allí se detuvo, pues se oían los aullidos de la Manada, que estaba cazando. Se oyó también el mugido de un sambhur acosado por los lobos y luego su resoplido al hacer frente a sus perseguidores. Entonces se oyeron los aullidos malintencionados de los jóvenes lobos que gritaban:

—¡Akela! ¡Akela! ¡Que Lobo Solitario demuestre su fuerza! ¡Dejad sitio para el Jefe de la Manada! ¡Salta, Akela!

Lobo Solitario debió de saltar sobre su presa sin conseguir alcanzarla, pues Mowgli oyó el chasquido de sus colmillos y luego un ladrido de dolor al ser derribado por las patas delanteras del sambhur.

Sin esperar a oír más, reanudó su veloz carrera. Los aullidos fueron quedando atrás, cada vez más débiles, a medida que corría por los labrantíos donde vivían los campesinos.

—Bagheera tenía razón —dijo entre jadeos al acomodarse en un montón de forraje que había junto a la ventana de una choza—. Mañana será un día importante tanto para Akela como para mí.

Acercó el rostro a la ventana y contempló el fuego que ardía en el hogar. Vio que la esposa del labrador se levantaba y alimentaba el fuego con unos terrones negros para que no se apagase durante la noche. Cuando llegó la mañana con sus neblinas blancas y frías, vio que el hijo del campesino cogía un recipiente de mimbre, recubierto de tierra por dentro, lo llenaba de terrones de carbón vegetal al rojo vivo, lo envolvía con su manta y salía a cuidar de las vacas en el establo.

—¿Eso es todo? —se dijo Mowgli—. Si un cachorro es capaz de hacerlo, nada hay que temer entonces.

Así que dobló la esquina de la choza, se plantó ante el chiquillo, le arrebató el recipiente y desapareció entre la neblina, dejando al pequeño aullando de pavor.

—Se parecen mucho a mí —dijo Mowgli, soplando sobre lo que había dentro del recipiente, como había visto hacer a la mujer de la choza—. Esto se morirá si no le doy de comer.

Echó ramitas y cortezas sobre la masa roja. A medio camino colina arriba se encontró con Bagheera, sobre cuya piel el rocío matutino brillaba como las piedras preciosas.

—Akela ha fallado —dijo la Pantera—. Lo habrían matado anoche mismo, pero te necesitaban también a ti. Te estaban buscando por la colina.

—Estaba abajo, en los campos de cultivo. ¡Mira! ¡Ya estoy preparado! —dijo Mowgli, alzando el recipiente del fuego.

—¡Muy bien! Vamos a ver: he visto que los hombres a veces meten una rama seca en esa materia y al poco la Flor Roja se abre en la punta de la rama. ¿No tienes miedo?

—No. ¿Por qué iba a tenerlo? Ahora recuerdo, si es que no se trata de un sueño, recuerdo que, antes de ser lobo, solía acostarme al lado de la Flor Roja, que era cálida y agradable.

Aquel día se lo pasó todo Mowgli sentado en la cueva cuidando de su recipiente del fuego, dentro del cual ponía ramas secas para ver qué pasaba. Encontró una rama que lo dejó satisfecho y por la tarde, cuando Tabaqui se presentó en la cueva y, con muy malos modales, le dijo que reclamaban su presencia en la Roca del Consejo, Mowgli se echó a reír hasta que Tabaqui huyó despavorido. Entonces Mowgli se encaminó hacia el Consejo, sin dejar de reírse.

Akela, Lobo Solitario, yacía en el suelo junto a su roca, en señal de que el liderazgo de la Manada estaba vacante, mientras Shere Khan, con su cortejo de lobos alimentados de sobras, paseaba abiertamente de un lado a otro, recibiendo halagos. Bagheera se tendió cerca de Mowgli, que tenía el recipiente del fuego entre sus rodillas. Una vez estuvieron todos reunidos, Shere Khan empezó a hablar, cosa que jamás habría osado hacer cuando Akela se hallaba en la flor de la vida.

—No tiene ningún derecho —susurró Bagheera—. Díselo a los demás. Es hijo de un perro y se asustará.

De un brinco Mowgli se levantó y exclamó:

—¡Oídme, los del Pueblo Libre! ¿Acaso Shere Khan es el Jefe de la Manada? ¿Qué tiene que ver un tigre con nuestro liderazgo?

—Viendo que este sigue vacante y habiéndoseme pedido que hablase... —empezó a decir Shere Khan.

—¿Quién te lo ha pedido? —preguntó Mowgli—. ¿Es que somos todos unos chacales deseosos de adular a este matavacas? El liderazgo de la Manada es cosa que concierne solamente a la Manada.

Se oyeron gritos de:

—¡Silencio, Cachorro de Hombre!

—Dejad que hable, pues ha respetado nuestra ley.

Y finalmente los ancianos de la Manada clamaron con sus vozarrones:

—¡Dejad que hable Lobo Muerto!

Cuando el cabecilla de una manada fracasa al tratar de coger una presa lo llaman Lobo Muerto mientras vive, que por lo general no suele ser mucho tiempo.

Akela alzó cansinamente su anciana cabeza:

—Pueblo Libre, y vosotros también, chacales de Shere Khan. Durante mucho tiempo os he conducido a donde estaba la caza y luego al regresar a casa, y jamás ninguno de nosotros ha caído en una trampa o resultado herido. Ahora no he logrado dar muerte a mi presa. Vosotros sabéis cómo se ha tramado este complot. Sabéis que se me hizo perseguir un gamo al que no habían acosado los demás, para que de esta forma mi flaqueza resultase más evidente. Ha sido una jugada maestra. Tenéis derecho a matarme aquí mismo, en la Roca del Consejo. Así, pues, os pregunto esto: ¿quién quiere poner fin a la vida de Lobo Solitario? Pues estoy en mi derecho, según la Ley de la Jungla, al pediros que os acerquéis de uno en uno.

Se produjo un largo silencio, ya que ni uno solo de los lobos tenía ganas de entablar una lucha a muerte con Akela. Luego Shere Khan rugió:

—¡Bah! ¿Qué nos importa este imbécil desdentado? ¡Está condenado a morir! Es el cachorro de hombre el que ha vivido demasiado tiempo. Pueblo Libre, su carne me pertenece de buen principio. Dádmelo a mí. Estoy cansado de tanta tontería sobre el hombre lobo. Lleva diez años causando molestias en la jungla. Entregadme el cachorro de hombre y cazaré siempre en esta región, sin daros un solo hueso a vosotros. Es un hombre, el hijo de un hombre ¡y lo odio hasta la médula!

Más de la mitad de la Manada se puso a chillar:

—¡Un hombre! ¡Un hombre! ¿Qué hace un hombre entre nosotros? Que se vaya a donde esté su lugar.

—¿Y que ponga en contra de nosotros a toda la gente de los pueblos? —rugió Shere Khan—. ¡No! Entregádmelo a mí. Es un hombre y ninguno de nosotros puede mirarlo a los ojos.

Akela volvió a levantar la cabeza y dijo:

—Ha comido nuestros alimentos. Ha dormido con nosotros. Ha ojeado la caza para nosotros. No ha quebrantado la Ley de la Jungla.

—Además, pagué por él con un buey cuando lo aceptasteis. El valor de un buey es poca cosa, pero el honor de Bagheera es algo por lo que quizá luchará —dijo Bagheera con toda la gentileza de que era capaz.

—¡Un buey pagado hace diez años! —gruñó la Manada, enseñando los colmillos—. ¿Qué nos importan los huesos de hace diez años?

—¿Y las promesas? —dijo Bagheera, mostrándoles sus blancos colmillos—. ¡Ya hacen bien en llamaros el Pueblo Libre!

—¡Ningún cachorro de hombre puede correr con el Pueblo de la Jungla! —aulló Shere Khan—. ¡Dádmelo a mí!

—Es nuestro hermano en todo salvo la sangre —prosiguió Akela— ¡y pese a ello lo mataríais aquí mismo! En verdad que he vivido demasiado. Algunos de vosotros sois devoradores de reses y de otros he oído decir que, siguiendo las enseñanzas de Shere Khan, al amparo de la noche os acercáis a las cabañas y os lleváis a los niños. Así, pues, sé que sois unos cobardes y que con cobardes estoy hablando. Es cierto que debo morir y que mi vida no vale nada, pues de lo contrario os la ofrecería a cambio de la del cachorro de hombre. Pero, por el honor de la Manada, que es una cosilla de la que os habéis olvidado al no tener jefe, os prometo que, si dejáis que el cachorro de hombre regrese con los suyos, yo, cuando llegue la hora de mi muerte, no alzaré un solo colmillo contra vosotros. Moriré sin luchar. Eso, cuando menos, le ahorrará tres vidas a la Manada. Más no puedo hacer; pero, si queréis, os puedo ahorrar la vergüenza de matar a un hermano contra el que no se tiene nada, un hermano que, conforme la Ley de la Jungla, ingresó en la Manada después de que dos de sus miembros hablasen por él y, asimismo, se pagase el correspondiente precio.

—¡Es un hombre! ¡Un hombre! ¡Un hombre! —gruñía la Manada, mientras la mayor parte de los lobos se agrupaban alrededor de Shere Khan, que empezaba a mover la cola.

—Ahora el asunto está en tus manos —le dijo Bagheera a Mowgli—. Nosotros ya no podemos hacer nada más, salvo luchar.

Mowgli se irguió con el recipiente del fuego en las manos. Seguidamente extendió los brazos y bostezó de cara al Consejo, pero por dentro se sentía furioso de rabia y tristeza, pues los lobos, como lobos que eran, nunca le habían dicho lo mucho que lo odiaban.

—¡Escuchadme! —exclamó—. No hay ninguna necesidad de tanto parloteo perruno. Me habéis dicho tantas veces que soy un hombre esta noche (y la verdad es que habría seguido siendo un lobo hasta el fin de mis días) que tengo la sensación de que vuestras palabras son ciertas. Así que ya no os volveré a llamar mis hermanos, sino que os llamaré *sag* (perros), igual que haría un hombre. Lo que hagáis o no hagáis no es cosa vuestra, sino que depende de mí. Y para que veáis el asunto más claramente, yo, el hombre, os he traído un poco de la Flor Roja que vosotros, perros, teméis.

Arrojó el recipiente al suelo y varios carbones prendieron fuego a un puñado de musgo seco que ardió inmediatamente con llamas muy vivas. El Consejo en pleno retrocedió aterrorizado ante las llamaradas.

Mowgli metió la rama seca en el fuego hasta que las ramitas se encendieron y empezaron a crepitar. Entonces alzó la mano y se puso a describir amplios círculos de fuego entre los atemorizados lobos.

—Tú eres el maestro —dijo en voz baja Bagheera—. Salva a Akela de la muerte, que él siempre fue tu amigo.

Akela, el entristecido y viejo lobo que jamás en toda su vida había pedido compasión, dirigió una lastimera mirada a Mowgli, que completamente desnudo, con su largo pelo negro sobre los hombros, permanecía de pie bañado por la luz de la rama llameante que hacía saltar y estremecerse a las sombras.

—¡Muy bien! —exclamó Mowgli, mirando lentamente a su alrededor—. Ya veo que sois unos perros. Os abandono para reunirme con mi gente, si es que son mi gente. La jungla me está vedada y debo olvidarme de vuestra forma de hablar y de vuestra camaradería. Pero seré más misericordioso que vosotros. Porque, salvo en la sangre, he sido vuestro hermano en todo lo demás, os prometo que cuando sea un hombre entre los otros hombres no os traicionaré del mismo modo que vosotros me habéis traicionado.

Dio un puntapié al fuego y levantó un surtidor de chispas.

—No habrá guerra entre ninguno de nosotros y la Manada. Pero antes de irme quiero pagar una deuda.

Avanzó hacia el sitio donde Shere Khan se hallaba sentado, guiñando estúpidamente los ojos ante las llamas, y lo cogió por el mechón de pelo que le crecía debajo de la barbilla. Bagheera fue tras él por si se producía algún accidente.

—¡Arriba, perro! —gritó Mowgli—. Levántate cuando hable un hombre. ¡Arriba o te prendo fuego a la piel!

Shere Khan tenía las orejas pegadas a la cabeza y los ojos cerrados, ya que la llameante rama estaba muy cerca de él.

—Este matavacas dijo que me mataría en el Consejo porque no me había matado cuando yo era un cachorro. Así, así es como pegamos los hombres a los perros. ¡Mueve el bigote si te atreves y te meteré la Flor Roja en el gaznate!

Empezó a golpear con la rama la cabeza de Shere Khan. El tigre gemía y lloraba, presa de insoportable terror.

—¡Bah! ¡Ya te puedes ir, gato chamuscado! Pero recuerda que cuando vuelva a la Roca del Consejo, tal como corresponde a un hombre, llevaré en la cabeza un gorro hecho con la piel de Shere Khan. En cuanto a los demás, Akela queda en libertad para vivir como le plazca. No lo mataréis, porque yo no quiero. Tampoco creo que os quedéis sentados aquí más rato, sacando la lengua como si fueseis alguien, en vez de ser los perros a los que arrojo fuera… ¡así! ¡Largaos todos!

El fuego ardía furiosamente en el extremo de la rama y Mowgli golpeaba a diestro y siniestro con ella cuando, por unos segundos, dejaba de trazar un círculo en torno a su cabeza, mientras los lobos corrían aullando al sentir las quemaduras de las chispas en el pelo. Por fin quedaron únicamente Akela, Bagheera y unos diez lobos que habían tomado partido por Mowgli. Entonces a Mowgli empezó a dolerle algo en las entrañas, con un dolor como jamás había conocido en su vida, y, conteniendo el aliento, prorrumpió en sollozos, al tiempo que las lágrimas surcaban sus mejillas.

—¿Qué es? ¿Qué es? —dijo—. No deseo abandonar la jungla y no sé qué es lo que me pasa. ¿Es que estoy muriendo, Bagheera?

—No, Hermanito. Eso no son más que lágrimas como las que derraman los hombres —dijo Bagheera—. Ahora sé que eres un hombre, que ya has dejado de ser un cachorro de hombre. En verdad que a partir de ahora la jungla te está vedada. Déjalas caer, Mowgli. Son lágrimas solamente.

Mowgli se sentó y siguió llorando como si el corazón fuese a rompérsele. Jamás había llorado en toda su vida.

—Ahora —dijo—, me iré con los hombres. Pero antes debo decirle adiós a mi madre.

Se dirigió a la cueva donde su madre vivía con Padre Lobo y derramó lágrimas sobre la piel materna, mientras los cuatro lobeznos aullaban tristemente.

—¿No me olvidaréis? —dijo Mowgli.

—Nunca, mientras seamos capaces de seguir un rastro —dijeron los cachorros—. Cuando seas un hombre, ven al pie de la colina y hablaremos contigo. Nosotros, por nuestra parte, bajaremos de noche a jugar contigo en los labrantíos.

—¡Ven a vernos pronto! —exclamó Padre Lobo—. Oh, ranita sabia, no tardes en visitarnos, pues somos viejos, tu madre y yo.

—Ven pronto, mi hijito desnudo —dijo Madre Loba—; pues, escúchame, hijo del hombre, te he querido más de lo que jamás haya querido a mis cachorros.

—Seguro que vendré a veros —dijo Mowgli—. Y cuando lo haga será para extender el pellejo de Shere Khan sobre la Roca del Consejo. ¡No me olvidéis! ¡Decid a los de la jungla que nunca me olviden!

El alba empezaba ya a despuntar cuando Mowgli bajó solo por la ladera de la colina, dirigiéndose al encuentro de aquellos seres misteriosos a los que llaman hombres.

Canción de caza de la Manada de Seeonee

Cuando el alba apuntaba, bramó el sambhur
¡una vez, dos veces y otra más!
Y un antílope saltaba y un antílope saltaba
junto al estanque del bosque donde abrevan los ciervos.
Y todo esto yo, explorando a solas, contemplé.

Cuando el alba apuntaba, bramó el sambhur
¡una vez, dos veces y otra más!
Y un lobo regresaba y un lobo regresaba
a llevar la noticia a la Manada que aguardaba.
Y buscamos y encontramos y sobre un rastro ladramos
¡una vez, dos veces y otra más!

Cuando el alba apuntaba, aulló la Manada
¡una vez, dos veces y otra más!
¡Pies que en la jungla huella no dejan!
¡Ojos que ven en la oscuridad, en la oscuridad!
¡Lengua, ládrale, lengua! ¡Eh! ¡Escuchad!
¡una vez, dos veces y otra más!

LA CACERÍA DE KAA

Las manchas son la alegría del leopardo, y del búfalo los
cuernos son orgullo.
Sed limpios, pues del cazador la fuerza por el brillo de su
piel se sabe.
Si veis que el buey al aire lanzaros puede y de perforaros
capaz es el cejudo sambhur,
no dejéis vuestro trabajo para informaros, pues diez años
hace que lo sabemos.
No oprimáis a los cachorros del extraño. Salúdalos como
Hermana y Hermano.
«¡Nadie hay como yo!», dice el Cachorro llevado por el
orgullo de su primera presa.
Más la jungla es grande y pequeño es el Cachorro. Dejadle
tranquilo para que piense.

Máximas de Baloo

Todo lo que aquí se narra aconteció cierto tiempo antes de que
Mowgli fuese expulsado de la Manada de Lobos de Seeonee, o
de que se vengase de Shere Khan, el Tigre. Fue durante la época en que Baloo le enseñaba la Ley de la Jungla. Al corpulento,
serio y anciano oso pardo le encantaba tener un alumno tan
despierto, pues los lobos jóvenes no aprenden de la Ley de la
Jungla más que aquello que es aplicable a su propia manada o

tribu, y huyen en cuanto son capaces de repetir el Verso de Caza: «Pies que no hacen ruido; ojos que pueden ver en la oscuridad; orejas que saben oír a los vientos desde la guarida, y dientes blancos y afilados; todas estas cosas son las marcas de nuestros hermanos, salvo Tabaqui, el Chacal, y la Hiena a los que odiamos». Pero Mowgli, por ser un cachorro de hombre, tuvo que aprender mucho más que todo esto. A veces Bagheera, la Pantera Negra, se acercaba perezosamente a través de la jungla para ver qué tal iban los estudios de su favorito, y se quedaba ronroneando, con la cabeza apoyada en un árbol, mientras Mowgli recitaba la lección del día ante Baloo. El pequeño sabía trepar casi tan bien como nadaba y nadaba casi tan bien como corría. Así que Baloo, Profesor de Leyes, le enseñó las Leyes de la Madera y del Agua, cómo distinguir entre una rama podrida y otra buena, cómo hablarles cortésmente a las abejas silvestres cuando se encontrase una de sus colmenas a quince metros sobre el nivel del suelo, qué decirle a Mang, el Murciélago, cuando turbase su sueño del mediodía en lo alto de las ramas, y cómo avisar a las serpientes de agua que había en los estanques antes de zambullirse entre ellas. A ninguno de los que forman el Pueblo de la Jungla le gusta que lo molesten, por lo que todos son muy propensos a arrojarse sobre el intruso. Luego, Mowgli aprendió también la Llamada de Caza del Forastero, que debe ser repetida en voz alta hasta que alguien conteste a ella siempre que alguno de los habitantes de la jungla esté cazando en territorio ajeno. Traducida, significa: «Dadme permiso para cazar aquí, porque tengo hambre». Y la respuesta es: «Caza, pues, en busca de alimento, pero no por placer».

Todo esto os hará comprender lo mucho que Mowgli tuvo que aprenderse de memoria. Y se cansaba mucho de repetir la misma cosa más de cien veces. Pero, como Baloo le dijo a Bagheera un día que, tras recibir un pescozón, Mowgli se había marchado lleno de enojo:

—Un cachorro de hombre es un cachorro de hombre y debe aprenderse *toda* la Ley de la Jungla.

—Pero piensa que es muy pequeño —dijo la Pantera Negra, que, de haberse salido con la suya, habría mimado excesivamente a Mowgli—. ¿Cómo pueden caber tus largas explicaciones en su cabecita?

—¿Hay algo en la jungla que sea demasiado pequeño para que le den muerte? No. Pues por eso le enseño estas cosas y por eso le pego muy flojo, cuando las olvida.

—¡Flojo! ¿Qué sabes tú de pegar flojo, Pies de Hierro? —gruñó Bagheera—. Hoy lleva toda la cara magullada a causa de tus golpes... flojos. ¡Uf!

—Preferible es que vaya cubierto de pies a cabeza por mis magulladuras, ya que yo le quiero, a que sufra algún daño por culpa de la ignorancia —contestó Baloo muy seriamente—. Ahora le estoy enseñando las Palabras Maestras de la Jungla que lo protegerán contra los pájaros, contra el Pueblo de las Serpientes y contra todos los que cazan sobre cuatro patas, salvo los de su propia manada. Ahora puede reclamar protección de todos los habitantes de la jungla. Bastará con que recuerde las palabras. ¿No vale eso por cualquier pequeña paliza?

—Bueno, pero cuida de no matar al cachorro de hombre. No es ningún tronco de árbol en el que puedas afilar tus garras. Pero ¿qué Palabras Maestras son esas que dices? Es más probable que pueda ayudarte que pedirte ayuda.

Bagheera estiró una de sus patas y admiró las afiladas garras, de un color azul acerado, que había en el extremo.

—De todos modos —prosiguió—, me gustaría conocerlas.

—Llamaré a Mowgli y él las recitará... si quiere. ¡Ven aquí, Hermanito!

—La cabeza me zumba como un árbol lleno de abejas —dijo una vocecita plañidera por encima de sus cabezas.

Mowgli, lleno de enojo e indignación, bajó deslizándose por el tronco, agregando, en el momento de llegar al suelo:

—Si he venido es por Bagheera y no por ti, ¡Baloo gordo y viejo!

—Me da lo mismo —contestó Baloo, aunque se sentía ofendido y apenado—. Entonces dile a Bagheera las Palabras Maestras de la Jungla que te he enseñado hoy.

—¿Las Palabras Maestras para qué gente? —dijo Mowgli, encantado de poder lucirse—. La jungla tiene muchas lenguas. Yo me las sé todas.

—Un poco es lo que sabes tú, pero no mucho. Fíjate, Bagheera, cómo nunca se muestran agradecidos con su profesor. Nunca un lobo pequeñajo ha vuelto para agradecer al viejo Baloo sus enseñanzas. Pues entonces, oh gran erudito, recita las que se dicen al Pueblo Cazador.

—Somos de la misma sangre, vosotros y yo —dijo Mowgli, adoptando el acento de oso que utiliza todo el Pueblo Cazador.

—Bien. Ahora veamos las de los pájaros.

Mowgli las repitió, emitiendo el silbido del milano al final de cada oración.

—Ahora las del Pueblo de las Serpientes —dijo Bagheera.

La respuesta fue un silbido perfectamente indescriptible. Mowgli levantó los pies por detrás, empezó a dar palmas para aplaudirse a sí mismo y saltó sobre el lomo de Bagheera, donde se sentó de lado, tamborileando con los pies en la lustrosa piel y dedicando a Baloo las muecas más espantosas que se le ocurrían.

—¡Ea, ea! Eso vale por una pequeña magulladura —dijo tiernamente el Oso Pardo—. Algún día me recordarás.

Después se volvió para decirle a Bagheera de qué modo había implorado a Hathi, el Elefante Salvaje, que le indicase las Palabras Maestras, pues Hathi se sabía todas esas cosas al dedillo. Hathi había bajado con Mowgli al estanque para preguntarle a una serpiente de agua cuáles eran las Palabras de las Serpientes, ya que Baloo era incapaz de pronunciarlas. Así que Mowgli se encontraba razonablemente a salvo de todos los accidentes que se pueden sufrir en la jungla, ya que ni las serpientes, los pájaros o las bestias le harían daño.

—Así que no hay que tener miedo de nadie —dijo finalmente Baloo, acariciándose con orgullo su enorme y peludo estómago.

—Excepto de los de su propia tribu —dijo Bagheera por lo bajo, añadiendo seguidamente en voz alta, dirigiéndose a Mowgli—: ¡Ten cuidado con mis costillas, Hermanito! ¿A qué viene tanto bailoteo ahí arriba?

Mowgli había estado intentando que lo oyesen tirando del pelo que cubría los hombros de Bagheera, al tiempo que le daba fuertes coces. Cuando los dos le prestaron atención estaba gritando a pleno pulmón:

—¡Y he aquí que tendré una tribu mía y la conduciré por las ramas todo el día!

—¿Qué nueva locura es esa, pequeño soñador de sueños? —preguntó Bagheera.

—Sí, y le arrojaremos ramas y tierra al viejo Baloo —prosiguió Mowgli—. Me lo han prometido. ¡Ay!

—¡Uf!

La enorme pata de Baloo arrancó a Mowgli del lomo de Bagheera y el pequeño, aprisionado entre las gruesas patas delanteras del oso, pudo advertir que este se había enojado.

—¡Mowgli! —dijo Baloo—. Ya has estado hablando con los *Bandar-log* (el Pueblo de los Monos).

Mowgli miró a Bagheera para ver si también la Pantera estaba enfadada: los ojos de Bagheera eran duros como trozos de jade.

—Ya has estado con el Pueblo de los Monos, los monos grises, el Pueblo sin Ley, los que se lo comen todo. ¡Qué vergüenza!

—Cuando Baloo me pegó en la cabeza —dijo Mowgli, que seguía tumbado en el suelo— me alejé de aquí y los monos grises bajaron de los árboles y se apiadaron de mí. Nadie más se ocupó de mí.

Hablaba como si tuviera la nariz algo obstruida.

—¡La compasión del Pueblo de los Monos! —exclamó

Baloo, soltando un bufido—. La quietud de un torrente de montaña! ¡El frescor del sol de verano! ¿Y después qué, Cachorro de Hombre?

—Y después… después, me dieron nueces y otras golosinas y… y me subieron en brazos a la copa de los árboles y dijeron que era su hermano de sangre, solo que yo no tenía cola, y que algún día sería su jefe.

—Ellos no tienen jefe —dijo Bagheera—. Mienten. Siempre han mentido.

—Fueron muy amables y me pidieron que volviera a verlos. ¿Por qué nunca me has llevado a visitar el Pueblo de los Monos? Caminan de pie como yo. No me pegan con sus patas. Se pasan el día jugando. ¡Déjame levantarme! ¡Eres malo, Baloo! ¡Déjame levantarme! Quiero jugar otra vez con ellos.

—Escucha, Cachorro de Hombre —dijo el Oso con una voz que retumbaba como los truenos en una noche cálida—. Te he enseñado la Ley de la Jungla para todos los pueblos que en ella habitan, salvo el Pueblo de los Monos, que vive en los árboles. Ellos no tienen ley. Son unos proscritos. No tienen un idioma propio, sino que utilizan palabras robadas de las que oyen decir a los demás cuando espían y acechan en las copas de los árboles. Sus costumbres no son las nuestras. No tienen jefes. Carecen de memoria. Fanfarronean y charlan fingiendo ser un gran pueblo que se dispone a acometer grandes empresas en la jungla, pero basta que oigan el ruido de una nuez al caer para que se echen a reír y se olviden de todo. Los de la jungla no queremos tratos con ellos. No bebemos donde beben ellos, no vamos a donde van ellos, no cazamos donde ellos cazan, no morimos donde ellos mueren. ¿Me has oído hablar alguna vez de los *Bandar-log* antes de hoy?

—No —susurró Mowgli, pues un gran silencio se había apoderado de la selva al acabar Baloo su explicación.

—El Pueblo de la Jungla los mantiene alejados de su boca y de su pensamiento. Son muy numerosos, malvados, sucios, desvergonzados y lo que desean, si es que son capaces de desear algo, es llamar la atención del Pueblo de la Jungla. Pero nosotros no nos fijamos en ellos aunque nos tiren nueces y porquería a la cabeza.

Apenas acababa de decirlo cuando una lluvia de nueces y ramitas cayó de entre las ramas. En las alturas, entre las delgadas ramas de los árboles, se oyeron toses, aullidos y el ruido de saltos furiosos.

—El Pueblo de los Monos está prohibido —dijo Baloo—. Le está vedado al Pueblo de la Jungla. Que no se te olvide.

—Prohibido —dijo Bagheera—, aunque sigo creyendo que Baloo debería haberte prevenido en su contra.

—¿Yo… yo? ¿Cómo iba yo a saber que se pondría a jugar con semejante gentuza? ¡El Pueblo de los Monos! ¡Puaf!

Un nuevo chubasco cayó sobre sus cabezas y los dos se alejaron trotando, llevándose a Mowgli consigo. Lo que Baloo había dicho de los monos era enteramente cierto. Su lugar estaba en las copas de los árboles y, como las bestias raras veces alzan la cabeza, no había ocasión de que los monos y el Pueblo de la Jungla se encontrasen. Pero siempre que se encontraban con un lobo enfermo, un tigre herido o un oso en igual estado, los monos lo atormentaban y, además, se divertían arrojando palos y nueces a las bestias, esperando llamar así la atención. Luego se ponían a chillar y cantar canciones insensatas e invitaban al Pueblo de la Jungla a trepar por sus árboles y luchar contra ellos. Otras veces entablaban furiosas batallas entre ellos mismos, por cualquier nimiedad, y dejaban a los monos muertos en un sitio donde el Pueblo de la Jungla pudiera verlos. Siempre estaban a punto de elegir un jefe, de dictar leyes y adoptar costumbres propias, pero nunca lo hacían, pues la memoria se les iba de un día para otro, así que, a guisa de compromiso, solían decir:

—Lo que ahora piensan los *Bàndar-log* más adelante lo pensará la jungla.

Eso les servía de mucho consuelo. Ninguno de los otros animales podía alcanzarlos, pero, por otro lado, ninguno de los otros se fijaba en ellos, y por esta razón se sintieron tan complacidos cuando Mowgli fue a jugar con ellos y se enteraron de lo muy enojado que estaba Baloo.

No pensaban pasar de aquí (los *Bandar-log* jamás se proponían hacer algo), pero uno de ellos inventó lo que a él se le antojaba una brillante idea y les dijo a todos los demás que resultaría útil tener a Mowgli en la tribu, ya que sabía entrelazar ramas de modo que sirvieran de protección contra el viento. Así, pues, si lo atrapaban, podrían obligarlo a enseñarles a hacerlo. Por supuesto que Mowgli, por ser hijo de leñador, había heredado toda suerte de instintos que utilizaba para construir cabañitas con ramas desgajadas sin saber realmente cómo lo hacía. El Pueblo de los Monos, observándole desde los árboles, se quedaba maravillado al verle hacerlo. «Esta vez —se decían— era verdad que tendrían un jefe y se convertirían en el pueblo más sabio de la jungla, tan sabio que todos los demás se darían cuenta y los envidiarían». Por lo tanto, siguieron a Baloo, Bagheera y Mowgli a través de la jungla, con mucho sigilo, hasta que llegó la hora de la siesta de mediodía y Mowgli, que se sentía muy avergonzado de sí mismo, se echó a dormir entre la Pantera y el Oso, decidido a no tratarse más con el Pueblo de los Monos.

Despertó al sentir que unas manos pequeñas, duras y fuertes lo sujetaban por los brazos y las piernas. Notó luego que las ramas le azotaban el rostro y seguidamente se encontró en lo alto de las cimbreantes ramas, mirando hacia abajo, mientras Baloo despertaba a la jungla con sus gritos y Bagheera trepaba por el tronco mostrando todos los dientes. Los *Bandar-log* profirieron aullidos triunfales y corrieron hacia las ramas más altas, pues Bagheera no se atrevería a perseguirlos hasta ellas.

—¡Se ha fijado en nosotros! —gritaban—. ¡Bagheera nos hace caso! Todo el Pueblo de la Jungla admira nuestra habilidad y astucia.

Inmediatamente emprendieron la huida, y la huida del Pueblo de los Monos entre el follaje es algo que nadie puede describir. Tienen allá arriba sus propios caminos y cruces, sus pendientes y bajadas, todo ello a quince, veinte o treinta metros sobre el nivel del suelo, que les permiten viajar incluso de noche si es preciso. Dos monos de los más fuertes asieron a Mowgli por los sobacos y empezaron a saltar de árbol en árbol, a razón de seis metros por salto. De haber estado solos, habrían saltado el doble de esa distancia, pero el peso del muchacho los entorpecía. Pese a sentirse mareado y notar que la cabeza le daba vueltas, Mowgli disfrutó de aquella alocada huida, aunque se asustaba al ver de vez en cuando el suelo muy por debajo de donde estaban él y sus acompañantes y a pesar de la terrible sacudida que seguía a cada salto en el vacío con el corazón en un puño. Su escolta le obligaba a trepar velozmente por un tronco hasta que debajo de él notaba las frágiles ramitas de la copa y entonces, tosiendo y gritando, saltaban hacia abajo y quedaban asidos con las manos o los pies a las ramas inferiores del siguiente árbol. A veces divisaba millas y millas de verde jungla, igual que el vigía de un buque divisa millas y más millas de mar. Luego las ramas y las hojas le azotaban el rostro y él y sus dos guardianes se encontraban de nuevo casi en el suelo. Y así, saltando y brincando, chillando y aullando, toda la tribu de *Bandar-log* recorrió la arbórea senda llevando a Mowgli prisionero.

Por unos instantes temió que lo dejasen caer, luego se enfadó pero la prudencia le aconsejó que no tratara de librarse de sus captores y, finalmente, empezó a pensar. Lo más urgente era avisar a Baloo y Bagheera, ya que, al paso que iban los monos, sabía que sus amigos quedarían muy rezagados. Era inútil mirar abajo, ya que solo podía ver la superficie de las ramas, de manera que volvió la vista hacia arriba y a lo lejos, sobre el azul del cielo, vio a Chil, el Milano, volando en círculo, deteniéndose a veces en el aire, vigilando la jungla en espera de que algo muriese. Chil observó que los monos transportaban algo, de modo que descendió unos cuantos centenares de metros para averiguar si su carga consistía en algo bueno para comer. Soltó un silbido de sorpresa al ver que se trataba de Mowgli, al que en aquel momento arrastraban hacia la copa de un árbol, y al oír que el pequeño le dirigía la Llamada del Milano, la que significaba: «Tú y yo somos de la misma sangre». El oleaje de las ramas se cerró sobre el pequeño, pero Chil se posó en el siguiente árbol justo a tiempo para ver cómo la carita morena de Mowgli de nuevo se volvía hacia el cielo.

—¡Señala mi rastro! —gritó Mowgli—. Avisa a Baloo, de la Manada de Seeonee, y a Bagheera, de la Roca del Consejo.

—¿En nombre de quién, hermano?

Era la primera vez que Chil veía a Mowgli, aunque, desde luego, había oído hablar de él.

—De Mowgli, la Rana. ¡Cachorro de Hombre es cómo me llaman! ¡Sigue bien mi rastro!

Las últimas palabras fueron más un alarido que un simple grito, pues las dijo cuando saltaba ya al vacío, pero Chil pudo oírlas y, después de asentir con la cabeza, remontó el vuelo hasta quedar reducido a un puntito no mayor que una mota de polvo. Y allí arriba se quedó, observando con sus ojos telescópicos el movimiento de las copas de los árboles, agitadas por la escolta de Mowgli.

—Nunca llegan lejos —dijo con una risita burlona—. Nunca hacen lo que se proponen hacer. Siempre están picoteando cosas nuevas los *Bandar-log*. Esta vez, a menos que me engañe la vista, sus picoteos les acarrearán complicaciones, pues Baloo no es ningún jovenzuelo inexperto y bien sé que Bagheera, por su parte, sabe matar algo más que cabras.

Y, así diciendo, con las patas dobladas bajo el cuerpo, siguió balanceándose en el aire, esperando.

Mientras tanto, Baloo y Bagheera estaban locos de rabia y de pena. Bagheera trepaba por los árboles como jamás había trepado, pero las delgadas ramas se quebraban bajo su peso y caía deslizándose por el tronco, con las zarpas llenas de corteza.

—¿Por qué no avisaste a Cachorro de Hombre? —rugió ante el pobre Baloo, que había iniciado un torpe trote con la esperanza de dar alcance a los monos—. ¿De qué sirvió dejarlo medio muerto a golpes si no lo previniste?

—¡Corre! ¡Vamos, corre! ¡Pue… puede que aún podamos atraparlos! —exclamó Baloo entre jadeos.

—¡A semejante paso ni una vaca herida se cansaría! Escúchame, Profesor de Leyes, terror de cachorros: si sigues corriendo así una milla más, vas a reventar. ¡Siéntate y piensa! Traza un plan. No es este momento para persecuciones. Si los seguimos desde demasiado cerca puede que lo dejen caer.

—¡Aaay! ¡Uuuy! Puede que ya lo hayan hecho, cansados de transportarlo. ¿Quién se fía de los *Bandar-log*? ¡Pónme murciélagos muertos sobre la cabeza! ¡Dame de comer huesos negros! ¡Méteme en las colmenas de las abejas silvestres, para que me maten a picadas, y entiérrame con la Hiena, pues soy el más miserable de los osos! ¡Aaay! ¡Uuuy! ¡Oh, Mowgli, Mowgli! ¿Por qué no te advertí de lo malo que es el Pueblo de los Monos, en vez de romperte la cabeza? Puede que mis golpes le hayan hecho olvidar la lección del día y que ahora se encuentre en la jungla solo y sin recordar las Palabras Maestras.

Baloo se apretó las orejas con las zarpas y se puso a caminar de un lado a otro, soltando terribles gemidos.

—Las Palabras Maestras me las recitó sin equivocarse hace un rato —dijo Bagheera, llena de impaciencia—. No tienes memoria ni respeto, Baloo. ¿Qué pensaría la jungla si yo, la Pantera Negra, me enroscase igual que Ikki, el Puerco Espín, y me pusiera a aullar?

—¿Qué me importa a mí lo que piense la jungla? Puede que a estas alturas Mowgli ya haya muerto.

—A no ser que lo dejen caer desde las ramas jugando o que lo maten por pereza, no siento ningún temor por Cachorro de Hombre. Es sabio e instruido y, sobre todo, tiene esos ojos que atemorizan al Pueblo de la Jungla. Pero, por desgracia, está en poder de los *Bandar-log* y esa gente, como vive en lo alto de los árboles, no temen a ninguno de los nuestros.

Bagheera se lamió pensativamente una de sus zarpas.

—¡Qué estúpido soy! ¡Qué estúpido gordinflón comedor de raíces soy! —exclamó Baloo, desenroscándose bruscamente—. Es muy cierto lo que dice Hathi, el Elefante Salvaje: «A cada uno su propio miedo». Y ellos, los *Bandar-log,* temen a Kaa, la Serpiente de la Roca. Ella puede trepar tan bien como ellos. De noche rapta a los monos jóvenes. Basta susurrarles su nombre para que se les hiele la cola. Vamos a buscar a Kaa.

—¿De qué nos servirá? No pertenece a nuestra tribu, ya que no tiene patas. Además, tiene unos ojos tan malévolos… —dijo Bagheera.

—Es muy anciana y muy astuta. Pero, sobre todo, siempre tiene hambre —dijo Baloo, lleno de esperanza—. Le prometeremos un buen número de cabras.

—Duerme un mes entero después de haber comido siquiera una vez. Puede que ahora mismo esté durmiendo y, aunque estuviera despierta, ¿qué pasaría si prefiriese matar ella misma las cabras que se come?

Bagheera, que no conocía demasiado bien las costumbres de Kaa, se sentía suspicaz, naturalmente.

—En tal caso, tú y yo juntos, vieja cazadora, la haríamos entrar en razón —dijo Baloo, frotando su hombro de un pardo deslucido contra el cuerpo de la Pantera.

Acto seguido se pusieron en camino para dar con Kaa, la Pitón de la Roca.

La encontraron en un saliente, donde estaba echada tomando el sol y admirando su bonito manto nuevo, pues llevaba diez días retirada en aquel lugar para cambiar la piel, y su aspecto era ahora espléndido, moviendo su cabezota de nariz chata a ras del suelo y retorciendo sus nueve metros de cuerpo en forma de fantásticos nudos y curvas, al tiempo que se lamía los labios como pensando en el próximo festín.

—No ha comido —dijo Baloo con un gruñido de alivio en cuanto vio el hermoso manto moteado de marrón y amarillo—.

¡Ve con cuidado, Bagheera! Siempre está un poco ciega después de cambiar la piel y le cuesta muy poco atacar.

Kaa no era una serpiente venenosa, a decir verdad, despreciaba a las serpientes venenosas, pues las consideraba cobardes. Su fuerza radicaba en su abrazo y, una vez había enroscado sus enormes anillos alrededor de alguien, nada más quedaba por decir.

—¡Buena caza! —exclamó Baloo, sentándose sobre los cuartos traseros.

Al igual que todas las serpientes de su especie, Kaa era bastante dura de oído y al principio no oyó el saludo de Baloo. Luego, con la cabeza gacha, se enroscó aprestándose para cualquier contingencia.

—¡Buena caza tengamos todos! —contestó—. ¡Caramba, Baloo! ¿Qué haces tú por aquí? ¡Buena caza, Bagheera! Uno de nosotros por lo menos necesita comer. ¿Me traéis noticias buenas? ¿Habéis visto alguna pieza por los alrededores? ¿Un ciervo, siquiera un gamo joven? Estoy tan vacía como un pozo seco.

—Vamos de cacería —dijo Baloo despreocupadamente, pues sabía que no convenía dar prisa a Kaa: era demasiado corpulenta.

—Dadme permiso para acompañaros —dijo Kaa—. Para ti, Bagheera, o para ti, Baloo, poca importancia tiene un zarpazo de más o de menos, pero yo… yo tengo que esperar y esperar día tras día, en un sendero de la selva o pasarme casi toda la noche trepando a los árboles a ver si por simple casualidad atrapo algún monito. ¡Puaf! Las ramas ya no son lo que eran cuando yo era joven. ¡Todo son ramitas podridas y ramas secas!

—Puede que lo mucho que pesas tenga algo que ver en el asunto —dijo Baloo.

—No puedo quejarme de mi longitud —dijo Kaa con un poquitín de orgullo—. Es suficiente, pero, así y todo, la culpa es de esos árboles de ahora. La última vez que salí de caza estuve a punto de caerme, muy a punto en verdad. Y, como no me había agarrado fuerte con la cola, al caer hice ruido y desperté a los *Bandar-log,* que empezaron a insultarme atrozmente.

—Ese gusano amarillo y sin patas —dijo Bagheera por lo bajo, como si tratase de hacer memoria.

—¡Sss! ¿Han llegado a decirme eso? —preguntó Kaa.

—Algo por el estilo nos gritaron la pasada luna, pero no les hicimos el menor caso. Son capaces de decir cualquier cosa, incluso que ya no te queda ningún diente y no te atreves a plantarle cara a nada que sea mayor que un cabritillo, porque… (hay que ver lo desvergonzados que son esos *Bandar-log*) porque te dan miedo los cuernos del macho cabrío —prosiguió Bagheera zalameramente.

Ahora bien, una serpiente, especialmente si es una pitón vieja y cautelosa como Kaa, muy raras veces deja entrever que está enfadada, pero Baloo y Bagheera pudieron observar cómo se movían y abultaban los músculos que, situados a ambos lados de la garganta de Kaa, le servían para deglutir sus presas.

—Los *Bandar-log* han mudado de territorio —dijo tranquilamente—. Al salir hoy a tomar el sol los oí pasar gritando por las copas de los árboles.

—Son… son los *Bandar-log* que andamos siguiendo —dijo Baloo, aunque las palabras se le atragantaron, pues, que él recordase, era la primera vez que un miembro del Pueblo de la Jungla reconocía sentirse interesado por lo que hacían los monos.

—Entonces no hay duda de que es algo importante lo que impulsa a dos cazadores como vosotros, líderes en vuestra propia jungla, a seguir la pista de los *Bandar-log* —replicó cortésmente Kaa, sintiendo crecer su curiosidad.

—Cierto —dijo Baloo— que no soy más que el viejo y a veces tontísimo Profesor de Leyes para los cachorros de Seeonee, mientras Bagheera, aquí presente, no es más que…

—Que Bagheera —dijo la Pantera Negra, cerrando con fuerza las fauces, ya que no creía en la modestia—. El problema es el siguiente, Kaa. Esos ladrones de nueces y recolectores de hojas de palmera nos han robado nuestro cachorro humano, sobre el que tal vez ya habrás oído hablar.

—Algo me contó Ikki (ese que se ufana tanto de sus púas) sobre un ser humano que había ingresado en una manada de lobos, pero no me lo creía. Ikki siempre está con esas historias que conoce a medias y cuenta muy mal.

—Pues esta es cierta. Es un cachorro de hombre como jamás se había visto —dijo Baloo—. El mejor y más sabio y más atrevido de los cachorros de hombre… Mi propio alumno, el que hará que el nombre de Baloo sea famoso en todas las junglas. Además, yo… nosotros… le tenemos cariño, Kaa.

—¡Sss! ¡Sss! —dijo Kaa, meneando la cabeza—. También yo he conocido el amor. Os podría contar cosas que…

—Para eso hace falta una noche estrellada y que todos estemos con el estómago lleno, para apreciarlas mejor —se apresuró a decir Bagheera—. Nuestro cachorro humano está en manos de los *Bandar-log* y sabemos que de todo el Pueblo de la Jungla solamente temen a Kaa.

—A mí y a nadie más temen. Y no les faltan buenas razones —dijo Kaa—. Parlanchines, estúpidos y vanidosos… Vanidosos, estúpidos y parlanchines. Así son los monos. Pero un ser humano en su poder corre peligro. Se cansan de las nueces que recogen y las arrojan al suelo. Se pasan medio día acarreando una rama, decididos a hacer grandes cosas con ella, y luego la parten en dos. No se puede envidiar a ese ser humano. También me llamaron «pescado amarillo», ¿verdad?

—Gusano, gusano, gusano de tierra —dijo Bagheera—, aparte de otras cosas que la vergüenza me impide repetir.

—Tenemos que recordarles que deben hablar bien de su amo. ¡Aaasss! Hay que refrescarles esa memoria tan débil que tienen. Veamos: ¿adónde se fueron con el cachorro?

—Solo la jungla lo sabe. Creo que se dirigían hacia poniente —dijo Baloo—. Creíamos que tú lo sabrías, Kaa.

—¿Yo? ¿Cómo? Los atrapo cuando se cruzan en mi camino, pero no me dedico a cazar a los *Bandar-log*, ni a las ranas, ni tampoco a las heces verdes que se forman en los charcos de agua.

—¡Eh! ¡Eh! ¡Eh! ¡Aup! ¡Aup! ¡Mira arriba, Baloo de la Manada de Seeonee!

Baloo alzó la mirada para ver de dónde procedía la voz y vio que Chil, el Milano, bajaba volando con las alas iluminadas por el sol. Estaba ya cercana la hora en que Chil solía acostarse, pero había estado volando sobre toda la jungla en busca del Oso, sin poder encontrarlo debido al espeso follaje.

—¿Qué pasa? —preguntó Baloo.

—He visto a Mowgli entre los *Bandar-log*. Me dijo que te avisara. Me quedé vigilando. Los *Bandar-log* se lo han llevado más allá del río, a la ciudad de los monos… a los Cubiles Fríos. Puede que se queden allí una noche, o diez noches, o una hora. Les he dicho a los murciélagos que montasen guardia durante la noche. Ese es mi mensaje. ¡Que tengáis buena caza, vosotros los de abajo!

—¡Buche lleno y buen sueño te deseamos, Chil! —exclamó Bagheera—. Me acordaré de ti cuando mate otra pieza. ¡Tendrás la cabeza para ti solo! ¡Eres el mejor de los milanos!

—No es nada, no es nada. El chico sabía la Palabra Maestra. No podía yo hacer menos de lo que he hecho —dijo Chil, remontándose en círculos camino de su nido.

—No se ha olvidado de utilizar su lengua —dijo Baloo con una risita de orgullo—. ¡Pensar que alguien tan joven recordase la Palabra Maestra de los pájaros mientras lo arrastraban de árbol en árbol!

—Le fue inculcada con gran firmeza —dijo Bagheera—. Pero me siento orgullosa de él. Ahora debemos dirigirnos hacia los Cubiles Fríos.

Todo el mundo sabía dónde se hallaba ese sitio, pero eran pocos los del Pueblo de la Jungla que iban allí, ya que los Cubiles Fríos eran una ciudad vieja y abandonada, perdida y enterrada en la jungla, y las fieras raramente usan un lugar que haya sido frecuentado por el hombre. Los jabalíes sí lo usan, pero no así las tribus cazadoras. Además, los monos vivían allí, en la medida que de ellos pudiera decirse que vivían en alguna parte, y ningún animal que se respetase a sí mismo quería siquiera ver la ciudad de lejos, salvo en tiempos de sequía, cuando los embalses y depósitos semiderruidos contenían un poco de agua.

—Hay media noche de viaje… a toda marcha —dijo Bagheera, mientras Baloo la miraba con expresión muy seria.

—Iré todo lo aprisa que pueda —dijo Baloo ansiosamente.

—No nos atrevemos a esperarte. Tú síguenos, Baloo. Kaa y yo tenemos que ir corriendo.

—Con patas o sin patas, puedo correr tanto como tú con tus cuatro patas —dijo secamente Kaa.

Baloo hizo un esfuerzo por darse prisa, pero tuvo que sentarse jadeando. Así, pues, lo dejaron allí para que más tarde se reuniese con ellas, mientras Bagheera echaba a correr adelante con sus rápidos pasos de pantera. Kaa no dijo nada, pero por mucho que corriese Bagheera, la enorme Pitón de las Rocas no quedaba rezagada. Al llegar a un riachuelo que corría entre las colinas, Bagheera ganó terreno, pues lo salvó de un salto, mientras que Kaa lo cruzaba nadando, con la cabeza y unos sesenta centímetros de cuello sobresaliendo del agua. Pero, al llegar a terreno llano, Kaa recobró lo que había perdido.

—¡Por el Candado Roto que me libró! —exclamó Bagheera, al ponerse el sol—. ¡No eres nada lenta!

—Tengo hambre —dijo Kaa—. Además, me llamaron rana moteada.

—Gusano… gusano de tierra, y amarillo, por si fuera poco.

—Da igual. Sigamos adelante.

Kaa parecía fluir como un arroyo y con sus penetrantes ojos buscaba el camino más corto y no se apartaba de él.

En los Cubiles Fríos el Pueblo de los Monos era totalmente ajeno a los amigos de Mowgli. Habían traído al muchacho a la Ciudad Perdida y de momento se sentían la mar de satisfechos de sí mismos. Mowgli jamás había visto una ciudad india y, aunque esta era poco más que un montón de ruinas, le parecía algo maravilloso, espléndido. Algún rey la había edificado sobre una pequeña colina hacía ya mucho tiempo. Aún podían seguirse las calzadas de piedra que llevaban hasta las ruinosas puertas, de cuyas herrumbrosas bisagras colgaban las últimas astillas de madera. Dentro y fuera de la muralla crecían los árboles. Las almenas se habían desmoronado o estaban a punto de hacerlo, y de las ventanas de las torres colgaban las enredaderas, formando frondosas masas suspendidas en el aire.

Un gran palacio sin tejado coronaba la colina. El mármol de los patios y de las fuentes estaba resquebrajado y lleno de manchas rojas y verdes, e incluso los adoquines de los patios donde solían vivir los elefantes del rey habían sido arrancados y esparcidos por la hierba y los árboles al crecer. Desde el palacio se divisaban hileras y más hileras de casas sin tejado que formaban la ciudad y que parecían panales abandonados por las abejas y llenos de negrura, el bloque de piedra sin forma que antes fuera un ídolo, allá en la plaza donde se encontraban cuatro calles. Veíanse también los hoyos y cavidades en las esquinas donde antes estaban los pozos públicos, así como las ruinas de las cúpulas, a cuyos costados crecían ahora las higueras silvestres. Los monos decían que aquel lugar era su ciudad y fingían despreciar al Pueblo de la Jungla porque vivía en la selva. Y, pese a ello, no tenían la menor idea de por qué se habían edificado aquellos edificios ni de cómo había que utilizarlos. Solían sentarse en círculo en el vestíbulo de la antigua cámara del Consejo Real, rascándose, cazando pulgas y simulando ser hombres. Otras veces entraban y salían corriendo en las casas sin techo, recogiendo pedazos de estuco y ladrillos viejos. Los almacenaban en cualquier rincón y luego se olvidaban de dónde los habían guardado y empezaban a llorar y a pegarse unos a otros, hasta que lo dejaban correr para dedicarse a subir y bajar de las terrazas del jardín del rey, donde, para divertirse, zarandeaban los rosales y los naranjos para ver cómo caían los frutos y las flores. Exploraban todos los pasadizos y túneles oscuros del palacio, así como los centenares de pequeños y tenebrosos aposentos, pero sin que jamás se acordasen de lo que habían visto ni de lo que no habían visto. Y así, de uno en uno, o por parejas, o en corrillos, vagaban de un lado para otro diciéndose que se estaban comportando como los hombres. Bebían en los depósitos y enturbiaban el agua, luego se peleaban a causa de ello y después volvían a juntarse para gritar:

—¡No hay en la jungla nadie tan sabio, bueno, inteligente, fuerte y amable como los *Bandar-log*!

Seguidamente todo volvía a empezar, hasta que se cansaban de la ciudad y regresaban a las copas de los árboles, esperando que el Pueblo de la Jungla se fijase en ellos.

Mowgli, al que habían instruido bajo la Ley de la Jungla, no aprobaba ni comprendía esa forma de vida. Los monos lo llevaron a rastras a los Cubiles Fríos a última hora de la tarde y, en vez de irse a dormir, como habría hecho Mowgli tras un largo viaje, se dieron las manos y empezaron a bailar y a cantar sus necias canciones. Uno de los monos pronunció un discurso y dijo a sus compañeros que la captura de Mowgli constituía un nuevo hito en la historia de los *Bandar-log,* pues Mowgli iba a enseñarles a entrelazar cañas y bastones para fabricarse una protección contra la lluvia y el frío. Mowgli recogió unas cuantas enredaderas y empezó a trenzarlas. Los monos trataron de imitarle, pero al cabo de escasos minutos perdieron interés por aquello y se pusieron a tirarse de la cola unos a otros o a saltar de cuatro patas, tosiendo.

—Deseo comer —dijo Mowgli—. Soy forastero en esta parte de la jungla. Traedme alimentos o dadme permiso para cazar por aquí.

Unos veinte o treinta monos salieron corriendo a buscarle nueces y papayas silvestres, pero empezaron a pelearse por el camino y resultó demasiado esfuerzo regresar con lo que quedaba de la fruta. Mowgli se sentía molesto y enojado, además de hambriento, y empezó a vagar por la ciudad profiriendo de vez en cuando la Llamada de Caza del Forastero, pero, como nadie le contestaba, Mowgli pensó que realmente había ido a caer en muy mal lugar.

«Es verdad todo lo que ha dicho Baloo sobre los *Bandar-log* —pensó—. No tienen ninguna Ley, ni Llamada de Caza, ni líderes… Nada excepto palabras necias y manitas de ladrón. Así que si me matan o muero de hambre aquí, la culpa será mía y de nadie más. Pero debo intentar volver a mi propia jungla. Seguramente Baloo me dará una zurra, pero eso será mejor que perseguir tontos pétalos de rosa en compañía de los *Bandar-log*.»

Apenas llegó a los muros de la ciudad los monos le obligaron a volver sobre sus pasos, diciéndole que no sabía lo afortunado que era y pellizcándolo para que se sintiera agradecido. Mowgli apretó los dientes y no dijo nada. Echó a andar con los vociferantes monos hacia una terraza situada por encima de los depósitos de roja piedra arenisca, que estaban medio llenos de agua de lluvia. En medio de la terraza había una glorieta de mármol blanco en ruinas, construida para reinas que llevaban muertas cien años. El techo en forma de cúpula se había derrumbado parcialmente y los cascotes bloqueaban el pasadizo subterráneo que las reinas usaban para ir desde el palacio hasta la glorieta. Pero las paredes consistían en tabiques de tracería de mármol, bellos entrelazados blancos como la leche, adornados con ágatas, cornalinas, jaspe y lapislázuli y la luna, al surgir por detrás de la colina, penetraba por el enrejado y proyectaba sobre el suelo sombras que parecían bordados de terciopelo. Magullado, soñoliento y hambriento como estaba, no pudo evitar Mowgli echarse a reír cuando los *Bandar-log,* hablando veinte de ellos a la vez, empezaron a explicarle cuán grandes, sabios, fuertes y amables eran, así como cuán tonto era él por desear abandonarlos.

—Somos grandes. Somos libres. Somos maravillosos. ¡Somos la gente más maravillosa de toda la jungla! ¡Todos lo decimos, así que tiene que ser verdad! —gritaban—. Veamos, siendo la primera vez que nos escuchas, y como podrás llevar nuestras palabras al Pueblo de la Jungla, para que en lo sucesivo nos hagan caso, te contaremos todo lo que haya que contar sobre nuestras excelentes personas.

Mowgli no puso ningún reparo, así que los monos se congregaron a centenares y más centenares en la terraza, para oír cómo sus propios oradores cantaban las alabanzas de los *Bandar-log*. Cuando alguno de los oradores, faltándole el aliento, se callaba, gritaban todos a una:

—¡Es verdad! ¡Todos lo decimos!

Mowgli asentía con la cabeza, parpadeaba y contestaba que sí a todas las preguntas que le hacían. La cabeza le daba vueltas a causa del barullo.

—Tabaqui, el Chacal, debe de haber mordido a toda esta gente —se dijo—, y ahora están todos locos. No hay duda de que esto es *dewanee*, la locura. ¿Es que nunca se van a dormir? Veo una nube que se dispone a ocultar la luna. Si fuera lo bastante grande, podría tratar de fugarme al amparo de la oscuridad. Pero estoy tan cansado…

La misma nube la estaban observando dos buenas amigas suyas que se hallaban apostadas en el ruinoso foso situado al otro lado de la muralla de la ciudad. En efecto, Bagheera y Kaa, sabedoras de lo peligroso que es el Pueblo de los Monos cuando se reúne en gran número, no deseaban correr ningún riesgo. Los monos nunca luchan a no ser que sean cien contra uno, y pocos seres hay en la jungla a los que les haga gracia semejante desproporción.

—Me iré a la muralla del oeste —susurró Kaa— y bajaré a toda prisa aprovechando la inclinación del terreno. No se me echarán encima a centenares, pero…

—Lo sé —dijo Bagheera—. ¡Ojalá Baloo estuviera aquí! Pero hay que hacer lo que se pueda. Cuando la luna quede oculta por esa nube, me dirigiré a la terraza. Están celebrando una especie de consejo relacionado con el chico.

—¡Buena caza! —dijo Kaa sombríamente, deslizándose hacia la muralla del oeste.

Casualmente, esta era la menos ruinosa de las murallas, por lo que la corpulenta serpiente perdió cierto tiempo tratando de encontrar el modo de encaramarse a las piedras. La nube cubrió la luna y, mientras Mowgli se preguntaba qué iba a pasar, oyó las leves pisadas de Bagheera sobre la terraza. La Pantera Negra había subido corriendo por la pendiente, casi sin hacer ruido, y descargaba zarpazos (era demasiado lista para perder tiempo mordiendo) a diestro y siniestro entre los monos que se hallaban sentados alrededor de Mowgli, formando círculos de hasta cincuenta o sesenta de fondo. Se oyó un alarido de rabia y terror y seguidamente, mientras Bagheera pasaba por encima de los cuerpos que se retorcían y pataleaban, un mono gritó:

—¡No hay más que uno! ¡Matadlo! ¡Matadlo!

Una masa de monos que mordían, arañaban, pegaban y empujaban cayó sobre Bagheera, al tiempo que otros cinco o seis apresaban a Mowgli, lo arrastraban hasta la pared de la glorieta y lo obligaban a entrar por el agujero de la destrozada cúpula. Un chico educado al modo de los humanos habría resultado terriblemente magullado, pues la caída fue de más de cuatro metros y medio, pero Mowgli llegó al suelo tal como Baloo le había enseñado: aterrizando sobre los pies.

—¡Quédate aquí! —gritaron los monos—. No te muevas hasta que hayamos matado a tus amigos. Ya jugaremos después contigo… si el Pueblo Venenoso permite que sigas vivo.

—Vosotras y yo somos de la misma sangre —se apresuró a decir Mowgli, pues era conveniente que recitase la Llamada de la Serpiente.

A su alrededor oyó silbar y moverse las serpientes entre las ruinas, de manera que, para asegurarse, repitió la llamada.

—¡Asssí esss! ¡Sssilencio todasss! —dijeron media docena de voces bajas (todas las ruinas de la India se convierten antes o después en un nido de serpientes, y la vieja glorieta estaba llena de cobras)—. No te muevas, Hermanito, pues nos puedes hacer daño con los pies.

Mowgli se quedó tan quieto como pudo, atisbando por entre el enrejado y escuchando el furioso ruido de la pelea que se estaba librando alrededor de la Pantera Negra: los aullidos, el castañetear de colmillos, los golpes, el rugido grave y áspero de Bagheera al recular y embestir y arrojarse de cabeza debajo de los montones que formaban sus enemigos. Por primera vez desde su nacimiento, Bagheera estaba luchando por salvar la vida.

«Baloo debe de andar cerca. Bagheera no habría venido sola» —pensó Mowgli y seguidamente, en voz alta, gritó—: ¡Al depósito, Bagheera! ¡Rueda hasta el depósito! ¡Zambúllete en él! ¡Al agua! ¡Aprisa!

Bagheera le oyó y por el grito de Mowgli comprendió que el chico se hallaba a salvo y esto le dio nuevos ánimos. Se abrió paso desesperadamente, centímetro a centímetro, golpeando en silencio mientras se dirigía en línea recta hacia los depósitos. En estas, de la muralla en ruinas que más cerca quedaba de la jungla surgió el retumbante grito de guerra de Baloo. El viejo oso había hecho todo lo posible, pero no había podido llegar antes.

—¡Bagheera! —gritó—. ¡Aquí estoy! ¡Ya subo! ¡Ya me doy prisa! *Ahuwora!* ¡Las patas me resbalan sobre las piedras! ¡Esperad que ahora vengo, infames *Bandar-log!*

Subió jadeando a la terraza y su figura desapareció entre una oleada de monos, pero, apoyándose firmemente sobre las patas traseras y abriendo los brazos, atrapó tantos enemigos como cabían en ellos y empezó a golpear con un ¡plaf! ¡plaf! ¡plaf! regular que recordaba el chapoteo de las ruedas de un vapor fluvial. Un fuerte chapoteo indicó a Mowgli que Bagheera había conseguido abrirse paso a zarpazos hasta el depósito, donde los monos no podían seguirla. La Pantera se tumbó para recobrar el aliento, con la cabeza sobresaliendo un poco de la superficie, mientras los monos se apelotonaban en los escalones rojos, brincando de rabia, dispuestos a saltar sobre ella desde todos los lados si se atrevía a salir para ayudar a Baloo. Fue entonces cuando Bagheera, levantando sus chorreantes fauces, lanzó la Llamada de la Serpiente, pidiendo protección: «¡Vosotras y yo somos de la misma sangre!», pues creía que Kaa se había vuelto atrás en el último minuto. Ni siquiera Baloo, que en el borde de la terraza se hallaba medio ahogado por un montón de monos, pudo reprimir una risita al oír que la Pantera Negra pedía socorro.

Kaa acababa de llegar a lo alto del muro occidental, sobre el que aterrizó con tal sacudida que una de las piedras se desprendió y fue a caer en el foso. No tenía la menor intención de perder ninguna de las ventajas del terreno, por lo que se enroscó y desenroscó una o dos veces, para asegurarse de que cada palmo de su alargado cuerpo se encontraba a punto. Mientras tanto, Baloo seguía luchando y los monos chillaban alrededor del depósito donde estaba Bagheera, al tiempo que Mang, el Murciélago, volaba de un lado a otro, dando noticias de la gran batalla por toda la jungla, hasta que incluso Hathi, el Elefante Salvaje, se puso a bramar, y a lo lejos, bandas dispersas del Pueblo de los Monos despertaron y empezaron a recorrer sus arbóreos caminos para acudir en auxilio de sus camaradas de los Cubiles Fríos, con lo que el estruendo de la lucha despertó a todos los pájaros diurnos que se hallaban en varias millas a la redonda. Entonces Kaa se lanzó al ataque, decidida, veloz y con ganas de matar. La mejor arma de la pitón consiste en los tremendos golpes que asesta con la cabeza, apoyada por toda la fuerza y el peso de su cuerpo. Si os podéis imaginar una lanza, un ariete o un martillo que pesen casi media tonelada y que se muevan a impulsos de un cerebro frío y calculador situado en su empuñadura, tendréis una idea bastante aproximada de cómo luchaba Kaa. Una pitón de metro y pico a metro y medio de largo es capaz de derribar a un hombre si logra golpearlo en el pecho y Kaa, como sabéis, medía nueve metros. Su primer golpe cayó en el corazón del grupo que rodeaba a Baloo. Lo descargó sin decir nada y no tuvo ninguna necesidad de asestar otro. Los monos se dispersaron gritando:

—¡Kaa! ¡Es Kaa! ¡Corred! ¡Huyamos!

Generaciones y generaciones de monos habían aprendido a portarse bien gracias al miedo que sus mayores les daban contándoles historias sobre Kaa, la ladrona nocturna que se deslizaba por las ramas tan silenciosamente como el musgo al crecer y era capaz de llevarse al más fuerte de los monos. La vieja Kaa, que sabía hacerse pasar por una rama muerta o un tocón podrido, tan bien que hasta los más sabios caían en la trampa, hasta que de pronto la rama los aprisionaba. Kaa representaba todo cuanto los monos temían en la jungla, pues ninguno de ellos conocía el límite de su poder, ninguno podía mirarla cara a cara y jamás un mono había salido con vida de su abrazo. Por eso salieron corriendo, tartamudeando de terror, encaramándose a las paredes y los tejados de las casas y dando un momento de respiro a Baloo. Su pelo era mucho más espeso que el de Bagheera, pero salió muy maltrecho de la pelea. Entonces Kaa abrió la boca por primera vez y pronunció una larga y sibilante palabra. Los monos que a toda prisa acudían a la defensa de los Cubiles Fríos se pararon en seco al oír a Kaa, hasta que las ramas empezaron a crujir bajo el peso de los atemorizados monos. Los monos que se hallaban en los muros y en las casas abandonadas dejaron de chillar y en medio del silencio que cayó sobre la ciudad Mowgli oyó cómo Bagheera sacudía sus mojados flancos al salir del depósito. Luego el clamor estalló de nuevo. Los monos brincaron para subir aún más alto, se aferraron al cuello de los enormes ídolos de piedra y profirieron agudos alaridos mientras recorrían los muros. En la glorieta Mowgli bailaba de alegría al ver la huida de los simios y, atisbando por el enrejado, imitaba el grito de la lechuza para expresar su desdén y su burla.

—Sacad al cachorro de hombre de esa trampa. Yo ya no puedo más —dijo Bagheera con voz entrecortada—. Cojamos al cachorro de hombre y vayámonos de aquí. Puede que vuelvan a atacarnos.

—No se moverán hasta que yo lo ordene. ¡Quedaos asssííí! —silbó Kaa, haciendo que la ciudad enmudeciera de nuevo—. No pude venir antes, hermana, pero creí oír tu llamada —añadió, dirigiéndose a Bagheera.

—Yo… puede que gritase durante la batalla —respondió Bagheera—. ¿Estás herido, Baloo?

—No estoy muy seguro de que no me hayan dejado convertido en un centenar de ositos —dijo Baloo con acento sombrío, agitando primero una pata y después la otra—. ¡Caramba! ¡Estoy molido! Kaa, me parece que te debemos la vida…, quiero decir, Bagheera y yo.

—No tiene importancia. ¿Dónde está el cachorro humano?

—Aquí, en una trampa. No puedo salir de ella —dijo Mowgli.

Sobre su cabeza colgaba la curva de la cúpula semiderruida.

—Lleváoslo de aquí. Baila que parece Mao, el Pavo Real. Nos aplastará a los pequeños —dijeron las cobras desde dentro.

—¡Ja! —exclamó Kaa—. ¡Tiene amigos en todas partes, ese cachorro humano! Échate atrás, Cachorro de Hombre. Y vosotras escondeos, Pueblo de las Serpientes. Voy a derribar la pared.

Kaa examinó cuidadosamente la pared hasta que, en la tracería de mármol, advirtió una mancha descolorida que señalaba un punto débil. Dio dos o tres golpecitos con la cabeza para medir la distancia y luego, alzando sobre el suelo casi dos metros de su cuerpo, descargó con el hocico media docena de golpes devastadores. El enrejado se rompió y cayó entre una nube de polvo y cascotes. Mowgli saltó por la brecha y fue a parar entre Baloo y Bagheera, rodeando con sus brazos el grueso cuello de ambos.

—¿Estás herido? —preguntó Baloo, abrazándolo suavemente.

—Lo que estoy es hambriento y un poco magullado. Pero ¡qué veo! ¡Os han hecho daño, hermanos míos! Estáis sangrando.

—También sangran otros —dijo Bagheera, lamiéndose los labios y volviendo la mirada hacia los cadáveres de mono que yacían en la terraza y alrededor del depósito de agua.

—No es nada, no es nada. Lo importante es que estés a salvo, ¡orgullo de todas mis ranitas! —gimoteó Baloo.

—De eso ya hablaremos más tarde —dijo Bagheera con una sequedad que a Mowgli no le gustó—. Pero he aquí a Kaa, a la que debemos la victoria y tú debes la vida. Dale las gracias conforme a nuestras costumbres, Mowgli.

Mowgli se volvió y vio la enorme cabeza de la pitón balanceándose a poca distancia por encima de la suya.

—Conque este es Cachorro de Hombre —dijo Kaa—. Tiene la piel muy suave y se parece bastante a los *Bandar-log*. Ve con cuidado, Cachorro de Hombre, no fuera yo a confundirte con un mono algún atardecer, al poco de haber cambiado de manto.

—Tú y yo somos de la misma sangre —susurró Mowgli—. De ti recibo esta noche mi vida. Lo que cace será tuyo si alguna vez pasas hambre, Kaa.

—Muchas gracias, Hermanito —contestó Kaa con ojos centelleantes—. ¿Y qué es lo que matará tan osado cazador? Lo pregunto para poder seguirlo la próxima vez que salga de cacería.

—No mato nada… Soy demasiado pequeño. Pero hago que las cabras se dirijan hacia quien puede matarlas. Cuando tengas el estómago vacío, ven a verme y verás si lo que digo es verdad. Tengo cierta habilidad con estas. —Le mostró las manos—. Si alguna vez caes en una trampa, pagaré la deuda que he contraído contigo, con Bagheera y con Baloo. ¡Buena caza a todos, mis amos!

—Bien dicho —gruñó Baloo, pues Mowgli había expresado su agradecimiento de muy bonita manera.

La pitón apoyó suavemente la cabeza sobre el hombro de Mowgli y, al cabo de unos instantes, dijo:

—Tienes el corazón bravo y la lengua cortés. Te llevarán lejos a través de la jungla, Cachorro de Hombre. Pero, de momento, date prisa en alejarte de aquí con tus amigos. Vete a dormir, pues la luna empieza a ponerse y no conviene que veas lo que viene ahora.

La luna empezaba a ocultarse detrás de las colinas y las filas de monos temblorosos que se acurrucaban en lo alto de los muros y almenas parecían un fleco de trémulos hilachos. Baloo bajó a beber en el depósito, mientras Bagheera ponía en orden su pelo y Kaa reptaba hasta el centro de la terraza, donde cerró las fauces con un golpe seco que atrajo sobre ella la mirada de todos los monos.

—La luna se pone ya —dijo—. ¿Queda suficiente luz para ver?

De las murallas surgió un gemido como el del viento al soplar entre la copa de los árboles:

—Podemos ver, Kaa.

—Muy bien. Pues ahora empieza la Danza… la Danza del Hambre de Kaa. Seguid sentados y observad.

Dio dos o tres vueltas describiendo un amplio círculo y balanceando la cabeza de derecha a izquierda. Luego empezó a dibujar curvas y ochos con el cuerpo, así como triángulos sinuosos que se convertían en cuadrados y en figuras de cinco lados que a su vez se transformaban en montículos enroscados, sin descansar ni darse prisa, sin interrumpir en ningún instante su monótono sonsonete. La oscuridad iba enseñoreándose de todo hasta que por fin aquellas espirales que se arrastraban y movían sin cesar desaparecieron de vista, aunque los monos podían oír aún el ruido de las escamas frotando sobre el suelo.

Baloo y Bagheera parecían dos estatuas de piedra mientras contemplaban la escena gruñendo guturalmente y sintiendo cómo se les erizaba el pelo del cogote. Mowgli, a su vez, permanecía expectante, lleno de curiosidad.

—*Bandar-log* —se oyó decir por fin a la voz de Kaa—. ¿Podéis mover las manos o los pies sin que yo os lo ordene? ¡Hablad!

—¡Sin que tú lo ordenes, oh Kaa, no podemos mover las manos ni los pies!

—¡Muy bien! Dad todos un paso hacia mí.

Las hileras de monos se movieron hacia delante con gesto de impotencia, al tiempo que Baloo y Bagheera hacían lo propio.

—¡Más cerca! —silbó Kaa.

Los monos volvieron a avanzar un paso.

Mowgli apoyó las manos sobre Baloo y Bagheera para llevárselos de allí. Las dos corpulentas fieras se sobresaltaron como si acabasen de despertarlas de un sueño.

—No apartes la mano de mi espalda —susurró Bagheera—. No la apartes o tendré que volver… tendré que volver a donde está Kaa. ¡Aaah!

—Pero si se trata solo de la vieja Kaa trazando círculos en el polvo —dijo Mowgli—. Vayámonos de aquí.

Los tres se deslizaron a través de una brecha de la pared y se encaminaron hacia la jungla.

—¡Uuuf! —exclamó Baloo al encontrarse de nuevo bajo los tranquilos árboles—. Nunca más me aliaré con Kaa —agregó, estremeciéndose de pies a cabeza.

—Sabe más que nosotros —dijo Bagheera, temblando—. De habernos quedado, no habría tardado en pisotearle la garganta.

—Muchos pasarán por ella antes de que vuelva a salir la luna —dijo Baloo—. Tendrá buena caza… ¡a su manera!

—Pero ¿qué quería decir todo aquello? —preguntó Mowgli, que no sabía nada acerca del poder de fascinación de las pitones—. No vi más que una serpiente grande describiendo círculos tontos hasta que se hizo oscuro. Y tenía la nariz lastimada. ¡Jo, jo!

—Mowgli —dijo Bagheera con acento de enfado—. Si tenía la nariz lastimada era por tu causa. Igual que yo tengo las orejas, los costados y las patas llenos de mordiscos y Baloo tiene así el cuello y los hombros. Todo ha sido por tu causa. Pasarán muchos días antes de que Baloo y Bagheera puedan cazar a gusto.

—No es nada —dijo Baloo—. Hemos recuperado a Cachorro de Hombre.

—Cierto, pero nos ha costado mucho tiempo, que habríamos podido emplear cazando, muchas heridas y mucho pelo… Tengo casi todo el lomo pelado. Y, finalmente, nos ha costado mucho honor. Pues debes recordar, Mowgli, que yo, la Pantera Negra, me vi obligada a pedir protección a Kaa, mientras Baloo y yo quedábamos como un par de pajarillos estúpidos por culpa de la Danza del Hambre. Todo esto, Cachorro de Hombre, viene de que te pusieras a jugar con los *Bandar-log*.

—Cierto, es verdad —dijo Mowgli con voz apenada—. Soy un cachorro humano muy malo y siento tristeza en el estómago.

—¡Uf! ¿Qué dice la Ley de la Jungla, Baloo?

Baloo no deseaba causarle más apuros a Mowgli, pero no podía jugar con la ley, así que musitó:

—El arrepentimiento jamás exime del castigo. Pero recuerda, Bagheera, que es muy pequeño.

—Lo tendré en cuenta. Pero ha hecho una diablura y se merece una zurra. ¿Tienes algo que decir, Mowgli?

—Nada. Hice mal. Baloo y tú estáis heridos. Es justo que se me castigue.

Bagheera le propinó media docena de golpes cariñosos que, desde el punto de vista de una pantera, apenas habrían despertado a uno de sus cachorros, pero que, para un niño de siete años, fueron tan fuertes como la mayor paliza que no queráis recibir. Al terminar, Mowgli estornudó y recobró la compostura sin decir palabra.

—Ahora —dijo Bagheera— salta sobre mi lomo, Hermanito, y nos iremos a casa.

Una de las cosas bellas de la Ley de la Jungla estriba en que el castigo salda todas las cuentas. Después, ya no se vuelve a hablar del asunto.

Mowgli recostó la cabeza sobre el lomo de Bagheera y se durmió tan profundamente que ni notó que lo acostaban junto a Madre Loba en la cueva que era su hogar.

Canción de viaje de los *Bandar-log*

¡Ahí vamos cual guirnalda saltarina,
a punto de alcanzar la luna!
¿No envidiáis nuestras alegres pandillas?
¿No quisierais tener más manos?
¿No os gustaría tener la cola
curva cual arco de Cupido?
Ahora te enfadas, pero… ¡qué más da!
¡Hermano, por detrás te cuelga la cola!

Henos aquí sentados en las ramas,
pensando en las cosas bellas que conocemos,
soñando las hazañas que haremos
dentro de uno o dos minutos.
Algo noble, grandioso y bueno,
ganado con solo desearlo.
Ahora vamos a… ¡qué más da!
¡Hermano, por detrás te cuelga la cola!

Todas las palabras que hayamos oído
en boca de murciélago, fiera o pájaro,
piel, aleta, escama o pluma,
¡repitámoslas todos a una!
¡Excelente! ¡Maravilloso! ¡Otra vez!
Ahora hablamos como los hombres.

Finjamos que somos… ¡qué más da!
¡Hermano, por detrás te cuelga la cola!

Así somos los de la especie de los monos.

Únete, pues, a las líneas saltarinas que atraviesan los pinos,
y cual cohete suben adonde las uvas silvestres cuelgan.
Por los desperdicios que dejamos y el ruido que armamos,
¡estad seguros de que vamos a hacer algo espléndido!

¡El tigre! ¡El tigre!

¿Qué tal la cacería, valiente cazador?
Hermano, larga y fría fue la espera.
¿Qué tal la presa que a matar fuiste?
Hermano, en la jungla está todavía.
¿Dónde está el poder que era tu orgullo?
Hermano, por la herida se me escapa.
¿Adónde vas con tanta prisa?
Hermano, a mi guarida... ¡a morir!

Ahora tenemos que regresar al primer cuento. Cuando Mowgli abandonó la cueva del lobo tras luchar con la Manada en la Roca del Consejo, bajó a los labrantíos donde vivían los campesinos, pero no quería quedarse allí, pues la jungla estaba demasiado cerca y sabía que, en el Consejo, se había creado por lo menos un enemigo encarnizado. Así que se dio prisa, sin apartarse del tosco camino que cruzaba el valle, recorriéndolo a buen paso durante casi veinte millas, hasta llegar a un país que le era desconocido. El valle se abría ante una extensa llanura sembrada de rocas y cortada por barrancos. En un extremo se alzaba un pueblecito y en el otro la espesa jungla bajaba hasta el borde mismo de los pastizales, deteniéndose allí como si la hubiesen cortado con un azadón. Por toda la llanura pacían las reses y los búfalos, y los pastorcillos que cuidaban los rebaños veían a Mowgli, gritaban y salían corriendo, mientras los perros famélicos y amarillos que merodean alrededor de todos los poblados de la India se ponían a ladrar. Mowgli siguió su camino, pues tenía hambre, y, al llegar a la entrada del poblado, vio que la frondosa mata de espinos que al anochecer colocan ante la entrada estaba ahora apartada a un lado.

—¡Hum! —exclamó, pues había saltado más de una barricada como aquella durante sus correrías nocturnas en busca de comida—. Así que también aquí los hombres temen al Pueblo de la Jungla.

Se sentó al lado de la entrada y, cuando salió un hombre, se levantó, abrió la boca y con una mano señaló la garganta para indicar que quería comida. El hombre lo miró fijamente y echó a correr por la única calle del poblado, reclamando a gritos la presencia del sacerdote. Este era un hombre muy gordo que iba vestido de blanco y ostentaba una señal roja y amarilla en la frente. El sacerdote se dirigió a la entrada, seguido por un centenar de personas por lo menos, que miraban con curiosidad, hablaban, gritaban y señalaban a Mowgli.

—No tienen modales, estos hombres —se dijo Mowgli—. Solo el mono gris se comportaría de ese modo.

Se apartó el largo pelo del rostro y miró a la multitud con expresión ceñuda.

—¿De qué tenéis miedo? —preguntó el sacerdote—. Mirad las señales que tiene en los brazos y las piernas. Son mordeduras de lobo. No es más que un niño lobo que se ha escapado de la jungla.

Desde luego, al jugar con ellos, los cachorros a menudo habían mordido a Mowgli con más fuerza de lo que querían, por lo que tenía los brazos y las piernas cubiertos de cicatrices blancas. Pero era la última persona del mundo que habría dicho que aquello eran mordeduras, pues sabía cómo eran los mordiscos de verdad.

—¡Arré! ¡Arré! —dijeron a la vez dos o tres mujeres—. ¡Lo han mordido los lobos! ¡Pobre pequeño! Es un niño muy guapo. Tiene los ojos como el fuego encendido. Por mi honor, Messua, que se parece bastante al chico que se llevó el tigre.

—Déjame verlo —dijo una mujer que lucía gruesas anillas de cobre en las muñecas y los tobillos, mirando a Mowgli mientras se protegía los ojos con la palma de la mano—. En verdad que se parece. Está más delgado, pero tiene la misma expresión de mi chico.

El sacerdote era hombre inteligente y sabía que Messua era la esposa del más rico de los habitantes del poblado. De manera que alzó los ojos y, tras contemplar el cielo durante un minuto, dijo solemnemente:

—Lo que la jungla se llevó, la jungla nos ha devuelto. Llévate el niño a tu casa, hermana, y no te olvides de honrar al sacerdote que tan lejos ve en la vida de los hombres.

«¡Por el buey con que me compraron! —dijo Mowgli para sí—. ¡Tanta palabrería resulta como una nueva inspección a cargo de la Manada! Bueno, si hombre soy, en hombre debo convertirme.»

La multitud se apartó para dejar sitio a la mujer, que por señas indicó a Mowgli que la siguiera hasta su choza, en la que había una cama laqueada de color rojo, un gran recipiente de tierra con dibujos en relieve que servía para guardar el grano, media docena de cacharros de cobre, la imagen de un dios hindú en una pequeña hornacina y, colgado en la pared, un espejo de verdad, igual que los que se venden en las ferias rurales.

Le sirvió un buen trago de leche y un poco de pan. Luego apoyó la mano en la cabeza del chico y le miró a los ojos, pues pensaba que tal vez fuese su verdadero hijo, que acababa de regresar de la jungla adonde el tigre se lo había llevado.

—¡Nathoo, oh Nathoo! —dijo la mujer.

Mowgli no dio a entender que el nombre le resultara conocido.

—¿No te acuerdas del día en que te di los zapatos nuevos?

La mujer tocó los pies del muchacho, que estaban duros como si estuvieran hechos de asta.

—No —dijo la mujer con tristeza—, estos pies nunca han llevado zapatos. Pero te pareces mucho a mi Nathoo, así que serás mi hijo.

Mowgli se sentía incómodo, ya que jamás había estado bajo un techo. Sin embargo, al mirar la puerta vio que podría echarla abajo en cualquier momento si quería escapar. Observó también que la ventana estaba desprovista de pestillo o cosas parecidas.

«¿De qué sirve un hombre —dijo para sí finalmente— si no es capaz de entender lo que dicen los hombres? Ahora soy tan tonto y zoquete como lo sería un hombre estando con nosotros en la jungla. Debo aprender a hablar igual que ellos.»

No había sido por diversión que, mientras se hallaba con los lobos, en la jungla, había aprendido a imitar el grito de los gamos o los gruñidos de los cerditos salvajes. Así, pues, en cuanto Messua pronunciaba una palabra, Mowgli la imitaba casi a la perfección y antes de que cayera la noche ya había aprendido el nombre de muchas de las cosas que había en la choza.

A la hora de acostarse se presentó un contratiempo, ya que Mowgli no quería dormir en algo que, como sucedía con la choza, se pareciese tanto a una trampa para cazar panteras y se escapó por la ventana en cuanto cerraron la puerta.

—Deja que se salga con la suya —dijo el marido de Messua—. No olvides que con toda seguridad jamás habrá dormido en una cama. Si en verdad ha venido a ocupar el sitio de nuestro hijo, no se fugará.

Así que Mowgli se tumbó en la hierba larga y limpia que crecía al borde del campo; pero antes de que hubiese cerrado los ojos, un hocico suave y gris se puso a hurgarle el mentón.

—¡Uf! —exclamó Hermano Gris (el mayor de los cachorros de Madre Loba)—. Mala recompensa es esta por haberte seguido veinte millas. Hueles a humo de leña y a ganado... como si ya fueras un hombre. Despierta, Hermanito, que te traigo noticias.

—¿Están todos bien en la jungla? —preguntó Mowgli, abrazándolo.

—Todos menos los lobos que se quemaron en la Flor Roja. Ahora escucha. Shere Khan se ha ido muy lejos, a cazar, y no volverá hasta que le crezca de nuevo el pelo. Salió muy chamuscado. Ha jurado que, cuando vuelva, dejará tus huesos en el Waingunga.

—No es el único que ha jurado algo. También yo he hecho una pequeña promesa. Pero siempre es bueno recibir noticias. Esta noche me siento cansado, muy cansado a causa de tantas novedades, Hermano Gris…, pero ven siempre que quieras a traerme noticias.

—¿No te olvidarás de que eres un lobo? ¿Los hombres no te lo harán olvidar? —preguntó ansiosamente Hermano Gris.

—Nunca. Siempre recordaré que te quiero a ti y a todos los que están en nuestra cueva, pero también me acordaré siempre de que he sido expulsado de la Manada.

—Y puede que te expulsen de otra manada también. Los hombres no son más que hombres, Hermanito, y lo que dicen es igual que las palabras de las ranas del estanque. Cuando vuelva a bajar a verte, esperaré escondido entre los bambúes que hay en el borde de los pastizales.

Durante los tres meses que siguieron a aquella noche raramente salió Mowgli del recinto del poblado, pues estaba ocupadísimo aprendiendo los usos y costumbres de los hombres. Primero tuvo que aprender a llevar el cuerpo envuelto en ropas, cosa que le molestaba horriblemente. Luego tuvo que aprender qué era el dinero, y se quedó sin comprender nada de nada, y, finalmente, tuvo que aprender cosas sobre la labranza, cuya utilidad no alcanzaba a ver. Entonces los niños del poblado lo hicieron enfadar mucho. Por suerte, la Ley de la Jungla le había enseñado a dominarse, ya que en la jungla la vida y el alimento dependen de que uno no se encolerice. Pero cuando se burlaron de él porque no quería participar en sus juegos ni acompañarlos a elevar cometas, o porque pronunciaba mal alguna palabra, lo único que evitó que cogiese a los críos y los partiese en dos fue el hecho de saber que no era jugar limpio matar cachorritos desnudos.

No tenía la menor idea de su propia fuerza. Cuando vivía en la jungla se sabía débil en comparación con las fieras, pero la gente del poblado decía de él que era fuerte como un toro.

Mowgli no tenía ni asomo de sospecha de las diferencias que las castas imponían entre un hombre y sus semejantes. Cuando el burro del alfarero resbaló en el gredal, Mowgli lo sacó de allí tirándole de la cola y luego ayudó a cargarlo con los cacharros que debía transportar hasta el mercado de Khanhiwara. El hecho produjo gran escándalo, ya que el alfarero pertenece a la casta inferior y su burro es todavía peor. Cuando el sacerdote lo regañó, Mowgli amenazó con cargarlo también a él en el burro. Entonces el sacerdote le dijo al marido de Messua que convenía poner a Mowgli a trabajar cuanto antes. El jefe del poblado le dijo a Mowgli que al día siguiente tendría que salir con los búfalos y cuidarlos mientras pacían. Nadie se sintió más complacido que Mowgli y aquella noche, por haber sido nombrado servidor del poblado, por decirlo así, se acercó a un círculo que cada noche se reunía en una plataforma de ladrillos construida debajo de una gran higuera. Se trataba del club del poblado y a él acudían, para hablar y fumar, el jefe, el vigilante, el barbero (que estaba al corriente de todos los chismorreos del poblado) y el viejo Buldeo, que era el cazador del lugar y poseía un viejo mosquete. Los monos se sentaban a conversar en las ramas superiores, mientras que debajo de la plataforma había un agujero donde vivía una cobra, a la que cada noche se servía un platito de leche, ya que era sagrada. Los ancianos se sentaban alrededor del árbol, hablando y chupando sus largas *hookahs* (pipas) hasta bien entrada la noche. Contaban prodigiosas historias de dioses, hombres y fantasmas y Buldeo contaba cosas aún más portentosas sobre las costumbres de las fieras de la jungla, hasta que a los niños que se sentaban fuera del círculo los ojos se les salían de las órbitas a causa del asombro. La mayor parte de las narraciones tenían que ver con animales, pues la jungla la tenían siempre a la puerta de sus casas. Los ciervos y los cerdos salvajes se les comían las cosechas y de vez en cuando, al caer la noche, algún tigre se llevaba un hombre a corta distancia de la entrada del poblado.

Mowgli, que, naturalmente, algo sabía acerca de lo que hablaban, tenía que taparse la cara para que no lo vieran reír, mientras Buldeo, con el viejo mosquete sobre las rodillas, pasaba de una historia maravillosa a otra, haciendo que los hombros de Mowgli se agitasen convulsivamente a causa de la risa.

Buldeo estaba explicando que el tigre que se había llevado al hijo de Messua era un tigre fantasmal, en cuyo cuerpo habitaba el fantasma de un viejo y malvado prestamista fallecido unos años antes.

—Y sé que es así —dijo— porque Purun Dass siempre cojeó a causa del golpe que recibió en una trifulca, cuando le quemaron los libros de cuentas, y el tigre del que os hablo cojea también, pues las huellas de sus patas son desiguales.

—Cierto, cierto. Eso tiene que ser verdad —dijeron los hombres de barbas grises, asintiendo todos con la cabeza.

—¿Son todos tus cuentos patrañas y sandeces como este? —preguntó Movvgli—. Ese tigre cojea porque nació cojo, como sabe todo el mundo. Hablar de que el alma de un prestamista se aloja en una fiera que jamás tuvo el coraje de un chacal siquiera no es más que una paparrucha de críos.

Durante unos instantes Buldeo se quedó mudo de sorpresa, al tiempo que el jefe del poblado miraba fijamente a Mowgli.

—¡Ajá! Conque eres el hijo de la jungla, ¿eh? —dijo Buldeo—. Si tan sabio eres, mejor harías llevando su pellejo a Khanhiwara, pues el gobierno ofrece cien rupias por su vida. Y mejor harías no abriendo la boca cuando hablan los mayores.

Mowgli se levantó para irse.

—He estado aquí tendido, escuchando lo que decís, toda la velada —dijo por encima del hombro— y, salvando una o dos excepciones, Buldeo no ha dicho una sola palabra cierta acerca de la jungla, y eso que la tiene a la puerta de su casa. Siendo así, ¿cómo voy a creerme esas historias de fantasmas, dioses y duendecillos que dice haber visto?

—Ya va siendo hora de que ese chico se ocupe del ganado —dijo el jefe, al mismo tiempo que Buldeo daba una chupada a la pipa y resoplaba ante la impertinencia de Mowgli.

En la mayor parte de los poblados indios se sigue la costumbre de que, a primera hora de la mañana, unos cuantos chicos llevan las reses y los búfalos a apacentar, regresando luego con ellos al amanecer. Y el mismo ganado que aplastaría a un hombre blanco hasta matarlo se deja pegar y maltratar y gritar por unos críos que apenas le llegan al hocico. Mientras estén con el rebaño, los chicos no corren peligro, pues ni siquiera el tigre se atreve a saltar sobre un rebaño de bueyes. Pero si se apartan para coger flores o cazar lagartos, a veces se los lleva alguna fiera. Al amanecer, Mowgli cruzó la calle del poblado sentado en el lomo de Rama, el gran buey del rebaño, y los búfalos de piel azulada como la pizarra, con sus largos cuernos doblados hacia atrás y sus ojos salvajes, fueron saliendo de sus corrales, uno a uno, y siguiéndolo. Mowgli dejó bien sentado ante los niños que iban con él que era él el que mandaba allí. Golpeaba a los búfalos con una larga caña de bambú y le dijo a Kamya, uno de los críos, que se encargasen ellos de apacentar a las reses, mientras él seguía su camino con los búfalos. Le dijo también que tuvieran mucho cuidado en no alejarse del rebaño.

Los pastizales de la India son todo rocas, arbustos, matorrales y pequeñas hondonadas entre las cuales el rebaño se dispersa y desaparece. Los búfalos, por lo general, se quedan en los estanques y en los sitios donde hay fango, pues les gusta pasarse horas enteras revolcándose en el cálido fango o tomando el sol. Mowgli los condujo hasta el borde de la llanura, allí donde el río Waingunga salía de la jungla. Al llegar, bajó de lomos de Rama, se acercó a un bosquecillo de bambúes y se reunió con Hermano Gris.

—¡Ah! —dijo este—. Llevo muchos días esperándote aquí. ¿Por qué estás apacentando el ganado?

—Porque me lo han ordenado —respondió Mowgli—. De momento soy el pastor del poblado. ¿Qué noticias hay de Shere Khan?

—Ha regresado a esta región y se ha pasado mucho tiempo aquí, esperándote. Ahora vuelve a estar ausente, ya que la caza es escasa. Pero se propone matarte.

—Muy bien —dijo Mowgli—. Mientras él esté fuera, tú o uno de tus cuatro hermanos os sentáis en esa roca, para que pueda veros al salir del poblado. Cuando vuelva, me esperáis en el barranco, junto al *dhák*,[1] en el centro de la llanura. No nos hace ninguna falta meternos en las fauces de Shere Khan.

Seguidamente, Mowgli buscó un lugar sombreado y se tumbó a dormir mientras los búfalos pacían a su alrededor. El pastoreo en la India es una de las actividades más perezosas que hay en el mundo. El ganado camina y mastica, ora tumbándose, ora levantándose y caminando un poco más, sin mugir siquiera. Se limitan a lanzar algún que otro gruñido. Los búfalos, por su parte, raras veces dicen algo. Se limitan a meterse en las charcas fangosas y a hundirse en el barro hasta que sobre la superficie solo se ven sus hocicos y sus ojos, que parecen de porcelana azul. Así se quedan, quietos como troncos. El sol hace que las rocas dancen en medio del calor. Los niños pastores oyen silbar algún milano (nunca más de uno) en las alturas, tan lejano que apenas se ve, y saben que si se muriesen, o se muriera una vaca, el milano bajaría y otro milano, a varias millas de distancia, lo vería bajar y lo seguiría, y lo mismo haría otro y otro y casi antes de que hubieran muerto habría

1. Árbol muy común en la India. *(N. del T.)*

una veintena de milanos hambrientos salidos de la nada. Luego se duermen, despiertan, vuelven a dormirse y tejen cestitos con hierba seca para meter saltamontes en ellos, o cogen un par de mantis religiosas y las hacen luchar, o se hacen un collar de nueces silvestres blancas y rojas, o se ponen a contemplar un lagarto que toma el sol sobre una roca o una serpiente que persigue a una rana por el barro. Después cantan largas canciones que terminan con curiosos trémolos y el día parece más largo que la vida de la mayoría de la gente y puede que hasta construyan un castillo de barro, con figuras de hombres, caballos y búfalos hechas también de barro y colocan cañas en las manos de los hombres y se figuran que ellos son reyes y las figuras sus ejércitos, o bien que ellos son dioses a los que hay que rendir culto. Luego cae la noche, los chicos llaman y los búfalos salen pesadamente del barro pegajoso, haciendo un ruido que parecen cañonazos uno detrás de otro, y todos juntos cruzan la llanura gris hacia el poblado, cuyas luces titilan a lo lejos.

Día tras día sacaba Mowgli a los búfalos para llevarlos a las charcas fangosas, y día tras día veía el lomo de Hermano Gris a milla y media de distancia, en el otro lado de la llanura (sabiendo así que Shere Khan aún no había regresado) y día tras día se tumbaba en la hierba y escuchaba los ruidos que lo rodeaban y soñaba con los viejos tiempos en la jungla. Si, a causa de su cojera, Shere Khan hubiese dado un paso en falso en las junglas cercanas al Waingunga, Mowgli habría oído el ruido en la quietud de aquellas largas mañanas.

Por fin vino un día en el que no vio a Hermano Gris en el lugar convenido. Mowgli se echó a reír y llevó los búfalos hacia el barranco que había junto al *dhâk*, que se hallaba completamente cubierto de flores rojas y doradas. Allí le esperaba sentado Hermano Gris, de punta todos los pelos de su lomo.

—Se ha pasado un mes escondido para pillarte por sorpresa. Anoche cruzó los pastos con Tabaqui, siguiendo tu rastro —dijo el lobo, jadeando.

Mowgli frunció el ceño.

—No me da miedo Shere Khan, pero Tabaqui es muy astuto.

—No temas —dijo Hermano Gris, lamiéndose los labios—. Me crucé con Tabaqui al amanecer. Ahora está trasmitiendo toda su sabiduría a los milanos, pero me lo contó todo a mí antes de que le rompiera el lomo. El plan de Shere Khan consiste en acechar tu llegada junto a la entrada del poblado esta noche. Acechará tu llegada solamente. Ahora se encuentra en el gran barranco seco del Waingunga.

—¿Ha comido ya hoy o va de caza con el estómago vacío? —preguntó Mowgli, sabiendo que de la respuesta dependía su vida o su muerte.

—Mató un cerdo al amanecer y también ha bebido. Recuerda que Shere Khan nunca supo guardar ayuno, ni siquiera en bien de la venganza.

—¡Oh! ¡Qué estúpido, qué estúpido! ¡Qué cachorro es! Ha comido y bebido y se cree que voy a esperar hasta que haya dormido. Vamos a ver, ¿dónde has dicho que estaba? Si fuésemos diez, podríamos atraparlo mientras duerme. Estos búfalos no cargarán a menos que lo olfateen y yo no sé hablar su lengua. ¿No podemos colocarnos tras su rastro para que lo olfateen?

—Recorrió un largo trecho nadando en el Waingunga, para no dejar rastro —dijo Hermano Gris.

—Seguro que Tabaqui le dijo que lo hiciera. A él nunca se le habría ocurrido.

Mowgli se quedó pensativo, chupándose un dedo.

—El gran barranco del Waingunga…, ese que da a la llanura a menos de media milla de aquí. Podría dar un rodeo a través de la jungla con el ganado, llegar al extremo del barranco y descender desde allí. Pero él se escabulliría por el otro extremo. Debemos bloquearlo. ¿Puedes dividirme el rebaño en dos, Hermano Gris?

—Puede que yo no, pero me he traído un valioso ayudante.

Hermano Gris se alejó trotando y se metió en un agujero, del que a los pocos instantes surgió una cabeza grande y gris que Mowgli conocía bien. El aire cálido se llenó del más desolado de los gritos de toda la jungla: el aullido de caza de un lobo al mediodía.

—¡Akela! ¡Akela! —exclamó Mowgli, batiendo palmas—. ¿Cómo no se me ocurrió pensar que no te olvidarías de mí? Tenemos mucho trabajo que hacer. Divide el rebaño en dos grupos, Akela: las vacas y los becerros en uno y los bueyes y búfalos de labranza en otro.

Los dos lobos empezaron a correr entrando y saliendo del rebaño, cuyos componentes, resoplando y piafando, se separaron en dos grupos. En uno se hallaban las hembras, con los becerros en medio del grupo. Lanzaban miradas asesinas hacia los lobos y los habrían aplastado de haber permanecido ellos suficiente tiempo en un mismo lugar. En el otro estaban los bueyes, que piafaban y resoplaban también. Aunque su aspecto era más impresionante, resultaban menos peligrosos, ya que no tenían que proteger a ningún becerro. Seis hombres juntos no habrían podido dividir el rebaño tan limpiamente.

—¿Cuáles son las órdenes? —preguntó Akela entre jadeos—. Si nos descuidamos, volverán a juntarse.

Mowgli se subió al lomo de Rama.

—Llévate los bueyes a la izquierda, Akela. Y tú, Hermano Gris, encárgate de que las vacas sigan juntas cuando nos hayamos ido y llévalas hasta el pie del barranco.

—¿Debo adentrarme mucho? —preguntó Hermano Gris con la respiración entrecortada.

—Hasta que las paredes del barranco sean más altas de lo que Shere Khan es capaz de saltar —dijo Mowgli—. Os quedaréis allí hasta que nosotros bajemos.

Los bueyes se pusieron en camino al oír un ladrido de Akela. Hermano Gris se detuvo ante las vacas, que cargaron contra él. Hermano Gris echó a correr delante de las vacas hasta llegar al pie del barranco, al tiempo que Akela se alejaba con los bueyes por la izquierda.

—¡Bien hecho! Otra carga y las tendremos a punto. Ahora con cuidado, Akela, con cuidado. Un mordisco de más y los bueyes te atacarán. *Huyah!* Esto es más difícil que conducir un rebaño de gamos negros. ¿A que no te imaginabas que estos animales se movieran con tanta agilidad? —dijo Mowgli.

—Los… los cazaba también cuando era joven —dijo Akela, jadeando en medio de una nube de polvo—. ¿Los desvío hacia la jungla!

—¡Sí, hazlo! ¡Date prisa! ¡Desvíalos! Rama está furioso. ¡Ojalá pudiera decirle lo que necesito que haga hoy!

Esta vez los bueyes torcieron a la derecha y se metieron en la espesura, aplastando cuanto hallaban a su paso. Los demás pastorcillos, que observaban la escena desde media milla, echaron a correr hacia el poblado tan aprisa como sus piernas les permitían, gritando que los búfalos habían huido enloquecidos.

El plan de Mowgli, sin embargo, era de lo más sencillo. Lo único que quería era dar un amplio rodeo cuesta arriba, para llegar a lo alto del barranco y luego bajar por él con los búfalos, atrapando a Shere Khan entre ellos y las vacas, pues sabía que, después de comer y beber en abundancia, Shere Khan no estaría en condiciones de luchar o de trepar por las paredes del barranco. Mowgli se encontraba ahora aplacando a los animales con palabras, mientras Akela, que se había quedado a la zaga, solo aullaba de vez en cuando para dar prisa a los búfalos que marchaban a retaguardia. Dieron un rodeo muy, muy amplio, ya que no querían acercarse demasiado al barranco y avisar a Shere Khan de su presencia. Por fin Mowgli reunió al desconcertado rebaño en lo alto del barranco, en una pendiente cubierta de hierba que más abajo se confundía con el barranco propiamente dicho. Desde aquella altura se divisaba la llanura por encima de la copa de los árboles, pero lo que miraba Mowgli eran las paredes del barranco. Se sintió muy satisfecho al observar que eran casi verticales y que las parras y plantas trepadoras que crecían en lo alto no ofrecían ningún apoyo a un tigre que quisiera salir de allí.

—Dales un respiro, Akela —dijo, alzando la mano—. Todavía no han olfateado al tigre. Déjalos descansar. Debo decirle a Shere Khan que hemos venido a por él. Lo tenemos atrapado.

Acercó las manos a la boca, gritó hacia el barranco (fue como gritar en un túnel) y el eco hizo que sus palabras rebotasen de roca en roca.

Transcurrió un largo rato antes de que el eco le devolviera el rugido perezoso y soñoliento de un tigre que acababa de despertar en plena digestión.

—¿Quién llama? —dijo Shere Khan, al tiempo que un espléndido pavo real remontaba el vuelo por encima del barranco, llenando el aire con sus chillidos.

—Yo, Mowgli. ¡Es hora de acudir a la Roca del Consejo, robavacas! ¡Hazlos bajar, Akela! ¡Rápido! ¡Abajo, Rama, abajo!

El rebaño se detuvo unos segundos al borde de la pendiente, pero Akela soltó un aullido de caza en toda regla y los animales empezaron a descender uno tras otro, igual que un vapor navegando velozmente por los rápidos de un río, levantando arena y piedras con las patas. Una vez puestos en marcha, no había ni que pensar en detenerlos. Antes de que llegasen al lecho del barranco, Rama, olfateando la proximidad de Shere Khan, se puso a mugir.

—¡Ja, ja! —exclamó Mowgli, que iba montado en Rama—. ¡Ahora ya sabes lo que quiero!

El torrente de cuernos negros, hocicos llenos de espuma y ojos de mirar enfurecido, descendió por el barranco como guijarros en época de inundaciones. Los búfalos más débiles se veían empujados a un lado de la pendiente, donde se abrían paso entre las plantas trepadoras. Sabían qué era lo que tenían delante: la terrible carga de un rebaño de búfalos, cuya acometida ningún tigre puede aguantar. Shere Khan oyó el tronar de sus patas, se levantó y empezó a descender trabajosamente por el barranco, mirando a diestro y siniestro en busca de alguna escapatoria. Pero las paredes del barranco eran rectas y tuvo que seguir adelante, entorpecido por lo mucho que había comido y bebido, deseando hacer lo que fuera menos luchar. El rebaño cruzó con gran chapoteo el estanque que el tigre acababa de abandonar, atronando el angosto pasaje con sus bramidos. Mowgli oyó un mugido que contestaba desde el pie del barranco y vio que Shere Khan se volvía (el tigre sabía que, en el peor de los casos, era mejor enfrentarse a los bueyes que a las vacas con sus becerros). Justo en aquel momento Rama dio un traspié, se tambaleó y de nuevo siguió avanzando sobre algo blando y, con los bueyes pisándole los talones, chocó de lleno contra el otro rebaño, al tiempo que los búfalos más débiles se veían alzados en el aire por la violencia del choque. La carga llevó a los dos rebaños hasta la llanura, dando cornadas, piafando y resoplando. Mowgli aguardó el momento oportuno y entonces saltó de lomos de Rama y con un bastón empezó a repartir garrotazos a derecha e izquierda.

—¡Rápido, Akela! Dispersadlos o empezarán a luchar entre ellos. Llévatelos, Akela. ¡Eh, Rama! ¡Eh, eh, eh, hijos míos! ¡Con cuidado, con cuidado! Ya ha terminado todo.

Akela y Hermano Gris corrían de un lado a otro mordisqueando las patas de los búfalos y, aunque el rebaño torció de nuevo para cargar cuesta arriba, Mowgli consiguió que Rama diera media vuelta y los demás lo siguieran hasta meterse en los charcos.

Shere Khan no necesitaba que siguieran pisoteándolo. Estaba muerto y ya los milanos venían por él.

—Hermanos, esa ha sido una muerte de perro —dijo Mowgli, buscando el cuchillo que llevaba siempre en una vaina colgada del cuello desde que vivía entre los hombres—. Pero nunca habría plantado cara para luchar. Su pellejo será un buen adorno para la Roca del Consejo. Hay que poner manos a la obra sin perder un minuto.

A un chico educado entre los hombres ni en sueños se le habría ocurrido despellejar él solo un tigre de tres metros, pero Mowgli conocía mejor que nadie de qué modo los animales llevan ajustada la piel y qué hay que hacer para quitársela. Con todo, la tarea era ardua y Mowgli se pasó una hora cortando, rasgando y gruñendo, mientras los lobos lo contemplaban con la lengua fuera o se acercaban a ayudarle cuando él se lo ordenaba.

Al cabo de un rato, sintió que una mano se posaba en su hombro y, al alzar los ojos, vio a Buldeo con su viejo mosquete. Los niños habían avisado a los del poblado de la estampida de los búfalos y Buldeo había salido hecho una furia, ansiando regañar a Mowgli por no haber cuidado mejor del rebaño. Los lobos se esfumaron en cuanto vieron acercarse al hombre.

—¿Qué tontería es esta? —dijo Buldeo ásperamente—. ¡Creerte capaz de despellejar un tigre! ¿Dónde lo han matado los búfalos? Veo que es el Tigre Cojo, por cuya cabeza ofrecen cien rupias. Vaya, vaya, por esta vez olvidaremos que dejaste que el rebaño se te escapara y puede que hasta te dé una rupia de recompensa cuando haya llevado el pellejo a Khanhiwara.

Palpó la faja que le ceñía la cintura buscando eslabón y pedernal. Luego se agachó para chamuscar los bigotes de She-re Khan. La mayoría de los cazadores nativos chamuscan los bigotes de un tigre para evitar que su fantasma los persiga.

—¡Hum! —dijo Mowgli más bien para sí, mientras arrancaba la piel de una de las patas delanteras—. ¿Conque llevarás el pellejo a Khanhiwara para cobrar la recompensa y puede que a mí me des una rupia? Pues resulta que necesito el pellejo para mí. ¡Eh, viejo, aparta ese fuego!

—¿Qué forma de hablar al principal cazador del poblado es esa? La suerte y la estupidez de tus búfalos te han ayudado a cobrar esta pieza. El tigre acababa de comer, pues de lo contrario a estas alturas estaría ya a veinte millas de aquí. Ni siquiera sabes despellejarlo como es debido, pordioserillo, pero te atreves a decirme a mí, a Buldeo, que no le chamusque los bigotes. No voy a darte ni un *anna*[2] de la recompensa, Mowgli. Lo que sí te voy a dar va a ser una buena paliza. ¡Deja en paz el cadáver!

—¡Por el buey con que me compraron! —exclamó Mowgli, que trataba de llegar al hombro de la fiera—. ¿Tengo que pasarme toda la tarde escuchando las tonterías de un mono viejo? Ven aquí, Akela, que este hombre me está molestando.

De pronto Buldeo, que seguía agachado ante la cabeza de Shere Khan, se encontró tendido en la hierba con un lobo gris encima, mientras Mowgli seguía despellejando como si no hubiera nadie más en toda la India.

—Sí —dijo Mowgli entre dientes—. Tienes toda la razón, Buldeo. No me darás ni un *anna* de la recompensa que te entreguen. Existe una vieja guerra entre este tigre cojo y yo, una guerra que viene de muy lejos y que yo he ganado.

Para hacer justicia a Buldeo, hay que reconocer que, de haber sido diez años más joven, se habría enfrentado a Akela si se hubiese cruzado con él en los bosques. Pero un lobo que obedecía las órdenes de un niño que tenía sus guerras privadas con tigres devoradores de hombres no era un animal corriente. Aquello era brujería, magia de la peor suerte, y Buldeo se preguntó si el amuleto que llevaba colgado del cuello lo protegería. Se quedó quieto como un muerto, esperando que Mowgli se transformase en tigre de un momento a otro.

—¡Maharajá! ¡Gran rey! —exclamó por fin con voz que era casi un susurro.

—Sí —dijo Mowgli sin volverse y soltando una risita burlona.

—Soy un viejo. No sabía que fueses algo más que un pastorcillo. ¿Puedo levantarme para irme o tu sirviente me despedazará?

2. Antigua moneda india cuyo valor era de la decimosexta parte de una rupia. (*N. del T.*)

—Vete y que la paz sea contigo. Pero no vuelvas a meter las narices en lo que yo cace. Deja que se vaya, Akela.

Buldeo emprendió el regreso al poblado tan aprisa como la cojera le permitía y mirando de vez en cuando por encima del hombro, para ver si Mowgli se convertía en algún ser espeluznante. Al llegar al poblado, contó una historia de magia, encantamientos y brujería que dejó al sacerdote muy pensativo.

Mowgli siguió con su tarea. Faltaba ya muy poco para el crepúsculo cuando entre él y los lobos consiguieron arrancar la vistosa piel del cuerpo del tigre.

—¡Ahora hay que esconderla y llevar los búfalos a casa! Ayúdame a juntarlos, Akela.

El rebaño se agrupó de nuevo en medio de la neblina crepuscular. Al llegar cerca del poblado, Mowgli vio luces encendidas y oyó que la gente soplaba cuernos y repicaba campanas. Le dio la impresión de que la mitad de los habitantes le estaban aguardando en la entrada.

—Es porque he matado a Shere Khan —se dijo.

Pero al instante una lluvia de piedras silbó junto a sus oídos, al tiempo que los lugareños gritaban:

—¡Brujo! ¡Cachorro de lobo! ¡Demonio de la jungla! ¡Vete de aquí! Lárgate ahora mismo o el sacerdote volverá a convertirte en lobo. ¡Dispara, Buldeo, dispara!

El viejo mosquete hizo fuego con gran estruendo y uno de los búfalos jóvenes mugió de dolor.

—¡Más brujería! —gritaron los del poblado—. Sabe desviar las balas. Le has dado a tu búfalo, Buldeo.

—Pero ¿qué es esto? —preguntó Mowgli, desconcertado, mientras la lluvia de piedras arreciaba.

—No se diferencian mucho de la Manada, estos hermanos tuyos —dijo Akela, sentándose con gran compostura—. Se me ocurre que, si las balas significan algo, quieren expulsarte del poblado.

—¡Lobo! ¡Cachorro de lobo! ¡Vete! —gritaba el sacerdote, blandiendo una rama de *tulsi,* la planta sagrada.

—¿Otra vez? La última vez fue porque era hombre. Ahora es porque soy lobo. Vámonos de aquí, Akela.

Una mujer, Messua, echó a correr hacia el rebaño, gritando:

—¡Oh, hijo mío! ¡Hijo mío! Dicen que eres un brujo y que sabes transformarte en una fiera cuando te apetece. Yo no lo creo, pero vete antes de que te maten. Buldeo dice que eres un brujo, pero yo sé que lo que has hecho ha sido vengar la muerte de Nathoo.

—¡Vuelve, Messua! —gritó la multitud—. ¡Vuelve o te lapidaremos!

Mowgli soltó una carcajada breve y desagradable, pues una piedra acababa de darle en la boca.

—Regresa corriendo, Messua. Esta no es más que una de esas historias estúpidas que al anochecer cuentan debajo del árbol grande. Al menos he vengado la muerte de tu hijo. Ahora adiós. Vuelve corriendo, porque les voy a soltar el rebaño más aprisa de lo que vuelan sus ladrillos. No soy ningún brujo, Messua. ¡Adiós!

¡Manos a la obra otra vez, Akela! —exclamó—. Hazlos entrar en el poblado.

Los búfalos ya se sentían impacientes por llegar al poblado, así que poca falta les hacían los aullidos de Akela. Como un torbellino cargaron hacia la entrada y dispersaron a la multitud, que salió corriendo en todas direcciones.

—¡Llevad la cuenta! —dijo Mowgli despreciativamente—. Puede que os haya robado uno. Así que contadlos, porque nunca más cuidaré de vuestros rebaños. Adiós, hijos de los hombres. Dadle las gracias a Messua, porque, si no fuera por ella, entraría con los lobos y os cazaría.

Giró sobre sus talones y se alejó con Lobo Solitario. Alzó la vista hacia las estrellas y se sintió feliz.

—Se acabó eso de dormir en una trampa, Akela. Vamos a recoger el pellejo de Shere Khan y después nos marcharemos de aquí. No, no vamos a hacer ningún daño al poblado, pues Messua fue buena conmigo.

Cuando la luna se alzó sobre la llanura, bañándolo todo con su luz lechosa, los horrorizados habitantes del poblado vieron que Mowgli, seguido muy de cerca por un par de lobos y con un fardo en la cabeza, se alejaba con ese trotar de los lobos que se zampa las millas como si nada. Al verlo, hicieron sonar las campanas del templo y soplaron sus caracoles con más fuerza que nunca. Messua prorrumpió en llanto y Buldeo se dedicó a adornar la historia de sus aventuras en la jungla, hasta terminar diciendo que Akela se había alzado sobre sus patas traseras, hablando igual que un hombre.

La luna empezaba a descender cuando Mowgli y los dos lobos llegaron a la colina donde estaba la Roca del Consejo. Hicieron un alto al pasar por la cueva de Madre Loba.

—Me han expulsado de la Manada Humana, Madre —gritó Mowgli—. Pero he cumplido mi palabra y vengo con la piel de Shere Khan.

Madre Loba salió de la cueva. Caminaba con el cuerpo rígido y la seguían los cachorros. Sus ojos relucieron al ver la piel del tigre.

—Se lo dije aquel día que metió la cabeza y las espaldas en esta cueva, persiguiéndote a ti, Ranita… Le dije que el cazador sería cazado. ¡Bien hecho!

—¡Bien hecho, Hermanito! —dijo una voz grave que surgió de la espesura—. Nos sentíamos solos sin ti en la jungla.

Bagheera corrió a postrarse ante los pies desnudos de Mowgli. Juntos subieron a la Roca del Consejo, y Mowgli extendió la piel del tigre sobre la roca lisa donde Akela solía sentarse, sujetándola con cuatro pedazos de bambú. Akela se instaló sobre la piel y soltó la antigua llamada convocando al Consejo:

—¡Fijaos! ¡Fijaos bien, oh lobos!

La repitió exactamente como la había pronunciado la primera vez que Mowgli fue llevado allí.

Desde que Akela había sido depuesto, la Manada estaba sin jefe y cazaba y luchaba a su antojo. Pero la fuerza de la costumbre hizo que acudiera a la llamada. Varios lobos cojeaban a causa de las trampas en que habían caído, otros renqueaban por culpa de algún balazo, otros padecían sarna por haber comido alimentos en malas condiciones y muchos habían desaparecido ya. Pero los que quedaban acudieron a la Roca del Consejo y vieron la piel de Shere Khan tendida sobre la roca, con las gruesas garras en el extremo de las patas vacías y colgantes. Fue entonces cuando Mowgli compuso una canción sin rima, una canción que salió espontáneamente de su garganta y que el pequeño cantó a voz en grito, mientras saltaba sobre la piel, marcando el compás con los talones hasta que se quedó sin aliento. Hermano Gris y Akela aullaban entre una estrofa y la siguiente.

—¡Fijaos bien, oh lobos! ¿He cumplido mi palabra? —dijo Mowgli al terminar.

—Sí —ladraron los lobos.

Todos salvo uno muy maltrecho que aulló:

—Vuelve a ser nuestro jefe, oh Akela. Guíanos otra vez, oh Cachorro de Hombre. Estamos ya hartos de vivir sin ley y queremos volver a ser el Pueblo Libre.

—No —ronroneó Bagheera—. No puede ser. Cuando tengáis la panza llena os puede dar otra vez la locura. No es por nada que os llaman el Pueblo Libre. Luchasteis por la libertad y ahora la tenéis. Coméosla, oh lobos.

—La Manada Humana y la Manada de los Lobos me han expulsado de su seno —dijo Mowgli—. A partir de ahora cazaré solo en la jungla.

—Y nosotros cazaremos contigo —dijeron los cuatro cachorros.

Y he aquí que de aquel día en adelante Mowgli cazó con los cuatro cachorros en la jungla. Pero no siempre estuvo solo, pues al cabo de unos años se hizo hombre y se casó.

Pero esa es una historia para gente mayor.

La canción de Mowgli

(cantada en la Roca del Consejo, mientras bailaba sobre la piel de Shere Khan)

*La canción de Mowgli, que yo mismo, Mowgli, canto.
Escucha, jungla las cosas que he hecho.*

*Shere Khan dijo que me mataría, ¡que me mataría! Al
anochecer, en la entrada del poblado, mataría a
Mowgli, la Rana.*

*Comió y bebió. Duerme bien, Shere Khan, pues ¿cuándo
volverás a beber de nuevo? Duerme y sueña en la
matanza.*

*Solo estoy en los pastizales. ¡Ven a mí, Hermano Gris!
Ven a mí, Lobo Solitario, pues la caza es
abundante.*

*Traed los búfalos y los bueyes de piel azulada y mirada
furiosa. Conducidlos como os ordeno.*

*¿Duermes tranquilo, Shere Khan? ¡Despierta, oh,
despierta! Que ahí voy con los bueyes detrás.*

*Rama, el Rey de los Búfalos, dio patadas en el suelo. Aguas
del Waingunga, decidme, ¿adónde se fue Shere
Khan?*

*No es Ikki, el que hace agujeros, ni vuela como Mao, el
Pavo Real. No se cuelga de las ramas como Mang,
el Murciélago. Pequeños bambúes que juntos
crujís, decidme adónde se ha ido.*

*¡Ay! Ahí está. ¡Ahooo! Vedlo allí. ¡Bajo los pies de Rama
yace el Cojo! ¡Arriba, Shere Khan! ¡Levántate y
mata! ¡Aquí tienes carne! ¡Rómpeles el cuello a los
bueyes!*

*¡Chist! Se ha dormido. No lo despertaremos, pues grande
es su fuerza. Los milanos han bajado para verlo. Las
hormigas negras han subido para conocerlo.
Una gran reunión se celebra en su honor.*

*¡Alalá! No tengo ningún trapo con que cubrirme. Los
milanos me verán desnudo. Me da vergüenza
conocer a toda esta gente.*

*Préstame tu abrigo, Shere Khan. Déjame tu vistoso
manto rayado para que pueda acudir a la Roca
del Consejo.*

*Por el buey con que me compraron, he hecho una promesa,
una pequeña promesa. Solo el manto me falta para
cumplir mi palabra.*

*Con el cuchillo, con el cuchillo que usan los hombres, con
el cuchillo del cazador, el hombre, me agacharé para
recoger mi regalo.*

*Aguas del Waingunga, sed testigos de que Shere Khan me
da su abrigo por el cariño que me profesa. ¡Tira,
Hermano Gris! ¡Tira, Akela! Gruesa es la piel de
Shere Khan.*

*La Manada Humana está enojada. Arrojan piedras y
hablan como crios. Me sangra la boca. Huyamos
corriendo.*

*A través de la noche, a través de la cálida noche, corred
conmigo, hermanos míos. Dejaremos atrás las luces
del poblado e iremos allí donde brilla la luna.*

*Aguas del Waingunga, la Manada Humana me ha
expulsado. Ningún daño les hice, pero tenían
miedo de mí. ¿Por qué?*

*Manada de Lobos, también vosotros me habéis expulsado.
La jungla me está vedada y me han cerrado las
puertas del poblado. ¿Por qué?*

*Igual que Mang vuela entre las fieras y los pájaros, vuelo
yo entre el poblado y la jungla. ¿Por qué?*

*Bailo sobre la piel de Shere Khan, pero siento un peso en
el corazón. Tengo un corte en la boca y estoy herido
por las piedras que me han arrojado los del poblado,
pero mi corazón se siente muy ligero porque he
regresado a la jungla. ¿Por qué?*

*Dentro de mí luchan estas dos cosas entre sí, igual que las
  serpientes luchan en primavera.*

Agua mana de mis ojos, pero río al verla caer. ¿Por qué?

*Soy dos Mowgli, pero la piel de Shere Khan está bajo mis
  pies.*

*Toda la jungla sabe que he matado a Shere Khan. ¡Fijaos,
  fijaos bien, oh lobos!*

¡Ay! Mi corazón oprimen las cosas que no comprendo.

LA FOCA BLANCA

Duerme ya, pequeño mío, que la noche se acerca,
y verdes son las aguas que como esmeraldas brillaban.
La luna allá en lo alto trata de encontrarnos
descansando entre las olas del mar embravecido.
Donde ola con ola se encuentran, hallarás tú la almohada.
¡Descansa bien, mi pequeña foca!
No te despertará la tempestad ni te cogerá el tiburón.
Duerme arrullada por los brazos del mar.

Canción de cuna de las focas

Todas estas cosas sucedieron hace varios años en un lugar llamado Novastoshnah o Punta del Nordeste, en la isla de San Pablo, lejos, muy lejos, en el mar de Bering. Limmershin, el Reyezuelo Invernal, me contó esta historia cuando el viento lo arrojó contra el aparejo de un vapor que navegaba hacia el Japón y yo me lo llevé a mi camarote, donde lo tuve abrigado y alimentado un par de días hasta que de nuevo se sintió en condiciones de regresar volando a San Pablo. Limmershin es un pajarillo muy raro, pero sabe decir la verdad.

Nadie va a Novastoshnah a no ser que tenga que resolver algún negocio y los únicos seres que tienen negocios regulares allí son las focas. Durante los meses de verano acuden a cientos y cientos de miles a la isla, procedentes del mar frío y gris, pues la playa de Novastoshnah dispone del mejor alojamiento que en el mundo hay para las focas.

Gancho de Mar lo sabía y cada primavera, sin importar donde estuviese, nadaba veloz como una torpedera hacia Novastoshnah y se pasaba un mes peleándose con sus compañeras para encontrar un buen sitio en las rocas, lo más cerca posible del mar. Gancho de Mar tenía quince años y era una foca peluda, grande y gris, con una melena que le caía casi sobre el lomo y dientes amenazadores, largos como colmillos de perro. Cuando se apoyaba en las aletas delanteras y se erguía, se alzaba más de un metro sobre el suelo y su peso, si hubiese habido alguien lo bastante osado para pesarla, era de casi de setecientas libras. Llevaba el cuerpo entero cubierto de cicatrices, fruto de salvajes combates, pero siempre estaba dispuesta a entablar una pelea más. Echaba la cabeza a un lado, como si le diera miedo mirar a su enemigo cara a cara. Luego saltaba con la rapidez de un rayo y cuando sus grandes dientes se hallaban clavados en el cuello de la otra foca, esta tal vez se escapaba si podía, pero no porque Gancho de Mar la ayudase.

Pese a todo, Gancho de Mar nunca cazaba a una foca herida, pues eso iba contra las Reglas de la Playa. Lo único que quería era un lugar junto al mar, para sus crías. Pero como cada primavera había otras cuarenta o cincuenta mil focas que buscaban lo mismo, en la playa se armaba un tremendo barullo de silbidos, mugidos, rugidos y golpes.

Desde una pequeña colina llamada la Colina de Hutchinson se divisaban más de tres millas y media de terreno cubierto de focas que luchaban, al tiempo que el lugar donde las olas rompían sobre la playa se encontraba lleno de focas que velozmente acudían a cumplir con la parte que les tocaba en la lucha. Luchaban en los rompientes, luchaban en la arena y luchaban en las suaves rocas de basalto donde dejaban a sus crías, pues eran tan estúpidas e intransigentes como los hombres. Sus esposas jamás llegaban a la isla hasta fines de mayo o principios de junio, pues no les hacía ninguna gracia la posibilidad de que las despedazasen, y las jóvenes focas de dos, tres y cuatro años, las que aún no se encargaban de las labores domésticas, se adentraban como media milla entre las filas de las que luchaban y a bandadas y legiones se ponían a jugar en las dunas de arena y a dar buena cuenta de todo lo verde que por allí creciera. Las llamaban *holluschickie* (los solteros) y solo en Novastoshnah habría tal vez dos o trescientos mil.

Una primavera, Gancho de Mar acababa de terminar el combate que hacía el número cuarenta y cinco de los que había librado, cuando Matkah, su esposa de piel suave, cuerpo esbelto y mirar dulce, surgió del mar y él, agarrándola por la nuca, la dejó caer en la roca que tenía reservada, mientras con voz enojada le decía:

—Tarde como siempre. ¿Se puede saber dónde has estado?

Gancho de Mar tenía la costumbre de no comer nada durante los cuatro meses que pasaba en las playas, por lo que generalmente estaba de mal humor. Matkah sabía que era mejor no contestar. Miró a su alrededor y con voz arrulladora dijo:

—¡Qué bien pensado! Has vuelto a tomar el sitio de costumbre.

—¡Vaya si lo he hecho! —dijo Gancho de Mar—. ¡Mírame!

Sangraba por veinte sitios a causa de los arañazos, apenas veía con un ojo y la piel de los costados le colgaba a tiras.

—¡Hombres, hombres! —exclamó Matkah, abanicándose con la aleta posterior—. ¿Por qué no sois sensatos y os repartís los sitios tranquilamente? Al verte se diría que has luchado contra la Ballena Asesina.

—No he hecho otra cosa que luchar desde mediados de mayo. Esta temporada la playa está demasiado concurrida. Es un asco. Al menos me he encontrado con cien focas de la playa de Lukannon que andaban buscando casa. ¿Por qué la gente no se queda en su lugar?

—A veces pienso que seríamos mucho más felices si nos mudásemos a la isla de Otter en lugar de venir a este lugar tan lleno de gente —dijo Matkah.

—¡Bah! Solo los *holluschickie* van a la isla de Otter. Si fuéramos allí, dirían que teníamos miedo. Hay que guardar las apariencias, querida mía.

Gancho de Mar hundió la cabeza con orgullo entre sus gruesas espaldas y fingió dormir durante unos minutos, aunque en ningún momento dejó de estar ojo avizor por si se entablaba alguna pelea por allí cerca. Ahora que todas las focas y sus esposas estaban ya en tierra, el barullo que armaban era tal que se oía desde varias millas mar adentro, pues era incluso más fuerte que el fragor de las más espantosas tempestades. Contando por lo bajo, habría más de un millón de focas en la playa: focas viejas, focas madres, focas recién nacidas y *holluschickie,* peleándose, riñendo, balando, arrastrándose y jugando unas con otras, bajando hasta el mar y regresando en cuadrillas y regimientos, cubriendo cada palmo del terreno hasta allí donde alcanzaba la vista, librando escaramuzas entre la niebla. Casi siempre hay niebla en Novastoshnah, salvo las veces en que sale el sol y su luz, durante un rato, lo baña todo con el alegre color del arco iris.

Kotick, el bebé de Matkah, nació en medio de aquella confusión. Era todo cabeza y espaldas, con ojos acuosos de color azul pálido, como deben ser todas las focas recién nacidas. Pero tenía algo en la piel que hizo que su madre lo observase atentamente.

—Gancho de Mar —dijo finalmente—, ¡nuestro bebé será blanco!

—¡Conchas vacías y algas secas! —exclamó Gancho de Mar—. Jamás ha existido una foca blanca en el mundo.

—No puedo remediarlo —dijo Matkah—. Ahora la habrá.

Y se puso a cantar por lo bajo la canción de cuna que todas las focas madre cantan a sus bebés:

No debes nadar hasta que tengas seis semanas,
o se te irá la cabeza a la cola.
Y las tempestades de verano y las ballenas asesinas
son malas para las focas pequeñitas.

Son malas para las focas pequeñitas, ratita mía,
tan malas como malas pueden ser.
Pero nada y hazte fuerte,
que entonces nada malo te pasará,
¡Hijo del Mar Abierto!

Huelga decir que al principio el pequeño no entendía las palabras de la canción. Nadaba y jugaba al lado de su madre y aprendió a escabullirse cuando su padre se peleaba con otra foca y los dos, rugiendo como leones, rodaban por las rocas resbaladizas. Matkah solía recoger del mar las cosas que comían, y no alimentaba al bebé más de una vez cada dos días, aunque entonces comía cuanto podía y así iba engordando.

La primera cosa que hizo fue arrastrarse tierra adentro y allí encontró decenas de miles de bebés de su misma edad, y jugaron juntos como perritos, dormían sobre la arena limpia y después volvían a jugar.

Los mayores del vivero no se fijaban en ellos y los *holluschickie* no salían de su propio terreno, por lo que los pequeños podían jugar a sus anchas.

Cuando Matkah regresaba de pescar en alta mar se dirigía directamente al sitio donde jugaban los pequeños y llamaba al suyo del mismo modo que la oveja llama a sus corderitos. Luego se quedaba esperando a que Kotick contestase con sus balidos. Entonces tomaba el camino más recto para llegar a él y con sus aletas delanteras iba derribando a los jovenzuelos que se cruzaban en su camino. Había siempre varios centenares de madres buscando a sus pequeños allí donde estos jugaban con gran animación. Pero, como dijo Matkah a Kotick:

—Mientras no te metas en aguas fangosas y te ensucies, ni te entre arena en algún corte o arañazo y mientras no se te ocurra nadar estando el mar muy movido, nada malo te pasará aquí.

Las focas pequeñas saben nadar tan poco como los niños pequeños, pero se sienten desgraciadas hasta que aprenden. La primera vez que Kotick bajó al mar, una ola se lo llevó hasta un sitio donde perdió pie y su enorme cabeza se hundió, al tiempo que se le alzaban en el aire las aletas posteriores, exactamente como su madre le había dicho en la canción. Si la siguiente ola no lo hubiese arrojado de nuevo a la playa, habría perecido ahogado.

Después de eso aprendió a quedarse tumbado en las balsas que había en la playa y dejar que las olas lo cubrieran y levantasen mientras él chapoteaba, atento siempre a si venía una ola grande que pudiera hacerle daño. Tardó dos semanas en aprender a valerse de las aletas y durante todo ese tiempo entraba y salía torpemente del agua, tosiendo y gruñendo, y se arrastraba por la arena hasta encontrar un sitio donde pudiera descabezar un sueñecito. Luego volvía a meterse en el agua y así siguió hasta que en ella se encontró en su elemento.

Ya os podéis figurar lo bien que se lo pasaba entonces con sus compañeros, zambulléndose debajo de las olas o montando en sus crestas y poniendo los pies en tierra con gran chapoteo cuando la gran ola rompía sobre la playa. A veces se erguía sobre la cola y se rascaba la cabeza como hacían las personas mayores, o jugaba al «Yo soy el rey del castillo» en las rocas resbaladizas y cubiertas de algas que surgían a flor de agua. De vez en cuando veía una aleta fina como la de un tiburón de gran tamaño que surcaba las aguas a poca distancia de la costa y entonces sabía que rondaba por allí la Ballena Asesina. La orca que se come a las focas jóvenes cuando logra atraparlas. Kotick salía disparado como una flecha hacia la playa, mientras la aleta variaba lentamente su rumbo, como si no estuviera buscando nada en particular.

A finales de octubre las focas empezaron a marcharse de San Pablo para dirigirse a alta mar. Abandonaban la isla por tribus y familias y ya no hubo más peleas por encontrar alojamiento. Los *holluschickie,* por su parte, jugaban donde les apetecía.

—El próximo año —le dijo Matkah a Kotick—, serás ya un *holluschickie.* Pero este año debes aprender cómo se atrapan los peces.

Juntos se fueron a través del Pacífico y Matkah le enseñó a Kotick a dormir panza arriba, con las aletas pegadas a los costados y la naricilla sobresaliendo apenas de la superficie. Ninguna cuna es tan cómoda como las largas olas del Pacífico. Cuando Kotick sintió un cosquilleo por toda la piel, Matkah le dijo que era porque empezaba a «comprender a las aguas» y que aquella sensación significaba que iban a tener mal tiempo y que debían nadar a toda prisa para alejarse de allí.

—Dentro de poco —dijo— sabrás hacia dónde tienes que nadar, pero de momento seguiremos a Cerdo de Mar, la Marsopa, que es muy sabio.

Una manada de marposas nadaban y se zambullían por allí cerca y el pequeño Kotick las siguió tan aprisa como pudo.

—¿Cómo se sabe adónde hay que ir? —preguntó, jadeando.

La marsopa que nadaba a la cabeza de las demás puso los ojos en blanco y sumergió la cabeza.

—Siento un hormigueo en la cola, pequeño —dijo—. Eso quiere decir que se avecina una tempestad. ¡Vamos! Cuando estás al sur de las Aguas Pegajosas (se refería al Ecuador) y sientes cosquillas en la cola, es que hay una tormenta delante de ti y debes encaminarte hacia el norte. ¡Vamos! No se está bien en estas aguas.

Esta fue una de las muchísimas cosas que aprendió Kotick, que siempre estaba aprendiendo algo. Matkah le enseñó a seguir a los bacalaos y las platijas por los bancos submarinos, a arrancar a los peces de roca de sus guaridas entre las algas, a esquivar los restos de naufragio que yacían a cien brazas por debajo de la superficie, a entrar con la rapidez de una bala de rifle por una porta y a salir por otra igual que hacían los peces. Le enseñó también a bailar sobre la cresta de las olas mientras los relámpagos rasgaban el firmamento entero, a mover las aletas para saludar cortésmente al albatros de cola achatada y al halcón marino o buque de guerra que volaban con el viento a favor, a saltar más de un metro sobre el agua, como hacían los delfines, con las aletas pegadas al costado y la cola encorvada, a no hacer caso de los peces voladores porque eran todo espinas, a arrancarles un trozo de espalda a los bacalaos que pasaban nadando velozmente a diez brazas de profundidad y a no detenerse nunca para mirar a un buque o cualquier otra embarcación, especialmente si era de remos. Al cabo de seis meses, lo que Kotick ignorase acerca de la pesca en alta mar era porque no valía la pena saberlo. Durante todo aquel tiempo jamás puso aleta en tierra firme.

Un día, sin embargo, mientras yacía medio dormido en las cálidas aguas próximas a la isla de Juan Fernández, se sintió invadido de pronto por una sensación de debilidad y pereza, como la que sienten los seres humanos cuando la primavera está cerca, y se acordó de las hermosas playas de Novastoshnah a siete mil millas de allí, de los juegos de sus compañeros, del olor de las algas, del rugir de las focas y de las peleas. Sin perder un segundo puso rumbo hacia el norte y empezó a nadar sin detenerse, encontrándose de vez en cuando con compañeros suyos que en grupo se dirigían al mismo sitio y lo saludaban diciendo:

—¡Hola, Kotick! Este año somos todos *holluschickie* y podemos bailar la Danza del Fuego en los rompientes de Lukannon y jugar sobre la hierba recién salida. Pero ¿de dónde has sacado esa piel?

La piel de Kotick era ya casi blanca del todo y él, aunque estaba muy orgulloso de que así fuera, se limitaba a decir:

—¡Nadad aprisa! Me duelen los huesos de ganas de tocar tierra.

Y así todos llegaron a las playas donde habían nacido y oyeron luchar en medio de la niebla a las focas mayores, sus padres.

Aquella noche Kotick bailó la Danza del Fuego con las focas de un añito. En las noches de verano el mar, desde Novastoshnah hasta Lukannon, está lleno de fuego y las focas dejan una estela como de aceite ardiendo y al zambullirse se ve un resplandor llameante, y las olas se rompen formando grandes remolinos y trazos fosforescentes. Luego se adentraron en la isla camino de los sitios donde jugaban los *holluschickie*, y se revolcaron por el trigo silvestre y se contaron historias sobre lo que habían hecho mientras se hallaban en el mar. Hablaban del Pacífico del mismo modo que unos chicos hablarían del bosque donde habían estado cogiendo nueces, y si alguien hubiese podido comprender lo que decían, habría hecho una carta de navegación como jamás ha existido. Los *holluschickie* de tres y cuatro años bajaron corriendo y retozando de la Colina de Hutchinson, gritando:

—¡Apartaos, pequeños! El mar es profundo y aún no sabéis lo que hay en él. Esperad a haber doblado el cabo de Hornos. ¡Eh, tú, pequeñajo! ¿De dónde has sacado esa piel blanca?

—No la saqué de ningún sitio —repuso Kotick—. Me salió así.

Y justo en el momento en que se disponía a arrollar a su interlocutor, un par de hombres de pelo negro y cara rojiza y chata salieron de detrás de una duna de arena y Kotick, que nunca había visto un hombre, tosió y agachó la cabeza. Los *holluschickie* se limitaron a correr unos cuantos metros más y luego se sentaron y se quedaron miráfido estúpidamente. Los hombres eran nada menos que Kerick Booterin, el jefe de los cazadores de focas de la isla, y Patalamon, su hijo. Venían del pueblecito situado a menos de media milla del sitio donde se reunían las focas y estaban decidiendo cuáles serían las focas que se llevarían al matadero (a las focas las llevan en rebaño igual que a los corderos) para convertirlas más adelante en chaquetas de piel de foca.

—¡Oh! —exclamó Patalamon—. ¡Mira! ¡Una foca blanca!

A Kerick Booterin le faltó poco para quedarse blanco debajo de la capa de grasa y humo que le cubría el rostro, pues era oriundo de las islas Aleutianas, cuyos habitantes no son gente limpia. Seguidamente se puso a musitar una plegaria.

—No la toques, Patalamon. Nunca ha habido una foca blanca desde… desde que nací. Puede que sea el fantasma del viejo Zaharrof, el que se perdió el año pasado durante aquella tremenda tempestad.

—No pienso acercarme a ella. Trae mala suerte —dijo Patalamon—. ¿Crees de veras que se trata del viejo Zaharrof que vuelve? Todavía le debo unos huevos de gaviota.

—No la mires —dijo Kerick—. Llévate aquella bandada de focas de cuatro años. Los hombres deberían despellejar doscientas focas hoy, aunque estamos a principios de temporada y aún no han aprendido el oficio. Bastará con un centenar. ¡Date prisa!

Patalamon hizo sonar un par de huesos de foca ante una manada de *holluschickie* que, al oírlo, se pararon en seco y empezaron a resoplar. Entonces se acercó a ellas, las focas reemprendieron la marcha y Kerick las desvió hacia el interior de la isla, sin que los animales hicieran el menor esfuerzo por regresar junto a sus compañeras. Centenares y centenares de miles de focas contemplaron cómo se llevaban a sus congéneres y luego siguieron jugando tranquilamente. Kotick fue el único que hizo preguntas, aunque ninguno de sus compañeros fue capaz de contestarlas. Lo único que supieron decirle fue que cada año, durante seis semanas o un par de meses, los hombres se llevaban grupos de focas de aquella manera.

—Voy a seguirlas —dijo.

Los ojos casi se le salían de las órbitas mientras iba de un lado a otro siguiendo las huellas del rebaño.

—¡La foca blanca nos viene siguiendo! —exclamó Patalamon—. Es la primera vez que una foca viene sola al matadero.

—¡Chist! ¡No mires atrás! —dijo Kerick—. ¡Seguro que es el fantasma de Zaharrof! Tengo que hablar de esto con el sacerdote.

La distancia hasta el matadero era solo de media milla, pero tardaron una hora en recorrerla, ya que Kerick sabía que, si las focas corrían demasiado, se acalorarían y luego, al despellejarlas, la piel se les caería en pedazos. Así que avanzaron lentamente, pasando por la Garganta del León Marino y la Casa de Webster, hasta llegar a la Casa de la Sal adonde no llegaban las miradas de las focas que estaban en la playa. Kotick los siguió, jadeando y lleno de curiosidad. Creía encontrarse en el fin del mundo, aunque el rugido de las focas de la playa sonaba tras él con la misma fuerza que el estruendo de un tren al atravesar un túnel. Luego Kerick se sentó en el musgo, sacó un pesado reloj del bolsillo y durante treinta minutos dejó que las focas se enfriasen. Kotick podía oír cómo de la visera de su gorra caían al suelo las gotas de humedad de la niebla. Luego aparecieron diez o doce hombres armados con garrotes forrados de hierro y Kerick les señaló una o dos focas que habían sido mordidas por las demás o estaban demasiado acaloradas. Los hombres las apartaron de las demás a puntapiés, con sus pesadas botas hechas con piel de garganta de morsa, y entonces Kerick exclamó:

—¡Empezad ya!

Los hombres empezaron a descargar golpes en las cabezas de las focas con toda la rapidez de que eran capaces.

Al cabo de diez minutos, el pequeño Kotick ya no era capaz de reconocer a sus amigos, pues les arrancaron la piel desde el hocico hasta las aletas posteriores y la arrojaron al suelo.

Kotick tuvo suficiente con eso. Dio media vuelta y galopando (la foca puede galopar muy velozmente durante breve tiempo) regresó al mar, con sus mostachos recién salidos erizados de espanto. Al llegar a la Garganta del León Marino, que era el sitio junto al mar donde se sentaban los grandes leones marinos, se arrojó de cabeza a las frías aguas y se quedó flotando en el mar, horrorizado y boqueando.

—¿Qué pasa? —le preguntó un león marino con cara de pocos amigos, pues, por regla general, los leones marinos no se mezclan con los demás seres.

—*Scoochnie! Ochen scoochnie!* (¡Estoy solo, muy solo!) —exclamó Kotick—. ¡Están matando a todos los *holiuschickie* de todas las playas!

El león marino volvió la cabeza hacia tierra.

—¡Tonterías! —dijo—. Tus amigos están en la playa, armando tanto ruido como siempre. Lo que has visto habrá sido el viejo Kerick llevándose unas cuantas. Lo viene haciendo desde hace treinta años.

—Es horrible —dijo Kotick, ciando al ver venir una ola y tratando de recuperar luego el equilibrio con un par de aletazos que lo dejaron a pocos centímetros de una roca de cortante filo.

—¡Bien hecho para tratarse de un pequeño! —exclamó el león marino, que sabía reconocer las proezas natatorias—. Supongo que es bastante desagradable viéndolo desde tu punto de vista. Pero si vosotras las focas venís aquí un año tras otro, inevitablemente los hombres se enteran y, a menos que encontréis una isla en la que el hombre jamás ponga los pies, se llevarán unas cuantas de vosotras.

—¿No hay ninguna isla como esa de que hablas? —preguntó Kotick.

—He seguido a las *poltoos* (las platijas) durante veinte años y aún no puedo decir que la haya encontrado. Pero escucha, ya que al parecer te gusta hablar con tus mayores, ¿y si fueras a la Isleta de la Morsa y hablases con Bruja de Mar? Puede que sepa algo. No corras tanto, que al menos hay seis millas. Yo en tu lugar descabezaría un sueñecito antes de ponerme en marcha, pequeño.

A Kotick le pareció un buen consejo, así que regresó nadando a su playa, saltó a tierra y durmió media hora, temblando de pies a cabeza, como suelen hacer las focas. Luego puso rumbo a la Isleta de la Morsa, que era una pequeña extensión de roca situada al nordeste de Novastoshnah y en la que no había más que rocas y nidos de gaviotas y a la que solamente acudían las morsas.

Salió del agua cerca de donde estaba Bruja de Mar, la morsa del Pacífico Norte, corpulenta, fea, hinchada, llena de granos, de cuello macizo y largos colmillos, que solo tiene buenos modales cuando duerme. Precisamente en aquel momento estaba durmiendo, con las aletas posteriores medio sumergidas en el agua.

—¡Despierta! —ladró Kotick, pues las gaviotas estaban haciendo mucho ruido.

—¡Ja! ¡Jo! ¡Hum! ¿Qué pasa? —dijo Bruja de Mar, golpeando a la morsa de al lado con sus colmillos y esta, despertando, golpeando a su vecina y esta a la siguiente y así hasta que todas despertaron y se quedaron mirando a todos lados menos a donde debían mirar.

—¡Eh! ¡Soy yo! —dijo Kotick, columpiándose donde el oleaje rompía en la playa. Parecía una babosilla blanca.

—¡Caramba! ¡Que me despellejen! —exclamó Bruja de Mar, mientras todas las demás miraban a Kotick del mismo modo que los venerables socios de un club habrían mirado a un chiquillo que los hubiese despertado bruscamente.

En aquellos momentos Kotick no estaba para oír hablar de despellejar, pues ya había visto bastante, así que preguntó:

—¿Hay algún lugar adonde puedan ir las focas sin que los hombres las sigan?

—Búscalo tú misma —contestó Bruja de Mar, cerrando los ojos—. Vete de aquí, que estamos ocupadas.

Kotick hizo su salto de delfín en el aire y gritó tan fuerte como pudo:

—¡Comealmejas! ¡Comealmejas!

Sabía que Bruja de Mar jamás en la vida había atrapado un pez y se alimentaba de las almejas y algas que arrancaba de las rocas, aunque fingía ser un personaje de lo más terrible. Naturalmente, los *chickies*, *gooverooskies* y *epatkas*, las gaviotas burgomaestres, los *kittiwakes* y los frailecillos, que siempre están esperando la oportunidad de molestar a los demás, corearon el grito de Kotick y, según me contó Limmershin, durante casi cinco minutos en la Isleta de la Morsa habría sido imposible oír un cañonazo, pues toda la población del lugar chillaba y gritaba:

—¡Comealmejas! *Stareek!* (¡Viejo!)

Y mientras tanto, Bruja de Mar iba de un lado a otro gruñendo y tosiendo.

—¿Me lo vas a decir ahora? —dijo Kotick, ya sin aliento.

—Ve y pregúntaselo a Vaca Marina —dijo Bruja de Mar—. Si todavía vive, ella podrá decírtelo.

—¿Cómo reconoceré a Vaca Marina cuando la encuentre? —preguntó Kotick, empezando ya a alejarse.

—Es el único ser del mar que es más feo que Bruja de Mar —chilló una gaviota burgomaestre que pasó volando por debajo de las narices de Bruja de Mar—. ¡Más feo y con peores modales! *Stareek!*

Kotick regresó nadando a Novastoshnah, dejando atrás los chillidos de las gaviotas. Al llegar, se encontró con que nadie simpatizaba con sus modestos intentos de descubrir un lugar tranquilo para las focas. Le dijeron que los hombres siempre se habían llevado a los *holluschickie*, que era una cosa normal y que, si no le gustaba ver cosas desagradables, habría hecho mejor no yendo al matadero. Pero ninguna de las otras focas había presenciado la matanza. Esa era la diferencia entre Kotick y sus amigas. Además, Kotick era una foca blanca.

—Lo que tienes que hacer —dijo el viejo Gancho de Mar después de oír las aventuras de su hijo— es crecer hasta convertirte en una foca tan grande como tu padre y tener un lugar en la playa. Entonces te dejarán en paz. Dentro de cinco años ya tendrás que ser capaz de luchar por ti mismo.

Incluso la bondadosa Matkah, su madre, dijo:

—Nunca conseguirás que acaben las matanzas. Vete a jugar en el mar, Kotick.

Kotick se marchó y bailó la Danza del Fuego con un tremendo peso en su pequeño corazón.

Aquel otoño se marchó de la playa lo antes posible y se marchó solo debido a una idea que se le había metido en la cabecita. Pensaba encontrar a Vaca Marina, si es que tal ser existía en el mar, y pensaba encontrar también una isla tranquila, con buenas playas para las focas, donde los hombres no pudieran atraparlas. Así, pues, exploró incansablemente el Pacífico Norte y el Pacífico Sur, llegando a nadar hasta trescientas millas en un solo día con la correspondiente noche. Corrió más aventuras de las que os puedo narrar aquí y por un pelo escapó de las fauces del tiburón gigante y del tiburón moteado, así como del pez martillo, y se cruzó con todos los malvados rufianes que pululan por los mares y también con los peces bien educados y las veneras de manchas rojas que se pasan cientos de años amarradas al mismo sitio y se enorgullecen mucho de ello. Pero nunca dio con Vaca Marina y jamás encontró una isla que le gustase.

Si la playa era buena y segura, con una pendiente en la que pudieran jugar las focas, siempre se veía en el horizonte el humo de un buque ballenero que estaba fundiendo la grasa de ballena, y Kotick sabía qué quería decir eso. Otras veces había rastros de que las focas habían visitado la isla anteriormente y las habían matado, y Kotick sabía que los hombres volvían siempre a donde ya habían estado una vez.

Un día encontró un albatros de cola achatada que le dijo que la isla de Kerguelen era el lugar más indicado para gozar de paz y tranquilidad, y cuando Kotick se dirigió allí estuvo a punto de morir despedazado contra unos traicioneros arrecifes negros durante una fuerte tormenta de aguanieve con gran aparato de rayos y truenos. Pero, incluso cuando luchaba contra la tempestad, pudo ver que el lugar ya había sido frecuentado por las focas. Y lo mismo le sucedió en todas las demás islas que visitó.

Limmershin le dio una larga lista de islas, pues, según dijo, Kotick estuvo explorando los mares durante cinco temporadas, tomándose cada año cuatro meses de descanso en Novastoshnah, donde los *holluschickie* se burlaban de él y de sus islas imaginarias. Se fue a las Galápagos, un lugar seco y horroroso situado en el Ecuador, y estuvo a punto de morir abrasado allí. Estuvo también en las islas Georgia, las Orcadas del Sur, la Esmeralda, la del Pequeño Ruiseñor, la de Gough, la de Bouvet, las Crosset e incluso una minúscula isla, apenas una salpicadura de roca, situada al sur del cabo de Buena Esperanza. Pero en todas partes el Pueblo del Mar le decía lo mismo. Las focas habían estado en aquellas islas hacía ya tiempo, pero los hombres las habían exterminando a todas. Incluso cuando abandonó el Pacífico y se adentró muchísimas millas en otros mares, llegando a un lugar llamado cabo Corrientes (eso fue cuando regresaba de la isla de Gough), encontró a unos cuantos centenares de focas sarnosas en una roca y le dijeron que los hombres visitaban también aquel lugar.

La noticia casi le partió el corazón. Se dispuso a doblar el cabo de Hornos para regresar a sus propias playas. Durante el camino hacia el norte desembarcó en una isla llena de árboles verdes en la que encontró una foca muy, muy vieja que estaba agonizando. Kotick pescó peces para ella y le contó sus penas.

—Ahora —dijo Kotick— voy de regreso a Novastoshnah y ya me da lo mismo que se me lleven al matadero junto con los *holluschickie.*

—Prueba una vez más —dijo la foca vieja—. Yo soy la última de la Tribu Perdida de las Masafuera y en los lejanos tiempos en que los hombres nos mataban a cientos de miles corría por las playas una historia según la cual algún día una foca blanca vendría del norte y conduciría el Pueblo de las Focas a un lugar tranquilo. Ya soy vieja y no viviré para ver ese día, pero otras lo verán. Prueba una vez más.

Kotick, enroscándose el bigote (que era muy bonito), dijo:

—Soy la única foca blanca que ha nacido en las playas y la única foca, blanca o negra, a la que se le haya ocurrido buscar islas nuevas.

Eso le dio muchos ánimos y aquel verano, al regresar a Novastoshnah, Matkah, su madre, le suplicó que se casara y sentase la cabeza, pues ya no era un *holluschickie*, sino un Gancho de Mar hecho y derecho, con una rizada melena blanca sobre los hombros, tan recia, grande y fiera como su padre.

—Dame una temporada más —dijo Kotick—. Recuerda madre, que es siempre la séptima ola la que llega más lejos playa adentro.

Por curioso que parezca, había otra foca que decidió aplazar su boda hasta el año siguiente y Kotick, la noche antes de emprender su última exploración, bailó con ella la Danza del Fuego por toda la playa de Lukannon.

Esta vez se dirigió hacia el oeste, ya que había encontrado el rastro de un gran banco de platijas y necesitaba como mínimo cien libras de pescado al día para estar en forma. Las persiguió hasta cansarse y entonces, acurrucándose, se durmió en una de las hondonadas que la resaca deja cerca de la isla del Cobre. Conocía la costa perfectamente, así que alrededor de la medianoche, cuando el mar lo depositó suavemente en un lecho de algas, dijo:

—¡Hum! La marea tiene fuerza esta noche.

Y, dando media vuelta debajo del agua, abrió lentamente los ojos y se desperezó. Enseguida pegó un salto, pues vio unas cosas muy grandes que andaban husmeando las aguas poco profundas y registrando los espesos matorrales de algas.

«¡Por las grandes olas del Magallanes! —dijo para sí—. ¿Quién diablos es esta gente?»

No se parecían a las morsas, leones marinos, focas, osos, ballenas, tiburones, peces, pulpos o conchas que Kotick hubiese visto jamás. Medían de seis a nueve metros de largo y no tenían aletas posteriores, sino que lucían una cola en forma de pala que parecía haber sido tallada en cuero mojado. Sus cabezas eran lo más estúpido que jamás se haya visto y, cuando no estaban comiendo algas, se sostenían de pie sobre la cola y se saludaban solemnemente agitando las aletas delanteras como un hombre que agitase los brazos.

—¡Ejem! —exclamó Kotick—. ¿Buena pesca, caballeros?

Los enormes seres le contestaron con reverencias y agitando las aletas igual que Frog-Footman.[1] Cuando de nuevo se pusieron a comer, Kotick observó que tenían el labio superior dividido en dos partes que podían separar unos treinta centímetros para luego volver a juntar con todo un cargamento de algas en medio. Se metían las algas en la boca y las masticaban con mucha solemnidad.

—¡Qué forma más grosera de comer! —dijo Kotick.

Volvieron a hacerle una reverencia y Kotick empezó a encolerizarse.

—Muy bien —dijo—. Si casualmente tenéis una pieza más que los demás en las aletas delanteras, no hace falta que la ostentéis tanto. Ya veo que hacéis unas reverencias muy finas, pero lo que me gustaría saber es cómo os llamáis.

Los hendidos labios se movieron convulsivamente, los vidriosos ojos verdes lo miraron fijamente, pero no dijeron ni palabra.

—¡Caramba! —exclamó Kotick—. De toda la gente que he conocido, sois la única que es más fea que Bruja de Mar y que tiene peores modales.

Recordó entonces súbitamente lo que la gaviota burgomaestre le había indicado chillando cuando era una foquita allá en la Isleta de la Morsa y, al recordarlo, cayó de espaldas, pues comprendió que por fin había encontrado a la Vaca Marina.

1. Personaje de *Alicia en el País de las Maravillas*, de Lewis Carroll. (*N. del T.*)

Las vacas marinas siguieron masticando ruidosamente las algas. Kotick les hizo preguntas en todos los idiomas que había aprendido en el curso de sus viajes: el Pueblo del Mar habla casi tantas lenguas como los seres humanos. Pero la Vaca Marina no le contestó porque la Vaca Marina no sabe hablar. Tiene solamente seis huesos en la parte del cuello donde debería tener siete, y la gente que vive bajo el mar dice que eso les impide hablar incluso a sus congéneres. Pero, como sabéis, tiene una pieza más en las aletas delanteras y, agitándola arriba, abajo y de uno a otro lado, se expresa mediante una especie de tosco código telegráfico.

Al hacerse de día, Kotick tenía la melena de punta y su paciencia había ido a parar a donde van los cangrejos muertos. Entonces, con mucha calma, la Vaca Marina empezó a moverse hacia el norte, parándose de vez en cuando para celebrar absurdos consejos en los que todas se hacían reverencias. Kotick, que las iba siguiendo, se decía a sí mismo:

«A una gente tan idiota como esta la habrían matado hace ya mucho tiempo si no hubiese encontrado una isla segura y lo que es bastante bueno para la Vaca Marina lo es también para Gancho de Mar. De todos modos, preferiría que se dieran prisa».

El viaje resultó muy pesado para Kotick. La manada nunca hacía más de cuarenta o cincuenta millas al día y de noche se paraba para comer, aparte de que nunca se separaba mucho de la costa. Kotick, mientras, nadaba a su alrededor, por encima y por debajo de ellas, pero sin lograr que adelantasen media milla más de lo habitual. A medida que se alejaban más hacia el norte, celebraban uno de sus consejos cada dos por tres y Kotick casi se quedó sin bigotes a causa de los mordiscos que le hacía dar la impaciencia, hasta que vio que seguían una corriente de aguas cálidas y entonces sintió más respeto por ellas.

Una noche se hundieron en las aguas brillantes (se hundieron como piedras) y, por primera vez desde que las conocía, se pusieron a nadar velozmente. Kotick las siguió y se sorprendió al ver lo deprisa que iban, pues nunca las había considerado gran cosa como nadadoras. Se encaminaron hacia un acantilado cercano a la playa, un acantilado que se hundía en las aguas profundas, y se zambulleron en un agujero oscuro que había al pie del mismo, hasta llegar a unas veinte brazas por debajo de la superficie. Nadaron mucho rato y Kotick necesitaba desesperadamente respirar aire fresco cuando hubieron cruzado el oscuro túnel.

—¡Cáspita! —exclamó cuando, boqueando y resoplando, salió a aguas abiertas por el otro extremo—. Qué zambullida más larga, aunque haya valido la pena.

Las vacas marinas se habían dispersado y curioseaban perezosamente los bordes de las playas más hermosas que jamás viera Kotick. Había largas extensiones, millas y millas, de roca pulida por la erosión que parecía hecha especialmente para poner en ella las crías, y había también zonas de arena firme, formando pendiente detrás de las rocas, que resultaban ideales como campo de juegos. Vio olas perfectas para que las focas bailasen en ellas, hierba muy crecida para revolcarse, dunas de arena para subir y bajar por ellas y, lo mejor de todo fue que, por la sensación que le dio el agua, que nunca engaña a un verdadero Gancho de Mar, Kotick comprendió que ningún hombre había hollado jamás aquel sitio.

Lo primero que hizo fue asegurarse de que la pesca fuese buena y luego nadó a lo largo de las playas, contando las deliciosas islas de arena medio ocultas por la hermosa niebla. A lo lejos, mar adentro en dirección al norte, se divisaba una línea de rocas y bajíos que nunca permitirían la entrada de un buque a menos de seis millas de la playa, y entre las islas y tierra firme había una extensión de aguas profundas que llegaba hasta los arrecifes perpendiculares, debajo de los cuales, en alguna parte, estaba la entrada del túnel.

—Esto es como Novastoshnah, solo que diez veces mejor —dijo Kotick—. Vaca Marina debe de ser más sabia de lo que me figuraba. Los hombres, suponiendo que los hubiera, no podrían bajar por el acantilado y cualquier barco quedaría hecho astillas si tratase de sortear los bajíos que hay por el lado del mar. Si hay en el mar algún lugar seguro, es este.

Empezó a pensar en la foca que había dejado atrás, pero, aunque tenía mucha prisa por regresar a Novastoshnah, exploró a fondo aquel país nuevo, para poder contestar a todas las preguntas que le hiciesen.

Después se zambulló, comprobó la situación de la entrada del túnel y seguidamente se dirigió velozmente hacia el sur. Nadie salvo una vaca marina o una foca habría soñado que existía un lugar semejante y al mismo Kotick, al volver la vista hacia atrás y ver los acantilados, le costaba trabajo creer que había estado debajo de ellos.

Tardó seis días en regresar a casa, pese a que no nadaba despacio. Cuando tocó tierra, justo encima de la Garganta del León Marino, la primera persona a la que encontró fue a la foca, que lo había estado esperando y que, al ver la expresión de sus ojos, comprendió que por fin había dado con la isla.

Pero los *holluschickie* y Gancho de Mar, su padre, así como todas las demás focas, se rieron de él cuando les contó lo que había descubierto, y una foca joven, que tendría más o menos su misma edad, dijo:

—Todo esto está muy bien, Kotick. Pero no puedes venir aquí de no sabemos dónde y, sin más, ordenarnos que nos vayamos. Recuerda que hemos luchado por conquistar nuestros lugares, cosa que tú no has hecho. Preferías pasarte el tiempo fisgando en el mar.

Las otras focas se rieron al oír eso y la que acababa de decirlo se puso a mover la cabeza de un lado a otro. Se había casado aquel mismo año y se daba demasiados aires.

—Yo no tengo que luchar por ningún vivero —dijo Kotick—. Lo único que quiero es mostraros a todas un lugar en el que estaréis a salvo. ¿De qué sirve luchar?

—Oh, si lo que pretendes es echarte atrás, entonces, claro,

nada más tengo que decir —contestó la foca joven, soltando una risita desagradable.

—¿Vendrás conmigo si te gano? —preguntó Kutick, en cuyos ojos brilló una luz verde, pues estaba furioso por tener que luchar.

—Muy bien —dijo la foca joven despreocupadamente—. Si ganas, iré contigo.

No tuvo tiempo de cambiar de parecer, pues Kotick la embistió velozmente y hundió los dientes en la grasa del cuello de la foca joven. Luego retrocedió, arrastró a su enemigo playa abajo, lo zarandeó y le dio un buen revolcón. Acto seguido, se encaró con las focas y gritó:

—Me he pasado cinco temporadas esforzándome por vuestro bien. Os he encontrado una isla donde estaréis seguras, pero no os lo creeréis a menos que os arranquen la cabezota. Os voy a dar una lección. ¡Cuidado!

Me contó Limmershin que jamás en su vida (y eso que cada año Limmershin ve diez mil peleas entre focas grandes), que jamás en toda su vida vio algo parecido a la carga de Kotick contra los viveros. Se arrojó sobre la foca más corpulenta que encontró, la agarró por la garganta y se puso a ahogarla y golpearla hasta que la víctima gruñó pidiendo clemencia. Entonces la arrojó a un lado y atacó a la siguiente. Veréis, Kotick nunca había ayunado durante cuatro meses como cada año hacían las focas mayores y, además, sus viajes por alta mar lo habían puesto en plena forma y, lo mejor de todo, era la primera vez que luchaba. La furia hizo que se le erizase su rizada melena blanca, sus ojos despedían llamaradas y sus colmillos de perro relucían y, en conjunto, era un bello espectáculo.

El viejo Gancho de Mar, su padre, lo vio pasar volando por su lado, arrastrando a las viejas focas de piel gris de un lado a otro, como si fueran platijas, y ahuyentando en todas direcciones a los jóvenes solteros. Gancho de Mar rugió y gritó:

—¡Puede que sea un tonto, pero es el mejor luchador de

todas las playas! ¡No ataques a tu padre, hijo mío! ¡Él está de tu lado!

Kotick le contestó con un rugido y el viejo Gancho de Mar, con el bigote de punta, resoplando como una locomotora, se unió a la lucha, mientras Matkah y la foca que iba a casarse con Kotick retrocedían asustadas y contemplaban con admiración a sus machos. Fue una pelea magnífica, pues los dos lucharon mientras quedó una foca que se atreviera a levantar la cabeza y luego, uno al lado del otro, desfilaron triunfalmente por la playa, bramando.

Por la noche, cuando las Luces del Norte parpadeaban a través de la niebla, Kotick se encaramó a una roca pelada y contempló los viveros dispersos y las focas heridas y sangrantes que había a sus pies.

—Ya os he dado vuestra lección —dijo.

—¡Caramba! —exclamó el viejo Gancho de Mar, incorporándose trabajosamente, pues estaba malherido—. ¡Ni la misma Ballena Asesina las habría dejado tan maltrechas! Hijo mío, me enorgullezco de ti. Es más, iré contigo a tu isla… si es que existe.

—¡Oídme vosotros, cerdos gordinflones del mar! ¿Quién viene conmigo al túnel de la Vaca Marina? Respondedme u os daré otra lección —rugió Kotick.

Por toda la playa se oyó un rumor como el murmullo de la marea.

—Iremos contigo —dijeron varios miles de voces cansadas—. Seguiremos a Kotick, la Foca Blanca.

Entonces Kotick inclinó la cabeza entre los hombros y cerró los ojos orgullosamente. Ya no era una foca blanca, sino que era roja de cabeza a cola. Pero daba igual: se habría avergonzado de mirar o tocar una sola de sus heridas.

Una semana más tarde, Kotick y su ejército (casi diez mil *holluschickie* y focas viejas) se hicieron a la mar con rumbo al norte, hacia el túnel de la Vaca Marina, encabezados por Kotick, mientras las focas que se quedaban en Novastoshnah los llamaban idiotas. Pero en la primavera siguiente, cuando se reunieron todos en las pesquerías del Pacífico, fueron tales las historias que las focas de Kotick contaban sobre las nuevas playas que había al otro lado del túnel de la Vaca Marina, que cada vez eran más las focas que se marchaban de Novastoshnah.

Ni que decir tiene que no se hizo todo de una sola vez, ya que las focas necesitan tiempo para rumiar las cosas, pero un año tras otro aumentaba el número de focas que abandonaban Novastoshnah, Lukannon y los demás viveros, para dirigirse a las playas tranquilas y recoletas donde Kotick se pasa tranquilamente sentado todos los veranos, creciendo, engordando y haciéndose más fuerte cada año, mientras los *holluschickie* juegan a su alrededor, en aquel mar adonde nunca va ningún hombre.

Lukannon

(Esta es la gran canción de alta mar que cantan todas las focas de San Pablo cuando, al llegar el verano, se dirigen a sus playas. Es una especie de Himno Nacional de las focas, muy triste.)

Encontré a mis compañeras al alba (¡ay, qué vieja soy!)
allí donde las olas del verano rugían contra los acantilados.
Oí sus voces a coro ahogar la canción de los rompientes.
En las playas de Lukannon ¡resuenan dos millones de voces!

La canción de bellos parajes junto a lagos salados,
la canción de los que juegan en las dunas de arena,
la canción de bailes de medianoche que encienden el mar.
Las playas de Lukannon, ¡antes de que llegase el hombre!

Encontré a mis compañeras al alba (¡nunca más así será!).
De un lado a otro, sus legiones la playa ensombrecían.

Y sobre la espuma de las aguas, hasta donde alcanza la voz,
saludábamos a las que llegaban y cantábamos la bienvenida.

Las playas de Lukannon, el trigo invernal ya muy crecido,
los liqúenes retorcidos y chorreando, ¡la niebla envolviéndolo
    todo!
¡Suaves y relucientes las rocas donde jugábamos las focas!
Las playas de Lukannon ¡el hogar donde nacimos!

Encontré a mis compañeras al alba, en dispersa manada.
El hombre nos dispara en el agua y nos da garrotazos en tierra.
Cual ovejas tontas y mansas nos lleva a la Casa de la Sal,
y aún cantamos a Lukannon... antes de que viniera el hombre.

¡Virad, virad hacia el sur! ¡Oh, daos prisa, gooverooska!
Contad a los virreyes de Alta Mar nuestra triste historia.
Vacías cual huevo de tiburón que las olas arrojan a la costa,
las playas de Lukannon ¡a sus hijos no volverán a ver!

Rikki-Tikki-Tavi

En un agujero Piel Arrugada se metió
y Ojo Rojo lo llamaba.
Oíd lo que Ojo Rojo decía:
«¡Nag, sal a bailar con la muerte!».
Ojo a ojo y cabeza a cabeza,
(no pierdas el compás, Nag)
esto acabará cuando uno muera.
(Como quieras, Nag.)
Vuelta a vuelta y salto a salto.
(Corre y escóndete, Nag.)
¡Ja! ¡La muerte no te ha visto!
(¡Ay de ti, Nag!)

He aquí la historia de la gran guerra que Rikki-Tikki-Tavi, sin ayuda de nadie, sostuvo en los cuartos de baño de la gran casa de campo, en el acantonamiento de Segowlee. Darzee, el pájaro sastre, la ayudó, y Chuchundra, la rata almizclera que nunca camina por el centro de una habitación, sino que se arrastra siempre siguiendo las paredes, fue su consejera, pero de la lucha propiamente dicha se encargó Rikki-Tikki.

Era una mangosta de pelo y cola parecidos a los de un gato, pero con cabeza y costumbres semejantes a las de una comadreja. Tenía los ojos y la punta de su inquieta nariz de color rosa y sabía rascarse donde quisiera con cualquiera de sus patas, tanto delanteras como traseras. Era capaz de esponjar la cola hasta que esta parecía una de esas escobillas que se utilizan para limpiar botellas y su grito de guerra, mientras se escurría entre las hierbas altas, era: «¡Rikk-tikk-tikki-tikki-tchk!».

Un día de verano, la crecida de las aguas la arrancó de la madriguera donde vivía con sus padres y se la llevó, pataleando y cloqueando, por la cuneta de un camino. Allí encontró un pequeño puñado de hierba que flotaba en el agua y a ella se aferró hasta que perdió el conocimiento. Cuando volvió en sí, se hallaba tendida bajo los fuertes rayos del sol en mitad del sendero que cruzaba un jardín, muy descuidado, por cierto, y cerca de ella había un chico que decía:

—Aquí hay una mangosta muerta. Vamos a hacerle un entierro.

—No —dijo la madre del chico—. La entraremos en casa y la secaremos. Puede que no esté muerta aún.

La entraron en la casa, y un hombre corpulento que había en ella la cogió entre el pulgar y un dedo y dijo que no estaba muerta, sino medio ahogada solo, así que la envolvieron en algodón en rama y la calentaron hasta que abrió los ojos y estornudó.

—Ahora —dijo el hombre corpulento (un inglés que acababa de mudarse a aquella casa)— no la asustéis y veremos qué hace.

Darle un susto a una mangosta es la cosa más difícil del mundo, ya que la curiosidad se la está comiendo siempre, desde el hocico hasta la cola. La familia de las mangostas tiene un solo lema: «Corramos a ver qué es» y Rikki-Tikki era una verdadera mangosta. Echó un vistazo al algodón en rama, decidió que no era bueno para comer, corrió por toda la mesa, se sentó, puso en orden su pelo, se rascó y de un salto se plantó sobre un hombro del chico que la había encontrado.

—No te asustes, Teddy —le dijo su padre—. Esa es su manera de demostrarte su amistad.

—¡Ay! Me está haciendo cosquillas en la barbilla —dijo Teddy.

Rikki-Tikki se asomó por el cuello de la camisa del chico, para ver qué había entre él y el cogote, le husmeó la oreja y luego bajó al suelo y se quedó sentada, frotándose la nariz.

—¡Válgame el cielo! —exclamó la madre de Teddy—. ¡A eso llaman criatura salvaje! Supongo que si es tan mansa es porque hemos sido buenos con ella.

—Todas las mangostas son así —dijo su marido—. A no ser que Teddy la levante por la cola o trate de meterla en una jaula, se pasará el día entero entrando y saliendo de la casa. Vamos a darle algo de comer.

Le dieron un trocito de carne cruda. A Rikki-Tikki le gustó muchísimo y cuando terminó de comérsela salió a la galería, se sentó al sol y esponjó el pelo para que se le secasen las raíces. Después de eso, se sintió mejor.

«Aún quedan muchas cosas por investigar en esta casa —se dijo— Más de las que mi familia podría averiguar aunque se pasasen la vida entera en ella. Ciertamente, me voy a quedar y averiguaré de qué se trata.»

Se pasó el resto del día curioseando por toda la casa. Estuvo en un tris de perecer ahogada en las bañeras, metió la nariz en el tintero que encontró en un escritorio y se quemó al acercarla demasiado a la punta del cigarro que estaba fumando el hombre corpulento, pues se subió al regazo del mismo para ver qué había que hacer para escribir. Al caer la noche, se metió corriendo en el cuarto de Teddy para ver cómo encendían las lámparas de queroseno y cuando Teddy se acostó, también Rikki-Tikki se encaramó a la cama. Pero resultó un compañero muy inquieto, ya que a cada momento se levantaba para investigar todos los ruidos que se oían en la noche y ver cuál era su causa. Antes de irse a dormir, los padres de Teddy entraron a ver a su hijo y se encontraron a Rikki-Tikki sobre la almohada, despierta.

—No me gusta eso —dijo la madre de Teddy—. Me da miedo que muerda al pequeño.

—No hará nada parecido —dijo el padre—. Con ella Teddy

está más seguro que si tuviera un perro guardián. Si ahora entrase una serpiente...

Pero la madre de Teddy no quería ni pensar en algo tan horrible.

A primera hora de la mañana, Rikki-Tikki, montada en el hombro de Teddy, acudió a desayunar en la galería. Le dieron un plátano y un poco de huevo pasado por agua y ella fue pasando de un regazo a otro, ya que toda mangosta bien educada alberga la esperanza de llegar a ser una mangosta doméstica algún día y tener habitaciones por las que pueda correr y la madre de Rikki-Tikki (que había vivido en casa del general, en Segowlee) había cuidado de decirle a Rikki lo que tenía que hacer si alguna vez se encontraba con los hombres blancos.

Después del desayuno, Rikki-Tikki salió al jardín para ver lo que allí pudiera verse. El jardín era grande, cuidado solo a medias, con espesos rosales de la variedad denominada Mariscal Niel, con limoneros y naranjos, bosquecillos de bambúes y sitios donde la hierba crecía alta y espesa. Rikki-Tikki se pasó la lengua por los labios.

—Espléndido lugar para cazar —dijo, poniendo la cola como una escobilla al pensarlo.

Inmediatamente se puso a correr velozmente por todo el jardín, husmeando aquí y allá hasta que unas voces muy lastimeras llegaron a sus oídos procedentes de un matorral de espinos.

Eran Darzee, el pájaro sastre, y su esposa. Se habían construido un hermoso nido juntando dos grandes hojas, cosidas por los bordes, y llenando el hueco con algodón y suave pelusilla. El nido se mecía suavemente, mientras ellos, sentados en el borde, lloraban.

—Estamos muy tristes —dijo Darzee—. Uno de nuestros pequeñines se cayó del nido ayer y Nag se lo comió.

—¡Hum! —exclamó Rikki-Tikki—. ¡Qué pena! Pero decidme: ¿Quién es Nag? Es que soy forastera.

Darzee y su esposa no contestaron, limitándose a acurru-carse en el fondo del nido, llenos de espanto, pues entre la es-pesa hierba que crecía al pie del arbusto se oía un silbido bajo, un sonido frío y horrible que hizo que Rikki-Tikki diese un gran salto hacia atrás. Entonces, centímetro a centímetro, fue saliendo de entre la hierba la cabeza y la capucha abierta de Nag, la gran cobra negra, que medía metro y medio de la len-gua a la cola. Cuando hubo alzado del suelo la tercera parte de su cuerpo, se quedó balanceándose de un lado a otro, exacta-mente igual que si fuera un diente de león meciéndose a im-pulsos del viento. Miró a Rikki-Tikki con sus malévolos ojos de serpiente que nunca cambian de expresión, sin que impor-te lo que la serpiente esté pensando.

—¿Quién es Nag? —dijo—. Yo soy Nag. El gran dios Brah-ma puso su señal en toda nuestra familia cuando la primera cobra abrió su capucha para protegerlo del sol cuando dormía. ¡Mira y tiembla!

Abrió aún más su capucha y Rikki-Tikki vio detrás de ella la señal redonda que se parece exactamente a la hembra de un corchete. Por de pronto sintió miedo, pero es imposible que una mangosta esté asustada un rato seguido y, aunque era la primera vez que Rikki-Tikki veía una cobra viva, su madre la había alimentado de cobras muertas y sabía que el único fin que una mangosta crecida tenía en la vida consistía en cazar serpientes para comérselas. También Nag estaba al tanto de eso y sintió miedo en el fondo de su frío corazón.

—Bueno —dijo Rikki-Tikki, al tiempo que su cola empe-zaba a esponjarse otra vez—. Con señales o sin ellas, ¿crees que está bien comerse los pajarillos inexpertos que se caen del nido?

Nag pensaba sin decir nada y permanecía atenta al más leve movimiento en la hierba que había detrás de Rikki-Tikki. Sabía que las mangostas en un jardín significaban la muerte, antes o después, para ella y su familia, pero quería pillar desprevenida a Rikki-Tikki. Así que, bajando un poco la cabeza, la apartó a un lado.

—Hablemos del asunto —dijo—. Si tú comes huevos, ¿por qué no puedo yo comer pájaros?

—¡Detrás de ti! ¡Mira detrás de ti! —grito Darzee.

Rikki-Tikki era demasiado lista para perder tiempo mirando. Saltó tan alto como pudo justo en el instante en que por debajo de sus patitas pasaba velozmente la cabeza de Nagaina, la perversa esposa de Nag. Mientras ella hablaba, la otra serpiente había reptado sigilosamente a sus espaldas, dispuesta a acabar con ella, y oyó el salvaje silbido que soltó al fallar el tiro. Cayó casi sobre el lomo de Nagaina y, de haber sido una mangosta vieja, habría sabido que aquel era el momento de romperle la espalda de un mordisco, pero le daban miedo los terribles latigazos con que la serpiente herida respondería a su ataque. La mordió, por supuesto, pero no todo el tiempo suficiente, pues saltó para esquivar los coletazos, dejando a Nagaina herida y furiosa.

—¡Malvado, malvado Darzee! —exclamó Nag, tratando de alcanzar con sus coletazos el nido instalado entre los espinos.

Pero Darzee lo había construido en un sitio al que no podían llegar las serpientes y el nido se limitó a oscilar violentamente.

Rikki-Tikki sintió que sus ojos se ponían rojos y ardientes (cuando a una mangosta se le ponen rojos los ojos, es que está enfadada) y se sentó sobre la cola y las patitas traseras, igual que un cangurito, mirando a su alrededor y rechinando los dientes con rabia. Pero Nag y Nagaina ya se habían esfumado entre la hierba. Cuando el ataque le sale mal, una serpiente nunca dice nada ni deja entrever lo que piensa hacer a continuación. Rikki-Tikki no quiso emprender su persecución, pues no estaba segura de poder con dos serpientes a la vez. De manera que se dirigió trotando al sendero de grava próximo a la casa y se sentó a reflexionar. El asunto era serio para ella.

Si leéis los viejos libros de historia natural, veréis que en ellos se dice que, cuando la mangosta libra combate con la serpiente y recibe un mordisco, huye a toda prisa y se come algunas hierbas que la curan. Eso no es verdad. La victoria se reduce a una lucha entre la rapidez del ojo y la de los pies, entre el ataque de la serpiente y el salto de la mangosta y, como ningún ojo es capaz de seguir los movimientos de una cabeza de serpiente al lanzarse esta al ataque, eso hace que las cosas resulten mucho más prodigiosas que cualquier hierba mágica. Rikki-Tikki sabía que era una mangosta joven y, por consiguiente, era aún mayor su satisfacción al saber que había conseguido esquivar una acometida desde atrás. El hecho le dio confianza en sí misma y, cuando Teddy se le acercó corriendo por el sendero, Rikki-Tikki se sentía muy dispuesta a que la acariciasen.

Pero justo en el instante en que Teddy se agachaba, algo se movió entre el polvo y una vocecilla dijo:

—¡Cuidado! ¡Soy la muerte!

Era Karait, la serpiente de color marrón tierra que gusta de esconderse entre el polvo y cuya mordedura es tan peligrosa como la de la cobra. Pero es tan pequeña que nadie piensa en ella, por lo que resulta mucho más dañina para las personas.

A Rikki-Tikki de nuevo se le enrojecieron los ojos. Se acercó a Karait con el peculiar balanceo que había heredado de su familia. Es un movimiento que a primera vista resulta muy gracioso, pero tiene un equilibrio tan perfecto que es posible salir disparado por cualquier ángulo, cosa que resulta una ventaja en los tratos con las serpientes. Aunque ella no lo sabía, lo que estaba haciendo Rikki-Tikki era mucho más peligroso que luchar contra Nag, ya que Karait es tan pequeña, es capaz de revolverse tan rápidamente, que, a menos que Rikki la mordiera cerca de la base del cráneo, recibiría en un ojo o en el labio el contraataque de la serpiente. Pero Rikki no lo sabía: sus ojos eran un ascua roja y se mecía hacia delante y hacia atrás, buscando un buen lugar para apresar a Karait. La serpiente se lanzó al ataque. Rikki saltó hacia un lado y trató de echársele encima, pero la malévola y diminuta cabeza embistió y por poco le tocó la espalda, por lo que Rikki tuvo que saltar por encima de la serpiente, cuya cabeza estaba casi pegada a sus talones.

Teddy se puso a gritar en dirección a la casa:

—¡Mirad, mirad! Nuestra mangosta está matando una serpiente.

Rikki-Tikki oyó gritar a la madre de Teddy. El padre salió corriendo, armado con un bastón, pero cuando llegó, Karait había lanzado un ataque demasiado aventurado y Rikki-Tikki, saltando sobre el lomo de la serpiente, con la cabeza casi entre sus patas delanteras, mordió a Karait tan cerca de la cabeza como pudo, saltando luego a un lado. El mordisco dejó paralizada a Karait y Rikki-Tikki, siguiendo la costumbre de su familia, se disponía ya a comérsela empezando por la cola cuando recordó que, después de comer opíparamente, una mangosta se vuelve lenta y, si quería tener a punto toda su fuerza y toda su agilidad, debía procurar mantenerse delgada.

Se alejó a darse un baño de polvo bajo las matas de ricino, mientras el padre de Teddy daba palos al cadáver de Karait.

«¿De qué sirve hacer eso? —pensó Rikki-Tikki—. Ya me he encargado yo de ella.»

En aquel momento la madre de Teddy la levantó del polvo y la abrazó contra su pecho, exclamando que había salvado a Teddy de una muerte cierta, mientras el padre decía que había sido algo providencial y el mismo Teddy contemplaba la escena con ojos grandes y asustados. Rikki-Tikki encontró divertida tanta alharaca que, por supuesto, no acertaba a comprender. Para ella habría sido lo mismo que la madre de Teddy hubiese acariciado a su hijo por encontrarlo jugando en el polvo. Rikki se estaba divirtiendo de lo lindo.

Aquella noche, a la hora de cenar, mientras paseaba por entre las copas de vino, se habría podido dar un buen atracón, y otro y otro más, de cosas ricas, pero no se había olvidado de Nag y Nagaina y, aunque era muy agradable recibir las caricias y palmaditas de la madre de Teddy, así como sentarse en el hombro del pequeño, de vez en cuando sus ojos enrojecían y entonces profería su largo grito de guerra: «¡Rikki-tikk-tikki-tikki-tchk!».

Teddy se la llevó consigo al ir a acostarse e insistió en que durmiera debajo de su barbilla. Rikki-Tikki estaba demasiado bien educada para morder o arañar, pero, en cuanto Teddy se quedó dormido, fue a dar un paseo nocturno por la casa. En medio de la oscuridad se encontró a Chuchundra, la rata almizclera, que reptaba con el cuerpo pegado a la pared. Chuchundra es una bestezuela muy acongojada. Se pasa la noche entera gimoteando y lamentándose, tratando de decidirse a correr hasta el centro de la habitación, pero sin conseguirlo nunca.

—No me mates —dijo Chuchundra, al borde del llanto—. No me mates, Rikki-Tikki.

—¿Crees que un matador de serpientes se dedica a matar ratas almizcleras? —preguntó desdeñosamente Rikki-Tikki.

—A los que matan serpientes los matan las serpientes —repuso Chuchundra, más afligida que nunca—. ¿Y cómo puedo estar segura de que alguna noche, en medio de la oscuridad, Nag no me confundirá contigo?

—No hay el menor peligro —dijo Rikki-Tikki— De todos modos, Nag está en el jardín y sé que nunca vas allí.

—Mi prima Chua, la rata, me dijo que… —dijo Chuchundra, callando de repente.

—¿Qué te dijo?

—¡Chist! Nag está en todas partes, Rikki-Tikki. Deberías haber hablado con Chua en el jardín.

—Pues no lo hice, así que tendrás que decírmelo tú. ¡Rápido, Chuchundra! ¡Si no me lo dices, te muerdo!

Chuchundra se sentó y se puso a llorar hasta que las lágrimas caían al suelo desde la punta de sus bigotes.

—Soy un pobre bicho —dijo entre sollozos—. Nunca tuve suficiente empuje para correr hasta el centro de una habitación. ¡Chist! No debo decirte nada. ¿No has oído, Rikki-Tikki?

Rikki-Tikki aguzó el oído. En la casa reinaba un silencio total, pero le pareció oír un leve crac-crac, un ruido tan débil como el de una avispa caminando sobre el cristal de una ventana; el ruido de escamas de serpiente frotando contra los ladrillos.

—Serán Nag o Nagaina —dijo para sus adentros—. Quien sea está reptando por la compuerta del cuarto de baño. Tienes razón, Chuchundra: tenía que haber hablado con Chua.

Se dirigió sigilosamente al cuarto de baño de Teddy, pero, como allí no había nada, se fue al de la madre del pequeño. Al pie de la pared de yeso habían sacado uno de los ladrillos para que el agua del baño tuviera salida y, al entrar Rikki-Tikki junto a los soportes de ladrillo que sostenían la bañera, oyó a Nag y Nagaina cuchicheando en el jardín bañado por la luz de la luna.

—Cuando no quede gente en la casa —le decía Nagaina a su marido—, él tendrá que irse también y entonces el jardín volverá a ser nuestro. Entra sin hacer ruido y recuerda que al primero que debes morder es al hombre corpulento que mató a Karait. Luego sales y me avisas, que juntos cazaremos a Rikki-Tikki.

—Pero ¿estás segura de que vamos a salir ganando si matamos a la gente? —preguntó Nag.

—Claro que sí. Cuando no había gente en la casa, ¿había alguna mangosta en el jardín? Mientras la casa permanezca deshabitada, seremos el rey y la reina del jardín. Y no olvides que, en cuanto los huevos que hemos puesto en el melonar revienten, puede que mañana mismo, nuestros pequeñuelos necesitarán espacio y tranquilidad.

—No había pensado en eso —dijo Nag—. Haré lo que dices, pero no hace falta buscar a Rikki-Tikki después. Mataré al hombre corpulento, a su esposa y al niño, si puedo, y regresaré aquí sin hacer ruido. Entonces la casa quedará vacía y Rikki-Tikki se irá.

A Rikki-Tikki le entró en todo el cuerpo un hormigueo de rabia y odio al oír lo que decían. Después, la cabeza de Nag penetró por el orificio seguida por su metro y medio de frío cuerpo. Pese a la rabia que sentía, Rikki-Tikki se asustó mucho al ver el gran tamaño de la cobra. Nag se enroscó, levantó la cabeza y miró hacia el interior del cuarto de baño, que estaba envuelto en las tinieblas.

Rikki pudo ver el brillo de sus ojillos.

«Si lo mato aquí mismo, Nagaina me oirá, y si lucho con él en espacio abierto, las ventajas estarán de su parte. ¿Qué voy a hacer?», se preguntó.

Nag mecía el cuerpo hacia delante y hacia atrás y luego Rikki-Tikki la oyó beber de la mayor de las jarras de agua que empleaban para llenar la bañera.

—Está buena —dijo la serpiente—. Veamos, cuando mató a Karait, el hombre corpulento llevaba un bastón. Puede que aún lo tenga a mano, pero por la mañana, cuando venga a bañarse, no lo traerá. Me quedaré aquí, esperando que venga. Nagaina, ¿me oyes…? Esperaré aquí, que está muy fresco, hasta que se haga de día.

No recibió respuesta desde fuera, por lo que Rikki-Tikki comprendió que Nagaina se había marchado. Nag enroscó sus anillos alrededor de la jarra, mientras Rikki-Tikki seguía inmóvil como un muerto. Al cabo de una hora, empezó a moverse, pasito a pasito, hacia la jarra. Nag se había dormido y Rikki-Tikki echó un vistazo a su enorme lomo, preguntándose por qué parte podría agarrarla mejor.

«Si no le rompo el lomo al primer salto —se dijo—, aún podrá luchar y si lucha… ¡ay, Rikki!»

Contempló cuán grueso era el cuello debajo de la capucha. Era demasiado para Rikki. Por otro lado, un mordisco cerca de la cola no haría más que enfurecer a Nag.

—Tiene que ser en la cabeza —dijo por fin—. Por encima de la capucha. Y una vez la coja por ahí, no debo soltarla.

Entonces saltó sobre la serpiente, cuya cabeza se hallaba

un poco apartada de la jarra de agua, debajo de la curva de esta. Al clavarle los dientes, Rikki apoyó el lomo contra la panza de la roja jarra de tierra para así poder sujetar la cabeza de la serpiente contra el suelo. Eso le dio un segundo de ventaja que se apresuró a aprovechar. Al instante se vio zarandeada como una rata atrapada por un perro, de un lado a otro, arriba y abajo, describiendo amplios círculos. Pero tenía los ojos enrojecidos y aguantó con firmeza mientras el cuerpo de la serpiente, como si fuese el látigo de un carretero, azotaba el suelo con violencia, derribando la jabonera, el cepillo y demás utensilios para el baño, fustigando las paredes metálicas de la bañera. Sin soltar su presa, apretó más y más las mandíbulas, pues estaba segura de que iba a morir a causa de los golpes y, por el honor de su familia, prefería que la encontrasen con los dientes apretados. Se sentía mareada, dolorida y a punto de saltar en pedazos cuando, justo a sus espaldas, se oyó una fuerte detonación, al tiempo que una ráfaga de aire caliente le quitaba el sentido y el fuego le chamuscaba el pelo. El hombre corpulento, arrancado de su sueño por el ruido, había descargado los dos cañones de una escopeta de caza sobre Nag, alcanzándola justo por detrás de la capucha.

Rikki-Tikki no se movió ni abrió los ojos, pues ahora estaba segura de haber muerto. Pero la cabeza de la serpiente no se movía y el hombre corpulento, levantándola del suelo, dijo:

—Otra vez la mangosta, Alice. La muy diablilla nos ha salvado la vida a nosotros esta vez.

Entonces apareció la madre de Teddy, con el rostro blanco como una sábana, y vio lo que quedaba de Nag, mientras Rikki-Tikki, por su parte, se encaminaba fatigosamente al cuarto de Teddy, donde se pasó la mitad de lo que quedaba de noche meciéndose suavemente para ver si, como se figuraba, tenía el cuerpo partido en cuarenta trozos.

Al llegar la mañana, tenía el cuerpo muy rígido y entumecido, pero se sentía muy satisfecha de su hazaña.

—Ahora tengo que vérmelas con Nagaina, que será peor que cinco Nag. Además, quién sabe cuándo reventarán los huevos de que habló anoche. ¡Cielos! Tengo que ir a ver a Darzee —dijo.

Sin aguardar hasta haber desayunado, Rikki-Tikki se fue corriendo al matorral de espinos, donde Darzee cantaba a pleno pulmón una canción triunfal. La noticia de la muerte de Nag había corrido por todo el jardín, ya que el criado que barría la casa había arrojado el cuerpo a la basura.

—¡Eh, tú, puñado de plumas estúpidas! —exclamó Rikki-Tikki, enfadada—. ¿Te parece este momento para cantar?

—¡Nag ha muerto… ha muerto… ha muerto! —cantó Darzee—. La valerosa Rikki-Tikki la atrapó por la cabeza y no la soltó. El hombre corpulento trajo el palo de muerte ¡y partió a Nag en dos! Nunca volverá a comerse a mis pequeños.

—Todo eso es cierto, pero ¿dónde está Nagaina? —preguntó Rikki-Tikki, mirando prudentemente a su alrededor.

—Nagaina se acercó al desagüe del cuarto de baño y llamó a Nag —dijo Darzee— y Nag salió en la punta de un palo… el criado la recogió con un palo y la tiró a la basura. ¡Cantemos la gesta de Rikki-Tikki, la de los ojos rojos!

Darzee hinchó la garganta y se puso a cantar.

—¡Si pudiera subir a tu nido, haría salir a todos tus pequeñuelos! —exclamó Rikki-Tikki—. Nunca haces lo que conviene y en el momento oportuno. Tú estás muy bien ahí arriba, en tu nido, pero para mí esto de aquí abajo es la guerra. Deja de cantar un minuto, Darzee.

—Me callaré en honor de la hermosa, de la gran Rikki-Tikki —dijo Darzee—. ¿De qué se trata, oh matadora de la terrible Nag?

—¿Dónde está Nagaina? Es ya la tercera vez que te lo pregunto.

—En el montón de basura que hay junto al establo, llorando la muerte de Nag. Grande es Rikki-Tikki, la de los blancos dientes.

—¡Al diablo mis blancos dientes! ¿Has oído decir alguna vez algo sobre dónde guarda los huevos?

—En el melonar, muy cerca de la pared, donde da el sol casi todo el día. Allí los escondió hace varias semanas.

—¿Y no se te ocurrió que valía la pena decírmelo? ¿Has dicho cerca de la pared?

—¿No irás a comerte los huevos, Rikki-Tikki?

—No exactamente a comérmelos. No. Darzee, si te queda una pizca de buen sentido, te irás volando a los establos y simularás que tienes un ala rota, dejando que Nagaina te persiga hasta estos matorrales. Debo ir al melonar y, si lo hiciera ahora, Nagaina me vería.

Darzee era un personajillo de pocas luces en cuya mollera no cabían dos ideas a la vez y, por el simple hecho de saber que las crías de Nagaina nacían de huevos, igual que las suyas, al principio no le pareció justo darles muerte. Pero su esposa era un pájaro sensato y sabía que huevos de cobra significaban cobras jóvenes después. Así, pues, salió volando del nido y dejó a Darzee en él, para que cuidase a los pequeños y siguiera con sus canciones sobre la muerte de Nag. En según qué cosas, Darzee tenía mucho de ser humano.

Al llegar al estercolero, aleteó un poco delante de Nagaina y exclamó:

—¡Oh, se me ha roto un ala! El niño de la casa me la rompió de una pedrada.

Así diciendo, se puso a aletear con mayor desespero que nunca.

Nagaina alzó la cabeza y silbó:

—Tú avisaste a Rikki-Tikki cuando estaba a punto de matarla. En verdad, en verdad que has escogido mal lugar para cojear.

Empezó a reptar entre el polvo, acercándose a la esposa de Darzee.

—¡Lo hizo el chico con una piedra! —exclamó la esposa de Darzee.

—Bueno, pues puede que, cuando estés muerta, te sirva de consuelo saber que ya le ajustaré las cuentas al chico. En estos momentos mi marido yace muerto en el estercolero; pero, antes de que termine el día, el chico de la casa yacerá también muy quieto. ¿De qué te sirve huir corriendo? Igualmente te atraparé. ¡Mírame, tontita!

La esposa de Darzee era demasiado lista para hacer precisamente eso, pues, cuando un pájaro mira los ojos de una serpiente, se asusta tanto que es incapaz de moverse. La esposa de Darzee siguió aleteando y gimiendo con voz chillona, sin remontar el vuelo, mientras Nagaina apretaba el paso.

Rikki-Tikki las oyó venir por el sendero que conducía a los establos y echó a correr hacia el extremo del melonar que quedaba junto a la pared. Allí, en el cálido lecho de hojas, astutamente escondidos entre los melones, encontró veinticinco huevos que, por su tamaño, parecían de gallina, pero que, en vez de cáscara, tenían una especie de piel blancuzca.

—No he venido demasiado pronto —dijo.

En efecto, a través de la piel se veían las pequeñas cobras enroscadas y Rikki-Tikki sabía que, en cuanto salieran del huevo, serían capaces de dar muerte a un hombre o a una mangosta. Mordió una punta de los huevos tan aprisa como pudo, sin olvidarse de aplastar a las cobras jóvenes y removiendo de vez en cuando la hojarasca, para comprobar si quedaba algún huevo que no hubiera visto. Finalmente, cuando sólo quedaban tres huevos, Rikki-Tikki empezó a reírse en voz baja al oír que la esposa de Darzee gritaba:

—¡Rikki-Tikki, llevé a Nagaina hasta la casa y se ha metido en la galería! ¡Date prisa! ¡Va a matar a alguien!

Tras aplastar dos de los huevos, Rikki-Tikki se metió en el melonar con el tercero en la boca y corrió hacia la galería tan velozmente como sus patitas podían llevarla. Aquel día, Teddy y sus padres se habían levantado temprano y estaban desayunando. Pero Rikki-Tikki observó que no estaban comiendo nada, sino que se hallaban sentados, como petrificados, con el rostro blanco: Nagaina, enroscada sobre la esterilla que había cerca de la silla de Teddy, a poca distancia de la pierna desnuda del muchacho, se mecía y cantaba una canción triunfal.

—Hijo del hombre corpulento que mató a Nag —silbó—, no te muevas, que aún no estoy lista. Espera un poco. Quedaos muy quietos, vosotros tres. Si os movéis, atacaré y, si os quedáis quietos, atacaré también. ¡Ah, gente estúpida que mató a mi Nag!

Teddy tenía los ojos clavados en su padre, que no pudo hacer más que susurrarle:

—No te muevas, Teddy. No debes moverte. Quédate quieto, Teddy.

Entonces apareció Rikki-Tikki y gritó:

—¡Vuélvete, Nagaina! ¡Vuélvete y lucha!

—Cada cosa a su tiempo —repuso la serpiente, sin apartar los ojos—. Ya ajustaré cuentas contigo más tarde. Mira a tus amigos, Rikki-Tikki. Están quietos y pálidos: tienen miedo. No se atreven a moverse y, si das un paso más, atacaré.

—Echa un vistazo a tus huevos —dijo Rikki-Tikki— en el melonar, cerca de la pared. Ve a echarles un vistazo, Nagaina.

La enorme serpiente dio media vuelta y vio el huevo en la galería.

—¡Ah! ¡Dámelo! —dijo.

Rikki-Tikki colocó una pata en cada extremo del huevo. Tenía los ojos enrojecidos.

—¿Qué precio ofreces por un huevo de serpiente? ¿Por una cobra joven? ¿Por una joven cobra rey? ¿Por la última, sí, la última de la puesta? Las hormigas se están comiendo todas las demás, allá abajo en el melonar.

Nagaina se volvió rápidamente, olvidándose de todo por aquel último huevo, y Rikki-Tikki vio cómo el padre de Teddy ponía una de sus manazas sobre el hombro del chico y lo arrastraba por encima de la mesa, derribando las tazas de té, hasta dejarlo a salvo, fuera del alcance de Nagaina.

—¡Te he engañado! ¡Te he engañado! ¡Te he engañado! ¡Rikk-tck-tck! —exclamó burlonamente Rikki-Tikki—. El chico está a salvo y fui yo, yo, yo la que anoche atrapó a Nag en el cuarto de baño.

Rikki-Tikki empezó a saltar sobre sus cuatro patitas, con la cabeza casi pegada al suelo.

—Me zarandeó pero no pudo librarse de mí. Ya estaba muerta antes de que el hombre corpulento la partiese en dos con sus disparos. La maté yo. ¡Rikki-Tikki-tck-tck! ¡Ven, Nagaina! ¡Ven a luchar conmigo! No serás viuda mucho tiempo.

Nagaina comprendió que se le había escapado la ocasión de matar a Teddy y que el huevo estaba en el suelo, entre las patas de Rikki-Tikki.

—Dame el huevo, Rikki-Tikki. Si me das el último de mis huevos, me iré y no volveré jamás —dijo, bajando la capucha.

—Sí, te irás y no volverás nunca, porque irás a parar a la basura con Nag. ¡Lucha, viuda! ¡El hombre corpulento ha ido a buscar su escopeta! ¡Lucha!

Rikki-Tikki daba brincos alrededor de Nagaina, justo fuera de su alcance, brillándole los ojillos como carbones encendidos. Nagaina tomó impulso y se arrojó contra Rikki, que dio un salto hacia atrás. Una y otra vez atacó la serpiente y cada vez su cabeza se golpeaba contra la alfombra de la galería, donde volvía a enroscarse, dispuesta a atacar de nuevo, como la cuerda de un reloj. Rikki-Tikki se puso a bailar en círculo hasta colocarse detrás de la serpiente, que giró también para no perder de vista a su enemiga. Al girar, su cola frotó la alfombra con un ruido parecido al de las hojas muertas arrastradas por el viento.

Rikki se había olvidado del huevo. Seguía estando en el suelo de la galería y Nagaina se acercaba más y más a él, hasta que finalmente, aprovechando que la mangosta se detenía para recobrar el aliento, la serpiente cogió el huevo con la boca, se volvió hacia la escalera que bajaba hasta el jardín y huyó como una flecha sendero abajo, perseguida por Rikki-Tikki. Cuando huye para salvar la vida, la cobra se mueve igual que un látigo que se hace restallar sobre el cuello de un caballo.

Rikki-Tikki se daba cuenta de que debía atraparla, pues, en caso contrario, sus preocupaciones volverían a empezar.

La serpiente se dirigía en línea recta hacia la hierba alta que crecía cerca del matorral de espinos. Rikki-Tikki, al seguirla, oyó cómo Darzee seguía cantando su estúpida cancioncilla triunfal. Pero la esposa de Darzee era más lista. Salió volando del nido al acercarse Nagaina y se puso a batir las alas cerca de la cabeza de la serpiente. Si Darzee la hubiese ayudado, entre los dos habrían podido ahuyentarla, pero Nagaina se limitó a bajar la capucha y seguir avanzando. Con todo, el pequeño retraso permitió a Rikki-Tikki alcanzarla y, al lanzarse Nagaina hacia el agujero donde antes vivía con Nag, los blancos dientecillos de la mangosta se clavaron en su cola, por lo que está penetró en el agujero con la serpiente. Pocas son las mangostas, por muy sabias y viejas que sean, dispuestas a seguir a una cobra hasta el interior de su guarida. El agujero estaba oscuro y Rikki-Tikki no sabía cuándo iba a ensancharse y dar a Nagaina la oportunidad de volverse y atacarla. Siguió con los dientes fuertemente clavados en su presa, al tiempo que con las patitas trataba de frenar su descenso por la pendiente de tierra húmeda y cálida.

Después, la hierba que crecía en la entrada de la guarida dejó de moverse y Darzee dijo:

—¡Todo ha terminado para Rikki-Tikki! Debemos entonar el canto de difuntos en su honor. ¡La valiente Rikki-Tikki ha muerto! Porque seguro que Nagaina la matará bajo tierra.

Así que se puso a cantar una canción muy lúgubre que compuso allí mismo, sobre la marcha; y justo cuando se disponía a entonar la estrofa más conmovedora, la hierba volvió a moverse y Rikki-Tikki, cubierta de tierra, salió arrastrándose del agujero, lamiéndose los bigotes. Darzee enmudeció tras soltar un gritito. Rikki-Tikki se sacudió de encima el polvo que le cubría el pelaje y estornudó.

—Todo ha terminado —dijo—. La viuda nunca saldrá del agujero.

La oyeron las hormigas rojas que viven entre la hierba y empezaron a bajar una tras otra para ver si la mangosta había dicho la verdad.

Rikki-Tikki se acomodó sobre la hierba y se quedó dormida allí mismo. Durmió hasta bien entrada la tarde, pues la jornada había resultado agotadora para ella.

—Ahora —dijo al despertar—, regresaré a la casa. Díselo al calderero, Darzee. Que se encargue él de comunicar la muerte de Nagaina a los habitantes del jardín.

El calderero es un pájaro que produce un ruido exactamente igual al de un martillo pequeño al golpear un cacharro de cobre. Y lo hace constantemente porque él es el pregonero en todos los jardines de la India y cuenta todas las noticias a quien quiera escucharlo. Mientras subía por el sendero, Rikki-Tikki oyó el aviso del calderero, parecido a las notas de un gong de los que se hacen sonar para avisar que la comida ya está servida. Luego se oyó un acompasado: «¡Ding-ding-toc! Nag ha muerto, ¡dong! ¡Nagaina ha muerto! ¡Ding-dong-toc!». Al oírlo, todos los pájaros del jardín se pusieron a cantar y las ranas a croar, pues Nag y Nagaina se comían a las ranas al igual que a los pajarillos.

Al llegar Rikki a la casa, Teddy y su madre (que seguía muy pálida, pues se había desmayado varias veces), así como su padre, salieron y casi se pusieron a llorar al verla, y aquella noche comió todo lo que le dieron hasta que no pudo más y luego fue a acostarse montada en un hombro de Teddy, donde seguía cuando, horas más tarde, la madre del muchacho se asomó a su alcoba.

—Nos ha salvado la vida a nosotros y a Teddy —le dijo a su marido—. ¿Te das cuenta? ¡Nos ha salvado la vida a todos!

Rikki-Tikki despertó sobresaltada, ya que todas las mangostas tienen el sueño ligero.

—¡Ah, son ustedes! —exclamó—. ¿Por qué se preocupan ahora? Todas las cobras han muerto y, si no fuera así, aquí estoy yo.

Rikki-Tikki tenía derecho a sentirse orgullosa de sí misma, pero el orgullo no se le subió a la cabeza y se dedicó a cuidar del jardín como corresponde a una mangosta: mordiendo y saltando, brincando y volviendo a morder, hasta que ni una sola cobra osó mostrar la cabeza dentro del recinto.

Canción de Darzee
(cantada en honor de Rikki-Tikki-Tavi)

Cantor y sastre soy yo,
doble, es, pues, mi gozo:
orgulloso de mi vuelo en el cielo,
orgulloso de la casa que construí.
Arriba y abajo, así tejo mi música,
así tejo la casa que construí.
Canta otra vez a tus pequeñuelos,
¡Levanta la cabeza, madre!
Ya ha muerto el mal que nos torturaba,
la Muerte yace muerta en el jardín.
Impotente el terror que acechaba entre las rosas.
¡Muerto y arrojado al estercolero!
¿Quién nos ha liberado, quién?
Decidme cuál es su nombre y cuál su nido.
Rikki, la valiente, la sincera,
Tikki, con sus ojos llameantes,
Rikki-Tikki-Tavi, con sus colmillos de marfil,
la cazadora de ojos llameantes.
¡Dadle las gracias en nombre de los pájaros,
que vuelan con las plumas extendidas!

Ensalzadla con palabras de ruiseñor,
No: yo mismo la ensalzaré.
¡Oíd! ¡Os cantaré las alabanzas de Rikki,
la de cola de cepillo y ojos de rojo fuego!

(Aquí Rikki-Tikki lo interrumpió y el resto de la canción se ha perdido.)

Toomai de los Elefantes

Recordaré lo que antes era. Harto estoy de soga y cadenas.
Recordaré mi antigua fuerza
y mis asuntos en el bosque.
No venderé mi lomo al hombre
por un puñado de cañas de azúcar,
Volveré junto a los míos, en sus guaridas en el bosque.
Estaré fuera hasta que el día, hasta que el alba apunte,
recibiendo el beso puro del viento,
la limpia caricia del agua.
Me olvidaré de la anilla que ciñe mi tobillo
y derribaré el cercado.
Visitaré otra vez mis amores perdidos
y mis compañeros sin amo.

Kala Nag, que significa Serpiente Negra, había servido al gobierno indio, de todas las maneras en que un elefante puede servir, durante cuarenta y siete años y, como había cumplido ya los veinte cuando lo atraparon, eso significa que tenía ya casi setenta, edad bien madura para un elefante. Recordaba que, con un peto de cuero en la frente, había empujado un cañón que se había atascado en el barro; y eso fue antes de la guerra contra los afganos de 1842, cuando aún no había alcanzado la plenitud de sus fuerzas.

Su madre, Radha Pyari (Radha, la cariñosa), que había sido

capturada junto con Kala Nag, le dijo, antes de que se le cayeran sus pequeños colmillos de leche, que los elefantes miedosos siempre se hacían daño y Kala Nag sabía que ese era un buen consejo, pues la primera vez que vio explotar un obús, retrocedió, asustado y chillando, y tropezó con un haz de fusiles, cuyas bayonetas le pincharon las zonas más delicadas de su cuerpo. Así que, antes de cumplir los veinticinco años, se olvidó del miedo y se convirtió en el elefante más querido y mejor cuidado de los que se hallaban al servicio del gobierno indio.

Había transportado tiendas de campaña, mil doscientas libras de peso, durante la marcha por la Alta India. Con una grúa de vapor lo habían izado a bordo de un buque, en el que había hecho una larga travesía, y después le habían hecho llevar un mortero sobre su lomo en un país desconocido y rocoso, muy lejos de la India, y había visto el cadáver del emperador Teodoro en Magdala, regresando luego en el vapor, con derecho, según dijeron los soldados, a la medalla de la guerra de Abisinia. Había visto a sus compañeros elefantes morir de frío, epilepsia, hambre e insolación en un lugar llamado Ali Musjid, diez años más tarde, y después lo habían enviado muchas millas al sur, para que arrastrase y levantase grandes maderos de teca en los depósitos de madera de Moulmein. Allí había dejado medio muerto a un elefante joven e insubordinado que se negaba a hacer la parte de trabajo que le correspondía.

Después lo habían relevado del trabajo en los depósitos de madera y, en compañía de varias veintenas de elefantes más, todos ellos adiestrados como es debido, lo habían utilizado para atrapar elefantes salvajes en las montañas de Garó. El gobierno indio cuida mucho de los elefantes. Existe todo un departamento gubernamental que no hace otra cosa que seguirles el rastro, capturarlos y, una vez domados, mandarlos a todos los puntos del país donde hagan falta para trabajar.

Kala Nag medía sus buenos tres metros de estatura de los hombros al suelo y le habían acortado los colmillos, dejándoselos en cosa de un metro y medio de largo. Los llevaba atados con cintas de cobre por la punta, para impedir que se le resquebrajasen. Pero con lo que le quedaba de colmillos podía hacer mucho más de lo que cualquier elefante no adiestrado era capaz de hacer con sus colmillos completos y puntiagudos.

Cuando, después de semanas y semanas de conducir cuidadosamente elefantes dispersos por las montañas, los cuarenta o cincuenta monstruos salvajes entraban en la última empalizada y cerraban tras ellos la maciza puerta hecha con troncos de árbol atados entre sí, Kala Nag, obedeciendo la voz de mando, penetraba en aquel tumultuoso pandemónium (generalmente de noche, ya que la vacilante luz de las antorchas impedía calcular bien las distancias) y, eligiendo al más corpulento y salvaje de la pandilla, lo golpeaba y acorralaba hasta reducirlo al silencio, mientras los hombres, cabalgando en los demás elefantes, arrojaban sogas a los ejemplares más pequeños y los dejaban amarrados.

En lo que a luchas y peleas se refería, nada había que Kala Nag, el viejo y sabio Serpiente Negra, no supiera, ya que en sus tiempos más de una vez había resistido el ataque del tigre malherido y, enroscando su delicada trompa en el aire para que no se la lastimaran, había descargado un fuerte golpe en la cabeza de la fiera, deteniéndola en mitad del salto y arrojándola a un lado, para arrodillarse luego sobre ella hasta que la vida se le escapaba con un bufido acompañado por un aullido de dolor. Después, quedaba solamente en el suelo una masa blanda y rayada que Kala Nag se llevaba arrastrándola por la cola.

—Sí —dijo Toomai Grande, su conductor, que era hijo de Toomai Negro, el que lo había llevado a Abisinia, y nieto de Toomai de los Elefantes, que había presenciado su captura—, Serpiente Negra no teme a nada salvo a mí. Ha visto cómo tres generaciones de mi familia lo alimentábamos y cuidábamos y vivirá lo suficiente para ver una cuarta generación.

—También a mí me tiene miedo —dijo Toomai Pequeño, irguiendo su metro y pico de estatura, cubierto solamente con un taparrabos.

Toomai Pequeño tenía solo diez años y era hijo de Toomai Grande, el mayor de sus hijos, de hecho. Siguiendo la costumbre, cuando fuese mayor ocuparía el puesto de su padre en el cuello de Kala Nag y empuñaría el pesado *ankus* de hierro: la aguijada para llevar elefantes que habían gastado, de tanta usarla, su padre, su abuelo y su bisabuelo. Sabía de qué hablaba, ya que había nacido a la sombra de Kala Nag, había jugado con el extremo de su trompa antes de aprender a andar, lo había llevado a abrevar en cuanto fue capaz de dar unos pasos y Kala Nag no soñaba siquiera en desobedecer las órdenes que el pequeño le daba con su vocecita, como no había soñado con darle muerte el día en que Toomai Grande colocó al moreno pequeñín bajo los colmillos de Kala Nag, ordenando a este que saludase al que, andando el tiempo, sería su amo.

—Sí —dijo Toomai Pequeño—, también a mí me tiene miedo.

Se acercó a Kala Nag a grandes zancadas, le dijo que era un cerdo viejo y gordinflón y le ordenó que levantase las patas una tras otra.

—¡Caramba! —dijo Toomai Pequeño—. Eres un elefante muy grande.

Movió su peluda cabecita y repitió lo que había oído decir a su padre:

—Puede que los elefantes los pague el gobierno, pero nos pertenecen a nosotros, los *mahouts*.[1] Cuando seas viejo, Kala Nag, vendrá algún acaudalado rajá y te comprará al gobierno, por tu tamaño y tus modales, y entonces no tendrás nada que hacer salvo llevar pendientes de oro en las orejas y un castillo de oro sobre el lomo y una manta roja con adornos de oro en

1. Conductores ele elefantes. *(N. del T.)*

los costados y, vestido así, marcharás a la cabeza de las procesiones del rey. Entonces, Kala Nag, montaré en tu cuello, empuñando un *ankus* de plata, y abrirán la marcha unos hombres con bastones dorados que gritarán: «¡Dejad paso al elefante del rey!». Eso estará muy bien, Kala Nag, aunque no tanto como cazar en las junglas.

—¡Uf! —dijo Toomai Grande—. Eres un niño, pero pareces un becerro de búfalo. Este correr arriba y abajo por las montañas no es la mejor forma de servir al gobierno. Me estoy volviendo viejo y no me gustan los elefantes salvajes. Dadme establos de ladrillos, uno para cada elefante, con un buen tocón para amarrarlos, y caminos anchos y lisos para adiestrarlos, en vez de este constante ir y venir. Sí, los cuarteles de Cawnpore estaban bien. Cerca había un bazar y solo trabajábamos tres horas al día.

Toomai Pequeño se acordó de los corrales para elefantes que había en Cawnpore y no dijo nada. Él prefería la vida en el campamento y detestaba los caminos anchos y lisos, el tener que ir cada día a buscar forraje en los sitios reservados para ello, así como las largas horas sin otra cosa que hacer salvo contemplar a Kala Nag, que se movía inquieto en el corral.

Lo que le gustaba a Toomai Pequeño era subir por aquellos caminos de herradura que solo un elefante podía subir, el descenso hacia el valle que se abría a sus pies, los elefantes salvajes que pacían a varias millas de distancia, los cerdos y pavos reales asustados que salían huyendo al ver a Kala Nag, el agua cálida y cegadora de la lluvia, el vapor que se alzaba de todas las montañas y valles, las hermosas mañanas envueltas en niebla, cuando nadie sabía dónde acamparían por la noche, la manada de elefantes salvajes que había que conducir con cuidado, incansablemente, así como el tumulto que se armaba la última noche, cuando los elefantes entraban en tropel en la empalizada, como grandes peñascos rodando ladera abajo al producirse un corrimiento de tierras, y se arrojaban furiosamente contra las paredes, mientras los hombres los rechazaban con gritos, antorchas y descargas con cartuchos de fogueo.

Hasta un niño pequeño resultaba útil en aquellos parajes y Toomai lo era tanto como tres muchachos juntos. Sabía blandir una antorcha y chillar como el que más. Pero lo realmente bueno llegaba cuando era hora de sacar los elefantes y la *keddah* (es decir, la empalizada) parecía una escena del fin del mundo y los hombres tenían que hablarse por señas, ya que sus voces quedaban ahogadas en el tumulto. Entonces Toomai Pequeño se subía a lo alto de uno de los postes que formaban la empalizada, con el pelo negro blanqueado por el sol suelto sobre las espaldas. A la luz de las antorchas parecía un duendecillo y, cuando se producía un breve silencio, se oían los chillidos con que azuzaba a Kala Nag alzándose por encima de los bramidos, el chasquido de las sogas que se partían y los gruñidos de los elefantes ya amarrados.

Maîl, maîl, Kala Nag! (¡Venga, venga, Serpiente Negra!) *Dant do!* (¡Dale con el colmillo) *Somalo! Somalo!* (¡Cuidado, cuidado!) *Maro! Maro!* (¡Pégale, pégale!) ¡Ojo con el poste! *Arré! Arré! Hai! Yai! Kya-a-ah!* —solía gritar a pleno pulmón Toomai Pequeño, mientras Kala Nag y el elefante salvaje, enzarzados en duro combate, iban de un lado a otro de la empalizada, y los hombres mayores se secaban el sudor que les caía sobre los ojos y aún tenían tiempo para saludar a Toomai Pequeño, que bailaba de alborozo en lo alto de los postes.

Pero el pequeño hacía algo más que bailar. Una noche bajó de la pared y se metió entre los elefantes y, recogiendo el extremo de una soga que había caído al suelo, se lo arrojó al hombre que trataba de sujetar las patas de un elefante joven que lanzaba patadas a diestro y siniestro (los elefantes jóvenes siempre dan más guerra que los ya crecidos). Kala Nag lo vio y, levantándolo con la trompa, se lo entregó a Toomai Grande, que, tras darle un par de bofetones allí mismo, volvió a colocarlo en lo alto de la empalizada.

Al día siguiente le dio un buen rapapolvo, diciéndole:

—¿No tienes bastante con buenos establos de ladrillo para los elefantes y con acarrear tiendas de un lado para otro, que ahora también tienes que ponerte a capturar elefantes por tu cuenta, pequeño renacuajo? Ahora esos cazadores tontos, cuya paga es inferior a la mía, le han ido con el cuento a Petersen Sahib.

Toomai Pequeño se asustó. No sabía demasiado acerca de los hombres blancos, pero Petersen Sahib era el mayor hombre blanco del mundo ante sus ojos. Era el jefe de todas las operaciones de la *keddah*, el hombre que capturaba todos los elefantes para el gobierno indio, el que sabía de elefantes más que cualquier otro hombre del mundo.

—¿Qué… qué pasará? —preguntó Toomai Pequeño.

—¡Pasar! ¡Pues pasará lo peor que pueda pasar! Petersen Sahib está loco. Si no lo estuviera, ¿por qué iba a cazar a esos diablos salvajes? Incluso puede que quiera que te dediques a capturar elefantes, durmiendo en cualquier lugar de estas junglas llenas de fiebre y terminando por morir aplastado en la *keddah*. Afortunadamente, esta locura ya está a punto de terminar sin que haya ocurrido ninguna desgracia. La semana que viene termina la caza y nos mandarán regresar a nuestros acantonamientos en las llanuras. Allí podremos andar por caminos bien hechos y olvidarnos de todo lo relacionado con esta cacería. De todos modos, hijo, no me gusta que te entrometas en lo que es cosa de estos sucios asameses que viven en la jungla. Kala Nag no obedecerá a nadie salvo a mí, así que debo entrar con él en la *keddah*, aunque no es más que un elefante de pelea y no ayuda a amarrar a los demás. Por esto me siento tranquilamente como corresponde a un *mahout,* no a un simple cazador, sino a un *mahout,* o sea, un hombre que recibe una pensión cuando termina su servicio. ¿Acaso la familia de Toomai de los Elefantes debe morir pisoteada por los animales en la *keddah*? ¡Malo! ¡Perverso! ¡Mal hijo! Vete a lavar a Kala Nag y a cuidarle las orejas y procura que no le quede ninguna espina clavada en las patas. Si no, puedes estar seguro de que Petersen Sahib te cogerá y te convertirá en un cazador salvaje, un rastreador de elefantes, un oso de la jungla. ¡Qué vergüenza! ¡Vete!

Toomai Pequeño se fue sin decir palabra, pero le contó todas sus penas a Kala Nag mientras le examinaba las patas.

—No importa —dijo Toomai Pequeño, levantando el borde de la enorme oreja derecha de Kala Nag—. Le han dicho cómo me llamo a Petersen Sahib y puede que… puede que… puede que… ¿quién sabe? ¡Anda! ¡Qué espina más gorda acabo de sacarte!

Durante varios días estuvieron entregados a la tarea de reunir a los elefantes y hacer que los ejemplares salvajes recién capturados aprendieran a caminar entre dos elefantes ya domados, para impedir que causaran demasiadas dificultades durante la marcha de regreso a las llanuras. Hicieron también el recuento de las mantas y sogas y demás pertrechos que se habían estropeado o perdido en el bosque.

Petersen Sahib se presentó montado en Pudmini, su inteligente elefante hembra. Venía de las montañas, donde había estado pagando a la gente de otros campamentos y despidiéndola, pues se acercaba el final de la temporada. Un escribiente nativo había instalado su mesa debajo de un árbol y se disponía a pagar el jornal de los conductores de elefantes. A medida que iban recibiendo su paga, los hombres regresaban junto a sus elefantes y se unían a la fila que esperaba el momento de ponerse en marcha. Los captores y cazadores, así como los ojeadores y los hombres de la *keddah*, que permanecían en la jungla año tras año, se hallaban sentados a lomos de los elefantes que formaban el grupo permanente de Petersen Sahib o bien se encontraban reclinados en los troncos de los árboles, con el rifle en cruz, burlándose de los conductores que se iban y riéndose cada vez que uno de los elefantes acabados de capturar se salía de la fila y correteaba por los alrededores.

Toomai Grande, seguido por Toomai Pequeño, se acercó al escribiente, mientras Machua Appa, el jefe de los rastreadores, le decía en voz baja a un amigo:

—Ahí va el que podría llegar a ser un buen cazador de elefantes. Es lástima que lo manden a las llanuras. Allí no podrá hacer otra cosa que derretirse de calor.

Pero he aquí que Petersen Sahib era todo oídos, como cabía esperar de un hombre que se dedicaba a capturar al más silencioso de los seres vivientes: el elefante salvaje. Se hallaba tendido cuan largo era sobre el lomo de Pudmini y, sin variar su postura, volvió la cabeza y dijo:

—¿Qué es eso? No sabía que entre los conductores de la llanura hubiese un hombre con sesos suficientes para amarrar siquiera un elefante muerto.

—No se trata de un hombre, sino de un niño. El otro día se metió en la *keddah* y le echó la soga a Barmao mientras nosotros tratábamos de alejar de su madre a aquella cría que tiene una mancha en la espalda.

Machua Appa señaló a Toomai Pequeño, que se inclinó hasta rozar el suelo con la frente al ver que Petersen Sahib volvía los ojos hacia él.

—¿Ese arrojó la soga? ¡Si es tan pequeño que casi no se ve! ¿Cómo te llamas, chico? —dijo Petersen Sahib.

Tomai Pequeño estaba demasiado asustado para hablar, pero Toomai Grande hizo una señal con la mano y Kala Nag, que estaba detrás del pequeño, lo cogió con la trompa y lo alzó hasta que estuvo al nivel de la frente de Pudmini, enfrente del gran Petersen Sahib. Toomai Pequeño ocultó la cara entre las manos, porque era solo un niño y, salvo en lo que a los elefantes se refería, era tan tímido como pueda serlo un crío.

—¡Ajá! —exclamó Petersen Sahib, sonriendo por debajo de su bigote—. ¿Se puede saber por qué le has enseñado ese truco a tu elefante? ¿Tal vez para que te ayudase a robar maíz verde cuando ponen las mazorcas a secar en los tejados de las casas?

—Maíz verde, no, oh Protector de los Pobres…, melones —dijo Toomai Pequeño.

Todos los hombres que se hallaban sentados por allí prorrumpieron en una carcajada. La mayoría de ellos habían enseñado aquel truco a sus elefantes cuando eran unos mozuelos. Toomai Pequeño seguía suspendido a más de dos metros del suelo, deseando estar a más de dos metros bajo tierra.

—Ese es Toomai, mi hijo, sahib —dijo Toomai Grande, frunciendo el ceño—. Es un niño muy malo y acabará yendo a parar a la cárcel, sahib.

—Sobre eso tengo mis dudas —dijo Petersen Sahib—. Un niño de esa edad que se atreve a meterse en una *keddah* llena de elefantes no es probable que acabe en la cárcel. Mira, pequeño, aquí tienes cuatro *annas* para comprarte dulces en recompensa por tener esa cabecita tan inteligente debajo de esa enorme techumbre de pelo. Puede que con el tiempo llegues a ser todo un cazador.

Toomai Grande frunció el ceño más que antes.

—Recuerda, sin embargo —prosiguió Petersen Sahib—, que las *keddahs* no son sitios adecuados para los juegos infantiles.

—¿No debo entrar nunca en ellas, sahib? —dijo Toomai Pequeño, soltando un respingo.

—Sí —repuso Petersen Sahib, volviendo a sonreír—. Cuando veas que los elefantes bailen. Entonces podrás entrar. Cuando veas que los elefantes se ponen a bailar, ven a verme y te daré permiso para entrar en todas las *keddahs.*

Una nueva carcajada recibió las palabras de Petersen Sahib, pues lo del baile de los elefantes era un viejo chiste al que recurrían los cazadores de elefantes cuando querían decir nunca. Ocultas en las selvas, existen extensiones de terreno llano y sin árboles a las que llaman «los salones de baile de los elefantes». Pero incluso esos claros de la jungla solo se encuentran por casualidad y jamás hombre alguno ha visto bailar a los elefantes. Cuando un conductor fanfarronea sobre su pericia y valor, sus compañeros le preguntan:

—¿Y cuándo viste tú bailar a los elefantes?

Kala Nag dejó en el suelo a Toomai Pequeño, que volvió a hacer una profunda reverencia y se fue con su padre. La moneda de cuatro *annas* se la dio a su madre, que estaba cuidando a su hermanito. Montaron luego en Kala Nag y la larga fila de elefantes gruñones y chillones empezó el descenso hacia las llanuras. Resultó una marcha muy movida a causa de los nuevos elefantes, que daban guerra cada vez que había que vadear un río. Cada dos por tres los hombres tenían que azuzarlos para que siguieran avanzando. A veces bastaban los mimos, pero otras veces era necesario recurrir a los azotes.

Toomai Grande azuzaba a Kala Nag con cara de pocos amigos, ya que estaba muy enfadado. Toomai Pequeño, en cambio, se sentía demasiado feliz para hablar. Petersen Sahib se había fijado en él y le había dado dinero, por lo que el pequeño se sentía como un soldado raso al que su comandante, tras ordenarle dar unos pasos al frente, elogiase ante todo el regimiento.

—¿Qué quiso decir Petersen Sahib con lo del baile de los elefantes? —preguntó finalmente a su madre.

Toomai Grande lo oyó y se puso a refunfuñar.

—Que nunca debes convertirte en uno de esos rastreadores que no son más que un hatajo de búfalos salvajes. Eso es lo que quiso decir. ¡Eh, vosotros los de delante! ¿Por qué no seguís avanzando?

Un conductor asamés, dos o tres elefantes delante, volvió la cabeza y exclamó ásperamente:

—¡Ven aquí con Kala Nag! ¡A ver si esa cría que llevo yo aprende a portarse bien! ¿Por qué me habrá escogido Petersen Sahib a mí para llevar a esos burros de los arrozales? Acércate con tu animal, Toomai, y que pinche un poco a los míos. ¡Por todos los Dioses de las Montañas! Estos nuevos elefantes o están poseídos u olfatean la presencia de sus compañeros en la jungla.

Kala Nag descargó unos cuantos golpes en las costillas del

nuevo elefante hasta dejarlo sin aliento, mientras Toomai Grande decía:

—No hemos dejado ningún elefante salvaje en las montañas. La culpa es tuya y de nadie más, por no saber conducir a tu elefante. ¿Pretendes que cuide yo de mantener el orden en toda la fila?

—¡Oídle! —exclamó el otro conductor—. ¡Dice que hemos dejado las montañas limpias de elefantes! ¡Jo, jo! Vosotros los de la llanura sois muy sabios. Nadie salvo un cabeza de chorlito que jamás haya visto la jungla pensaría que la temporada ya ha terminado. Así que esta noche los elefantes salvajes... Pero ¿de qué sirve malgastar mi sabiduría en una tortuga de río?

—¿Qué harán los elefantes salvajes? —preguntó Toomai Pequeño.

—¡*Ohé*, pequeño! ¿Estás ahí? Pues a ti te lo diré, porque tú tienes sesos en la mollera. Se pondrán a bailar y conviene que tu padre, el que se ha llevado todos los elefantes de todas las montañas, los amarre con doble cadena esta noche.

—¿Qué tonterías son esas? —dijo Toomai Grande—. Los dos, padre e hijo, llevamos cuarenta años cuidando elefantes y nunca hemos oído semejantes paparruchas sobre elefantes que bailan.

—Sí, pero un hombre de la llanura que vive en una choza no conoce más que las cuatro paredes de la choza. Bueno, no les pongas los grilletes a tus elefantes esta noche y ya verás qué ocurre. En cuanto a eso del baile, he visto el lugar... *Bapree bap!* ¿Cuántos meandros tiene el río Dihang? Ya hay que vadearlo otra vez y hacer que las crías naden. ¡Deteneos, vosotros los de atrás!

Y de esta manera, hablando, disputando y chapoteando al vadear los ríos, cubrieron la primera etapa de la marcha hasta llegar a una especie de campamento de recepción para elefantes recién capturados. Pero la calma la perdieron mucho antes de llegar allí.

Encadenaron las patas traseras de los elefantes a unas estacas clavadas en el suelo y, para mayor seguridad, ataron también con amarras a los ejemplares capturados durante la temporada. Después, ya por la tarde, tras colocar el forraje al alcance de los animales, los conductores de montaña regresaron a donde los esperaba Petersen Sahib, no sin antes decirles a los de las llanuras que doblasen la vigilancia aquella noche y riéndose cuando estos les preguntaban por qué.

Toomai Pequeño se encargó de dar de cenar a Kala Nag y al caer la noche, lleno de felicidad, se puso a rondar por el campamento en busca de un tam-tam. Cuando un niño indio tiene el corazón rebosante de felicidad, no se dedica a correr alocadamente de un lado a otro, armando ruido, sino que se sienta y celebra una especie de fiesta él solo. ¡Y a Toomai Pequeño le había dirigido la palabra Petersen Sahib! Creo que, de no haber encontrado lo que buscaba, habría reventado. Pero el hombre que vendía dulces en el campamento le prestó un pequeño tam-tam, es decir, un tambor que se batía con la palma de la mano. Cuando las estrellas comenzaban a brillar, el pequeño se sentó delante de Kala Nag, con las piernas cruzadas y el tambor en el regazo, y se puso a tocarlo una y otra vez; y cuanto más pensaba en el gran honor que había recibido, con mayor ímpetu hacía sonar el tambor, completamente solo entre el forraje de los elefantes. La melodía y la letra brillaban por su ausencia, pero le bastaba el batir del tambor para sentirse feliz.

De vez en cuando, los nuevos elefantes tiraban de sus amarras, gemían y berreaban. A oídos del pequeño llegó la voz de su madre, que acostaba a su hermanito en la choza del campamento, arrullándolo con una canción muy, muy antigua, sobre el gran dios Shiva, el que una vez dijera a todos los animales lo que debían comer. Es una canción de cuna muy dulce cuya primera estrofa dice:

Shiva, que hizo crecer la cosecha y soplar los vientos,
sentado en el umbral de un día ya muy lejano,
dio a cada cual su parte, de comida, trabajo y dolor,
desde al rey en su guddee *hasta al mendigo de la puerta.*
Todas las cosas las hizo él, Shiva el Protector.
Mahadeo! Mahadeo! *Todo lo hizo él:*
espinos para el camello y forraje para el ganado,
y el corazón de la madre
para que repose el pequeñín,
¡Duerme, hijito mío, duerme!

Toomai Pequeño subrayaba el final de cada estrofa con los alegres sones de su tambor, hasta que le entró sueño y se tendió sobre el forraje, a los pies de Kala Nag.

Al poco, los elefantes empezaron a acostarse uno tras otro, como tienen por costumbre, hasta que solo quedó en pie Kala Nag, que se hallaba en el extremo derecho de la fila, meciéndose suavemente y aguzando el oído para escuchar el aire de la noche que acariciaba las colinas. El aire estaba lleno de esos ruidos nocturnos que, uniéndose, engendran un gran silencio: el chasquido de una caña de bambú al chocar con otra, el crujido de algo vivo que se mueve entre los arbustos, el graznido de un pájaro medio despierto (los pájaros pasan la noche en vela mucho más a menudo de lo que nos imaginamos), y lejos, muy lejos, el rumor de una cascada. Toomai Pequeño durmió un rato y, al despertar, la luz de la luna lo cubría todo con su brillo. Kala Nag seguía de pie y tenía las orejas levantadas. Toomai Pequeño dio media vuelta, haciendo crujir el forraje, y contempló la curva del enorme lomo que se recortaba sobre el cielo estrellado. En estas, a lo lejos, tan a lo lejos que apenas se oía, sonó el berrido de un elefante salvaje.

Como si acabase de sonar un cañonazo, todos los elefantes de la fila se pusieron en pie de un salto y con sus gruñidos despertaron a sus *mahouts*, que corrieron con sus mazos a clavar con mayor fuerza las estacas, apretando esta soga y atando aquella, hasta que el silencio volvió a reinar en el lugar. Uno de los nuevos elefantes casi había arrancado su estaca y Toomai Grande, tras quitar la cadena, sujeta a las patas de Kala Nag, la utilizó para trabar las patas delanteras con las traseras del elefante. Después ató las patas de Kala Nag con una soga de hierbas entrelazadas y le dijo que no se olvidase de que estaba fuertemente atado. Sabía que él, su padre y su abuelo habían hecho lo mismo centenares de veces. Kala Nag no contestó con sus gorgoteos de costumbre, sino que se quedó quieto, mirando a lo lejos, la cabeza algo levantada y las orejas extendidas como abanicos, hacia los grandes pliegues de las montañas de Garó.

—Cuida de él si lo ves inquieto —le dijo Toomai Grande a Toomai Pequeño, entrando luego en la choza para acostarse.

También Toomai Pequeño estaba a punto de quedarse dormido cuando oyó que las amarras de fibra se partían con un leve chasquido y Kala Nag se soltaba de las estacas con la misma lentitud y el mismo silencio con que una nube sale por la boca de un valle. Toomai Pequeño salió tras el elefante, corriendo por el camino con sus pies desnudos y exclamando por lo bajo:

—¡Kala Nag! ¡Kala Nag! ¡Llévame contigo, Kala Nag!

El elefante volvió la cabeza sin decir nada, retrocedió hasta donde estaba el muchacho, lo cogió con la trompa y, tras colocárselo sobre el cuello, se metió en la espesura antes de que Toomai Pequeño hubiese terminado de acomodarse.

Los demás elefantes prorrumpieron en un único y atronador berrido y luego el silencio lo envolvió todo de nuevo, mientras Kala Nag seguía avanzando. A veces la hierba le acariciaba los flancos del mismo modo que las olas acarician los costados de un buque. Otras veces las plantas que colgaban de los árboles le rascaban la espalda o algún bambú se partía a su paso, pero entre un ruido y otro, se movía en absoluto silencio, adentrándose en la espesa vegetación de Garó como si de una cortina de humo se hubiera tratado. Marchaban cuesta arriba, pero, aunque de vez en cuando se veían brillar las estrellas entre las copas de los árboles, Toomai Pequeño no sabía qué dirección llevaban.

Al cabo de un rato, Kala Nag llegó a la cima de la cuesta y se detuvo unos instantes, y Toomai Pequeño pudo ver a sus pies las copas de los árboles, extendiéndose hasta lejos bajo la luz de la luna, y la neblina entre blanca y azulada que cubría la hondonada del río. Toomai se inclinó hacia delante y le pareció que la jungla despertaba a sus pies, que despertaba y cobraba vida. Un enorme murciélago pardo, de esos que comen fruta, pasó rozándole la oreja, las púas de un puerco espín emitieron un ruido seco al chocar con los arbustos, mientras de las tinieblas que envolvían a los árboles surgió el ruido de un jabalí que, sin dejar de resoplar un solo instante, escarbaba la tierra cálida y húmeda.

Luego el ramaje volvió a formar un techo sobre su cabeza y Kala Nag empezó a descender lentamente hacia el valle, aunque esta vez no lo hacía en silencio, sino que parecía una pieza de artillería al despeñarse por un profundo barranco. Las gruesas patas del elefante se movían con la fuerza y la regularidad de los émbolos de una locomotora, cubriendo más de dos metros a cada zancada, crujiendo su rugosa piel al rozar la espesura. A su paso, la maleza se abría con estrépito de lona rasgada y los arbolillos, tras doblarse bajo sus patas, recobraban su posición azotándole los flancos con violencia. De sus colmillos colgaba una tupida masa de plantas trepadoras que el animal arrancaba al abrirse camino con la cabeza. Toomai Pequeño se tendió cuan largo era sobre el cuello del elefante para evitar que las ramas lo arrojasen al suelo, mientras se decía que ojalá volviera a estar en el campamento.

La hierba empezaba a ser húmeda y blanda y las patas de Kala Nag chapoteaban al avanzar. La neblina que cubría el fondo del valle era fría y Toomai Pequeño se estremecía a cada instante. Luego se oyó un chapoteo más fuerte y el ruido de una corriente de agua y Kala Nag comenzó a vadear un río, tanteando el terreno con sus patas antes de cada paso. Por encima del estruendo del agua que pasaba entre las patas del elefante, Toomai Pequeño pudo oír más chapoteos y algunos berridos corriente arriba y corriente abajo. Sonoros gruñidos y resoplidos de rabia llenaron el aire, al tiempo que la neblina que envolvía al pequeño se poblaba de enormes sombras que se movían.

—¡Ay! —exclamó, sintiendo cómo le castañeteaban los dientes—. Los elefantes han salido esta noche. Entonces era verdad: esto es el baile del que nos hablaron.

Kala Nag salió del agua, sopló para aclararse la trompa y emprendió una nueva subida, pero esta vez no estaba solo, por lo que no tuvo que abrirse camino él mismo. El camino ya estaba abierto, tendría cerca de dos metros de ancho y se extendía ante él, alfombrado por la hierba aplastada que trataba de incorporarse de nuevo. Debían de ser muy numerosos los elefantes que momentos antes habían recorrido aquella senda. Toomai Pequeño volvió la vista atrás y vio unos enormes colmillos, sobre los cuales, ardiendo cual ascuas, brillaban unos ojillos de cerdo, que salían de la neblina que cubría el río. Los árboles volvieron a formar un techo sobre la cabeza del pequeño y siguieron avanzando cuesta arriba, rodeados por todas partes por berridos y chasquidos de ramas que se partían.

Por fin Kala Nag se detuvo entre dos árboles, justo en la cima de la colina. Los dos árboles formaban parte de un círculo que rodeaba un espacio irregular de casi dos hectáreas cuya superficie había sido pisoteada hasta quedar tan dura como si fuera de baldosas. En el centro del claro crecían unos árboles cuya corteza había sido arrancada, por lo que la madera blanca del tronco brillaba a la luz de la luna. De las ramas superiores colgaban plantas trepadoras y las corolas de las mismas, enormes y de un blanco céreo, parecidas a los convólvulos, colgaban también, sumidas en profundo sueño. Dentro del claro, sin embargo, no se veía una sola brizna de verdor, nada salvo la tierra pisoteada.

A la luz de la luna, todo aparecía teñido de un gris metálico, salvo las siluetas negras como la tinta china de algunos elefantes. Toomai Pequeño, conteniendo la respiración, contemplaba la escena con los ojos desorbitados y veía cómo más y más elefantes surgían de entre los árboles y se unían a sus compañeros en el claro. Toomai Pequeño solamente sabía contar hasta diez y hasta diez contó una y otra vez con los dedos de las manos, hasta que perdió la cuenta de las decenas y la cabeza empezó a darle vueltas. Fuera del claro se oía el ruido que hacían los elefantes al subir por la ladera aplastando los matorrales bajo sus patas, pero, en cuanto penetraban en el círculo que formaban los troncos de los árboles, los animales se movían como fantasmas.

Había machos salvajes de colmillos blancos, llenos de hojas, nueces y ramitas las arrugas del cuello y los pliegues de las orejas. Había elefantas de lento caminar bajo cuyos estómagos correteaban sus crías, entre rosadas y negras, que apenas alcanzaban un metro de altura. Y también ejemplares jóvenes cuyos colmillos empezaban a verse y los llenaban de orgullo. Y elefantas solteronas, de piel lacia y áspera, expresión angustiada y trompa que semejaba hecha de corteza de árbol. Y viejos elefantes luchadores con el cuerpo cubierto por las cicatrices de batallas ya lejanas, cayéndoles del lomo el barro seco acumulado durante sus solitarios baños de barro. Y había también uno al que le faltaba parte de un colmillo y cuyo flanco mostraba la huella de un zarpazo, la terrible señal del ataque de un tigre.

Se hallaban de pie, con las cabezas juntas, o paseaban arriba y abajo por parejas, mientras otros, aislados de los demás, se mecían plácidamente. Había veintenas y veintenas de elefantes.

Toomai sabía que, mientras siguiera quieto en el cuello de Kala Nag, nada malo le pasaría, pues incluso en medio del barullo que se arma al meter a los elefantes en la *keddah* ningún elefante salvaje levanta la trompa para coger al hombre que se encuentre sobre el cuello de un elefante domesticado. Además, aquella noche los elefantes del claro de la jungla no pensaban en los hombres. Hubo un momento en que se sobresaltaron y movieron las orejas hacia delante, pues se oyó el ruido metálico de unos grilletes en la espesura, pero no era más que Pudmini, el elefante favorito de Petersen Sahib, que subía resoplando y arrastrando tras sí un trozo de cadena. Seguramente habría arrancado las estacas del suelo para escapar del lugar donde Petersen Sahib se hallaba acampado. Y Toomai Pequeño vio también a otro elefante, uno al que no conocía, cuyo lomo y pecho se hallaban surcados por las profundas huellas de las sogas. También este se habría fugado de algún campamento de los alrededores.

Por fin dejó de oírse ruido de elefantes en la selva y Kala Nag, abandonando su puesto entre los árboles, se metió en medio de la multitud, cloqueando y gorgoteando, mientras todos los elefantes empezaban a hablar en su propia lengua y a moverse de un lado a otro.

Tendido aún sobre el cuello de Kala Nag, Toomai Pequeño bajó los ojos hacia la multitud de amplios lomos e inquietas orejas que lo rodeaban y vio también un sinfín de colmillos y ojillos que se movían vivamente. Oyó el chasquido de los colmillos que accidentalmente chocaban con otros colmillos y el seco roce de las trompas que se entrelazaban y de los enormes flancos que se apretujaban en el claro, aparte del incesante silbido de las colas que hendían el aire. Entonces una nube ocultó la luna y el pequeño se sentó, envuelto por la densa oscuridad, aunque siguió oyéndose el incansable ir y venir del tropel de elefantes. Sabía que Kala Nag estaba completamente rodeado de elefantes y que no había ninguna probabilidad de hacerlo retroceder para abandonar la reunión, así que apretó los dientes y se estremeció. Al menos en una *keddah* había antorchas que daban luz y hombres que gritaban, pero allí se encontraba solo en las tinieblas y en cierta ocasión un animal levantó la trompa y con ella le tocó la rodilla.

Luego uno de los elefantes soltó un berrido y todos los demás lo secundaron durante cinco o diez ensordecedores segundos. El rocío de los árboles cayó sobre ellos como la lluvia, mojando los lomos que el pequeño no podía ver, al tiempo que empezó a oírse un ruido retumbante, no muy fuerte al principio, que Toomai Pequeño no acertó a descifrar. El ruido, con todo, fue haciéndose más fuerte y Kala Nag alzó una pata delantera y después la otra, bajándolas luego con un rítmico uno-dos, uno-dos, como si fueran martillos pilones. Todos los elefantes se pusieron a golpear el suelo con las patas y producían un sonido que recordaba el batir de un tambor de guerra ante la entrada de una gruta. El rocío siguió cayendo de los árboles hasta que no quedó ni una gota más y el ruido retumbante siguió creciendo y creciendo. El suelo parecía estremecerse y bailar y Toomai Pequeño se tapó las orejas con las manos para no oírlo. Pero era como si una gigantesca sacudida recorriese todo su cuerpo, mientras centenares de gruesas patas golpeaban con fuerza la tierra desnuda. Una o dos veces notó que Kala Nag y los demás daban varias zancadas hacia delante y entonces el ruido cambiaba y se convertía en el peculiar sonido de materias vegetales al ser trituradas. Pero a los pocos instantes las patas volvían a retumbar sobre la tierra endurecida. Cerca de él un árbol crujía y gruñía. Extendió el brazo y su mano tocó la corteza, pero Kala Nag, sin dejar de pisotear, avanzó unos pasos y el pequeño no pudo adivinar en qué parte del claro se encontraba. Los elefantes se movían en silencio y solo una vez dos o tres crías soltaron un chillido al unísono. Luego se oyó un golpe seco, unas patas que se arrastraban y el ruido retumbante prosiguió. Al cabo de dos horas y pico, Toomai Pequeño tenía todos los nervios doloridos, a punto de estallar, pero por el olor del aire de la noche supo que el amanecer estaba ya próximo.

La mañana irrumpió como una cortina de pálido amarillo por detrás de las verdes colinas y con el primer rayo de luz cesó el ruido, como si la luz hubiese sido una orden. Antes de que a Toomai Pequeño dejase de retumbarle la cabeza, antes incluso de que tuviera tiempo de cambiar de postura, todos los elefantes se esfumaron dejando solamente a Kala Nag, Pudmini y al elefante de las cicatrices hechas por la soga, sin que ni un roce ni un susurro se oyera en las laderas para indicar por dónde se habían ido los demás.

Toomai Pequeño miraba y miraba sin apenas dar crédito a lo que veían sus ojos. El claro, tal como él lo recordaba, había crecido durante la noche. En medio había más árboles, pero los matorrales y la hierba de los lados habían retrocedido. Toomai Pequeño volvió a mirar y entonces comprendió lo sucedido: los elefantes habían ampliado el claro para tener más espacio. Primero habían pisoteado la hierba gruesa y las jugosas cañas hasta convertirlas en broza, que luego habían convertido en briznas, después estas en diminutas fibras y finalmente las fibras en tierra dura.

—¡Caramba! —exclamó Toomai Pequeño, abriendo mucho los ojos—. Kala Nag, mi señor, vámonos con Pudmini al campamento de Petersen Sahib o me caeré de tu cuello.

El tercer elefante vio cómo se iban los otros dos, resopló, dio media vuelta y se marchó por su propio lado. Puede que perteneciera al séquito de algún reyezuelo nativo establecido a cincuenta, sesenta o incluso cien millas de allí.

Dos horas más tarde, mientras Petersen Sahib se hallaba desayunando, los elefantes, que aquella noche habían sido atados con doble cadena, empezaron a berrear y Pudmini, cubierta de barro hasta las orejas, se presentó en el campamento, acompañada por Kala Nag, al que le dolían mucho las patas.

Toomai Pequeño tenía la cara gris y contraída y tenía el pelo lleno de hojas y empapado por el rocío. Pese a todo, tra-

tó de saludar a Petersen Sahib al tiempo que con voz desfallecida exclamaba:

—¡El baile…! ¡El baile de los elefantes! Lo he visto y…
¡me muero!

Al sentarse Kala Nag, el pequeño se desplomó al suelo sin
conocimiento.

Pero, como cabría decir que los niños nativos apenas tienen
nervios, se encontraba tendido la mar de contento en la hamaca de Petersen Sahib, con la chaqueta de caza de este colocada
a guisa de almohada debajo de su cabeza y un vaso de leche
caliente con un poco de coñac y un chorrito de quinina entre
pecho y espalda. Mientras los viejos y peludos cazadores de la
jungla, con sus cuerpos llenos de cicatrices, sentados a su alrededor, lo miraban como si fuera un espíritu, el pequeño contó
su historia en breves palabras, como es propio de las criaturas,
y terminó diciendo:

—Ahora bien, si creéis que alguna de mis palabras es mentira, que vayan a comprobarlo unos cuantos hombres y verán
que el Pueblo de los Elefantes ha hecho ampliaciones en su sala
de baile y encontrarán diez y diez y muchas veces diez rastros
que conducen a la sala de baile. Se hicieron más sitio con las
patas. Yo lo he visto. Kala Nag me llevó para que lo viese. ¡También Kala Nag tiene las patas muy cansadas!

Toomai Pequeño se tumbó de espaldas y durmió toda la
larga tarde hasta bien entrado el crepúsculo y, mientras él dormía, Petersen Sahib y Machua Appa siguieron el rastro de los
dos elefantes durante quince millas por las colinas. Petersen
Sahib llevaba dieciocho años capturando elefantes y solo en una
ocasión anterior había visto uno de los lugares donde se celebraban los bailes. A Machua Appa no le hizo falta mirar dos
veces el claro, ni levantar con el pie la tierra compacta, para
comprender lo que había sucedido allí.

—El niño dice la verdad —dijo—. Todo esto ha sido
obra de la noche pasada y he contado setenta rastros que
cruzan el río. Observe, sahib, cómo el grillete de Pudmini ha

levantado la corteza de ese árbol: sí, también ella ha estado aquí.

Se miraron el uno al otro, luego al cielo y a la tierra y se quedaron pensativos, pues la conducta de los elefantes resulta insondable para los hombres, sean blancos o negros.

—Cuarenta y cinco años —dijo Machua Appa— he estado siguiendo a mi señor el elefante, pero jamás he oído decir que un hijo de mujer haya visto lo que ha visto este pequeño. ¡Por todos los Dioses de las Montañas! Es… ¿qué podemos decir?

Se quedó meneando la cabeza.

Cuando llegaron al campamento, era ya hora de cenar. Petersen Sahib comió solo en su tienda, pero ordenó que matasen dos corderos y unas cuantas gallinas y que doblasen las raciones de harina, arroz y sal, pues sabía que iban a celebrar un festín.

Toomai Grande había llegado corriendo desde el campamento de las llanuras en busca de su hijo y de su elefante y, ahora que ya había dado con ellos, los miraba como si ambos le inspirasen temor. Y celebraron una fiesta alrededor de las llamas de las hogueras, delante de las filas de elefantes amarrados, y Toomai Pequeño se convirtió en el héroe del día. Y los recios y morenos cazadores de elefantes, los rastreadores, conductores y encargados de las sogas, así como los hombres que conocen todos los secretos de la doma de los más salvajes elefantes, se iban pasando al pequeño unos a otros y le señalaban la frente con la sangre de un gallo silvestre recién muerto, para que se viera que era una criatura de los bosques, iniciada y libre en todas las junglas.

Y por fin, cuando las llamas se apagaron y el resplandor rojizo de los troncos daba la sensación de que también a los elefantes los habían marcado con sangre, Machua Appa, el jefe de todos los conductores de todas las *keddahs*; Machua Appa, que era el otro yo de Petersen Sahib y nunca en cuarenta años había visto un sendero abierto por el hombre; Machua Appa, que era tan grande que no tenía otro nombre que el de Machua Appa, se levantó de un salto, levantó a Toomai Pequeño por encima de su cabeza y gritó:

—Escuchad, hermanos míos. Escuchad también vosotros, mis señores que estáis amarrados, pues yo, Machua Appa, voy a hablar. Este pequeño ya no se llama Toomai Pequeño, sino que a partir de ahora se llama Toomai de los Elefantes, como su bisabuelo se llamaba también. Lo que jamás hombre alguno ha visto él lo vio durante la larga noche y el favor del Pueblo de los Elefantes y de los Dioses de las Junglas mora en él. Será un gran rastreador, llegará a ser más grande que yo, incluso que yo…, ¡Machua Appa! Seguirá el rastro nuevo y el ya viejo, así como el que es ambas cosas a la vez. ¡Y los seguirá con ojos penetrantes! Ningún mal sufrirá en la *keddah* cuando corra por debajo del vientre de los elefantes para echarle la soga al de terribles colmillos. Y si resbala y cae ante las patas del elefante de combate, este sabrá quién yace a sus pies y no lo aplastará. ¡*Aihai*, mis señores encadenados! —exclamó, volviéndose hacia la línea de elefantes amarrados—. ¡Aquí tenéis al pequeño que ha presenciado vuestros bailes en lugares ocultos! ¡El que ha visto lo que nadie ha visto jamás! ¡Rendidle honores, mis señores! ¡*Salaam karo*, hijos míos! ¡Saludad como es debido a Toomai de los Elefantes! ¡Gunga Pershad, *ahaa*! ¡Hira Guj, Birchi Guj, Kuttar Guj, *ahaa*! ¡Pudmini…, tú lo has visto en el baile, y tú también, Kala Nag, perla mía entre los elefantes! *Ahaa!* ¡Todos a una! ¡A Toomai de los Elefantes! *Barrao!*

Al oír este último alarido salvaje toda la línea de elefantes alzaron la trompa hasta que con la punta se tocaron la frente y profirieron el saludo reglamentario, la ensordecedora fanfarria de trompetas que nadie salvo el virrey de la India oye jamás: ¡El *Salaamut* de la *keddah*! Mas todo ello era en honor de Toomai Pequeño, que había visto lo que nunca antes hombre alguno había visto: ¡el baile de los elefantes, de noche y solo en el corazón de las montañas de Garó!

Shiva y el saltamontes

(La canción que la madre de Toomai cantó al bebé.)

Shiva, que hizo crecer la cosecha y soplar los vientos,
sentado en el umbral de un día ya muy lejano,
dio a cada cual su parte, de comida, trabajo y dolor,
desde al rey en su guddee *hasta al mendigo de la puerta.*

Todas las cosas las hizo él, Shiva el Protector.
Mahadeo! Mahadeo! *Todo lo hizo él:*
espinos para el camello y forraje para el ganado,
y el corazón de la madre
para que repose el pequeñín.
¡Duerme, hijito mío, duerme!

Trigo dio a los ricos, mijo a los pobres,
mendrugos a los hombres santos
que piden de puerta en puerta,
ganado para el tigre y carroña para el milano,
y trapos y huesos a los malvados lobos
que de noche acechan el cercado.
Nadie por alto dejaba y nadie por bajo abandonaba.
A su lado Parbati los veía ir y venir,
pensó en hacerle una broma y burlarse de Shiva:
cogió el pequeño saltamontes y se lo escondió en el pecho.

Y así le engañó, a Shiva el Protector.
Mahadeo! Mahadeo! *Volveos y mirad.*
Altos son los camellos y gruesas las vacas,
pero este era el más pequeño de los animalitos.

Cuando el alimento estuvo repartido, se rió y dijo:
«Señor, del millón de bocas, ¿no ha quedado una sin comer?»
Riendo, contestó Shiva: «Todos han recibido su parte,

incluso el pequeñín que escondes junto al corazón».
Del pecho lo extrajo, Parbati la ladrona,
y vio que el animalito roía una hoja diminuta.
Lo vio y temió y se preguntó, mientras rezaba a Shiva,
que en verdad había alimentado a todo ser viviente.

Todas las cosas las hizo él, Shiva el Protector.
Mahadeo! Mahadeo! Todo lo hizo él:
espinos para el camello y forraje para el ganado,
y el corazón de la madre para que repose el pequeñín.
¡Duerme, hijito mío, duerme!

Los sirvientes de Su Majestad

Podéis resolverlo por quebrados o por simple regla de tres,
pero lo que hace Tweedle-dum
no es lo que hace Tweedle-dee.
Retorcedlo, giradlo del revés o plegadlo a vuestro antojo,
pero lo que hace Pilly-Winky
no es lo que hace Winkie-Pop.

Había estado lloviendo durante un mes entero…, lloviendo sobre el campamento de treinta mil hombres, miles de camellos, elefantes, caballos, bueyes y mulas, reunidos todos en un lugar llamado Rawalpindi, en espera de que el virrey de la India les pasara revista. El virrey iba a recibir la visita del emir de Afganistán, rey salvaje de un país muy salvaje, y el emir se había traído una guardia de corps de ochocientos hombres y caballos que nunca en su vida habían visto un campamento o una locomotora: hombres salvajes y caballos salvajes procedentes de algún remoto lugar del Asia Central. Cada noche un buen número de tales caballos rompían sus ataduras y empezaban a correr alocadamente por el campamento, pisoteando el barro en medio de la oscuridad. Otras veces eran los camellos los que se soltaban y corrían de un lado a otro, cayendo al tropezar con los vientos de las tiendas. Ya os podéis figurar lo agradable que resultaba eso para los hombres que trataban de dormir. Mi tienda se hallaba lejos de donde estaban atados los camellos, por lo que creía encontrarme a salvo, pero una noche, un hombre asomó la cabeza al interior y gritó:

—¡Salga corriendo, que vienen para aquí! ¡Ya han derribado mi tienda!

Ya sabía yo quiénes eran los que venían, así que me puse las botas y el impermeable y salí corriendo por el barro. La pequeña Vixen, mi foxterrier, salió por el otro lado. Casi en el acto se oyó un tremendo barullo de bramidos y gruñidos y vi cómo las paredes de la tienda se desplomaban hacia dentro al romperse el palo y empezaban a bailar de un lado a otro igual que un fantasma enloquecido. Uno de los camellos había quedado envuelto en la lona y yo, a pesar de lo mojado y furioso que estaba, no pude reprimir una carcajada. Luego me alejé corriendo, ya que no sabía cuántos camellos se habrían soltado, y al poco rato me encontré caminando pesadamente por el barro, lejos del campamento.

Por fin tropecé con la cureña de un cañón y comprendí que estaba en algún lugar próximo a las líneas de artillería donde guardaban los cañones por la noche. Como no tenía el menor deseo de seguir vagando en la oscuridad y bajo la lluvia, coloqué mi impermeable sobre el cañón de una de las piezas de artillería y, utilizando dos o tres baquetas que encontré por allí, me improvisé una especie de tienda de campaña y me eché al lado de la cureña de otro cañón, preguntándome adónde habría ido Vixen y dónde me encontraría yo.

Justo en el instante en que iba a quedarme dormido oí ruido de arneses, un gruñido y al instante un mulo pasó junto a mí agitando sus mojadas orejas. Pertenecía a una batería de cañones desmontables, ya que se oía el ruido que hacían las correas, cadenas, anillas y demás cosas al golpearle el arzón. Los cañones desmontables son una piezas de artillería muy pequeñas que se transportan desmontadas en dos partes que se juntan con tornillos cuando llega el momento de utilizarlas. Las transportan por las montañas y por cualquier sitio donde un mulo sea capaz de transitar, y resultan muy útiles para luchar en terrenos montañosos.

Detrás del mulo iba un camello, cuyos pies, grandes y blandos, chapoteaban y resbalaban en el barro, mientras su cuello se movía hacia delante y hacia atrás como el de una gallina extraviada. Por suerte, había aprendido de los nativos lo suficiente del lenguaje de las bestias, no de las bestias salvajes, sino de las del campamento, para entender lo que el camello iba diciendo.

Seguramente era el mismo que se había metido en mi tienda, ya que le dijo al mulo:

—¿Qué voy a hacer? ¿Adónde voy a ir? He luchado contra una cosa blanca que no dejaba de moverse hasta que cogió un palo y me pegó en el cuello. —Se refería al palo de mi tienda y me alegré mucho al conocer lo sucedido—. ¿Seguimos huyendo?

—Fuiste tú —dijo el mulo—, tú y tus compañeros los que habéis armado el alboroto en el compamento, ¿no? Pues bien, mañana por la mañana os darán unos cuantos palos por haberlo hecho. Aunque puede que lo mejor sea que te dé ya un anticipo.

Oí tintinear los arneses al retroceder el mulo y atizarle al camello dos coces en las costillas que sonaron como dos redobles de tambor.

—Otra vez —dijo el mulo— te lo pensarás mejor antes de meterte corriendo entre los mulos de una batería, gritando: «¡Ladrones! ¡Fuego!». Ahora siéntate y a ver si dejas de mover tu cuello, que pareces tonto de capirote.

El camello se dobló, como suelen hacer estos animales, y se sentó gimoteando. Se oyó un batir de cascos acompasados en la oscuridad y apareció un gran caballo de los de caballería. El animal se acercó a medio galope, tan tranquilo como en plena revista, saltó sobre la cureña de un cañón y se detuvo cerca del mulo.

—¡Qué vergüenza! —dijo, resoplando—. Esos camellos ya han vuelto a dispersar nuestras líneas. ¡Ya van tres veces esta semana! ¿Cómo puede un caballo mantenerse en forma si no le dejan dormir en paz? ¿Quién anda ahí?

—Soy el mulo que transporta la culata del cañón número dos de la primera batería de artillería de montaña —respondió el mulo—. Y el otro es uno de tus amigos. A mí me ha despertado también. ¿Quién eres tú?

—El número quince, compañía E del noveno de lanceros… El caballo de Dick Cunliffe. Apártate un poquito…, así.

—¡Oh! Perdóname —dijo el mulo—, está tan oscuro que no se ve casi nada. ¿Verdad que esos camellos no sirven más que para dar la lata? Me aparté de mis líneas para gozar de un poco de paz y tranquilidad aquí.

—Mis señores —dijo humildemente el camello—. Tuvimos unas horribles pesadillas y nos entró mucho miedo. Soy solamente un camello de carga del treinta y nueve de infantería nativa y no soy tan bravo como vosotros, mis señores.

—Entonces ¿por qué diablos no te quedaste a cumplir tu deber con el treinta y nueve de infantería nativa, en vez de corretear por todo el campamento? —dijo el mulo.

—¡Es que las pesadillas eran tan horribles! —repuso el camello—. Lo siento. ¡Escuchad! ¿Qué ha sido eso? ¿Seguimos huyendo?

—Siéntate —dijo el mulo—, o se te romperán esas patas tan largas tropezando con los cañones.

Enderezó una oreja y escuchó atentamente.

—¡Bueyes! —exclamó—. ¡Son los bueyes de la artillería! En verdad que tú y tus compinches habéis hecho vuestro trabajo a conciencia. Todo el campamento se ha despertado. ¡Con lo difícil que es hacer que se levanten los bueyes de la artillería!

Oí una cadena que se arrastraba por el suelo y una yunta de corpulentos y hoscos bueyes blancos, de los que tiran de los pesados cañones de sitio cuando los elefantes se niegan a acercarse a la línea de fuego, apareció ante mis ojos. Detrás de los bueyes, pisando casi la cadena que arrastraban, iba otro mulo de artillería que daba grandes voces llamando a un tal Billy.

—Ese es uno de nuestros reclutas —dijo el mulo viejo, dirigiéndose al caballo de caballería—. Me está llamando a mí. Estoy aquí, jovencito. Deja de chillar. Que yo sepa, la oscuridad nunca le ha hecho daño a nadie.

Los bueyes se tumbaron juntos y se pusieron a rumiar, pero el mulo joven se acercó a Billy.

—¡Qué cosas! —exclamó—. ¡Qué horribles y pavorosas cosas, Billy! Se metieron en nuestras líneas mientras dormíamos. ¿Crees que nos matarán?

—Me dan ganas de darte un buen par de coces —dijo Billy—. ¡Pensar que un mulo como tú, con tu planta y tu instrucción, deje en mal lugar a la batería delante de este caballero!

—¡Calma, calma! —dijo el caballo—. Recuerda que siempre se portan así al principio. La primera vez que vi un hombre (fue en Australia, cuando tenía tres años), estuve corriendo medio día sin parar, y si hubiera visto un camello, aún no habría parado.

Casi todos los caballos de la caballería inglesa en la India los traen de Australia y los mismos soldados se encargan de domarlos.

—Tienes razón —dijo Billy—. Deja ya de temblar, jovencito. La primera vez que me pusieron los arneses completos, levanté las patas de atrás y a coces me los quité todos. Todavía no había aprendido toda la ciencia de dar coces, pero los de la batería dijeron que jamás habían visto cosa parecida.

—Pero lo que oímos no eran arneses ni ninguna cosa que tintinease —dijo el mulo joven—. Sabes que a eso ya me he acostumbrado, Billy. Eran unas cosas grandes como árboles… Se metieron entre nuestras líneas, haciendo un ruido como de burbujas. Se me rompió la soga de la cabeza y no pude encontrar a mi conductor ni a ti, así que salí corriendo con… estos caballeros.

—¡Hum! —exclamó Billy—. En cuanto oí que los camellos

andaban sueltos, me fui por mi propia cuenta, sin armar ningún alboroto. Cuando una batería… un mulo de batería llama caballeros a los bueyes es señal de que en verdad está muy trastornado. ¿Quiénes soy vosotros, los que estáis ahí tumbados?

Los dos bueyes dejaron de rumiar y contestaron a la vez:

—La séptima yunta del primer cañón de artillería pesada. Estábamos durmiendo cuando llegaron los camellos, pero cuando nos pisotearon nos levantamos y nos fuimos. Es mejor yacer tranquilamente en el barro que ser molestado en tu propio lecho. Le dijimos a tu amigo aquí presente que no había ningún motivo para tener miedo, pero él es tan sabio que opinaba lo contrario. ¡Bah!

Así diciendo, siguieron rumiando como si nada.

—Eso es lo que pasa cuando se tiene miedo —dijo Billy—. Los bueyes de la artillería se ríen de ti. Espero que estés satisfecho, jovencito.

El mulo joven apretó los dientes y le oí refunfuñar que no le daba miedo ningún buey gordinflón y viejo, pero los bueyes se limitaron a frotarse los cuernos el uno al otro y siguieron rumiando tranquilamente.

—¡Ea! No te enfades ahora, después de haber tenido miedo. Eso es cobardía de la peor especie —dijo el caballo—. A cualquiera se le puede perdonar el haber sentido miedo de noche, creo yo, al ver cosas que no comprende. Una y otra vez nos hemos soltado de las estacas, los cuatrocientos cincuenta caballos, solo porque algún recluta se ponía a hablar de las serpientes de Australia que antes eran látigos y nos entraba un miedo de muerte incluso al ver los cabos sueltos de nuestras sogas.

—Todo eso está muy bien en el campamento —dijo Billy—. Yo mismo no le hago remilgos a organizar una estampida, solo para divertirme, cuando llevo uno o dos días sin salir. Pero ¿qué hacéis cuando estáis en servicio activo?

—Ah, eso es harina de otro costal —dijo el caballo—. Entonces llevo a Dick Cunliffe sobre el lomo y él me azuza apretando las rodillas contra mis ijares; y lo único que tengo que hacer es ver dónde pongo los pies, procurar que no me resbalen las patas traseras y estar atento a la brida.

—¿Qué es eso de estar atento a la brida? —preguntó el mulo joven.

—¡Rayos y truenos y centellas! —exclamó el caballo, resoplando—. ¿Me estás diciendo que a los de tu ramo no os enseñan a estar atentos a la brida? ¿Cómo se puede hacer algo si no das media vuelta en cuanto sientes que las riendas te aprietan el cuello? De eso depende la vida o muerte de tu jinete y, por supuesto, también la tuya. Hay que girar con las patas traseras encogidas bajo el cuerpo en cuanto sientes las riendas en el cuello. Si no hay suficiente espacio para dar media vuelta, hay que levantarse un poco y girar sobre las patas traseras. A eso se llama estar atento a la brida.

—Pues a nosotros no nos enseñan eso —dijo secamente el mulo—. Nos enseñan a obedecer al hombre que marcha delante de nosotros: dando un paso atrás o adelante cuando él nos lo ordene. Supongo que viene a ser lo mismo. Vamos a ver, con todos esos movimientos de fantasía que hacéis vosotros, y que les deben de sentar muy mal a vuestras corvas, ¿qué es lo que hacéis en realidad?

—Eso depende —repuso el caballo—. Generalmente tengo que meterme entre un montón de hombres peludos que chillan y esgrimen cuchillos, cuchillos largos y relucientes, peores que los del herrador, y debo procurar que la bota de Dick roce la del hombre que cabalga a su lado, pero sin aplastarla. Al lado de mi ojo derecho veo la lanza de Dick y sé que nada malo me pasará. No quisiera estar en el pellejo del hombre o del caballo que se enfrentan a Dick y a mí cuando llevamos prisa.

—¿Y no te hacen daño los cuchillos? —preguntó el mulo joven.

—Bueno, una vez me hicieron un corte en el pecho, pero no fue por culpa de Dick…

—¡Lo que me habría importado a mí de quién era la culpa! ¡Con el dolor me habría bastado! —dijo el mulo joven.

—Pues es necesario —repuso el caballo—. Si uno no tiene confianza en su jinete, es mejor largarse cuanto antes. Eso es lo que hacen algunos de nuestros caballos y no los culpo por ello. Como iba diciendo, no fue por culpa de Dick. Aquel hombre yacía en el suelo, yo estiré bien las patas para no pisarlo y él me asestó una cuchillada. La próxima vez que vea ante mí un hombre tendido en el suelo, lo pisotearé... y con fuerza.

—¡Hum! —exclamó Billy—. ¡Qué solemne majadería! Los cuchillos son mala cosa sea cuando sea. Lo que está bien es escalar montañas con el peso del arzón bien distribuido sobre ambos costados, aferrándose bien con las cuatro patas, incluso con las orejas si hace falta, y reptar y arrastrarse y culebrear, hasta que al final sales a centenares de palmos por encima de todos los demás, sobre una cornisa en la que apenas si te caben los cascos. Entonces te quedas quieto y callado, sin pedirle jamás a un hombre que te sostenga la cabeza, ¿me oyes, jovencito? Sí, quieto y callado mientras montan los cañones. Luego contemplas cómo los obuses caen sobre las copas de los árboles, que están muy por debajo de ti.

—¿Y nunca tropiezas? —preguntó el caballo.

—Dicen que cuando un mulo tropieza se pueden rajarle las orejas a una gallina —contestó Billy—. Puede que muy de vez en cuando, si el peso de la carga está mal repartido, una mula pierda el equilibrio. Pero es muy poco frecuente. Me gustaría poder enseñarte nuestro oficio. Es muy bonito. Mira, a mí me costó tres años comprender qué era lo que pretendían los hombres. La ciencia del asunto reside en no ponerse nunca de tal forma que tu cuerpo se recorte contra el cielo, porque, si lo haces, puede que te disparen. Recuérdalo, jovencito. Ocúltate todo lo que puedas, aunque tengas que desviarte una milla de tu camino. Cuando hay que hacer una de esas escaladas, yo marcho en cabeza de la batería.

—¡Dejar que te disparen sin poder cargar contra los que lo hacen! —exclamó pensativamente el caballo—. No podría resistirlo. Me entrarían unas ganas tremendas de cargar contra ellos, montado por Dick.

—Oh, no, ni lo sueñes. Uno sabe que, en cuanto los cañones quedan emplazados, son ellos los que cargan contra el enemigo. Así es como se hacen las cosas, científicamente, con pulcritud. Pero eso de los cuchillos… ¡Puaf!

El camello de carga llevaba ya un rato moviendo la cabeza de arriba abajo, ansioso de meter baza en la conversación. Por fin oí que se aclaraba la garganta y decía nerviosamente:

—Yo… yo… yo he luchado un poco, pero sin escalar como tú ni cargar como tú.

—Ahora que lo dices —apuntó Billy—, no pareces haber nacido para escalar o cargar… mucho. Bueno, cuéntanos cómo fue, viejo cargador de forraje.

—Pues como debe ser —contestó el camello—. Nos sentamos todos y entonces…

—¡Rayos y truenos! —exclamó el caballo por lo bajo—. ¿Qué os sentasteis?

—Nos sentamos, los cien camellos —prosiguió el camello—, formando un amplio cuadro. Luego los hombres amontonaron los fardos y los arzones fuera del cuadro y empezaron a disparar por encima de nuestros lomos. Eso es lo que hicieron los hombres, desde todos los lados del cuadrado.

—Pero ¿qué clase de hombres eran? ¿Cualesquiera que pasasen por allí? —preguntó el caballo—. En la escuela de equitación nos enseñan a tumbarnos para que nuestros amos disparen desde detrás de nosotros, pero, en lo que a eso se refiere, solo me fío de Dick Cunliffe. Me entran cosquillas y, por si fuera poco, con la cabeza en el suelo no puedo ver nada.

—¿Qué importa quién dispara desde detrás de ti? —dijo el camello—. Hay muchos camellos y muchos hombres cerca de donde estás y también muchas nubes de humo. Yo nunca me asusto. Me siento y espero.

—Sí, pero a pesar de ello —dijo Billy— tienes pesadillas y causas un gran alboroto en el campamento. ¡Vaya, vaya! Antes de tumbarme en el suelo, por no hablar de sentarme, y dejar que un hombre se ponga a disparar desde detrás de mí, me parece que mis patas y su cabeza tendrían algo que decirse. ¿Habéis oído hablar alguna vez de algo tan pavoroso?

Se produjo un largo silencio, hasta que uno de los bueyes, alzando su cabezota, dijo:

—En verdad que es una solemne majadería. Solo hay una manera de luchar.

—¿Ah, sí? Dinos cuál —dijo Billy—. Adelante, habla, no te estés por mí. Supongo que vosotros lucharéis sosteniéndoos con la cola en el suelo, ¿verdad?

—Solo hay una manera —dijeron los dos bueyes a la vez. (Seguramente eran hermanos gemelos)—. Y es la siguiente: las veinte yuntas se arriman al cañón grande en cuanto oyen bramar a Dos Colas.

Dos Colas era el mote que en el campamento empleaban para referirse al elefante.

—¿Y por qué brama Dos Colas? —preguntó el mulo joven.

—Para que se sepa que no piensa acercarse más al humo que se ve al otro lado. Dos Colas es un cobarde de tomo y lomo. Entonces, todos juntos, empujamos el cañón grande... *Heya! Hullah! Heeyah! Hullah!* Lo que es nosotros, no trepamos como los gatos ni corremos como los becerros. Cruzamos la llanura, las veinte yuntas a la vez, hasta que nos libran del yugo y podemos pacer mientras los cañones grandes hablan a través del llano con alguna ciudad con paredes de adobe, y se ven trozos de pared que caen y se levanta una gran polvareda, como si un gran rebaño regresara a casa.

—¡Ah! ¿Y ese es precisamente el momento que elegís para pacer? —dijo el mulo joven.

—Ese o cualquier otro. Comer siempre es bueno. Comemos hasta que nos vuelven a poner el yugo y entonces arrastramos el cañón grande hasta el sitio donde nos espera Dos

Colas. A veces en la ciudad hay cañones grandes que contestan a los otros y algunos de nosotros resultamos muertos y entonces somos menos a repartir el pasto. Eso es el Destino…, nada más que el Destino. Sin embargo, repito que Dos Colas es un cobarde de tomo y lomo. Esa es la única forma de luchar como es debido. Somos hermanos y venimos a Hapur. Nuestro padre era un buey sagrado de Shiva. ¡Hemos dicho!

—Bueno, ciertamente esta noche he aprendido algunas cosas —dijo el caballo—. Decidme, caballeros de la artillería de montaña, ¿os sentís inclinados a comer mientras os están disparando con cañones grandes y Dos Colas os espera más atrás?

—Nos hace tanta gracia como sentarnos y dejar que un centenar de hombres se nos suban encima, o como meternos entre gente armada con cuchillos. Nunca he oído nada semejante. Una cornisa en la montaña, la carga bien repartida, un conductor digno de confianza, que te deje seguir tu propio camino y soy tu mulo. Pero de lo demás… ¡Ni hablar! —exclamó Billy, dando una coz en el suelo.

—Claro —dijo el caballo—. No todo el mundo está hecho de la misma manera y no me cuesta trabajo comprender que tu familia, por parte de padre, se quedaría sin comprender infinidad de cosas.

—¡Deja en paz mi familia por parte de padre! —exclamó Billy con acento indignado, pues a todos los mulos les molesta que les recuerden que su padre es un burro—. Mi padre era un caballero del Sur y era capaz de derribar, morder y dar coces a cualquier caballo que se cruzara en su camino. ¡No lo olvides jamás, gran Brumby!

Brumby significa caballo salvaje y sin ninguna educación. Ya os podéis imaginar cómo le sentaría a Suno que un caballo de tiro lo llamase «penco», así que también podéis figuraros cómo le sentó lo de Brumby al caballo australiano. Vi que el blanco de los ojos le relucía en la oscuridad.

—Oye tú, hijo de un asno importado de Málaga —dijo el

caballo, apretando los dientes—. A ver si te enteras de que, por parte de madre, estoy emparentado con Carbine, el que ganó la Copa de Melbourne, y de que en mi tierra no estamos acostumbrados a que nos falte al respeto un mulo con cabeza de cerdo y lengua de cotorra que se pasa la vida trabajando en una batería de tirachinas. ¿Estás listo?

—¡Con las patas de atrás! —chilló Billy.

Los dos se alzaron sobre las patas de atrás, mirándose a los ojos, y me disponía ya a presenciar una encarnizada pelea cuando, surgiendo de la oscuridad, a la derecha, se oyó una voz grave y gutural:

—¿Por qué os estáis peleando, pequeños? ¡Quietos ya!

Los dos animales bajaron las patas delanteras y soltaron un bufido, pues ni los caballos ni los mulos son capaces de soportar la voz de un elefante.

—¡Es Dos Colas! —exclamó el caballo—. No puedo ni verlo. ¡No es justo que tenga una cola en cada extremo!

—Eso mismo pienso yo —dijo Billy, acercándose al caballo en busca de compañía—. En algunas cosas nos parecemos mucho.

—Supongo que las habremos heredado de nuestras madres —dijo el caballo—. No vale la pena pelearse. ¡Eh, Dos Colas! ¿Estás atado?

—Sí —contestó Dos Colas, soltando una carcajada de lo más profundo de su trompa—. Me han amarrado a las estacas hasta mañana. He oído lo que habéis estado diciendo. Pero no temáis, que no voy a acercarme a vosotros.

Los bueyes y el camello dijeron casi en voz alta:

—¡Tener miedo de Dos Colas! ¡Qué tontería!

—Sentimos que lo hayas oído —añadieron los bueyes—. Pero es la verdad, Dos Colas. Dinos, ¿por qué temes a los cañones cuando disparan?

—Bueno —dijo Dos Colas, frotándose una pata trasera contra la otra, exactamente igual que un niño al recitar un poema—. No estoy seguro de que lo comprendáis.

—Seguro que no, pero lo cierto es que a nosotros nos toca tirar de los cañones —dijeron los bueyes.

—Ya lo sé, como también sé que soy mucho más valiente de lo que os figuráis. Pero mi caso es distinto. El otro día el capitán de mi batería me llamó Anacronismo Paquidermo.

—Supongo que esa será otra forma de luchar, ¿verdad? —dijo Billy, que ya estaba recobrando el ánimo.

—Tú, claro está, no sabes qué significa eso. Pero yo sí lo sé. Significa así así, que ni lo uno ni lo otro. Y así es exactamente como soy. Puedo ver dentro de mi cabeza lo que sucederá cuando estalle un obús, pero vosotros, bueyes, no podéis verlo.

—Yo sí —dijo el caballo—. Al menos un poquito. Pero trato de no pensar en ello.

—Yo puedo ver más que tú y, además, pienso en ello. Ya sé que, como soy tan grande, cuidarme resulta muy pesado y también sé que nadie sabe cómo curarme cuando estoy malo. Lo único que saben hacer es dejar a mi conductor sin paga hasta que me pongo bueno, y no me puedo fiar de mi conductor.

—¡Ah! —exclamó el caballo—. Eso lo explica todo. Yo sí puedo fiarme de Dick.

—Pues podrías ponerme sobre el lomo todo un regimiento de Dicks sin que por ello yo me encontrase mejor. Sé lo suficiente para sentirme incómodo, pero no lo bastante para seguir adelante como si no lo supiera.

—No lo entendemos —dijeron los bueyes.

—Ya sé que no lo entendéis. Pero no os estoy hablando a vosotros. Los bueyes no sabéis qué es la sangre.

—Sí lo sabemos —dijeron los bueyes—. Es una cosa roja que empapa el suelo y huele.

El caballo dio una coz, luego un brinco y finalmente resopló.

—No habléis de eso —dijo—. Solo de oír su nombre ya huelo. Me dan ganas de salir corriendo, cuando Dick no m̶ monta.

—Pero si aquí no hay —dijeron los bueyes y el camello—. ¿Por qué eres tan estúpido?

—Es una porquería —dijo Billy—. A mí no me entran ganas de correr, pero no quiero hablar de ello.

—¡Ahí está! —exclamó Dos Colas, meneando la cola para explicarse mejor.

—Por supuesto que aquí estamos —dijeron los bueyes—. Hemos estado aquí toda la noche.

Dos Colas empezó a golpear el suelo con una pata hasta que la argolla de hierro que llevaba en ella sonó como una campanilla.

—¡Tontos! ¡No me refería a vosotros! Ya digo yo que no veis lo que hay dentro de vuestras cabezas.

—Así es. Nosotros vemos lo que hay fuera de nuestros cuatro ojos —replicaron los bueyes—. Vemos lo que tenemos delante.

—Ojalá pudiera decir lo mismo. Entonces no me haríais ninguna falta para arrastrar los cañones grandes. Si fuera como mi capitán… él es capaz de ver dentro de su cabeza antes de que empiecen los disparos y se estremece de pies a cabeza, pero es demasiado listo para huir corriendo… si fuera como él podría arrastrar los cañones. Aunque, si tan listo fuera, ya ni siquiera estaría aquí. Sería rey en el bosque, como era antes, y me pasaría durmiendo la mitad del día y me bañaría cuando me apeteciese. Llevo un mes sin darme un buen baño.

—Todo eso está muy bien —dijo Billy—, pero porque a una cosa le des un nombre largo no la haces mejor de lo que es.

—¡Chist! —dijo el caballo—. Me parece que ya entiendo lo que quiere decir Dos Colas.

—Lo entenderás mejor dentro de un minuto —dijo Dos Colas con voz furiosa—. Veamos, ¡explícame por qué no te gusta esto!

Se puso a berrear con toda la fuerza de que era capaz.

—¡Basta! —gritaron Billy y el caballo juntos.

Pude oír cómo piafaban y se estremecían. El berrido de un

elefante siempre es desagradable, especialmente en una noche oscura.

—¡No pienso callarme! —exclamó Dos Colas—. ¿Queréis hacerme el favor de explicármelo? ¡Hhrrmph! ¡Rrrt! ¡Rrr! ¡Rrrhha!

De pronto cesaron sus berridos y oí un débil lamento en la oscuridad: Vixen había dado conmigo por fin. La perrita sabía tan bien como yo que, si hay algo en el mundo que inspire más miedo a un elefante que otro elefante, ese algo es un perrito que ladre, de modo que Vixen se detuvo a molestar a Dos Colas, ladrando y corriendo alrededor de sus patas.

—¡Largo de aquí, perrito! —chilló Dos Colas—. No me husmees las patas o te pegaré una patada. Sé bueno, perrito. Anda, perrito bonito… ¡Vete a casa, bestia del demonio! ¡Que alguien se lo lleve de aquí! Me va a pegar un mordisco

—Me parece a mí —dijo Billy al caballo— que a nuestro amigo Dos Colas le dan miedo casi todas las cosas. Vamos a ver, si me dieran una comida entera por cada vez que de una patada he echado un perro al otro lado del campo de maniobras, estaría tan gordo como Dos Colas.

Silbé y Vixen vino corriendo hacia mí, cubierta de barro hasta las orejas, y se puso a lamerme la nariz, contándome una larga historia sobre el rato que se había pasado buscándome por todo el campamento. En ningún momento dejé entrever que entendía el lenguaje de los animales, pues se habría tomado toda suerte de libertades. Así que la abrigué con mi capote, mientras Dos Colas lanzaba coces al vacío y gruñía por lo bajo.

—¡Extraordinario! ¡Sencillamente extraordinario! —dijo—. Se ve que es cosa de familia. ¿Dónde se ha metido esta bestezuela endemoniada?

Oí que palpaba la oscuridad con la trompa.

—Será de distinta forma, pero a todos, por lo que parece, nos afecta alguna cosa —prosiguió, sonándose la nariz—. Vamos a ver, ustedes, caballeros, se alarmaron cuando me puse a berrear. Al menos eso me pareció.

—No, alarmarnos, precisamente, no —dijo el caballo—, pero sentí como si tuviera un avispero allí donde debería estar la silla de montar. No empieces otra vez.

—A mí me asusta un perrito y al camello aquí presente le asustan las pesadillas nocturnas.

—Tenemos mucha suerte al no deber luchar todos del mismo modo —dijo el caballo.

—Lo que yo quiero saber —dijo la mula joven, que llevaba mucho rato sin abrir la boca—. Lo que yo quiero saber es por qué tenemos que luchar, de una u otra forma.

—Porque nos lo mandan —dijo el caballo, resoplando desdeñosamente.

—Son órdenes —dijo el mulo Billy, apretando los dientes.

—*Hukm hai!* (Es una orden) —dijo el camello, haciendo un ruido como de gárgaras.

—*Hukm hai!* —repitieron Dos Colas y los bueyes.

—Sí, sí, pero ¿quién da las órdenes? —preguntó la mula recluta.

—El hombre que camina a la cabeza… o el que se nos sienta sobre el lomo… o el que lleva las riendas de la mano… o el que te retuerce la cola —dijeron Billy y el caballo y el camello y los bueyes uno tras otro.

—Pero ¿quién les da las órdenes a ellos?

—Ahora quieres saber demasiado, jovenzuelo —dijo Billy—. Y esa es una de las maneras de recibir una coz. Lo único que debes hacer es obedecer al hombre que te mande y no hacer preguntas.

—Tiene mucha razón —dijo Dos Colas—. Yo no siempre puedo obedecer, ya que soy así así, ni lo uno ni lo otro. Pero Billy tiene razón. Obedece al hombre que esté más cerca de ti y que dé una orden. Si no lo haces, detendrás a toda la batería, aparte de recibir unos buenos azotes.

Los bueyes de artillería se levantaron para marcharse.

—Falta poco para que amanezca —dijeron—. Regresaremos a nuestras líneas. Es verdad que vemos solamente lo que ven nuestros ojos y que no somos muy inteligentes, pero, así y todo, somos los únicos que no se han asustado esta noche. Buenas noches, valientes.

Nadie contestó y el caballo, para cambiar de tema, dijo:

—¿Dónde se ha metido ese perrito? Un perro significa que hay un hombre por aquí cerca.

—Aquí estoy —ladró Vixen—, debajo de la cureña, con mi hombre. Oye tú, bestia de camello, so torpe: tú nos echaste la tienda abajo. Mi hombre está furioso.

—¡Bah! —exclamaron los bueyes—. ¡Debe de ser un blanco!

—Claro que lo es —dijo Vixen—. ¿Suponéis que me cuida un negro de los que conducen bueyes?

—*Huah! Ouach! Ugh!* —exclamaron los bueyes—. Vámonos enseguida de aquí.

Echaron a andar apresuradamente por el barro y de alguna forma se las arreglaron para que el yugo se les enganchase en la pértiga de una carreta de municiones.

—Ya lo habéis conseguido —dijo Billy tranquilamente—. No forcejeéis. Así os quedaréis hasta que se haga de día. ¿Qué diablos pasa?

Los bueyes prorrumpieron en esos bufidos sibilantes tan peculiares del ganado vacuno de la India y no paraban de empujar y apretujarse, piafando y resbalando hasta que por poco se cayeron al suelo y entonces soltaron salvajes gruñidos.

—Si seguís así, en menos de nada os partiréis el cuello —dijo el caballo—. ¿Qué tienen de malo los hombres blancos? Yo vivo con ellos.

—¡Pues… que… se nos comen! ¡Tira ya! —exclamó el más próximo de los bueyes.

El yugo se partió con un chasquido y los dos animales se alejaron juntos, caminando pesadamente.

Nunca había logrado averiguar por qué el ganado vacuno de la India nos tenía tanto miedo a los ingleses. Era porque nosotros comemos carne de buey, cosa que un nativo no quiere ni tocar y, claro, al ganado eso no le hace ninguna gracia.

—¡Así me azoten con las cadenas de mi propio arzón! ¿Quién iba a imaginar que esos dos gordinflones perderían la cabeza? —exclamó Billy.

—¡Qué más da! Voy a echarle un vistazo a ese hombre. La mayoría de los hombres blancos, lo sé muy bien, llevan cosas en los bolsillos —dijo el caballo.

—Entonces aquí te quedas. No puede decirse que me muera de cariño por ellos. Además, los hombres blancos que no tienen un sitio donde dormir seguramente son ladrones y yo llevo sobre el lomo una buena porción de propiedades del gobierno. Vámonos, jovencito. Regresaremos a nuestras líneas. ¡Buenas noches, Australia! Te veré mañana durante la revista, supongo. ¡Buenas noches, viejo cargador de forraje! Trata de dominar tus sentimientos, ¿eh? ¡Buenas noches, Dos Colas! Si pasas por nuestro lado mañana, durante la revista, no te pongas a berrear. Nos echarás a perder la formación.

El mulo Billy se alejó con los andares de todo un veterano, mientras el caballo apoyaba el hocico en mi pecho y yo le daba una cuantas galletas. Entre tanto, Vixen, que es una perrita de lo más vanidosa, se puso a contarle mentirijillas sobre los muchos caballos que ella y yo teníamos.

—Mañana iré a ver la revista en mi coche ligero de dos ruedas —dijo—. ¿Dónde estarás tú?

—A la izquierda del segundo escuadrón. Yo marco el compás con que marcha el escuadrón entero, señorita —dijo el caballo con mucha finura—. Ahora debo volver junto a Dick. Tengo la cola llena de barro y tendrá que trabajar de lo lindo durante dos horas para prepararme para la revista.

La gran revista de los treinta mil hombres se celebró por la tarde. Vixen y yo la vimos desde un buen sitio, cerca de donde estaban el virrey y el emir de Afganistán, que lucía su alto sombrero de lana de astracán negro, así como la gruesa estrella de diamantes en mitad del mismo. La primera parte de la revista transcurrió como una seda, una oleada tras otra fueron desfilando los regimientos, con los cañones perfectamente alineados, hasta que los ojos nos bailaban en las órbitas. Luego apareció la caballería, avanzando a medio galope, mientras sonaba esa bella tonada que se llama *Bonnie Dundee*. Vixen levantó una oreja para oírla mejor desde su carruaje. El segundo escuadrón de lanceros pasó como una flecha y allí estaba el caballo de la noche anterior, luciendo una cola que parecía tejida de seda, la cabeza apoyada en el pecho, una oreja inclinada hacia delante y la otra hacia atrás, marcando el paso para el resto del escuadrón, moviendo las patas con la misma elegancia con que habría bailado un vals. Les tocó luego el turno a los cañones pesados y pude ver a Dos Colas, que con otros dos elefantes arrastraban un cañón de sitio de cuarenta libras, seguidos por veinte yuntas de bueyes. La que marchaba en séptimo lugar llevaba un yugo nuevo y parecía algo rígida y fatigada. Cerraron el desfile los cañones de montaña y vimos cómo el mulo Billy se daba unos aires que habríase dicho que mandaba toda la tropa. Llevaba el arnés engrasado y cepillado hasta brillar. Se me escapó un hurra por el mulo Billy, a mí solo, pero él siguió adelante sin mirar ni a diestra ni a siniestra.

Empezó a llover otra vez y durante un rato la neblina impidió ver lo que hacía la tropa. Habían formado un gran semicírculo en la explanada y se estaban desplegando en línea recta. La línea fue creciendo, creciendo y creciendo hasta ocupar tres cuartos de milla de una a otra ala, formando una sólida muralla de hombres, caballos y cañones. Entonces empezó a avanzar directamente hacia el virrey y el emir y, a medida que iba acercándose, el suelo se estremecía como la cubierta de un vapor que navegase a toda máquina.

A menos que se haya presenciado alguna vez, resulta imposible imaginar el pavoroso efecto que en los espectadores produce el espectáculo de la tropa que se aproxima a ellos inexorablemente, aunque sepan que se trata simplemente de una revista militar. Volví la vista hacia el emir. Hasta aquel momento en su rostro no había aparecido el menor asomo de pasmo o de cualquier otra cosa, pero ahora sus ojos empezaban a abrirse más y más, cogió las riendas, que colgaban sobre el cuello de su caballo, y volvió la cabeza. Durante unos segundos pareció a punto de desenvainar la espada y abrirse paso a sablazos entre los caballeros y damás ingleses que ocupaban los carruajes situados detrás de él. Después el avance de la tropa se detuvo en seco, el suelo dejó de estremecerse y la línea entera saludó, al tiempo que treinta bandas de música empezaban a tocar simultáneamente. La revista había terminado y los regimientos se encaminaron bajo la lluvia hacia sus respectivos campamentos, mientras una banda de infantería atacaban las primeras notas de:

> *De dos en dos entraron los animales,*
> *¡hurra!*
> *De dos en dos entraron los animales,*
> *los elefantes y los mulos de artillería,*
> *y todos entraron en el Arca*
> *¡para cobijarse de la lluvia!*

Entonces oí que uno de los jefes asiáticos, de cabellos grises y largos, que había venido con el emir, empezaba a hacerle preguntas a uno de los oficiales nativos.

—Vamos a ver —dijo—, ¿cómo se ha podido hacer una cosa tan maravillosa?

—Se dio una orden y obedecieron —respondió el oficial.

—Pero ¿es que las bestias son tan sabias como los hombres? —preguntó el jefe.

—Obedecen como obedecen los hombres. El mulo, el caballo, el elefante o el buey obedecen al hombre que los conduce, y este obedece a su sargento, y el sargento a su teniente, y el teniente a su capitán, y el capitán a su mayor, y el mayor a su coronel, y el coronel a su brigadier, que manda tres regimientos, y el brigadier a su general, que obedece al virrey, que es el sirviente de la emperatriz. Así es como se hace.

—¡Ojalá se hiciera así en el Afganistán! —exclamó el jefe—. Allí obedecemos solamente a nuestra propia voluntad.

—Y por esa razón —dijo el oficial nativo, retorciéndose el bigote—, vuestro emir, al que no obedecéis, debe presentarse aquí para recibir órdenes de nuestro virrey.

Canción de los animales del campamento durante la revista

LOS ELEFANTES DE LOS CAÑONES

A Alejandro dimos la fuerza de Hércules,
la sabiduría de nuestras frentes,
la astucia de nuestras rodillas.
Al servicio nos doblegamos y nunca más lo abandonamos.
¡Haced sitio para los elefantes de la artillería pesada!

LOS BUEYES DE LA ARTILLERÍA

Esos héroes enjaezados huyen de los obuses,
y la pólvora los llena de terror.
Entonces entramos en acción y tiramos de los cañones.
¡Haced sitio para las veinte yuntas de la artillería pesada!

LOS CABALLOS DE LA CABALLERÍA

¡Por la marca que llevo en las ancas, las más bellas tonadas
las tocan los lanceros, húsares y dragones!
Y a mí me suena más dulce que «establos» o «agua»,
¡el Bonnie Dundee de la caballería!
Luego dadnos de comer, domadnos y cuidadnos,
y dadnos buenos jinetes y mucho espacio,
y hacednos formar en columna de escuadrones
¡y veréis cómo galopamos a los sones del Bonnie Dundee!

Los mulos de la artillería de montaña

Mientras yo y mis compañeros trepábamos montaña arriba,
las piedras borraron el sendero, pero seguimos avanzando.
Pues, compañeros, podemos trepar por cualquier sitio,
¡y en la cima nos sentimos como en nuestra casa!
¡Buena suerte, pues, al sargento que nos deje hacer camino!
¡Mala a todos los conductores que no saben cargarnos bien!
Pues, compañeros, podemos trepar por cualquier sitio,
¡y en la cima nos sentimos como en nuestra casa!

Los camellos de intendencia

No tenemos una canción propia
que nos ayude a caminar.
Pero nuestros cuellos son trombones
(¡rttt-ta-ta-ta!, suenan los trombones)
y esta es nuestra canción de marcha:
¡No puedo! ¡No quiero! ¡No lo haré! ¡No!
¡Que suene en toda la línea!
A alguien se le ha caído la carga,
¡ojalá fuese la mía!
La carga ha caído al suelo,
¡alto y descansemos! ¡Urrr! ¡Yarrrh! ¡Grrr! ¡Arrh!
¡Ay, que alguien recibe palos!

Todos los animales a coro

Hijos del campamento somos,
sirviendo según nuestro rango.
Hijos del yugo y la aguijada,
del fardo y del arnés, del peto y de la carga.

Ved nuestra línea cruzando la llanura,
doblándose como una serpiente,
avanzando, avanzando sin parar,
¡camino de la guerra!
A nuestro lado marchan los hombres,
callados, polvorientos y cansados,
sin saber por qué ellos y nosotros
marchamos y sufrimos día tras día.

Hijos del campamento somos,
sirviendo según nuestro rango.
Hijos del yugo y la aguijada,
del fardo y del arnés, del peto y de la carga.

El segundo libro de la selva

De cómo llegó el miedo

Poca agua lleva el río, el estanque se ha secado,
y nosotros, tú y yo, somos camaradas.
Con fiebre en las quijadas, el flanco lleno de polvo,
nos empujamos siguiendo la ribera.
El miedo a padecer sed nos inmoviliza,
nadie piensa ya en cazar y matar.
Ahora puede ver el cervatillo
que la Manada de Lobos tiene miedo como él,
mientras el majestuoso gamo ve sin inmutarse
los colmillos que a su padre degollaron.

Poca agua en los estanques, los ríos se han secado,
y nosotros, tú y yo, seremos compañeros de juego,
hasta que aquella nube (¡Buena caza!) descargue
la lluvia que rompa nuestra Tregua del Agua.

La Ley de la Jungla, que es con mucho la más antigua de las leyes del mundo, tiene previstos casi todos los accidentes que puede sufrir el Pueblo de la Jungla, por lo que actualmente su código es tan perfecto como puedan haberlo hecho el tiempo y la costumbre. Recordaréis que Mowgli pasó gran parte de su vida con la Manada de Lobos de Seeonee, aprendiendo la Ley con Baloo, el Oso Pardo. Y fue Baloo quien le dijo, al ver que el chico se impacientaba al recibir órdenes constantemente, que la ley era como la liana gigante, ya que caía sobre las espaldas de todo el mundo, sin que nadie pudiera zafarse.

—Cuando hayas vivido tanto como yo, Hermanito, verás que toda la jungla obedece por lo menos a una ley. Y no será ese un espectáculo agradable —dijo Baloo.

Estas palabras le entraron por una oreja y le salieron por la otra, ya que un muchacho que se pasa la vida comiendo y durmiendo no se preocupa por nada hasta que se encuentra las cosas delante de sus narices. Pero llegó un año en que las palabras de Baloo cobraron realidad y Mowgli vio cómo toda la Jungla se hallaba sometida a la ley.

Todo comenzó cuando las lluvias del invierno faltaron en su casi totalidad e Ikki, el Puerco Espín, al encontrarse con Mowgli en un bosquecillo de bambúes, le dijo que los ñames silvestres se estaban secando. Ahora bien, todo el mundo sabe que Ikki se muestra ridículamente remilgado cuando se trata de comida y que se niega a comer de todo salvo de lo mejor y más maduro. Así, pues, Mowgli se rio y dijo:

—¿Y eso a mí qué?

—Pues nada… de momento —dijo Ikki, haciendo sonar sus púas con gesto altivo y poco natural—. Pero más adelante, ya veremos. ¿Sigues con las zambullidas en el estanque profundo que hay debajo de las Rocas de las Abejas, Hermanito?

—No. El agua es tonta y se está retirando, y yo no tengo ganas de romperme la cabeza —respondió Mowgli, que por aquellos tiempos estaba convencido de saber tanto como cinco representantes del Pueblo de la Jungla juntos.

—Tú te lo pierdes. Puede que te hicieras una grieta pequeña y que por ella te entrase en la mollera un poquito de sabiduría.

Ikki se apartó rápidamente para que Mowgli no pudiera arrancarle las púas del hocico y Mowgli se fue a contarle a Baloo lo que Ikki le había dicho. Baloo, tras escucharle, puso una cara muy seria y musitó:

—Si estuviera solo, cambiaría inmediatamente de cazadero antes de que los demás empezasen a reflexionar... Pero eso de cazar entre extraños termina siempre en riñas y peleas y Cachorro de Hombre podría resultar herido. Tendremos que esperar a ver qué tal florece el *mohwa*.

Aquella primavera, el *mohwa*, árbol que a Baloo tanto le gustaba, no llegó a florecer. El calor mató sus capullos verdosos y delicados antes de que pudieran florecer y cuando Baloo, alzándose sobre los cuartos traseros, sacudió el árbol, solo unos cuantos pétalos pestilentes cayeron al suelo. Después el implacable calor fue adentrándose en la jungla, milímetro a milímetro, hasta llegar a lo más profundo de ella, haciendo que la vegetación se tornase primero amarilla, después parda y finalmente negra. Se quemaron los arbustos que crecían a la vera de las quebradas, quedando solamente una masa de tallos rotos y hojas retorcidas. Los estanques ocultos entre la espesura se secaron y dejaron al descubierto el barro reseco y cuarteado del fondo, mostrando en sus orillas, como hechas con un molde de hierro, las más leves pisadas. Las jugosas lianas se despegaron de los árboles y cayeron muertas a los pies de los mismos. Los bambúes se marchitaron y el viento abrasador, al acariciarlos, producía un ruido que parecía el cloqueo de las gallinas, mientras que, en el corazón de la jungla, el musgo se desprendía de las rocas, dejándolas peladas y calientes como los guijarros azules que se estremecían en el lecho del río.

Los pájaros y el Pueblo de los Monos emprendieron viaje hacia el norte a principios de año, pues sabían qué era lo que se avecinaba. Los venados y los cerdos salvajes huyeron a los campos desolados próximos a los poblados, muriendo a veces ante los ojos de unos hombres demasiado desfallecidos para darles muerte con sus propias manos. Chil, el Milano, se quedó en la jungla y engordó notablemente, ya que abundaba la carroña y cada tarde, al regresar de sus correrías, los demás animales, demasiado débiles para partir en busca de nuevos cazaderos, le oían decir que el sol estaba matando a la jungla en toda la zona que podía recorrerse en tres días de vuelo, sin importar la dirección que se tomase.

Mowgli, que jamás había conocido lo que era verdadera hambre, tuvo que alimentarse de miel rancia, de tres años antes, que extraía de rocas que antes hicieran las veces de panal y ahora estaban abandonadas. Era una miel negra como un endrino y cubierta con el polvo del azúcar reseco. Buscaba también las larvas que abrían profundas galerías en la corteza de los árboles y tampoco les hacía ascos a las crías de las avispas. Toda la caza que había en la jungla no era más que huesos y pellejo, y Bagheera podía matar tres animales en una sola noche sin que con ello pudiera llenarse la panza. Pero la falta de agua era lo peor, pues, aunque beba muy de vez en cuando, el Pueblo de la Jungla necesita beber largos tragos de una vez.

Y el calor seguía y seguía, absorbiendo toda la humedad, hasta que, finalmente, el curso principal del Waingunga fue el único lugar por donde discurría un chorrito de agua entre sus secas márgenes. Y cuando Hathi, el elefante salvaje, capaz de vivir cien años o más, vio que en el mismo centro del río aparecía una delgada línea de roca azul, comprendió que lo que estaban contemplando sus ojos era la Roca de la Paz y allí mismo, sin aguardar más, alzó la trompa y proclamó la Tregua del Agua, como su padre la había proclamado cincuenta años antes. Los venados, cerdos salvajes y búfalos secundaron la llamada con sus toscas voces, mientras Chil, el Milano, empezaba a describir amplios círculos y con silbidos y graznidos propagaba la noticia.

Según la Ley de la Jungla, se castiga con la muerte a quien mate en algún abrevadero una vez ha sido proclamada la Tregua del Agua. Eso se debe a que beber tiene prioridad ante comer. Todos los habitantes de la jungla son capaces de ir tirando cuando la única escasez es la caza, pero el agua es el agua y cuando solo se la encuentra en un sitio, toda cacería se suspende mientras el Pueblo de la Jungla acude a satisfacer sus necesidades. En los buenos tiempos, cuando el agua era abundante, los que acudían a beber en el Waingunga (o en cualquier otra parte, a decir verdad) lo hacían arriesgando sus propias vidas, y ese riesgo aportaba no poco interés a las correrías nocturnas. Bajar hasta la orilla con tanta astucia que ni una hoja se moviera, meterse en el agua hasta las rodillas mientras el clamor de la corriente impedía oír lo que había detrás de uno, beber y al mismo tiempo mirar por encima del hombro, tensos todos los músculos en espera de saltar desesperadamente, empujado por el terror, revolcarse en la arena de la orilla y luego, con el hocico mojado, rebosando satisfacción y orgullo, volver junto a la manada que de lejos contemplaba admirada el espectáculo... todas estas cosas tenían un gran atractivo para los jóvenes venados de gran cornamenta, precisamente porque sabían que en cualquier momento Bagheera o Shere Khan podían saltarles encima y derribarlos. Pero ahora se había acabado este jugar con la vida y la muerte y el Pueblo de la Jungla, famélico y cansado, acudía a lo poco que quedaba del río y todos juntos, el tigre, el oso, el ciervo, el búfalo y el cerdo, bebían de las sucias aguas y después, demasiado exhaustos para alejarse, se quedaban con la cabeza colgando sobre ellas.

El ciervo y el cerdo se habían pasado el día entero vagabundeando, buscando algo más apetitoso que la corteza reseca y las hojas marchitas. Los búfalos no habían encontrado ninguna charca en la que pudieran refrescarse, ninguna cosecha aún verde que pudieran robar. Las serpientes habían abandonado la jungla para bajar al río, con la esperanza de atrapar alguna rana perdida. Enroscadas en las rocas húmedas, no hacían el menor gesto agresivo cuando algún cerdo las hacía salir de allí empujándolas con el hocico. Hacía ya tiempo que las tortugas de río habían perecido por obra de Bagheera, el más astuto de los cazadores, y que los peces se habían enterrado en lo más profundo del barro seco. Solo la Roca de la Paz se extendía como una larga serpiente que cruzase las aguas poco profundas, y las leves y cansadas olas silbaban al evaporarse sobre su ardiente costado.

Era aquí donde acudía Mowgli cada noche en busca de frescor y compañía. Ni al más hambriento de sus enemigos le habría apetecido el pequeño en aquellos momentos. Su piel desnuda hacía que pareciera más magro y desnutrido que cualquiera de sus compañeros. Los rayos del sol habían aclarado su pelo, que ahora tenía el color de la estopa. Sus costillas se veían claramente a través de la piel, como las varillas de un abanico; y, como a veces andaba a cuatro patas, sus abultados codos y rodillas daban a las flacas extremidades el aspecto de nudosos tallos de hierba. Pero su mirada, medio oculta por el pelo enmarañado, seguía mostrando tranquilidad, pues Bagheera era su consejera en aquellos tiempos de penalidades y le había dicho que caminase y cazase tranquilamente, sin prisas, y que jamás, por ningún motivo se encolerizase.

—Malos tiempos los que corren —dijo Bagheera, la Pantera Negra, una tarde calurosa como un horno—. Pero, si vivimos lo suficiente, ya verás como las cosas cambian. ¿Tienes el estómago lleno, Cachorro de Hombre?

—Algo he metido en él, pero no me siento satisfecho. ¿Tú crees, Bagheera, que las lluvias se han olvidado de nosotros y nunca volverán a visitarnos?

—¡Qué va! Aún veremos de nuevo el *mohwa* en flor y los cervatillos con la panza llena de jugosa hierba. Bajemos a la Roca de la Paz y veremos qué noticias hay. Súbete a mi lomo, Hermanito.

—No estás tú como para transportar pesos. Todavía me tengo en pie, pero… la verdad es que ni tú ni yo nos parecemos a un buey bien cebado.

Bagheera echó una mirada a sus magros y polvorientos flancos y susurró:

—Anoche maté un buey uncido. Me sentía tan desfallecida que creo que, de estar suelto el buey, no me habría atrevido a saltarle encima. *Wou!*

Mowgli soltó una carcajada.

—Sí, estamos hechos unos grandes cazadores —dijo—. Yo me atrevo con todo... hasta con las larvas que me como.

Y los dos echaron a andar entre la crujiente maleza, camino de la orilla del río y del sitio donde los bajíos de arena formaban una especie de encaje que se extendía en todas direcciones.

—El agua no puede durar mucho —dijo Baloo, uniéndose a ellos—. Mirad allá abajo. Mirad aquellas sendas: hay tantas pisadas que parecen los caminos que hace el hombre.

En el terreno llano de la otra orilla la hierba de la jungla se había muerto de pie, quedando momificada. El rastro de los venados y cerdos al dirigirse hacia el río había trazado en aquel terreno incoloro una serie de surcos polvorientos entre la hierba de tres metros de alto y, aunque era temprano, cada una de aquellas largas avenidas estaba llena de seres presurosos por llegar al agua. Se oía toser a los gamos y cervatillos mientras con sus patas levantaban aquel polvo picante como el rapé.

Río arriba, en el recodo del indolente estanque que rodeaba la Roca de la Paz y Guardiana de la Tregua del Agua, se encontraba Hathi, el elefante salvaje, con sus hijos, flacos y grises bajo la luz de la luna, meciéndose de aquí allá... siempre meciéndose. A sus pies, un poco más allá, estaba la vanguardia de los ciervos y a los pies de estos, un poco más abajo, los cerdos y búfalos salvajes. Y en la otra orilla, allí donde los altos árboles llegaban hasta el borde del agua, se encontraba el lugar reservado para los Comedores de Carne: el tigre, los lobos, la pantera, el oso y los demás.

—En verdad que estamos todos bajo la misma ley —dijo Bagheera, metiéndose en el agua y mirando hacia el otro lado, donde se oía el entrechocar de cornamentas y se veían brillar numerosos ojos desorbitados al empujarse los ciervos y los cerdos en su afán de llegar al agua.

—¡Buena caza a todos los de mi sangre! —agregó, tendiéndose cuan larga era, con uno de sus flancos fuera del agua, y después, entre dientes—: Y en verdad que, si no fuera por la ley, buena sería la caza.

Las atentas orejas de los ciervos captaron esa última frase y un susurro temeroso recorrió las filas:

—¡La tregua! ¡Recordad la tregua!

—¡Paz, paz! —exclamó con voz gutural Hathi, el elefante salvaje—. La tregua sigue vigente, Bagheera. No es este momento de hablar de caza.

—¿Quién mejor que yo para saberlo? —respondió Bagheera, volviendo sus ojos amarillos río arriba—. Soy comedora de tortugas y pescadora de ranas. *Ngaayah!* ¡Ojalá me bastase con mascar ramas!

—Lo mismo decimos nosotros —baló un cervatillo que había nacido aquella misma primavera y no sentía ninguna simpatía por Bagheera.

Pese a lo desgraciado que se sentía todo el Pueblo de la Jungla, ni siquiera Hathi pudo reprimir una risita burlona, mientras Mowgli, tumbado en el agua y apoyado en los codos, soltó una fuerte carcajada y empezó a lanzar salpicaduras con los pies.

—Bien dicho, pimpollo de ciervo —ronroneó Bagheera—. Cuando la tregua termine, me acordaré de lo que has dicho y lo consideraré como un punto a tu favor.

Forzó la vista para ver en la oscuridad y asegurarse de que reconocería al cervatillo cuando volviese a verlo.

Poco a poco la conversación fue extendiéndose por todo el abrevadero. Se oían los ásperos resoplidos del cerdo pidiendo más sitio, los gruñidos de los búfalos que se empujaban en los bancos de arena, y las tristes historias que contaban los ciervos sobre sus largos recorridos por la selva en busca de algo que comer. De vez en cuando hacían alguna pregunta a los Comedores de Carne de la otra orilla, pero todas las noticias eran malas y el viento abrasador y furioso de la jungla iba y venía entre las rocas y las resecas ramas, arrojando ramitas y polvo al agua.

—También los hombres lo pasan mal. Los he visto caer muertos junto a su arado —dijo un joven sambhur—. Pasé junto a tres desde el amanecer hasta la noche. Yacían muy quietos en el suelo, y sus bueyes con ellos. También nosotros yaceremos muy quietos dentro de poco.

—El río ha bajado desde anoche —dijo Baloo—. Oh, Hathi, ¿has visto alguna vez una sequía semejante?

—Ya pasará, ya pasará —dijo Hathi, rociándose de agua el lomo y los costados.

—Aquí tenemos a uno que no podrá soportarlo mucho más —dijo Baloo, mirando al muchacho al que tanto quería.

—¿Yo? —preguntó Mowgli con acento indignado y sentándose en el agua—. No tengo los huesos cubiertos de pelo como vosotros, pero… pero, si a ti te quitasen el pellejo, Baloo…

Hathi se estremeció con solo pensarlo y Baloo dijo severamente:

—Esas no son cosas de decirle a un Profesor de Leyes, Cachorro de Hombre. A mí nunca se me ha visto sin mi pellejo.

—No quería ofenderte, Baloo. Solo quería decir que tú eres como el coco que hay dentro de la cáscara, mientras que yo soy el mismo coco, pero pelado. Así que si esa cáscara parda que llevas…

Mowgli se hallaba sentado con las piernas cruzadas y, como de costumbre, explicaba lo que quería decir valiéndose del dedo índice, cuando de pronto Bagheera extendió una de sus patas y lo hizo caer de espaldas en el agua.

—Peor que peor —dijo la Pantera Negra, mientras el chico se incorporaba chorreando agua—. Primero dices que hay que despellejar a Baloo y ahora resulta que es un coco. Anda con cuidado, no vaya a hacer lo mismo que los cocos maduros.

—¿Y qué hacen los cocos maduros? —preguntó Mowgli, dejándose pillar por aquel truco que era uno de los más viejos de la jungla.

—Romper cabezas —contestó tranquilamente Bagheera, volviendo a empujarlo hacia atrás.

—No está bien hacer bromas a costa de tu profesor —dijo el oso, después de que Mowgli se viera zambullido por tercera vez.

—¡Que no está bien! Entonces ¿qué quieres? Esa cosa desnuda que corretea por todas partes se burla a sus anchas de todos los que alguna vez han sido buenos cazadores y se divierte tirando de los bigotes a los mejores de nosotros —dijo Shere Khan, el Tigre Cojo, caminando trabajosamente hacia la orilla.

Hizo una pausa para disfrutar de la sensación que su presencia causaba entre los ciervos de la otra margen. Luego bajó su cabeza cuadrada y peluda y dijo con un gruñido:

—La jungla se ha convertido en un vivero de cachorros desnudos hoy en día. ¡Mírame, Cachorro de Hombre!

Mowgli lo miró, mejor dicho, clavó los ojos en él con tanta insolencia como era capaz de poner en su mirada y, al cabo de un minuto, Shere Khan, confuso, volvió la cara hacia otro lado.

—Que si Cachorro de Hombre eso, que si Cachorro de Hombre aquello —rezongó sin dejar de beber—. Ese cachorro no es ni cachorro ni hombre, pues, si lo fuera, se habría asustado. La próxima temporada incluso tendré que pedirle permiso para beber. ¡Augrh!

—Puede que también eso suceda —dijo Bagheera, clavando con firmeza su mirada entre los ojos de Shere Khan—. Puede que sí… ¡Puaf, Shere Khan! ¿Qué nueva vergüenza te trae por aquí?

El Tigre Cojo había hundido la barbilla y las quijadas en el agua y unas manchas oscuras y viscosas flotaban corriente abajo desde donde estaba él.

—¡El hombre! —dijo tranquilamente Shere Khan—. Maté uno hace una hora.

Siguió ronroneando y gruñendo para sus adentros.

La línea de animales se estremeció y empezó a moverse inquietamente de un lado para otro, mientras de ella surgía un susurro que fue creciendo en intensidad hasta convertirse en una exclamación:

—¡El hombre! ¡El hombre! ¡Ha matado al hombre!

Luego todos miraron a Hathi, el elefante salvaje, pero este parecía no haber oído nada. Hathi nunca hace algo hasta que llega el momento oportuno y esa es una de las razones por las que vive tantos años.

—¡Matar al hombre en una temporada como la que estamos padeciendo! ¿Es que no había caza de otra clase? —preguntó Bagheera con acento desdeñoso, saliendo del agua teñida por la sangre y sacudiendo las patas igual que un gato.

—Maté porque sí y no para comer.

El susurro de horror empezó de nuevo y los ojillos atentos de Hathi se volvieron hacia Shere Khan.

—Porque sí —repitió Shere Khan, arrastrando las sílabas—. Y ahora he venido a beber y a asearme. ¿Alguno de vosotros me lo va a prohibir?

El lomo de Bagheera empezó a curvarse como un bambú en pleno vendaval, pero Hathi alzó la trompa y se puso a hablar serenamente:

—¿Conque has matado por gusto? —preguntó, y cuando Hathi preguntaba algo era mejor contestarle.

—Aunque así fuera. El derecho y la noche eran mías. Bien lo sabes tú, Hathi.

La voz de Shere Khan era casi cortés.

—Sí, lo sé —contestó Hathi y, tras una breve pausa, agregó—: ¿Has bebido lo suficiente ya?

—Por esta noche, sí.

—Entonces vete. El río es para beber y no para ensuciarlo. Nadie salvo el Tigre Cojo se habría atrevido a fanfarronear sobre sus derechos en una temporada como esta, cuando… cuando todos sufrimos juntos… el hombre y el Pueblo de la Jungla por un igual. Estés limpio o sucio, ¡vete a tu guarida, Shere Khan!

Las últimas palabras sonaron como las notas de unas trompetas de plata y, aunque no había ninguna necesidad de hacerlo, los tres hijos de Hathi dieron medio paso al frente. Shere Khan se escabulló, sin osar siquiera gruñir, pues sabía lo que sabían todos los demás: que, a fin de cuentas, Hathi es el Amo de la Jungla.

—¿Qué derecho es ese del que habla Shere Khan? —susurró Mowgli al oído de Bagheera—. Matar al hombre es *siempre* una vergüenza. Así lo dice la ley. Y, pese a ello, Hathi dice…

—Pregúntale a él. Yo no lo sé, Hermanito. Con derecho o sin él, de no haber hablado Hathi, le habría dado una lección a ese carnicero cojo. Mira que presentarse en la Roca de la Paz después de haber matado al hombre… y encima alardear de ello. ¡Eso es propio de chacales! Además, nos ha ensuciado el agua.

Mowgli permaneció callado un minuto, haciendo acopio de valor, ya que nadie se atrevía a dirigirse directamente a Hathi, y luego preguntó:

—Oh, Hathi, ¿qué derecho es ese que Shere Khan dice poseer?

Sus palabras encontraron eco en ambas orillas, pues todos los que forman el Pueblo de la Jungla son tremendamente curiosos y acababan de ver algo que nadie salvo Baloo, que estaba muy pensativo, parecía haber entendido.

—Es una vieja historia —dijo Hathi—. Una historia más vieja que la misma jungla. Silencio en las orillas, si queréis que os la cuente.

Durante uno o dos minutos todo fueron empujones y codazos entre los cerdos y los búfalos. Luego los jefes de los rebaños contestaron con un gruñido, uno tras otro:

—Te escuchamos.

Hathi se adelantó hasta que el agua le llegó a las rodillas y se detuvo junto a la Roca de la Paz. A pesar de su delgadez, de las arrugas que surcaban su piel y del color amarillento de sus colmillos, parecía lo que todos sabían que era en realidad: su amo.

—Ya sabéis todos, hijos míos —empezó—, que, entre todas las cosas, al hombre es a la que más teméis.

Se oyeron murmullos de asentimiento.

—Esta historia te concierne a ti, Hermanito —le dijo Bagheera a Mowgli.

—¿A mí? Yo soy de la Manada... un cazador más entre el Pueblo Libre —contestó Mowgli—. ¿Qué tengo yo que ver con el hombre?

—¿Y no sabéis por qué teméis al hombre? —prosiguió Hathi—. Pues ahora os lo voy a decir. Al principio de la jungla, cosa que nadie sabe cuándo fue, nosotros los habitantes de la jungla caminábamos unos al lado de otros, sin temernos. En aquellos días no había sequía y en un mismo árbol crecían hojas, flores y fruta y nosotros no comíamos nada más que hojas, flores, hierba, fruta y corteza.

—Qué contenta estoy de no haber nacido entonces —dijo Bagheera—. La corteza solo es buena para afilarse las garras.

—Y el Señor de la Jungla era Tha, el Primer Elefante. Con la trompa extrajo la jungla de las aguas profundas que la cubrían, y cuando con los colmillos abría surcos en el suelo, por ellos fluían los ríos, y allí donde daba una patada en el suelo, surgían estanques de agua cristalina para beber. Y cuando soplaba con la trompa... así... derribaba árboles. Así fue como Tha hizo la jungla, y así es como me contaron la historia a mí.

—Pues no ha perdido nada al pasar de boca en boca —susurró Bagheera y Mowgli se tapó la boca con la mano para que no lo vieran reír.

—En aquellos días no había maíz, ni melones, ni pimienta,

ni caña de azúcar. Tampoco había chozas pequeñas como las que todos habéis visto, y el Pueblo de la Jungla nada sabía del hombre. Vivían todos juntos en la jungla, formando un solo pueblo. Sin embargo, al cabo de un tiempo empezaron las disputas por la comida, aunque había pastos suficientes para todos. Eran unos perezosos. Todos querían comer sin tener que levantarse, igual que a veces hacemos nosotros cuando las lluvias de primavera son buenas. Tha, el Primer Elefante, andaba atareado, haciendo junglas nuevas y guiando los ríos por sus cauces. No podía estar en todas partes a la vez, así que dio al Primer Tigre el cargo de Amo y Juez de la Jungla, ante el cual el Pueblo de la Jungla debía acudir con sus pleitos. En aquellos días el Primer Tigre comía fruta y hierba como los demás animales. Era tan grande como yo y muy bello, todo él del color de los capullos de las lianas amarillas. En aquellos tiempos felices, cuando esta jungla era aún nueva, en su piel no había rayas ni nada parecido. Todo el Pueblo de la Jungla acudía a él sin temor y su palabra era la Ley de la Jungla entera. Entonces, no lo olvidéis, éramos un solo pueblo.

»Pero una noche se produjo una disputa entre dos gamos, una de esas querellas por cuestión de pastos como las que actualmente dirimís con los cuernos y las patas delanteras, y se dice que, mientras los dos querellantes hablaban ante el Primer Tigre, que estaba tumbado entre las flores, uno de los gamos le asestó una cornada y el Primer Tigre, olvidándose de que él era el Amo y Juez de la Jungla, saltó sobre él y le rompió el cuello.

»Hasta aquella noche nunca había muerto ninguno de nosotros y el Primer Tigre, al ver lo que había hecho, enloquecido por el olor de la sangre, huyó hacia los marjales del norte y nosotros, el Pueblo de la Jungla, al quedarnos sin juez, empezamos a pelearnos. Tha oyó el ruido de nuestras luchas y regresó. Entonces unos decíamos que si esto, mientras otros decían que si aquello, pero Tha, viendo el gamo que yacía muerto entre las flores, preguntó quién lo había matado y nosotros no queríamos decírselo porque el olor de la sangre nos enloquecía. Corríamos en círculo, brincando, gritando y meneando la cabeza. Entonces Tha ordenó a los árboles de copa baja y a las lianas de la jungla que marcasen al que había matado al gamo para que él, Tha, lo reconociese cuando volviera a verlo, y seguidamente dijo: «¿Quién será ahora el Amo de la Jungla, pueblo?». Entonces se levantó el Mono Gris que vive en las ramas y dijo: «Yo seré ahora el Amo de la Jungla». Al oírlo, Tha se echó a reír y dijo: «Así sea», y se marchó muy enfadado.

»Hijos míos, ya conocéis al Mono Gris. Por aquel entonces ya era igual que ahora. Al principio se las daba de sabio y juicioso, pero poco tardó en rascarse y pegar botes por todas partes y cuando Tha regresó, se lo encontró colgando cabeza abajo de una rama, burlándose de los que estaban debajo, que a su vez se burlaban de él. La jungla, por lo tanto, estaba sin ley y en ella no se oía más que conversaciones tontas y palabras sin sentido.

»Entonces Tha nos convocó a todos y dijo: "El primero de vuestros amos ha traído la Muerte a la jungla, y el segundo ha traído la Vergüenza. Ya es hora de que tengáis una ley, una ley que todos tengáis que cumplir. Ahora conoceréis lo que es el Miedo y, cuando lo hayáis conocido, sabréis que él es vuestro amo y todo lo demás se os dará por añadidura". Nosotros los de la Jungla le dijimos: "¿Qué es el Miedo?". Y Tha nos contestó: "Buscad hasta que lo averigüéis". De manera que nos pusimos a recorrer la jungla de arriba abajo en busca del Miedo y, al cabo de un tiempo, los búfalos…

—¡Uf! —exclamó Mysa, el jefe de los búfalos, desde el banco de arena donde estaban todos ellos.

—Sí, Mysa, fueron los búfalos. Volvieron con la noticia de que el Miedo se encontraba sentado en una cueva de la jungla, que no tenía pelo y caminaba sobre sus patas traseras. Entonces todos los habitantes de la jungla seguimos al rebaño hasta llegar a esa cueva. El Miedo se hallaba de pie en la entrada y, tal como habían dicho los búfalos, no tenía pelo y caminaba sobre las patas traseras. Al vernos, soltó un grito y su voz nos llenó de miedo, el mismo que ahora sentimos al oír esa voz. Salimos corriendo de allí, empujándonos y tropezando unos con otros porque estábamos asustados. Aquella noche, según me contaron, los de la jungla no nos echamos a dormir todos juntos, como solíamos hacer hasta entonces, sino que cada tribu se fue por su lado: el cerdo con el cerdo, el ciervo con el ciervo, cuernos con cuernos, cascos con cascos, cada cual con sus semejantes, y así se echaron en la jungla, temblando de miedo.

»El Primer Tigre era el único que no estaba con nosotros, pues seguía escondido en los marjales del norte, y, cuando le hablaron de la Cosa que habíamos visto en la cueva, dijo: "Buscaré esa Cosa y le romperé el cuello". Y se pasó la noche entera corriendo hasta que llegó a la cueva, pero los árboles y las lianas que encontraba a su paso se acordaban de la orden de Tha y, bajando las ramas, iban señalándolo mientras corría, cruzándole con los dedos el lomo, los flancos, la frente y las mandíbulas. Dondequiera que lo tocasen, quedaba una raya dibujada en su piel amarilla. ¡Y esas son las rayas que sus hijos llevan aún! Cuando llegó a la cueva, el Miedo, es decir, el Pelón, extendió una mano y lo llamó "ese Rayado que viene de noche", y he aquí que el Primer Tigre sintió miedo del Pelón y huyó, corriendo y aullando, a sus marjales.

Mowgli se rio un poco sin hacer ruido, con la barbilla sumergida en el agua.

—Tan fuertes eran sus aullidos que Tha lo oyó y le preguntó: «¿Qué es lo que tanto te aflige?». Y el Primer Tigre, alzando el hocico hacia aquel cielo recién creado y que ahora es ya tan viejo, dijo: «Devuélveme mi poder, oh Tha. Se me ha avergonzado ante toda la jungla y he huido del Pelón, que me ha bautizado con un nombre vergonzoso». «¿Y eso por qué?», dijo Tha. «Porque estoy sucio a causa del barro de los marjales», repuso el Primer Tigre. «Entonces, nada un poco y revuélcate sobre la hierba húmeda y, si de barro se trata, se irá por sí solo», dijo Tha. Y el Primer Tigre nadó un poco y luego se revolcó una y otra vez sobre la hierba, hasta que la jungla empezó a dar vueltas ante sus ojos, pero sin que cambiase siquiera una de las rayitas de su piel, mientras Tha, que lo estaba contemplando, se reía a mandíbula batiente. Entonces el Primer Tigre dijo: «¿Qué he hecho yo para merecer esto?». Tha le respondió: «Has matado el gamo y has dejado la Muerte suelta por la jungla, y con la Muerte ha venido el Miedo, de tal manera que los habitantes de la jungla se temen unos a otros, del mismo modo que tú temes al Pelón». Y el Primer Tigre dijo: «Nunca tendrán miedo de mí, pues los conozco de toda la vida». «Vete a comprobarlo por ti mismo», le dijo Tha. Y el Primer Tigre se puso a correr por la jungla, llamando en voz alta a los ciervos, a los cerdos, al sambhur, al puerco espín y, en resumen, a todo el Pueblo de la Jungla, y todos huían de aquel que había sido su juez, porque tenían miedo.

»Entonces el Primer Tigre regresó con el orgullo hecho pedazos y, golpeándose la cabeza contra el suelo, levantando la tierra con sus garras, dijo: "Recuerda que una vez fui el Amo de la Jungla. ¡No te olvides de mí, Tha! ¡Haz que mis hijos recuerden que una vez estuve libre de vergüenza y de temor!". Y Tha dijo: "En eso te complaceré, pues juntos vimos nacer la jungla. Cada año, durante una sola noche, todo será igual que era antes de que matases al gamo... para ti y para tus hijos. Y en esa noche, si te encuentras con el Pelón, cuyo verdadero nombre es Hombre, no sentirás miedo de él, sino que será él quien te tendrá miedo, como si tú y tus hijos fueseis los jueces de la jungla y los amos de todas las cosas. Sé misericordioso con él en esa noche en que esté asustado, pues tú también habrás conocido el Miedo".

»Entonces el Primer Tigre respondió: "Estoy contento". Mas, cuando por primera vez se acercó al río para beber, vio reflejadas en el agua las rayas negras que llevaba en los flancos y, acordándose del nombre que le había dado el Pelón, se puso furioso. Durante un año vivió en los marjales, aguardando a que Tha cumpliera su promesa. Y una noche, cuando el Chacal de la Luna (la Estrella Vespertina) dejó ver su brillo sobre la jungla, creyó que había llegado su Noche y se fue a aquella cueva con la intención de reunirse con el Pelón. Y entonces sucedió lo prometido por Tha, pues el Pelón cayó al suelo ante él y quedó tendido cuan largo era, y el Primer Tigre le asestó un zarpazo y le rompió el espinazo, pues creía que en la jungla no había más que una Cosa como aquella y, por lo tanto, había matado al Miedo. Después, mientras olfateaba el cadáver, oyó que Tha se acercaba procedente de los bosques del norte y al poco la voz del Primer Elefante, que es la que estamos oyendo ahora mismo...

Los truenos retumbaban sobre las resecas montañas, pero sin traer lluvia, produciendo solamente relámpagos de calor que iluminaban fugazmente las cumbres. Hathi prosiguió su relato:

—Esa fue la voz que oyó. «¿Esta es tu misericordia?», le preguntó. El Primer Tigre se pasó la lengua por los labios y contestó: «¿Qué importa? He matado al Miedo». Y Tha le dijo: «¡Qué ciego y loco eres! Has desatado los pies de la Muerte y seguirá tu rastro hasta el fin de tus días. ¡Has enseñado al Hombre el arte de matar!».

»Irguiéndose al lado del cadáver, el Primer Tigre dijo: «Está igual que el gamo. Ya no existe el Miedo. Ahora volveré a ser el juez del Pueblo de la Jungla».

»Y Tha repuso: «Nunca jamás acudirá a ti el Pueblo de la Jungla. Nunca se cruzará en tu camino, ni dormirá cerca de ti, ni te seguirá, ni curioseará en tu guarida. Solo el Miedo te seguirá y con unos golpes que tú no podrás ver te hará ir por donde le plazca. Hará que el suelo se abra a tus pies, que las lianas se enrosquen a tu cuello, que a tu alrededor los árboles crezcan hasta donde tú no puedas llegar con tus saltos y, finalmente, te quitará el pellejo para proteger del frío a sus cachorros. Tú no has tenido piedad con él, así que él tampoco la tendrá contigo».

»El Primer Tigre se sentía muy valiente, pues seguía estando al amparo de su Noche, y dijo: "La Promesa de Tha es la Promesa de Tha. ¿No irá a despojarme de mi Noche?". Y Tha le contestó: "Esta Noche, y solo esta, es tuya, como te dije, pero deberás pagar un precio por ella. Le has enseñado al Hombre el arte de matar, y el Hombre no es de los que tardan en aprender las cosas".

»El Primer Tigre dijo: "Lo tengo aquí, debajo de mis patas, con el espinazo quebrado. Haz que la jungla sepa que he matado al Miedo".

»Tha se echó a reír y dijo: "Has matado solo a uno de los muchos que hay. Tú mismo debes decírselo a la jungla, pues tu Noche ha terminado".

»Se estaba haciendo de día y por la entrada de la cueva salió otro Pelón y, al ver el muerto tendido en el suelo y al Primer Tigre encima del cadáver, cogió un palo puntiagudo…

—Ahora arrojan una cosa que corta —dijo Ikki, haciendo sonar las púas mientras bajaba hacia la orilla, pues Ikki era tenido por un bocado exquisito por los gonds,[1] que lo llamaban *Ho-Igoo*, y, por consiguiente, algo sabía de la mortífera y pequeña hacha que volaba por los aires con la velocidad de una libélula.

—Era un palo puntiagudo como los que ponen en el fondo de las trampas —dijo Hathi—. Lo arrojó desde donde estaba y el palo se clavó profundamente en el costado del Primer Tigre. Y he aquí que sucedió lo que Tha había dicho, pues el Primer Tigre empezó a correr y aullar por toda la jungla hasta que consiguió arrancarse el palo, y toda la jungla se enteró de que el Pelón era capaz de herir desde lejos, por lo que su miedo fue aún más grande. Así fue cómo el Primer Tigre enseñó al Pelón el arte de matar, y todos sabéis el daño que eso

1. Raza primitiva que puebla la región del Gondrana (Indostán). *(N. del T.)*

nos ha hecho desde entonces. Le enseñó a matar por medio de lazos, hoyos disimulados, trampas ocultas, palos voladores y esas moscas que pinchan y surgen del humo blanco —dijo Hathi refiriéndose al rifle—, así como la Flor Roja que nos empuja a salir a campo abierto. Con todo, durante una noche cada año, el Pelón teme al Tigre, como Tha prometió, y el Tigre nunca le ha dado motivos para que su temor menguase. Allí donde lo encuentra, le da muerte, pues se acuerda de la vergüenza que tuvo que pasar el Primer Tigre. En cuanto al resto, el Miedo se pasea por la Jungla sin parar, de día y de noche.

—*Ahi! Aoo!* —exclamaron los ciervos, pensando en lo que todo aquello significaba para ellos.

—Y solo hay un Miedo grande que se impone a todo lo demás, como sucede ahora, solo entonces los habitantes de la jungla podemos dejar a un lado nuestros pequeños temores y reunirnos todos en un lugar como este donde estamos ahora.

—¿Y el Hombre solo teme al Tigre durante una noche? —preguntó Mowgli.

—Durante una sola noche —repuso Hathi.

—Pero yo… pero nosotros… pero ¡si toda la jungla sabe que Shere Khan mata al Hombre dos y hasta tres veces en una sola noche!

—Aunque así sea. Es que cuando lo hace, salta sobre el Hombre por la espalda y vuelve la cabeza al descargar sus zarpazos, pues está lleno de temor. Si el Hombre se volviera para mirarlo, huiría corriendo. Pero, cuando llega su Noche, baja hasta el poblado sin ningún disimulo. Camina entre las casas y asoma la cabeza por las puertas, los hombres caen boca abajo y entonces él mata a uno. Mata uno solo esa Noche.

—¡Oh! —exclamó Mowgli en voz baja, revolcándose en el agua—. ¡Ahora comprendo por qué Shere Khan quería que lo mirase! No le ha servido de nada, pues ha sido incapaz de sostener la mirada y… y yo ciertamente no he caído a sus pies.

Aunque, claro, yo no soy ningún hombre, sino que pertenezco al Pueblo Libre.

—¡Hum! —salió de lo más profundo de la peluda garganta de Bagheera—. ¿Y el Tigre sabe cuándo ha llegado su Noche?

—Solo cuando el Chacal de la Luna surge de entre la neblina de la anochecida. A veces cae durante el verano seco y a veces en la época de las lluvias... esta Noche del Tigre. De no haber sido por el Primer Tigre, ninguno de nosotros sabría qué es el miedo.

Los ciervos gruñeron lastimeramente, mientras los labios de Bagheera se curvaban en una malévola sonrisa.

—¿Conocen los hombres esta... historia? —preguntó.

—Nadie la conoce a excepción de los tigres y nosotros, los elefantes... los hijos de Tha. Ahora también la conocéis vosotros, los que estáis aquí en los estanques. Nada más tengo que deciros.

Hathi hundió la trompa en el agua para indicar que no deseaba seguir hablando.

—Pe... pe... pero —dijo Mowgli, mirando a Baloo— ¿por qué el Primer Tigre no siguió comiendo hierba, hojas y árboles? No hizo más que romperle el pescuezo al gamo. No se lo comió. ¿Qué fue lo que lo empujó a comer carne caliente?

—Los árboles y las lianas lo marcaron, Hermanito, y lo transformaron en esa cosa rayada que vemos, por lo que nunca más quiso comer sus frutos y desde entonces se vengó en los ciervos y los demás: los Comedores de Hierba —dijo Baloo.

—Entonces también tú conocías la historia, ¿verdad? ¿Por qué no me la habías contado nunca?

—Porque la jungla está llena de historias semejantes. Si me pusiera a contarlas, nunca acabaría. Suéltame la oreja, Hermanito.

La Ley de la Jungla

(Con el único propósito de daros una idea de la inmensa variedad de la Ley de la Jungla, he traducido en verso, pues Baloo
las recitaba siempre con una especie de sonsonete, unas cuantas
leyes referentes a los lobos. Hay, por supuesto, centenares y
centenares más, pero las que escribiré a continuación servirán
como muestra de las más sencillas.)

*He aquí la Ley de la Jungla, tan antigua y tan cierta
    como el firmamento.*
*Y el lobo que la respete prosperará, más el lobo que la
    infrinja por fuerza morirá.*
*Al igual que la liana que ciñe el tronco del árbol, la ley
    va y viene, viene y va.*
*Pues la fuerza de la Manada está en el Lobo, y la fuerza
    del Lobo está en la Manada.*

*Lávate todos los días de la punta del hocico a la punta
    de la cola, y bebe mucho, pero nunca demasiado.*
*Y recuerda que la noche se ha hecho para cazar, y no
    olvides que el día se ha hecho para dormir.*
*El Chacal puede andar detrás del Tigre, pero, Cachorro,
    cuando te hayan salido los bigotes, recuerda que el
    Lobo es cazador y sal en busca de tu propio
    alimento.*
*Vive en paz con los Señores de la Jungla: el Tigre, la Pantera,
    el Oso, y no molestes a Hathi el Silencioso, y no te
    burles del Jabalí en su guarida.*
*Cuando una manada con otra manada se encuentre en la
    jungla, y ninguna de las dos quiera echarse a un lado,
    échate hasta que los jefes hayan hablado, pues puede
    que las palabras sensatas prevalezcan.*
Cuando luches con un Lobo de la Manada, debes

combatirlo solo y lejos de la Manada, no fuera el caso que los demás tomaran parte en la lucha y la guerra mermase la Manada.

La Guarida del Lobo es su refugio, el lugar que él ha convertido en su hogar, ni siquiera el Lobo Jefe puede entrar en ella, ni el Consejo visitarla.

La Guarida del Lobo es su refugio, pero si no es lo bastante profunda, el Consejo le enviará un presidente y tendrá que buscar otra.

Si matas antes de medianoche, hazlo en silencio y no despiertes los bosques con tus ladridos, no fueras a asustar a los ciervos y tus manos se quedasen con la panza vacía.

Podéis matar para vosotros mismos, vuestras parejas y vuestros cachorros, según sus necesidades y vuestra capacidad, pero no matéis por el placer de matar, y siete veces nunca matéis al Hombre.

Si arrebatáis la Presa de un lobo más débil, no dejéis que el orgullo os impulse a devorarla toda.

El Derecho de la Manada es el derecho de los más pobres. Dejadle, pues la cabeza y el pellejo.

La Presa de la Manada es la carne de la Manada. Debéis comerla donde la encontréis, y nadie puede llevarse parte de esa carne a su guarida, pues, si lo hace, morirá.

La Presa del Lobo es la carne del Lobo. Puede hacer con ella lo que quiera.

Mas, hasta que él dé permiso, la Manada no puede comer de esa Presa.

El Derecho del Cachorro dura hasta que cumpla un año.

Todos los de su Manada deben ayudarlo, y darle de comer cuando ellos hayan comido, sin que nadie pueda negarle el alimento.

El Derecho de Guarida es el derecho de la Madre. De todos los de su edad puede reclamar un anca de

cada presa para su camada, sin que nadie pueda
negársela.

El Derecho de Cueva es el derecho del Padre: para cazar
solo para los suyos:

libre está de la llamada de la Manada y solo el Consejo
puede juzgarlo.

Por su edad y por su astucia, por sus colmillos y sus garras,
allí donde la ley nada diga, ley será la palabra del
Lobo Jefe.

He aquí las Leyes de la Jungla, que muchas y poderosas
son, mas la cabeza y la pata y las ancas y el lomo
de la ley son: ¡Obedecedla!

El milagro de Purun Bhagat

La noche que creímos que la tierra iba a moverse
salimos llevándolo de la mano,
pues lo amábamos con ese amor
que sabe, mas no puede comprender.
Y cuando la rugiente ladera reventó,
y nuestro mundo todo con la lluvia cayó,
la vida le salvamos, nosotros los pequeñines,
mas, ¡ay!, nunca más ha vuelto.
Lloremos ahora: lo salvamos en nombre de
el pobre amor que sentimos los salvajes.
¡Llorad! Nuestro hermano no despertará,
y los suyos de nuestra casa nos echarán.

Canto fúnebre de los langurs[1]

Érase una vez en la India un hombre que era el primer ministro de uno de los estados semiindependientes que había en el noroeste del país. Era un brahmín, de tan alta casta que las castas nada significaban para él, y su padre había sido un importante funcionario entre la pintoresca chusma que formaba una anticuada corte hindú. Pero a medida que fue haciéndose mayor, Purun Dass empezó a pensar que el viejo estado de

---

1. Monos de larga cola que habitan en la India. *(N. del T.)*

cosas estaba cambiando y que, si alguien deseaba prosperar en el mundo, debía congraciarse con los ingleses e imitar todo lo que ellos creían que era bueno. Al mismo tiempo, con todo, un funcionario nativo necesitaba conservar el favor de su amo. El juego era difícil, pero el silencioso y joven brahmín, con la ayuda de una buena educación inglesa adquirida en la Universidad de Bombay, jugó sus bazas serenamente y fue subiendo paso a paso hasta llegar a ser primer ministro del Reino. Es decir, su poder real era mayor que el de su amo el maharajá.

Cuando el anciano rey, que sospechaba de los ingleses y de sus ferrocarriles y telégrafos, murió, Purun Dass gozaba de excelentes relaciones con el joven sucesor, que había sido instruido por un preceptor inglés y entre los dos, aunque él cuidó siempre de que la gloria recayera sobre su amo, fundaron escuelas para niñas pequeñas, construyeron carreteras, inauguraron una red de dispensarios estatales y diversas exposiciones de utensilios agrícolas. Asimismo, cada año publicaban un libro azul sobre «el progreso moral y material del Estado». El Ministerio de Asuntos Exteriores británico y el gobierno de la India estaban encantados. Pocos Estados Nativos adoptan el progreso inglés, pues no acaban de creer, a diferencia de Purun Dass, que lo que es bueno para un inglés forzosamente lo es por partida doble para un asiático. El primer ministro se convirtió en gran amigo de los virreyes, gobernadores generales y gobernadores provinciales, así como de misioneros, tanto médicos como del tipo corriente, oficiales ingleses aficionados a los caballos, que acudían a cazar en las reservas del Estado, y de toda una hueste de turistas que se pasaban el invierno viajando por toda la India y dando lecciones de cómo debían hacerse las cosas. En sus ratos libres creaba becas para el estudio de la medicina y de las manufacturas ejecutadas siguiendo escrupulosamente las normas inglesas. También escribía cartas a *El Pionero*, el más importante de los diarios de la India, explicando las intenciones y los objetivos de su amo.

Por fin hizo una visita a Inglaterra y, al volver, tuvo que pagar enormes sumas a los sacerdotes, ya que incluso un brahmín de casta tan elevada como la de Purun Dass perdía parte de su casta al cruzar el negro mar. En Londres fue presentado a todas las personas a las que valía la pena conocer: hombres cuyos nombres eran conocidos en todo el mundo. Y vio mucho más de lo que habló. Ilustres universidades le confirieron títulos honoríficos y él pronunció conferencias en las que habló de la reforma social hindú ante damas inglesas vestidas de noche, hasta que todo Londres se decía: «Es el hombre más fascinador que jamás hayamos encontrado en una cena desde que existen los manteles».

Cuando regresó a la India, su gloria era ya esplendorosa, pues el virrey en persona hizo un viaje especial para conferir al maharajá la Gran Cruz de la Estrella de la India, toda ella diamantes, cintas y esmalte. En la misma ceremonia, mientras tronaban los cañones, Purun Dass fue nombrado Caballero Comendador de la Orden del Imperio Indio, con lo que su nombre quedó en sir Purun Dass, K.C.I.E.[2]

Aquella noche, durante la cena que se celebró en la espaciosa tienda virreinal, nuestro héroe, luciendo sobre el pecho el distintivo y el collar de la orden, se levantó y, correspondiendo al brindis hecho por la salud de su amo, pronunció un discurso que muy pocos ingleses habrían podido superar.

Al mes siguiente, una vez la ciudad hubo recobrado su tranquilidad cocida por el sol, hizo una cosa que ningún inglés habría siquiera soñado hacer, pues, en lo que se refería a los asuntos mundanos, nuestro hombre murió. La enjoyada insignia de su título de caballero fue devuelta al gobierno indio y se nombró un nuevo primer ministro para que se encargase

2. Iniciales del título *Knight Commander of the Order of the Iridian Empire* (es decir, Caballero Comandante de la Orden del Imperio Indio). (*N. del T.*)

de los asuntos del Estado, al tiempo que se iniciaba una gran partida de juegos de azar para hacerse con alguno de los cargos inferiores. Lo que había sucedido lo sabían los sacerdotes y se lo figuraba el pueblo, pero la India es el único lugar del mundo donde un hombre puede hacer lo que le parezca sin que nadie le pregunte el porqué, y el hecho de que Dewan Sir Purun Dass, K.C.I.E. hubiese dimitido de su cargo, renunciando a su palacio y a su poder, para coger el cuenco de mendigo y vestirse con las ocres vestiduras de un *sunnyasi* u hombre santo, no fue considerado algo extraordinario. Siguiendo las recomendaciones de la Vieja Ley, había sido veinte años joven, luchador durante otros veinte años (aunque jamás en la vida hubiese llevado encima un arma) y cabeza de familia por espacio de veinte años más. Había utilizado su riqueza y su poder en favor de causas de cuya bondad no tenía ninguna duda. Había aceptado los honores que le rendían sin que él los hubiera pedido. Había visto hombres y ciudades cerca y lejos de su patria, y hombres y ciudades se habían puesto en pie para honrarlo. Ahora iba a desprenderse de todas esas cosas, del mismo modo que otro hombre se hubiese desprendido de una capa que ya no necesitase.

A sus espaldas, mientras salía por las puertas de la ciudad, llevando bajo el brazo una piel de antílope y una muleta con asa de latón, y llevando en la mano el cuenco de mendigo de coco de mar pulido, descalzos los pies, solo y con los ojos vueltos hacia el suelo… a sus espaldas sonaban en los bastiones las salvas en honor de su feliz sucesor. Purun Dass movió la cabeza en señal de asentimiento. Para él ya había terminado aquella clase de vida y no sentía más inquina ni mayor buena voluntad de las que cualquier hombre hubiese sentido para con un vulgar sueño. Era un *sunnyasi*, un mendigo errabundo y sin casa cuyo pan de cada día dependía de la benevolencia de sus semejantes; y en la India, mientras haya un mendrugo que pueda compartirse, ningún sacerdote y ningún mendigo perece de hambre. Jamás en toda su vida había probado la carne, y raras veces había comido pescado. Con un billete de cinco libras habrían quedado cubiertos sus gastos personales en el capítulo de alimentación en cualquiera de los muchos años durante los cuales había sido dueño absoluto de millones y millones de rupias. Incluso en Londres, mientras era objeto de un sinfín de agasajos, había acariciado en todo momento su sueño de paz y tranquilidad: el largo camino indio, blanco y polvoriento, señalado todo él por las pisadas de pies desnudos, el incesante y lento ir y venir, el penetrante olor de madera quemada y del humo que se enroscaba hacia arriba bajo las higueras, al caer la noche y buscar los caminantes un sitio para cenar.

Cuando llegó el momento de convertir ese sueño en realidad, el primer ministro dio los pasos necesarios y, al cabo de tres días, os hubiese resultado más fácil encontrar una burbuja en la inmensidad acuática del Atlántico que localizar a Purun Dass entre los errantes millones de hombres de la India, que ora se juntaban y al poco se separaban de nuevo.

Al llegar la noche extendía su piel de antílope allí donde la oscuridad lo encontrase: a veces en un monasterio *sunnyasi* a la vera del camino; otras veces en una capillita de barro erigida en honor de Kala Pir, donde los *yogis,* que constituyen otra imperceptible división de los hombres santos, lo recibían igual que a aquellos que conocen el valor de las castas y divisiones; otras veces en los alrededores de algún poblado hindú, donde los niños se le acercaban temerosamente para ofrecerle los alimentos que habían preparado sus padres; y a veces en medio de peladas tierras de pastos, donde los camellos soñolientos se sobresaltaban al ver las llamaradas de la hoguera que encendía con ramitas. Todo le daba lo mismo a Purun Dass, o a Purun Bhagat, que era el nombre que utilizaba ahora. La tierra, la gente y la comida formaban un único todo. Pero, inconscientemente, los pies lo llevaban hacia el norte y el este, del sur a Rohtak, de Rohtak a Kurnool, de Kurnool al ruinoso Samanah, y luego, siguiendo río arriba el reseco lecho del Gugger, que solo se llena cuando llueve en las montañas, hasta que un día vio la lejana línea del gran Himalaya.

Entonces Purun Bhagat sonrió, pues recordó que, por nacimiento, su madre era una brahmín Rajput, de la parte de Kulu, una montañesa que se pasaba la vida añorando las nieves, y que bastaba una gota de sangre montañesa en las venas para que un hombre acabase sintiéndose atraído hacia su verdadera patria.

—Allá arriba —dijo Purun Bhagat, iniciando el ascenso de las faldas de los Sewaliks, donde los cactus se alzan cual candelabros de siete brazos—, allá arriba me sentaré y adquiriré sabiduría.

El frío viento del Himalaya silbaba alrededor de sus orejas al emprender el camino que llevaba a Simia.

Su último viaje por aquellos parajes lo había llevado a cabo rodeado de gran pompa, escoltado por un nutrido escuadrón de caballería, con el fin de visitar al más amable y bondadoso de los virreyes, y los dos habían pasado una hora conversando sobre amigos comunes que tenían en Londres, y sobre lo que el pueblo llano de la India opinaba realmente de esto y de aquello y de lo otro. Esta vez Purun Bhagat no visitó a nadie, sino que se apoyó en una barandilla del paseo y contempló el glorioso espectáculo de las llanuras que se extendían a cuarenta millas por debajo de sus pies, hasta que un policía nativo y mahometano le dijo que estaba obstaculizando el tráfico y Purun Bhagat hizo una respetuosa reverencia ante la Ley, pues conocía el valor de esta y él mismo andaba buscando una ley propia. Después reanudó la marcha y aquella noche durmió en una choza abandonada que encontró en Chota Simia, que parece el último confín de la tierra, pero no era más que el principio de su viaje.

Siguió la ruta del Himalaya que llevaba hasta el Tíbet, aquel sendero de tres metros de ancho abierto con barrenos en la roca sólida. A veces tenía que cruzar frágiles puentecillos de madera sobre pavorosos abismos. Ora el sendero bajaba hacia valles cálidos y húmedos, ora trepaba por las laderas rocosas y sin más vegetación que la hierba, donde el sol quemaba como si entre él y el caminante alguien hubiese colocado una lupa. Ora se adentraba en selvas tenebrosas y empapadas donde los helechos cubrían los árboles de la copa a las raíces y se oía el graznido del faisán llamando a su pareja. Se cruzó con pastores tibetanos con sus perros y ovejas, cada una de las cuales llevaba una bolsita de bórax sobre el lomo, y con leñadores errantes y con lamas del Tíbet que, envueltos en sus mantos y capas, llegaban en peregrinación a la India. También se cruzaron en su camino emisarios de recónditos estados de las montañas, que cabalgaban furiosamente a lomos de caballitos píos y de piel listada como las cebras, o con la cabalgata de algún rajá que iba de visita. Otras veces recorría largos trechos sin ver nada más que algún oso negro que gruñía y buscaba raíces en el fondo de un valle. Al ponerse en marcha, seguía resonando en sus oídos el barullo del mundo que acababa de abandonar, del mismo modo que el estruendo de un tren al cruzar un túnel sigue oyéndose cuando el túnel ha quedado muy atrás ya. Pero, una vez hubo dejado a sus espaldas el Paso de Mutteeanee, todo aquello terminó y Purun Bhagat se encontró a solas consigo mismo, caminando, pensando y preguntándose cosas en silencio, con los ojos clavados en el suelo y los pensamientos entre las nubes.

Una tarde atravesó el puerto más alto que había encontrado hasta entonces (para alcanzarlo tuvo que escalar durante dos días) y salió ante una línea de picos nevados que abarcaba todo el horizonte: montañas de cinco a seis mil metros de altura, que parecían estar a solo un tiro de piedra de donde él se encontraba, aunque en realidad distaban cincuenta o sesenta millas. El puerto se hallaba coronado por un bosque espeso y oscuro de cedros deodaras, nogales, cerezos, olivos y perales silvestres, aunque predominaban los cedros deodaras, que no son otra cosa que el cedro del Himalaya. A la sombra de los cedros se alzaba una capilla abandonada dedicada a Kali, que es Durga, que a su vez es Sitala, al que a veces se rinde culto para protegerse de las viruelas.

Purun Dass barrió el suelo de piedra hasta dejarlo limpio, sonrió a la también sonriente estatua, se construyó un pequeño hogar de barro detrás de la capilla, extendió su piel de antílope sobre un lecho de pinocha fresca, se metió el *bairagi* (la muleta con asa de latón) debajo del brazo y se sentó a descansar.

Directamente a sus pies la ladera, limpia y pelada, descendía hasta unos quinientos metros, donde un pueblecito de casas con paredes de piedra y techo de tierra batida se aferraba a la pronunciada pendiente. Alrededor del pueblecito se extendían un sinfín de campos escalonados que, como un delantal de retazos, cubrían las rodillas de la montaña, al tiempo que unas vacas que a causa de la distancia no parecían mayores que cucarachas pacían entre los círculos de piedra de las eras. Al mirar hacia el otro lado del valle, la vista se veía inducida a engaño por el tamaño de las cosas, ya que lo que a primera vista parecía matorrales era en realidad un bosque de pinos de treinta metros de alto que cubrían la ladera de la montaña opuesta. Purun Bhagat vio un águila que cruzaba majestuosamente el gigantesco hueco del valle. El enorme pájaro quedó reducido a un puntito antes de haber recorrido la mitad de la distancia. Varios grupos de nubes surcaban el cielo por encima del valle, enganchándose a veces en un pico o remontándose y esfumándose al llegar al nivel de los picos que coronaban el puerto.

—Aquí encontraré la paz —dijo Purun Bhagat.

Ahora bien, para un montañés, varias decenas de metros más arriba o más abajo no significan nada, así que, en cuanto los habitantes del pueblecito vieron humo en la capilla abandonada, el sacerdote del lugar subió por la ladera escalonada con el propósito de dar la bienvenida al forastero. Al cruzarse su mirada con los ojos de Purun Bhagat, unos ojos de hombre acostumbrado a controlar millares de personas, el sacerdote se inclinó hasta rozar el suelo con la frente, recogió el cuenco del mendigo sin decir palabra y regresó al pueblecito, donde dijo al llegar:

—Por fin tenemos un hombre santo entre nosotros. Nunca había visto uno de ellos. Viene de las llanuras, pero su piel es clara, pues es un brahmín de pura cepa.

—¿Crees que se quedará con nosotros? —le preguntaron todas las comadres del pueblo, mientras cada una se esforzaba en preparar para Bhagat manjares más exquisitos que los de las demás.

La comida de las gentes de las montañas es muy sencilla, pero con un poco de alforfón y maíz, arroz y pimienta roja, un puñado de pescaditos sacados del arroyo del valle, un poco de miel de los panales que había en las paredes (y que parecían chimeneas), unos cuantos albaricoques secos, todo ello aderezado con un poquitín de cúrcuma y jengibre silvestre y acompañado con unas hogazas de pan de harina hecho en casa, cualquiera de aquellas devotas mujeres podía preparar un plato apetitoso, por lo que el sacerdote regresó junto a Bhagat con el cuenco bien repleto de alimentos.

¿Pensaba quedarse?, se preguntó el sacerdote. ¿Necesitaría un *chela* (discípulo) que pidiera limosna en su nombre? ¿Tenía una manta para protegerse del frío? ¿Estaba buena la comida?

Purun Bhagat comió y dio las gracias al sacerdote. Tenía intención de quedarse. El sacerdote dijo que con eso le bastaba y agregó que colocase el cuenco en un hueco que dos raíces retorcidas formaban fuera de la capilla y ningún día le faltaría alimento al Bhagat, pues el pueblo se sentía muy honrado por el hecho de que un hombre como él (hizo una pausa y miró tímidamente el rostro del Bhagat) se quedase entre ellos.

Aquel día señaló el final del vagabundear de Purun Bhagat. Había llegado al lugar que tenía asignado para gozar del silencio y del espacio. El tiempo se detuvo para él, que, sentado ante la puerta de la capillita, no habría podido deciros si estaba vivo o muerto, si era un hombre capaz de dominar sus extremidades o bien formaba parte de las montañas, las nubes, la lluvia y el sol. Suavemente, hablando para sus adentros, repetía un nombre centenares de veces hasta que, cada vez que lo repetía, tenía la sensación de alejarse más y más de su cuerpo, para acercarse a las puertas de algún portentoso descubrimiento. Pero, justo en el momento en que las puertas empezaban a abrirse, el cuerpo volvía a tirar de él y Bhagat, con el corazón apesadumbrado, volvía a sentirse encerrado en la carne y los huesos de Purun Bhagat.

Cada mañana el cuenco lleno de comida era depositado entre las raíces fuera de la capilla. A veces era el sacerdote el que lo llevaba hasta allí, otras veces era un mercader de Ladakhi que, habiendo llegado al pueblo y deseoso de hacer méritos, subía trabajosamente el sendero que llevaba a la capillita. Pero lo más frecuente era que la comida la subiese la misma mujer que se había pasado la noche preparándola y que, sin pararse a recobrar el aliento, solía decir:

—Intercede por mí ante los dioses, Bhagat. Intercede por Tal, esposa de Cual.

De vez en cuando a algún chiquillo se le concedía el honor de subir la comida del hombre santo y Purun Bhagat le oía depositar rápidamente el cuenco en el sitio de costumbre y emprender veloz huida inmediatamente, corriendo todo lo que sus piernecitas le permitían. Pero Bhagat nunca bajaba al poblado, que se extendía a sus pies como un mapa. Desde arriba podía ver las reuniones que al caer la noche se celebraban en las eras, ya que estas eran los únicos espacios que no formaban pendientes. Podía ver el maravilloso color verde del arroz tierno, los azules índigos del maíz, los cultivos del alforfón, que parecían diques, y, cuando llegaba la época, los rojos capullos del amaranto, cuyas diminutas semillas, que no eran ni grano ni legumbre, servían para preparar un alimento que los hindúes podían comer sin faltar a la ley del tiempo de ayuno.

Al acercarse las postrimerías del año, los tejados de las chozas parecían pequeños cuadrados del más puro oro, ya que era allí donde ponían a secar las mazorcas de maíz.

La cría de las abejas y la recolección del grano, la siembra del arroz y luego su tría, todo pasaba ante sus ojos, como escenas bordadas en el tapiz de retazos que adornaba la ladera de la montaña, haciéndole meditar y preguntarse adónde llevaría en definitiva toda aquella actividad.

Incluso en las zonas pobladas de la India un hombre no puede permanecer sentado tranquilamente un día entero sin que los animales salvajes le pasen por encima, como si de una roca se tratase. Y en aquellos desolados parajes, los animales salvajes, que conocían muy bien la capilla de Kali, regresaron para ver quién era el intruso. Los *langurs*, esos corpulentos monos de grises bigotes que habitan en el Himalaya, fueron, naturalmente, los primeros en llegar, pues se morían de curiosidad y, una vez hubieron volcado el cuenco de mendigo, haciéndolo rodar por los suelos, y hubieron hincado el diente en el asa de latón de la muleta y hecho muecas ante la piel de antílope, decidieron que aquel ser humano que se hallaba sentado sin moverse lo más mínimo era inofensivo. Al caer la noche, saltaban al suelo desde la copa de los pinos y con las manos hacían gestos suplicando que les diera de comer. Después se marchaban columpiándose graciosamente en los árboles. También les gustaba el calor del fuego y se acurrucaban alrededor de la hoguera hasta que Purun Bhagat se veía obligado a empujarlos a un lado para poder echar más leña entre las llamas. Y al día siguiente, lo más probable era que se encontrase con que un peludo mono había compartido su manta durante la noche. Durante todo el santo día uno u otro miembro de la tribu permanecía sentado a su lado, mirando fijamente las nieves, tarareando alguna cancioncilla y mostrando una expresión de indecible sabiduría y dolor.

Después de los monos llegó el *barasingh*, ese ciervo de gran tamaño que es igual que el ciervo común que conocemos nosotros, solo que tiene más fuerza. Llegó con el deseo de quitarse el vello que cubría su cornamenta frotándola contra la fría piedra de la estatua de Kali y golpeó el suelo con las patas al ver al hombre que ocupaba la capilla. Purun Bhagat, sin embargo, no hizo el menor movimiento y poco a poco el majestuoso animal se acercó a él y acabó por husmearle la espalda. Purun Bhagat acarició con una de sus frías manos los ardientes cuernos del ciervo, que se calmó al sentir la caricia e inclinó la cabeza, mientras Purun Bhagat le quitaba con mucha suavidad el vello de la cornamenta. Después, el *barasingh* acudió en compañía de su hembra y sus cervatillos, encantadores pequeñuelos que escondieron el hocico en la manta del hombre santo. Otras veces llegaba él solo, de noche, con los verdes ojos brillando en el resplandor de la hoguera, para recoger su ración de nueces recién arrancadas. Finalmente, el almizclero, el más tímido y casi el más pequeño de los ciervos, llegó también a la capilla, erguidas sus grandes orejas de conejo. Incluso la silenciosa y rayada *mushick-nabba* sintió el deseo apremiante de averiguar a qué se debía la luz que brillaba en la capilla y apoyó su hocico de anta en el regazo de Purun Bhagat, yendo y viniendo con las sombras de la hoguera. Purun Bhagat llamaba «hermanos míos» a todos ellos y con su dulce llamada de *Bhai! Bhai!* los hacía salir del bosque, al mediodía, si se hallaban lo bastante cerca para oírla. El oso negro del Himalaya, caprichoso y suspicaz (Sona, que tiene debajo de la barbilla una mancha blanca en forma de «V»), pasó por allí en más de una ocasión y, como Bhagat no dio muestras de sentir temor, Sona no las dio de estar furioso. Se limitó a observarlo, acercándose después a reclamar su ración de caricias y un pedazo de pan o un puñado de bayas silvestres. A menudo, durante el silencioso amanecer, cuando el Bhagat subía hasta la cima del collado para ver cómo el rojo día paseaba por los nevados picos de las montañas, se encontraba con que Sona lo seguía gruñendo y arrastrando las patas, metiendo curiosamente una de sus patas delanteras debajo de los troncos caídos y sacándola después con un ¡uuuf! de impaciencia. Otras veces sus pisadas despertaban a Sona, que dormía acurrucado en algún rincón cercano, y la enorme bestia, irguiéndose, empezaba a pensar en entablar batalla hasta que, al oír la voz del Bhagat, reconocía a su mejor amigo.

Casi todos los eremitas y hombres santos que viven lejos de las grandes ciudades gozan de la reputación de saber hacer milagros con los animales salvajes, pero el supuesto milagro se reduce sencillamente a permanecer inmóviles, sin hacer ningún movimiento precipitado, y, al menos durante un buen rato, a no mirar jamás directamente al visitante. Los habitantes del pueblo vieron la majestuosa silueta del *barasingh* avanzando como un fantasma a través del sombrío bosque que había detrás de la capilla. Vieron al *minaul*, el faisán del Himalaya, luciendo sus esplendorosos colores ante la estatua de Kali. Vieron también cómo los *langurs*, sentados dentro de la capilla, jugaban con las cáscaras de nuez. Algunos chiquillos, además, oyeron cómo Sona canturreaba, como suelen hacer los osos, detrás de unos peñascos. Todo ello hizo que la reputación de milagrero que tenía el Bhagat se hiciese aún más sólida.

Y, pese a ello, nada era más ajeno a sus pensamientos que el hacer milagros. Él creía que todas las cosas formaban parte de un grande y único Milagro; y con saber esto, un hombre ya sabe lo suficiente. Sabía a punto fijo que en este mundo no hay nada grande ni nada pequeño y día y noche bregaba en busca del camino que lo llevase al corazón de las cosas, que le permitiese regresar al lugar de donde había surgido su alma.

Entregado a semejantes meditaciones, dejó que el pelo le fuese creciendo hasta los hombros, mientras que la punta de su muleta hacía un agujerito en la losa que tenía al lado de la piel de antílope y se hundía el lugar donde el cuenco de mendigo descansaba día tras día y aparecía un hoyo de paredes tan lisas como las del mismo cuenco.

Y cada animal conocía exactamente qué lugar le correspondía junto a la hoguera. Los campos iban mudando de color según las estaciones, las eras se llenaban y vaciaban, volvían a llenarse y de nuevo se vaciaban, y una vez tras otra, al llegar el invierno, retozaban los *langurs* entre las ramas cubiertas por una leve capa de nieve hasta que, junto con la primavera, llegaban del valle las mamás monas con sus pequeñuelos de mirada triste. Pocos eran los cambios sufridos por el poblado. El sacerdote era más viejo y muchos de los chiquillos que solían llevar la comida a la capilla mandaban ahora a sus propios hijos. Y cuando preguntaban a los habitantes del poblado cuánto tiempo había vivido su hombre santo en la capilla de Kali que había en lo alto del collado, invariablemente contestaban:

—Siempre ha vivido allí.

Y luego vinieron unas lluvias de verano como hacía muchas estaciones que no se habían visto en las montañas. Durante sus buenos tres meses el valle permaneció envuelto en nubes y nieblas empapadas, al tiempo que la lluvia pertinaz e implacable paraba solamente para dar vía libre a un chaparrón con gran acompañamiento de truenos tras otro. Durante la mayor parte del tiempo, la capilla de Kali se hallaba más arriba que las nubes y durante todo un mes el Bhagat no vio el poblado ni una sola vez. Las casas se hallaban ocultas bajo un blanco techo de nubes que se movía sobre sí mismo, hinchándose hacia arriba, pero sin que jamás se soltase de sus amarras: las inundadas laderas del valle.

Durante todo aquel tiempo no oyó nada más que el millón de corrientes de agua que chorreaban de la copa de los árboles y discurrían bajo sus pies, empapando la pinocha, goteando por el extremo de los helechos, abriendo canales en el barro para deslizarse ladera abajo. Después salió el sol y con él el delicioso aroma de los cedros deodaras y de los rododendros, así como aquel olor lejano y limpio que la gente de las montañas llama «el olor de las nieves». Durante una semana el sol brilló sin cesar y luego las lluvias juntaron sus fuerzas para despedirse con un torrencial aguacero y cayeron verdaderas cortinas de agua que levantaban la piel del suelo y rebotaban convertidas en barro. Aquella noche Purun Bhagat puso mucha leña en la hoguera, pues estaba seguro de que sus hermanos necesitarían calentarse. Pero ninguna bestia acudió a la capilla, aunque él las llamó una y otra vez hasta que se durmió preguntándose qué habría ocurrido en los bosques.

Fue cuando la noche era más negra, mientras la lluvia sonaba como el redoble de un millar de tambores, que Purun Bhagat se despertó al sentir que tiraban de su manta y, al desperezarse, la manita de un *langur* se posó en su brazo.

—Se está mejor aquí que entre los árboles —dijo con voz soñolienta, mientras alisaba una arruga de la manta—. Tápate y entrarás en calor.

El mono le cogió la mano y se puso a tirar con fuerza.

—¿Es comida lo que quieres, entonces? —preguntó Purun Bhagat—. Espera un poco y te preparé algo de comer.

Al arrodillarse para echar leña al fuego, el *langur* corrió hacia la entrada de la capilla, canturreó, regresó corriendo al lado del Bhagat y le tiró de la rodilla.

—¿Qué pasa? ¿Qué te ocurre, hermano? —preguntó Purun Bhagat, pues los ojos del *langur* reflejaban un millar de cosas que no acertaba a descifrar—. A no ser que alguno de los de tu casta haya caído en una trampa, y por aquí no hay nadie que coloque trampas, no pienso salir con este tiempo. ¡Mira, hermano! ¡Hasta el *barasingh* viene a cobijarse!

Al entrar a grandes zancadas en la capilla, los cuernos del ciervo chocaron con la sonriente estatua de Kali. El animal bajó la cornamenta en dirección a Purun Bhagat y empezó a dar nerviosas patadas en el suelo, mientras resoplaba por sus ollares medio cerrados.

—¡Ay, ay, ay! —exclamó el Bhagat, chasqueando los dedos—. ¿Es así como me pagas el alojamiento por una noche?

Pero el ciervo se puso a empujarlo hacia la puerta y, mientras tanto, Purun Bhagat oyó que algo se abría con un crujido y vio que dos de las baldosas del suelo se separaban y debajo de ellas la tierra pegajosa se lamía los labios.

—Ahora lo entiendo —dijo Purun Bhagat—. No puedo criticar a mis hermanos por el hecho de que no hayan venido a sentarse alrededor del fuego esta noche. La montaña se está desmoronando. Y, pese a ello… ¿por qué iba a marcharme de aquí?

Sus ojos se posaron casualmente en el cuenco de mendigo y, al ver que estaba vacío, la expresión de su cara se transformó.

—Me han dado de comer cada día desde… desde que llegué aquí y, si no me doy prisa, mañana no quedará una sola boca en el valle. A decir verdad, debo bajar al poblado y prevenirlos. ¡Échate atrás, hermano! ¡Déjame acercarme a la hoguera!

El *barasingh* retrocedió de mala gana mientras Purun Bhagat metía entre las llamas una tea de pino, dándole vueltas hasta que estuvo bien encendida.

—¡Ah! De manera que has venido a avisarme —dijo, levantándose—. Nosotros haremos algo mejor, mucho mejor. Ahora sal de aquí y préstame tu cuello, hermano, pues yo no tengo más que dos pies.

Con la mano derecha se aferró a la hirsuta cruz del *barasingh* y, sosteniendo la tea encendida con la izquierda, procurando no quemarse ni quemar al animal, salió de la capilla y se adentró en la tormentosa noche. No había ni un soplo de viento, pero la lluvia estuvo en un tris de apagar la tea mientras el gran ciervo bajaba apresuradamente la ladera, deslizándose sobre las ancas. Tan pronto hubieron dejado atrás el bosque, se unieron a ellos otros hermanos del Bhagat. Aunque no podía verlos, oyó a los *langurs* apretujándose a su alrededor, mientras detrás de estos se oía el *uuuh! uuuh!* de Sona. La lluvia le empapó el pelo, que le colgaba sobre los hombros igual que gruesas sogas mojadas por el mar. Sus pies desnudos chapoteaban en el agua y la túnica amarilla se pegaba a su cuerpo frágil y viejo, pero él seguía bajando sin detenerse, apoyándose en el *barasingh.* Ya no era un hombre santo, sino que era sir Purun Dass, K.C.I.E., primer ministro de un estado que nada tenía de pequeño, un hombre acostumbrado a mandar y que ahora se dirigía a salvar vidas. Bajaron en tropel por el escarpado y empantanado sendero, todos juntos, el Bhagat y sus hermanos, bajando y bajando hasta que las patas del ciervo resonaron al tropezar con la pared de una de las eras y el animal resopló al olfatear al hombre. Se encontraban en el extremo superior de la única y tortuosa calle del poblado y el Bhagat empezó a golpear con la muleta los barrotes de las ventanas de la casa del herrero, mientras las llamas de la tea crecían de nuevo al encontrarse resguardadas por el alero del tejado.

—¡Levantaos y salid corriendo! —gritó Purun Bhagat, sin reconocer su propia voz, dado que hacía muchos años desde la última vez que había hablado en voz alta con un hombre—. ¡La montaña se viene abajo! ¡La montaña se os viene encima! ¡Eh, los de dentro! ¡Levantaos y huid!

—Es nuestro Bhagat el que grita —dijo la esposa del herrero—. Lo acompañan sus bestias. Reúne a los pequeños y da la señal de alarma.

La alarma fue extendiéndose de casa en casa, mientras las bestias, apretujadas en la angosta calleja, se agitaban y amontonaban alrededor del Bhagat y Sona resoplaba con impaciencia.

La gente salió corriendo a la calle, no habría más de setenta almas en total, y a la luz de las antorchas y teas vieron a su Bhagat sujetando al aterrorizado *barasingh*, mientras los monos tiraban desesperadamente de la túnica del hombre y Sona, sentándose sobre las patas traseras, lanzaba rugidos.

—¡Cruzad el valle y subid por la ladera opuesta! —gritó Purun Bhagat—. ¡Que nadie se rezague! ¡Nosotros os seguiremos!

Entonces la gente se puso a correr como sólo los habitantes de la montaña son capaces de correr, pues sabían que, al producirse un corrimiento de tierras, había que trepar hasta llegar al punto más alto del otro lado del valle. Huyeron despavoridos y cruzaron con gran chapoteo el riachuelo que corría por el fondo del valle y, jadeando, empezaron a escalar los campos escalonados del otro lado, mientras el Bhagat y sus hermanos les seguían los pasos. Trepaban y trepaban por la ladera de la montaña opuesta, llamándose unos a otros por sus nombres (igual que hacían al pasar lista en el poblado), mientras detrás de ellos el corpulento *barasingh*, soportando el peso del medio desfallecido Purun Bhagat, hacía un tremendo esfuerzo por no quedarse atrás. Por fin se detuvo el ciervo al llegar a un denso y oscuro bosque de pinos, ciento cincuenta metros ladera arriba. Su instinto, el mismo que le había advenido de la inminencia del corrimiento, le decía ahora que en aquel lugar estaría a salvo.

Purun Bhagat, a punto de desmayarse, se dejó caer al suelo junto al ciervo. La fría lluvia y la penosa escalada lo estaban matando, pero, antes de desplomarse, llamó hacia las antorchas que se veían desperdigadas por delante de donde estaban ellos dos:

—¡Deteneos y pasad lista! —Y seguidamente, al ver cómo las luces se arracimaban, susurró al oído del ciervo—: ¡Quédate a mi lado, hermano! ¡Quédate… hasta que… me vaya!

Se oyó en el aire un suspiro que se convirtió en un murmullo, un murmullo que creció hasta transformarse en un rugido y un rugido que era más fuerte de lo que el oído humano es capaz de resistir y la ladera donde se encontraban los habitantes del poblado recibió un fuerte golpe que la hizo estremecerse en la oscuridad. Luego una nota sostenida, grave y clara como el do de un órgano, ahogó todos los demás ruidos durante unos cinco minutos, haciendo que las mismísimas raíces de los pinos temblasen al oírla. Después se apagó y el sonido de la lluvia cayendo sobre millas y millas de terreno endurecido y hierba dejó paso al apagado tamborileó de las gotas de agua al chocar con la blanda tierra. Las explicaciones estaban de sobra.

Ninguno de los habitantes del poblado, ni siquiera el sacerdote, se sintió lo bastante valiente para hablar con el Bhagat que les había salvado la vida a todos. Se agacharon al amparo de los pinos y se dispusieron a esperar que se hiciese de día. Cuando hubo suficiente luz, miraron hacia el otro lado del valle y vieron que lo que antes fuera un bosque, unos campos escalonados y unos pastizales cruzados por una red de senderos era ahora una mancha roja y sangrante, en forma de abanico, de la que colgaban unos cuantos árboles cabeza abajo. El mismo color rojo llegaba hasta muy alto en la ladera donde habían hallado refugio, alzando una especie de presa en el curso del riachuelo, cuyas aguas empezaban a formar un lago de aguas color ladrillo. No había ni rastro del poblado, de la carretera que llevaba a la capilla y del bosque que se alzaba antes detrás de esta. En una milla de ancho y más de seiscientos metros de fondo, formando una escarpada pared, la ladera de la montaña se había despegado materialmente del resto de esta, como arrancada de cuajo.

Y los del poblado, uno tras otro, cruzaron el bosque penosamente para rezar ante su Bhagat. Vieron al *barasingh* de pie al lado del hombre santo y el ciervo huyó al acercarse ellos. Oyeron el quejido de los *langurs* en las ramas de los árboles y a Sona lamentándose más arriba de la ladera. Pero su Bhagat estaba muerto, sentado con las piernas cruzadas y la espalda contra un árbol, la muleta bajo el brazo y el rostro vuelto hacia el nordeste.

—Ved aquí un milagro tras otro —dijo el sacerdote—. ¡Pues es precisamente en esta postura como deben enterrarse todos los *sunnyasis*! Así, pues, aquí mismo donde está levantaremos el templo en memoria de nuestro hombre santo.

El templo, una capillita de piedra y tierra, quedó terminado antes de que hubiese transcurrido un año y dieron a la montaña el nombre de la montaña del Bhagat y allí siguen acudiendo en nuestros días con luces, flores y ofrendas. Pero no saben que el santo al que rinden culto es el difunto sir Purun Dass, K.C.I.E., D.C.L., Ph. D.,[3] el que otrora fuera primer ministro

---

3. *D.C.L.* y *Ph. D.* son las iniciales de los títulos *Doctor of Civil Law* (doctor en derecho civil) y *Doctor of Philosophy* (doctor en filosofía), respectivamente. *(N. del T.)*

del progresista e ilustrado Estado de Mohiniwala, así como miembro honorífico o correspondiente de más sociedades ilustres y científicas de las que jamás harán algún bien en este mundo o en el otro.

Una canción de Kabir

¡Oh, ligero era el mundo que con sus manos sopesaba!
¡Oh, y pesada la cuenta de sus feudos y sus tierras!
Se ha marchado del guddee *y ha vestido la mortaja,*
partiendo disfrazado de bairagi confesado.

Ahora el blanco camino de Delhi es alfombra de sus pies,
del calor le protegen en el sal *y el* kikar.
Su hogar está en el campamento, el erial, la multitud,
y cual bairagi confesado *va buscando su camino.*

Ha contemplado al Hombre y sus ojos están limpios
(«Había Uno, hay Uno, y solo Uno», dijo Kabir).
La Roja Niebla de los Hechos en nube se ha quedado
y ha emprendido el camino del bairagi confesado.

Para aprender de su docta hermana tierra,
de su hermano el bruto y de su hermano el Dios,
del consejo se ha marchado vistiendo la mortaja
(«¿Podéis oírme?», dijo Kabir), bairagi confesado.

La selva invasora

Ponedles un velo, cubridlos, emparedadlos,
flor y liana y hierbajo.
Olvidemos cómo son y cuál es su ruido,
y el olor y el toque de esa raza.

Gruesas cenizas negras junto a la piedra del altar,
he aquí la blanca pisada de la lluvia,
y dé a luz la cierva en los campos sin cultivos,
y que nadie vuelva a tener miedo,
y las ciegas paredes se desploman ignoradas,
y nadie volverá a vivir entre ellas.

Recordaréis que, después de haber clavado la piel de Shere Khan en la Roca del Consejo, Mowgli dijo a los supervivientes de la Manada de Seeonee que a partir de aquel momento quería cazar a solas en la jungla y que los cuatro hijos de Padre Lobo y Madre Loba dijeron que querían acompañarlo en sus cacerías. Pero no resulta fácil cambiar en un minuto vuestra forma de vivir, especialmente en la jungla. La primera cosa que Mowgli hizo, una vez se hubo retirado la desordenada Manada, fue irse a su cueva-hogar y pasarse durmiendo todo un día con su noche. Luego, al despertar, les contó a Madre Loba y a Padre Lobo sus aventuras entre los hombres, al menos la parte de las mismas que ellos eran capaces de comprender y, cuando el chico hizo que el sol de la mañana reluciera sobre la hoja de su cuchillo, el mismo con el que había despellejado a Shere Khan, los dos dijeron que algo había aprendido Mowgli. Luego Akela y Hermano Gris tuvieron que explicar su participación en la gran hazaña de los búfalos en el barranco, y Baloo subió cansinamente la colina para oírlo, y Bagheera se rascó todo el cuerpo de puro gozo ante la maestría con que Mowgli había llevado sus operaciones bélicas.

Había transcurrido ya mucho tiempo desde el amanecer, pero nadie soñaba siquiera en acostarse y de vez en cuando, mientras conversaban, Madre Loba alzaba súbitamente la cabeza y olfateaba con satisfacción el olor de la piel de tigre que el viento traía desde la Roca del Consejo.

—De no ser por Akela y Hermano Gris, aquí presentes —dijo Mowgli al terminar—, nada podría haber hecho yo. ¡Oh, madre, madre! ¡Si hubieses visto cómo los bueyes negros cargaron por el barranco o cruzaron corriendo las puertas del poblado cuando la Manada Humana me estaba arrojando piedras…!

—Me alegro de no haber visto eso último —dijo seriamente Madre Loba—. Yo no tengo por costumbre dejar que mis cachorros sean ahuyentados de un lado a otro como si fueran chacales. Lo que es yo, me habría cobrado un precio a la Manada Humana, aunque habría respetado a la mujer que te dio leche. Sí, solo a ella habría respetado.

—¡Calma, calma, Raksha! —dijo perezosamente Padre Lobo—. Nuestra Rana ha vuelto a casa… y tan sabia que su propio padre debe lamerle los pies; y ¿qué más da un corte más o menos en la cabeza? Deja en paz a los hombres.

—Deja en paz a los hombres —repitieron a coro Baloo y Bagheera.

Mowgli, la cabeza apoyada en el costado de Madre Loba, sonrió lleno de satisfacción y dijo que, por su parte, no tenía ningún deseo de volver a ver, oír u olfatear al hombre, jamás.

—Pero… —dijo Akela, alzando una oreja— pero ¿qué pasará si los hombres no te dejan en paz a ti, Hermanito?

—Nosotros somos cinco —dijo Hermano Gris, mirando a su alrededor y cerrando con fuerza las fauces tras pronunciar la última palabra.

—También nosotros podríamos tomar parte en esa cacería —dijo Bagheera, meneando levemente la cola y mirando a Baloo—. Pero ¿por qué piensas ahora en los hombres, Akela?

—Pues por esta razón —contestó Lobo Solitario—: cuando la piel de aquel ladrón amarillo quedó colgada en la roca, regresé al poblado por donde habíamos venido, pisando las huellas que yo mismo había dejado, echándome de costado y dando media vuelta de vez en cuando, para mezclar el rastro por si alguien nos seguía. Pero, cuando hube ensuciado el rastro hasta el punto de que ni yo mismo lo reconocía apenas, Mang, el Murciélago, se acercó volando entre los árboles y se detuvo en el aire sobre mi cabeza. Y me dijo Mang: «En el pueblo de la Manada Humana, allí de donde han expulsado al cachorro de hombre, hay más ajetreo que en un nido de avispas».

—Es que era una piedra grande la que les arrojé —dijo Mowgli con una risita burlona, pues a menudo, para divertirse, había arrojado una papaya madura contra un nido de avispas y, antes de que estas salieran en su persecución, corría a echarse de cabeza al estanque más cercano.

—Pregunté a Mang qué era lo que había visto. Me dijo que la Flor Roja había florecido en la entrada del poblado y a su alrededor había sentados unos hombres que llevaban fusiles. Y yo os digo, pues tengo motivos para saberlo —dijo Akela, echando una mirada a las viejas cicatrices que tenía en los costados—, que los hombres no llevan fusiles solo por el gusto de llevarlos. Tarde o temprano, Hermanito, uno de esos hombres armados de fusiles seguirá nuestro rastro… si es que no lo está siguiendo ya ahora.

—Pero ¿por qué iba a hacerlo? Los hombres me han expulsado. ¿Qué más necesitan? —preguntó Mowgli, lleno de enojo.

—Tú eres un hombre, Hermanito —repuso Akela—. No somos nosotros, los Cazadores Libres, quienes tenemos que decirte a ti lo que hacen tus hermanos, o por qué lo hacen.

Tuvo el tiempo justo de alzar la pata antes de que el cuchillo de despellejar se hundiera en el sitio donde hasta entonces la tenía apoyada. Mowgli descargaba las cuchilladas con mayor rapidez de la que podían captar los ojos de un ser humano normal, pero Akela era un lobo; y hasta un perro, que tan poco tiene que ver con el lobo salvaje, su antepasado, es capaz de despertarse, por muy profundamente que duerma, al sentir el roce de una rueda en su flanco y es capaz, además, de saltar ileso antes de que la rueda termine de dar toda la vuelta.

—Otra vez —dijo tranquilamente Mowgli, enfundando nuevamente el cuchillo—, no hables de la Manada Humana y de Mowgli como si fueran la misma cosa, pues no lo son.

—¡Puaf! Tienes un diente muy afilado —dijo Akela, olfateando el agujero que la hoja había abierto en el suelo—, pero el vivir con la Manada Humana te ha estropeado la vista, Hermanito. En el tiempo que has tardado en asestar la puñalada, yo habría podido matar un gamo.

Bagheera se levantó de un brinco, alzó la cabeza hasta donde le era posible hacerlo, olfateó el aire y tensó todas las curvas de su cuerpo. Hermano Gris se apresuró a imitarla, echándose un poco hacia la izquierda para recibir en el hocico el viento que llegaba por la derecha, mientras Akela avanzaba saltando unos cincuenta metros en la misma dirección que el viento y, medio agachándose, tensaba también el cuerpo. Mowgli contemplaba la escena con ojos cargados de envidia. Podía olfatear las cosas como pocos seres humanos eran capaces de hacerlo, pero jamás había alcanzado la extrema sensibilidad de un hocico de la jungla, y los tres meses que había pasado rodeado por el humo del poblado le habían hecho perder gran parte de sus facultades. No obstante, se humedeció un dedo, se frotó con él la nariz y enderezó el cuerpo para captar el olor que flotaba en lo alto, el cual, aunque es el más débil, es también el más fidedigno.

—¡El hombre! —gruñó Akela, sentándose sobre las ancas.

—¡Buldeo! —exclamó Mowgli, sentándose—. Anda siguiendo nuestro rastro y allá abajo se ve el reflejo del sol sobre su fusil. ¡Mirad!

Fue únicamente el brillo fugaz de las piezas de latón del viejo mosquete al caer sobre ellas la luz del sol, pero no hay nada en la jungla que brille con la misma luz, salvo en las ocasiones en que las nubes cruzan raudas el cielo y un pedacito de mica, o un diminuto charco de agua, o incluso una hoja muy pulida, emiten un destello como el de las señales hechas con un heliógrafo. Pero aquel día el cielo estaba despejado y no soplaba ni pizca de viento.

—Ya sabía que los hombres nos seguirían —dijo Akela con expresión triunfante—. No por nada he sido el Jefe de la Manada.

Los cuatro cachorros no dijeron ni pío y se limitaron a bajar corriendo por la colina, arrastrando el vientre, confundiéndose con los espinos y los matorrales de la misma manera que el topo se confunde con el césped.

—¿Adónde vais vosotros, así, sin decir nada? —gritó Mowgli.

—¡Chist! Antes del mediodía haremos rodar su cráneo por aquí —dijo Hermano Gris.

—¡Atrás! ¡Volved y esperad! ¡El hombre no se come al hombre! —chilló Mowgli.

—¿Quién era lobo hace apenas unos instantes? ¿Quién me asestó una cuchillada por pensar yo que tal vez era un Hombre? —dijo Akela, al mismo tiempo que los cuatro cachorros regresaban cariacontecidos y se echaban en el suelo.

—¿Debo dar explicaciones sobre por qué hago esto o aquello? —preguntó Mowgli, enfurecido.

—¡He aquí al hombre! ¡Así es como habla el hombre! —farfulló Bagheera—. Así mismo es como hablaban ante las jaulas del rey en Oodeypore. Nosotros los de la jungla sabemos que el hombre es el más sabio de todos los seres. Pero, si hiciéramos caso de nuestros oídos, sabríamos que de todos los seres él es el más tonto.

Alzando la voz, añadió:

—En esto tiene razón el Cachorro de Hombre. Los hombres cazan en manadas. Matar a uno de ellos, a menos que se sepa lo que van a hacer los otros, no es buena manera de cazar. Venid conmigo y veremos qué intenciones alberga ese hombre.

—No queremos ir contigo —gruñó Hermano Gris—. Vete a cazar tú solo, Hermanito. Nosotros sabemos lo que queremos. A estas alturas ya tendríamos el cráneo para jugar.

Durante la conversación Mowgli había estado mirando a sus amigos, primero a uno, después al otro y así sucesivamente, con el pecho agitado y los ojos llenos de lágrimas. Dio una zancada hacia los lobos y, doblando una rodilla, dijo:

—¿Acaso yo no lo sé? ¡Miradme!

Lo miraron con expresión embarazada y, al apartar los ojos, Mowgli les ordenó una y otra vez que lo mirasen y así siguieron hasta que todo el pelo se les erizó y se echaron a temblar como hojas, mientras Mowgli mantenía los ojos firmemente clavados en ellos.

—Ahora —dijo—, de nosotros cinco, ¿quién es el jefe?

—El jefe eres tú, Hermanito —repuso Hermano Gris, lamiendo los pies de Mowgli.

—Seguidme, pues —dijo Mowgli.

Y los cuatro echaron a andar tras él, con el rabo entre las piernas.

—Eso pasa cuando se vive con la Manada Humana —dijo Bagheera, siguiéndolos también—. Ahora en la jungla, Baloo, hay algo más que la Ley de la Jungla.

El anciano oso no dijo nada, pero pensó muchas cosas.

Sin hacer ruido, Mowgli tomó un atajo para cruzar la jungla en ángulo recto con el sendero por el que avanzaba Buldeo. Al cabo de un rato, tras apartar unos matorrales que crecían ante él, vio al viejo que, con el mosquete al hombro, seguía el rastro de la noche anterior trotando como un perro.

Recordaréis que Mowgli había abandonado el poblado llevando sobre sus espaldas la pesada piel de Shere Khan, mientras tras él trotaban Akela y Hermano Gris, por lo que ese rastro triple había quedado claramente dibujado en el suelo. Al poco Buldeo llegó al lugar donde, como sabéis, había retrocedido con el propósito de embarullar las huellas, y se sentó, gruñendo y tosiendo. De vez en cuando se levantaba y daba una vueltecita por la jungla para volver a encontrar el rastro, pasando tan cerca de donde Mowgli y sus amigos se hallaban escondidos, que habría podido alcanzarlos con una pedrada. Nadie es capaz de estar tan callado como un lobo empeñado en que no se lo oiga y Mowgli, aunque los lobos opinaban que se movía muy torpemente, sabía ir y venir como si fuera una sombra. Rodearon al viejo del mismo modo que los delfines rodean un vapor que navega a toda máquina y, mientras lo rodeaban, hablaban sin tomar ninguna precaución, ya que sus voces empezaban más abajo de la escala de sonidos que el oído humano es capaz de captará (En el otro extremo se halla el agudo chillido de Mang, el Murciélago, que muchísimas personas no pueden oír. Y es a partir de esas notas como se desarrolla la conversación de todos los pájaros, murciélagos e insectos.)

—Esto es mejor que ir de caza —dijo Hermano Gris, al ver cómo Buldeo, resoplando, se agachaba para examinar minuciosamente el suelo—. Parece un cerdo que se haya extraviado en las junglas próximas al río. ¿Qué dice ahora?

Buldeo mascullaba coléricamente, y Mowgli tradujo sus palabras:

—Dice que a mi alrededor debieron de bailar manadas enteras de lobos. Dice que en toda su vida jamás había visto un rastro semejante. Dice que está cansado.

—Estará descansado cuando logre localizarlo otra vez —dijo tranquilamente Bagheera, surgiendo de detrás de un árbol, ya que era como si estuvieran jugando a la gallina ciega—. ¿Y ahora, qué hace esa cosa delgaducha?

—Come o echa humo por la boca. Los hombres siempre andan jugando con sus bocas —dijo Mowgli.

Y los silenciosos rastreadores vieron cómo el viejo cargaba, encendía y chupaba una pipa de agua, y tomaron buena nota del olor del tabaco, pues querían asegurarse de que, si hacía falta, reconocerían a Buldeo en la más negra de las noches.

Entonces apareció por el sendero un grupito de carboneros que, naturalmente, se detuvieron para hablar con Buldeo, cuya fama de cazador llegaba por lo menos hasta veinte millas a la redonda. Se sentaron todos y se pusieron a fumar. Bagheera y los demás se acercaron y contemplaron la escena, mientras Buldeo empezaba a contar la historia de Mowgli, el hijo del diablo. La contó de cabo a rabo, añadiendo muchas cosas de su propia cosecha: cómo él mismo había matado a Shere Khan, cómo Mowgli se había transformado en lobo, luchando con él durante toda la tarde y convirtiéndose de nuevo en muchacho y hechizando el rifle de Buldeo, de tal forma que las balas dieron media vuelta cuando disparó contra Mowgli y mataron a uno de los búfalos de Buldeo. Les contó también cómo el poblado, sabiendo que él era el más bravo de los cazadores de Seeonee, le había encomendado la misión de dar muerte al hijo del diablo. Mientras tanto, sin embargo, la gente del lugar había apresado a Messua y al marido de esta, ya que sin duda eran los padres de aquella criatura diabólica, encerrándolos en su propia choza, con la intención de, más tarde, torturarlos para hacerles confesar que eran brujos, tras lo cual morirían en la hoguera.

—¿Cuándo será eso? —preguntaron los carboneros, ya que les hacía mucha ilusión estar presentes en la ceremonia.

Buldeo dijo que no harían nada hasta su regreso, ya que los del poblado deseaban que antes diera él muerte al Niño de la Jungla. Una vez hecho esto, darían buena cuenta de Messua y de su marido, cuyas tierras y búfalos serían repartidos entre los demás habitantes. El marido de Messua era dueño de unos cuantos búfalos notablemente magníficos. Era una acción excelente destruir a los brujos, pensaba Buldeo y, sin lugar a duda, la gente que agasajaba a los niños lobo salidos de la jungla pertenecía a la peor especie de brujos.

—Pero —dijeron los carboneros— ¿qué sucedería si los ingleses se enteraran de lo sucedido?

Los ingleses, según habían oído decir, estaban locos de remate y no habrían permitido que unos honrados campesinos matasen en paz a los brujos.

Buldeo les dijo que no se preocupasen, pues el jefe del poblado les diría que Messua y su marido habían muerto a causa de las picaduras de una serpiente. Eso ya estaba arreglado, así que lo único que había que hacer ahora era matar al niño lobo. ¿Por casualidad no habrían visto a esa criatura los carboneros?

Los carboneros miraron temerosamente a su alrededor y dieron gracias a su buena estrella por no haberlo visto, aunque no les cabía ninguna duda de que un hombre tan valiente como Buldeo daría con él mejor que cualquier otro. El sol empezaba a ponerse y dijeron que tenían ganas de proseguir su viaje para dejarse caer por la aldea de Buldeo y ver a la perversa bruja. Buldeo respondió que, si bien su deber era matar al hijo del diablo, en modo alguno podía permitir que un grupo de hombres desarmados cruzase la jungla, pues el lobo diabólico podía surgir en cualquier momento, a menos que él les diese escolta. Así, pues, se proponía acompañarlos y si se presentaba el hijo de la bruja… bueno, les demostraría de qué forma solventaba aquella clase de asuntos el mejor de los cazadores de Seeonee. Agregó que el brahmín le había entregado un amuleto que los protegería contra los ataques de aquel ser del averno.

—¿Qué dice? ¿Qué dice? ¿Qué dice? —repetían los lobos cada dos por tres.

Mowgli les iba traduciendo las palabras de Buldeo hasta que surgió en la historia la parte referente a la bruja, que estaba más allá de su comprensión, por lo que se limitó a decir que el hombre y la mujer que tan buenos habían sido con él estaban atrapados.

—¿Es que el hombre atrapa al hombre? —preguntó Bagheera.

—Eso es lo que dice. Pero no lo comprendo. Están todos locos. ¿Qué relación tendrán conmigo Messua y su hombre para que los demás los tengan encerrados? ¿Y qué será todo eso que dice sobre la Flor Roja? Tengo que averiguarlo. Sea lo que sea lo que piensen hacerle a Messua, no lo harán hasta que regrese Buldeo. Así que…

Mowgli se puso a reflexionar seriamente, acariciando con los dedos el mango del cuchillo de despellejar, mientras Buldeo y los carboneros se alejaban valientemente en fila india.

—Me vuelvo corriendo con la Manada Humana —dijo Mowgli por fin.

—¿Y esos? —preguntó Hermano Gris, mirando como si tuviera hambre las morenas espaldas de los carboneros.

—Cántales un poco mientras se dirigen al poblado —dijo Mowgli, haciendo una mueca—. No quiero que lleguen allí antes de que se haga de noche. ¿Podrás entretenerlos?

Hermano Gris mostró los colmillos desdeñosamente.

—O no conozco bien al hombre, o podemos hacerles dar vueltas y más vueltas como si fuesen cabras atadas a una noria.

—Eso no hace falta. Cántales un poquito para que no se sientan solos durante el camino y tampoco hace falta que la canción, Hermano Gris, sea de las más dulces. Ve con ellos, Bagheera, y ayúdales a cantar. Después del anochecer, os reunís conmigo cerca del poblado… Hermano Gris conoce el lugar.

—No es cosa descansada trabajar para Cachorro de Hombre. ¿Cuándo voy a dormir? —dijo Bagheera, bostezando, aunque en sus ojos se leía el entusiasmo que en ella despertaba aquel juego—. ¡Mira que tener que cantarles a unos hombres desnudos! De todos modos, probaremos.

Bajó la cabeza para que el sonido llegase bien lejos y soltó un prolongado grito de *¡Buena caza!*, un grito propio de la medianoche que ella profirió en plena tarde, lo cual ya resultaba espantoso de por sí. Mowgli oyó cómo el grito retumbaba en la lejanía, levantándose, bajando y apagándose lastimeramente a sus espaldas, y se echó a reír, al mismo tiempo que se adentraba corriendo en la jungla. Vio a los carboneros apretujados unos contra otros, mientras, temblando como una hoja de palmera, el cañón del mosquete del viejo Buldeo intentaba apuntar de golpe a todos los puntos cardinales. Hermano Gris lanzó entonces el *Ya la hi! Yalaha!* quc la Manada profcría cuando acosaba a los gamos y a *nilghai*, la gran vaca azul, y el grito parecía salir de los confines de la tierra, acercándose poco a poco hasta transformarse en un agudo chillido y cesar de pronto. Los otros tres contestaron y el mismo Mowgli habría jurado que toda la Manada andaba de caza. Después entonaron la magnífica *Canción matutina de la jungla*, adornándola con todas las florituras que un lobo de la Manada sabe hacer con su profunda garganta. He aquí una pobre interpretación de dicho canto, por lo que tendréis que esforzaros e imaginar cómo suena cuando rasga el silencio que después del mediodía reina en la jungla:

> *Hace un momento nuestros cuerpos*
> *no dejaban sombra en la llanura,*
> *mas ahora, clara y negra, nos sigue,*
> *mientras a casa regresamos.*
> *En el silencio de la mañana*
> *la roca y el arbusto firmes se alzan,*
> *gritad entonces: «¡Buen reposo a todos,*
> *los que servís la Ley de la Jungla!».*

Ahora nuestra gente se reúne,
buscando la sombra del refugio,
ahora, quietos y agazapados, en la cueva y la montaña,
los Barones de la Jungla acechan.
Ahora se acercan los bueyes del hombre,
uncidos al nuevo arado.
Luce ya el rojo y temeroso amanecer,
sobre el talao encendido.

¡Eh! ¡A casa! El sol arde ya
detrás de la hierba que respira,
y agitando los tiernos bambúes,
flota en el aire el aviso susurrado.
Los bosques, que el día hace extraños,
con los ojos escudriñamos,
mientras bajo el cielo el pato grita:
«¡El día! ¡Hombres, ya es de día!».

Se ha secado ya el rocío que la piel nos empapaba,
o que nuestras huellas en el camino lavaba,
y allí donde bebimos, el fango de la orilla
bajo el sol a secarse empieza.
Traidora, la oscuridad se retira y deja ver
las señales de nuestras garras.
Oíd entonces la llamada: «¡Buen reposo a todos,
los que servís la Ley de la Jungla!».

Pero ninguna traducción puede reflejar fielmente el efecto que produce, ni el desdén que los cuatro cantantes pusieron en cada una de las palabras al oír cómo crujían los árboles al encaramarse precipitadamente a ellos los carboneros y Buldeo empezaba a pronunciar sortilegios y conjuros. Después se tumbaron a dormir, pues, al igual que todos los que viven de su propio trabajo, eran muy metódicos y sabían que nadie trabaja bien sin haber dormido.

Mientras tanto, Mowgli iba dejando millas a sus espaldas, nueve por hora, mientras avanzaba encantado al verse en tan buena forma tras tantos meses de encierro entre los hombres. Una sola idea bullía en su cabeza: sacar de la trampa a Messua y su marido, fuese cual fuese la trampa, por la que sentía una desconfianza instintiva. Se prometió a sí mismo que más adelante ajustaría cuentas con todos los del poblado.

Era ya tarde cuando divisó los conocidos pastizales y el árbol de la especie que llamaban *dhâk*, junto al que Hermano Gris lo había esperado la mañana en que él mató a Shere Khan. Pese a lo furioso que estaba con toda la raza del hombre, algo se le subió a la garganta y le hizo contener el aliento cuando vio los tejados del poblado. Observó que todos habían regresado de los campos de labranza a una hora desacostumbrada por lo temprana y que, en vez de dedicarse a preparar la cena, se hallaban reunidos todos bajo el árbol del poblado, charlando y gritando.

—Si no están preparando trampas para sus semejantes, los hombres nunca están contentos —dijo Mowgli—. Anoche, aunque parece que haya llovido ya mucho desde entonces, la trampa era para Mowgli. Esta noche es para Messua y su hombre. Mañana y durante muchas otras noches después volverá a tocarle el turno a Mowgli.

Se arrastró sigilosamente a lo largo del muro hasta que llegó a la choza de Messua y miró al interior de la misma por la ventana. Messua yacía en el suelo, atada y amordazada, respirando trabajosamente y quejándose. Su marido estaba atado a la cama, pintada de alegres colores. La puerta de la choza que daba a la calle se encontraba bien cerrada y había tres o cuatro personas sentadas de espaldas a ella.

Mowgli conocía las costumbres de los habitantes del poblado. Se dijo que, mientras pudieran comer, charlar y fumar, no harían nada más, pero, en cuanto tuvieran la panza llena, volverían a ser peligrosos. Buldeo regresaría dentro de poco y, si la escolta que Mowgli le había asignado había cumplido su deber, tendría algo muy interesante que contar. Se coló por la ventana y, acercándose al hombre y a la mujer, cortó las correas con que estaban atados, les quitó las mordazas y miró a su alrededor en busca de un poco de leche.

Messua se encontraba medio loca de dolor y de miedo (se habían pasado la mañana entera apaleándola y tirándole piedras), y Mowgli le tapó la boca con la mano justo a tiempo para evitar que gritase. El marido únicamente estaba desconcertado y furioso y se quedó sentado, limpiándose la barba de polvo y briznas de paja.

—Lo sabía… Sabía que vendrías —dijo por fin Messua entre sollozos—. ¡Ahora sé en verdad que es mi hijo! —agregó, apretando a Mowgli contra su corazón.

Hasta aquel instante Mowgli se había mostrado totalmente sereno, pero ahora se puso a temblar de pies a cabeza, y eso lo sorprendió inmensamente.

—¿Para qué son estas correas? ¿Por qué te han atado? —preguntó tras una pausa.

—¿Para qué iban a ser? —dijo el hombre hoscamente—. Para matarnos por haberte convertido en nuestro hijo. ¡Mira cómo sangro!

Messua no dijo nada, pero fueron sus heridas las que miró Mowgli, rechinando los dientes al ver la sangre.

—¿Quién ha sido? —dijo—. Lo pagará caro.

—Es obra de todo el poblado. Yo era demasiado rico. Poseía demasiadas cabezas de ganado. Por consiguiente, ella y yo somos brujos, porque te cobijamos en nuestra casa.

—No lo entiendo. Deja que Messua me lo explique.

—Yo te di leche, Nathoo… ¿Te acuerdas? —dijo Messua tímidamente—. Lo hice porque eras mi hijo, el que el tigre se había llevado, y porque te quería mucho. Dijeron que era tu madre, la madre de un diablo y, por lo tanto, me merecía la muerte.

—¿Y qué es un diablo? —preguntó Mowgli—. La muerte ya la he visto.

El hombre alzó los ojos tristemente, pero Messua se echó a reír.

—¡Ya lo ves! —dijo a su marido—. Lo sabía… Ya te dije que no era ningún brujo. Es mi hijo… ¡mi hijo!

—Hijo o brujo, ¿de qué nos servirá a nosotros? —respondió el hombre—. Ya podemos darnos por muertos.

—Ahí está el camino que lleva a la jungla —dijo Mowgli, señalando por la ventana—. Tenéis libres las manos y los pies. Idos ahora mismo.

—No conocemos la jungla, hijo mío, como… como la conoces tú —empezó a decir Messua—. No creo que pudiera llegar muy lejos.

—Y entonces los hombres y las mujeres se nos echarían encima y nos traerían a rastras aquí —dijo el marido.

—¡Hum! —exclamó Mowgli, haciéndose cosquillas en la palma de la mano con la punta de su cuchillo—. No tengo deseos de hacer daño a ninguno de los de este poblado… todavía. Pero no creo que os detengan. Dentro de poco tendrán muchas cosas en que pensar. ¡Ah! —Alzó la cabeza y se puso a escuchar los gritos y pisadas que se oían fuera de la choza—. ¿Conque por fin han dejado que Buldeo volviera?

—Salió esta mañana con el encargo de matarte —dijo Messua, llorando—. ¿Te cruzaste con él?

—Sí… nos… me crucé con él. Tiene algo que contar y, mientras lo hace, nos queda tiempo para hacer muchas cosas. Ante todo, empero, averiguaré lo que se proponen hacer. Pensad adónde queréis ir y cuando regrese me lo decís.

Saltó por la ventana y de nuevo corrió a lo largo del muro del poblado hasta que llegó a un sitio desde el que oía lo que decía la multitud congregada alrededor del árbol comunal. Buldeo yacía en el suelo, tosiendo y gruñendo, y todos le estaban haciendo preguntas. El pelo le caía sobre los hombros, se había despellejado las manos y las piernas al trepar a los árboles y apenas podía hablar, pero era muy consciente de la importancia de su posición. De vez en cuando decía algo sobre diablos que cantaban y encantamientos mágicos, solamente para que la multitud hiciera boca en espera de lo que pensaba contarles enseguida. Luego pidió agua.

—¡Bah! —dijo Mowgli—. ¡Palabras y nada más! ¡Mucho ruido y pocas nueces! Los hombres son hermanos de sangre de los *Bandar-log*. Ahora tiene que limpiarse la boca con agua, después echará humo por ella y cuando haya terminado todo esto, aún le quedará la historia por contar. Son muy sabios... los hombres. No pondrán ningún guardián ante la choza de Messua hasta que la historia de Buldeo les salga ya por las orejas. Y yo... ¡me estoy volviendo igual de perezoso que ellos!

Se desperezó y regresó rápidamente a la choza. Justo en el instante en que llegaba a la ventana, sintió que le tocaban un pie.

—Madre —dijo, pues conocía muy bien la lengua que lo estaba lamiendo—. ¿Qué haces tú aquí?

—Oí cantar a mis hijos en el bosque y seguí al que más quiero, Ranita. Tengo deseos de ver a la mujer que te dio leche —dijo Madre Loba, que estaba completamente empapada por el rocío.

—La ataron y se proponen matarla. Yo he cortado las ligaduras y ahora se irá con su hombre a través de la jungla.

—También yo los seguiré. Soy vieja, pero aún conservo los colmillos.

Madre Loba se alzó sobre las patas traseras y se asomó por la ventana clavando los ojos en la penumbra del interior.

Al cabo de un minuto bajó sin hacer ruido y no dijo nada más que:

—Yo te di la primera leche, pero Bagheera dice la verdad: el hombre acaba por volver con el hombre.

—Puede ser —dijo Mowgli, con una expresión muy desagradable en la cara—, pero esta noche me encuentro muy lejos de hacerlo. Espérame aquí, pero no dejes que te vean.

—Tú nunca me has tenido miedo, Ranita —dijo Madre

Loba, retrocediendo y ocultándose como ella sabía entre la hierba alta.

—Y ahora —dijo alegremente Mowgli, volviendo a meterse en la choza—, están todos sentados alrededor de Buldeo, que les está contando lo que nunca sucedió. Cuando haya terminado su narración, dicen que vendrán aquí con la Flor… con el fuego y os quemarán. ¿Y entonces qué?

—Ya he hablado con mi hombre —dijo Messua—. Khanhiwara está a treinta millas de aquí, pero puede que allí encontremos a los ingleses y…

—¿Y de qué Manada son esos? —preguntó Mowgli.

—No lo sé. Son blancos y se dice que gobiernan todo el país y no toleran que las gentes se quemen y peguen unos a otros sin testigos. Si logramos llegar allí esta noche, viviremos. De lo contrario, pereceremos.

—Vivid, pues. Ningún hombre cruzará las puertas del poblado esta noche. Pero ¿qué hace él?

El marido de Messua estaba a gatas en el suelo, excavando en un rincón de la choza.

—Busca su dinero —dijo Messua—. No podemos llevarnos nada más.

—Ah, sí. Esa cosa que pasa de mano en mano sin calentarse nunca. ¿También hace falta fuera de este lugar? —dijo Mowgli.

El hombre lo miró con cara de pocos amigos.

—Es un imbécil, no un diablo —musitó—. Con el dinero puedo comprar un caballo. Estamos demasiado maltrechos para caminar y dentro de una hora la gente saldrá tras de nosotros.

—Ya os he dicho que no os seguirán mientras yo no lo quiera. Pero lo del caballo está bien pensado, pues Messua está cansada.

El marido se puso en pie y acabó de ocultar la última rupia en la faja que le ceñía la cintura. Mowgli ayudó a Messua a salir por la ventana y el aire fresco de la noche la reanimó, aunque, a la luz de las estrellas, la jungla se veía muy sombría y terrible.

—¿Conocéis el camino de Khanhiwara? —susurró Mowgli. Movieron la cabeza afirmativamente.

—Muy bien. Recordad que no debéis tener miedo y que no hay necesidad de correr. Solo que puede que oigáis algunas cancioncillas en la jungla, delante y detrás de vosotros.

—¿Crees que nos habríamos arriesgado a pasar una noche en la jungla por algo que no fuera el miedo a perecer en la hoguera? Es mejor morir a manos de las bestias que en las de los hombres —dijo el marido de Messua, que miró a Mowgli y sonrió.

—Como os digo —prosiguió Mowgli como si fuese Baloo y por centésima vez le estuviera repitiendo una vieja Ley de la Jungla a un cachorro poco aplicado—. Os digo que nadie en la jungla sacará los colmillos contra vosotros, ni una sola garra se alzará para haceros daño. Ningún hombre o bestia os detendrá hasta que lleguéis a la vista de Khanhiwara. Pero alguien montará guardia en torno vuestro.

Se volvió rápidamente hacia Messua y dijo:

—Ya veo que él no me cree, pero ¿me crees tú?

—Claro que sí, hijo mío. Seas hombre, fantasma o lobo de la jungla, te creo.

—Él se asustará cuando oiga cantar a mi gente. Pero tú sabrás de qué va y comprenderás. Idos ahora, y despacito, pues no hace falta darse prisa. Las puertas están cerradas.

Messua se arrojó llorando a los pies de Mowgli, pero él, estremeciéndose, la obligó a levantarse enseguida. Entonces la mujer se le colgó del cuello y le dedicó todas las bendiciones que se le ocurrieron, pero su marido, que miraba con envidia hacia el otro lado de sus campos, dijo:

—Si llegamos a Khanhiwara y los ingleses me escuchan, les pondré al brahmín, a Buldeo y a los demás un pleito tal que tendrán que comerse el poblado sin dejar una sola piedra. Les haré pagar el doble de lo que valen mis cosechas abandonadas y mis búfalos sin alimentar. Ya cuidaré yo de que se haga justicia.

Mowgli se echó a reír y dijo:

—No sé qué es la justicia, pero... vuelve aquí cuando vengan las lluvias y verás lo que queda.

El hombre y la mujer empezaron a caminar hacia la jungla, al tiempo que Madre Loba salía corriendo de su escondite.

—¡Síguelos! —exclamó Mowgli—. Y cuida de que la jungla entera sepa que a estos dos no hay que hacerles ningún daño. Haz que corra la voz. Yo que tú llamaría a Bagheera.

El largo y grave aullido se alzó y luego fue apagándose, y Mowgli vio cómo el marido de Messua se detenía, daba media vuelta y casi echaba a correr hacia la choza.

—¡Adelante! —exclamó Mowgli alegremente—. Ya os dije que tal vez oiríais cantar un poco. Esa llamada os acompañará hasta Khanhiwara. Es la Amistad de la Jungla.

Messua apremió a su marido para que siguiera caminando y a los pocos instantes la oscuridad los envolvió a los dos y a Madre Loba, mientras Bagheera surgía casi a los pies de Mowgli, temblando con esa delicia de la noche que enloquece al Pueblo de la Jungla.

—Me siento avergonzada de tus hermanos —dijo, ronroneando.

—¿Qué? ¿No fue dulce la canción que cantaron a Buldeo? —preguntó Mowgli.

—¡Demasiado! ¡Demasiado! Hicieron que hasta yo me olvidase de mi orgullo y, ¡por el Candado Roto que me liberó!, me puse a cantar por toda la jungla como si fuese primavera y estuviera enamorada. ¿No nos oíste?

—Estaba ocupado con otra pieza. Pregúntale a Buldeo si le gustó la canción. Pero ¿dónde están los Cuatro? Quiero que ninguno de los de la Manada Humana salga del poblado esta noche.

—Entonces ¿para qué necesitas a los Cuatro? —dijo Bagheera, moviendo ora una pata, ora otra, con los ojos llameando y ronroneando más fuerte que nunca—. Yo me cuidaré de ellos. ¿Hay que matar a alguien? El canto y el espectáculo de los hombres encaramándose a los árboles me han despertado las ganas. ¿Qué es el hombre para que le tengamos respeto…? Ese cavador moreno y desnudo, sin pelo y sin colmillos, que come tierra. Lo he estado siguiendo todo el día, bajo la luz blanca de la tarde. Lo he acosado como los lobos acosan a los gamos. ¡Soy Bagheera! ¡Bagheera! ¡Bagheera! Del mismo modo que bailo con mi sombra, bailé con esos hombres. ¡Mira!

La gran pantera saltó como salta un gatito para coger una hoja muerta que da vueltas en el aire, dando zarpazos a diestro y siniestro, haciendo cantar el aire al darlos, dejándose caer silenciosamente y volviendo a saltar una y otra vez, mientras profería una mezcla de ronroneo y gruñido que iba cobrando intensidad como el ruido del vapor en una caldera.

—Soy Bagheera… en la jungla… de noche, y mi fuerza reside en mí misma. ¿Quién es capaz de detener mi zarpazo? Cachorro de Hombre, con un solo zarpazo podría aplastarte la cabeza y dejártela tan lisa como una rana muerta en verano.

—¡Pega, pues! —exclamó Mowgli en el dialecto del poblado y no en el idioma de la jungla.

Las palabras humanas hicieron que Bagheera se detuviese en seco, alzándose sobre sus temblorosas ancas, con la cabeza a la altura de la de Mowgli. De nuevo el pequeño, como antes hiciera con los cachorros rebeldes, clavó la mirada en los verdes ojos de la Pantera hasta que el rojo resplandor que brillaba detrás del verde se apagó como la luz de un faro veinte millas más allá de las aguas y el animal bajó la mirada hacia el suelo, y con ella su enorme cabeza fue inclinándose más y más, mientras su roja y rugosa lengua lamía los tobillos de Mowgli.

—¡Hermana! ¡Hermana! ¡Hermana! —susurró el pequeño, acariciando a la Pantera desde el cuello hasta el extremo de su agitado lomo—. ¡Estate quieta! ¡Estate quieta! La culpa es de la noche, no tuya.

—Ha sido el olor de la noche —dijo Bagheera con expresión arrepentida—. Este aire parece llamarme en voz alta. Pero ¿cómo lo sabes tú?

Por supuesto que, alrededor de un poblado indio, el aire está lleno de olores de toda clase y, para cualquier ser que piense casi exclusivamente a través de la nariz, los olores resultan tan enloquecedores como la música y las drogas lo son para los seres humanos. Mowgli permaneció unos minutos más calmando a la Pantera, que se echó al lado de la hoguera como si fuera un gatito, con las garras ocultas bajo el cuerpo y los ojos semicerrados.

—Tú eres de la jungla y no eres de la jungla —dijo finalmente—. Y yo no soy más que una pantera negra. Pero te quiero, Hermanito.

—Me parece que dura mucho esa charla debajo del árbol —dijo Mowgli, sin reparar en la última frase de Bagheera—. Buldeo debe de haberles contado un sinfín de historias. No tardarán en venir para llevarse a la mujer y su hombre a rastras y echarlos en la Flor Roja. Se encontrarán con que la caza ha volado. ¡Jo, jo!

—¡Escúchame! —dijo Bagheera—. La fiebre ya se ha esfumado de mi sangre. ¡Déjame ir allí para que me encuentren a mí! Pocos serán los que se atrevan a salir de sus casas después de encontrarme allí. No es la primera vez que habré estado en una jaula, y no creo que quieran atarme con cuerdas.

—Bueno, pero ándate con cuidado —repuso Mowgli, riendo, pues empezaba a sentirse tan temerario como la Pantera, que ya se había metido en la choza.

—¡Bah! —gruñó Bagheera—. Esto huele a hombre, pero hay un lecho como el que tenía en las jaulas del rey en Oodeypore. Ahora me acostaré.

Mowgli oyó crujir las cuerdas de la hamaca bajo el enorme peso de la fiera.

—¡Por el Candado Roto que me liberó! ¡Creerán que han atrapado una buena pieza! ¡Ven y siéntate a mi lado, Hermanito! ¡Entre los dos les daremos «buena caza»!

—No. Tengo otra cosa metida en la cabeza. La Manada Humana no sabrá cuál ha sido mi parte en este juego. Caza tú sola, yo no quiero verlos.

—Sea —dijo Bagheera—. ¡Ah, ya vienen!

La conferencia que se estaba celebrando bajo el árbol comunal era cada vez más ruidosa y se oía desde el otro extremo del poblado. De repente estalló un gran griterío y una multitud de hombres y mujeres echó a correr calle arriba, blandiendo garrotes, bambúes, hoces y cuchillos. Buldeo y el brahmín marchaban a la cabeza, pero la chusma les pisaba los talones, exclamando:

—¡A por los brujos! ¡Veamos si el fuego los hace confesar! ¡Pegad fuego a la choza con ellos dentro! ¡Ya les enseñaremos a dar cobijo a lobos diabólicos! ¡No, primero démosles una paliza! ¡Antorchas! ¡Traed más antorchas! ¡Pon al rojo el cañón de tu mosquete, Buldeo!

Les costó un poco abrir el pestillo de la puerta, pero la echaron abajo a la fuerza y la luz de las antorchas irrumpió en la estancia, donde, tendida cuan larga era sobre el catre, con las garras cruzadas y colgando levemente por un extremo, negra como un pozo y terrible como un demonio, se encontraba Bagheera. Durante medio minuto reinó un silencio mortal, mientras los de las primeras filas empujaban y arañaban a los de detrás, para retroceder hasta el umbral, y durante ese espacio de tiempo Bagheera alzó la cabeza y bostezó de forma premeditada, cuidadosa y ostentosa, como habría bostezado para insultar a uno de sus congéneres. Su arrugado hocico se abría y cerraba, dejando ver su lengua, roja y enroscada, mientras la quijada inferior bajaba más y más, dejando al descubierto su cálida garganta, y sus gigantescos colmillos se destacaban de las encías, hasta que los de arriba chocaron con los de abajo con el ruido metálico de unas barras de acero cerrándose alrededor de una caja fuerte. En pocos segundos la calle quedó vacía y Bagheera, tras saltar por la ventana, quedó de pie al lado de Mowgli, mientras un torrente de hombres y mujeres corrían chillando y tropezando, presas del pánico, tratando de encerrarse en sus chozas.

—No se moverán hasta que se haga de día —dijo tranquilamente Bagheera—. ¿Ahora qué?

Parecía que el silencio de la hora de la siesta se hubiese apoderado del pueblo, pero, al aguzar el oído, oyeron cómo arrastraban las gruesas cajas donde guardaban el grano y atrancaban las puertas con ellas. Bagheera estaba en lo cierto: los del poblado no se moverían hasta que se hiciera de día. Sentándose en el suelo, completamente inmóvil, Mowgli se puso a reflexionar y su expresión fue haciéndose más y más sombría.

—¿Qué es lo que he hecho? —preguntó finalmente Bagheera, acercándose a los pies del muchacho.

—Nada que no haya estado muy bien. Vigílalos hasta que nazca el día. Yo me voy a dormir.

Mowgli se adentró corriendo en la jungla, se desplomó como un muerto sobre una roca y durmió todo el día y la noche siguiente.

Al despertar, Bagheera se hallaba a su lado y a sus pies había un gamo recién cazado. Bagheera contempló con ojos curiosos cómo Mowgli se ponía a trabajar con su cuchillo de despellejar, comía, bebía y daba media vuelta sobre sí mismo con el mentón apoyado en la mano.

—El hombre y la mujer están ya a salvo, a la vista de Khanhiwara —dijo Bagheera—. Tu madre de la Manada envió recado por medio de Chil, el Milano. La misma noche que los liberamos, antes de las doce, encontraron un caballo y el resto del viaje lo hicieron muy aprisa. ¿No te parece buena la noticia?

—Sí, me lo parece —repuso Mowgli.

—Y tu Manada Humana del poblado no se movió hasta esta mañana, cuando el sol ya estaba muy alto. Entonces comieron lo que tenían y regresaron apresuradamente a sus casas.

—¿Te han visto, por casualidad?

—Puede que sí. Al amanecer me estuve revolcando un poco por el suelo, delante de las puertas del poblado, y puede que también entonase una cancioncilla. Ahora, Hermanito, ya no queda nada más por hacer. Ven a cazar conmigo y con Baloo. Quiere enseñarte unos panales nuevos y todos deseamos que vuelvas a ser el de antes. ¡Borra ya esa expresión de tus ojos! ¡Hasta a mí me da miedo! Al hombre y a la mujer ya no los arrojarán a la Flor Roja y todo va bien en la jungla. ¿No es cierto? Olvidémonos de la Manada Humana.

—Caerán en el olvido dentro de poco. ¿Dónde comerá Hathi esta noche?

—Donde le apetezca. ¿Quién puede responder por el Silencioso? Pero ¿por qué lo preguntas? ¿Qué puede hacer Hathi que no podamos hacer nosotros?

—Ve a decirle que venga aquí con sus tres hijos.

—Pero, de veras te lo digo, Hermanito, no... no está bien irle con órdenes a Hathi. Recuerda que él es el Amo de la Jungla y, antes de que la Manada Humana hiciera cambiar la expresión de tu cara, Hathi te enseñó las Palabras Maestras de la Jungla.

—Da igual. Ahora soy yo quien tiene que enseñarle una Palabra Maestra. Dile que se presente a Mowgli, la Rana, y, si al principio no te hace caso, dile que venga en nombre del Saqueo de los Campos de Bhurtpore.

—El Saqueo de los Campos de Bhurtpore —repitió dos o tres veces Bagheera, para asegurarse—. Ahora voy. En el peor de los casos, lo más que puede hacer Hathi es enfadarse, y daría una noche de cacería por oír una Palabra Maestra capaz de obligar al Silencioso.

Se alejó, dejando a Mowgli asestando furiosas cuchilladas en el suelo. Jamás había visto Mowgli sangre humana hasta que olfateó la que manchaba las correas con que estaba atada Messua, y esa sangre le había afectado más de lo que lo habría hecho cualquier otra. Messua había sido buena con él y Mowgli, hasta donde pudiera llegar su amor, la quería con tanta intensidad como odiaba al resto de la humanidad. Pero, por mucho que odiase a los hombres, sus palabras, su crueldad y su cobardía, nada podía ofrecerle la jungla que lo incitase a dar fin a una vida humana y volver a sentir en su nariz el terrible olor de la sangre. Su plan era más sencillo, pero mucho más completo también y se rió al pensar que la idea se le había ocurrido al oír una de las historias contadas por Buldeo bajo el árbol comunal.

—Tenías razón: era una Palabra Maestra —le susurró al oído Bagheera—. Estaban comiendo en la orilla del río y me obedecieron como si fueran bueyes en lugar de elefantes. ¡Mira! ¡Ahí vienen!

Hathi y sus tres hijos acababan de llegar sin hacer un solo ruido, como tenían por costumbre. El barro del río seguía fresco en sus flancos y Hathi mascaba pensativamente el tronco de un arbolillo que había arrancado con sus colmillos. Pero cada una de las líneas de su enorme cuerpo indicó a Bagheera, que sabía interpretar las cosas que veía, que esta vez no era el Amo de la Jungla hablándole a Cachorro de Hombre lo que tenía ante ella, sino que era el espectáculo de alguien que estaba asustado compareciendo ante alguien que no lo estaba. Los tres hijos de Hathi seguían a su padre, uno al lado de otro.

Mowgli apenas levantó la cabeza al oír el «Buena caza» que le deseó Hathi. Dejó que el animal se meciera y moviera las patas nerviosamente antes de hablar, y, al abrir la boca, lo hizo para dirigirse a Bagheera y no a los elefantes.

—Voy a contarte una historia que me contó el cazador al que tú has estado cazando hoy —dijo Mowgli—. Se refiere a un elefante, sabio y viejo, que cayó en una trampa y la estaca afilada que había en el foso le hizo un rasguño desde un poco más arriba de uno de los talones hasta lo más alto de la espalda, dejándole una señal blanca.

Mowgli hizo un gesto con la mano y Hathi dio media vuelta, obedeciendo a su señal. Al hacerlo, la luz de la luna cayó sobre una cicatriz blanca y alargada que surcaba la rugosa piel del elefante, como si lo hubiesen azotado con un látigo al rojo vivo.

—Llegaron los hombres para sacarlo de la trampa —prosiguió Mowgli—, pero él rompió las ligaduras, pues era muy fuerte, huyó y estuvo escondido hasta que sanó su herida. Después, lleno de cólera, se presentó una noche en los campos de aquellos cazadores. Y ahora recuerdo que tenía tres hijos. Estas cosas sucedieron hace muchas, muchas lluvias, y muy lejos de aquí... en los campos de Bhurtpore. ¿Qué les sucedió a aquellos campos cuando llegó la época de la siega, Hathi?

—Que fueron segados por mí y mis tres hijos —contestó Hathi.

—¿Y a la labranza que se hace después de la siega? —preguntó Mowgli.

—Que no hubo tal labranza —dijo Hathi.

—¿Y a los hombres que viven de los verdes cultivos de la tierra? —dijo Mowgli.

—Que se marcharon.

—¿Y a las chozas donde dormían los hombres? —dijo Mowgli.

—Hicimos pedazos los techos y la jungla engulló las paredes —dijo Hathi.

—¿Y qué más? —dijo Mowgli.

—La jungla invadió todo el terreno que yo puedo recorrer en dos noches de este a oeste y de norte a sur. Dejamos que la jungla invadiese cinco poblados y en esos poblados, así como en sus pastizales y cultivos, no hay actualmente ningún hombre que se alimente del producto de la tierra. Eso fue el Saqueo de los Campos de Bhurtpore. Lo hicimos yo y mis tres hijos. Y ahora, Cachorro de Hombre, quisiera saber cómo lo has sabido —dijo Hathi.

—Me lo dijo un hombre, y ahora me doy cuenta de que hasta Buldeo es capaz de decir la verdad. Hiciste bien, Hathi, pero la próxima vez lo harás mejor, pues un hombre te guiará. ¿Conoces aquel poblado de la Manada Humana del que fui expulsado? Está lleno de hombres vagos, insensatos y crueles que hablan por hablar y no matan a los más débiles para alimentarse, sino que lo hacen para divertirse. Cuando están saciados, serían capaces de arrojar sus propios hijos a la Flor Roja. Yo lo he visto. No está bien que sigan viviendo aquí. ¡Los odio!

—Entonces, mátalos —dijo el más joven de los tres hijos de Hathi, recogiendo un puñado de hierba, frotándoselo en las patas delanteras para quitarse la tierra y arrojándolo luego, mientras sus ojillos rojos miraban furtivamente de un lado a otro.

—¿De qué me sirven los huesos blancos? —contestó Mowgli con voz colérica—. ¿Acaso soy el cachorro de un lobo para jugar bajo el sol con una cabeza cercenada? He matado a Shere Khan, cuya piel se está pudriendo en la Roca del Consejo, pero… pero no sé adónde ha ido Shere Khan y mi estómago sigue vacío. Ahora quiero algo que pueda ver y tocar. ¡Haz que la jungla invada ese poblado, Hathi!

Bagheera se estremeció de miedo. Comprendía, si las cosas iban de mal en peor, una rápida incursión por la calle del poblado, dando zarpazos a diestro y siniestro contra la multitud, o saltar sobre uno de los hombres que labraban los campos al atardecer, pero le asustaba la idea de hacer desaparecer por completo un poblado entero, quitándolo de la vista de hombres y bestias por un igual. Empezaba a comprender por qué Mowgli la había mandado a buscar a Hathi. Nadie salvo el elefante, cuya vida era tan larga, podía planear y llevar a término semejante guerra.

—Haz que huyan corriendo como hicieron los hombres de Bhurtpore, hasta que el único surco que quede sea el que abran las aguas de la lluvia y el ruido de esta al caer sobre las hojas sustituya el ruido de sus husos… hasta que Bagheera y yo convirtamos la casa del brahmín en nuestra guarida y el ciervo beba en el depósito que hay detrás del templo. ¡Haz que la jungla lo invada todo, Hathi!

—Pero yo… pero nosotros no tenemos ninguna cuenta pendiente con ellos y hace falta sentir la furia ciega que ocasiona un tremendo dolor para echar abajo los lugares donde duermen los hombres —dijo Hathi sin acabar de estar convencido.

—¿Es que sois vosotros los únicos Comedores de Hierba que hay en la jungla? Trae a todas tus gentes. Haz que los ciervos, cerdos y *nilghais* se encarguen de hacerlo. En cuanto a vosotros, no hace falta que se os vea ni pizca de piel hasta que los campos estén pelados. ¡Haz que la jungla invada el poblado, Hathi!

—¿No habrá muertes? Mis colmillos quedaron teñidos de rojo durante el Saqueo de los Campos de Bhurtpore y no quisiera volver a sentir aquel olor.

—Tampoco yo. Ni siquiera deseo que sus huesos queden esparcidos sobre la tierra arrasada. Dejadles que se vayan en busca de una nueva guarida. Pero aquí no pueden quedarse. He visto y olido la sangre de la mujer que me dio de comer, la mujer a la que habrían dado muerte de no ser por mí. Solo la fragancia de la hierba fresca que crezca en el umbral de sus casas puede borrar el olor de la sangre. Siento que me está quemando la boca. ¡Haz que la jungla lo invada, Hathi!

—¡Ah! —exclamó Hathi—. De igual modo la cicatriz de la estaca me estuvo abrasando la piel hasta que vi cómo el verdor de la primavera cubría los poblados de los hombres, haciéndolos desaparecer. Ahora lo entiendo. Tu guerra será nuestra guerra. ¡Haremos que la jungla invada el poblado!

Temblando de pies a cabeza a causa del odio y la rabia, a Mowgli apenas le quedó tiempo de recobrar el aliento antes de que el lugar donde estaban los elefantes quedase vacío, mientras Bagheera lo miraba con ojos llenos de terror.

—¡Por el Candado Roto que me liberó! —exclamó por fin la Pantera Negra—. ¿Tú eres aquel ser desnudo e indefenso en cuyo favor hablé a la Manada cuando todos éramos jóvenes? Amo de la Jungla, habla por mí cuando me fallen las fuerzas, habla por Baloo, ¡habla por todos nosotros! ¡A tu lado somos unos cachorros! ¡Ramitas que se quiebran al ser pisoteadas! ¡Cervatillos que han perdido a su madre!

La idea de que Bagheera fuese un cervatillo perdido llenó de desconcierto a Mowgli, que contuvo el aliento y se echó a reír, luego a sollozar y de nuevo a reír, hasta que se vio forzado a echarse de cabeza a un estanque para calmarse. Luego empezó a nadar en círculos, sumergiéndose y volviendo a aparecer bajo los rayos de luna, igual que la rana, su tocaya.

Mientras tanto, Hathi y sus tres hijos se habían separado, dirigiéndose cada uno de ellos a uno de los cuatro puntos cardinales, y bajaban silenciosamente a los valles, a una milla de allí. Siguieron caminando sin parar durante dos días, es decir, recorrieron sus buenas sesenta millas a través de la jungla. Cada paso que daban, cada movimiento que hacían con la trompa, era observado y comentado por Mang, Chil y el Pueblo de los Monos, así como por todos los demás pájaros. Luego se pusieron a comer y durante una semana siguieron haciéndolo tranquilamente. Hathi y sus hijos son iguales que Kaa, la Pitón de la Roca: nunca se dan prisa mientras no sea necesario.

Transcurrido ese tiempo, sin que nadie supiera cómo había empezado, se extendió por la jungla el rumor de que en tal y cual valle se encontraba mejor comida y mejor agua. Los cerdos, que, por supuesto, son capaces de trasladarse a los confines de la tierra para llenarse la panza, fueron los primeros en ponerse en marcha en grupos numerosos que se empujaban unos a otros por las rocas. Los siguieron los ciervos, a los que acompañaban los zorros salvajes que viven de los muertos y moribundos de los rebaños. Después iban los *nalghais* con sus espaldas cargadas, avanzando paralelamente a los ciervos, seguidos a su vez por los búfalos salvajes de los pantanos. Cualquier insignificancia habría bastado para asustar a los grupos dispersos que pacían, se hacían el remolón, bebían y volvían a pacer, pero, siempre que surgía la alarma entre ellos, alguien cuidaba de calmarlos. A veces era Ikki, el Puerco Espín, que les traía abundantes noticias de los pastos apetitosos que les aguardaban a poca distancia. Otras veces era Mang, que, graznando alegremente, se metía volando en un claro de la espesura para demostrarles que estaba vacío, o Baloo, que, con la boca llena de raíces, se acercaba a las líneas medio deshechas de la columna y entre sustos y bromas los obligaba a proseguir su camino. Eran muy numerosos los animales que quedaban rezagados, se echaban atrás o perdían interés por el asunto, pero no menos numerosos eran los que seguían adelante. Al cabo de unos diez días más, la situación era la siguiente: los ciervos, cerdos y *nilghais* daban vueltas y más vueltas en un círculo de ocho o diez millas de radio, mientras los Comedores de Carne libraban escaramuzas a lo largo del borde del círculo, en cuyo centro se hallaba el poblado. Alrededor del poblado, las cosechas iban madurando en los campos, en el centro de los cuales unos hombres se hallaban sentados en lo que llamaban *machans* (plataformas parecidas a palomares, hechas con palos instalados en lo alto de cuatro postes) para ahuyentar a los pájaros y demás ladrones. Luego dejaron de andarse con halagos para que los ciervos caminasen. Los Comedores de Carne los acosaban desde cerca, obligándolos a seguir avanzando en dirección al centro del círculo.

Fue durante una noche oscura cuando Hathi y su tres hijos salieron sigilosamente de la jungla y a golpes de trompa rompieron los postes de los *machans*, que se partieron como el tallo de la cicuta en flor, mientras, al caer, los hombres oían el grito gutural de los elefantes. Entonces las vanguardias de los perplejos ejércitos de ciervos invadieron los pastizales del poblado y los campos de labranza, al tiempo que los afilados cascos de los cerdos salvajes daban cuenta de lo que dejaban los ciervos. De vez en cuando, los aullidos de los lobos daban la alarma y los ciervos empezaban a correr asustados de un lado para otro, pisoteando la cebada tierna y aplanando las orillas de los canales de riego. Antes de que despuntase el alba, cedió por un punto la presión que desde fuera sufría el círculo. Los Comedores de Carne se habían retirado, dejando abierto un sendero que se dirigía hacia el sur y por el que huyeron los ciervos, una manada tras otra. Otros, más osados, se tumbaron en los bosquecillos con la intención de apurar el festín la noche siguiente.

El trabajo, sin embargo, estaba prácticamente terminado. Cuando por la mañana acudieron los del poblado, se encontraron con que habían perdido sus cosechas, lo cual significaba la muerte a menos que abandonasen el lugar, ya que año tras año vivían tan cerca de la muerte por inanición como cerca de ellos se hallaba la jungla. Cuando llevaron los búfalos a pacer, los hambrientos animales se encontraron con que los ciervos habían arrasado los pastizales, de manera que se adentraron en la jungla mezclándose con sus compañeros salvajes. Al ponerse el sol, los tres o cuatro caballitos propiedad del poblado yacían en sus establos con la cabeza aplastada a golpes. Solo Bagheera podía ser la autora de semejantes golpes y solo a Bagheera podía habérsele ocurrido la insolencia de arrastrar los cadáveres hasta mitad de la calle.

Aquella noche, los habitantes del poblado no se atrevieron a encender hogueras en los campos, de modo que Hathi y sus tres hijos se dedicaron a despachar lo poco que quedaba, y cuando Hathi hace esto, es inútil seguirlo con la esperanza de encontrar algo. Los hombres decidieron vivir de sus reservas de maíz para sembrar hasta después de las lluvias y después buscar trabajo de sirvientes hasta que pudieran recuperar las pérdidas de aquel año. Pero, mientras el comerciante en granos pensaba en sus repletos depósitos de maíz, así como en los precios que pensaba cobrar por su venta, los puntiagudos colmillos de Hathi iban derribando una de las esquinas de su choza de barro, tras lo cual reventó el enorme cesto de mimbre, oculto debajo de un montón de estiércol de vaca, donde guardaba el precioso grano.

Al descubrirse esta última pérdida, le tocó el turno de hablar al brahmín, que había estado rogando a sus dioses sin obtener respuesta. Dijo que tal vez ello se debía a que, sin darse cuenta, el poblado había ofendido a alguno de los Dioses de la Jungla, pues, no cabía la menor duda de que la jungla se había vuelto contra ellos. Así, pues, mandaron a por el cabecilla de la más cercana tribu de gonds errantes (los gonds son unos cazadores menudos, sabios y muy negros que viven en lo más profundo de la jungla y son descendientes de la más antigua raza de la India), los propietarios aborígenes de aquellas tierras. Hicieron un gran recibimiento al gond, ofreciéndole lo poco que les quedaba, y el hombrecillo, sosteniéndose sobre una sola pierna, con el arco en la mano y dos o tres flechas envenenadas atravesándole el moño que coronaba su cabeza, se quedó contemplando, medio asustado y medio desdeñoso, a los angustiados lugareños y sus campos devastados. Querían saber si sus dioses, los Antiguos Dioses, estaban furiosos con ellos y qué sacrificios debían ofrecerles. El gond no dijo nada, limitándose a recoger unos sarmientos de *karela* (la cepa que produce amargas calabazas silvestres) y los enlazó en la puerta del templo, ante la roja imagen hindú. Luego con la mano hizo como si empujase el aire en dirección al camino de Khanhiwara, regresó a su jungla y se quedó contemplando cómo el Pueblo de la Jungla recorría la espesura. Sabía que cuando la jungla echaba a andar únicamente el hombre blanco podía albergar la esperanza de desviarla de su camino.

No hubo necesidad de preguntarle qué quería decir. Las calabazas silvestres crecerían allí donde hasta entonces habían adorado a su dios y, cuanto antes se pusieran a salvo, tanto mejor para ellos.

Pero es difícil arrancar a un lugareño del sitio donde ha echado raíces. Se quedaron mientras les quedó algo de comida y trataron de recoger nueces en la jungla, pero negras sombras de ojos llameantes los observaban y se movían ante ellos incluso en pleno mediodía. Cuando, presas de pánico, corrían a refugiarse tras los muros, se encontraban con que los troncos de los árboles que al pasar habían visto hacía menos de cinco minutos estaban ahora desprovistos de corteza y mostraban las señales de tremendos zarpazos. Cuanto más tiempo permanecían en el poblado, más osados se volvían los seres salvajes que retozaban y rugían en los pastizales próximos al Waingunga. No les quedaba tiempo para reparar las paredes posteriores de los establos vacíos, las que daban a la jungla. Los cerdos salvajes volvían a echarlas abajo y las cepas de nudosas raíces se apresuraban a ocupar el terreno recién conquistado, mientras la hierba silvestre se alzaba detrás de las cepas como las lanzas de un ejército de duendes persiguiendo a un enemigo en retirada. Los hombres solteros fueron los primeros en huir, haciendo correr la voz de que el pueblo estaba embrujado. ¿Quién podía luchar, decían, contra la jungla o los Dioses de la Jungla, cuando hasta la cobra del poblado había abandonado su agujero en la plataforma de debajo del árbol comunal? Así, pues, el exiguo comercio del poblado con el mundo exterior fue encogiéndose aún más a medida que iban disminuyendo los senderos de los campos y los que quedaban iban perdiéndose bajo la vegetación. Por fin dejaron de inquietarlos los poderosos berridos de Hathi y sus tres hijos, pues ya no les quedaba nada que pudieran robarles. La cosecha y las simientes ya habían desaparecido y empezaban también a desvanecerse los campos de labranza próximos al poblado. Era ya hora de acogerse a la caridad de los ingleses de Khanhiwara.

Como nativos que eran, iban retrasando la partida de un día para otro hasta que las primeras lluvias se les vinieron encima y el agua se filtró por los maltrechos tejados de las chozas e inundó los antiguos pastizales, y toda la vida volvió con nuevos ímpetus después del calor del verano. Entonces todos, hombres, mujeres y niños, echaron a andar bajo la ardiente y cegadora lluvia veraniega, pero, naturalmente, se detuvieron para echar una última mirada a sus hogares.

En el momento en que la última familia, cargada con sus enseres y bienes, cruzaba las puertas del poblado, se oyó el estrépito de vigas y techumbre de paja que se venía abajo. Vieron una trompa reluciente y negra como una serpiente alzarse fugazmente y esparcir paja mojada por doquier. Luego desapareció, se oyó un nuevo estrépito y después un chillido. Hathi estaba arrancando los tejados de las chozas como quien arrancase nenúfares y una de las vigas, al rebotar, lo había pinchado. Solo le hacía falta esto para desencadenar todas sus fuerzas, pues de todos los seres que hay en la jungla ninguno es tan destructor como el elefante enfurecido. Con las patas de atrás empezó a dar golpes contra una pared de barro que se vino abajo y se convirtió en un barro líquido y amarillento a causa de la lluvia torrencial. Luego giró, soltó un chillido y echó a correr por las angostas calles, apoyándose en las chozas de los dos lados, haciendo temblar las desvencijadas puertas y derribando los aleros de los tejados, mientras sus tres hijos lo seguían llenos de rabia como la que habían sentido durante el Saqueo de los Campos de Bhurtpore.

—La jungla se tragará estas cáscaras —dijo una voz tranquila en medio de las ruinas—. Es el muro exterior el que hay que echar abajo.

Mowgli, con la lluvia deslizándose por sus hombros y brazos desnudos, saltó de lo alto de una pared que se tumbaba como un búfalo cansado.

—En buena hora llegas —dijo Hathi, jadeando—. ¡Oh! Pero en Bhurtpore mis colmillos estaban enrojecidos. ¡Hacia el muro exterior, hijos míos! ¡Duro con la cabeza! ¡Todos juntos! ¡Ahora!

Los cuatro, uno al lado de otro, empezaron a empujar. El muro exterior se curvó, luego se hendió y finalmente se vino abajo, y los del poblado, aturdidos por el horror, vieron aparecer por la brecha las cabezas manchadas de barro de los demoledores. Entonces huyeron valle abajo, sin casa y sin comida, dejando atrás las ruinas de su poblado.

Al cabo de un mes, el lugar donde antes se alzara el poblado era un montículo cubierto de verde y suave vegetación que, al finalizar la estación de las lluvias, dio paso a la jungla exuberante que invadió los campos que apenas seis meses antes se hallaban sometidos al arado.

La canción de Mowgli contra la gente

Soltaré contra vosotros las cepas de pies ligeros.
Ordenaré a la jungla que borre vuestras líneas.
Los tejados desaparecerán entre el verdor,
se hundirán las vigas de las casas,
y la karela, *la amarga* karela,
lo cubrirá todo.

Ante las puertas de vuestros consejos
cantará mi gente,
a las puertas de vuestros graneros
se aferrarán los murciélagos,
y la serpiente será vuestro vigilante,
junto al hogar sin barrer,
pues la karela, *la amarga* karela,
florecerá donde dormíais.

No veréis a mis huestes, solo las oiréis.
De noche, antes de que salga la luna, mandaré a
por mi tributo,
y el lobo será vuestro pastor,
donde antes había un hito,
pues la karela, *la amarga* karela,
nacerá donde amabais.

Mis huestes segarán vuestros campos,
y vosotros buscaréis entre los restos el pan
que habréis perdido.
Y los ciervos serán vuestros bueyes,
en el campo sin labrar,
pues la karela, la amarga karela,
brotará en lo que ahora es vuestro hogar.

Contra vosotros he lanzado las cepas arrolladoras,
la jungla para que arrase vuestras líneas.
Los árboles… los árboles os atacan,
caerán las vigas de las casas,
y la karela, la amarga karela,
os cubrirá a todos.

LOS ENTERRADORES

Cuando digas a Tabaqui: «¡Hermano mío!» cuando la
Hiena llames a comer,
podras invocar la Tregua Plena con Jacala (el Vientre
que corre sobre cuatro patas).

Ley de la Jungla

—¡Respetad a los viejos!

Era una voz ronca, una voz fangosa que os habría hecho estremecer, una voz como el ruido de algo blando al partirse en dos. Había en ella un trémolo mezcla de graznido y gimoteo.

—¡Respetad a los viejos! ¡Compañeros del Río, respetad a los viejos!

Nada podía verse en la amplia extensión del río salvo una flotilla de barcas de vela cuadrada, cargadas todas ellas de piedra para la construcción, que acababan de pasar por debajo del puente del ferrocarril y seguían navegando corriente abajo. Movieron los toscos timones para evitar el banco de arena que había formado el agua al rozar los pilares del puente y, al pasar por allí, de tres en fondo, la horrible voz se oyó de nuevo.

—¡Oh, brahmines del Río! ¡Respetad a los viejos y a los débiles!

Uno de los barqueros, que estaba sentado en la borda, se volvió, alzó una mano, dijo algo que no era ninguna bendición y las barcas siguieron avanzando y crujiendo bajo la luz del crepúsculo. El ancho río indio, que, más que una corriente de agua, parecía una cadena de lagos pequeños, tenía la superficie lisa como el cristal y en medio de ella se reflejaba el cielo rojizo, aunque aparecía moteado de amarillo y púrpura oscuro cerca y debajo de las orillas. Durante la estación de las lluvias, desembocaban en el río diversos riachuelos cuyas bocas secas se veían ahora por encima del nivel de las aguas. En la orilla izquierda, casi debajo del puente del ferrocarril, se alzaba un poblado de casas construidas de barro, ladrillos, paja y palos, cuya calle mayor, llena de ganado que volvía a sus establos, llegaba hasta el río y terminaba en un tosco embarcadero de ladrillo, donde la gente que quería lavarse podía meterse en el río bajando los peldaños uno a uno: era el *Ghaut* del poblado de *Mugger-Ghat*.[1]

La noche caía velozmente sobre los cultivos de lentejas, arroz y algodón que cubrían las tierras bajas que cada año eran inundadas por el río y sobre los cañizales que crecían en las orillas del meandro, detrás de los cuales crecía la espesa vegetación que bordeaba los pastizales. Los loros y los grajos, tras charlar y gritar mientras bebían en el río, habían alzado el vuelo para pasar la noche en sus nidos, cruzándose por el camino con los batallones de murciélagos que se dirigían hacia el río, mientras una bandada tras otra de pájaros acuáticos silbaba y graznaba camino de los cañizales. Había gansos, de negras plumas y cabeza de tonel, trullos, patos silvestres de diversas especies, así como cuervos marinos, zarapitos y algún que otro flamenco.

Un pesado marabú cerraba la marcha, volando como si cada golpe de ala que daba fuese el último de su vida.

—¡Respetad a los viejos! ¡Respetad a los viejos, brahmines del Río!

El Marabú volvió la cabeza, se desvió ligeramente hacia el sitio donde se oía la voz y aterrizó en el banco de arena que

---

1. Viene a significar, más o menos, «La Guarida del Cocodrilo». *(N. del T.)*

había debajo del puente. Entonces se vio claramente la bestia grosera que en realidad era. Visto desde atrás, parecía un pájaro sumamente respetable, pues medía casi un metro ochenta de alto y tenía aspecto de pastor protestante, con su calva y su aire de persona de bien. Visto por delante, sin embargo, la cosa cambiaba, pues su cabeza de Ally Sloper[2] y su cuello estaban enteramente desprovistos de plumas y en el pescuezo, debajo del pico, tenía una horrible bolsa de piel desnuda: una especie de cesto donde guardaba todo cuanto robaba con su pico. Sus patas eran largas y delgadas, descarnadas, pero las movía con delicadeza y se las miraba con orgullo cuando se limpiaba y arreglaba las plumas color ceniza de su cola, mirando por encima de su espalda y cuadrándose como un soldado al recibir la voz de «¡Firmes!».

Un chacal sarnoso y pequeño, que estaba ladrando de hambre encima de unas rocas, alzó las orejas y la cola y cruzó velozmente las aguas poco profundas para reunirse con el Marabú.

Pertenecía a lo más bajo de su casta, sin que quiera decir con eso que los mejores chacales valgan mucho. Pero lo cierto es que este era especialmente mezquino, mitad mendigo y mitad criminal, merodeador de estercoleros, ora desesperadamente tímido o salvajemente osado, siempre hambriento y rebosando una astucia que jamás le hacía bien alguno.

—¡Uf! —dijo, sacudiéndose el agua de encima al llegar donde estaba el Marabú—. ¡Ojalá la sarna roja acabe con los perros de este poblado! He recibido tres mordiscos por cada pulga que llevo encima y todo por mirar, solo mirar, fíjate bien, un zapato viejo que había en un establo de vacas. ¿Qué voy a comer, pues? ¿Barro?

Se rascó debajo de la oreja izquierda.

—He oído decir —dijo el Marabú con una voz que parecía una sierra roma cortando una gruesa tabla de madera—, he

2. Tipo popular de la literatura inglesa, notable por su extrema fealdad. (N. del T.)

oído decir que dentro de ese zapato había un perrito recién nacido.

—Lo que se oye decir es una cosa, y lo que se sabe es otra muy distinta —dijo el Chacal, que conocía muy bien los proverbios, pues los había aprendido escuchando a los hombres que hablaban de noche alrededor de las hogueras de los poblados.

—Muy cierto. Así que, para estar seguro, estuve cuidando del perrito de marras mientras los perros andaban ocupados en otra parte.

—En verdad que andaban muy ocupados —dijo el Chacal—. Bueno, tendré que pasarme una temporada sin rebuscar en los estercoleros del poblado. ¿Y dices que verdaderamente había un perrito ciego dentro de aquel zapato?

—Ahora está aquí —repuso el Marabú, mirando de soslayo su repleta bolsa—. Es una cosa pequeñita, pero algo es algo en estos tiempos en que se ha perdido la caridad en el mundo.

—¡Ay! El mundo se ha vuelto de hierro en estos tiempos que corren —se lamentó el Chacal.

Sus ojos inquietos captaron una onda apenas perceptible en el agua y se apresuró a decir:

—La vida es dura para todos nosotros y no dudo que incluso nuestro excelente señor, el Orgullo del *Ghaut* y la Envidia del Río…

—Un mentiroso, un adulador y un chacal salieron del mismo huevo —dijo el Marabú, sin dirigirse a nadie en particular, pues él mismo estaba hecho un buen mentiroso: bastaba con que quisiera tomarse la molestia de serlo.

—Sí, la Envidia del Río —repitió el chacal, alzando la voz—. Incluso él, no me cabe ninguna duda, se encuentra con que la buena comida escasea desde que construyeron el puente. Aunque, por otro lado, y pese a que no lo diría ante su noble presencia, él es tan sabio y tan virtuoso… como, ¡ay!, yo no soy…

—Cuando el Chacal reconoce que es gris, ¡qué negro debe

de ser el Chacal! —musitó el Marabú, que no veía lo que se avecinaba.

—Que a él nunca le falta que comer y, por consiguiente…

Se oyó un leve ruido rasposo, como el de una barca rozando el fondo con su quilla. El Chacal se volvió raudamente y se quedó mirando de frente (siempre es mejor mirar de frente) a la criatura de la que estaba hablando desde hacía un rato. Era un cocodrilo de más de siete metros, envuelto en algo que semejaba una plancha de hierro remachada por partida triple, claveteada, carenada y coronada por una cresta, con las puntas amarillentas de sus dientes superiores asomando por encima de su quijada inferior, bellamente acanalada. Era el *Mugger* de *Mugger-Ghaut*,[3] más viejo que cualquiera de los habitantes del poblado, el que había sido el demonio del río antes de que construyeran el puente del ferrocarril: asesino, devorador de hombres y fetiche local todo a la vez. Yacía con la barbilla sumergida en las aguas poco profundas, manteniéndose a flote mediante un movimiento apenas visible de su cola, y bien sabía el Chacal que con un simple coletazo el *Mugger* habría subido orilla arriba con la velocidad de una locomotora de vapor.

—¡Dichosos los ojos, Protector de los Pobres! —exclamó zalameramente, sin dejar de retroceder un poco a cada palabra—. Oímos una voz deliciosa y vinimos aquí con la esperanza de disfrutar de un poco de dulce conversación. Mi desorbitada presunción me indujo, mientras aquí esperábamos, a hablar de ti. Confío en que ninguna de mis palabras se oyera.

El Chacal había hablado únicamente para que lo escuchasen, pues sabía que la adulación era la mejor manera de ganarse algo que llevarse a la boca, y el *Mugger*, por su parte, sabía que el Chacal había hablado con tal fin, y el Chacal sabía que el *Mugger* lo sabía, y el *Mugger* sabía que el Chacal sabía que el *Mugger* sabía, y por eso se sentían todos contentísimos de estar juntos.

3. Cocodrilo de morro ancho que vive en la India. (*N. del T.*)

El viejo bruto avanzó orilla arriba, jadeando, gruñendo y farfullando:

—¡Respetad a los viejos y a los débiles!

Sus ojillos ardían como carbones encendidos debajo de sus párpados gruesos y escamosos en lo alto de su cabeza triangular, mientras con sus patas, como si fueran muletas, impulsaba su corpachón, hinchado y con forma de barril. Luego se acomodó en un sitio y el Chacal, a pesar de lo acostumbrado que estaba a verlo, se sobresaltó por centésima vez al ver con qué perfección el *Mugger* imitaba un tronco que el agua hubiese depositado sobre el banco de arena. Incluso se había tomado la molestia de colocarse en el ángulo exacto en que habría quedado un tronco embarrancado en relación con el agua, teniendo presentes las corrientes del río en aquella época y lugar. Todo esto, por supuesto, era una simple cuestión de hábito, ya que el *Mugger* había echado pies a tierra por simple placer. De todos modos, un cocodrilo nunca está saciado del todo, y si el Chacal se hubiese dejado engañar por el parecido con un tronco, no habría vivido para filosofar sobre ello.

—Nada he oído, hijo mío —dijo el *Mugger,* cerrando un ojo—. El agua me llenaba los oídos y, además, me sentía medio desfallecido por el hambre. Desde que construyeron el puente para el ferrocarril, la gente de mi poblado ya no me quiere, y eso me está destrozando el corazón.

—¡Ay! ¡Qué vergüenza! —exclamó el Chacal—. ¡Un corazón tan noble! Pero los hombres son todos iguales por lo que veo.

—No, no, hay diferencias muy grandes entre ellos —repuso amablemente el *Mugger*—. Algunos están flacos como pértigas de barquero. Otros, en cambio, están gordos como cachorros de cha… de perro. Nunca querría criticarlos sin motivo. Los hay de toda laya, pero mis largos años de vida me han enseñado que, entre una cosa y otra, son muy buenos. Hombres, mujeres y niños… no les encuentro ningún defecto. Y recuerda, hijo, que quien reprende al mundo es reprendido por el mundo.

—La adulación es peor que llevar en la panza una lata vacía. Pero las palabras que acabamos de oír están llenas de sabiduría —dijo el Marabú, bajando una de sus patas.

—Sin embargo, piensa en la ingratitud que han demostrado para con el excelente personaje aquí presente —empezó a decir el Chacal con acento de ternura.

—¡No, no, nada de ingratitud! —exclamó el *Mugger*—. Es solo que no piensan en los demás. Pero me he fijado, desde mi guarida cerca de la orilla, me he fijado, digo, en que la escalera del nuevo puente resulta muy difícil de subir para los viejos y los niños pequeños. A decir verdad, los viejos no merecen tanta consideración, pero me duele… me duele sinceramente ver lo que les pasa a los niños que están gordos. De todos modos, me parece que dentro de poco, cuando el puente haya perdido el encanto de la novedad, veremos las piernas desnudas y morenas de mi gente chapoteando bravamente al cruzar el río, como hacían antes. Entonces el viejo *Mugger* volverá a recibir los honores que le son propios.

—Pero si este mediodía, sin ir más lejos, he visto coronas de caléndulas flotando por el río desde el *Ghaut* —dijo el Marabú.

Las coronas de caléndulas son signo de reverencia en toda la India.

—Fue un error… un simple error de la esposa del vendedor de dulces. Va perdiendo la vista año tras año y ya no puede distinguir entre un tronco y yo… el *Mugger del Ghaut.* Yo vi cómo se equivocaba al lanzar la guirnalda al agua, ya que me encontraba tumbado al pie del *Ghaut* y, de haber dado ella un paso más hacia delante, le habría demostrado la diferencia. Con todo, lo hizo con buena intención y hay que tener en consideración el espíritu que la llevó a hacer la ofrenda.

—¿De qué sirven las coronas de caléndulas cuando uno se encuentra en el estercolero? —preguntó el Chacal, que estaba cazando pulgas, aunque vigilando prudentemente con un ojo a su Protector de los Pobres.

—Cierto, pero todavía no han empezado a hacer el estercolero adonde deba ir a parar yo. Cinco veces he presenciado cómo el río se retiraba del poblado, dejando nuevos terrenos en el extremo de la calle. Cinco veces he visto cómo volvían a edificar el poblado junto a la orilla, y volveré a verlo cinco veces más. No soy ningún gavial[4] descreído y cazador de peces, que hoy está en Kasi y mañana en Prayag, como reza el dicho, sino que soy el vigilante constante y seguro del vado. No es por nada, hijo, que el poblado lleva mi nombre, y «el que mucho vigila», según el proverbio, «al fin consigue su recompensa».

—Pues lo que es yo, he vigilado mucho… muchísimo… casi toda mi vida y la única recompensa que he recibido son mordiscos y golpes —dijo el Chacal.

—¡Jo, jo, jo! —se rió estruendosamente el Marabú.

En agosto nació el Chacal,
y fue en septiembre cuando llovió,
y dice: «De tan gran chaparrón
no me acuerdo yo».

Tiene una peculiaridad muy desagradable el Marabú. De vez en cuando, pero jamás en la misma época, sufre agudos ataques de cosquilleo o rampa en las patas y, aunque su aspecto es más virtuoso que el de las demás grullas, que se muestran siempre sumamente respetables, echa a volar y baila una especie de danza guerrera, abriendo las alas a medias y subiendo y bajando su pelada cabeza, mientras que, por razones que él sabrá, cuida mucho de que sus peores ataques coincidan con sus comentarios más agrios. Una vez pronunciada la última palabra de su canción, se colocó nuevamente en posición de firmes, diez veces más Marabú que antes.

El Chacal se acobardó, pese a que tenía sus buenos tres

---

4. Reptil parecido al cocodrilo, aunque de morro más largo y estrecho, que vive en los ríos de la India y se alimenta solo de peces. *(N. del T.)*

años cumplidos, pero no se puede tomar en serio el insulto de alguien que tiene un pico de casi un metro de largo y sabe utilizarlo como si fuera una jabalina. El Marabú era un cobarde de campeonato, pero el Chacal era aún peor.

—Hay que vivir para aprender —dijo el *Mugger*— y voy a decirte una cosa: chacales pequeños los hay a montones, hijo, pero *muggers* como yo hay muy pocos. A pesar de ello, no soy orgulloso, pues el orgullo es la destrucción. De todos modos, toma nota de que es el Destino, y contra el Destino nada puede decir ningún ser que nade, camine o corra. Yo me siento satisfecho de mi Destino. Con un poco de buena suerte, de buena vista y la costumbre de considerar si un arroyo o remanso tienen salida, antes de meterse en ellos, es mucho lo que se puede hacer.

—Una vez oí decir que hasta el Protector de los Pobres se equivocó —dijo el Chacal malévolamente.

—Cierto, pero mi Destino me ayudó. Sucedió antes de que hubiese crecido del todo... tres hambres antes de la última. ¡Qué llenas estaban en aquellos días las corrientes que había a derecha e izquierda del Gunga! Sí, era joven e irreflexivo y cuando vino la crecida de las aguas, ¿quién se sintió más contento que yo? Por aquel entonces me contentaba con muy poco. El poblado quedó bajo las aguas, nadé por encima del *Ghaut* y me adentré en el interior, hasta los arrozales, en los que había abundancia de buen fango. Me acuerdo también de un par de ajorcas que encontré aquella tarde. Eran de cristal y no pocas molestias me ocasionaron. Sí, ajorcas de cristal y, si la memoria no me falla, un zapato. Debía de haberme sacudido de encima ambos zapatos, pero tenía hambre. Más adelante aprendí la lección. Sí. Así que comí y me puse a descansar. Pero cuando estuve listo para volver al río, las aguas ya habían bajado y tuve que andar por el barro que cubría la calle mayor. ¿Quién si no yo lo habría hecho? De las casas salió toda mi gente: sacerdotes, mujeres y niños, y yo los miré con benevolencia. El barro no es buen sitio para luchar. Uno de los barqueros dijo: «Traed hachas y lo mataremos, porque es el *Mug*-

ger del vado». «Nada de eso», dijo el brahmín. «Mirad, se lleva la inundación por delante. Es el dios del poblado». Entonces empezaron a arrojarme flores y uno de ellos tuvo la feliz ocurrencia de colocar una cabra en mi camino.

—¡Qué buenas! ¡Qué buenísimas son las cabras! —exclamó el Chacal.

—Peludas… demasiado peludas. Y cuando las encuentras en el agua, lo más probable es que oculto en ellas haya un garfio cruzado. Pero aquella cabra la acepté y bajé hasta el *Ghaut* rodeado de grandes honores. Más tarde, el Destino me envió al barquero que había querido cortarme la cola a hachazos. Se le encalló la barca en un bajío que había entonces y del que vosotros no os podéis acordar.

—¡Cuidado, que no todos somos chacales los que estamos aquí! —exclamó el Marabú—. ¿Te refieres al bajío que se formó allí donde se hundieron las barcas que transportaban piedra, el año de la gran sequía…, un bajío muy largo que resistió tres inundaciones?

—Había dos —dijo el *Mugger*—, uno en la parte de arriba y otro en la de abajo.

—¡Ay! Lo había olvidado. Los dividía un canal y más adelante se volvió a secar —dijo el Marabú, que se sentía muy orgulloso de su memoria.

—La barca del que tanto bien me deseaba se había encallado en el de abajo. Él estaba durmiendo en la proa y, sin haberse despertado del todo, saltó al agua, que le cubrió hasta la cintura… no, solo hasta las rodillas… para empujar la embarcación. Su barca vacía se fue río abajo y volvió a encallarse en el siguiente recodo que hacía el río por aquel entonces. Yo la seguí, pues sabía que los hombres vendrían para sacarla del agua.

—¿Y vinieron? —dijo el Chacal, un poco sobrecogido, pues aquello era cazar a gran escala y se sentía impresionado.

—Sí, y más abajo también. Yo no fui más allá, pero me hice con tres en un solo día: *manjis* (barqueros) bien alimentados. Ninguno de ellos, salvo el último (en aquellos tiempos yo era muy descuidado) gritó para avisar a los demás.

—¡Qué noble juego! Pero ¡qué inteligencia y qué capacidad de juicio requiere! —exclamó el Chacal.

—Nada de inteligencia, hijo: solo hace falta pensar. En la vida pensar un poquito es como echar sal al arroz, como dicen los barqueros, y yo siempre he pensado mucho. El gavial, mi primo, el comedor de peces, me ha hablado de lo difícil que le resulta seguir a sus peces y de lo distintos que son unos de otros. Él tiene que conocerlos todos, tanto cuando van juntos como cuando están separados. Y digo yo que esto es tener sabiduría, aunque, por otro lado, mi primo vive entre su gente. Mi gente no nada en grupos, con la boca fuera del agua, como hace Rewa. Ni están siempre subiendo hasta la superficie del agua y volviéndose de lado, como hacen Mohoo y el pequeño Chapta, y tampoco se agrupan en bancos después de la inundación, como Batchua y Chilwa.

—Todos son muy buenos para comer —dijo el Marabú, haciendo sonar el pico.

—Eso dice mi primo, y hay que ver la importancia que le da al hecho de atraparlos. Aunque ellos no se suben a la orilla para huir de su hocico. Mi gente es de otra manera. La vida la hacen en tierra, en las casas y entre el ganado. Yo debo estar enterado de lo que hacen y de lo que se disponen a hacer y, juntando la cola con la trompa, como suele decirse, me hago el elefante entero. ¿Hay una rama verde y una anilla de hierro colgadas en el dintel de una puerta? El viejo *Mugger* sabe que en aquella casa ha nacido un niño y que algún día este bajará a jugar en el *Ghaut*. ¿Va a casarse una doncella? El viejo *Mugger* lo sabe, pues ve a los hombres ir y venir con regalos, y sabe también que la doncella bajará hasta el *Ghaut* para bañarse antes de la boda y… allí la espera. ¿El río ha cambiado su curso dejando tierras nuevas donde antes solo había arena? El *Mugger* lo sabe.

—Bueno, pero ¿de qué te sirve saber todo esto? —dijo el

Chacal—. El río ha cambiado su curso incluso durante mi corta vida.

Los ríos de la India jamás se están quietos en su lecho y suelen cambiar de curso, a veces hasta dos o tres millas en una sola estación, anegando los campos de una orilla y esparciendo buenos sedimentos en la otra.

—Nada es tan útil como saberlo —repuso el *Mugger*—, ya que, a tierras nuevas, disputas nuevas. El *Mugger* lo sabe. ¡Vaya si lo sabe! En cuando el agua se ha evaporado o filtrado en la tierra, se mete por riachuelos que, según creen los hombres, no ocultarían ni a un perro, y allí se queda esperando. Al poco aparece un labriego diciendo que allí plantará pepinos, más allá melones, aprovechando la tierra nueva que el río le ha regalado. Va descalzo y con los dedos de los pies palpa el buen barro. Después se presenta otro y dice que plantará cebollas, zanahorias y caña de azúcar en tal o cual lugar. Se encuentran del mismo modo que antes o después se encuentran las barcas que flotan a la deriva y se miran suspicazmente. Mientras, el viejo *Mugger* lo va viendo y observando todo. Se llaman «hermano» el uno al otro y se disponen a trazar los límites de la tierra nueva. El *Mugger* los sigue rápidamente de un lugar a otro, arrastrándose medio cubierto por el barro. ¡Ahora empiezan a pelearse! ¡Ya se dicen palabras gruesas! ¡Ahora se quitan los turbantes! Ahora alzan los *lathis* (mazos) y, ¡por fin!, uno de ellos cae de espaldas sobre el fango, mientras el otro huye corriendo. Cuando regresa, la disputa ya está solventada, como atestigua el bambú con refuerzos de hierro del vencido. Pese a ello, nunca se lo agradecen al *Mugger*. No, en vez de hacerlo se ponen a gritar: «¡Asesino!», y sus familias, veinte personas por bando, empiezan a luchar a estacazos. Mi gente es buena gente: Jats de las tierras altas, Malwais de Bêt. No se pegan por el simple gusto de pegarse, sino que, al terminar la refriega, el viejo *Mugger* está esperando un poco más abajo, en el río, allí donde no pueden verlo desde el poblado, detrás de los matorrales de *kikar* que veis allí. Entonces empiezan a bajar, mis Jats de anchos hombros, ocho o nueve caminando juntos bajo las estrellas, transportando el muerto en un catre. Son ancianos de barbas grises y voz tan grave como la mía. Encienden una pequeña hoguera… ¡Ah, qué bien conozco esas hogueras! Mascan tabaco y, formando un corro, mueven la cabeza en señal de asentimiento y de vez en cuando señalan con ella al muerto, que yace en la orilla. Dicen que, a causa de lo que han hecho, la Ley inglesa vendrá a buscarlos con una soga y que la familia de tal o cual hombre se verá cubierta de vergüenza, porque a tal o cual hombre lo ahorcarán en el gran patio de la prisión. «¡Que lo cuelguen!», gritan los amigos del muerto, y la discusión vuelve a comenzar desde el principio. Y así una, dos, veinte veces durante la larga noche. Al fin uno de ellos dice: «La pelea fue limpia. Aceptemos una compensación en dinero, un poco más de lo que ofrece el que lo ha matado, y no volveremos a hablar del asunto». Entonces se ponen a regatear sobre la suma pues el muerto era un hombre fuerte y ha dejado muchos huérfanos. Pero antes del *amratvela* (el amanecer) acercan un poco de fuego, según la costumbre, y el muerto viene a mí y él sí que no dice nada del asunto. ¡Ajá, hijos míos! ¡El *Mugger* lo sabe… lo sabe! ¡Mis Malwais Jats son buena gente!

—Son demasiado agarrados… tienen el puño demasiado cerrado para mi gusto —graznó el Marabú—. No gastan betún con los cuernos de la vaca, como dice el refrán. Además, ¿quién encuentra algo que llevarse al pico allí por donde hayan pasado los Malwais?

—Ah, a mí me basta con hincarles el diente a ellos —dijo el *Mugger*.

—Ahora bien, en los viejos tiempos, allá en el sur, en Calcuta —prosiguió el Marabú—, todo lo echaban a la calle. No teníamos más que escoger lo que nos apeteciese. Aquellos eran buenos tiempos. Pero hoy día tienen las calles tan limpias como la cáscara de un huevo y mi gente se va volando a otras tierras. Una cosa es ser limpio y otra es quitar el polvo, barrer y regar siete veces al día. Eso cansa hasta a los mismos dioses.

—Un hermano mío me contó que, según le había dicho un chacal del sur, allá en Calcuta todos los chacales estaban tan gordos como las nutrias en época de lluvias —dijo el Chacal, al que la boca se le hacía agua con solo pensarlo.

—Sí, pero es que allí están los caras blancas, los ingleses, y traen perros en barco de no sé qué lugar río abajo…, unos perros grandes y gordos que se cuidan de que los chacales de que nos hablas estén bien flacos —dijo el Marabú.

—¿Así que tienen el corazón tan duro como la gente de aquí? Debí suponerlo. Ni la tierra, ni el cielo, ni el agua se muestran caritativas con un chacal. La temporada pasada vi las tiendas de un cara blanca, después de las lluvias, y, además, cogí unas bridas amarillas y nuevas y me las comí. Los caras blancas no saben curtir bien sus pieles. Me puse muy malo a causa de lo que me comí.

—Peor fue mi caso —dijo el Marabú—. Cuando tenía solo tres temporadas y era un pájaro joven y atrevido, una vez bajé hasta esa parte del río donde atracan las grandes barcas. Las barcas de los ingleses son grandes como tres poblados juntos.

—En sus viajes ha llegado hasta Delhi y dice que allí toda la gente camina sobre la cabeza —murmuró el Chacal.

El *Mugger* abrió el ojo izquierdo y miró atentamente al Marabú.

—Es cierto —insistió el gran pájaro—. Un mentiroso solo miente cuando espera que le crean. Nadie que no hubiese visto esas barcas podría creer esta verdad.

—Eso es más razonable —dijo el *Mugger*—. ¿Y después?

—De las entrañas de una de las barcazas estaban sacando grandes trozos de una cosa blanca que en pocos instantes se convertía en agua. Grandes pedazos se desprendían del resto y caían en la playa, y lo que quedaba se apresuraban a meterlo en una casa de gruesas paredes. Pero un barquero, uno que estaba riendo, cogió un trozo no mayor que un perro pequeño y me lo arrojó. Yo… toda mi gente… nos tragamos las cosas sin pensarlo dos veces, de modo que, siguiendo la costumbre, me tragué aquel pedazo. Inmediatamente empecé a sentir un frío tremendo que, empezando por el buche, me recorría el cuerpo hasta la punta de las patas, dejándome sin habla. Mientras, los barqueros se reían de mí. Jamás he padecido un frío semejante. Presa del dolor y el pasmo, estuve bailando hasta que recobré el aliento y entonces me puse a bailar y a gritar contra la falsedad de este mundo mientras los barqueros se tronchaban de risa. Lo más maravilloso del asunto, dejando aparte aquella prodigiosa sensación de frío, fue que, cuando dejé de lamentarme ¡no había absolutamente nada en mi buche!

El Marabú había tratado de describir lo mejor posible las sensaciones que experimentó después de tragarse un trozo de hielo, de siete libras de peso, transportado desde el lago Wenham por un buque frigorífico americano, en los días anteriores a la instalación en Calcuta de maquinaria para fabricar hielo. Pero como él no sabía qué era el hielo, y menos aún lo sabían el *Mugger* y el Chacal, al cuento le faltó emoción.

—Cualquier cosa —dijo el *Mugger*, volviendo a cerrar el ojo izquierdo—, cualquier cosa es posible si sale de una barca grande como tres veces el poblado de *Mugger-Ghaut.* Mi poblado no es de los pequeños.

En lo alto del puente se oyó un silbido y el correo de Delhi pasó rápidamente por encima de sus cabezas, brillantemente iluminados todos los vagones y seguido fielmente por las sombras del río. Luego el traqueteo se perdió en la oscuridad y el silencio volvió a reinar en el lugar. El *Mugger* y el Chacal, sin embargo, estaban tan acostumbrados que ni siquiera volvieron la cabeza para ver pasar el tren.

—¿Eso os parece menos maravilloso que una barca grande como tres veces *Mugger-Ghaut*? —preguntó el pájaro, alzando la cabeza.

—Eso vi cómo lo edificaban, hijo —dijo el *Mugger*—. Vi crecer los pilares del puente piedra a piedra, y cuando los hombres caían al río (se sostenían la mar de bien allí arriba, pero a veces alguno perdía pie y se caía) yo estaba dispuesto. Cuando terminaron el primer pilar, no se les ocurrió buscar el cadáver en el río para incinerarlo. Como veis, también en este caso les ahorré muchas complicaciones. No tuvo nada extraño la construcción del puente.

—Pero ¿y eso que lo cruza arrastrando unos carros con tejado? ¡Eso sí que es extraño! —repitió el Marabú.

—Se trata de alguna nueva raza de buey, sin ninguna duda. Algún día no podrá sostenerse allí arriba y caerá como caían los hombres. El viejo *Mugger* lo estará esperando.

El Chacal miró al Marabú, y el Marabú miró al Chacal. Si de algo estaban más seguros que de cualquier otra cosa, ese algo era que la locomotora podía serlo todo menos un buey. Una y otra vez la había observado el Chacal desde las matas de áloe que crecían a ambos lados de la vía férrea, a la vez que el Marabú llevaba viendo aquella clase de máquinas desde la llegada de la primera locomotora a la India. Pero el *Mugger* solo había visto aquella cosa desde abajo, creyendo que la pequeña cúpula de bronce era la joroba de un buey.

—¡Hum…! Sí, una nueva especie de buey —repitió el *Mugger* con voz grave, para acabar de convencerse a sí mismo.

—A punto fijo que es un buey —dijo el Chacal.

—Aunque bien podría ser… —empezó a decir el *Mugger* con acento áspero.

—Cierto, muy cierto —dijo el Chacal, sin esperar a que el otro terminase.

—¿Qué? —dijo el *Mugger* con cara de pocos amigos, pues tenía la sensación de que los otros dos sabían más que él—. ¿Qué podría ser? Yo no he terminado de decirlo y vosotros habéis dicho que era un buey.

—Es cualquier cosa que el Protector de los Pobres tenga a bien que sea. Yo soy su servidor, y no el servidor de esa cosa que cruza el río.

—Sea lo que sea, es obra de los caras blancas —dijo el Marabú—. Yo por mi parte no me pondría en un sitio tan cercano al puente como este banco de arena.

—Tú no conoces a los ingleses tan bien como yo —dijo el *Mugger*—. Había un cara blanca aquí, cuando estaban construyendo el puente, que por la tarde solía coger una barca y, golpeando con los pies las tablas del fondo, susurraba: «¿Está aquí? ¿Lo habéis visto? Traedme el fusil». Yo podía oírlo antes de verlo... Lo oía todo: el crujido de la barca, la respiración del hombre, los golpes del fusil, mientras iba arriba y abajo por el río. Tan cierto como que había recogido a uno de sus trabajadores, ahorrándoles así la leña de la pira funeraria, era que acababa por bajar hasta el *Ghaut* y una vez allí, empezaba a proclamar en voz alta que me cazaría y libraría el río de mi presencia, de mí ¡el *Mugger* de *Mugger-Ghaut*! ¡Imaginaos! Hijos míos, me pasaba horas y más horas nadando por debajo de su barca y oyéndole disparar contra los troncos que flotaban en el río. Cuando estaba seguro de que ya no podía más de cansancio, salía a la superficie y cerraba mis fauces a poca distancia de sus narices. Cuando terminaron el puente, el cara blanca se marchó. Todos los ingleses cazan de esta manera, salvo cuando los cazados son ellos.

—¿Quién caza a los caras blancas? —preguntó el Chacal, presa de excitación.

—Ahora nadie, pero en mis tiempos yo lo cazaba.

—Recuerdo un poco esas cacerías. Yo era muy joven por aquel entonces —dijo el Marabú, haciendo un ruido muy significativo con el pico.

—Me encontraba muy bien instalado aquí. Recuerdo que estaban construyendo por tercera vez mi poblado cuando mi primo, el gavial, me trajo noticias de las ricas aguas que había más arriba de Benarés. Al principio no quería irme, pues mi primo, que es un comedor de peces, no siempre sabe distinguir lo bueno de lo malo. Pero oí que mi gente hablaba de ello durante las veladas y lo que decían me sacó de dudas.

—¿Y qué es lo que decían? —preguntó el Chacal.

—Lo que dijeron fue suficiente para que yo, el *Mugger* de *Mugger-Ghaut*, saliera del agua y me pusiera a caminar. Viajaba de noche, aprovechando los riachuelos que encontraba a mi paso, pero, como estábamos a principios de la estación calurosa, todos los ríos llevaban poco caudal. Crucé caminos polvorientos, me metía en campos de espesa hierba y de noche escalaba montañas a la luz de la luna. Incluso trepaba por las rocas, hijos míos: tenedlo en cuenta. Atravesé la cola del Sirhin, el que no lleva agua, antes de encontrar aquella serie de riachuelos que desembocan en el Gunga. Transcurrió todo un mes desde que salí de donde se hallaban mi gente y el río que conocía. ¡Fue maravilloso!

—¿Cómo te alimentaste por el camino? —preguntó el Chacal, que tenía el alma en el estómago y no se sentía impresionado por las caminatas del *Mugger*.

—Comía lo que encontraba… *primo* —repuso el *Mugger*, pronunciando despacio cada una de las palabras.

Ahora bien, en la India no se llama «primo» a un hombre a no ser que el que así lo llame crea posible establecer algún vínculo de sangre con él, y, como es solo en los viejos cuentos de hadas que un *mugger* se casa con algún chacal, el Chacal comprendió enseguida por qué razón acababa de verse elevado al círculo familiar del *Mugger*. De haber estado los dos solos, no le habría importado, pero los ojos del Marabú relucieron de hilaridad al oír la fea broma.

—Por supuesto, padre. Debí imaginármelo —dijo el Chacal.

Al *mugger* no le hace ninguna gracia que lo llamen padre de chacales y así lo dijo el *Mugger* de *Mugger-Ghaut*. Dijo muchas más cosas, también, pero no viene al caso repetirlas aquí.

—El Protector de los Pobres ha declarado nuestro parentesco. ¿Cómo voy a recordar exactamente qué grado de parentesco nos une? Además, los dos comemos lo mismo. Él mismo lo ha dicho —replicó el Chacal.

Eso empeoró las cosas aún más, pues lo que el Chacal insinuaba era que el *Mugger*, durante su marcha por tierra, debió comer lo que encontraba el mismo día, es decir, comida fresca en vez de guardarla hasta que se hallase en condiciones de ser ingerida, como hacen todo *mugger* que se precie y la mayor parte de las bestias salvajes cuando pueden. De hecho, uno de los peores insultos que se conocen a lo largo del curso del río es el de «comedor de carne fresca». Se considera casi tan grave como tachar de caníbal a un hombre.

—Ese alimento lo comiste hace treinta estaciones —dijo el Marabú con calma—. Aunque nos pasemos hablando otras treinta estaciones, nunca volverá. Así que, dinos qué sucedió cuando llegaste a las aguas buenas después de tu maravilloso y portentoso viaje por tierra. Si prestáramos atención a los aullidos de todos los chacales, los asuntos de la ciudad quedarían paralizados, como dice el refrán.

Seguramente el *Mugger* se sentía agradecido por la interrupción, ya que se apresuró a proseguir con su historia:

—¡Por la orilla izquierda y derecha del Gunga! ¡Cuando llegué no vi por ninguna parte las aguas de que me habían hablado!

—Entonces ¿es que eran mejores que la gran inundación de la última estación? —dijo el Chacal.

—¡Mejores! La de la pasada estación no fue mayor que la que se produce cada cinco años: se ahogan un puñado de forasteros, algunas gallinas y en las aguas fangosas y revueltas flota un buey muerto. Pero la estación en que estoy pensando... el río llevaba poco caudal y estaba calmado, y, como me había dicho el gavial, los ingleses muertos bajaban por las aguas, uno tras otro, casi tocándose. Me puse que daba gloria verme... ¡Cómo me puse! Desde Agrá, pasando por Etawah y las aguas caudalosas cerca de Allahabad...

—¡Ay, el remolino que se formó al pie de las murallas del fuerte de Allahabad! —exclamó el Marabú—. Había tantos como patos silvestres en los cañaverales, y daban vueltas y más vueltas... ¡Así!

De nuevo se puso a bailar su horrible danza, mientras el Chacal lo contemplaba con ojos cargados de envidia. Él, naturalmente, no podía recordar el terrible año del motín de que estaban hablando. El *Mugger* prosiguió:

—Sí, allí en Allahabad uno se quedaba quieto en las aguas tranquilas y dejaba que pasaran una veintena antes de decidirse por uno. Y sobre todo, los ingleses no iban cargados de joyas ni llevaban anillos en la nariz o en los tobillos como llevan hoy las mujeres de mi gente. Deleitarse con los ornamentos, como reza el dicho, es acabar con una soga a guisa de collar. Aquel año engordaron todos los *muggers* de todos los ríos, pero fue mi Destino que engordase más que todos los otros. Según las noticias, estaban persiguiendo a los ingleses hacia los ríos. ¡Por las orillas del Gunga! Nosotros nos las creímos. Seguí creyéndomelas mientras me dirigí hacia el sur, y bajé hasta Monghyr y las tumbas que dominan el río.

—Conozco ese lugar —dijo el Marabú—. Desde entonces Monghyr es una ciudad muerta. Ahora solo viven en ella unos cuantos hombres.

—Después me puse a nadar río arriba, despacio, con mucha pereza, y un poco más arriba de Monghyr vi bajar una barca llena de caras blancas… ¡Vivas! Recuerdo que eran mujeres y estaban echadas debajo de una sábana sostenida por cuatro palos. Se las oía llorar. En ningún momento nos dispararon a nosotros, que en aquellos días éramos los vigilantes de los vados. Todos los fusiles tenían trabajo en otras partes. Día y noche llegaba desde tierra adentro el ruido de las detonaciones, que el viento nos acercaba y luego se llevaba otra vez. Surgí a la superficie delante de la barca, ya que nunca había visto caras blancas vivas, aunque las conocía, bueno… de otra forma. Una criatura blanca y desnuda se arrodilló junto a la borda y se agachó sobre las aguas, y se le ocurrió meter las manos en ellas para dejar una estela detrás.

Es bonito ver lo mucho que les gusta a los niños el agua corriente. Yo ya había comido aquel día, pero aún me quedaba un rinconcito vacío en el estómago. De todos modos, no fue para comer, sino para divertirme que saqué la cabeza a poca distancia de las manos de la criatura. Eran un blanco tan visible que ni siquiera miré al cerrar las quijadas. Pero eran también tan diminutas que, aunque estoy seguro de que las atrapé, la criatura las apartó rápidamente sin sufrir el menor daño. Debieron de pasar entre mis dientes, aquellas manitas blancas. Hubiese debido atraparle de lado, por los codos, pero, como he dicho, lo hice únicamente por deporte y para ver algo que era nuevo para mí. Las mujeres de la barca se pusieron a gritar, una tras otra, y al poco salí de nuevo para verlas. La barca era demasiado pesada para volcarla. A bordo solo había mujeres, pero, como dice el refrán, «el que se fía de las mujeres es como si no viese las plantas que ocultan un pantano».

—Una vez una mujer me dio pieles de pescado secas —dijo el Chacal—. Yo albergaba la esperanza de arrebatarle su bebé, pero comer pienso de caballos es preferible a recibir una coz de los mismos, según el dicho. ¿Qué hizo tu mujer?

—Me disparó con un fusil corto de un tipo que no había visto ni he vuelto a ver desde entonces. Cinco veces, una tras otra —dijo el *Mugger*; debió de encontrarse con un revólver anticuado—, y yo me quedé boquiabierto, mirándola con la cabeza envuelta en humo. Jamás he visto nada semejante. Cinco tiros, tan rápidos como los golpes que doy con la cola… ¡Así!

El Chacal, cuyo interés por la historia crecía de segundo en segundo, tuvo el tiempo justo de saltar hacia atrás antes de que la enorme cola pasara volando como la hoz de un segador.

—Hizo fuego cinco veces —prosiguió el *Mugger*, como si jamás hubiese soñado siquiera con dejar atontado de un coletazo a uno de sus oyentes—, cinco veces antes de que me sumergiera. Luego volví a salir y tuve el tiempo justo de oír cómo un barquero les decía a todas aquellas mujeres blancas que sin ninguna duda yo estaba muerto. Una de las balas se me había metido debajo de una placa del cuello. No sé si aún está allí, porque no puedo volver la cabeza. Mira a ver, hijo. Demostrará que mi historia es cierta.

—¿Yo? —dijo el Chacal—. ¿Acaso un comedor de zapatos viejos, un quebrantahuesos, tiene derecho a dudar de la palabra de quien es la Envidia del Río? ¡Que me arranquen la cola a mordiscos unos perritos ciegos si alguna vez la sombra de semejante pensamiento ha cruzado mi humilde cerebro! El Protector de los Pobres ha condescendido a informarme a mí, su esclavo, que una vez en la vida fue herido por una mujer. Eso me basta. Lo contaré a todos mis hijos, sin jamás pedir pruebas.

—A veces el exceso de cortesía no es mejor que el de grosería, ya que, como dice el refrán, a fuerza de darle requesón uno puede ahogar a su invitado. Lo que es yo, no tengo el menor deseo de que tus hijos lleguen a saber que el *Mugger* de *Mugger-Ghaut* recibió su única herida de una mujer. ¡Bastantes cosas en que pensar tendrán, si tienen que ganarse el sustento de forma tan miserable como su padre!

—¡Hace tiempo que cayó en el olvido! ¡Jamás se dijo! ¡Jamás existió una mujer blanca! ¡No había ninguna barca! Nada de todo eso sucedió.

El Chacal meneó la cola para demostrar cuán concienzudamente lo había borrado todo de su memoria y luego se sentó, dándose aires de ser muy importante.

—En verdad que sucedieron muchas cosas —dijo el *Mugger*, viendo por segunda vez cómo echaban por tierra el intento de vencer a su amigo. (Sin embargo, ninguno de los dos albergaba malas intenciones. Comer y ser comido era cosa de ley en el río, y el Chacal acudía siempre en busca de su parte cuando el *Mugger* terminaba de comer)—. Dejé en paz aquella barca y seguí río arriba y, al llegar a Arrah y a las aguas remansadas que hay detrás, ya no encontré más ingleses muertos. Durante un trecho el río estaba vacío. Luego bajaron uno o dos muertos. Llevaban guerreras rojas. No eran iguales que las de los ingleses, pero sí iguales unas a otras… hindúes o *purbeeahs*. Luego empezaron a bajar de cinco en cinco, de seis en seis y finalmente, desde Arrah hasta el norte, más allá de Agra, parecía que poblados enteros se hubiesen metido en el agua. Salían de los riachuelos, uno tras otro, igual que los troncos cuando vienen las lluvias. Cuando crecían las aguas, subían también ellos desde los bajíos donde estaban descansando. Y cuando las aguas bajaban los arrastraban por los pelos a través de campos y de la jungla. Durante toda la noche, además, mientras me dirigía hacia el norte, oí disparos y de día oía el ruido de botas al cruzar los vados, así como ese ruido que hacen las pesadas ruedas de carro al aplastar la arena del fondo. Cada onda traía más muertos. Al final hasta yo me asusté, pues me dije: «Si eso les pasa a los hombres, ¿cómo va a escapar el *Mugger* de *Mugger-Ghaut?*». También había barcas que subían por el río sin velas, ardiendo todo el rato, pues echaban humo como los barcos del algodón. Y, pese a ello, no se hundían.

—¡Ah! —exclamó el Marabú—. Barcas como las que tú dices las he visto llegar a Calcuta, en el sur. Son altas y negras, y con la cola van azotando el agua y…

—Son grandes como tres veces mi poblado. Las mías eran bajas y blancas y azotaban el agua por los dos costados, y no eran más grandes de lo que deben ser las barcas de quien diga la verdad. Me asusté mucho al verlas, así que salí del agua y regresé a este río, que es el mío. Me escondía durante el día y viajaba por la noche, caminando cuando no encontraba ningún arroyuelo. Finalmente llegué a mi poblado, aunque no esperaba ver a mi gente en él. No obstante, allí estaban: arando, sembrando y recogiendo la cosecha, yendo de un lado para otro por sus campos, tan tranquilos como sus vacas.

—Y en el río, ¿seguías encontrando buena comida? —preguntó el Chacal.

—Más de la que quería. Incluso yo… y eso que no como fango… incluso yo me sentía cansado y recuerdo que un poco asustado ante semejante ir y venir de aquella gente silenciosa. Oí decir a la gente de mi poblado que todos los ingleses estaban muertos, pero los que la corriente arrastraba boca abajo por el río no eran ingleses, como mi gente podía ver muy bien. Luego mi gente dijo que era mejor no decir ni pío y seguir pagando el impuesto y arando la tierra. Al cabo de mucho tiempo, el río quedó limpio y resultaba fácil ver que los que viajaban flotando por él se habían ahogado en las inundaciones. Pude verlo muy bien y me alegré de ello, aunque se hizo más difícil encontrar comida. Que me maten un poquito aquí y allá no está mal, pero hasta el *Mugger* se da a veces por satisfecho, como dice el refrán.

—¡Maravilloso! ¡Realmente maravilloso! —exclamó el Chacal—. He engordado con solo oír hablar tanto de buena comida. Y, si se me permite la pregunta, ¿qué hizo después el Protector de los Pobres?

—Me dije a mí mismo, ¡y por las orillas del Gunga que sellé mi juramento cerrando las quijadas!, que nunca más me dedicaría a vagabundear. Así que me quedé a vivir en el *Ghaut*, muy cerca de mi propia gente, a la que vigilé año tras año. Y ellos me querían tanto que me arrojaban coronas de caléndulas cuando veían surgir mi cabeza del agua. Sí, y el Destino ha sido muy bueno conmigo, y el río es lo bastante considerado para respetar mi pobre y débil presencia, solo que…

—Nadie es feliz desde el pico hasta la cola —dijo el Marabú comprensivamente—. ¿Qué más necesita el *Mugger* de *Mugger-Ghaut*?

—Aquella criaturita blanca que no pude atrapar —dijo el *Mugger*, suspirando hondamente—. Era muy pequeña, pero no la he olvidado. Ya soy viejo, pero antes de morir desearía probar algo nuevo. Es cierto que son torpes al andar, ruidosos y estúpidos, y la diversión sería poca, pero me acuerdo de los viejos tiempos allá en Benarés y, si todavía vive, la criatura también se acordará. Puede que suba y baje por la orilla de algún río, contando cómo una vez pasó las manos entre los dientes del *Mugger* de *Mugger-Ghaut* y vivió para contarlo. El Destino ha sido muy bueno conmigo, pero algo me atormenta a veces en mis sueños: el recuerdo de aquella criatura en la proa de la barca.

Bostezó y después cerró las quijadas.

—Y ahora voy a descansar y pensar. Guardad silencio, hijos míos, y respetad a los viejos.

Se volvió pesadamente y arrastró el cuerpo hasta la cima del banco de arena, mientras el Chacal y el Marabú se cobijaban debajo de un árbol solitario que había en el extremo más cercano al puente del ferrocarril.

—Provechosa y agradable vida la suya —dijo el Chacal, alzando los ojos con expresión inquisitiva hacia el pájaro—. Y ni una sola vez, repito, ni una sola vez se ha dignado decirme en qué parte de la orilla podría encontrar un buen bocado. Yo, en cambio, le he dicho centenares de veces que algo bueno bajaba por el río. Cuán cierto es el dicho de que «nadie se acuerda del chacal y del barbero una vez conocida la noticia». ¡Ahora se va a dormir! ¡Arrh!

—¿Cómo puede un chacal cazar con un *Mugger*? —preguntó fríamente el Marabú—. Ladrón grande y ladrón pequeño: es fácil adivinar quién se lleva la mejor parte.

El Chacal se volvió, aullando con impaciencia, e iba a acurrucarse debajo del árbol cuando de pronto retrocedió asustado y miró entre las ramas del árbol hacia el puente, que colgaba casi encima mismo de su cabeza.

—¿Qué pasa ahora? —dijo el Marabú, desplegando las alas con gesto de inquietud.

—Espera a que lo veamos. El viento sopla desde donde estamos hacia ellos, aunque no nos están buscando… esos dos hombres.

—Hombres, ¿eh? Mi cargo me protege. Toda la India sabe que soy sagrado.

Como es un barrendero de primera, al Marabú se le permite ir y venir a su antojo, por lo que el compañero del Chacal no dejó entrever la menor señal de querer huir de allí.

—Yo no valgo lo suficiente para recibir puntapiés dados con algo mejor que un zapato viejo —dijo el Chacal, volviendo a aguzar el oído—. ¡Más pisadas! —agregó—. Eso no son sandalias de campesino, sino botas de cara blanca. ¡Escucha! ¡Ahí se oye entrechocar de hierros! ¡Llevan fusiles! Amigo mío, esos ingleses torpes y estúpidos vienen a hablar con el *Mugger*.

—Avísalo, pues. Hace apenas un ratito alguien que no era muy distinto de un chacal famélico lo llamó Protector de los Pobres.

—Deja que mi primo cuide de su propio pellejo. Una y otra vez me ha dicho que no hay nada que temer de los caras blancas. Y esos que se acercan tienen que ser caras blancas, pues ningún habitante de *Mugger-Ghaut* se atrevería a venir por él. Fuera del agua no oye muy bien, y... ¡esta vez no es una mujer!

El reluciente cañón de un fusil lanzó un fugaz destello bajo la luz de la luna, entre la espesura. El *Mugger* seguía tumbado en el banco de arena, inmóvil como su propia sombra, con las patas delanteras algo separadas y la cabeza entre ellas, roncando como... un *mugger*.

En lo alto del puente una voz susurró:

—Es un blanco extraño... casi en perpendicular, pero no corremos ningún peligro aquí arriba. Prueba a darle detrás del cuello. ¡Atiza! ¡Qué bestia! Los del pueblo se pondrán furiosos si le pegamos un tiro, de todos modos. Es el *deota* (diosecillo) de estos andurriales.

—Me importa un bledo —respondió otra voz—. Se llevó quince de mis mejores peones indios mientras construíamos el puente. Ya es hora de que alguien acabe con él. Llevo semanas recorriendo el río en bote intentando dar con él. Ten el rifle Martini preparado para cuando le haya descargado los dos cañones del mío.

—Ojo con el retroceso, que un disparo doble con un fusil del cuatro no es cosa de broma.

—Eso es él quien debe decirlo. ¡Ahí va!

Se oyó un estampido como el de un cañón pequeño (el calibre más grande de rifle para matar elefantes no difiere en mucho de algunas piezas de artillería), una doble llamarada rasgó la oscuridad y en el acto se oyó la seca detonación de un Martini, cuyas alargadas balas atraviesan como si nada las placas de un cocodrillo. Pero fueron las balas explosivas las que hicieron la tarea. Una de ellas se alojó justo detrás del cuello, a menos de un palmo a la izquierda del espinazo, al tiempo que la otra estallaba un poco más abajo, en el nacimiento de la cola. En noventa y nueve casos de cada cien un cocodrilo mortalmente herido consigue arrastrarse hasta llegar a aguas profundas y huir, pero el *Mugger* de *Mugger-Ghaut* quedó literalmente partido en tres trozos. Apenas si movió la cabeza antes de que la vida lo abandonase y quedara tendido en el suelo, tan liso como el Chacal.

—¡Rayos y truenos! ¡Truenos y rayos! —exclamó la pobre bestezuela—. ¿Es que lo que arrastra los carros cubiertos por el puente ha caído por fin al río?

—No es más que un fusil —dijo el Marabú, aunque le temblaban hasta las plumas de la cola—. Nada más que un fusil. Está bien muerto. Ahí vienen los caras blancas.

Los dos ingleses acababan de bajar corriendo del puente y cruzaron el banco de arena, donde se detuvieron contemplando admirados la longitud del *Mugger*. Luego un nativo llegó con un hacha y cortó la enorme cabeza y otros cuatro hombres se la llevaron a rastras por el banco de arena.

—La última vez que metí la mano en la boca de un *Mugger* —dijo uno de los ingleses, agachándose (se trataba del hombre que había construido el puente)—, fue cuando tendría yo unos cinco años, yendo río abajo hacia Monghyr, en un bote. Fui uno de los Bebés del Motín, como nos llama la gente. La pobre mamá iba también en el bote, y a menudo me contaba cómo había hecho fuego contra la cabeza de la bestia con la vieja pistola de papá.

—Bueno, no puede negarse que te has tomado tu venganza en el jefe de la tribu… aunque te sangre la nariz por culpa del retroceso de la culata. ¡Eh, barqueros! Arrastrad la cabeza hasta la orilla y la herviremos para sacarle el cráneo. La piel está demasiado maltrecha para conservarla. Vámonos ya a acostarnos. Ha valido la pena pasarse la noche en blanco, ¿verdad?

Resulta curioso, pero el Chacal y el Marabú hicieron exactamente el mismo comentario transcurridos apenas tres minutos después de que los hombres se hubieran marchado.

Canción de la onda

Llegó una vez una onda a tierra,
ardiendo bajo el sol de la tarde,
y tocó la mano de una doncella
que por el vado a casa regresaba.

Finos pies y dulce seno,
van a casa a descansar.
«¡Espera!», dijo la onda.
«¡Espera, pues la Muerte soy!»

A donde me llama mi amor voy,
malo sería despreciarlo.
Fue un pez lo que se movió,
nadando raudamente.

Finos pies, corazón tierno,
aguarda el transbordador.
«¡Espera!», dijo la onda.
«¡Espera, pues la Muerte soy!»

Cuando mi amor llama, me apresuro,
pues no se casó la Desdeñosa.

Y onda tras onda en la corriente
su cintura abrazó.

Corazón loco y mano fiel,
piececitos en el agua,
lejos huyó la onda, lejos,
lejos y encarnada.

EL *ANKUS* DEL REY

He aquí los cuatro que jamás están contentos,
que jamás han tenido la panza llena desde el primer rocío:
la boca de Jacala, el buche del Milano,
las manos del Mono y los ojos del Hombre.

Refrán de la jungla

Kaa, la gran Pitón de la Roca, habría cambiado de piel unas doscientas veces tal vez desde su nacimiento y Mowgli, que jamás olvidaba que le debía la vida a Kaa y al trabajo que esta realizara una noche en los Cubiles Fríos (como quizá recordaréis), fue a felicitarla. Los cambios de piel siempre dejan a la serpiente un tanto melancólica y deprimida hasta que la nueva piel empieza a relucir y ser bonita. Kaa ya nunca se burlaba de Mowgli, sino que lo aceptaba, del mismo modo que lo aceptaban los otros Pueblos de la Jungla, y lo consideraba el Amo de la Jungla. Siempre le trasmitía las noticias que llegaban a oídos de una gran pitón como ella. Lo que Kaa no conociera sobre la Jungla Media (así llamaban a la vida que transcurre cerca o debajo de tierra, entre los peñascos, nidos y troncos de los árboles) podrían haberlo escrito en la más diminuta de sus escamas.

Aquella tarde se encontraba Mowgli sentado en el círculo que formaban los grandes anillos de Kaa, manoseando la piel vieja y reseca que yacía retorcida entre las rocas, tal como Kaa la había dejado. Muy cortésmente, Kaa se había enroscado debajo de los amplios y desnudos hombros de Mowgli, de tal manera que el muchacho descansaba en realidad sobre un butacón viviente.

—Hasta las escamas de los ojos son perfectas —dijo Mowgli en voz baja, jugueteando con la piel vieja—. ¡Qué extraño es ver la envoltura de la cabeza a tus pies!

—¡Ay! Yo no tengo pies —dijo Kaa—, y como esta es la costumbre de todos los míos, no me parece extraña. ¿Es que a ti nunca se te seca y envejece la piel?

—Sí, pero entonces voy y me la lavo, Cabeza Plana. Pero tienes razón: a veces, cuando el calor aprieta, he deseado desprenderme de la piel sin dolor y correr por ahí despellejado.

—Yo me lavo y, además, me quito la piel. ¿Qué te parece la nueva?

—La tortuga tiene el lomo duro, pero no tan vistoso como el tuyo. Es muy bonita. Se parece a las manchitas que hay en la boca de un lirio.

—Le hace falta un poco de agua. Una piel nueva nunca adquiere todo su color antes del primer baño. Vamos a bañarnos.

—Te llevaré en brazos —dijo Mowgli.

Se agachó riendo para levantar por el medio el enorme cuerpo de Kaa, asiéndola por su parte más gruesa. Habría sido lo mismo tratar de levantar a pulso una cañería de agua de sesenta centímetros de diámetro. Kaa siguió en el suelo, resoplando quedamente de alegría. Comenzó entonces el juego de todas las tardes: el muchacho, con la cara enrojecida por el tremendo esfuerzo, y la pitón, luciendo su nueva piel, enfrentándose en un combate de lucha libre, a ver cuál de los dos tenía más fuerza y la vista más penetrante. Ni que decir tiene que Kaa habría podido aplastar a una docena de Mowglis de haber querido hacerlo, pero jugaba con mucha prudencia, sin recurrir en ningún momento a más de una décima parte de su poder. Desde que Mowgli se había hecho lo bastante fuerte para resistir algún que otro golpe, Kaa le había enseñado aquel juego, gracias al cual las extremidades del pequeño adquirían una flexibilidad que no habría podido conseguir de ninguna otra forma. A veces Mowgli se quedaba envuelto hasta el cuello en los movedizos anillos de Kaa, tratando de soltarse un brazo para agarrarla por la garganta. Entonces Kaa cedía y Mowgli, moviendo rápidamente ambos pies, trataba de sujetar con ellos la enorme cola que retrocedía palpando el suelo en busca de una roca o un tocón. Mirándose a los ojos, esperando la ocasión, rodaban por el suelo hasta que el hermoso grupo escultórico se deshacía en un torbellino de anillos negros y amarillos y brazos y piernas que forcejeaban sin cesar.

—¡Ahora! ¡Ahora! ¡Ahora! —decía Kaa, lanzando con la cabeza unas fintas que ni las ágiles manos de Mowgli podían parar—. ¡Mira! ¡Voy a tocarte ahí, Hermanito! ¡Aquí y aquí! ¿Tienes las manos dormidas? ¡Pues ahora vuelvo a tocarte!

El juego terminaba siempre de la misma forma: con un fuerte golpe de cabeza que dejaba al chico tendido en el suelo. Mowgli jamás aprendió a resguardarse de aquella embestida veloz como un relámpago y, como decía Kaa, tampoco valía la pena que se esforzase en aprenderlo.

—¡Buena caza! —gruñó finalmente Kaa, y Mowgli, como de costumbre, salió disparado media docena de metros más allá, dando respingos y riendo.

Se levantó con los dedos llenos de hierba y siguió a Kaa hasta el lugar donde solía bañarse la sabia serpiente: un estanque profundo, negro como la pez y rodeado de rocas, al que daban interés los tocones sumergidos. El muchacho se metió en el agua sin hacer el menor ruido, como se acostumbra a hacer en la jungla, y se zambulló saliendo silenciosamente por el otro lado. Luego se tumbó de cara arriba, con los brazos detrás de la cabeza, contemplando cómo salía la luna por encima de las rocas y quebrando con los dedos de los pies su reflejo sobre el agua. La cabeza en forma de diamante de Kaa hendió las aguas como una navaja y fue a posarse en los hombros de Mowgli. Así se quedaron los dos, quietos, empapándose a placer en las frescas aguas.

—¡Qué bien se está así! —dijo por fin Mowgli con voz soñolienta—. A esta hora recuerdo que en la Manada Humana se tumbaban sobre trozos de madera dura en el interior de las trampas de barro, después de obturar meticulosamente todos los agujeros por donde podía entrar el viento limpio, se tapaban la cabezota con trapos y entonaban unas canciones feísimas por la nariz. Se está mejor en la jungla.

Una cobra se deslizó velozmente por una roca, bebió un trago y desapareció tras desearles «¡Buena caza!».

—¡Sííí! —exclamó Kaa como si acabase de recordar algo de repente—. ¿Así que en la jungla encuentras todo lo que deseas, Hermanito?

—No todo —dijo Mowgli, echándose a reír—. Si así fuese, de vez en cuando podría matar a un nuevo y fuerte Shere Khan. Podría matarlo con mis propias manos, sin tener que pedir ayuda a los búfalos. También he deseado a veces que el sol brillase en medio de las lluvias y que estas cubrieran el sol en pleno verano, y nunca he ido con el estómago vacío sin desear haber matado una cabra. Y siempre que he matado una cabra, habría preferido que fuera un gamo, y un *nilghai* cuando lo que había matado era un gamo. Pero eso nos pasa a todos nosotros.

—¿No tienes ningún otro deseo? —preguntó la gran serpiente.

—¿Qué más puedo desear? ¡Tengo la jungla y la Amistad de la Jungla! ¿Hay algo más en alguna parte, entre el amanecer y el crepúsculo?

—Pues, la Cobra dijo… —empezó a decir Kaa.

—¿Qué cobra? La que acaba de irse no dijo nada. Iba de caza.

—Me refiero a otra.

—¿Tienes mucho trato con el Pueblo Venenoso? Yo siempre dejo que siga su camino. Llevan la muerte en los colmillos delanteros, y eso no es bueno, porque son tan pequeños. Pero ¿qué encapuchada es esa con la que dices que hablaste?

Kaa se movió en el agua como un vapor en mar de través.

—Hace unas tres o cuatro lunas —dijo—, estuve cazando en los Cubiles Fríos, lugar del que no te habrás olvidado. Y lo que andaba cazando pasó chillando junto a los depósitos y se metió en aquella casa cuya pared derribé una vez para ayudarte y luego se escondió bajo tierra.

—Pero la gente de los Cubiles Fríos no vive en madrigueras.

Mowgli sabía que Kaa se estaba refiriendo al Pueblo de los Monos.

—Lo que yo estaba cazando no vivía, sino que trataba de salvar la vida metiéndose allí —replicó Kaa con un temblor de lengua—. Se metió en una madriguera muy profunda. Fui detrás y, después de haberlo matado, me dormí. Al despertar, seguí avanzando.

—¿Bajo tierra?

—Así es, y al final me crucé con una Capucha Blanca (una cobra blanca), que me habló de cosas que no comprendí y me mostró muchas cosas que jamás había visto antes.

—¿Caza nueva? ¿Tuviste buena caza?

Mowgli se volvió rápidamente sobre un costado.

—No se trataba de caza y me habría roto todos los dientes, pero Capucha Blanca dijo que un hombre… (y hablaba como si conociese bien esa especie) que un hombre habría dado gustosamente la vida solo por ver una vez aquellas cosas.

—Iremos a verlas —dijo Mowgli—. Ahora recuerdo que una vez fui hombre.

—Despacio… despacio. Fue la prisa lo que mató a la Serpiente Amarilla que se comió al sol. Nos pusimos a hablar bajo tierra y yo le hablé de ti, diciéndole que eras un hombre. Dijo Serpiente Blanca (que es realmente tan vieja como la jungla misma): «Hace mucho tiempo que no he visto ningún hombre.

Hazlo venir y verá todas estas cosas, por la más insignificante de las cuales muchos hombres morirían».

—Por fuerza hablas de caza nueva. Aunque el Pueblo Venenoso no nos avisa cuando hay caza por los alrededores. Son una gente muy poco amable.

—Te digo que no se trata de caza. Es… es… no puedo decirte qué es.

—Iremos a verlo. Nunca he visto una Capucha Blanca y, además, tengo ganas de ver las otras cosas. ¿Ella las mató?

—Ya lo estaban. Dice que es la encargada de vigilarlas.

—¡Ah! Del mismo modo que el lobo vigila la carne que ha llevado a su propio cubil. Vámonos.

Mowgli nadó hasta la orilla, se revolcó en la hierba para secarse y los dos emprendieron la marcha hacia los Cubiles Fríos, la ciudad abandonada de la que puede que hayáis oído hablar. En aquellos tiempos Mowgli ya no les tenía ni pizca de miedo a los que formaban el Pueblo de los Monos, pero ellos sentían verdadero terror de él. De todos modos, sus tribus estaban cazando en la jungla, por lo que los Cubiles Fríos se hallaban vacíos y silenciosos bajo la luz de la luna. Kaa se encaminó hacia las ruinas de la glorieta de la reina que había en la terraza, se deslizó por encima de los cascotes y bajó por la escalinata medio enterrada que partía del centro de la glorieta. Mowgli pronunció la Llamada de la Serpiente:

—Vosotras y yo somos de la misma sangre.

Y acto seguido empezó a gatear detrás de Kaa. Recorrieron un largo trecho por un pasadizo que formaba pendiente y daba varias vueltas y al final llegaron a un lugar donde las raíces de un gran árbol que crecía nueve metros por encima de sus cabezas habían arrancado una de las sólidas piedras que formaban la pared. Se colaron por el hueco y fueron a parar a una espaciosa cripta, cuyo techo en forma de cúpula también había sido perforado por las raíces de los árboles, de modo que varios rayos de luz penetraban por los agujeros y se hundían en las tinieblas del lugar.

—Buen escondite —dijo Mowgli, levantándose—, aunque está demasiado lejos para visitarlo cada día. ¿Y qué vemos ahora?

—¿Es que yo no soy nada? —dijo una voz en medio de la cripta.

Mowgli vio algo blanco que se movía hacia ellos, poco a poco, hasta que se encontró ante la mayor cobra que habían visto sus ojos: una criatura de casi dos metros y medio de longitud, descolorida por permanecer tanto tiempo en la oscuridad, hasta adquirir un color de marfil antiguo. Incluso las señales (parecidas a unas gafas) que llevaba en su capucha extendida habían perdido su color y eran ahora amarillentas. Los ojos eran rojos como rubíes y, en conjunto, era un animal verdaderamente prodigioso.

—¡Buena caza! —dijo Mowgli, que llevaba los buenos modales siempre consigo, del mismo modo que llevaba el cuchillo.

—¿Qué hay de nuevo en la ciudad? —dijo la Cobra Blanca, sin corresponder al saludo—. ¿Qué me decís de la gran ciudad amurallada, la ciudad donde viven cien elefantes, veinte mil caballos y vacas y bueyes sin cuento, la ciudad del Rey de Veinte Reyes? Me estoy volviendo sorda en este lugar y hace mucho tiempo que no oigo los gongs de guerra.

—La jungla se halla sobre nuestras cabezas —dijo Mowgli—. No conozco más elefantes que Hathi y sus hijos. Bagheera ha matado todos los caballos de un poblado y... ¿qué es un rey?

—Te lo dije —dijo Kaa a la Cobra, hablando en voz baja—. Hace cuatro lunas que te dije que tu ciudad ya no existe.

—La ciudad... la gran ciudad de la selva cuyas puertas guardan las torres del rey... jamás puede morir. La construyeron antes de que el padre de mi padre saliera del huevo y seguirá existiendo cuando los hijos de mis hijos sean tan blancos como yo. Salomdhi, hijo de Chandrabija, hijo de Viyeja, hijo de Yegasuri, la levantó en tiempos de Bappa Rawal. ¿De quién sois vosotros?

—Se me escapa el rastro —dijo Mowgli, volviéndose hacia Kaa—. No entiendo lo que dice.

—Tampoco yo. Es muy vieja. Madre de las Cobras, aquí no hay nada más que la jungla, como ha estado desde el principio.

—Entonces ¿quién es ese —dijo la Cobra Blanca— que se sienta ante mí sin miedo, que no conoce el nombre del rey, que habla nuestra lengua con sus labios de hombre? ¿Quién es ese que lleva cuchillo y tiene lengua de serpiente?

—Mowgli me llaman —fue la respuesta—. Soy de la jungla. Los lobos son mi pueblo y Kaa es mi hermana. ¿Quién eres tú, Madre de las Cobras?

—Soy la Guardiana del Tesoro del Rey. Kurrun Raja colocó la piedra que hay sobre mi cabeza, cuando mi piel era oscura, para que enseñase qué es la muerte a los que vinieran a robar. Luego bajaron el tesoro y oí el canto de los brahmines, mis amos.

—¡Hum! —exclamó Mowgli para sí—. Ya he tenido que vérmelas con un brahmín, cuando estuve con la Manada Humana, y… sé lo que sé. El mal no tardará en presentarse aquí.

—Cinco veces levantaron la piedra desde que estoy aquí, pero siempre para bajar más cosas, en lugar de sacar las que había dentro. No hay riquezas como estas: los tesoros de un centenar de reyes. Pero hace mucho, mucho tiempo desde que levantaron la piedra por última vez, y me temo que los de mi ciudad me han olvidado.

—No hay ninguna ciudad. Levanta la mirada y verás las raíces de los grandes árboles separando unas piedras de otras. Los árboles y los hombres no crecen juntos —insistió Kaa.

—Dos y tres veces han logrado los hombres llegar hasta aquí —respondió la Cobra enfurecida—. Pero no dijeron nada hasta que caí sobre ellos mientras andaban a tientas en la oscuridad, y entonces solo gritaron un poco. Pero ahora venís con mentiras los dos, hombre y serpiente, y pretendéis hacerme creer que la ciudad ya no existe y que mi misión de vigilancia toca a su fin. ¡Qué poco cambian los hombres con el paso de los años! ¡Pero yo no he cambiado nada! Hasta que levanten la piedra y bajen los brahmines cantando las canciones que yo conozco, y me den leche caliente y vuelvan a sacarme a la luz, yo… ¡yo y nadie más seré la Guardiana del Tesoro del Rey! ¿Decís que la ciudad ha muerto y las raíces de los árboles penetran aquí? Agachaos, pues, y coged lo que queráis. La tierra no esconde otro tesoro como estos. Si eres capaz de salir vivo por el mismo camino que has empleado para entrar, hombre con lengua de serpiente, ¡los reyezuelos serán tus sirvientes!

—Ya he vuelto a perder el rastro —dijo Mowgli tranquilamente—. ¿Será posible que algún chacal haya llegado hasta aquí y mordido a Capucha Blanca? No hay duda de que está loca. No veo aquí nada que pueda llevarme, Madre de las Cobras.

—¡Por los Dioses del Sol y de la Luna! ¡La locura de la muerte se ha adueñado de ese muchacho! —silbó la Cobra—. Antes de que tus ojos se cierren para siempre, te concederé un favor. ¡Mira a tu alrededor y verás lo que ningún hombre ha visto jamás!

—Mal les va, allá en la jungla, a los que hablan de hacer favores a Mowgli —dijo el chico entre dientes—. Pero ya sé que la oscuridad lo cambia todo. Miraré, si eso te hace feliz.

Forzando la vista, Mowgli recorrió la cripta con los ojos y luego recogió del suelo un puñado de cosas relucientes.

—¡Ajá! —dijo—. Esto es como aquello que emplean para jugar los de la Manada Humana, solo que esto es amarillo y lo otro es marrón.

Dejó caer al suelo las monedas de oro y dio unos pasos adelante. El suelo de la cripta se hallaba cubierto por una capa de casi metro y medio de monedas de oro y plata que habían caído allí al reventar los sacos donde estaban guardadas y, a lo largo de los muchos años transcurridos, el metal se había hecho compacto, como ocurre con la arena al retirarse la marea. Sobre y dentro de aquella masa, surgiendo de ella igual que surgen de la arena los restos de los naufragios, había castillos de elefante, hechos de plata y adornados con joyas y planchas de oro repujado, granates y turquesas. Había palanquines y literas para transportar reinas, con marcos y correas de plata y esmalte, brazos con asa de jade y anillos de ámbar en las cortinas. Había candelabros de oro de los que colgaban esmeraldas perforadas, temblando en cada uno de sus brazos; adornadas imágenes de dioses ya olvidados, de metro y medio de alto, de plata y con joyas a guisa de ojos; cotas de malla de acero con incrustaciones de oro y flecos de diminutas perlas, ennegrecidas ya por el paso del tiempo. Había también cascos con cresta de rubíes; escudos de laca, concha de tortuga o piel de rinoceronte, con franjas de oro y esmeraldas en los bordes; haces de espadas, dagas y cuchillos de monte, todo ello con empuñadura de diamantes; cuencos y cucharas de oro para los sacrificios, así como altares portátiles de una clase que jamás se ve a la luz del día; copas y brazaletes de jade; quemadores de incienso, peines y frascos para perfumes, *henna* y polvo para los ojos, todos ellos con incrustaciones de oro. Había anillas para la nariz y los brazos, cintas para la cabeza, anillos para los dedos y fajas sin cuento, así como cinturones muy anchos hechos con diamantes tallados y rubíes, estuches de madera con triple cierre de hierro cuya madera, al convertirse en polvo, dejaba ver montones de piedras preciosas en bruto: zafiros de diversas clases, ópalos, ojos de gato, rubíes, diamantes, esmeraldas y granates.

La Cobra Blanca tenía razón. No había suficiente dinero siquiera para empezar a pagar el valor de aquel tesoro, producto escogido de siglos y más siglos de guerras, saqueos, operaciones comerciales y tributos. Las monedas solas valían más de lo que podía calcularse, y eso dejando a un lado las piedras preciosas. Solo el peso muerto del oro y la plata debía de ser de doscientas o trescientas toneladas. Cada uno de los gobernantes que hay en la India de nuestros días, por pobre que sea, posee un tesoro escondido que constantemente va incrementando, y, aunque muy de vez en cuando puede que algún príncipe ilustrado cambie cuarenta o cincuenta carretas de plata por bonos del Gobierno, la mayoría de ellos guardan muy celosamente sus tesoros y el secreto de donde los tienen escondidos.

Pero Mowgli, naturalmente, no comprendía el significado de todas aquellas cosas. Los cuchillos despertaron un poco su interés, pero, como no estaban tan bien equilibrados como el suyo, los dejó en el suelo. Por fin encontró algo que era realmente fascinante y que estaba colocado en un castillo de elefante medio enterrado entre las monedas. Se trataba de un *ankus* de noventa centímetros, es decir, una aguijada de las que emplean los conductores de elefantes y que es un objeto parecido a un pequeño bichero. El extremo superior lo formaba un rubí redondo, reluciente. Había después unos veinte centímetros de turquesas incrustadas que constituían un mango muy fácil de manejar. Debajo había un círculo de jade, con adornos florales, que daban toda la vuelta, solo que las hojas eran esmeraldas y los capullos consistían en rubíes incrustados en la verde piedra. El resto del mango era de marfil puro, mientras que la punta (tanto la púa como el gancho) era de acero con incrustaciones de oro que representaban escenas de la caza de elefantes. Estas escenas interesaron a Mowgli, pues comprendió que tenían algo que ver con su amigo Hathi el Silencioso.

La Cobra Blanca lo había estado siguiendo de muy cerca.

—¿No vale la pena morir con tal de contemplar esto? —dijo—. ¿No te he hecho un gran favor?

—No lo entiendo —dijo Mowgli—. Estas cosas son duras, frías y no son buenas para comer. Pero esto… —Levantó el *ankus*—. Deseo llevármelo, para verlo bajo el sol. ¿Dices que todas son tuyas? Si me lo das, te traeré ranas para que te las comas.

La Cobra Blanca se estremeció de malévola alegría.

—Claro que te lo daré —dijo—. Todo lo que hay aquí te lo doy… hasta que te marches.

—Pero si me voy ahora mismo. Este lugar es oscuro y frío y quiero llevarme a la jungla esa cosa con punta de espina.

—¡Mira a tus pies! ¿Qué es eso que hay en el suelo?

Mowgli recogió una cosa blanca y lisa.

—Es el cráneo de un hombre —dijo tranquilamente—. Y aquí hay dos más.

—Vinieron para llevarse el tesoro, hace ya muchos años. Les hablé en la oscuridad y se tumbaron en el suelo, inmóviles.

—Pero ¿qué falta me hace a mí nada de eso que llamas tesoro? Si dejas que me lleve el *ankus,* me doy por satisfecho. Si dices que no, da igual, también me sentiré satisfecho. Yo nunca lucho con el Pueblo Venenoso. Además, me enseñaron la Palabra Maestra de tu tribu.

—Aquí no hay más que una Palabra Maestra: ¡la mía!

Kaa saltó hacia delante con los ojos llameantes.

—¿Quién me mandaría traer aquí al hombre? —silbó.

—Yo, ¿quién si no? —repuso la Cobra—. Hacía mucho tiempo que no había visto al hombre y este que ha venido contigo habla nuestra lengua.

—Pero nada se dijo de matar. ¿Cómo puedo regresar a la jungla y decir que lo he conducido a la muerte? —dijo Kaa.

—No hablo de matar hasta que llegue la hora. En cuanto a irte o no irte, ahí en la pared tienes un agujero. ¡Silencio ya, devoradora de monos! Me bastaría tocarte el cuello para que la jungla no volviera a verte. Nunca ha salido vivo de aquí un hombre. ¡Soy la Guardiana del Tesoro de la Ciudad del Rey!

—¡Pues te digo, gusano blanco de las tinieblas, que ya no hay ni rey ni ciudad! ¡Solo la jungla nos rodea! —exclamó Kaa.

—Pero aún existe el tesoro. Espera un poco, Kaa de las Rocas, y verás cómo corre el muchacho. Aquí hay mucho espacio para jugar. La vida es buena. ¡Corre un poquito por aquí, muchacho! ¡Verás qué divertido!

Sin alterarse, Mowgli apoyó la mano en la cabeza de Kaa.

—Hasta ahora esa cosa blanca solo se ha enfrentado a hombres de la Manada Humana. No sabe quién soy yo —susurró—. Ella ha pedido esta cacería; pues se la daremos.

Mowgli estaba de pie, empuñando el *ankus* con la punta dirigida hacia abajo. De pronto lo arrojó y fue a hundirse justo detrás de la capucha de la enorme serpiente, clavándola en el suelo. Rápida como una centella, Kaa saltó sobre el cuerpo que se retorcía en el suelo, paralizándolo de la cabeza a la cola con su enorme peso. Los ojos de la Cobra despedían llamaradas, mientras los trece centímetros de cabeza que le quedaban libres lanzaban furiosas acometidas a diestro y siniestro.

—¡Mátala! —gritó Kaa, viendo que la mano de Mowgli se acercaba al cuchillo.

—No —dijo el muchacho, desenvainando el arma—. Nunca volveré a matar a menos que sea para comer. Pero ¡mira esto, Kaa!

Cogió la serpiente por detrás de la capucha, la obligó a abrir la boca con el cuchillo y dejó al descubierto los temibles colmillos venenosos de la quijada de arriba, negros y consumidos en las encías. La Cobra Blanca había sobrevivido a su veneno, como sucede con las serpientes.

—*Thuu*[1] (está seco) —dijo Mowgli.

Hizo señas a Kaa para que se apartase y recogió el *ankus,* dejando libre a la Cobra Blanca.

—El Tesoro del Rey necesita un nuevo guardián —dijo gravemente—. *Thuu*, no lo has hecho bien. ¡Corre un poquito, *Thuu*! ¡Verás qué divertido!

—Estoy avergonzada. ¡Mátame! —silbó la Cobra Blanca.

—Ya se ha hablado demasiado de matar. Ahora nos iremos. Me llevo esta cosa con punta de espino, *Thuu*, porque he luchado y te he vencido.

—Procura, entonces, que esa cosa no te mate a ti. ¡Es la Muerte! ¡Recuérdalo: es la Muerte! En ella hay lo suficiente para matar a los hombres de mi ciudad entera. No la empuña-

---

1. Literalmente: «Es un tronco podrido».

rás mucho tiempo, Hombre de la Jungla, y tampoco quien te la arrebate. ¡Por ella matarán, matarán, matarán! Mi fuerza se ha agotado, pero el *ankus* hará mi trabajo. ¡Es la Muerte! ¡Es la Muerte! ¡Es la Muerte!

Mowgli gateó por el agujero hasta salir de nuevo al pasadizo y lo último que vieron sus ojos fue a la Cobra Blanca que con sus colmillos inofensivos golpeaba furiosamente las impasibles caras de oro de los dioses que yacían en el suelo, al tiempo que silbaba:

—¡Es la Muerte!

Se alegraron de volver a encontrarse bajo la luz del día. Cuando llegaron a su propia jungla, Mowgli hizo que el *ankus* reluciera bajo la luz de la mañana. Se sentía casi tan contento como si hubiese encontrado un ramillete de flores nuevas para adornarse el pelo.

—Brilla más que los ojos de Bagheera —dijo entusiasmado, haciendo girar el rubí—. Se lo enseñaré. Pero ¿qué querría decir *Thuu* al hablar de muerte?

—No sabría decírtelo. Me duele hasta la cola que no le dieses a probar tu cuchillo. El mal siempre está presente en los Cubiles Fríos… ya sea bajo tierra o encima de ella. Pero ya empiezo a tener hambre. ¿Cazarás conmigo este amanecer? —dijo Kaa.

—No. Bagheera tiene que ver esta cosa. ¡Buena caza!

Mowgli se alejó bailando y blandiendo el voluminoso *ankus*, deteniéndose de vez en cuando para admirarlo, hasta que llegó a la parte de la jungla que más frecuentaba Bagheera, a la que encontró bebiendo después de haber dado muerte a una presa difícil. Mowgli le contó sus aventuras de cabo a rabo, y Bagheera aprovechaba las pausas para husmear el *ankus*. Al llegar Mowgli a las últimas palabras de la Cobra Blanca, la Pantera profirió un ronroneo de aprobación.

—Entonces ¿es que Capucha Blanca dijo la verdad? —se apresuró a preguntar Mowgli.

—Nací en las jaulas del rey en Oodeypore, y tengo para

mí que algo sé sobre el hombre. Muchos, muchísimos hombres serían capaces de matar tres veces solo por apoderarse de esa enorme piedra roja.

—¡Pero si la piedra pesa mucho en la mano! Mi pequeño cuchillo es mejor y… ¡Mira! La piedra roja no es buena para comer. Entonces ¿por qué matarían a alguien?

—Vete a dormir, Mowgli. Tú que has vivido entre los hombres…

—Ya me acuerdo. Los hombres matan porque no cazan… solo para divertirse o porque no tienen nada más que hacer. Despierta, Bagheera. ¿Para qué se hizo esta cosa con punta de espino?

Bagheera abrió los ojos a medias, pues tenía mucho sueño, y apareció en ellos un brillo malicioso.

—La hicieron los hombres para clavarla en la cabeza de los hijos de Hathi, para que brotara la sangre. He visto otras parecidas en la calle de Oodeypore, delante de nuestras jaulas. Esa cosa ha probado la sangre de muchos semejantes de Hathi.

—Pero ¿por qué la clavan en la cabeza de los elefantes?

—Para enseñarles la Ley del Hombre. Como no tienen garras ni colmillos, los hombres hacen cosas como esta… y peores.

—Sangre, siempre sangre cuando me acerco a la verdad, incluso en las cosas hechas por la Manada Humana —dijo Mowgli con voz contrariada. Empezaba a cansarse del peso del *ankus*—. De haberlo sabido, no me la habría llevado. Primero fue la sangre de Messua en las correas, ahora es la de Hathi. No volveré a usarla. ¡Mira!

El *ankus* brilló al surcar el aire y fue a clavarse unos treinta metros más allá, entre los árboles.

—Así mis manos quedarán limpias de Muerte —dijo Mowgli, frotando las palmas en la tierra húmeda—. *Thuu* dijo que la Muerte me seguiría. Es vieja, blanca y está loca.

—Blanca o negra, muerte o vida, yo me voy a dormir, Hermanito. No puedo pasarme la noche entera cazando y aullar luego durante todo el día, como hacen algunos que yo me sé.

Bagheera se fue a dormir en una guarida que ella conocía, a unas dos millas de allí. Mowgli trepó tranquilamente a un árbol, anudó tres o cuatro lianas y en un santiamén se encontró columpiándose en una hamaca a quince metros sobre el suelo. Aunque no tenía ningún reparo especial en contra de la luz diurna, Mowgli, siguiendo la misma costumbre que sus amigos, la utilizaba tan poco como le era posible. Cuando despertó en medio de la algarabía propia de los habitantes de los árboles, anochecía de nuevo. Había estado soñando con los bellos guijarros que había tirado.

—Al menos echaré otro vistazo a esa cosa —dijo, deslizándose por una liana hasta el suelo.

Pero Bagheera se le había adelantado. Mowgli la oyó olfatear en la semipenumbra.

—¿Dónde está la cosa con punta de espino? —exclamó Mowgli.

—Un hombre se la llevó. Aquí está su rastro.

—Ahora veremos si *Thuu* dijo la verdad. Si la cosa puntiaguda significa la Muerte, el hombre que la ha cogido morirá. Sigámosle.

—Cacemos antes —dijo Bagheera—. La vista no está clara cuando se tiene el estómago vacío. Los hombres son muy lentos y la jungla está tan mojada que hasta el más leve rastro quedará marcado.

Mataron una pieza en cuanto encontraron una, pero transcurrieron tres horas antes de que, tras despachar la carne y beber, se pusieran de nuevo a seguir el rastro. El Pueblo de la Jungla sabe que nada hay que justifique el darse prisa en comer.

—¿Crees que la cosa puntiaguda se volverá contra el hombre y lo matará? —preguntó Mowgli—. *Thuu* dijo que era la Muerte.

—Ya lo veremos cuando demos con él —respondió Bagheera, trotando con la cabeza baja—. Solo hay un pie —dijo, refiriéndose a que seguían a un hombre solo— y el peso de la cosa le ha hecho hincar los talones en el suelo.

—*Hai!* Está tan claro como un relámpago de verano —repuso Mowgli, mientras los dos iniciaban el trote propio de los rastreadores consumados, siguiendo las pisadas de los dos pies desnudos por aquella especie de tablero de ajedrez hecho de sombras y rayos de luna.

—Ahora se ha puesto a correr —dijo Mowgli—. Los dedos de los pies están más separados. Caramba, ¿por qué se habrá desviado aquí? —agregó instantes después, cuando cruzaban una extensión de terreno húmedo.

—¡Espera! —exclamó Bagheera, al tiempo que saltaba hacia delante con soberbia agilidad.

Lo primero que hay que hacer cuando un rastro deja de explicarse por sí mismo es avanzar procurando que tus propias pisadas no se confundan con las otras. Al aterrizar, Bagheera se volvió de cara a Mowgli y dijo:

—Aquí hay otro rastro que se junta con el suyo. Es un pie más pequeño, el del segundo rastro, y los dedos están vueltos hacia dentro.

Mowgli se acercó corriendo y examinó las pisadas.

—Es pie de un cazador gond —dijo—. ¡Mira! Aquí ha arrastrado su arco por la hierba. Por esto el primer rastro se desvió tan súbitamente. Pie Grande se escondía de Pie Pequeño.

—Es cierto —dijo Bagheera—. Vamos a ver, que cada cual siga un rastro, no fuéramos a borrar las huellas de esos dos. Yo el de Pie Grande, Hermanito. Tú sigue a Pie Pequeño, el gond.

De un salto hacia atrás Bagheera regresó al primer rastro, dejando a Mowgli agachado ante el curioso y estrecho rastro dejado por el pequeño salvaje de los bosques.

—Veamos —dijo Bagheera, siguiendo paso a paso la cadena de pisadas—. Yo, Pie Grande, me desvío aquí. Ahora me escondo detrás de una roca y me quedo quieto, sin atreverme a mover los pies. Recita lo que hagas tú, Hermanito.

—Pues yo, Pie Pequeño, llego a la roca —dijo Mowgli, siguiendo su rastro—. Ahora me siento al pie de la roca, apoyándome en la mano derecha y dejando el arco sobre las puntas de los pies. Espero mucho rato, pues aquí la huella de mis pies es muy profunda.

—Yo también —dijo Bagheera, desde detrás de la roca—. Espero, con el extremo de la cosa con punta de espino apoyado en la piedra. Me resbala, pues veo un arañazo en la piedra. Sigue tú, Hermanito.

—Una, dos ramitas y una rama grande están tronchadas aquí —dijo Mowgli en voz baja—. ¿Cómo me las arreglo para recitar esta parte? ¡Ah! Ya lo entiendo: yo, Pie Pequeño, me alejo haciendo ruido para que Pie Grande me oiga.

Se apartó de la roca pasito a pasito, moviéndose entre los árboles y alzando la voz a medida que iba acercándose a una pequeña cascada.

—Me… voy… lejos… a donde… el ruido… del agua… que cae… ahoga el que… hago… yo… Y aquí… me quedo… esperando. ¡Sigue tú ahora, Pie Grande!

La Pantera llevaba un rato husmeando en todas direcciones para ver por dónde el rastro de Pie Grande se alejaba de la roca.

—Salgo de rodillas de detrás de la roca —dijo por fin—, arrastrando la cosa con punta de espino. Al no ver a nadie, echo a correr. Yo, Pie Grande, corro muy aprisa. El rastro es claro. Que cada cual siga el suyo. ¡Corro!

Bagheera echó a correr siguiendo el rastro, que era muy visible, mientras Mowgli seguía las pisadas del gond. Durante un rato el silencio reinó en la jungla.

—¿Dónde estás, Hermanito? —exclamó Bagheera.

La voz de Mowgli le contestó desde apenas cincuenta metros a la derecha.

—¡Hum! —exclamó la Pantera, tosiendo con fuerza—. Corren uno al lado del otro, ¡acercándose cada vez más!

Corrieron media milla más, manteniendo siempre la misma

distancia más o menos, hasta que Mowgli, cuya cabeza no estaba tan cerca del suelo como la de Bagheera, exclamó:

—¡Se han encontrado! ¡Buena caza! ¡Mira! Aquí estuvo Pie Pequeño, con la rodilla sobre una roca… ¡Y allí está Pie Grande en persona!

Apenas a diez metros por delante de donde se encontraban, tendido sobre un montón de rocas hechas pedazos, yacía el cuerpo de un habitante de la región, con el pecho atravesado por una flecha de los gond, larga y con plumas pequeñas.

—¿Sigue pareciéndote tan vieja y loca *Thuu*, Hermanito? —preguntó Bagheera con acento amable—. Aquí tienes una muerte, como mínimo.

—Sigamos adelante. Pero ¿dónde está la bebedora de sangre de elefante… la espina de ojo rojo?

—La tiene Pie Pequeño… quizá. Ahora vuelve a haber un solo rastro.

El rastro único de un hombre ligero que corría velozmente y llevaba un peso sobre el hombro izquierdo daba la vuelta a una franja baja y larga de hierba seca, donde, a los ojos de los dos rastreadores, cada pisada parecía estar hecha con un hierro candente.

Ninguno de los dos dijo nada hasta que el rastro los llevó a las cenizas de una hoguera de campamento ocultas en un barranco.

—¡Otra vez! —gritó Bhageera, parándose en seco, como si se hubiese convertido en piedra.

El cuerpo de un gond de pequeña estatura y magro cuerpo yacía con los pies en las cenizas. Bagheera dirigió a Mowgli una mirada de interrogación.

—Ha sido con un bambú —dijo el muchacho, tras echar una ojeada—. Yo mismo lo usaba con los búfalos cuando estaba en la Manada Humana. La Madre de las Cobras… Lamento haberme burlado de ella. Debí darme cuenta de que sabía bien lo que decía. ¿No dije yo que los hombres matan porque sí?

—A decir verdad —contestó Bagheera—, han matado por las piedras rojas y azules. Recuerda que estuve en las jaulas del rey, en Oodeypore.

—Uno, dos, tres, cuatro rastros —dijo Mowgli, inclinándose sobre las cenizas—. Cuatro rastros de hombres con los pies descalzos. No corren tanto como los gond. ¿Qué mal les habría hecho el pequeño hombre del bosque? Mira, estuvieron hablando, los cinco, aquí, antes de que lo matasen. Regresemos, Bagheera. Siento un peso en el estómago y, pese a ello, noto que me sube y baja como el nido de un oriol en el extremo de una rama.

—No es de buen cazador dejar que la caza se escape. ¡Sigamos! —dijo la Pantera—. Estos ocho pies calzados no han ido muy lejos.

Durante una hora más no dijeron nada mientras seguían el ancho rastro de los cuatro hombres que llevaban zapatos.

Era ya de día y hacía calor.

—Huele a humo —dijo Bagheera.

—Los hombres siempre prefieren comer a correr —respondió Mowgli, entrando y saliendo al trote de entre los matorrales de la nueva jungla que estaba explorando. Bagheera, que estaba un poco a su izquierda, hizo un ruido indescifrable con la garganta.

—Uno de ellos ha terminado de comer aquí —dijo.

Debajo de un arbusto yacía un bulto vestido con ropas multicolores. A su alrededor el suelo estaba manchado de harina.

—Otra vez lo han hecho con un bambú —dijo Mowgli—. ¡Mira! Ese polvo blanco es lo que comen los hombres. Le han quitado la presa a este, que transportaba la comida, y lo han dejado como comida para Chil, el Milano.

—Es el tercero ya —dijo Bagheera.

—Cogeré ranas bien gordas y se las llevaré a la Madre de las Cobras, para que se dé un banquete —dijo Mowgli, hablando para sí—. La bebedora de sangre de elefante es la misma Muerte… ¡pero sigo sin entenderlo!

—¡Sigamos! —dijo Bagheera.

Apenas habían recorrido media milla más cuando oyeron a Ko, el Cuervo, que cantaba la Canción de la Muerte en la copa de un tamarisco, a la sombra del cual yacían tres hombres. En el centro del claro, el humo salía de una hoguera medio apagada que habían encendido debajo de una plancha de hierro. Sobre la plancha había una torta de harina sin levadura, ennegrecida y medio quemada. Cerca de la hoguera, llameando bajo la luz del sol, estaba en el suelo el *ankus* de rubíes y turquesas.

—Esta cosa trabaja deprisa: todo ha terminado aquí —dijo Bagheera—. ¿Cómo murieron estos, Mowgli? No veo señales en ninguno de ellos.

Gracias a la experiencia, quien vive en la jungla llega a saber más que varios doctores juntos acerca de plantas y bayas venenosas.

Mowgli olfateó el humo que salía de la hoguera, rompió un pedazo de la ennegrecida torta, lo probó e inmediatamente lo escupió.

—La Manzana de la Muerte —dijo, tosiendo—. El primero la metería en la comida para estos, quienes lo mataron, tras haber dado muerte primero al gond.

—¡Buena caza en verdad! Las piezas caen una tras otra —dijo Bagheera.

«La Manzana de la Muerte» es el nombre que en la jungla dan al fruto del espino o *dhatura*, el veneno más abundante que hay en la India.

—¿Ahora qué? —dijo la Pantera—. ¿Tenemos que matarnos tú y yo por ese asesino de ojo rojo que hay tirado ahí?

—¿Sabe hablar? —preguntó Mowgli en voz baja—. ¿Lo ofendí cuando lo tiré lejos de mí? A ti y a mí no nos puede causar ningún daño, pues no deseamos lo que desean los hombres. Si lo dejáramos aquí, seguiría matando hombres, uno tras otro, tan seguro como que las nueces caen de los árboles cuando sopla el viento con fuerza. No es que les tenga afecto a los hombres, pero ni siquiera yo desearía que muriesen seis de ellos en una sola noche.

—¿Qué más da? No son más que hombres. Se matan unos a otros sin pensárselo dos veces —dijo Bagheera—. El pequeño hombre del bosque ese era un buen cazador.

—Así y todo, son unos cachorros, y ya sabes que un cachorro es capaz de perecer ahogado al tratar de morder la luz de la luna reflejada en el agua. La culpa ha sido mía —dijo Mowgli, que hablaba como si poseyera una sabiduría inmensa—. Nunca más volveré a traer cosas extrañas a la jungla, aunque sean bellas como las flores. Esto... —Cogió el *ankus* con gesto de repugnancia—. Debe volver a la Madre de las Cobras. Pero antes tenemos que dormir y no podemos hacerlo cerca de donde ya hay unos que duermen. Además, tenemos que enterrar esto, no fuera a escaparse y matar a otros seis. Cávame un agujero debajo de aquel árbol.

—Pero, Hermanito —dijo Bagheera, encaminándose hacia el punto señalado—, la culpa no ha sido de la bebedora de sangre. La culpa la tienen los hombres.

—Es lo mismo —repuso Mowgli—. Haz un agujero bien hondo. Cuando hayamos dormido lo sacaré de allí y lo devolveré.

Dos noches más tarde, estando la Cobra Blanca sentada en la oscuridad, lamentándose y sintiéndose avergonzada, robada y sola, el *ankus* de turquesas cruzó volando el agujero de la pared y fue a estrellarse contra el suelo cubierto de monedas.

—Madre de las Cobras —dijo Mowgli, que prudentemente se mantuvo al otro lado de la pared—, busca un jovencito de tu pueblo para que te ayude a guardar el Tesoro del Rey y ningún otro hombre vuelva a salir vivo de aquí.

—¡Ajá! Conque por fin has vuelto. Ya dije que esta cosa era la Muerte. ¿Cómo es que tú sigues con vida? —musitó la vieja Cobra, enroscándose amorosamente en el *ankus*.

—¡Por el buey con que me compraron! ¡No lo sé! Esa cosa ha matado seis veces en una noche. No dejes que vuelva a salir.

La canción del pequeño cazador

Antes de que mueva las alas Mao, el Pavo Real,
antes de que grite el Pueblo de los Monos,
antes de que Chil, el Milano, vuele raudo desde el cielo,
sigilosamente cruzan la jungla una sombra y un suspiro.
¡Es el Miedo, Pequeño Cazador, es el Miedo!
Cruza veloz el claro una sombra que acecha y vigila,
y el murmullo se extiende por doquier,
y el sudor cubre tu frente, pues ya pasa por tu lado.
¡Es el Miedo, Pequeño Cazador, es el Miedo!

Antes de que la luna llegue a la cumbre de la montaña y
con su luz envuelva las rocas,
cuando los senderos son oscuros y húmedos,
cruza la noche tras de ti una respiración entrecortada.
¡Es el Miedo, Pequeño Cazador, es el Miedo!
Hinca las rodillas, tensa el arco y dispara la flecha,
la lanza clava en la vacía espesura que de ti se ríe.
Pero tus manos están débiles, la sangre ha huido de tu cara.
¡Es el Miedo, Pequeño Cazador, es el Miedo!

Cuando la nube caliente absorbe la tempestad
y los pinos caen astillados,
cuando surcan el aire nubes cargadas de lluvia cegadora,
sobre el tambor de guerra de los truenos
se oye una voz más fuerte:
¡Es el Miedo, Pequeño Cazador, es el Miedo!

Ya la riada todo lo cubre, mientras brincan los peñascos,
ya los rayos iluminan los nervios de las hojitas,
pero tu garganta está cerrada y seca y el corazón golpea tu
costado.
¡Es el Miedo, Pequeño Cazador, es el Miedo!

Quiquern

La Gente de los Hielos de Levante se funde como la nieve,
mendigando café y azúcar, yendo a donde van los blancos.
La Gente de los Hielos de Poniente aprende a robar y luchar:
venden sus pieles en la factoría y sus almas a los blancos.
La Gente de los Hielos del Sur trafica con los balleneros,
sus mujeres se adornan con cintas,
pero sus tiendas están rotas y son pocas.
Pero la Gente de los Hielos Antiguos,
fuera del alcance de los blancos,
hacen sus lanzas con hueso de narval
¡y son los últimos Hombres de la Tierra!

—Ha abierto los ojos. ¡Mira!

—Ponlo otra vez en la piel. Será un perro fuerte. Cuando tenga cuatro meses le pondremos nombre.

—¿El nombre de quién? —preguntó Amoraq.

Kadlu recorrió con la vista las pieles que forraban las paredes del iglú hasta detenerse en Kotuko, el chico de catorce años que se hallaba sentado en el banco que servía también para dormir y se entretenía fabricando un botón con el colmillo de una morsa.

—Ponle mi nombre —dijo Kotuko, haciendo una mueca—. Algún día lo necesitaré.

Kadlu le devolvió la mueca hasta que sus ojos quedaron casi ocultos por sus gruesas mejillas. Con un gesto de la cabeza señaló a Amoraq, mientras la furiosa madre del cachorro gruñía al ver a su bebé jugueteando fuera de su alcance, dentro de la pequeña bolsa de piel de foca, colgada al calor de la lámpara de grasa de ballena. Kotuko siguió tallando el colmillo y Kadlu arrojó unos arneses de perro al interior de una pequeña estancia cuya puerta se hallaba en una de las paredes laterales del iglú. Luego se despojó de su pesado traje de cazador, hecho con piel de ciervo, y lo colgó de unos huesos de ballena debajo de los cuales ardía otra lámpara y se dejó caer sobre el banco, empezando a cortar un trozo de carne de foca congelada hasta que Amoraq, su esposa, les sirviera la cena de costumbre: carne hervida y sopa de sangre. Había salido de madrugada hacia los agujeros donde se escondían las focas, a ocho millas de allí, regresando luego con tres focas grandes. En mitad del pasadizo largo y bajo, hecho de nieve, que partía de la puerta interior del iglú se oían los ladridos de los perros que tiraban de su trineo, que, terminada ya la jornada, se peleaban en busca de un rincón caliente.

Cuando los ladridos se hicieron demasiado fuertes, Kotuko se levantó perezosamente del banco y cogió un látigo hecho de hueso de ballena, flexible y con un mango de casi cincuenta centímetros, del que salía una recia correa de cerca de ocho metros de longitud. Agachándose, penetró en el pasadizo y a los pocos instantes se oyó tal algarabía que parecía como si los perros se lo estuvieran comiendo vivo. Pero no era más que su forma acostumbrada de dar las gracias por los alimentos que iban a recibir. Al salir gateando por el otro extremo, media docena de peludas cabezas lo siguieron con los ojos hasta una especie de cadalso, construido con quijadas de ballena, del que colgaba la carne para los perros. Cortó la carne congelada en grandes pedazos, valiéndose de una lanza de ancha punta, y luego se volvió hacia el iglú, con el látigo en una mano y la carne en la otra. Fue llamando por su nombre a los perros, uno a uno, empezando por los más débiles, y ¡pobre del que tratase de saltarse su turno!, pues el látigo cortaba el aire como un relámpago y arrancaba un buen trozo de piel y pelo. Uno tras otro los animales gruñeron mientras daban dentelladas y se atragantaban con su porción de carne, corriendo luego a cobijarse de nuevo en el pasadizo, al tiempo que el muchacho seguía de pie sobre la nieve, administrando justicia bajo la luz de la aurora boreal. El último en ser servido fue el negro perrazo que dirigía a los demás y mantenía el orden cuando se hallaban enganchados al trineo y a este Kotuko le dio doble ración de carne, así como un latigazo de más.

—¡Ah! —exclamó Kotuko, enrollando el látigo—. Ahí dentro, sobre la lámpara, tengo un pequeñín que también aullará lo suyo. *Sarpok!* ¡Adentro!

Volvió a meterse en el pasadizo, pasó gateando por encima de los perros que estaban acurrucados dentro, se sacudió la nieve de encima con el hueso de ballena que Amoraq guardaba al lado de la puerta, dio unos golpecitos en el techo del iglú para hacer caer los carámbanos que se hubiesen desprendido de la cúpula de nieve y se acurrucó en el banco. Los perros del pasadizo roncaban y gemían mientras dormían; dentro de la capucha forrada de Amoraq daba pat.aditas y balbucía el más pequeñín de sus hijos y la madre del cachorro recién bautizado se tumbó al lado de Kotuko, con los ojos fijos en la bolsa de piel de foca, cálida y segura, que colgaba más arriba de la llama ancha y amarilla de la lámpara.

Y todo esto sucedía muy lejos, hacia el norte, más allá del Labrador, más allá del estrecho de Hudson, donde las grandes corrientes empujaban el hielo de un lado a otro, al norte de la península de Melville, incluso más al norte de los estrechos de Fury y Hecla, en la orilla norte de la Tierra de Baffin, donde la isla de Bylot se alza sobre el hielo del estrecho de Láncaster como el molde de un budín puesto al revés. Al norte del estrecho de Láncaster poco hay de lo que sepamos algo, salvo North Devon y la Tierra de Ellesmere. Pero incluso en aquellos parajes vive un puñado de gente esparcida por tan inmensas soledades, a las puertas, por así decirlo, del mismísimo Polo.

Kadlu era un *inuit*, un esquimal, como diríais vosotros, y su tribu (unas treinta personas en total) pertenecía a los *tunu-nirmiut*, es decir, «la tierra que se extiende más allá de algo». En los mapas, aquellas desoladas costas figuran con el nombre de bahía de la Junta de la Armada, pero los *inuit* le dan un nombre mejor, ya que el país se extiende realmente más allá del resto del mundo. Durante nueve meses del año solo hay allí hielos y nieve, una galerna tras otra, con un frío del que nadie puede hacerse una idea a menos que haya visto el termómetro muy por debajo de cero. Durante seis de esos nueve meses reina la oscuridad, y es eso lo que los hace tan horribles. Durante los tres meses que dura el verano solo hiela de vez en cuando de día, aparte de cada noche, y luego la nieve empieza a desaparecer de la vertiente sur de las montañas, unos cuantos sauces bajos sacan sus peludos capullos y alguna que otra siempreviva hace como si fuera a florecer, mientras playas de grava fina y cantos rodados descienden hasta el mar y bruñidos peñascos y rocas veteadas asoman la cabeza por encima de la nieve granulada. Pero todo eso desaparece en unas cuantas semanas y el salvaje invierno vuelve a caer sobre aquellas tierras, mientras en el mar el hielo sube y baja, chocan y chocan sus pedazos, partiéndose y desmenuzándose, volviendo a agruparse y romperse, hasta que por fin se une formando una capa congelada de tres metros de espesor que se extiende desde la costa hasta alta mar.

En verano Kadlu solía seguir a las focas hasta el borde de la capa de hielo, para matarlas con su lanza cuando salían del agua para respirar. La foca necesita aguas despejadas para vivir y pescar y a veces, en pleno invierno, el hielo se extendía en una zona de ochenta millas mar adentro, sin ninguna grieta, sin ningún agujero. Al llegar la primavera, Kadlu y su gente se retiraban de la masa de hielo flotante y se dirigían hacia las rocas que constituían tierra firme, donde alzaban sus tiendas de pieles y tendían trampas a las aves marinas o cazaban a lanzazos las jóvenes focas que tomaban el sol en las playas. Más tarde se dirigían al sur, hacia la Tierra de Baffin, persiguiendo a los renos y en busca de su provisión anual de salmones que pescaban en los centenares de riachuelos y lagos del interior, regresando luego al norte, en septiembre u octubre, para dedicarse a cazar carneros almizcleros y focas. Este ir y venir se hacía por medio de trineos tirados por perros, a razón de veinte o treinta millas diarias, o bien seguían la costa a bordo de grandes embarcaciones hechas de piel curtida que ellos llamaban «barcas de mujeres». Los perros y los niños pequeños yacían entre los pies de los remeros y las mujeres cantaban mientras de un cabo a otro las barcas se deslizaban sobre las aguas frías y vidriosas. Todos los lujos que los *tununirmiut* conocían procedían del sur: madera flotante para los patines de los trineos, varillas de hierro para hacer púas de arpón, cuchillos de acero, ollas de estaño que cocían la comida mucho mejor que los viejos cacharros de esteatita, eslabones, pedernales, e incluso cerillas, además de cintas de color para el pelo de las mujeres, espejitos baratos, paño rojo para adornar las chaquetas de piel de venado. Kadlu comerciaba con los ricos cuernos de narval, retorcidos y de color cremoso, así como con los dientes del carnero almizclero (que son tan valiosos como las perlas), vendiéndolos a los *inuit* del sur, quienes, a su vez, los vendían o cambiaban con los balleneros y misioneros de Exeter y Cumberland, y así seguía la cadena de trueques e intercambios, hasta que la olla que el cocinero de un barco se agenciara en el bazar de Bhendy tal vez terminaba sus días colgada sobre una lámpara de grasa de ballena en algún frío paraje del Círculo Polar Ártico.

Como era buen cazador, Kadlu poseía abundancia de arpones de hierro, cuchillos para cortar la nieve, dardos para cazar pájaros y todas las demás cosas que ayudan a que la vida resulte más fácil allá arriba, en las regiones frías. Además, era el jefe de la tribu o, como decían ellos, «el hombre que por la práctica lo sabía todo». Esto no le confería ninguna autoridad, salvando el que de vez en cuando aconsejara a sus amigos que se marchasen a cazar a otra parte, pero Kotuko se aprovechaba un poco para dominar a los demás pequeños cuando de noche salían a jugar a la pelota, a la luz de la luna, o cantar la *Canción de los niños para la aurora boreal*.

Pero a los catorce años un *inuit* se considera ya todo un hombre y Kotuko estaba cansado de hacer trampas para cazar pájaros silvestres y zorrillos y, sobre todo, estaba ya harto de ayudar a las mujeres a mascar las pieles de ciervo y de foca (eso las ablanda mejor que cualquier otro procedimiento) durante todo el santo día, mientras los hombres salían a cazar. Deseaba entrar en el *quaggi*, la Casa del Canto, cuando los cazadores se reunían allí para celebrar sus misterios y el *angekok*, el hechicero, los deleitaba con sus sustos una vez apagadas las lámparas, cuando podían oírse sobre el tejado las pisadas del Espíritu de los Renos y, si se arrojaba una lanza a la noche oscura, volvía llena de sangre caliente. Anhelaba despojarse de sus pesadas botas y arrojarlas a un rincón con el aire cansado de un cabeza de familia, y jugar con los cazadores cuando alguna tarde se dejaban caer por el iglú para echar una especie de partida de ruleta casera con una olla de estaño y un clavo. Había cientos de cosas que deseaba hacer, pero los hombres mayores se reían de él y decían:

—Espera a que hayas «estado en la hebilla», Kotuko. La caza no consiste solamente en atrapar animales.

Sin embargo, ahora que su padre había dado su nombre a un perrito, las cosas brillaban de otra manera. Un *inuit* no desperdicia uno de sus perros entregándolo a su hijo, a menos que este sepa ya algo sobre cómo se dirigen los perros, y Kotuko estaba convencido de saberlo todo y algo más incluso.

De no haber tenido una constitución de hierro, el perrito habría muerto de tanto comer y recibir mimos. Kotuko le construyó un pequeño arnés con tirantes y lo arrastraba por todo el iglú gritando:

—*Aua! Ja aua!* (¡A la derecha!) *Choiachoi! Ja choia- choi!* (¡A la izquierda!) *Ohaha!* (¡Alto!)

Al perrito no le hacía ni pizca de gracia, pero verse pescado de aquel modo, como si fuera un pez, era pura delicia comparado con sentirse enganchado a un trineo por primera vez. Se sentó en la nieve y se puso a jugar con el tirante de piel de foca que iba desde su arnés hasta el *pitu*, la enorme correa instalada en la parte delantera del trineo. Luego los demás perros del tiro echaron a andar y el perrito se encontró con que el pesado trineo de tres metros de largo le pasaba por encima y lo arrastraba por la nieve, mientras Kotuko reía hasta saltársele las lágrimas. Luego durante días y más días sintió el látigo cruel que silbaba como el viento al azotar el hielo, y sus compañeros lo mordían porque no hacía bien su trabajo, y el arnés le irritaba la piel y ya no le permitían dormir con Kotuko, sino que tenía que acostarse en el rincón más frío del pasadizo. Fueron tiempos tristes para el cachorro.

También el muchacho aprendía tan aprisa como el perro, aunque resultaba difícil gobernar un trineo tirado por perros. Cada uno de los animales lleva un arnés (los más débiles son los que están más cerca del conductor) y lleva un tirante que pasa por la pata delantera de la izquierda y va a parar a la correa principal, a la que está unido por una especie de botón con un cordoncillo que puede soltarse mediante un simple movimiento de la muñeca, lo que permite dejar sueltos los perros uno a uno. Esto es muy necesario, ya que a los perros jóvenes a menudo se les enreda el tirante entre las patas traseras y les produce cortes muy profundos. Y, mientras corren, todos sin excepción sienten ganas de ir a visitar a sus amigos, por lo que no paran de dar saltos de un lado a otro. Luego se pelean y el resultado es un embrollo peor que el que se le arma a un pescador si deja el sedal mojado hasta la mañana siguiente de haber pescado con él. Utilizando el látigo científicamente se pueden evitar muchas complicaciones. Todo muchacho *inuit* se enorgullece de su maestría con el látigo largo, pero, si bien resulta fácil golpear un blanco en el suelo, no lo es tanto inclinarse hacia delante, mientras el trineo corre a toda velocidad, y golpear en el punto exacto al perro que se hace el remolón. Si por casualidad se riñe a un perro pero se golpea a otro, los dos se pelean en el acto y hacen que los demás se detengan. Asimismo, si se viaja con un acompañante y se habla con él, o si uno habla solo o canta, los perros se paran, se vuelven y escuchan lo que uno dice. Una o dos veces Kotuko se encontró abandonado, sin trineo, por haberse olvidado de frenarlo al pararlo, y estropeó muchos látigos y correas antes de que pudieran confiarle un tiro completo de ocho perros y un trineo ligero. Entonces se consideró todo un personaje, y sobre el hielo liso y oscuro, con el corazón animoso y los brazos ágiles, recorría las llanuras con la velocidad de una manada en plena caza. Recorría diez millas para llegar a las guaridas de las focas, y cuando estaba en los terrenos de caza, soltaba uno de los tirantes del *pitu* y dejaba en libertad al negro perrazo que mandaba a los demás y que era el animal más inteligente de todos. En cuanto el perro olfateaba uno de los agujeros que las focas empleaban para respirar, Kotuko volcaba el trineo y hundía en la nieve un par de cuernos de reno (que sobresalían del respaldo como el asa que se emplea para empujar un cochecito de niños), con lo que evitaba que los perros se le escaparan. Luego gateaba centímetro a centímetro y se quedaba acechando hasta que la foca salía a respirar. Entonces, rápidamente, le clavaba su lanza, a la que estaba atada una cuerda, y al final izaba al animal hasta el borde del hielo, mientras el perrazo negro acudía a su lado y le ayudaba a arrastrar el cadáver por la nieve hasta el trineo. Ese era el momento en que los demás perros empezaban a aullar y echar espuma por la boca a causa de la excitación, y Kotuko tenía que emplearse a fondo con el látigo, azotándolos hasta que la foca muerta quedaba rígida debido a la congelación. El regreso a casa era lo más pesado. Había que guiar con cuidado el cargado trineo a través de las irregularidades del terreno helado y los perros, por su parte, se sentaban a contemplar la foca con ojos hambrientos en vez de tirar del vehículo. Por fin daban con el sendero abierto por el paso de numerosos trineos y que llegaba hasta el poblado, y los perros rompían a trotar con la cabeza gacha y la cola alzada, mientras Kotuko entonaba la *Angutivaun taina tau-na-ne taina* (la *Canción del cazador que regresa*) y de cada casa surgían voces que lo saludaban bajo el cielo estrellado.

También Kotuko, el perro, se divirtió una vez hubo crecido. Paso a paso, pelea a pelea, fue progresando entre sus compañeros, hasta que una tarde se encaró con el jefe del tiro por una cuestión de comida (Kotuko, el muchacho, cuidó de que la pelea fuese limpia) y lo degradó a segundo perro. De esta manera se vio ascendido y se hizo cargo de la larga correa que correspondía al jefe, que corría a cosa de metro y medio por delante de todos los demás, pues era su obligación sofocar todas las peleas, ya estuvieran los perros sueltos o llevasen el arnés, y lucía un collar de alambre de cobre, muy grueso y pesado. En ocasiones especiales comía alimentos guisados en el interior del iglú, y a veces le permitían dormir en el banco con Kotuko. Era un buen perro para cazar focas y sabía tener a raya a un carnero almizclero corriendo a su alrededor y mordiéndole las patas. Incluso plantaba cara (cosa que constituye la última prueba de valor para un perro de trineo) al descarnado lobo del Ártico, al que, por regla general, temen todos los perros del norte más de lo que temen a cualquier otra cosa que camine por la nieve. Él y su amo (los demás perros no eran considerados compañeros) cazaban juntos, día tras día y noche tras noche, los dos envueltos en pieles, igual el chico como el animal amarillo y salvaje, de pelo largo, ojos pequeños y colmillos blancos. El trabajo de un *inuit* se reduce a procurarse alimento y pieles, para él y su familia. Las mujeres convierten las pieles en prendas de vestir y de vez en cuando ayudan a atrapar caza menor, pero el grueso de la comida (y comen a dos carrillos) deben encontrarlo los hombres. Si el aprovisionamiento les falla, no hay en aquellos parajes nadie que pueda dárselo, ya sea comprándolo, mendigándolo o tomándolo de prestado: la gente muere inevitablemente.

Un *inuit* no piensa en semejante eventualidad en tanto no se vea forzado a hacerlo. Kadlu, Kotuko, Amoraq y el bebé (que se pasaba el día entero en la capucha forrada de Amoraq, dando coces y masticando grasa de ballena) se sentían tan felices juntos como cualquier otra familia del mundo. Venían de una raza muy bondadosa (raras veces un *inuit* monta en cólera y casi nunca pega a un niño) que no sabía exactamente qué significaba mentir, y mucho menos robar. Se contentaban con sacar con sus lanzas el sustento del corazón de aquella región inhóspita y fría, sonreír untuosamente y contar historias de hadas y extraños fantasmas para pasar las veladas, así como comer hasta no poder más y cantar la inacabable letanía de las mujeres: *Amna aya, aya amna, ah! ah!*, durante los largos días pasados a la luz de las lámparas, remendando sus vestidos y los aparejos de caza.

Pero un terrible invierno todo los traicionó. Los *tununirmiut* regresaron de la pesca anual del salmón y construyeron sus iglúes con los primeros hielos del norte de la isla de Bylot, dispuestos a emprender la caza de la foca en cuanto el mar se congelase. Pero el otoño se adelantó y resultó muy duro. Durante todo septiembre se sucedieron las galernas, que rompieron el hielo liso favorito de las focas cuando solo tenía un metro o un metro y medio de espesor, empujándolo hacia el interior y levantando, a lo largo de unas veinte millas, una gran barrera de grandes y cortantes pedazos de hielo que era imposible cruzar con los trineos de perros. El borde del hielo flotante, que era donde las focas solían pescar en invierno, quedaba a unas veinte millas más allá de la barrera, en un punto que resultaba inalcanzable para los *tununirmiut*. Pese a todo, se las habrían arreglado para ir tirando durante el invierno gracias a la provisión de salmón y grasa de ballena que tenían almacenada, así como a lo que cazasen con las trampas, pero en diciembre uno de los cazadores encontró una *tupik* (tienda de pieles) en cuyo interior había tres mujeres y una muchacha medio muertas, cuyos hombres, al regresar del lejano norte, habían perecido aplastados en su botecillo de pieles mientras pescaban el narval de cuernos largos. Kadlu, naturalmente, no podían hacer otra cosa que distribuir a las mujeres entre los iglúes del campamento invernal, pues ningún *inuit* se atrevería a negarle un bocado a un forastero: jamás sabe cuándo puede verse él en la necesidad de mendigar la comida. Amoraq acogió a la muchacha, que tendría unos catorce años, en su propio iglú como una especie de sirvienta. A juzgar por la forma de su capucha puntiaguda y las figuras de diamante alargadas que adornaban sus polainas de piel de ciervo, supusieron que procedía de la Tierra de Ellesmere. Jamás habían visto cacharros de cocina hechos de estaño, ni trineos con patines de madera, pero Kotuko, el muchacho, y Kotuko, el perro, le tomaron afecto.

Luego todos los zorros se fueron hacia el sur y ni siquiera el glotón americano, ese ladronzuelo gruñón que vive en las nieves, se molestaba ya en seguir las trampas vacías que Kotuko iba colocando. La tribu perdió un par de sus mejores cazadores, que resultaron malheridos al luchar contra un carnero almizclero, y eso hizo que fueran menos a repartir el trabajo. Día tras día Kotuko montaba en un trineo ligero, tirado por seis o siete perros escogidos entre los más fuertes, y buscaba y rebuscaba, hasta que le dolían los ojos, algún sitio donde el hielo fuese lo bastante liso para que una foca hubiese abierto su respiradero. Kotuko, el perro, hacía largas batidas y, en medio de la quietud absoluta de los campos de hielo, Kotuko, el chico, oía sus aullidos excitados ante el agujero de una foca, a tres millas de donde se hallaba el muchacho, pese a que parecían salir de allí mismo. Cuando el perro encontraba un agujero, el muchacho se construía una pared de nieve para resguardarse un poco del gélido viento, y allí se quedaba esperando diez, doce, veinte horas, por si salía la foca, con los ojos pegados a la diminuta señal que hacía encima del agujero para hacer blanco con el arpón, los pies sobre una esterilla de piel de foca y las dos piernas atadas en el *tutareang* (la hebilla de que le habían hablado los cazadores viejos cuando él era aún pequeño). Esta hebilla ayuda a evitar que al cazador se le muevan las piernas mientras pasa horas y más horas esperando la salida de la foca, que tiene el oído muy agudo. Aunque no haya ninguna emoción en ello, podéis figuraros fácilmente que el más penoso de los trabajos de un *inuit* es el de permanecer inmóvil en el *tutareang* cuando el termómetro señala quizá cuarenta grados bajo cero. Cuando atrapaba una foca, Kotuko, el perro, daba un salto hacia delante, arrastrando el tirante, y ayudaba a tirar del cadáver hasta el trineo, junto al cual, resguardados apenas por los trozos de hielo, cansados y hambrientos, yacían esperando los demás perros.

Una foca no daba para mucho, ya que todas las bocas del pequeño poblado tenían derecho a ser alimentadas y ni los huesos, ni la piel, ni los tendones se desperdiciaban. La carne que antes daban a los perros iba ahora destinada a las personas, y a los animales Amoraq les daba de comer trozos de piel de la que en verano usaban para construir las tiendas y que sacaba de debajo del banco de dormir. Los perros aullaban y aullaban y de noche se despertaban para aullar de nuevo, acuciados por el hambre. Por las lámparas de esteatita que ardían en los iglúes se adivinaba que poco faltaba para que el hambre azotase el poblado. En las temporadas buenas, cuando abundaba la grasa de ballena, aquellas lámparas, que tenían forma de barca, despedían una llama de casi sesenta centímetros, una llama alegre, aceitosa, amarilla. Ahora, en cambio, apenas tendría quince centímetros de altura, pues Amoraq bajaba cuidadosamente la mecha de musgo cuando, al distraerse ella, la llamita se hacía más grande.

Los ojos de toda la familia seguían los movimientos de su mano durante la operación. El horror de perecer de hambre en medio de un frío atroz no lo inspira tanto el morir en sí como el hecho de morir en las tinieblas. Todos los *inuit* temen a la oscuridad que cada año, sin interrupción, los envuelve durante seis meses seguidos y cuando las lámparas de un iglú empiezan a perder luz, las mentes de las personas se ponen a temblar y a ser presas de la confusión.

Pero aún faltaba algo peor.

Los perros, acuciados por el hambre, gruñían y mordían en los pasadizos, mirando fieramente las frías estrellas, olfateando el gélido viento noche tras noche. Cuando dejaban de aullar, el silencio caía de nuevo, sólido y pesado como la nieve que el viento arroja contra una puerta, y los hombres sentían batir la sangre en los estrechos conductos de las orejas y los latidos de sus corazones, que sonaban fuertes como los tambores que los hechiceros tocan sobre la nieve. Una noche Kotuko, el perro, que mientras llevaba el arnés se había mostrado desacostumbradamente hosco, se levantó de un brinco y apretó la cabeza contra la rodilla de Kotuko. El muchacho le dio unas palmaditas cariñosas, pero el perro siguió apretando ciegamente el hocico contra su pierna, meneando la cola. Entonces Kadlu se despertó, sujetó con las dos manos la gruesa cabeza lobuna del perro y miró fijamente los ojos vidriosos del animal. El perro gemía y temblaba entre las rodillas de Kadlu. Se le erizó el pelo del cuello y empezó a gruñir como si hubiese un extraño en la puerta, luego se puso a ladrar alegremente y a revolcarse por el suelo, mordiendo como un perrito las botas de Kotuko.

—¿Qué pasa? —dijo Kotuko, que comenzaba a sentir miedo.

—El mal —respondió Kadlu—. Es el mal de los perros.

Kotuko, el perro, levantó el hocico y se puso a lanzar un aullido tras otro.

—Nunca lo había visto así —dijo Kotuko—. ¿Qué va a hacer?

Kadlu se encogió levemente de hombros y cruzó la estancia en busca de su arpón más corto. El perrazo lo miró, aulló de nuevo y se metió en el pasadizo. Los demás perros se apartaron para dejarle sitio. Al salir, ladró con furia, como si acabase de encontrar el rastro de un carnero almizclero y se perdió de vista sin dejar de ladrar y brincar. Su mal no era la hidrofobia, sino, sencillamente, la locura. El frío y el hambre, y, sobre todo, la oscuridad, le habían trastocado la cabeza, y cuando el temible mal de los perros hace presa en uno de los que forman el tiro de un trineo, se extiende como el fuego en el bosque. Al siguiente día de caza, otro perro enfermó de igual manera y Kotuko lo mató allí mismo, mientras mordía y luchaba con los tirantes y las correas. Luego el perro negro, el que antes había sido el jefe de los demás, se puso a ladrar inesperadamente ante un imaginario rastro de renos y, al soltarlo del *pitu*, saltó sobre un montón de hielo y huyó como antes lo hiciera su jefe, llevándose el arnés consigo. Después de eso nadie quería salir con los perros. Los necesitaban para otra cosa, y los perros lo sabían y, aunque estaban atados y les daban de comer con la mano, sus ojos reflejaban miedo y desesperación. Para empeorar las cosas, las mujeres empezaron a contar historias de fantasmas y a decir que se les habían aparecido los espíritus de los cazadores muertos o desaparecidos aquel otoño, profetizándoles toda suerte de cosas horribles.

A Kotuko le dolía más que nada la pérdida de su perro, pues, aunque un *inuit* come muchísimo, también sabe pasar hambre. Pero el hambre, la oscuridad, el frío y las inclemencias del tiempo dejaron sentir sus efectos en él y empezó a oír voces dentro de la cabeza, a ver gente cuando estaba solo y miraba de reojo. Una noche, tras haberse pasado diez horas acechando en vano ante el agujero de una foca, que resultó ser de los que llamaban ciegos, se soltó la hebilla y, cansado y medio desfallecido, se dirigió de regreso al poblado. Por el camino se detuvo y recostó la espalda en un peñasco que descansaba sobre un saliente de hielo. Su peso rompió el equilibrio del peñasco, que cayó rodando pesadamente y, mientras Kotuko saltaba a un lado para esquivarlo, resbaló tras de él, silbando y chirriando por la pendiente de hielo.

Eso le bastó a Kotuko. Lo habían educado en la creencia de que todas las rocas y los peñascos tenían su propietario (su *inua*), que por lo general era una especie de mujer con un solo ojo, llamada *tornaq*, y cuando una *tornaq* se proponía ayudar a un hombre rodaba tras él dentro de su casa de piedra, preguntándole si quería tomarla por espíritu guardián. (En verano, al producirse el deshielo, rocas y peñascos ruedan por todas partes, por lo que resulta fácil comprender de dónde había salido la idea de las piedras vivientes.) Kotuko sintió que la sangre le golpeaba las sienes, como la había sentido todo el día, pero pensó que era la *tornaq* de la piedra que le estaba hablando. Al llegar a casa, hacía ya rato que estaba convencido de haber sostenido una larga conversación con el espíritu y, como toda su gente creía que esto era posible, nadie le contradijo.

—Me ha dicho: «Salto, salto desde mi lugar en la nieve» —dijo Kotuko, inclinándose con los ojos hundidos en la semipenumbra del iglú—. Me ha dicho: «Seré tu guía y te llevaré a donde se esconden las focas». Mañana saldré a cazar y la *tornaq* me guiará.

Entró entonces el *angekok*, el hechicero del poblado, y Kotuko repitió su historia ante él, sin olvidarse de un solo detalle.

—Sigue a los *tornait* (los espíritus de las piedras) y ellos nos volverán a dar de comer —dijo el *angekok.*

La muchacha del norte llevaba varios días acostada al lado de la lámpara, comiendo muy poco y hablando menos aún, pero, cuando al día siguiente, Amoraq y Kadlu prepararon un pequeño trineo de mano para Kotuko, cargándolo con sus perros de caza y toda la grasa de ballena y carne congelada de foca que pudieron separar para él, la muchacha cogió la cuerda que servía para tirar del trineo y se colocó al lado de Kotuko con ademán resuelto.

—Tu casa es mi casa —dijo, mientras el pequeño trineo con patines de hueso chirriaba y se tambaleaba tras ellos en medio de la temible noche ártica.

—Mi casa es tu casa —repuso Kotuko—, pero me parece que los dos iremos juntos a Sedna.

Sedna es la Señora del Bajo Mundo y los *inuit* creen que, al morir, todo el mundo debe pasar un año en el horrible país de Sedna antes de ir a Quadliparmiut, el Lugar Feliz, donde nunca hiela y basta una llamada para que acudan a tu lado rollizos renos.

Por todo el poblado la gente gritaba:

—¡Los *tornait* han hablado a Kotuko! ¡Le enseñarán el hielo libre y nos traerá carne de foca!

Las voces no tardaron en perderse en las frías tinieblas y Kotuko y la muchacha, muy juntos el uno del otro, siguieron tirando del trineo, sorteando las irregularidades del hielo, avanzando hacia el mar Polar. Kotuko insistió en que la *tornaq* de la piedra le había dicho que se dirigiese hacia el norte, y hacia el norte se dirigieron bajo Tuktuqdjung el Reno, que no es otra que la constelación que nosotros llamamos la Osa Mayor.

Ningún europeo habría podido hacer cinco millas diarias sobre aquel terreno cubierto de hielo desmenuzado y afiladas aristas, pero los dos jóvenes conocían muy bien el leve movimiento de la muñeca que permite desviar el trineo para que no choque con un montículo de hielo, el tirón que lo saca de una grieta, la fuerza precisa que hay que aplicar para, con unos cuantos golpes de arpón, abrirse paso cuando todo parece perdido.

La muchacha caminaba sin decir nada, con la cabeza gacha, mientras los largos flecos de su capucha de armiño le caían sobre la cara, ancha y atezada. Sobre sus cabezas el cielo era un vasto manto de terciopelo negro, rasgado por franjas de almagre en el horizonte, donde las grandes estrellas ardían como los faroles de una calle. De vez en cuando una verdosa oleada de la aurora boreal cruzaba el inmenso vacío del firmamento, ondeando como una bandera y desapareciendo a los pocos instantes, o un meteoro cruzaba velozmente de la oscuridad a la oscuridad, dejando un rastro de chispas detrás. Entonces podían ver la superficie ondulante y surcada del hielo, adornada con trazos de extraños colores: rojo, cobrizo, azulado. Pero todo se volvía gris, helado, bajo la luz normal de las estrellas. La gran masa de hielo flotante, como recordaréis, había sido azotada y atormentada por las galernas del otoño, hasta quedar como una superficie helada después de un terremoto. Había barrancas y grietas, y agujeros como cascajales, en medio del hielo, así como trozos grandes y pequeños desparramados sobre la superficie. Aquí y allá surgían las negras manchas de hielos viejos que alguna galerna había enterrado y ahora volvían a emerger, junto con redondos peñascos de hielo, crestas como dientes de sierra labradas por la nieve a impulsos del viento y grandes hondonadas que se extendían a varios metros por debajo del nivel de la masa helada. Desde lejos habría sido fácil confundir los peñascos por focas o morsas, trineos volcados u hombres en plena cacería, o incluso con el gran Espíritu del Oso Blanco, con sus diez patas. Pero, a pesar de todas estas formas fantásticas, que parecían a punto de cobrar vida, no se oía ningún ruido, ni el menor eco de un lejano murmullo. Y a través de semejante silencio, a través de aquella desolación iluminada de vez en cuando por un fugaz destello de luz, siguió avanzando el trineo y los dos jóvenes que de él tiraban, arrastrándose cual extraños seres de pesadilla, una pesadilla del fin del mundo en el confín de la tierra.

Cuando se cansaban, Kotuko construía lo que los cazadores llamaban una media casa y que era un pequeño iglú de nieve, dentro del cual se acurrucaban los dos, tratando de descongelar la carne de foca con el calor de la lámpara de viaje. Después de dormir un poco, reanudaban la marcha: treinta millas al día para no acercarse más de diez millas al norte. La muchacha estaba siempre muy callada, pero Kotuko murmuraba palabras para sus adentros y de vez en cuando entonaba alguna de las canciones que había aprendido en la Casa del Canto: canciones que hablaban del verano, de los renos y los salmones, y que parecían horriblemente fuera de lugar en aquella estación del año. A veces decía que la *tornaq* le estaba hablando y subía corriendo un montículo de hielo, agitando los brazos y profiriendo gritos amenazadores. A decir verdad, Kotuko era presa de una especie de locura pasajera, pero la muchacha estaba segura de que su compañero avanzaba guiado por su espíritu guardián y que, por lo tanto, todo saldría bien. Por esto no se sorprendió cuando, al finalizar el cuarto día de marcha, Kotuko, cuyos ojos parecían arder como bolas de fuego, le dijo que su *tornaq* los iba siguiendo por la nieve bajo la forma de un perro de dos cabezas. La muchacha miró hacia el lugar que Kotuko le señalaba y le pareció ver algo que se escondía apresuradamente en un barranco. Ciertamente no era un ser humano, pero, como sabía todo el mundo, los *tornait* preferían aparecerse bajo la forma de oso, foca o algo parecido.

Quizá era el mismísimo Espíritu del Oso Blanco, con sus diez patas, aunque podía haber sido cualquier cosa, ya que Kotuko y la muchacha estaban tan desfallecidos por falta de alimento que no podían fiarse de sus ojos. No habían cazado nada desde su salida del poblado, y tampoco habían visto ningún rastro de animales. Apenas les quedaban provisiones para una semana más y se avecinaba una galerna. En el Polo las tormentas duran a veces diez días seguidos, durante los cuales permanecer a la intemperie es exponerse a una muerte segura. Kotuko construyó un iglú lo bastante grande para que en él cupiera el trineo (jamás hay que separarse de la provisión de carne) y mientras daba forma al último bloque irregular de hielo, para completar con él el tejado, vio una Cosa que lo estaba mirando desde lo alto de un montículo de hielo, a media milla de distancia. Flotaba una neblina en el aire y aquella Cosa parecía tener doce metros de largo y tres de alto, con una cola de seis metros y un perfil que se estremecía continuamente. La muchacha la vio también, pero, en vez de gritar de terror, dijo tranquilamente:

—¿Aquello es Quiquern? ¿Qué pasará?

—Que me hablará —dijo Kotuko.

Sin embargo, al decirlo le temblaba la mano que sostenía el cuchillo, ya que, aunque un hombre crea ser amigo de los espíritus extraños y feos, raras veces le gusta ver cómo se confirman sus creencias. Quiquern, además, es el fantasma de un perro gigantesco, desdentado y sin pizca de pelo, que se supone que vive en las remotas regiones del norte, por las que se lo ve vagar cuando va a suceder algo. Puede que lo que vaya a suceder sea bueno o malo, pero ni siquiera a los brujos les hace gracia hablar de Quiquern. Los perros enloquecen por su culpa. Al igual que el Espíritu del Oso, posee varios pares de patas de más, unos seis u ocho, y aquella Cosa que estaba observando a Kotuko, dando brincos en medio de la neblina, tenía más patas de las que le hacían falta a un perro de verdad. Kotuko y la muchacha se apresuraron a entrar en el iglú. Claro que, de haber querido atraparlos, Quiquern habría hecho saltar el iglú en pedazos, pero a los dos les tranquilizaba saber que entre ellos y la malvada oscuridad había una pared de hielo de treinta centímetros de espesor. Estalló la galerna con un chillido del viento que parecía el silbido de un tren y no amainó ni un instante a lo largo de tres días y tres noches, sin un minuto de respiro. Kotuko y la muchacha procuraban que no se apagase la lámpara, que sostenían entre las rodillas y mordisqueaban la tibia carne de foca, contemplando cómo el hollín negro iba acumulándose en el techo durante setenta y dos largas horas. La muchacha hizo recuento de la comida que había en el trineo: no quedaban provisiones para más de dos días, y Kotuko se puso a repasar las puntas de hierro y las ligaduras, hechas con nervios y tendones de ciervo, de su arpón, su lanza y el dardo de cazar pájaros. No podían hacer nada más.

—Pronto, muy pronto iremos a Sedna —susurró la muchacha—. Dentro de tres días nos quedaremos tendidos aquí y partiremos para Sedna. ¿Tu *tornaq* no va a hacer nada? Cántale una canción de *angekok* para que venga.

Kotuko empezó a cantar con el tono agudo y plañidero de las canciones mágicas y la galerna comenzó a aminorar poco a poco. De pronto la muchacha se sobresaltó y apoyó en el hielo del suelo del iglú primero una mano enmitonada y luego la cabeza. Kotuko siguió su ejemplo y los dos se arrodillaron, mirándose fijamente a los ojos y aguzando el oído. De una trampa para cazar pájaros que había en el trineo Kotuko arrancó una astilla de hueso de ballena y, enderezándola, la colocó verticalmente en un pequeño agujero del hielo, sosteniéndola con la mano. La astilla quedó ajustada tan delicadamente como la aguja de una brújula y los dos jóvenes, en vez de escuchar, se pusieron a contemplarla. La delgada varilla se estremeció un poco, de forma a duras penas perceptible, luego vibró claramente durante unos segundos, se paró y volvió a vibrar, esta vez señalando hacia otro punto de aquella especie de brújula.

—¡Demasiado pronto! —exclamó Kotuko—. Algún trozo grande de la masa de hielo se ha desgajado, lejos de aquí.

La muchacha señaló la varilla, al tiempo que meneaba la cabeza.

—Es la gran desgajadura —dijo—. Escucha el hielo del suelo: se oyen como unos golpes.

Volvieron a arrodillarse y esta vez oyeron unos extraños gruñidos y golpes amortiguados, que parecían proceder de debajo mismo de sus pies. A veces semejaban los chillidos de un perrito ciego que se hubiese quemado con la lámpara, luego como si alguien afilase una piedra contra el hielo y después como el redoble de un tambor enfundado, pero todos los sonidos eran alargados y lejanos, como si, tras ser emitidos por un pequeño cuerno, llegasen hasta ellos atravesando una larga distancia.

—No iremos a Sedna tendidos en el suelo —dijo Kotuko—. El hielo se está agrietando. La *tornaq* nos ha engañado. Moriremos.

Puede que todo esto os parezca absurdo, pero los dos se enfrentaban a un peligro muy real. La galerna de tres días había empujado las aguas profundas de la bahía de Baffin hacia el sur, acumulándolas sobre el borde de la amplia extensión de hielo que desde la isla de Bylot apunta hacia el oeste. Además, la fuerte corriente que desde el estrecho de Láncaster se dirige hacia el este arrastraba millas y millas de lo que llaman «hielo en paquetes», es decir, trozos de hielo que no se han unido para formar una extensión plana, una especie de campo helado, y este hielo estaba bombardeando la masa de hielo flotante al mismo tiempo que esta se veía atacada por debajo por el mar de fondo. Lo que acababan de oír Kotuko y la muchacha era el débil eco de la pelea que se desarrollaba a treinta o cuarenta millas de distancia y que hacía estremecerse la varilla de un modo harto significativo.

Como dicen los *inuit*, cuando el hielo despierta después de su largo sueño invernal, no hay forma de saber qué puede ocurrir, ya que la masa sólida de hielo flotante cambia de forma casi con la misma rapidez con que lo hacen las nubes. No había duda de que la galerna que habían sufrido era una tormenta de primavera que se había desencadenado intempestivamente, por lo que cualquier cosa era posible.

Sin embargo, los dos jóvenes se sentían más tranquilos que antes. Si el hielo flotante saltaba en pedazos, terminaría su espera y su sufrimiento. Los espíritus, los duendecillos y los demás seres de brujería andaban sueltos por el hielo y podía suceder que al penetrar en el país de Sedna lo hicieran en compañía de toda suerte de extraños seres de cara enrojecida aún por la exaltación. Cuando, al apagarse la galerna, salieron de su refugio, el ruido aumentaba en intensidad allá en el horizonte y a su alrededor el hielo compacto gemía y zumbaba sin parar.

—Sigue esperando —dijo Kotuko.

En la cima de un montículo, sentada o agazapada, se hallaba aquella Cosa de ocho patas que habían visto tres días antes… y aullaba horriblemente.

—Sigámosla —dijo la muchacha—. Puede que conozca algún camino que nos lleve a Sedna.

Pero, al tratar de tirar del trineo, se tambaleó de agotamiento. La Cosa se movió lentamente y con torpes movimientos empezó a avanzar, cruzando las barreras de hielo en dirección hacia el oeste, es decir, hacia tierra firme. Los dos siguieron sus pasos, mientras a sus espaldas iba acercándose a ellos el atronador gruñido del hielo que se agrietaba. En el borde del hielo se abrían ya grietas en todas las direcciones, en un espacio de tres o cuatro millas tierra adentro, al tiempo que trozos de tres metros de espesor, unos de escasos metros cuadrados y otros de varias hectáreas, se hundían, volvían a salir a la superficie y chocaban unos con otros, así como contra la masa de hielo que aún no se había agrietado, zarandeados por las olas que lanzaban surtidores de espuma entre ellos. Aquella especie de ariete de hielo era, por así decirlo, las tropas de choque que el mar lanzaba contra la costa helada. El incesante estruendo que armaban estos trozos al chocar casi ahogaba el ruido de los trozos más pequeños que se veían empujados por debajo de la capa flotante, como si fueran naipes que alguien escondiera debajo de un mantel. En los sitios donde la profundidad era escasa, los trozos más pequeños se amontonaban unos sobre otros hasta que el de abajo tocaba el fango del fondo a quince metros por debajo de la superficie y entonces el mar descolorido formaba como un dique detrás de esta barrera hasta que la presión de las aguas volvía a empujarlo todo hacia delante. Además de la gran capa de hielo flotante y de los trozos más pequeños, la galerna y las corrientes hacían bajar verdaderos icebergs, montañas de hielo flotante arrancadas de las costas de Groenlandia o de la playa norte de la bahía de Melville. Llegaban flotando pesadamente, envueltos por la blanca espuma de las olas que rompían sobre ellos, avanzando hacia la gran masa de hielo igual que una flota antigua navegando con todas las velas desplegadas. A veces un iceberg que parecía capaz de llevarse el mundo entero por delante embarrancaba irremisiblemente en las aguas profundas, se tambaleaba y acababa por hundirse en medio de una montaña de espuma, barro y heladas salpicaduras, mientras que otro mucho más pequeño cortaba como un cuchillo el hielo flotante, arrojando toneladas del mismo a uno y otro lado y abriendo una grieta de más de media milla antes de quedar detenido. Algunos caían como espadas, abriendo canales de bordes irregulares y otros saltaban en pedazos y lanzaban una lluvia de bloques que pesaban toneladas cada uno que giraban vertiginosamente entre los montículos. Otros, al embarrancar, surgían completamente del agua, se contorsionaban como si sufrieran dolor y caían pesadamente de costado, mientras el mar les azotaba la espalda. Aquel espectáculo de masas de hielo que chocaban unas con otras, amontonándose, doblándose, combándose y arqueándose, adquiriendo todas las formas posibles, se estaba desarrollando a lo largo de toda la extensión que abarcaban los ojos, siguiendo el borde septentrional de la gran masa. Desde el lugar en que se encontraban Kotuko y la muchacha, toda aquella confusión no parecía ser mayor que un leve temblor allá en el horizonte, pero se acercaba a ellos por momentos, al mismo tiempo que desde el lado de tierra firme llegaba a sus oídos un lejano tronar, como el estampido de los cañones en medio de la niebla. Era el ruido que producía la gran masa flotante al chocar con los férreos acantilados de la isla de Bylot, la tierra que había hacia el sur, detrás de ellos.

—Esto no había sucedido jamás —dijo Kotuko, contemplando el espectáculo con ojos estupefactos—. No es tiempo de que suceda. ¿Cómo puede romperse el hielo ahora?

—¡Sigamos aquello! —exclamó la muchacha, señalando la Cosa, que, medio cojeando, medio corriendo, se alejaba de ellos.

La siguieron, tirando del trineo de mano, mientras el rugido del hielo se oía cada vez más cerca de ellos. Finalmente, los campos que los rodeaban crujieron y se agrietaron en todas las direcciones. Las grietas se abrían y cerraban como las fauces de los lobos. Pero allí donde estaba la Cosa (en un montículo de viejos bloques de hielo esparcidos, de unos quince metros de altura) no se advertía ningún movimiento. Kotuko avanzaba dando saltos, frenéticamente, arrastrando a la muchacha y por fin llegaron a los pies del montículo. Alrededor de ellos la voz del hielo era cada vez más atronadora, pero el montículo permanecía firme. Al mirar a Kotuko, la muchacha vio que con el codo del brazo derecho le hacía una señal, un gesto hacia arriba y hacia fuera a la vez: era la señal que emplean los *inuit* para indicar que han encontrado tierra firme y que esta es una isla. Y tierra firme era el lugar adonde los había conducido aquella renqueante Cosa de ocho patas: una pequeña isla de base granítica y playas arenosas, a poca distancia de la costa y envuelta de tal modo por el hielo que ningún hombre habría podido distinguirla del resto de la masa flotante. Pero debajo del hielo había tierra, ¡tierra firme! La lluvia de astillas de hielo que saltaba por los aires al entrechocar los grandes bloques marcaba los límites de la isla, mientras que un banco de arena protectora se extendía hacia el norte, desviando la furiosa acometida de los grandes bloques de hielo, del mismo modo que el arado levanta la marga y la echa a un lado. Existía el peligro, desde luego, de que la tremenda presión que sufrían los campos de hielo los echara sobre la playa y cubrieran la totalidad de la pequeña isla, pero Kotuko y la muchacha no se preocuparon y construyeron un iglú. Luego se refugiaron en él y se pusieron a comer mientras escuchaban el estruendo que les llegaba desde la playa. La Cosa había desaparecido y Kotuko hablaba excitadamente acerca de su poder sobre los espíritus. Acurrucado cerca de la lámpara, seguía dando rienda suelta a sus alocadas fantasías cuando la muchacha se echó a reír y empezó a balancear el cuerpo hacia delante y hacia atrás.

Detrás de ella, arrastrándose centímetro a centímetro hacia el interior del iglú, acababan de aparecer dos cabezas, una amarilla y la otra negra, que pertenecían a dos de los perros más compungidos y avergonzados que jamás se hayan visto. Uno de ellos era Kotuko, el perro, y el otro era el negro animal que había sido el jefe de los que tiraban del trineo. Los dos estaban gordos, tenían buen aspecto y daban la impresión de haber recobrado el juicio, pero estaban unidos de forma harto extraordinaria. Como recordaréis, al huir el perro negro se llevó consigo el arnés. Seguramente se había cruzado con Kotuko, el perro, y los dos se habrían puesto a jugar o a pelearse, ya que la correa que el primero llevaba sobre el lomo se había enganchado con el collar de Kotuko, quedando los dos tan trabados que ninguno de ellos había podido soltar a mordiscos el tirante de cuero, por lo que se habían quedado fuertemente sujetos uno al otro por el cuello. Eso, junto con la libertad para cazar por su propia cuenta, los habría ayudado a librarse de la locura, pues ambos se mostraban muy serenos.

La muchacha empujó a los dos avergonzados animales hacia Kotuko y, partiéndose de risa, exclamó:

—¡Aquí tienes a Quiquern, el que nos ha conducido a lugar seguro! ¡Mira las ocho patas y las dos cabezas!

Kotuko puso a los perros en libertad y los dos animales saltaron a sus brazos, el amarillo y el negro a la vez, tratando de explicarle de qué forma habían recobrado el juicio. Kotuko pasó una mano por los costados de los perros y notó que los tenían bien cubiertos de carne.

—Han encontrado algo que comer —dijo, sonriendo—. No creo que tengamos que ir tan pronto a Sedna. Mi *tornaq* nos los ha enviado. Se han librado del mal de los perros.

En cuanto hubieron saludado a Kotuko, los dos animales, que durante varias semanas se habían visto obligados a dormir, comer y cazar juntos, saltaron uno sobre el otro y entablaron una reñida batalla dentro del iglú.

—Los perros no luchan cuando tienen el estómago vacío —dijo Kotuko—. Este par han encontrado focas. Ahora durmamos y luego buscaremos comida.

Cuando despertaron las aguas del norte de la isla estaban ya libres y todo el hielo suelto había sido arrojado a tierra. El ruido de las olas al romper en la playa es uno de los más gratos al oído del *inuit*, pues significa que la primavera está cerca. Kotuko y la muchacha se cogieron de las manos y sonrieron, pues el sonido claro y fuerte de las olas entre el hielo les recordó que se acercaba la época del salmón y el reno y casi creyeron aspirar el aroma de los sauces al florecer. Mientras miraban, sin embargo, el mar empezó a espesarse entre los grandes trozos de hielo flotante, pues el frío era intensísimo, pero ya se veía en el horizonte un inmenso resplandor rojizo que no era otra cosa que la luz del sol que pronto se remontaría en el firmamento. Fue más como oírlo bostezar mientras dormía que verlo levantándose, y el resplandor duró solo unos minutos, pero era la señal de que se avecinaba el cambio de estación. Sabían muy bien que nada podía evitarlo.

Kotuko encontró a los dos perros peleándose por una foca que acababan de matar mientras seguía a los peces, siempre inquietos después de una galerna. Aquella foca era la primera de las veinte o treinta que llegaron a la isla durante el día. Hasta que el mar volvió a helarse, se veían cientos de cabezas negras que asomaban a la superficie y flotaban alegremente entre los témpanos de hielo.

Resultó agradable volver a comer hígado de foca, llenar de grasa las lámparas sin temor a que se agotase el combustible y ver cómo la llama se alzaba hasta casi un metro de altura. Pero tan pronto la superficie del mar estuvo lo bastante endurecida, Kotuko y la muchacha cargaron el trineo e hicieron que los dos perros tirasen de él como jamás habían tirado en la vida. Temían que alguna terrible desgracia hubiese caído sobre el poblado.

El tiempo se mostraba tan cruel como siempre, pero resultaba más fácil arrastrar un trineo cargado de comida que cazar con el estómago vacío. Dejaron veinticinco focas muertas enterradas en el hielo de la playa por si las necesitaban más adelante y partieron rápidamente a reunirse con su gente. Los perros les mostraron el camino cuando Kotuko los puso al corriente de lo que esperaba de ellos y, aunque no se veía ninguna señal que les indicase la ruta que debían seguir, en dos días llegaron ante el iglú de Kadlu. Solamente tres perros contestaron a su llamada: a los demás se los habían comido. La oscuridad reinaba en el poblado. Pero cuando Kotuko gritó:

«*Ojo!*» (carne hervida), unas voces débiles le contestaron desde el interior de los iglúes y luego, al pasar lista a los habitantes del poblado, comprobó que no faltaba nadie.

Una hora después brillaban las lámparas en el iglú de Kadlu, el agua de nieve se estaba calentando, las ollas empezaban a hervir y del techo caían gotas de nieve fundida, mientras Amoraq preparaba comida para todo el poblado y el bebé que llevaba en la capucha masticaba una tira de rica grasa de foca y los cazadores, lenta pero metódicamente, se atiborraban de carne de foca. Kotuko y la muchacha contaron sus aventuras. Los dos perros se sentaron en medio de los jóvenes y cuando oían pronunciar sus nombres alzaban una oreja y parecían avergonzarse de sí mismos. El perro que, tras haber enloquecido, recobra el juicio queda inmunizado para siempre, según dicen los *inuit*.

—Así que la *tornaq* no se olvidó de nosotros —dijo Kotuko—. Sopló la tempestad, el hielo se partió y la foca vino nadando tras los peces asustados por el temporal. Las nuevas guaridas de las focas están a menos de dos días de aquí. Los cazadores pueden salir mañana en busca de las que he matado con mi lanza. He dejado veinticinco enterradas en el hielo. Cuando nos las hayamos comido, seguiremos a las otras por el hielo.

—¿Qué haréis vosotros? —dijo el hechicero con el mismo tono de voz que empleaba para dirigirse a Kadlu, que era el más rico de los *tununirmiut*.

Kotuko miró a la muchacha del norte y dijo tranquilamente:

—Nosotros vamos a construir un iglú.

Con una mano señaló el lado noroeste del iglú de Kadlu, pues ese es el lado donde erige siempre su vivienda el hijo o hija que se casa.

La muchacha volvió la palma de las manos hacia arriba e hizo un leve gesto de desánimo con la cabeza. Era una extranjera a la que habían recogido medio muerta de hambre y no podía aportar ninguna dote al casarse.

Amortaq se levantó de un salto del banco en que estaba sentada y se puso a llenar de cosas el regazo de la muchacha: lámparas de esteatita, raspadores de hierro, ollas de estaño, pieles de ciervo adornadas con dientes de carnero almizclero y verdaderas agujas de las que usan los marineros para remendar velas, la mejor dote, en suma, que jamás se haya dado en los confines del Círculo Polar Ártico y que la muchacha del norte recibió inclinándose hasta rozar el suelo con la cabeza.

—¡Y estos también! —dijo Kotuko, riendo y señalando los perros, que frotaron sus fríos hocicos en el rostro de la muchacha.

—¡Ah! —carraspeó el *angekok* para darse importancia, como si hubiese estado reflexionando sobre todo ello—. En cuanto Kotuko se marchó del poblado, fui a la Casa del Canto y entoné los cantos mágicos. Estuve cantando todas las noches, invocando al Espíritu del Reno. Mis cánticos hicieron que se desencadenase la tormenta que rompió el hielo y empujó a los dos perros hacia donde estaba Kotuko, a punto de perecer aplastado por el hielo. Mis cánticos llevaron la foca hacia la playa. Mi cuerpo se hallaba inmóvil en el *quaggi*, pero mi espíritu corría por el hielo, guiando a Kotuko y a los perros en todo cuanto hacían. Todo ha sido obra mía.

Todos estaban repletos de comida y amodorrados, por lo que nadie le llevó la contraria y el *angekok*, en virtud de su cargo, se sirvió otro pedazo de carne hervida y luego se tumbó como los demás para dormir arropado por el calor y la luz que había dentro de la estancia perfumada por el aceite.

Kotuko, que dibujaba muy bien al estilo de los *inuit*, labró escenas de sus aventuras en un trozo de marfil largo y liso, en un extremo del cual había un agujero. Cuando él y la muchacha se fueron al norte, a la Tierra de Ellesmere, aquel año que llamaron del Invierno Maravilloso, dejó a Kadlu la historia en imágenes. Pero Kadlu la perdió entre los guijarros cuando un verano se le estropeó el trineo en la orilla del lago Netilling, en Nikosiring, y allí lo encontró un *inuit* de la región la siguiente primavera y la vendió a un hombre de Imigen que hacía de intérprete en una ballenera del estrecho de Cumberland, que luego se la vendió a Hans Olsen, que más adelante embarcaría como contramaestre en un gran vapor que llevaba turistas al cabo Norte, en Noruega. Al terminar la temporada turística, el vapor hacía la ruta de Londres a Australia, con escala en Ceilán, donde Olsen vendió el marfil a un joyero cingalés a cambio de dos zafiros de imitación. Yo lo encontré entre unos trastos viejos en una casa de Colombo y lo he traducido de cabo a rabo.

Angutivaun taina

(He aquí una traducción muy libre de la «*Canción del cazador que regresa*», tal como la cantaban los hombres después de cazar focas con sus lanzas. Los *inuit* siempre repiten las cosas una y otra vez.)

> *Nuestros guantes están rígidos,*
> *pues la sangre ya se ha helado,*
> *la nieve cubre nuestras pieles,*
> *mientras volvemos con las focas… ¡las focas!*
> *tras cazar entre los hielos.*
>
> *Au jana! Aua! Oha! Haq!*
> *Corren y ladran los perros,*
> *restallan los largos látigos y los hombres vuelven,*
> *vuelven de los hielos.*
>
> *Seguimos el rastro hasta el escondite*
> *oímos a la foca escarbar el hielo,*

y nos quedamos acechando, acechando,
tumbados en el hielo.

Alzamos la lanza cuando salió a respirar,
descargamos luego el golpe... ¡así!
así con ella jugamos y luego la matamos,
allá entre los hielos.

La sangre congelada endurece nuestros guantes,
la nieve ciega nuestros ojos,
pero regresamos a nuestras esposas,
regresamos de entre los hielos.

Au jana! Aua! Oha! Haq!
Raudos avanzan los cargados trineos,
y las mujeres oyen cómo sus hombres regresan,
regresan de entre los hielos.

LOS PERROS JAROS

Por nuestras noches luminosas y excelentes,
por las noches de veloz correr,
siguiendo el rastro, observando, cazando con astucia.
Por el aroma del alba pura, antes de que se esfume el rocío.
Por el correr entre la niebla tras la presa enloquecida.
Por el grito de nuestros compañeros
cuando el sambhur les planta cara,
por el riesgo y la lucha en plena noche,
por el dormir de día ante la guarida,
por todo ello vamos a la lucha.
¡Ladrad! ¡Ladrad!

Fue después de la invasión de la jungla cuando comenzó la parte más agradable de la vida de Mowgli. Tenía la conciencia tranquila propia de cuando se han pagado las deudas y toda la jungla era su amiga, y, además, le tenía un poquito de miedo. Con las cosas que hacía, veía y oía en sus vagabundeos por la jungla, visitando a unos y a otros, habría tema para muchas, muchísimas historias, cada una de ellas tan larga como esta. Así, pues, nunca se os contará cómo conoció al Elefante Loco de Mandla, el que mató a veintidós bueyes que tiraban de once carros cargados de plata acuñada con destino a la Tesorería del Gobierno, esparciendo luego por el suelo las brillantes rupias; ni cómo luchó con Jacala, el Cocodrilo, durante toda una noche, en los Pantanos del Norte, rompiendo su cuchillo de despellejar sobre las escamas que cubrían el lomo de la bestia. Tampoco se os contará cómo encontró un cuchillo nuevo, y más largo, que colgaba del cuello de un hombre al que había matado un jabalí, ni cómo siguió el rastro del animal y lo mató en pago del cuchillo; ni cómo una vez, durante la gran plaga de hambre, estuvo a punto de morir aplastado bajo las patas de los rebaños de ciervos que buscaban comida; ni cómo salvó a Hathi, el Silencioso, que estaba a punto de caer otra vez en una trampa en cuyo fondo había una afilada estaca, para, al día siguiente, ser él mismo el que cayó en una astuta trampa para cazar leopardos, de la que Hathi lo libró haciendo saltar en pedazos los barrotes de madera; ni cómo ordeñó a los búfalos salvajes del pantano, y cómo...

Pero no os lo puedo contar todo a la vez: hay que hacerlo cosa por cosa. Murieron Padre Lobo y Madre Loba, y Mowgli, tras tapar la entrada de la cueva con un gran peñasco, lloró y entonó la Canción Fúnebre por ellos. Baloo se hizo muy viejo y cada vez le resultaba más difícil moverse, y hasta Bagheera, que tenía nervios de acero y músculos de hierro, se volvió algo más lenta de lo que era cuando iba a cazar. A Akela el pelo, de puro viejo, se le transformó de gris en blanco como la leche, las costillas se le marcaban en los costados, caminaba como si estuviera hecho de madera y Mowgli tenía que cazar para él. Pero los lobos jóvenes, los hijos de la dispersada Manada de Seeonee, crecieron y se hicieron fuertes y cuando sumaban ya cuarenta ejemplares de cinco años, sin amo, de recia voz y ágiles patas, Akela les dijo que debían agruparse y seguir la ley, y estar bajo la dirección de un jefe, como correspondía al Pueblo Libre.

No era esa cuestión en la que Mowgli quisiera entrometerse, ya que, según él mismo dijo, había comido frutas verdes y sabía de qué árbol colgaban. Pero cuando Phao, hijo de Phaona (su padre fue el Rastreador Gris en los días en que Akela era el jefe), luchó hasta conquistar el liderazgo de la Manada, como establecía la Ley de la Jungla, y de nuevo empezaron a sonar las viejas llamadas y canciones, Mowgli acudió a la Roca del Consejo, aunque solo fuese para recordar viejos tiempos. Al tomar él la palabra, la Manada le escuchó en silencio hasta que terminó y, además, se sentó al lado de Akela en la roca, más arriba de donde estaba Phao. Corrían buenos tiempos, la caza abundaba y se dormía bien. A ningún extraño se le ocurría meterse en las junglas que pertenecían al Pueblo de Mowgli, pues así llamaban por entonces a la Manada, de manera que los lobos pequeños engordaron sin ningún contratiempo y cada vez eran más los cachorros que había que llevar a la Roca del Consejo para que la Manada los inspeccionase. Mowgli asistía siempre a estas ceremonias de inspección, pues recordaba aquella noche en que una pantera negra había comprado para la Manada un cachorro moreno y desnudo, y la vieja llamada de «¡Fijaos, fijaos bien, oh lobos!» le estremecía el corazón. De no ser por eso, se habría quedado en la jungla con sus cuatro hermanos, probando, tocando y viendo cosas nuevas.

Un atardecer, cuando trotaba tranquilamente por los bosques para llevar a Akela la mitad de un gamo que había matado, seguido por los Cuatro, que retozaban y daban volteretas detrás de él, de pura alegría por estar vivos, oyó un grito que jamás había vuelto a oírse desde los infaustos tiempos en que Shere Khan aún vivía. Era lo que en la jungla llamaban el *pheeal*: un desagradable aullido que el chacal lanza cuando va de caza detrás del tigre o cuando va detrás de caza mayor. Si sois capaces de imaginaros una mezcla de odio, triunfo, temor y desespero, aderezado todo ello por una especie de tono malévolo, tendréis una idea de cómo era aquel *pheeal* que se alzaba y volvía a bajar, vibrando y temblando al otro lado del Waingunga, lejos de donde Mowgli se encontraba. Los Cuatro se detuvieron en el acto, con el pelo erizado y gruñendo. La mano de Mowgli se acercó al cuchillo y se detuvo, con el rostro enrojecido y el ceño fruncido.

—No hay ningún Rayado que se atreva a matar por aquí —dijo.

—Ese no es el grito del Heraldo —repuso Hermano Gris—. Es una gran cacería. ¡Escuchad!

De nuevo se oyó el grito, mitad sollozo y mitad risita burlona, como si el chacal tuviera labios suaves como los seres humanos. Mowgli aspiró una larga bocanada de aire y echó a correr hacia la Roca del Consejo, adelantándose a otros lobos de la Manada que se dirigían apresuradamente al mismo sitio. Phao y Akela ya se encontraban juntos en la roca y a sus pies, con los nervios de punta, se hallaban sentados los demás. Las madres y los cachorros regresaban rápidamente a las guaridas, pues cuando se oye el *pheeal* no conviene que los débiles anden por ahí, fuera de casa.

No se oía nada más que el Waingunga corriendo y murmurando en la oscuridad, así como las suaves brisas del atardecer acariciando la copa de los árboles, pero de pronto, desde el otro lado del río, les llegó la llamada de un lobo. No era uno de los de la Manada, pues estos estaban reunidos en la roca sin que faltase uno solo. La llamada se prolongó hasta convertirse en un largo ladrido de desesperación:

—*Dhole! Dhole! Dhole! Dhole!*

Se oyeron unas pisadas cansinas sobre las rocas y apareció un lobo descarnado, con rayas rojas en los flancos, maltrecha una de sus patas delanteras, las fauces llenas de blanca espuma, que entró en el círculo y se tendió jadeando a los pies de Mowgli.

—¡Buena caza! ¿Quién es tu jefe? —dijo Phao con voz grave.

—¡Buena caza! Soy Won-tolla —contestó el recién llegado.

Quería decir que era un lobo solitario, que cuidaba de sí mismo, así como de su pareja y sus cachorros, y que vivía en alguna guarida apartada, como suelen hacer muchos lobos del sur. Won-tolla significa «el que vive fuera de cualquier manada». Después de hablar, el lobo redobló sus jadeos y observaron cómo todo él se estremecía con los latidos de su corazón.

—¿Quién anda por ahí? —preguntó Phao, pues eso es lo que quiere saber toda la jungla después de oírse el *pheeal*.

—Los *dholes*, los *dholes* de Dekkan… ¡Perro Rojo, el Asesino! Han venido al norte desde el sur diciendo que el Dekkan estaba vacío y matando por el camino. Cuando esta luna era nueva los míos eran cuatro: mi pareja y tres cachorros. Ella les enseñaba a matar en las llanuras cubiertas de hierba, escondiéndose al ahuyentar a los gamos, como hacemos los que no vivimos en la selva. A medianoche los oí gritar a todos siguiendo el rastro. Al amanecer encontré sus cuerpos rígidos sobre la hierba… los cuatro, todos del Pueblo Libre, los cuatro eran míos cuando esta luna era nueva. Entonces me valí de mi Derecho de Sangre y busqué a los *dholes*.

—¿Cuántos eran? —se apresuró a preguntar Mowgli, mientras la Manada empezaba a gruñir.

—No lo sé. Tres de ellos no volverán a matar, pero al final me persiguieron como a un ciervo y tuve que correr cuanto pude con mis tres patas. ¡Mirad, Pueblo Libre!

Les mostró su maltrecha pata delantera, oscura a causa de la sangre seca. También los costados y la garganta los tenía llenos de crueles mordiscos.

—Come —dijo Akela, apartándose de la carne que Mowgli le había traído.

El forastero se arrojó vorazmente sobre ella.

—Eso no se habrá perdido —dijo humildemente en cuanto hubo aplacado un poco las acometidas del hambre—. Dejad que me reponga un poco, Pueblo Libre, y también yo mataré. Mi guarida estaba llena, pero ahora está vacía y aún no me he cobrado la Deuda de Sangre.

Phao oyó los dientes del forastero cerrándose con fuerza sobre un hueso y gruñó en señal de aprobación.

—Nos harán falta esas fauces —dijo—. ¿Había cachorros entre los *dholes*?

—No, no. Todos eran Cazadores Rojos, perros ya mayores, fuertes y gruesos a pesar de que en el Dekkan se alimentan de lagartos.

Lo que Won-tolla había dicho significaba que el *dhole*, el

perro rojo y cazador del Dekkan, rondaba con ganas de matar, y la Manada sabía muy bien que hasta el tigre cedía una presa recién muerta cuando de los *dholes* se trataba, pues recorren la jungla en línea recta, derribando y despedazando cuanto encuentran a su paso. Aunque no son tan grandes como los lobos, ni la mitad de astutos que estos, son muy fuertes y numerosos. Los *dholes*, por ejemplo, no se consideran manada si su número es inferior a cien, mientras que bastan cuarenta lobos para formar una manada en toda la regla. En el transcurso de sus viajes, Mowgli había llegado hasta los límites de las llanuras cubiertas de hierba alta que hay en el Dekkan, y había visto a los atrevidos *dholes* durmiendo, jugando y rascándose en las pequeñas hondonadas y macizos de hierba espesa que utilizan a guisa de guarida. Los despreciaba y odiaba, ya que su olor no se parecía al del Pueblo Libre debido a que no vivían en cuevas y, sobre todo, debido a que el vello les crecía entre los dedos de las patas, mientras que no era así en el caso de Mowgli y sus amigos. Pero sabía, puesto que Hathi se lo había contado, lo terribles que eran los *dholes* cuando iban de caza. Incluso Hathi se echa a un lado para que pase la interminable hilera que no se detiene hasta que los maten o la caza empiece a escasear.

También Akela sabía algo acerca de los *dholes*, pues le dijo a Mowgli en voz baja:

—Es mejor morir con toda la Manada que solo y sin jefe. Esta va a ser una buena cacería…, la última para mí. Pero sabiendo lo que viven los hombres, a ti te quedan aún por ver muchos días y muchas noches, Hermanito. Vete al norte y descansa. Si queda alguien vivo cuando hayan pasado los *dholes*, te llevará noticias de la lucha.

—Ah —repuso Mowgli con la cara muy seria—. ¿Debo irme a los pantanos, a pescar pececillos y dormir en los árboles, o a cascar nueces con los *Bandar-log*, mientras la Manada lucha aquí abajo?

—La lucha será a muerte —dijo Akela—. Nunca te has

enfrentado con los *dholes...* el Asesino Rojo. Ni siquiera el Rayado...

—*Aowa! Aowa!* —dijo Mowgli ásperamente—. Yo he matado un mono rayado y estoy seguro de que Shere Khan habría abandonado a su pareja para que se la comieran los *dholes*, de haber olfateado la presencia de una manada por los alrededores. Ahora escuchadme: había un lobo que era mi padre y una loba que era mi madre y otro lobo viejo y gris (que no era muy sabio y ahora se ha vuelto blanco) que era mi padre y mi madre. Por lo tanto, os digo... —alzó la voz— que cuando vengan los *dholes*, si vienen, Mowgli luchará al lado del Pueblo Libre, pues es uno de ellos y os digo, ¡por el buey con que me compraron! ¡Por el buey que Bagheera pagó por mí en aquellos viejos tiempos de los que la Manada ya no se acuerda!, os digo, y que los árboles y el río me lo echen en cara si lo olvido, que mi cuchillo será un colmillo más de la Manada... y me parece que más afilado todavía. Esta es mi palabra.

—No conoces a los *dholes*, hombre con lengua de lobo —dijo Won-tolla—. Yo solo aspiro a cobrarme la Deuda de Sangre antes de que me despedacen. Viajan despacio, matando sobre la marcha, pero en un par de días recobraré un poco mis fuerzas y volveré a cobrarme la Deuda de Sangre. Pero en lo que respecta a vosotros, Pueblo Libre, mi consejo es que os marchéis al norte y comáis poco hasta que los *dholes* se hayan ido. No va a haber carne en esta cacería.

—¡Oíd al forastero! —exclamó Mowgli, soltando una carcajada—. Ya sabéis lo que tenéis que hacer, Pueblo Libre: ir al norte y cazar lagartos y ratas en la orilla del río, no fuera el caso que os encontraseis con los *dholes*. Hay que dejarles que cacen a sus anchas en nuestro territorio mientras nosotros nos escondemos hasta que les plazca devolvernos lo que es nuestro. No son más que perros, cachorros de perros, rojos, con el vientre amarillo, sin guarida y con pelo entre los dedos de las patas. Cada vez que crían tienen seis u ocho cachorros, igual que Chikai, la ratita saltarina. Está bien claro que debemos huir corriendo, Pueblo Libre, y suplicar a los pueblos del norte que nos dejen comer los restos de las reses que maten ellos. Ya conocéis el refrán: «En el norte están las sabandijas y en el sur los piojos». ¡Nosotros somos la jungla! ¡Escoged, pues, escoged! ¡Será una buena cacería! Por la Manada... por toda la Manada. Por las guaridas y las crías. Por lo que se mata dentro y lo que se mata fuera. Por la compañera que persigue al ciervo y cuida del cachorro en la guarida. ¡Jurad que lucharéis! ¡Juradlo! ¡Juradlo!

La Manada contestó con un ladrido profundo y atronador que se oyó en la noche como el ruido de un corpulento árbol al venirse abajo.

—¡Lo juramos!

—Quedaos con estos —dijo Mowgli a los Cuatro—. Nos harán falta todos los colmillos. Phao y Akela deben aprestarse para la batalla. Yo voy a contar cuántos perros son.

—¡Eso es la muerte! —exclamó Won-tolla, incorporándose a medias—. ¿Qué puede hacer un sin pelo como tú contra los perros rojos? Recuerda que hasta el Rayado...

—¡En verdad que eres un forastero! —le respondió Mowgli—. Pero ya hablaremos cuando los *dholes* hayan muerto. ¡Buena caza a todos!

Se adentró rápidamente en la oscuridad, presa de la excitación, sin apenas fijarse dónde ponía los pies y, como era de esperar, cayó cuan largo era sobre los anillos de Kaa, que estaba acechando un sendero por el que los ciervos bajaban a beber en el río.

—*Kssha!* —exclamó Kaa, enojada—. ¿Es esta forma de andar por la jungla, corriendo y haciendo tanto ruido que la caza se asusta?

—Ha sido culpa mía —dijo Mowgli, levantándose—. La verdad es que te andaba buscando, Cabeza Plana. Pero cada vez que te encuentro has crecido tanto como largo es mi brazo. No hay nadie como tú en la jungla, sabia, vieja, fuerte y bellísima Kaa.

—¿Adónde irá a parar este rastro? —dijo Kaa con voz más amable—. Aún no hace una luna desde el día en que un hombrecillo armado con un cuchillo me tiró piedras a la cabeza y me insultó porque me encontraba durmiendo al aire libre.

—Sí, y asustabas todos los ciervos a los cuatro vientos, y Mowgli estaba cazando y esta misma Cabeza Plana era demasiado sorda para oír sus silbidos y dejar libre el paso para los ciervos —repuso Mowgli sosegadamente, sentándose entre los pintados anillos de Kaa.

—Y ahora el mismo hombrecillo se presenta con palabras suaves y zalameras a la misma Cabeza Plana y le dice que es sabia, fuerte y bella, y esa misma Cabeza Plana se lo cree y le hace sitio al mismo hombrecillo que le tiraba piedras y… ¿Estás cómodo? ¿Acaso Bagheera podría proporcionarte tan buen lugar para reposar?

Kaa, como de costumbre, había hecho de su cuerpo una especie de hamaca para que en ella se tumbase Mowgli. El muchacho tanteó la oscuridad y buscó acomodo en el flexible cuello de Kaa, cuya cabeza se apoyó en su hombro, y entonces le contó a la serpiente todo cuanto había sucedido aquella noche en la jungla.

—Sabia puede que lo sea —dijo Kaa al terminar la narración—, pero de que soy sorda estoy segura. De lo contrario habría oído el *pheeal.* No es raro que los Comedores de Hierba anden inquietos. ¿Cuántos son los *dholes*?

—Aún no los he visto. Vine corriendo a buscarte. Tú eres más vieja que Hathi, pero, oh Kaa… —Al llegar aquí Mowgli se puso a temblar de puro gozo—. Será una buena cacería. Pocos seremos los que vuelvan a ver la luna.

—¿Tú también te has metido en esto? Recuerda que eres un hombre y que la Manada te expulsó de su seno. Deja que los lobos se las entiendan con los perros. Tú eres un hombre.

—Las nueces del año pasado son la tierra negra de este año —dijo Mowgli—. Cierto es que soy un hombre, pero el estómago me dice esta noche que soy un lobo. Lo dije ante los árboles y el río, para que me lo echasen en cara si lo olvidaba. Seré del Pueblo Libre, Kaa, hasta que los *dholes* se hayan ido.

—¡El Pueblo Libre! —gruñó Kaa—. ¡Los ladrones libres! ¿Y te has atado a ellos con el nudo de la muerte en recuerdo de los lobos que murieron? Esto no es cazar bien.

—He dado mi palabra. Los árboles lo saben, y el río también. Hasta que los *dholes* se hayan marchado no se me devolverá mi palabra.

—*Ngssa!* Esto lo cambia todo. Pensaba llevarte conmigo a los Pantanos del Norte, pero la palabra, incluso la palabra de un hombrecillo desnudo y sin pelo, es la palabra. Pues ahora, yo Kaa, te digo…

—Piénsalo bien, Cabeza Plana, o tú misma te atarás con el nudo de la muerte. No necesito tu palabra, pues sé muy bien…

—Así sea, pues —dijo Kaa—. No daré mi palabra, pero ¿qué piensas hacer cuando vengan los *dholes*?

—Tienen que cruzar el Waingunga a nado. Pensaba aguardarlos en los bajíos, con el cuchillo y la Manada a mis espaldas, y desviarlos río abajo a cuchilladas y mordiscos, o refrescarles la garganta.

—Los *dholes* no se desvían jamás y siempre tienen la garganta caliente —dijo Kaa—. Cuando termine esa cacería no quedará vivo ningún hombrecillo ni ningún cachorro de lobo: solo habrá un montón de huesos pelados.

—*Alala!* Si hay que morir, moriremos. Será una cacería muy buena. Pero soy joven y no he visto muchas lluvias. No soy sabio ni fuerte. ¿Tienes tú un plan mejor, Kaa?

—He visto cientos y cientos de lluvias. Antes de que a Hathi se le cayeran los colmillos de leche yo ya dejaba un ancho rastro tras de mí. ¡Por el Primer Huevo! Soy más vieja que muchos árboles y he visto todo lo que ha hecho la jungla.

—Pero esta cacería es nueva —dijo Mowgli—. Los *dholes* nunca se habían cruzado en nuestro camino.

—Lo que es ya ha sido antes. Lo que será no es más que un

año ya olvidado que ahora vuelve. No te muevas mientras cuento mis años.

Durante una hora larga Mowgli permaneció tendido entre los anillos mientras Kaa, con la cabeza inmóvil, apoyada en el suelo, repasaba todo lo que había visto y conocido desde el día en que saliera del huevo. La luz pareció esfumarse de sus ojos y dejarlos como ópalos gastados. De vez en cuando movía la cabeza ligeramente, a uno y otro lado, como si cazase en sueños. Mowgli aprovechó para descabezar un sueñecito, pues sabía que no hay nada como dormir un poco antes de cazar y le habían enseñado a aprovechar cualquier momento del día o de la noche para dormir un poco.

Luego sintió que el lomo de Kaa se ensanchaba debajo de él, mientras la enorme pitón resoplaba y silbaba con un ruido que recordaba el de una espada al salir de una vaina de acero.

—He visto todas las estaciones muertas —dijo por fin Kaa—, y los grandes árboles, los viejos elefantes y las rocas que estaban desnudas y afiladas antes de que el musgo las cubriera. ¿Sigues vivo, hombrecillo?

—Hace solo unos instantes que se ha puesto la luna —dijo Mowgli—. No entiendo…

—*Hssh!* Ya vuelvo a ser Kaa. Sabía que solo había pasado un momentito. Ahora iremos al río y te mostraré lo que hay que hacer contra los *dholes*.

Se dirigió como una flecha hacia el curso principal del Waingunga y se zambulló en el agua un poco más arriba del estanque que ocultaba a la Roca de la Paz, llevando a Mowgli a su lado.

—No hace falta que nades. Yo soy rápida. Cógete a mi espalda, Hermanito.

Mowgli pasó el brazo izquierdo por el cuello de Kaa, dejó caer el derecho a su costado y estiró bien los pies. Entonces Kaa arrostró la corriente como solo ella era capaz de hacer, mientras la leve ondulación del agua rodeaba el cuello de Mowgli, cuyos pies oscilaban de un lado a otro a causa de los bandazos que daba la pitón al surcar el agua. Una o dos millas más arriba de la Roca de la Paz el Waingunga se hace más estrecho al cruzar una garganta de rocas de mármol de veinticinco o treinta metros de altura y la corriente se desliza como por el canal de un molino entre y por encima de un amenazador pedregal. Pero Mowgli no se preocupó por el agua: pocas aguas hay en el mundo que pudieran haberle asustado. Iba mirando las dos paredes de la garganta y olfateando el aire con inquietud, pues percibía un olor entre dulce y agrio que le hizo pensar en el que salía de los hormigueros cuando hacía calor. Instintivamente se sumergió en las aguas, sacando solo de vez en cuando la cabeza para respirar, hasta que Kaa ancló en una roca que rodeó dos veces con su cola, sosteniendo a Mowgli en el hueco de uno de sus anillos, mientras las aguas pasaban velozmente por su lado.

—Este es el Lugar de la Muerte —dijo el muchacho—. ¿Por qué hemos venido aquí?

—Duermen —dijo Kaa—. Hathi no se aparta de su camino para dejar paso al Rayado. Pero tanto Hathi como el Rayado se apartan para que pasen los *dholes,* y estos no se apartan por nadie. Y, pese a todo, ¿por quién se aparta de su camino el Pueblo Pequeño de las Rocas? Dime, Amo de la Jungla, ¿quién es el Amo de la Jungla?

—Estas —susurró Mowgli—. Estamos en el Lugar de la Muerte. Vámonos de aquí.

—No. Observa atentamente, porque están durmiendo. Todo está igual que cuando yo era más corta que tu brazo.

Las rocas agrietadas y erosionadas de la garganta del Waingunga venían siendo utilizadas, desde el principio de la jungla, por el Pequeño Pueblo de las Rocas: las hacendosas, furiosas y negras abejas silvestres de la India. Y, como muy bien sabía Mowgli, todos los rastros cambiaban de dirección media milla antes de llegar a la garganta. Desde hacía siglos el Pueblo Pequeño construía sus panales y volaba en enjambres de roca en roca, manchando el mármol blanco con miel rancia, levantando altos avisperos en la oscuridad de las cuevas, donde ni hombres ni bestias, ni el fuego ni el agua jamás las habían molestado. De un extremo a otro de las dos paredes de la garganta colgaban espesas y relucientes cortinas de terciopelo negro. Mowgli se hundió en el agua al verlas, pues aquellas cortinas las formaban millones y millones de abejas dormidas. Se veían otros bultos y colgajos y cosas que parecían troncos podridos pegados en la pared de roca: eran los avisperos abandonados años atrás o nuevas ciudades construidas a la sombra de aquella garganta por donde no soplaba el viento, mientras que enormes masas de desperdicios esponjosos y podridos se habían desprendido, rodando por la pared hasta quedar enganchadas entre los árboles y las lianas que se aferraban a la roca. Al aguzar el oído oyó más de una vez el zumbido de un panal atiborrado de miel que se desplomaba en alguna parte de las tenebrosas galerías. Se escuchaba luego el estruendo de alas que volaban furiosamente y el sordo gotear de la miel que se perdía y formaba regueros que finalmente llegaban a una de las cornisas del exterior y empezaban a gotear lentamente sobre los árboles que había más abajo. En una de las orillas había una minúscula playa, de apenas metro y medio de ancho, en la que se amontonaban los desperdicios de años y más años: abejas y zánganos muertos, porquerías, panales podridos, alas de polillas que se habían extraviado al volar en pos de la miel, todo ello formando montículos de finísimo polvo negro. El penetrante olor que de allí salía bastaba para asustar a cualquier ser que no tuviera alas y supiera quiénes eran el Pueblo Pequeño.

Kaa volvió a remontar la corriente y finalmente llegaron a un banco de arena que había en el extremo superior de la garganta.

—He aquí la caza de esta temporada —dijo—. ¡Mira!

Sobre la arena yacían los esqueletos de un par de ciervos jóvenes y de un búfalo. Mowgli pudo ver que ni los lobos ni los chacales habían tocado aquellos huesos, que yacían en el suelo tal como habían quedado.

—Cruzaron los límites —murmuró Mowgli—. No conocían la ley y el Pueblo Pequeño los mató. Vámonos antes de que se despierten.

—No lo harán antes del amanecer —dijo Kaa—. Ahora voy a contarte una cosa. Hace muchas, muchas lluvias, un gamo del sur, al verse acosado, llegó aquí. No conocía la jungla y tras él corría una manada. Ciego de terror, saltó desde lo alto mientras su manada se quedaba mirándolo desde arriba. El sol estaba muy alto y el Pueblo Pequeño era numeroso y se sentía furioso. También muchos de su manada saltaron al Waingunga, pero murieron antes de llegar al agua. Los que no saltaron murieron también, en las rocas de arriba. Pero el gamo sobrevivió.

—¿Cómo?

—Porque fue el primero en llegar, corriendo para salvar la vida, y saltó antes de que el Pueblo Pequeño se diera cuenta de su presencia y ya estaba en el río cuando se reunieron en enjambre para matar. Su manada, al hacerlo más tarde, pereció bajo el peso del Pueblo Pequeño.

—¿El gamo siguió con vida? —dijo Mowgli lentamente.

—Al menos no murió entonces, aunque no lo aguardaba abajo nadie que tuviera fuerza suficiente para evitar que pereciese en el agua, como haría cierta Cabeza Plana, gorda, vieja y sorda, que esperaría a un hombrecillo que yo conozco, aunque todos los *dholes* del Dekkan fuesen tras él. ¿Qué estás pensando?

La cabeza de Kaa estaba muy cerca de la oreja de Mowgli, pero transcurrieron unos instantes antes de que el muchacho contestara.

—Eso es como tirar de los mismísimos bigotes de la Muerte, pero... Kaa, en verdad que eres la más sabia de toda la jungla.

—Así lo han dicho muchos. Mira, si los *dholes* te siguen...

—Como sin duda harán. ¡Jo, jo! Tengo muchas espinitas debajo de la lengua para pincharles el pellejo.

—Si te siguen ciegos de furia, sin ver nada más que tu espalda, los que no mueran allá arriba caerán al agua aquí o un poco más abajo, pues el Pueblo Pequeño se lanzará sobre ellos. Ahora bien, el Waingunga es un río hambriento y no habrá en él ninguna Kaa que los espere para que la corriente no se los lleve. Las aguas arrastrarán a los que sobrevivan hasta los bancos de arena que hay cerca de las Guaridas de Seeonee y allí la Manada los estará esperando para saltarles a la garganta.

—*Ahai! Eowawa!* No puede haber cosa mejor mientras las lluvias no caigan en la estación seca. Solo queda un detallito por resolver: el del correr y el saltar. Haré que los *dholes* me vean, para que me persigan de cerca.

—¿Has visto las rocas que hay allí arriba, desde el lado de tierra?

—Es verdad. No las he visto. Se me había olvidado.

—Pues ve a echarles un vistazo. Todo el terreno está podrido, lleno de gritas y agujeros. Bastaría que uno de tus torpes pies se metiera sin querer en un agujero para que la cacería terminase. Mira, voy a dejarte aquí, y solo por tratarse de ti, iré a avisar a la Manada, para que sepan por dónde deben buscar a los *dholes*. Pero ten bien presente que no soy de la misma piel que ninguna especie de lobo.

Cuando a Kaa no le caía simpático alguien, sabía ser más desagradable que cualquier otro miembro del Pueblo de la Jungla, con la posible excepción de Bagheera. Se marchó nadando río abajo y, al llegar a la roca, se encontró con Phao y Akela, que estaban escuchando los ruidos de la noche.

—*Hssh!* Perros —dijo alegremente—. Los *dholes* vendrán por el río. Si no tenéis miedo, podréis matarlos en los bancos de arena.

—¿Cuándo llegarán? —dijo Phao—. ¿Y dónde está mi Cachorro de Hombre? —dijo Akela.

—Llegarán cuando lleguen —repuso Kaa—. Esperad y ya los veréis. En cuanto a tu Cachorro de Hombre, al que le has tomado la palabra, dejándolo así expuesto a la Muerte, tu Cachorro de Hombre está conmigo, y si a estas horas no ha muerto, no será por culpa tuya, ¡perro descolorido! Tú quédate aquí, esperando a los *dholes*, y alégrate de que el Cachorro de Hombre y yo estemos de tu parte.

Kaa regresó rápidamente a la garganta y se detuvo en medio de ella, mirando hacia lo alto del precipicio. Al poco vio la cabeza de Mowgli recortándose sobre el cielo estrellado, luego se oyó un silbido en el aire y el chapoteo de un cuerpo al caer de pies en el agua, y en cuestión de unos instantes el muchacho volvía a reposar apoyado en el cuerpo de Kaa.

—Es un salto insignificante si se hace de noche —dijo Mowgli tranquilamente—. Ya he saltado dos veces solo para divertirme, pero arriba es muy mal lugar. Está lleno de arbustos y de grietas muy profundas, ocupadas todas ellas por el Pueblo Pequeño. Al borde de las grietas he colocado piedras grandes, una encima de otra. Al correr, las echaré abajo con los pies y el Pueblo Pequeño se levantará detrás de mí, muy enfadado.

—Esa forma de hablar y esa astucia son propias del hombre —dijo Kaa—. Eres sabio, pero el Pueblo Pequeño siempre está enfadado.

—No. Al caer la noche todas las alas descansan, cerca y lejos de aquí. Entonces podré burlarme de los *dholes*, ya que ellos cazan mejor de día. A estas horas estarán siguiendo el rastro de sangre que ha dejado Won-tolla.

—Chil nunca abandona un buey muerto y los *dholes* nunca abandonan un rastro de sangre —dijo Kaa.

—Pues yo les haré un nuevo rastro con su propia sangre, si puedo, y les haré comer tierra. ¿Te quedarás aquí, Kaa, hasta que regrese con mis *dholes*?

—Sí, pero ¿y si te matan en la jungla o el Pueblo Pequeño acaba contigo antes de que puedas saltar al río?

—Cuando llegue mañana, cazaremos para mañana —dijo Mowgli, citando un refrán de la jungla y añadiendo seguidamente—: Cuando me muera será el momento de cantar la Canción Fúnebre. ¡Buena caza, Kaa!

Soltó el cuello de Kaa y se fue garganta abajo como un tronco flotando en la riada, nadando hacia la orilla más alejada, donde el río formaba un remanso, y soltando carcajadas de pura felicidad. Nada le gustaba más a Mowgli que, como él decía, «tirar a la Muerte de los bigotes» y demostrar a la jungla que él era su jefe supremo. A menudo, con la ayuda de Baloo, había robado nidos de abeja en árboles solitarios y sabía que el Pueblo Pequeño detestaba el olor de los ajos silvestres. Por lo tanto, cogió un ramillete, lo ató con fibra de corteza y se puso a seguir el rastro de sangre de Won-tolla, que desde las guaridas se dirigía hacia el sur. Lo siguió durante unas cinco millas, mirando a los árboles con la cabeza ladeada y riéndose burlonamente.

—Mowgli la Rana he sido —decía para sí—. Mowgli el Lobo he dicho que soy. Ahora debo ser Mowgli el Mono antes de convertirme en Mowgli el Gamo. Al final seré Mowgli el Hombre. ¡Ja!

Pasó el dedo pulgar por los cuarenta y cinco centímetros que medía la hoja de su cuchillo.

El rastro de Won-tolla, que era una línea de oscuras manchas de sangre, corría por un bosque de espesos árboles que crecían muy juntos unos de otros y se extendían hacia el nordeste, disminuyendo gradualmente su número hasta llegar a unas dos millas de las Rocas de las Abejas. Desde el último árbol hasta la zona de monte bajo que había en las Rocas de las Abejas era necesario cruzar un trecho al descubierto, donde apenas podía ocultarse un lobo. Mowgli siguió avanzando a buen paso al amparo de los árboles, calculando las distancias entre una rama y otra, subiendo de vez en cuando a un árbol y haciendo la prueba de saltar hasta el siguiente, hasta que finalmente llegó al espacio despejado, que estuvo estudiando cuidadosamente durante una hora. Luego dio media vuelta, volvió al punto por donde había abandonado el rastro de Won-

tolla, se acomodó en un árbol que tenía una rama muy saliente, a cosa de un metro y medio del suelo, y se quedó sentado,
afilando el cuchillo en la planta de uno de sus pies y cantando
para sí.

Poco antes del mediodía, cuando el sol calentaba mucho, oyó un ruido de pisadas y olfateó el abominable olor
de la manada de *dholes* que seguía implacablemente el rastro de Won-tolla. Visto desde arriba, el *dhole* rojo no parece ni la mitad de grande que un lobo, pero Mowgli sabía muy
bien lo fuertes que son sus patas y fauces. Observó la cabeza
puntiaguda del jefe de la manada, que estaba husmeando el
rastro, y dijo:

—¡Buena caza!

La bestia levantó la vista, al tiempo que sus compañeros
se detenían detrás de él. Había veintenas y más veintenas de
perros rojos de cola colgante, gruesas espaldas, débiles cuartos traseros y boca sanguinaria. Por lo general, los *dholes* son
seres muy silenciosos y no tienen modales ni siquiera en su
propia jungla. Habría por lo menos doscientos ejemplares
agrupados a sus pies, pero pudo ver que los jefes seguían husmeando ávidamente el rastro de Won-tolla, tratando de que
la manada los siguiera. Había que evitarlo, pues hubieran llegado a las guaridas en plena luz del día. Mowgli se propuso
entretenerlos a los pies de su árbol hasta el atardecer.

—¿Quién os ha dado permiso para venir aquí? —preguntó Mowgli.

—Todas las junglas son nuestra jungla —le replicó un *dhole*, enseñándole sus blancos dientes.

Mowgli miró hacia abajo, sonrió e hizo una imitación perfecta del parloteo de Chikai, la rata saltarina del Dekkan, con
lo que quería que los *dholes* comprendieran que no los consideraba mejores que Chikai. La manada se apretujó alrededor
del árbol y el jefe de la misma se puso a ladrar salvajemente,
calificando a Mowgli de mono de los árboles. Por toda respuesta, Mowgli extendió una de sus desnudas piernas y movió

los dedos de los pies a poca distancia por encima de la cabeza del jefe. Eso bastó de sobras para que la manada fuese presa de estúpida rabia. A los que les crece el pelo entre los dedos de los pies no les gusta que se lo recuerden. Mowgli apartó el pie en el instante en que el jefe daba un salto para atrapárselo y con voz dulce dijo:

—¡Perro, perro rojo! Vuelve al Dekkan a comer lagartos. Vuelve con Chikai, tu hermano... Perro, perro... ¡perro rojo, rojo! ¡Tienes pelo entre los dedos de los pies!

Por segunda vez movió los suyos.

—¡Baja antes de que te obliguemos a rendirte por hambre, mono pelado! —gritó la manada.

Era exactamente lo que Mowgli deseaba. Se tumbó cuan largo era sobre la rama, con la mejilla apoyada en la corteza y el brazo derecho libre, y en esta postura le dijo a la manada lo que pensaba y sabía de ella, de sus modales y costumbres, de sus compañeras y de sus cachorros. No hay en el mundo lenguaje más rencoroso y mortificante como el que emplea el Pueblo de la Jungla para expresar su desprecio y su desdén. Si os paráis a pensarlo, os daréis cuenta de cuán cierto es esto. Como Mowgli le había dicho a Kaa, tenía muchas espinitas debajo de la lengua y lentamente, premeditadamente, hizo que del silencio los *dholes* pasaran a los gruñidos, de los gruñidos a los alaridos y de los alaridos a un verdadero delirio de broncos ladridos. Intentaron responder a sus pullas, pero igual éxito habría tenido un cachorro enfrentándose con la furia de Kaa. Y mientras hacía todo esto, la mano derecha de Mowgli permanecía encorvada a un lado, lista para entrar en acción, los pies aferrándose a la rama. El jefe de la manada ya había dado muchos saltos en el aire, pero Mowgli no se atrevía a correr el riesgo de descargar un golpe en falso. Finalmente, el perro, impulsado por la furia que lo cegaba, saltó casi dos metros y al instante la mano de Mowgli, rápida como una serpiente, lo asió por el cuello, mientras el peso del animal hacía temblar la rama, casi haciendo caer a Mowgli. Pero el muchacho no perdió el equilibrio y poco a poco fue izando a la bestia, que parecía un chacal ahogado, hasta la rama. Con la mano izquierda cogió el cuchillo y cortó la cola roja y peluda, arrojando luego el *dhole* al suelo. No necesitaba hacer más. La manada no seguiría el rastro de Won-tolla hasta haber dado muerte a Mowgli o hasta que Mowgli los hubiese matado a ellos. Vio que se sentaban en círculos y que las ancas les temblaban de un modo que indicaba su intención de quedarse, por lo que el muchacho trepó un poco más arriba, se sentó en la bifurcación de dos ramas, apoyó la espalda cómodamente y se durmió.

Al cabo de tres o cuatro horas despertó y pasó revista a la manada. Estaban todos silenciosos, hoscos, adustos, con ojos de acero. El sol comenzaba a ponerse. Faltaba media hora para que el Pueblo Pequeño de las Rocas diera por finalizadas las labores del día y, como sabéis, el crepúsculo no es el momento del día en que el *dhole* lucha mejor.

—No necesitaba tan fieles guardianes —dijo cortésmente, poniéndose de pie en una rama—, pero me acordaré de esto. Sois verdaderos *dholes*, pero, a mi modo de ver, os parecéis demasiado. Por esto no le devuelvo la cola a ese grandullón comedor de lagartos que hay ahí abajo. ¿No estás contento, Perro Rojo?

—¡Yo mismo te arrancaré el estómago! —gritó el jefe, arañando la base del árbol.

—¡No! Piensa un poco, rata sabia del Dekkan. Ahora nacerán muchos perritos rojos sin cola, con un muñón en carne viva que les dará picor cuando la arena esté caliente. Vete a casa, Perro Rojo, y di que esto te lo ha hecho un mono. ¿No quieres irte? Entonces ven, ven conmigo y yo te enseñaré.

Saltó como un *Bandar-log* al árbol más cercano y luego al siguiente y al otro, seguido por la manada que alzaba hacia él sus fauces hambrientas. De vez en cuando fingía perder el equilibrio y, en su afán por darle muerte al caer al suelo, los perros chocaban unos con otros. Era un curioso espectáculo: el muchacho del cuchillo que relucía a la mortecina luz del sol al moverse por las ramas más altas y la silenciosa manada con sus chaquetas rojas, encendidas, siguiéndolo desde abajo en medio de una gran confusión. Al llegar al último árbol, cogió el ajo silvestre y se frotó cuidadosamente todo el cuerpo con él, mientras los *dholes* aullaban desdeñosamente:

—¿Crees que podrás disimular tu olor, mono con lengua de lobo? Te seguiremos hasta matarte.

—Ahí tienes tu cola —dijo Mowgli, arrojándola por donde había venido.

Instintivamente, la manada se abalanzó sobre la cola.

—Y ahora seguidme… hasta la muerte.

Tras deslizarse hasta el suelo por el tronco del árbol, echó a correr como el viento hacia las Rocas de las Abejas antes de que los *dholes* se percatasen de lo que iba a hacer.

Profirieron un largo y lúgubre aullido y seguidamente empezaron a correr con ese medio galope persistente que es capaz de agotar al más pintado de los perseguidos. Mowgli sabía que cuando corrían todos a la vez lo hacían mucho más despacio que los lobos, ya que, de lo contrario, no se le habría ocurrido arriesgarse a correr dos millas a campo abierto. Los *dholes* estaban seguros de que acabarían por atrapar al muchacho, tanto como él lo estaba de que podía hacer lo que quisiera con ellos. Lo único que debía procurar era que lo siguieran de cerca, lo suficiente para que no pudieran dar media vuelta demasiado pronto. Corría limpiamente, sin variar el ritmo, con ágiles movimientos. El jefe sin cola lo seguía a menos de cinco metros y detrás de este iba el resto de la manada, que cubriría casi un cuarto de milla de tan larga como era. Corrían ciegamente, enfurecidos por el deseo de matar. Mowgli se fiaba de sus oídos para mantener la distancia que le separaba de los *dholes*, reservando el último esfuerzo para la carrera que tendría que hacer a través de las Rocas de las Abejas.

El Pueblo Pequeño se había acostado al empezar a ponerse el sol, pues no estaban en la estación en que las flores se abren tarde. Pero cuando sus primeras pisadas resonaron en el terreno hueco, Mowgli oyó un zumbido como si la tierra entera se pusiera en marcha. Entonces empezó a correr como jamás lo había hecho, al tiempo que lanzaba uno, dos, tres montones de piedras al interior de las grietas oscuras de donde surgía un dulce olor. Se oyó un rugido igual que el del mar irrumpiendo en una gruta y por el rabillo del ojo vio que el aire se volvía oscuro a sus espaldas, mientras que a sus pies aparecía la corriente del Waingunga, por cuya superficie asomaba una cabeza plana, con forma de diamante. Mowgli saltó con todas sus fuerzas, con el *dhole* sin cola tratando de clavarle los colmillos en la espalda, y fue a parar con los pies por delante al refugio que el río le ofrecía, sin respiración y con aire triunfante. Ni una sola picada había sufrido, ya que el olor a ajo había contenido al Pueblo Pequeño durante los escasos segundos de su permanencia entre ellos. Cuando surgió a la superficie, los anillos de Kaa le facilitaron un punto de apoyo. De lo alto del precipicio caían cosas al agua: grandes racimos de abejas, al parecer, que caían como plomos. Pero antes de que cualquiera de ellos tocase el agua, las abejas volaban hacia arriba y el cuerpo de un *dhole* era arrastrado río abajo por la corriente. De lo alto llegaban aullidos breves y furiosos que quedaban ahogados por un rugido parecido al de las olas al romper sobre la playa: era el rugido de las alas del Pueblo Pequeño de las Rocas. Algunos *dholes*, además, habían caído a las grietas que comunicaban con las cuevas subterráneas, donde, medio asfixiados, se debatían desesperadamente, lanzando mordiscos al aire entre los panales derribados, hasta que por fin eran levantados, incluso cuando ya habían muerto, por las alas de las abejas y salían disparados por el agujero que había en la pared de la garganta, desde el cual iban a parar rodando a los montones de negros desperdicios. Algunos perros, al saltar, quedaban detenidos por los árboles del precipicio, acosados por una nube de abejas que impedía distinguirlos claramente. Pero la mayoría, enloquecidos por los aguijonazos, había saltado al río y, como dijera Kaa, el Waingunga era un río hambriento.

Kaa sujetó fuertemente a Mowgli hasta que el pequeño recobró el aliento.

—No podemos quedamos aquí —dijo—. El Pueblo Pequeño está furioso de verdad. ¡Vamos!

Nadando con la cabeza baja, sumergiéndose de vez en cuando, Mowgli se fue río abajo, con el cuchillo en la mano.

—Despacio, despacio —dijo Kaa—. Un colmillo no mata cien presas a menos que sea el de una cobra, y muchos de los *dholes* se arrojaron rápidamente al río en cuanto vieron alzarse al Pueblo Pequeño.

—Pues trabajo de más para mi cuchillo. *Phai!* ¡Cómo nos sigue el Pueblo Pequeño!

Mowgli se zambulló otra vez. La superficie del agua estaba cubierta de abejas enfurecidas que zumbaban amenazadoramente y picaban cuanto había a su alcance.

—Nunca se ha perdido nada por culpa del silencio —dijo Kaa, cuyas escamas ningún aguijón podía atravesar— y te queda toda la larga noche para cazar. ¡Escucha cómo aúllan!

Casi la mitad de la manada, al ver la trampa en que habían caído sus compañeros, había vuelto grupas para arrojarse al río allí donde la garganta formaba una especie de empinadas márgenes. Los gritos de rabia y las amenazas que proferían contra el «mono» causante de semejante vergüenza se mezclaban con los alaridos y gruñidos de los que eran castigados por el Pueblo Pequeño. Quedarse en tierra significaba morir, y cada uno de los *dholes* lo sabía. La manada fue barrida por la corriente hasta llegar a las aguas profundas del Estanque de la Paz, pero incluso hasta allí los seguía el enfurecido Pueblo Pequeño, obligándolos a seguir nadando. Mowgli pudo oír la voz del jefe sin cola que instaba a su gente a resistir y matar a todos los lobos de Seeonee. Pero no perdió el tiempo quedándose a escuchar.

—¡Alguien nos sigue en la oscuridad para matarnos! —exclamó un *dhole*—. ¡La sangre tiñe el agua!

Mowgli se había zambullido como una nutria, tirando de las patas a un *dhole* que luchaba con la corriente y haciendo que se hundiese antes de que pudiera abrir la boca. Unos círculos oscuros subieron a la superficie con el cuerpo del perro, que, al llegar arriba, quedó flotando de costado. Los *dholes* trataron de volverse contra él, pero la corriente se lo impidió y el Pueblo Pequeño se lanzó como una flecha contra sus cabezas y orejas, mientras en la oscuridad sonaban cada vez más fuertes los gruñidos de la Manada de Seeonee. De nuevo se zambulló Mowgli y de nuevo un *dhole* se hundió en el agua, emergiendo luego su cadáver, mientras un nuevo clamor estallaba entre los que formaban la retaguardia. Unos aullaban que era mejor echar pie a tierra, otros pedían a su jefe que los llevase de vuelta al Dekkan, y algunos retaban a Mowgli para que se dejase ver y así poder matarlo.

—Acuden a luchar sin saber qué quieren y hablando todos a la vez —dijo Kaa—. El resto lo harán tus hermanos, allá abajo. El Pueblo Pequeño se vuelve a dormir. No seguirán persiguiéndonos. También yo me vuelvo, pues no somos de la misma piel los lobos y yo. Buena caza, Hermanito, y recuerda que los *dholes* dan mordiscos bajos.

Llegó un lobo corriendo con tres patas por la orilla, ora saltando, ora ladeando la cabeza y acercándola al suelo, ora arqueando el lomo y dando un brinco en el aire como si estuviera jugando con sus cachorros. Era Won-tolla, el Forastero, que, sin decir una sola palabra, siguió con su horrible juego al lado de los *dholes.* Estos llevaban ya mucho rato en el agua y nadaban cansinamente, el cuerpo pesado a causa del agua que les empapaba el pelo, arrastrando la cola como una esponja, tan cansados y aturdidos que también ellos guardaban silencio, observando el par de ojos llameantes que corría a su lado.

—Esto no es cazar bien —dijo uno de ellos entre jadeos.

—¡Buena caza! —dijo Mowgli, surgiendo del agua al lado del animal y clavando su largo cuchillo en el lomo, empujando con fuerza para evitar el mordisco agónico de la bestia.

—¿Estás ahí, Cachorro de Hombre? —preguntó Won-tolla desde la orilla.

—Pregúntaselo a los muertos, Forastero —repuso Mowgli—. ¿No has visto ninguno bajando por el río? Les he hecho morder el polvo a estos perros. Los he burlado en plena luz del día y a su jefe le falta la cola, pero aún me quedan algunos para ti. ¿Adónde quieres que los lleve?

—Esperaré —dijo Won-tolla—. Tengo toda la noche por delante.

Cada vez sonaban más próximos los ladridos de los lobos de Seeonee.

—¡Lo hemos jurado por la Manada, por toda la Manada!

Entonces se dieron cuenta de su equivocación. Deberían haber salido del agua media milla más arriba, para atacar a los lobos en terreno seco. Ahora era ya demasiado tarde. La orilla estaba llena de ojos llameantes y la jungla se hallaba sumida en un silencio total, con la excepción del horrible *pheeal,* que no había cesado un solo instante desde el anochecer. Parecía como si Won-tolla los estuviera engatusando para que salieran a la orilla.

—¡Media vuelta y adelante! —gritó el jefe de los *dholes.*

La manada entera se lanzó hacia la orilla, chapoteando en el agua poco profunda, hasta que la superficie del Waingunga se cubrió de blanca espuma y grandes olas la surcaban de orilla a orilla, como si una embarcación de gran calado navegase por el centro de la corriente. Mowgli corrió tras los *dholes* descargando cuchilladas a diestro y siniestro sobre los perros, que, apretándose unos contra otros, cruzaron la playa en una sola oleada.

Entonces comenzó la gran batalla y fue extendiéndose, estrechándose, amontonándose y volviendo a dispersarse a lo largo de la arena roja y húmeda, pasando por encima de las retorcidas raíces de los árboles, adentrándose y saliendo de los matorrales, hundiéndose en los macizos de espesa hierba, pues incluso ahora había dos *dholes* por cada lobo. Pero se enfrentaban a unos lobos que luchaban por todo lo que constituía la Manada y que no eran solamente los cazadores de colmillos blancos y patas cortas, sino que entre ellos estaban también las *lahinis* de mirada angustiada (las «lobas de la guarida», como se las llama), que luchaban por sus pequeños, así como algún que otro lobo de un año, cubierto el cuerpo con su primer pelaje, que parecía de lana, y que atacaba los flancos del enemigo. Debéis saber que un lobo o bien se lanza a la garganta del contrario o trata de morderle los flancos, mientras que un *dhole* prefiere apuntar sus mordiscos al vientre, por lo que los *dholes*, al salir trabajosamente del agua, se veían forzados a levantar la cabeza y ofrecían un blanco seguro a los lobos. En terreno seco, los lobos llevaban las de perder, pero en el agua o en la orilla, el cuchillo de Mowgli iba y venía sin cesar. Los Cuatro se habían abierto camino hasta su lado. Hermano Gris, agazapado entre las rodillas de Mowgli, le protegía el estómago, al tiempo que los otros tres le cubrían la espalda y los costados, o lo cubrían con sus cuerpos cuando caía al suelo debido al tremendo encontronazo de un *dhole* que saltaba sobre la firme hoja del cuchillo, aullando al lanzarse al ataque. En cuanto al resto, era una masa confusa de cuerpos entrelazados que se desplazaba de un lado a otro por la orilla, girando y girando lentamente sobre sí misma. Aquí había un montón que se agitaba y estallaba luego como una burbuja al borde de un remolino, despidiendo hacia fuera cuatro o cinco perros malheridos que se esforzaban por entrar de nuevo en el centro de la pelea. Más allá, un lobo solitario, atacado por dos o tres *dholes*, trataba desesperadamente de librarse de sus enemigos, cayendo al suelo cada dos por tres. Un poco más allá, un lobo joven se mantenía en pie a causa de la presión de la masa, pese a que hacía ya rato que estaba muerto, mientras su madre, enloquecida por el dolor y la furia, se revolcaba en el suelo, lanzando mordiscos por doquier, al mismo tiempo que, en lo más denso de la refriega, un lobo y un *dhole*, olvidándose de todo lo demás, maniobraban para acometerse hasta que se veían separados por una súbita oleada de furiosos combatientes. Una vez Mowgli pasó cerca de Akela, que tenía un *dhole* a cada lado mientras sus mandíbulas prácticamente desdentadas apretaban con fuerza los ijares de un tercero, y en otro momento vio a Phao, que, con los colmillos hundidos en la garganta de un *dhole*, tiraba de este hacia el sitio donde los lobos jóvenes lo rematarían. Pero el centro de la batalla no era más que una ciega y enfurecida confusión en las tinieblas, una sucesión de golpes, tropezones, caídas, ladridos, gruñidos y mordiscos que rodeaba a Mowgli por todas partes. A medida que avanzaba la noche, iba en aumento el vertiginoso movimiento circular de la masa combatiente. Los *dholes* tenían miedo de atacar a los lobos más fuertes, pero todavía no se atrevían a huir corriendo. Mowgli sintió que la lucha iba a terminar pronto y se contentó con descargar cuchilladas solamente para malherir a sus enemigos. Los lobos jóvenes se mostraban más osados minuto a minuto, por lo que de vez en cuando Mowgli podía tomarse unos instantes de descanso para recobrar el aliento y cambiar unas palabras con alguno de sus amigos. Por otra parte, a veces bastaba un breve movimiento de la mano que empuñaba el cuchillo para ahuyentar a alguno de los perros.

—Nos vamos acercando al hueso —ladró Hermano Gris, que sangraba abundantemente por numerosas heridas.

—Pero aún no lo hemos partido —dijo Mowgli—. *Eowawa!* ¡Así las gastamos en la jungla!

La hoja ensangrentada se hundía como un rayo en el costado de un *dhole* cuyos cuartos traseros quedaban ocultos bajo el cuerpo de un lobo que se aferraba a ellos.

—¡Es mi presa! —gritaba el lobo, arrugando el hocico—. ¡Déjamela a mí!

—¿Aún tienes el estómago vacío, Forastero? —dijo Mowgli.

Won-tolla, pese a estar muy malherido, tenía paralizado con las zarpas a un *dhole*, que no podía volverse para alcanzarlo con sus mordiscos.

—¡Por el buey con que me compraron! —exclamó Mowgli, soltando una amarga carcajada—. ¡Es el sin cola!

Y efectivamente, era el jefe de los *dholes*.

—No es aconsejable matar cachorros y *lahinis* —prosiguió filosóficamente Mowgli, enjugándose la sangre que le cubría los ojos—, a no ser que antes se haya matado también al Forastero. Y me parece que será Won-tolla quien te mate a ti.

Un *dhole* acudió saltando en ayuda de su jefe, pero, antes de que sus colmillos encontrasen el flanco de Won-tolla, el cuchillo de Mowgli se clavó en su garganta y Hermano Gris se encargó del resto.

—Así es como las gastamos en la jungla —repitió Mowgli.

Won-tolla no dijo palabra, limitándose a cerrar más y más las mandíbulas sobre el espinazo del *dhole*, mientras su propia vida se le iba escapando. El *dhole* se estremeció, dobló la cabeza y quedó tendido en el suelo, inmóvil. Won-tolla se desplomó sobre él.

—*Huh!* La Deuda de Sangre está saldada —dijo Mowgli—. Canta la canción, Won-tolla.

—Nunca volverá a cazar —dijo Hermano Gris—. También Akela está callado desde hace mucho rato.

—¡Ya está partido el hueso! —rugió Phao, hijo de Phaona—. ¡Huyen! ¡Matad, matad, cazadores del Pueblo Libre!

Uno tras otro los *dholes* huían de las oscuras y ensangrentadas arenas del río, adentrándose en la espesura, río arriba o río abajo, según donde el camino estuviera libre.

—¡La deuda! ¡La deuda! —gritó Mowgli—. ¡Pagad la deuda! ¡Han matado a Lobo Solitario! ¡No dejéis que escape un solo perro!

Cuchillo en mano, volaba hacia el río, para cortarle el paso a cualquier *dhole* que osara echarse al agua, cuando por debajo de nueve cadáveres amontonados surgieron la cabeza y las patas delanteras de Akela. Mowgli cayó de rodillas al lado de Lobo Solitario.

—¿No te dije que sería mi última batalla? —dijo Akela con

voz entrecortada—. Ha sido una buena cacería. ¿Y tú, Hermanito?

—Yo vivo, y he matado a muchos.

—Me alegro. Me muero y quisiera... quisiera morir a tu lado, Hermanito.

Mowgli recostó en sus rodillas la cabeza de Akela, que mostraba terribles heridas, y con los brazos le rodeó el cuello, igualmente malherido.

—Mucho tiempo ha pasado ya desde los días de Shere Khan y de un cachorro de hombre que se revolcaba desnudo por el polvo.

—No, no. Yo soy un lobo. ¡Soy de la misma piel que el Pueblo Libre! —exclamó Mowgli—. No quiero ser hombre.

—Pues hombre eres, Hermanito, lobito que una vez tuve a mi cuidado. Eres un hombre, pues, de lo contrario, la Manada habría huido ante los *dholes.* Mi vida te debo y hoy has salvado a la Manada como una vez me salvaste a mí. ¿Lo has olvidado? Todas las deudas están saldadas ya. Vete con tu propia gente. Te repito, luz de mis ojos, que esta cacería ha terminado. Vete con tu gente.

—Nunca iré. Cazaré solo en la jungla. Ya lo he dicho antes.

—Después del verano vienen las lluvias y después de las lluvias viene la primavera. Regresa antes de que te obliguen.

—¿Quién me obligará?

—Mowgli obligará al mismo Mowgli. Regresa con tu gente. Vete con el hombre.

—Lo haré cuando Mowgli obligue al mismo Mowgli —contestó el muchacho.

—Nada queda por decir —dijo Akela—. ¿Podrás ayudarme a levantarme, Hermanito? También yo fui jefe del Pueblo Libre.

Suavemente, con mucho cuidado, Mowgli apartó los cadáveres y ayudó a Akela a ponerse en pie, rodeándolo con los dos brazos, mientras Lobo Solitario, tras aspirar una larga bocanada de aire, entonaba la Canción Fúnebre que debe cantar el Jefe de la Manada cuando agoniza. A medida que cantaba, su voz iba cobrando fuerza, elevándose en el aire y resonando a lo lejos, más allá del río, hasta que llegó al último «¡Buena caza!». Entonces Akela, sacudiéndose de encima los brazos de Mowgli, dio un salto en el aire y cayó muerto de espaldas, sobre el cuerpo del último y más terrible de sus enemigos.

Mowgli se sentó con la cabeza entre las rodillas, indiferente a cuanto lo rodeaba, mientras los últimos *dholes* fugitivos eran alcanzados y aniquilados por las despiadadas *lahinis.* Poco a poco fueron apagándose los gritos y empezaron a regresar los lobos, cojeando (pues las heridas empezaban a dolerles), disponiéndose a contar sus bajas. Quince miembros de la Manada, así como media docena de *lahinis,* yacían muertos en la orilla del río, a la vez que ninguno de los demás había salido ileso de la batalla. Y Mowgli siguió allí sentado hasta el frío amanecer, momento en que sintió que en su mano se apoyaba el hocico rojo y húmedo de Phao. Mowgli se apartó para que el otro viera el descarnado cuerpo de Akela.

—¡Buena caza! —dijo Phao, como si Akela siguiera vivo y seguidamente, dirigiéndose a los demás por encima del hombro, agregó—: ¡Aullad, perros! ¡Un lobo ha muerto esta noche!

Pero de toda aquella manada de doscientos *dholes* luchadores, que se jactaban de que todas las junglas eran su jungla, de que ningún ser vivo podía plantarles cara, ni uno regresó al Dekkan con el mensaje de Phao.

La canción de Chil

(He aquí la canción que cantó Chil cuando los milanos, después de la gran batalla, bajaron uno tras otro al lecho del río. Chil es muy amigo de todo el mundo, pero tiene el corazón frío, pues sabe que, a la larga, casi todos los que viven en la jungla van a parar a él.)

Estos eran mis compañeros, saliendo en la negra noche.
(¡Chil! ¡Buscad a Chil!)
Ahora con mi silbido les diré que la lucha ha terminado.
(¡Chil! ¡Vanguardias de Chil!)
De lo alto me avisaron que en tierra había presas.
A los de abajo avisé yo que por el llano corría el gamo.
Aquí terminan todos los rastros…
¡Jamás volverán a hablar!
Los que lanzaban el grito de caza y corrían raudamente.
(¡Chil! ¡Buscad a Chil!)
Los que ahuyentaban al sambhur o saltaban sobre él.
(¡Chil! ¡Vanguardias de Chil!)
Los que seguían el rastro… los que de ellos huían.
Los que esquivaban los cuernos de la presa que atrapaban.
Aquí terminan todos los rastros…
Nunca más los seguirán.
Estos eran mis compañeros. ¡Lástima que hayan muerto!
(¡Chil! ¡Buscad a Chil!)
Ahora vengo a consolar a los que en sus buenos tiempos
    los conocieron.
(¡Chil! ¡Vanguardias de Chil!)
Desgarrados los flancos, hundidos los ojos,
    abierta la roja boca.
Abrazados, flácidos y solos yacen, muerto sobre muerto.
Aquí terminan todos los rastros…
Y aquí se alimentan mis huestes.

CORRETEOS PRIMAVERALES

¡El hombre vuelve con el hombre! ¡Avisad a la jungla
*   entera!*
Se marcha el que era nuestro hermano.
Oye y dime, Pueblo de la Jungla, contéstame:
¿quién lo hará volver atrás? ¿Quién le hará
*   quedarse?*
El hombre vuelve con el hombre! Llorando está en la
*   jungla: triste está el que era nuestro hermano.*
¡El hombre vuelve con el hombre! (¡Cómo lo quería la
*   jungla!)*
Se va por el camino del hombre y no podemos seguirlo.

Al cumplirse los dos años de la gran batalla contra Perro Rojo y de la muerte de Akela, Mowgli debía de tener ya casi diecisiete años. Parecía mayor a causa del duro ejercicio, de la excelente alimentación y de bañarse en cuanto sentía un poco de calor o le parecía estar sucio, todo lo cual le había hecho crecer y le había dado una fuerza superior a la que por la edad le correspondía. Era capaz de columpiarse durante media hora seguida, colgado de una rama alta y sosteniéndose con una sola mano, cuando quería observar los caminos de los árboles. Podía parar un gamo joven que se le acercase a galope tendido y desviarlo a un lado cogiéndolo por la cabeza. Podía incluso derribar a los grandes jabalíes azules que vivían en los marjales del norte. El Pueblo de la Jungla, que antes le temía por su ingenio, ahora le tenía miedo por su fuerza, y cuando caminaba tranquilamente, ocupado en sus propios asuntos, el más leve aviso de su proximidad bastaba para que los senderos del bosque quedasen despejados. Pese a todo, sus ojos mostraban siempre una expresión bondadosa. Ni siquiera en plena lucha brillaban sus ojos como los de Bagheera. Lo único que hacían era volverse más atentos y penetrantes, y esa era una de las cosas que la misma Bagheera no entendía.

Preguntó a Mowgli sobre ello y el muchacho se rio y dijo:

—Cuando se me escapa la presa me enfado. Cuando debo pasarme dos días con el estómago vacío me enfado muchísimo. ¿No se me nota en los ojos entonces?

—La boca tendrá hambre —dijo Bagheera—, pero los ojos no dicen nada. Cazando, comiendo o nadando… siempre están igual, como una piedra, tanto si llueve como si no.

Mowgli la miró perezosamente a través de sus largas pestañas y, como de costumbre, la pantera bajó la cabeza. Bagheera conocía a su amo.

Estaban tendidos cerca de la cumbre de una colina desde la que se dominaba el Waingunga y las neblinas matutinas que flotaban a sus pies en forma de franjas blancas y verdes. A medida que el sol fue subiendo, la neblina se transformó en burbujeantes mares de oro rojo que aquí y allá dejaban paso a los rayos más bajos, que dibujaban rayas de luz en la hierba seca sobre la que estaban descansando Mowgli y Bagheera. Tocaba ya a su fin la estación fría, las hojas y los árboles parecían gastados y descoloridos y, al soplar el viento, se escuchaba por doquier un crujido seco. Una hojita golpeaba furiosamente una rama pequeña, como suelen hacer las hojas sueltas azotadas por una corriente de aire. El ruido despabiló a Bagheera, que olfateó el aire de la mañana con un ronquido grave y hueco, se echó panza arriba y con las patas delanteras intentó atrapar la hojita.

—Se acerca el cambio de estación —dijo—. La jungla sigue

su marcha. Ya está próxima la época del Habla Nueva. Esa hojita lo sabe. ¡Qué bien!

—La hierba está seca —replicó Mowgli, arrancando un puñado—. Incluso Ojo de la Primavera… —añadió refiriéndose a una florecilla roja en forma de trompetilla que crece entre la hierba—. Incluso Ojo de la Primavera está cerrado y… Bagheera, ¿está bien que la Pantera Negra se tumbe panza arriba y dé zarpazos al aire como si fuese una gineta?

—¡Aouch! —dijo Bagheera, que parecía estar pensando en otras cosas.

—Decía si está bien que la Pantera Negra, ronque, aúlle y se revuelque de esa forma. Recuerda que somos los amos de la jungla, tú y yo.

—Sí, es verdad. Ya te oigo, Cachorro de Hombre.

Bagheera dio rápidamente una vuelta y se sentó. El polvo cubría sus flancos negros y andrajosos. (Justamente estaba mudando el pelaje del invierno.)

—¡Claro que somos los amos de la jungla! ¿Quién es capaz de igualarse a Mowgli en fuerza? ¿Quién es tan sabio como él?

Había un tono extraño en su voz, una forma de arrastrar las palabras que impulsó a Mowgli a volverse para ver si por casualidad la Pantera Negra se estaba burlando de él, pues la jungla está llena de palabras que suenan de un modo, pero significan algo muy distinto.

—Decía que sin ningún género de duda somos los amos de la jungla —repitió Bagheera—. ¿He hecho mal? No sabía que Cachorro de Hombre ya no estaba tumbado sobre la hierba. ¿Acaso vuela, entonces?

Mowgli se hallaba sentado con los codos apoyados en las rodillas y los ojos clavados en la luz que bañaba el otro lado del valle. En alguna parte de los bosques que se extendían a sus pies un pájaro de voz ronca y aguda ensayaba una y otra vez las primeras notas de su canción primaveral. No era más que una sombra del sonido puro y retozón que más adelante emitiría, pero Bagheera lo oyó de todos modos.

—Decía que ya se acerca la época del Habla Nueva —gruñó la Pantera, meneando la cola.

—Ya te he oído —contestó Mowgli—. ¿Por qué tiemblas tanto, Bagheera? Hace calor al sol.

—Ese es Ferao, el picamaderos escarlata —dijo Bagheera—. Lo que es él, no se ha olvidado. Ahora me toca a mí acordarme de mi canción.

Y se puso a ronronear y canturrear por lo bajo, volviendo a empezar una y otra vez, pues no se daba por satisfecha con el resultado.

—No hay caza por aquí —dijo Mowgli.

—Hermanito, ¿es que tienes ambos oídos obstruidos? Esa no es la llamada de caza, sino mi canción, que estoy ensayando para cuando la necesite.

—Se me había olvidado. Me daré cuenta de que ha llegado la época del Habla Nueva cuando tú y los de más os marchéis corriendo y me dejéis solo.

Mowgli hablaba con cierta aspereza.

—Pero, Hermanito, no siempre… —empezó a decir Bagheera.

—Es verdad lo que digo —contestó Mowgli, señalándola con el dedo índice—. Os marcháis corriendo y yo, que soy el Amo de la Jungla, tengo que pasear solo. ¿Qué pasó la última temporada, cuando quise recolectar caña de azúcar en los campos de la Manada Humana? Mandé un mensajero, ¡te mandé a ti!, en busca de Hathi para que viniera y con la trompa me ayudase a recoger la hierba dulce.

—¡Pero si solo llegó con dos noches de retraso —dijo Bagheera, un tanto cohibida—, y de esa hierba larga v dulce que tanto te gusta recogió más de la que cualquier cachorro de hombre podría comer en todas las noches de la estación de las lluvias! No fue mía la culpa.

—No se presentó la noche que yo indiqué en mi recado. No. Estaba demasiado ocupado berreando, corriendo y bramando por los valles a la luz de la luna. Dejaba un rastro como el de tres elefantes, pues rehusaba ocultarse entre los árboles. Bailaba a la luz de la luna ante las casas de la Manada Humana. Yo lo vi y, pese a todo, no quiso venir conmigo, ¡y eso que soy el Amo de la Jungla!

—Era la época del Habla Nueva —dijo la Pantera con mucha humildad—. Tal vez, Hermanito, aquella vez no lo llamaste con una Palabra Maestra. ¡Escucha a Ferao y alégrate!

El malhumor de Mowgli parecía haberse esfumado por propia iniciativa. El muchacho volvió a tumbarse, con las manos debajo de la cabeza y los ojos cerrados.

—No lo sé... ni me importa —dijo con voz soñolienta—. Vamos a dormir, Bagheera. Tengo un peso en el estómago. Déjame descansar la cabeza sobre ti.

La Pantera volvió a tumbarse soltando un suspiro, ya que podía oír cómo Ferao practicaba una y otra vez con vistas a la próxima llegada de la primavera, del Habla Nueva, como dicen ellos.

En las junglas de la India las estaciones se turnan unas a otras sin que apenas se note. Parece que haya solamente dos: la lluviosa y la seca. Pero si miráis atentamente debajo de los torrentes de lluvia y las nubes de polvo y ceniza, veréis que las cuatro, sin excepción, siguen su marcha regular. La primavera es la más maravillosa, ya que no tiene que cubrir con hojas y flores nuevas un campo limpio y desnudo, sino que barre a su paso los restos de cosas medio verdes que el suave invierno ha respetado y hace que la tierra medio vestida y cansada se sienta nueva y joven una vez más. Y lo hace tan bien que no hay en el mundo otra primavera como la de la jungla.

Llega un día en que todas las cosas están cansadas; en que incluso los olores, al flotar en el pesado aire, están viejos y gastados. Uno no puede explicarlo, pero es algo que se siente. Entonces llega otro día y, sin que aparentemente haya cambiado nada, todos los olores son nuevos y deliciosos, los bigotes del Pueblo de la Jungla se estremecen hasta las raíces y el pelaje invernal se desprende en grandes mechones de sus flancos. En-

tonces quizá llueva un poquito y todos los árboles, los matorrales, los bambúes, los musgos y las plantas de hojas jugosas
despiertan y casi se puede oír el ruido que hacen al crecer, y
debajo de ese ruido, noche y día, se oye un sordo zumbido. Ese
es el ruido de la primavera, un zumbido vibrante que no son las
abejas, ni las cascadas, ni el viento entre la copa de los árboles,
sino el ronroneo del mundo, feliz al sentir la caricia del calor.

Hasta aquel año Mowgli siempre había recibido entusiasmado el cambio de las estaciones. Generalmente él era el primero en ver el Ojo de la Primavera medio escondido entre la
hierba, así como el primer montón de nubes primaverales, que
no tienen comparación en la jungla. Su voz sonaba en toda
clase de lugares húmedos, bajo la luz de las estrellas, donde
algo estuviera floreciendo, ora uniendo su voz al coro de las
ranas, ora burlándose de los pequeños mochuelos que colgaban
cabeza abajo de las ramas de los árboles y dejaban oír su grito
en las noches claras. Al igual que toda su gente, la primavera
era la estación que escogía él para sus paseos y viajes, moviéndose por el simple placer de notar el aire cálido, recorriendo
treinta, cuarenta, cincuenta millas entre el crepúsculo y la aparición de la estrella matutina, regresando luego jadeando y
riendo, luciendo guirnaldas de flores exóticas. Los Cuatro no
le acompañaban en este alocado deambular por la jungla, sino
que se iban a cantar canciones con los otros lobos. El Pueblo
de la Jungla anda muy atareado en primavera y Mowgli los oía
gruñir, chillar o silbar, según cual fuese su especie. Sus voces
son distintas entonces a las que tienen en otras épocas del año,
y esa es una de las razones por las que la primavera en la jungla
recibe el nombre de época del Habla Nueva.

Pero aquella primavera, como le había dicho a Bagheera,
algo había cambiado: notaba un peso en el estómago y no sabía
a qué era debido. Desde el momento en que los retoños de
bambú se habían vuelto de color marrón llevaba esperando con
ilusión la mañana en que los olores serían distintos. Pero cuando por fin llegó esa mañana y Mao, el Pavo Real, envuelto en

su llameante manto bronce, azul y dorado, proclamó la buena nueva a lo largo y ancho de la jungla neblinosa, y Mowgli abrió la boca para repetir el anuncio, las palabras se le encallaron entre los dientes y notó en todo el cuerpo una sensación que nació en los dedos de los pies y fue a morir en sus cabellos, una sensación de tristeza tan grande que se miró con mucha atención para estar seguro de que no se había clavado una espina. Mao anunció la llegada de los nuevos olores, los demás pájaros recogieron la llamada y de las rocas que se alzaban al lado del Waingunga surgió el ronco grito de Bagheera, algo que estaba entre el chillido de un águila y el relincho de un caballo. En lo alto de los árboles, entre las ramas reverdecidas, se oyeron los chillidos y el ir y venir de los *Bandar-log*, pero Mowgli, hinchado el pecho para contestar a Mao, se quedó mudo, respirando entrecortadamente como si la tristeza le hubiese quitado el aliento.

Miró atentamente a su alrededor, pero no pudo ver más que los burlones *Bandar-log*, que se escurrían entre los árboles, y Mao, con la cola desplegada en todo su esplendor, que bailaba más abajo, por las pendientes.

—¡Los olores han cambiado! —gritó Mao—. ¡Buena caza, Hermanito! ¿Dónde está tu respuesta?

—¡Hermanito, buena caza! —silbó Chil, el Milano, volando hacia abajo con su compañera.

Pasaron volando tan cerca de la nariz de Mowgli que unas cuantas plumas blancas se desprendieron al rozársela.

Un leve aguacero primaveral (lluvia de elefante, la llaman ellos) cruzó la jungla en una franja de media milla de ancho, mojando las hojas que acababan de brotar, y luego, con un leve redoble de truenos, desapareció para dejar paso a un doble arco iris. El zumbido de la primavera se oyó durante un minuto y luego se apagó, pero parecía que todo el Pueblo de la Jungla gritase a la vez. Todos menos Mowgli.

«He comido buena comida —dijo para sus adentros—. He bebido agua buena. La garganta no me arde ni se me hace pequeña como sucedió cuando mordí aquella raíz con manchas azules que Oo, la Tortuga, me dijo que era comestible. Pero siento un peso en el estómago y he tenido palabras muy agrias para Bagheera y otros, que son de la jungla y de los míos. Además, tan pronto tengo calor como frío y luego no tengo calor ni frío, sino que me siento enfadado con algo que no alcanzo a ver. *Huhu!* ¡Ha llegado la hora de emprender correrías! Esta noche cruzaré la cordillera, sí, emprenderé una correría de primavera hasta los marjales del norte y luego regresaré. Llevo demasiado tiempo cazando con demasiada felicidad. Los Cuatro vendrán conmigo, ya que se están poniendo gordos como cerditos.»

Los llamó, pero ni uno solo de los Cuatro contestó a su llamada. Estaban lejos de allí y no podían oírle, pues estaban con los lobos de la Manada cantando una y otra vez las canciones de primavera: las Canciones de la Luna y del Sambhur, ya que en primavera el Pueblo de la Jungla apenas hace diferencia entre el día y la noche. Los llamó con ladridos agudos e insistentes, pero no recibió más respuesta que el burlón ¡miauuu! de la gineta que buscaba nidos de pájaro entre las ramas de los árboles. Al oírla, se estremeció de rabia y estuvo a punto de sacar el cuchillo. Luego, aunque nadie podía verlo, adoptó un aire muy altivo y echó a andar ladera abajo, con el mentón alzado y las cejas fruncidas. Pero ni uno solo de sus amigos le hizo pregunta alguna, ya que todos estaban demasiado ocupados en sus propios asuntos.

—Sí —dijo Mowgli en voz baja, aunque en el fondo sabía que no tenía razón—. Que venga Perro Rojo del Dekkan, que la Flor Roja se ponga a bailar entre los bambúes y la jungla entera acuda llorando a Mowgli, alabándolo como si fuera un elefante. Pero ahora, porque los Ojos de la Primavera están rojos y a Mao le apetece mostrar sus patas desnudas bailando alguna danza primaveral, la jungla se vuelve loca como Tabaqui… ¡Por el buey con que me compraron! ¿Soy o no soy el Amo de la Jungla? ¡Silencio! ¿Qué hacéis aquí?

Un par de jóvenes lobos de la Manada se acercaban corriendo por un sendero, buscando un claro donde pudieran luchar. (Recordaréis que la Ley de la Jungla prohíbe luchar en un sitio donde la Manada pueda verlo.) Tenían el pelaje del cuello erizado y rígido como alambres y ladraban furiosamente, al tiempo que se agachaban dispuestos a acometerse. Mowgli dio un salto hacia delante y echó mano a la garganta de los dos animales con el propósito de empujarlos hacia atrás como tantas veces había hecho al jugar o cazar con la Manada. Pero aquella era la primera vez que se entrometía en una pelea de primavera. Los dos lobos saltaron sobre él, lo echaron a un lado y, sin perder tiempo en palabras, empezaron a revolcarse por el suelo, enzarzados en reñido combate.

Casi antes de caer al suelo, Mowgli volvió a encontrarse de pie con el cuchillo en la mano y enseñando los dientes. En aquellos momentos habría matado a ambos lobos por la sencilla razón de que estaban peleándose cuando él quería que se estuvieran quietos, aunque todo lobo tiene derecho a luchar al amparo de la ley. Se puso a dar vueltas alrededor de ellos, con el cuerpo inclinado hacia delante y las manos temblorosas, dispuesto a asestar un doble golpe en cuanto hubiese pasado la primera furia del ataque, pero, mientras esperaba, le pareció que las fuerzas lo abandonaban, la punta del cuchillo fue bajando poco a poco y finalmente lo guardó en la funda. Se quedó mirando a los dos animales.

—No hay duda de que me habré comido algún veneno —dijo por fin, soltando un suspiro—. Desde que disolví el Consejo con la Flor Roja, desde que maté a Shere Khan, ninguno de los de la Manada ha podido echarme a un lado. ¡Y este par no son más que los últimos de la Manada! ¡Cazadores de poca monta! He perdido la fuerza y no tardaré en morir. Oh, Mowgli, ¿por qué no matas a los dos?

La pelea prosiguió hasta que uno de los lobos huyó corriendo y Mowgli se quedó solo sobre la tierra removida y ensangrentada, mirando ora el cuchillo, ora sus brazos y piernas, mientras una sensación de tristeza como jamás había conocido iba cubriéndolo del mismo modo que el agua cubre un tronco que flota en el río.

A primera hora de la noche cazó y comió un poco, lo justo para estar fuerte y poder emprender sus correrías de primavera. Y comió solo, ya que todo el Pueblo de la Jungla se había marchado a cantar o pelear. La noche era perfectamente clara y parecía como si toda la vegetación hubiese experimentado el crecimiento de un mes desde aquella misma mañana. La rama que el día antes se hallaba cubierta de hojas amarillas derramó savia al partirla Mowgli. El musgo se enroscaba en sus pies, cálido y espeso, la hierba tierna carecía de aristas cortantes y todas las voces de la jungla sonaban como una cuerda de arpa pulsada por la luna: la luna del Habla Nueva, que derramaba raudales de luz sobre rocas y estanques, deslizándose entre troncos y lianas, tamizándola a través de un millón de hojas. Olvidándose de su pesar, Mowgli se puso a cantar de gozo cuando emprendió la marcha. Más que andar o correr, parecía que volase, ya que había elegido la larga pendiente que bajaba hasta los marjales del norte a través de lo más espeso de la jungla, donde el suelo esponjoso amortiguaba el ruido de sus pisadas. Un hombre criado por los hombres habría avanzado siguiendo la engañosa luz de la luna y tropezando cada dos por tres, pero los músculos de Mowgli, entrenados durante muchos años de experiencia, lo transportaban como si de una pluma se tratase. Cuando a sus pies surgía un tronco podrido o una piedra medio enterrada, sorteaba el obstáculo sin esfuerzo y sin preocuparse, sin aminorar el paso. Cuando se cansaba de caminar, se asía como un mono a la primera liana que encontraba y parecía flotar más que trepar hasta las ramas delgadas, desde las que tomaba alguno de los caminos de los árboles y por él seguía hasta que se cansaba y saltaba al suelo describiendo una larga curva entre el follaje. Había hondonadas cálidas y húmedas, rodeadas de rocas, en las que apenas podía respirar a causa de los intensos perfumes de las flores nocturnas y de los capullos que cubrían las lianas, tenebrosas sendas en las que los rayos de luna dibujaban franjas tan regulares como las baldosas de mármol en la nave de una iglesia, sotos espesos donde la húmeda vegetación le llegaba hasta el pecho y le enlazaba la cintura con sus brazos, colinas coronadas por peñascos rotos en las que saltaba de piedra en piedra por encima de las guaridas de zorros pequeños y atemorizados. Se oía débilmente, a lo lejos, el *chug-drug* de algún jabalí que afilaba sus colmillos frotándolos contra el tronco de un árbol y con el que Mowgli se cruzaría más adelante, completamente solo, mientras el animal, con la boca llena de espuma y lanzando llamaradas por los ojos, arañaba y despedazaba la corteza de algún árbol alto. Otras veces se desviaba un poco de su camino al oír el entrechocar de cuernos y los sibilantes gruñidos de un par de furiosos sambhurs que se acometían con la testuz inclinada, el cuerpo manchado de sangre que a la luz de la luna parecía negra. De vez en cuando, al vadear algún río de crecido caudal, oía a Jacal, el Cocodrilo, mugiendo como un toro, o tropezaba con algún ovillo que formaban los del Pueblo Venenoso, aunque, antes de que pudieran atacarle, Mowgli ya estaba lejos de allí, adentrándose de nuevo en la jungla tras cruzar los relucientes guijarros.

Y así siguió corriendo, a veces cantando y a veces gritando, convertido en el más feliz de los pobladores de la jungla aquella noche, hasta que el aroma de las flores le avisó de que los marjales estaban cerca y, por consiguiente, se encontraba ya muy lejos de los parajes por donde solía cazar.

También aquí un hombre criado por los hombres se habría hundido en un marjal en cuestión de tres zancadas, pero Mowgli tenía ojos en los pies y fue pasando de un macizo de hierba a otro, de matorral a matorral, sin tener que pedir ayuda a los ojos de la cara. Corrió hasta alcanzar la mitad de la marisma, asustando a los patos al pasar, y se sentó en un tronco cubierto de musgo que yacía en las negras aguas. A su alrededor, los marjales estaban llenos de vida, ya que durante la primavera el Pueblo de los Pájaros tiene el sueño muy ligero y grandes bandadas se pasaron toda la noche yendo y viniendo. Pero nadie hizo caso de Mowgli, que, sentado entre las altas cañas, tarareaba canciones sin palabras mientras se examinaba las plantas de los pies, morenos y endurecidos, por si tenía alguna espina clavada en ellas. Tenía la sensación de haber dejado a su espalda, en su propia jungla, toda su tristeza, pero en el instante en que rompía a cantar a pleno pulmón, la tristeza volvió a apoderarse de él… diez veces peor que antes.

Esta vez Mowgli se asustó.

—¡También está aquí! —dijo casi en voz alta—. Me ha seguido.

Miró por encima del hombro para ver si la tenía detrás de él y dijo:

—Aquí no hay nadie.

Siguieron oyéndose los ruidos nocturnos del pantano, pero ningún pájaro, ninguna bestezuela le dirigió la palabra y la renacida sensación de infelicidad fue creciendo más y más.

—No hay duda de que he comido algo venenoso —dijo con voz sobrecogida—. Sin darme cuenta debo de haberme tragado algo venenoso y empiezan a fallarme las fuerzas. Sentí miedo y, sin embargo, yo no estaba asustado. Era Mowgli el que sentía miedo mientras los dos lobos luchaban. Akela, el mismo Phao incluso, los habrían hecho callar, pero Mowgli estaba asustado. Eso es una señal clara de que he comido algo venenoso… Pero ¿qué les importa a los de la jungla? Cantan, aúllan, luchan, corren en grupos bajo la luz de la luna y yo… *Hai-mai…!* yo estoy muriendo aquí en los marjales por culpa de ese veneno que me he comido.

Sentía tanta lástima de sí mismo que casi rompió a llorar.

—Después —prosiguió— me encontrarán flotando en las aguas negras, muerto. No, regresaré a mi propia jungla y moriré en la Roca del Consejo, y mi querida Bagheera, si no está demasiado ocupada gritando en el valle, quizá vele mis restos durante un rato, para que Chil no repita conmigo lo que hizo con Akela.

Una enorme y caliente lágrima cayó sobre su rodilla y, a pesar de su aflicción, Mowgli se sintió feliz de estar tan triste, si es que sois capaces de comprender ese sentimiento de felicidad al revés.

—Lo que Chil, el Milano, hizo con Akela —repitió— la noche que salvé a la Manada de perecer entre las garras de Perro Rojo.

Permaneció callado un rato, pensando en las últimas palabras de Lobo Solitario que, por supuesto, recordaréis vosotros.

—Akela me dijo muchas tonterías antes de morir, ya que lo que llevamos dentro cambia cuando nos morimos. Dijo que… Da igual, ¡dijera lo que dijera, yo soy de la jungla!

Dejándose llevar por la excitación al recordar la batalla en las márgenes del Waingunga, las últimas palabras las pronunció gritando y la hembra de un búfalo salvaje, que estaba entre las cañas, se levantó de un salto y dijo con un resoplido:

—¡El hombre!

—*Hu!* —exclamó Mysa, el Búfalo Salvaje (al que Mowgli oyó moverse en el fango)—. Ese no es el hombre. No es más que el lobo pelado de la Manada de Seeonee. En las noches como esta corre de un lado a otro.

—*Hu!* —contestó la hembra, volviendo a bajar la cabeza para seguir paciendo—. Creí que se trataba del hombre.

—Te digo que no lo es. Eh, Mowgli, ¿estás en peligro? —mugió Mysa.

—Eh, Mowgli, ¿estás en peligro? —repitió Mowgli en plan de mola—. Eso es todo lo que es capaz de pensar Mysa: si hay peligro. Pero ¿qué le importa Mowgli a él? ¿Qué le importa ese Mowgli que se pasa la noche corriendo por la jungla, observándolo todo?

—¡Cómo grita! —dijo la hembra.

—Así lo hacen siempre —contestó Mysa desdeñosamente— esos que, después de arrancar la hierba, no saben cómo comérsela.

—Por menos que eso —gruñó Mowgli para sí—, por menos que eso, las pasadas lluvias sin ir más lejos, habría obligado a Mysa a salir del fango y habría cabalgado por el pantano montado en él, azuzándolo con un junco.

Alargó una mano para arrancar una de esas frágiles cañas, pero la retiró enseguida, soltando un suspiro. Mysa siguió mascando tranquilamente, al tiempo que se oía el ruido que hacía la hembra al morder las hierbas altas.

—¡No voy a morir aquí! —gritó Mowgli, encolerizándose—. Aquí me vería Mysa, que es de la misma sangre que Jacala y el cerdo. Nos iremos más allá del pantano y veremos qué pasa. Jamás me había pasado esto en mis correrías de primavera: tengo frío y calor al mismo tiempo. ¡Arriba, Mowgli!

No pudo resistir la tentación de arrastrarse sigilosamente por entre las cañas hasta donde se hallaba Mysa y pincharlo con la punta del cuchillo. El enorme búfalo, chorreando agua y fango, salió disparado como un obús, mientras Mowgli se reía tanto que tuvo que sentarse para no caerse al suelo.

—Ahora podrás decir que una vez el lobo pelado de la Manada de Seeonee fue tu pastor, Mysa.

—¡Lobo! ¿Tú? —resopló el búfalo, chapoteando en el barro—. Toda la jungla sabe que una vez fuiste pastor de reses mansas, un mocoso como esos que gritan allá abajo donde están los sembrados. ¿Tú uno de la jungla? ¿Qué cazador se habría arrastrado como una serpiente entre las sanguijuelas para gastarme una broma semejante, una broma digna de un chacal, para ponerme en ridículo delante de mi hembra? Sal a tierra firme y te… te…

Mysa echaba espuma por la boca, ya que de todos los animales de la jungla Mysa es el que peor genio tiene. Sin inmutarse, Mowgli se quedó mirando cómo el búfalo jadeaba y resoplaba. Cuando por fin creyó que podría hacerse oír en medio del chapoteo y los mugidos, dijo:

—¿Qué Manada Humana hay por aquí, cerca de los marjales, Mysa? Esta jungla es nueva para mí.

—Entonces vete al norte —rugió el enojado búfalo, pues Mowgli le había dado un buen pinchazo—. Me has gastado una broma digna de uno de esos pastores desnudos. Ve y cuéntaselo a los del poblado que hay al otro lado del pantano.

—A la Manada Humana no le gustan los cuentos de la jungla. Y tampoco me parece a mí que un rasguño más o menos en tu pellejo sea motivo para convocar un consejo, Mysa. Pero iré a dar un vistazo a ese poblado. Sí, eso haré. Y ahora a callar, que el Amo de la Jungla no viene todas las noches a cuidarte mientras paces.

Saltó sobre la tierra movediza que bordeaba el pantano, bien a sabiendas de que eso impediría a Mysa cargar contra él, y se marchó corriendo, riendo al pensar en el enfado del búfalo.

—Aún no he perdido todas mis fuerzas —dijo—. A lo mejor el veneno no me ha llegado hasta los huesos. Allí veo una estrella que se está poniendo —agregó, observándola entre los dedos de las manos—. ¡Por el buey con que me compraron! ¡Es la Flor Roja! La misma Flor Roja junto a la cual solía acostarme antes... antes de que me uniera a la primera Manada de Seeonee. Ahora que ya la he visto, terminaré mi correría.

El pantano terminaba en una amplia llanura en la que parpadeaba una luz. Hacía ya mucho tiempo que Mowgli no se interesaba por las cosas de los hombres, pero aquella noche se sintió atraído hacia la Flor Roja.

—Echaré una ojeada —dijo—, como solía hacer en los viejos tiempos, y veré hasta qué punto ha cambiado la Manada Humana.

Olvidándose de que ya no se encontraba en su propia jungla, donde podía hacer cuanto se le antojase, echó a andar por la hierba empapada de rocío, sin tomar ninguna precaución, hasta que llegó a la choza donde brillaba la luz. Tres o cuatro perros empezaron a ladrar, pues se encontraba en los alrededores de un poblado.

—¡Ah! —exclamó Mowgli, sentándose sin hacer ruido después de contestar a los perros con un aullido de lobo que los dejó mudos—. Lo que sea será. ¿Qué se te ha perdido esta vez en las guaridas de la Manada Humana, Mowgli?

Se frotó la boca, recordando que en ella había recibido una pedrada años atrás, al ser expulsado del seno de otra Manada Humana.

Se abrió la puerta de la choza y una mujer se quedó en la puerta observando atentamente las tinieblas. Un niño pequeño rompió a llorar y la mujer, mirando por encima del hombro, dijo:

—Duerme. No era más que un chacal que ha despertado a los perros. Falta muy poco para que amanezca.

Mowgli empezó a temblar entre la hierba como si tuviera fiebre. Conocía de sobras aquella voz, pero, para asegurarse, gritó suavemente, sorprendiéndose al ver que volvía a ser capaz de hablar como los hombres:

—¡Messua! ¡Messua!

—¿Quién llama? —repuso la mujer con voz trémula.

—¿Lo has olvidado? —dijo Mowgli, que al hablar sentía la garganta seca.

—Si eres tú, dime: ¿qué nombre te puse? ¡Contesta!

La mujer había entornado la puerta y se apretaba el pecho con una mano crispada.

—¡Nathoo! ¡*Ohé*, Nathoo! —replicó Mowgli, pues, como recordaréis, ese era el nombre que le puso Messua cuando por primera vez se presentó a la Manada Humana.

—¡Ven, hijo mío!

Mowgli avanzó hacia la luz y se quedó mirando a Messua, la mujer que había sido buena con él, la misma que, hacía muchos años, él había salvado de perecer a manos de la Manada Humana. Había envejecido y tenía el pelo gris, pero los ojos y la voz no habían cambiado. Como era propio de una mujer, esperaba encontrar a Mowgli tal como lo había visto por última vez y con ojos perplejos miraba el pecho y la cabeza que rozaba el dintel de la puerta.

—Hijo mío —tartamudeó y luego, postrándose a los pies de Mowgli, añadió—: Pero ya no es mi hijo. Es un Diosecillo de los Bosques. *Ahai!*

Allí de pie bajo el rojo resplandor de la lámpara de aceite, fuerte, alto y bello, con sus largos cabellos negros cayéndole sobre la espalda, el cuchillo colgado al cuello, meciéndose, y la cabeza adornada con una guirnalda de jazmín, fácilmente se le habría podido confundir con un legendario Dios de la Jungla. El niño, medio dormido en su cuna, se incorporó bruscamente y se puso a chillar de terror. Messua se volvió para calmarlo, mientras Mowgli se quedaba quieto, contemplando las jarras de agua, los cacharros de cocina, el recipiente donde guardaban el grano y todos los demás utensilios humanos que tan bien recordaba.

—¿Qué te apetece comer o beber? —murmuró Messua—. Todo lo que hay aquí es tuyo. A ti te debemos la vida. Pero ¿eres tú aquel al que llamaba Nathoo o eres un diosecillo?

—Soy Nathoo —replicó Mowgli—. Me he alejado mucho de mis lares. Vi luz aquí y me acerqué. No sabía que tú estabas aquí.

—Cuando llegamos a Khanhiwara —dijo tímidamente Messua—, los ingleses nos quisieron ayudar contra aquella gente que quería quemarnos. ¿Te acuerdas?

—En verdad que sí. No lo he olvidado.

—Pero cuando la Ley inglesa estuvo a punto y fuimos al poblado de aquella gente mala, no lo encontramos por ninguna parte.

—También de eso me acuerdo —dijo Mowgli, sintiendo que se le estremecían las ventanas de la nariz.

—Entonces mi hombre buscó trabajo en los campos de labranza y por fin, como era un hombre fuerte, logramos tener un poco de tierra propia. No es tan rica como la del otro poblado, pero no necesitamos mucho… los dos.

—¿Dónde está él… aquel hombre que se puso a excavar la tierra aquella noche, cuando estaba asustado?

—Murió… hace un año.

—¿Y él? —dijo Mowgli, señalando al pequeño.

—Es mi hijo. Nació hace dos lluvias. Si eres un diosecillo, concédele la Protección de la Jungla, para que no corra peligro entre tu… tu gente, como no lo corrimos nosotros aquella noche.

Alzó al pequeño en el aire y la criatura, olvidándose del miedo, alargó las manitas para jugar con el cuchillo que colgaba sobre el pecho de Mowgli, que con mucha delicadeza apartó del arma los deditos que intentaban cogerla.

—Y, si tú eres el Nathoo que el tigre se llevó —prosiguió Messua con voz entrecortada—, entonces él es tu hermano menor. Dale la bendición de un hermano mayor.

—*Hai-mai!* ¿Qué sé yo de esa cosa que llamas bendición? No soy un diosecillo, ni tampoco soy su hermano y… Oh, madre, madre, cómo me pesa el corazón.

Sintió un escalofrío mientras se inclinaba para depositar al pequeño en la cuna.

—No me extraña —dijo Messua, afanándose con los cacharros de cocina—. Esto te pasa por pasarte la noche corriendo por los pantanos. Lo sé muy bien: la fiebre te ha penetrado hasta la médula.

Mowgli sonrió levemente al pensar en la posibilidad de que hubiera algo en la jungla que pudiera hacerle daño.

—Encenderé una hoguera y beberás un poco de leche caliente. Quítate esa guirnalda de jazmín, que huele demasiado fuerte en este lugar tan pequeño.

Mowgli se sentó, murmurando palabras ininteligibles y tapándose la cara con las manos. Se sentía inundado de toda clase de sentimientos que jamás había conocido, exactamente igual que si lo hubieran envenenado. La cabeza le daba vueltas y se sentía algo mareado. Bebió a grandes sorbos la leche caliente, mientras Messua le daba alguna que otra palmadita en la espalda, aún no segura del todo de si el muchacho era su Nathoo o si en realidad se trataba de algún portentoso ser de la jungla, aunque se sentía contenta al comprobar que, al menos, era de carne y hueso.

—Hijo —dijo finalmente con los ojos llenos de orgullo—, ¿te han dicho alguna vez que eres más bello que el resto de los hombres?

—¿Qué? —dijo Mowgli, que; naturalmente, jamás había oído nada semejante.

La expresión de su cara le bastó a Messua, que rio de felicidad.

—Entonces ¿soy yo la primera que te lo dice? Aunque suceda pocas veces, está bien que sea, una madre la que le diga estas cosas agradables a su hijo. Eres muy bello. Nunca había visto un hombre como tú.

Mowgli volvió la cabeza y trató de mirarse por encima de su propio hombro. Messua se echó a reír de nuevo, con tantas ganas que Mowgli, sin saber por qué, no pudo resistirlo y se echó a reír también, mientras el pequeño corría del uno al otro, riendo igualmente.

—No, no debes burlarte de tu hermano —dijo Messua, estrechando a la criatura contra su pecho—. Cuando tú seas la mitad de guapo que él, te casaremos con la más joven de las hijas de un rey y viajarás a lomos de grandes elefantes.

Mowgli no alcanzaba a comprender siquiera una de cada tres de las palabras que decía Messua. Después de su larga carrera, la leche caliente comenzaba a surtir efecto, por lo que se acurrucó en un rincón y en menos de un minuto se durmió profundamente. Messua le apartó el pelo de los ojos, lo tapó con una manta y se sintió feliz. Al estilo de la jungla, durmió el resto de la noche y todo el día siguiente, pues sus instintos, que nunca quedaban totalmente dormidos, lo avisaron de que no había nada que temer. Por fin despertó dando un salto que hizo temblar toda la choza, ya que la manta que le tapaba la cara le hizo soñar que había caído en una trampa. Se quedó de pie, empuñando el cuchillo, con los párpados pesados a causa del sueño y dispuesto a luchar contra lo que fuera.

Messua se rio y le puso la cena en la mesa. Había solamente unas cuantas tortas sencillas, cocinadas sobre la humeante hoguera, un poco de arroz y una ración de conserva de fruta de tamarindo: lo suficiente para ir tirando hasta la hora de cazar como todas las noches. El olor del rocío en los pantanos le despertó el hambre y lo llenó de desasosiego. Tenía ganas de terminar su correría de primavera, pero el pequeñín insistió en sentarse en sus brazos y, por si fuera poco, Messua se empeñó en peinarle los largos cabellos, de un negro azulado. Mientras lo peinaba cantaba cancioncillas tontas de esas que se cantan a los bebés. Tan pronto llamaba hijo a Mowgli como le suplicaba que diera al pequeño un poco de sus poderes de la jungla. La puerta de la choza estaba cerrada, pero Mowgli oyó un sonido que conocía muy bien y vio cómo Messua abría la boca, horrorizada al observar una enorme pata gris que se metía por debajo de la puerta, mientras en el exterior, Hermano Gris profería un sofocado aullido en el que se reflejaban la angustia y el miedo.

—¡Quédate fuera y espera! No pudiste venir cuando te llamé —dijo Mowgli en el idioma de la jungla, sin volver la cabeza.

La pata gris desapareció.

—No… no traigas tus… tus sirvientes aquí —dijo Messua—. Yo… nosotros siempre hemos vivido en paz con la jungla.

—Viene en son de paz —dijo Mowgli, levantándose—. Piensa en aquella noche que pasasteis camino de Khanhiwara. Delante y detrás de vosotros había muchísimos como él. Pero ya veo que ni siquiera en primavera el Pueblo de la Jungla se olvida de uno. Me voy, madre.

Messua se hizo a un lado, humildemente, pensando que en verdad Mowgli era un Dios de los Bosques, pero, al ver que la mano del muchacho se apoyaba en la puerta para abrirla, la madre que llevaba dentro la impulsó a abrazarse una y otra vez al cuello de Mowgli.

—¡Vuelve! —susurró—. Seas o no mi hijo, vuelve conmigo, porque te quiero. Mira, también él está triste.

El pequeñín lloraba al ver que el hombre del cuchillo reluciente se iba.

—Vuelve —repitió Messua—. De noche o de día, esta puerta nunca estará cerrada para ti.

Mowgli sintió como si le estuvieran tirando de las cuerdas de la garganta y, al contestar, le pareció como si la voz tuviera que hacer un gran esfuerzo por salir.

—Volveré, puedes estar segura. Y ahora —agregó, dirigiéndose al lobo, cuya cabeza asomaba por la puerta— tengo una pequeña queja contra ti, Hermano Gris. ¿Por qué no vinisteis los Cuatro cuando os llamé hace ya unos días?

—¿Unos días? ¡Si fue anoche…! Yo… nosotros estábamos cantando en la jungla, las nuevas canciones. Estamos en la época del Habla Nueva. ¿No te acuerdas?

—Sí, es verdad.

—Y en cuanto terminamos de cantarlas —prosiguió Lobo Gris con acento sincero—, me puse a seguir tu rastro. Me separé de los demás y no he parado de buscarte. Pero, Hermanito, ¿qué has hecho? ¿Has comido y dormido con la Manada Humana?

—Si hubieras venido cuando te llamé, esto no habría sucedido nunca —dijo Mowgli, corriendo más que el lobo.

—¿Y ahora qué va a pasar? —preguntó Hermano Gris.

Mowgli iba a contestar cuando vio que por un sendero que salía de los alrededores del poblado se acercaba una muchacha vestida de blanco. Hermano Gris se escondió inmediatamente, mientras Mowgli, sin hacer ruido, retrocedía hasta meterse en un sembrado de altas mieses. Casi habría podido tocarla con la mano cuando los cálidos y verdes tallos se cerraron ante su cara y desapareció igual que un fantasma. La muchacha chilló, pues creía haber visto un espíritu. Luego soltó un hondo suspiro. Mowgli apartó los tallos con las manos y se quedó contemplándola hasta que se perdió de vista.

—Ahora, no lo sé —dijo, suspirando a su vez—. ¿Por qué no viniste cuando te llamé?

—Te seguimos… te seguimos —murmuró Hermano Gris, lamiendo los pies de Mowgli—. Siempre te seguimos, salvo en la época del Habla Nueva.

—¿Y me seguirías hasta donde está la Manada Humana? —susurró Mowgli.

—¿Acaso no te seguí la noche en que nuestra vieja Manada te expulsó? ¿Quién te despertó cuando dormías en los campos de labranza?

—Sí, pero ¿volverías a hacerlo?

—¿Acaso no te he seguido esta noche?

—Sí, pero ¿y otra vez, y otra y puede que otra más, Hermano Gris?

Hermano Gris guardó silencio. Cuando habló lo hizo dirigiéndose a sí mismo, gruñendo:

—La Negra dijo la verdad.

—¿Cuándo dijo qué?

—Que el hombre acaba por volver con el hombre. Raksha, nuestra madre, dijo…

—Y también lo dijo Akela la noche de Perro Rojo —musitó Mowgli.

—Y lo mismo dice Kaa, que es más sabia que todos nosotros.

—¿Y tú que dices, Hermano Gris?

—Te expulsaron una vez, colmándote de insultos. Te hirieron en la boca a pedradas. Mandaron a Buldeo que te matase. Te habrían arrojado a la Flor Roja. Fuiste tú, y no yo, quien dijo una vez que eran malos e insensatos. Tú, y no yo, pues yo no hago más que seguir a mi propio pueblo, quien hizo que la jungla los invadiera. Tú, y no yo, hiciste contra ellos una canción todavía más amarga que la que cantamos nosotros contra Perro Rojo.

—Lo que te pregunto es qué dices tú.

Hablaban mientras corrían. Hermano Gris siguió trotando durante un rato sin decir nada y luego dijo, entre salto y salto:

—Cachorro de Hombre... Amo de la Jungla... Hijo de Raksha, hermano de guarida..., aunque en primavera se me olvide durante unos días, tu rastro es mi rastro, tu guarida es mi guarida, tu presa es mi presa y tu lucha a muerte es mi lucha a muerte. Hablo en nombre de los Tres. Pero ¿qué le dirás a la jungla?

—Bien pensado. No está bien esperar un rato antes de matar a la presa que se ha visto. Adelántate y convócalos a todos en la Roca del Consejo y entonces les diré lo que me bulle en la cabeza. Pero puede que no acudan... puede que, siendo la época del Habla Nueva, se olviden de mí.

—Entonces ¿es que tú no te has olvidado de nada? —ladró Hermano Gris por encima del hombro, mientras iniciaba un galope tendido y Mowgli, pensativo, lo seguía.

En cualquier otra estación la noticia habría atraído a todos los de la jungla, con el pelo del cuello erizado, pero en aquellos momentos estaban ocupados cazando y luchando, matando y cantando. Hermano Gris iba corriendo de uno a otro, gritando:

—¡El Amo de la Jungla se vuelve con el hombre! ¡Venid a la Roca del Consejo!

Pero el Pueblo de la Jungla, feliz y afanoso, se limitaba a contestar:

—Volverá a nosotros con los calores del verano. Las lluvias le harán buscar la guarida. Ven a correr y cantar con nosotros, Hermano Gris.

—¡Pero si el Amo de la Jungla se vuelve con el hombre! —repetía Hermano Gris.

—*Eee Yoawa*? ¿Y eso hace que la época del Habla Nueva sea menos dulce? —le contestaban ellos.

Así que cuando Mowgli, con el corazón apesadumbrado, cruzó los roquedales que tan bien conocía y llegó al lugar donde había comparecido ante el Consejo, se encontró solamente con los Cuatro, Baloo, que de tan viejo se había vuelto casi ciego, y Kaa, la gruesa pitón de sangre fría, que estaba enroscada en el asiento vacío que antes ocupara Akela.

—¿Así que el rastro termina aquí, Cachorro de Hombre? —dijo Kaa, al ver que Mowgli se arrojaba al suelo con el rostro entre las manos—. Lanza la llamada: «Somos de la misma sangre, tú y yo… hombre y serpiente juntos».

—¿Por qué no moriría bajo las zarpas de Perro Rojo? —se quejó el muchacho—. He perdido la fuerza y no ha sido a causa de ningún veneno. De noche y de día oigo pisadas que siguen mi rastro. Cuando vuelvo la cabeza es como si alguien acabase de ocultarse para que yo no lo viera. Miro detrás de los árboles, pero no está allí. Llamo y nadie me responde, pero tengo la sensación de que alguien me está escuchando y no quiere responderme. Me acuesto en el suelo, pero no descanso. Emprendo mi correría de primavera, pero no encuentro sosiego. Me baño, pero no me siento refrescado. La caza me repugna, pero no me siento con ánimos para luchar a menos que sea matando. La Flor Roja se me ha metido en el cuerpo, mis huesos se han convertido en agua… y… no sé qué es lo que sé.

—¿Qué falta nos hace hablar? —dijo lentamente Baloo, volviendo la cabeza hacia el lugar donde yacía Mowgli—. Akela, allá en el río, ya lo dijo: Mowgli haría que Mowgli regresara con la Manada Humana. También yo lo dije. Pero ¿quién hace caso ahora de lo que dice Baloo? Bagheera… ¿Dónde se ha metido Bagheera esta noche? Ella lo sabe también. Es la ley.

—Cuando nos encontramos en los Cubiles Fríos, Cachorro de Hombre, yo ya lo sabía —dijo Kaa, moviendo levemente sus poderosos anillos—: El hombre acaba por volver con el hombre, aunque la jungla no lo expulse de su seno.

Perplejos, pero obedientes, los Cuatro se miraron unos a otros y luego a Mowgli.

—Entonces ¿la jungla no me expulsa? —dijo Mowgli con voz entrecortada.

Hermano Lobo y los Tres empezaron a gruñir furiosamente, diciendo:

—Mientras nosotros estemos vivos nadie se atreverá a…
Pero Baloo los hizo callar.

—Yo te enseñé la ley. Tengo, pues, derecho a hablar —dijo—. Aunque ya no veo las rocas que hay ante mí, sí puedo ver el futuro. Sigue tu camino, Ranita. Funda tu guarida entre los de tu propia manada, entre el pueblo que lleva tu sangre. Pero, recuerda: cuando te hagan falta unas patas ligeras, unos colmillos afilados o unos ojos penetrantes, o cuando necesites mandar un recado urgente de noche, Amo de la Jungla, la jungla estará a tu disposición.

—La Jungla Media también es tuya —dijo Kaa—. De la gente pequeña, empero, no digo nada.

—¡*Hai-mai*, hermanos míos! —exclamó Mowgli, alzando los brazos al cielo y sollozando—. ¡No sé qué es lo que sé! No quisiera irme, pero los dos pies tiran de mí. ¿Cómo podré abandonar estas noches?

—Ea, ea, levanta la mirada, Hermanito —dijo Baloo—. No tienes nada de que avergonzarte. Cuando nos hemos comido la miel, dejamos el panal abandonado.

—Una vez se ha cambiado de piel —dijo Kaa—, no es posible volver a ponerse la vieja. Así es la ley.

—Escucha, Hermanito…, el más querido para mí entre todos los que viven en la jungla —dijo Baloo—. Nadie desea impedirte que te vayas. ¡Arriba esa cabeza! ¿Quién se atreverá a hacerle preguntas al Amo de la Jungla? Yo te vi jugar con los guijarros blancos allá abajo, cuando eras una ranita y Bagheera, que te compró pagando con un buey joven recién muerto, también te vio. De los que entonces te vimos solo quedamos dos, pues Raksha, tu madre, murió, como también murió tu padre. Ya hace tiempo que no queda ninguno de los que formaban la vieja Manada de Lobos. Ya sabes adónde fue a parar Shere Khan. Y Akela murió entre los *dholes*, allí donde, de no haber sido por tu sabiduría y fuerza, también la segunda Manada de Seeonee habría perdido la vida. Ya no queda nada salvo huesos viejos. No es el Cachorro de Hombre el que pide permiso a la

Manada, sino que es el Amo de la Jungla quien ha decidido encaminar sus pasos por otro sendero. ¿Quién podrá pedirle al hombre que dé explicaciones por lo que se propone hacer?

—¡Por Bagheera y el buey con que me compró! —dijo Mowgli—. No quisiera…

Sus palabras quedaron cortadas en seco por un rugido que resonó en la espesura, a los pies de la Roca del Consejo, y Bagheera, ágil, fuerte y terrible como siempre, se plantó ante él.

—Por esto —dijo Bagheera, extendiendo una pata de la que chorreaba sangre—, no he venido antes. Ha sido una larga cacería, pero ahora yace muerto allí abajo, entre los arbustos… un buey de dos años: el buey que te devuelve la libertad, Hermanito. Todas las deudas han sido saldadas ya. Por lo demás, mi palabra es la palabra de Baloo.

Lamió los pies de Mowgli y, dando un salto, desapareció, al tiempo que exclamaba:

—¡Recuerda que Bagheera te quería!

Al llegar al pie de la montaña volvió a gritar:

—¡Buena caza en tu nuevo sendero, Amo de la Jungla! ¡No olvides que Bagheera te quería!

—Ya lo has oído —dijo Baloo—. Nada más queda por decir—. Ahora vete, pero antes acércate. ¡Acércate, Ranita sabia!

—Es difícil cambiar de piel —dijo Kaa, mientras Mowgli sollozaba desconsoladamente, con el rostro apoyado en el costado del oso ciego y rodeándole el cuello con los brazos, al tiempo que Baloo, débilmente, trataba de lamerle los pies.

—Las estrellas se apagan —dijo Hermano Gris, olfateando el aire del amanecer—. ¿Dónde nos cobijaremos hoy? Porque, de ahora en adelante, seguiremos nuevos rastros.

Y esta es la última de las historias de Mowgli.

Canción de despedida

(He aquí la canción que Mowgli oyó cantar en la jungla mientras regresaba a casa de Messua.)

BALOO

Por amor al que a una Rana sabia enseñó
los senderos de la jungla,
respeta la Ley de la Manada Humana.
¡Por amor al viejo y ciego Baloo!
Limpio o sucio, nuevo o viejo,
síguela como si fuera la nuestra,
de día y de noche, síguela,
sin torcer jamás a diestra o siniestra.
Por el amor del que te quiere
más que a cualquier otro de la jungla,
cuando tu Manada te haga daño,
di: «Otra vez canta Tabaqui».
Cuando tu Manada te mate a trabajar,
di: «Aún vive Shere Khan».
Cuando matar quiera el cuchillo,
respeta la ley y sigue tu camino.
(Raíz y miel, palma y espata,
¡proteged del mal a este cachorro!)
Bosque y agua, viento y árbol,
¡vaya contigo el Amparo de la Jungla!

KAA

De la ira nace el Miedo
y solo los ojos atentos ven el peligro.
Guárdate del veneno de la Cobra.
No hagas caso de sus palabras.

Sé franco y ganarás Fuerza y Cortesía.
No emprendas lo que acabar no puedas,
no caigas en ningún engaño.
Caza lo que necesites para comer,
mas nunca por el placer de hacer daño.
Has comido, ¿tienes sueño?
Busca un rincón bien abrigado,
no diera contigo, por descuido,
algún enemigo ya olvidado.
Este y oeste, norte y sur,
lávate el cuerpo, cierra la boca.
(Allá por donde vaya: llano o risco,
río o lago, ¡Jungla Media, a ti
te lo encomiendo!)
Bosque y agua, viento y árbol,
¡vaya contigo el Amparo de la Jungla!

BAGHEERA

En la jaula empezó mi vida,
bien conozco, pues, al hombre.
¡Por el Candado Roto que me liberó!
¡Guárdate de los tuyos, Cachorrillo!
No dejes que el perfume del rocío
y la luz de las estrellas,
embriagándote, te extravíen.
En manada o consejo, de caza o en reposo,
no pidas tregua al Chacal Humano.
Responde con tu silencio si te dicen:
«¡Ven, por aquí más fácil es el camino!».
No hagas caso cuando tu ayuda busquen
para hacer daño al débil.
De tu pericia no hagas alarde
como los vanidosos Bandar-log.

Caza, sí, pero en silencio.
Que ningún canto, llamada o señal
te aparten de tu rastro.
(Niebla matutina y crepúsculo claro,
¡guardadlo como guardáis al ciervo!)
Bosque y agua, viento y árbol,
¡vaya contigo el Amparo de la Jungla!

LOS TRES

Por el sendero que ahora recorres,
camino de las temibles chozas
donde anida la Flor Roja.
De noche, cuando en tu lecho,
apartado de nuestra madre el cielo,
a nosotros, tus hermanos, oigas;
cuando con el día te levantes,
y a tus duras labores te encamines,
lleno de añoranza por la jungla:
bosque y agua, viento y árbol,
Sabiduría, Fuerza y Cortesía,
¡vaya contigo el Amparo de la Jungla!

Apéndice

en el rukh

De nuevo el hijo único soñó que soñaba un sueño.
Cayeron las últimas cenizas del moribundo fuego
a la vez que una chispa restallaba al saltar,
y el hijo único se despertó y gritó en la oscuridad:
«¿Me alumbró una mujer y me posaron en el pecho de
    una madre?
Pues he soñado que descansaba sobre un hirsuto pelaje.
¿Me alumbró una mujer y me tomó un padre en
    brazos?
Pues he soñado que me protegían sus colmillos blancos.
¿Me alumbró una mujer y no tuve hermanos?
Pues he soñado que me clavaban los dientes jugando.
¿Partí el pan de cebada y lo humedecí en un cuenco?
Pues he soñado que del establo traían un corderito
    tierno.
Faltan horas y horas para que la luna salga,
sin embargo ¡veo las vigas del techo como si fuera de
    mañana!
A muchas leguas, las cataratas del Lena reciben a los
    sambhur;
sin embargo ¡oigo los berridos de la cría tras su madre
    gaur!
A muchas leguas, las cataratas del Lena unen montes y
    cultivos;
sin embargo ¡huelo el viento ardiente y húmedo que silba
    entre el trigo!».

El hijo único

De toda la maquinaria de servicios públicos que funciona a las órdenes del gobierno de la India, ninguno es más importante que el departamento de Bosques y Selvas. La repoblación del territorio está en sus manos, o lo estará cuando el gobierno disponga de dinero que gastar. Sus funcionarios luchan contra torrentes de arena y dunas movedizas, que contienen plantando zarzas a los lados, muros delante y arbustos y pinos larguiruchos en lo alto, según las normas de Nancy.[1] Ellos son los responsables de la madera en las reservas estatales del Himalaya, así como de las laderas desnudas, arrasadas por los monzones y convertidas en áridos desfiladeros y barrancos desolados: cada tala es una boca que clama a gritos cuánto daño puede causar la dejadez. Experimentan con batallones de árboles extranjeros, y cuidan el eucalipto para que arraigue y, tal vez, erradique la fiebre del Canal. En las llanuras, su deber más importante consiste en vigilar que los cortafuegos de las reservas forestales se mantengan limpios, de modo que cuando llegue la sequía y el ganado sufra hambruna, sea posible abrir la reserva a los rebaños de los aldeanos y permitir que los hombres recojan leña. Podan copas y ramas para las reservas de combustible de las líneas de ferrocarril que no funcionan con carbón; calculan los beneficios de sus plantaciones con cifras de cinco decimales; son los médicos y las comadronas de los bosques de inmensas tecas de la Alta Birmania, del caucho de las selvas orientales y de las agallas del sur; y siempre encuentran obstáculos por la falta de fondos. Sin embargo, como el trabajo del

1. Entre 1867 y 1886, los funcionarios que iban a ser destinados al Servicio Forestal de la India debían cursar estudios en la Escuela Nacional de Ingeniería Forestal de Nancy, en Francia. Incluso con posterioridad a 1885, cuando para ofrecer esa formación se inauguró la escuela forestal de Cooper's Hill, cerca de Londres, a los alumnos se les exigía pasar varias semanas en Nancy para complementar sus estudios.

funcionario de Bosques lo aleja de los caminos trillados y los destinos habituales, aprende a cultivar la sabiduría en otras artes, no solo en materia de bosques; aprende a conocer a los habitantes y los sistemas de gobierno de la selva; a vérselas con el tigre, el oso, el leopardo, el perro salvaje y con cualquier clase de cérvido, y no en una o dos ocasiones tras varios días de batida, sino una y otra vez mientras desempeña sus funciones. Pasa muchas horas sobre una silla de montar o dentro de una tienda de campaña —es amigo de los árboles recién plantados, compañero de toscos guardabosques y rastreadores peludos—, hasta que los bosques, que lucen sus cuidados, dejan también su huella en él: entonces deja de cantar las pícaras canciones francesas que aprendió en Nancy y se vuelve silencioso, en armonía con el reino silencioso del sotobosque.

Gisborne, funcionario de Bosques y Selvas, llevaba cuatro años de servicio. Al principio lo adoraba sin más, porque le permitía estar al aire libre a lomos de un caballo y lo investía de autoridad. Después pasó a detestarlo con ganas, tanto que habría regalado el salario de un año a cambio de disfrutar un mes de la vida social que ofrece la India. Superada la crisis, los bosques volvieron a acogerlo, y Gisborne se sentía satisfecho atendiéndolo, excavando y ampliando los cortafuegos, observando la verde nebulosa de su nueva plantación en contraste con el follaje más viejo, dragando el riachuelo obstruido y estando pendiente de la última batalla que libraba el bosque para enviar refuerzos allí donde se rendía y perecía entre la crecida maleza. Un día de calma quemaría esa maleza, y centenares de fieras que tuvieran allí su morada saldrían en pleno día para huir de las pálidas llamas. Más adelante, el bosque ganaría terreno a la tierra negruzca, formando ordenadas hileras de árboles jóvenes, y Gisborne, al contemplarlo, se sentiría satisfecho. Su bungalow, una casita de dos habitaciones con las paredes blancas y el tejado de paja, se encontraba en un extremo del gran *rukh*,[2] con

2. Reserva forestal. (*N. de la T.*)

vistas sobre este. No aspiraba a tener un jardín, pues el *rukh* se extendía hasta su puerta y el matorral de bambú rodeaba la casa, tanto es así que Gisborne salía a caballo desde la galería y se adentraba en él sin necesidad de tomar un camino.

Abdul Gafur, su rechoncho mayordomo musulmán, se encargaba de servirle la comida y pasaba el resto del tiempo chismorreando con el pequeño grupo de criados indígenas cuyas cabañas estaban detrás del bungalow. Había dos mozos de cuadra, un cocinero, un porteador de agua y un barrendero; nadie más. Gisborne limpiaba en persona sus armas de fuego, y no tenía perro. Los perros asustaban a los animales, y al hombre le gustaba poder decir dónde beberían los súbditos de su reino al caer la noche, dónde comerían antes del amanecer y dónde se protegerían del calor del día. Los rastreadores y los guardabosques vivían lejos, en pequeñas cabañas dentro del *rukh*, y solo se dejaban ver cuando alguno resultaba herido por la caída de un árbol o por una fiera salvaje. Así que Gisborne estaba solo.

En primavera el *rukh* apenas brotaba, más bien permanecía seco e indiferente a los dictados del año, aguardando las lluvias. Solo entonces, en la oscuridad de una noche tranquila, se multiplicaban los reclamos y los rugidos: el alboroto de una regia pelea entre tigres, el bramido de los arrogantes ciervos macho o el constante golpeteo de un viejo jabalí, que afila sus colmillos en un tronco. En momentos como aquel, Gisborne dejaba de lado su arma apenas usada, pues para él era pecado matar. En verano, con los violentos calores de mayo, el *rukh* acusaba la calima y Gisborne permanecía al acecho de la primera espiral de humo que delatara un incendio en el bosque. Luego llegaba la lluvia, acompañada de un estruendo, y el *rukh* desaparecía bajo una oleada tras otra de cálida neblina, y durante toda la noche se oía el repiqueteo de los goterones contra las enormes hojas; y el correr del agua, y el crujido del jugoso verdor cuando el viento lo azotaba; y los relámpagos se entrelazaban tras el denso follaje, hasta que el sol conseguía liberarse de nuevo y la cálida periferia del *rukh* ascendía como el humo hacia el cielo recién lavado. Entonces el calor y el frío seco volvían a teñirlo todo de un color como de tigre. Así aprendió Gisborne a conocer su *rukh*, y se sentía muy feliz. Recibía su paga mes tras mes, aunque apenas necesitaba dinero. Los billetes fueron acumulándose en el cajón donde guardaba la correspondencia familiar y la máquina de recargar cartuchos. Si cogía algo era para gastarlo en el Jardín Botánico de Calcuta[3] o para pagar a la viuda de algún guardabosques una suma que el gobierno de la India jamás habría autorizado por la muerte del marido.

Estaba bien pagar, pero la venganza era también necesaria, y Gisborne la llevaba a cabo cuando podía. Una noche como tantas llegó corriendo un mensajero, jadeante y sin aliento, con la noticia de que un guardabosques yacía muerto junto al río Kanye, con la sien destrozada como si fuera una cáscara de huevo. Gisborne partió en busca del asesino al amanecer. Tan solo quienes viajan, y algún que otro joven soldado, tienen fama de grandes cazadores. Los funcionarios de Bosques consideran que el *shikar*[4] forma parte de su trabajo diario, y nadie les oye hablar de ello. Gisborne fue a pie hasta el lugar del asesinato: la viuda lloraba sobre el cadáver, que habían tendido en una camilla, mientras dos o tres hombres examinaban las huellas en la tierra húmeda.

—Ha sido el Rojo —dijo un hombre—. Sabía que acabaría atacando a los humanos, aunque sin duda aún quedan suficientes animales incluso para él. Habrá hecho esto por pura maldad.[5]

---

3. Fundado en 1787 por la Compañía Británica de las Indias Orientales, el Jardín Botánico de Calcuta se convirtió en un centro pionero de investigación botánica y ofrecía orientación sobre silvicultura en la India. También actuaba como distribuidor local de plantas y semillas.

4. Deporte de persecución y caza.

5. «Lujuria de sangre» (*McClure's*).

—El Rojo se esconde en las rocas, más allá del árbol de *sal*[6] —dijo Gisborne, pues conocía al tigre del que sospechaban.

—Ahora no, sahib, ahora no. Andará merodeando ruge que te ruge de acá para allá. Recuerde que cuando se mata por primera vez, no hay dos sin tres. Nuestra sangre los vuelve locos. Puede que ahora mismo lo tengamos detrás.

—Puede que haya ido a la cabaña de al lado —dijo otro hombre—. Está tan solo a cuatro *koss*.[7] Wallah, ¿quién es ese?

Gisborne y los demás se volvieron. Un hombre bajaba por el cauce seco del río, casi desnudo, con un taparrabos y una corona de trepadora convólvulo con campanillas blancas. Avanzaba sobre los pequeños guijarros con tal sigilo que incluso Gisborne, acostumbrado a las silenciosas pisadas de los rastreadores, se sobresaltó.

—El tigre que ha matado —empezó a decir, sin siquiera saludar— ha ido a beber, y ahora duerme bajo una roca, detrás de esa montaña.

Su voz era clara y armoniosa, completamente distinta del habitual tono quejumbroso de los nativos, y su rostro, a la luz del sol, se diría que era el de un ángel perdido por los bosques. La viuda dejó de llorar sobre el cadáver y miró al extraño con los ojos como platos, y a continuación se entregó a su deber con redobladas energías.

—¿Se lo muestro al sahib? —se limitó a responder el hombre.

—Si estás seguro… —empezó a decir Gisborne.

—Desde luego que sí. Lo vi hace solo una hora… a ese perro. Todavía no le toca comer carne humana: aún le queda una docena de dientes sanos en su malévola cabeza.

Los hombres arrodillados junto a las huellas se escabulle-

6. En La India, la madera del árbol de *sal* es muy común y se considera muy valiosa. Además, para los hinduistas y los budistas es un árbol sagrado que asocian a Vishnu y a Buda, respectivamente.

7. Unidad de longitud de la India que equivale aproximadamente a una distancia de entre 1,5 y 5 km, en función de la localidad.

ron con disimulo por miedo a que Gisborne les pidiera que lo acompañaran, y el joven soltó una risita.

—Vamos, sahib —exclamó. Dicho esto, dio media vuelta y echó a andar delante de su compañero.

—No tan deprisa. No puedo seguir ese ritmo —dijo el hombre blanco—. Detente. Tu cara no me suena.

—Es posible. Como quien dice, soy un recién llegado en este bosque.

—¿De qué poblado eres?

—No soy de ningún poblado. Vengo de allá. —Extendió el brazo en dirección al norte.

—¿Eres un vagabundo, entonces?

—No, sahib. Soy un hombre sin casta, y en realidad también sin padre.

—¿Por qué nombre te conocen?

—Mowgli, sahib. ¿Y cuál es el nombre del sahib?

—Soy el responsable de este *rukh*. Mi nombre es Gisborne.

—¿Cómo? ¿Aquí cuentan los árboles y las briznas de hierba?

—Exacto, no vaya a ser que los vagabundos como tú les prendan fuego.

—¡¿Yo?! Yo no haría daño a la selva por nada del mundo. Es mi hogar.

Se volvió hacia Gisborne con una sonrisa a la que era imposible resistirse, y levantó la mano a modo de advertencia.

—Vamos, sahib, debemos avanzar sin hacer demasiado ruido. No hay necesidad de despertar al perro, aunque tiene un sueño bastante profundo. A lo mejor vale más que me adelante yo y lo traiga hasta el sahib siguiendo la dirección el viento.

—¡Por Alá! ¿Desde cuándo los tigres se dejan llevar de acá para allá por hombres desnudos como si fueran ganado? —dijo Gisborne, horrorizado ante el atrevimiento de aquel hombre.

El joven volvió a soltar una risita.

—Mejor dicho, venga conmigo y dispárele a su manera con ese gran rifle inglés.

Gisborne avanzó tras su guía, retorciéndose, arrastrándose y trepando, y encaramándose y sufriendo todos los tormentos que conlleva recorrer la selva. Estaba colorado y empapado en sudor cuando Mowgli por fin le pidió que levantara la cabeza y se asomara por encima de una roca azul abrasada por el sol, cerca de la cual había una pequeñísima laguna. El tigre estaba tumbado tranquilamente junto a la orilla, limpiándose a lametazos su enorme codo y la zarpa delantera. Era viejo, tenía los dientes amarillos y parecía bastante sarnoso.[8] Sin embargo, en aquel escenario y a plena luz de día resultaba imponente.

Gisborne no albergaba grandes esperanzas de divertirse, tratándose del devorador de hombres. Lo que tenía delante era un mal bicho, y había que matarlo cuanto antes. Esperó hasta recuperar el aliento, apoyó el rifle en la roca y silbó. La fiera giró la cabeza poco a poco, a menos de seis metros de la boca del rifle, y Gisborne le metió dos balazos, con profesionalidad, uno detrás del hombro y el otro justo debajo del ojo. A esa distancia, los fuertes huesos no protegían de las balas desgarradoras.

8. La creencia de que los tigres podían contraer sarna, o enfermar, como consecuencia de comer carne humana estaba muy extendida en la época. Como decía Frederick Marryat en su obra *The Mission, or Scenes in Africa* (1845; London, George Bell & Sons, 1895), «aunque parezca extraño, se ve que la carne humana no resulta del todo saludable [para los tigres]; por lo visto, su piel se ve afectada por la sarna cuando únicamente se alimentan de este tipo de carne. He disparado a un "come-hombres" desde el lomo de un elefante y he visto que no merecía la pena arrancarle la piel».

No obstante, también solía atribuirse la sarna a los tigres que comían carne humana solo por su avanzada edad, e incluso algunas personas rechazaban la creencia popular de que los tigres que comían carne humana contraían siempre la sarna. Según el escritor naturalista Robert Armitage Sterndale, «los tigres de edad avanzada que padecen sarna suelen ir con los que comen carne humana porque les resultan presa fácil, pero yo he visto a muchos tigres que se alimentan de carne humana luciendo un pelo muy brillante. En la carne humana *per se* no hay nada que provoque sarna ni ninguna otra enfermedad» (*Seonee or Camp Life on the Saptura Range, 1877*).

—Bueno, no merecía la pena conservar la piel —comentó, mientras el humo se disipaba y la fiera, tumbada, agitaba las patas y resollaba en su agonía final.

—Una muerte de perro para un perro —dijo Mowgli en voz baja—. Pues no, no vale la pena llevarse nada de esa carroña.

—Los bigotes. ¿No vas a llevártelos? —preguntó Gisborne, pues sabía que los rastreadores del bosque valoraban esa clase de cosas.

—¿Yo? ¿Acaso soy un *shikari*[9] piojoso para andar jugueteando con el hocico de un tigre? Déjelo donde está. Ahí vienen ya sus amigos.

Un milano descendió lanzando un estridente silbido cuando Gisborne sacó los cartuchos vacíos y se enjugó la cara.

—Pues si no eres un *shikari*, ¿dónde has aprendido tantas cosas de los tigres? —preguntó—. Un rastreador no lo habría hecho mejor que tú.

—Odio a todos los tigres —le espetó Mowgli—. Permítame el sahib que le lleve el rifle. Es un arma estupenda. ¿Adónde irá el sahib ahora?

—A mi casa.

—¿Puedo acompañarle? Todavía no he visto nunca la casa de un hombre blanco por dentro.

Gisborne regresó a su bungalow. Mowgli iba delante, avanzando a buen paso sin hacer ruido, y su piel morena brillaba bajo el sol.

Observó con curiosidad la galería y las dos sillas que había en ella, palpó con recelo las persianas de bambú y entró, sin dejar de mirar atrás. Para evitar que se colara el sol, Gisborne soltó una persiana, que cayó con estrépito. Y aún no había tocado el enlosado de la galería cuando Mowgli ya se había alejado de un salto y estaba plantado al aire libre con la respiración agitada.

—¡Es una trampa! —dijo con atropello.

9. Cazador.

Gisborne se echó a reír.

—Los hombres blancos no ponen trampas a los hombres. Está muy claro que perteneces a la selva de la cabeza a los pies.

—Ya veo —dijo Mowgli—: ni te quedas atrapado ni te caes. Nunca había visto nada igual.

Entró de puntillas, y abrió mucho los ojos al ver los muebles de las dos habitaciones. Abdul Gafur, que estaba sirviendo la comida, lo miró con profunda aversión.

—¡Cuánto trabajo para comer, y cuánto trabajo para tumbarse después de comer! —dijo Mowgli con una sonrisa—. En la selva nos apañamos mejor. Esto es una maravilla. Aquí hay un montón de cosas que cuestan mucho dinero. ¿No tiene miedo el sahib de que le roben? Nunca había visto cosas tan maravillosas. —Se había quedado mirando una polvorienta bandeja de bronce de Benarés que estaba sobre una repisa destartalada.

—Solo un ladrón de la selva robaría aquí —dijo Abdul Gafur haciendo ruido al colocar un plato. Mowgli abrió bien los ojos y observó al musulmán barbiblanco.

—En mi tierra, cuando las cabras balan muy fuerte les cortamos el cuello —repuso tan fresco—. Pero no tengas miedo, ya me voy.

Dio media vuelta y se adentró en el *rukh*. Gisborne lo siguió con la mirada y soltó una carcajada que culminó con un pequeño suspiro. Al funcionario de Bosques no le interesaban demasiadas cosas, aparte del trabajo cotidiano, y ese hijo de la selva, que parecía conocer a los tigres como algunas personas conocen a los perros, habría supuesto una diversión.

«Es un chico excepcional —pensó Gisborne—. Es como las ilustraciones del *Diccionario clásico*. Ojalá se hubiera quedado para ser mi porteador de armas. No tiene gracia cazar solo, y ese chico habría sido un *shikari* perfecto. Me gustaría saber a qué se dedica.»

Aquella noche Gisborne se sentó en la galería bajo las estrellas, a fumar mientras pensaba. De la cazoleta de la pipa salió una nube de humo y formó una voluta. Cuando se disipó, Gisborne vio a Mowgli sentado en el borde de la galería con los brazos cruzados. Un fantasma no habría aparecido de forma más silenciosa. Del susto, Gisborne dejó caer la pipa.

—Ahí fuera, en el *rukh*, no hay nadie con quien hablar —dijo Mowgli—. Por eso he venido.

Recogió la pipa y se la devolvió a Gisborne.

—Vaya —exclamó Gisborne, y tras una larga pausa añadió—: ¿Qué hay de nuevo en el *rukh*? ¿Has encontrado otro tigre?

—Los *nilghais* están cambiando de pastos con la luna nueva, como es su costumbre. Los jabalíes buscan alimento cerca del río Kanye porque no irán a comer con los *nilghais*; y un leopardo ha matado a una puerca en el nacimiento del río, donde crecen las hierbas altas. No sé nada más.

—¿Y cómo sabes todas esas cosas? —dijo Gisborne, inclinándose hacia delante para mirar aquellos ojos que brillaban a la luz de las estrellas.

—¿Cómo no iba a saberlas? Los *nilghais* tienen sus costumbres, y hasta un niño sabe que los jabalíes no comen con ellos.

—Pues yo no lo sabía —dijo Gisborne.

—Mmm… ¿Y se ocupa usted de todo este *rukh*, como dicen los hombres de las cabañas?

Mowgli soltó una risita.

—Eso de andar contando historias está muy bien —repuso Gisborne, molesto por la risita—. Puedes decir que en el *rukh* pasa esto y lo otro porque no hay nadie para negarlo.

—Pues mañana le enseñaré el esqueleto de la puerca muerta —contestó Mowgli sin inmutarse—. Y si el sahib me espera aquí sentado en silencio, le traeré un *nilghai*, y si escucha con atención, el sahib sabrá de dónde viene.

—Mowgli, la selva te ha vuelto loco —dijo Gisborne—. ¿Quién sería capaz de guiar un *nilghai* a su antojo?

—¡Silencio! Quédese ahí en silencio. Me voy.

—¡Caray! ¡Este chico es un fantasma! —exclamó Gisborne,

pues Mowgli había desaparecido en la oscuridad y no se oían sus pasos.

El *rukh* se extendía formando grandes pliegues de terciopelo bajo el brillo trémulo de las estrellas; tal era la quietud que el más mínimo soplo de viento entre las copas de los árboles sonaba como el suspiro de un niño que duerme plácidamente. Abdul Gafur estaba apilando platos en la cocina.

—¡Silencio! —gritó Gisborne, y se dispuso a escuchar como sabe hacerlo un hombre acostumbrado a la quietud del *rukh*.

Había adoptado el hábito, para conservar la dignidad en aquel aislamiento suyo, de arreglarse todas las noches para cenar, y la pechera almidonada de la camisa blanca crujía al ritmo de su respiración regular hasta que se colocó un poco de lado. Entonces se oyó el rumor del tabaco de la pipa, que se había obstruido, y Gisborne la apartó. Ahora el mutismo del *rukh* era absoluto, salvo por la brisa nocturna.

Desde una distancia inconcebible, prolongándose a través de la inconmensurable oscuridad, llegó el eco debilísimo del aullido de un lobo. Luego, otra vez silencio durante lo que parecieron horas y horas. Por fin, cuando Gisborne ya no notaba las piernas de las rodillas para abajo, oyó algo, tal vez un susurro lejano entre el sotobosque. Vaciló hasta que el sonido se repitió una vez y otra más.

—Viene del oeste —masculló—. Algo anda por ahí.

El ruido aumentó —chasquido tras chasquido, golpe tras golpe—, y se le sumaron los mugidos broncos de un *nilghai* presuroso, que huía aterrado sin fijarse por dónde pasaba.

Una sombra emergió entre los troncos de los árboles, se volvió de espaldas, dio otra vez media vuelta con un mugido y tras patear la tierra desnuda, pasó volando casi al alcance de su mano. Era un *nilghai* macho, empapado de rocío; del lomo le colgaba el tallo arrancado de una trepadora y sus ojos brillaban bajo la luz procedente de la casa. La criatura se asustó al ver al hombre y huyó bordeando el *rukh* hasta desvanecerse en la oscuridad. Lo primero que acudió a la perpleja mente de Gisborne fue lo indecente que era hacer salir al gran Macho Azul del *rukh* tan solo para una inspección, perseguirlo en una noche que debería haber pasado a sus anchas.

Entonces, mientras permanecía allí plantado observando, una voz melodiosa le habló al oído:

—Ha venido desde el nacimiento del río, adonde guiaba a la manada. Del oeste. ¿Me cree el sahib ahora o quiere que le traiga toda la manada para que la cuente? El sahib es el responsable de este *rukh*.

Mowgli había vuelto a sentarse en la galería y su respiración era algo agitada. Gisborne lo miró boquiabierto.

—¿Cómo te las has arreglado? —preguntó.

—El sahib ya lo ha visto. El *nilghai* se ha dejado guiar… guiar como un búfalo. ¡Ja, ja! Cuando vuelva con la manada, tendrá una historia interesante que contar.

—Para mí esto es nuevo. ¿O sea que puedes correr tanto como un *nilghai*?

—El sahib ya lo ha visto. Si en algún momento necesita saber más cosas acerca de los movimientos de los animales, aquí está Mowgli. Este es un buen *rukh*. Me quedaré aquí.

—Sí, quédate. Y si en algún momento necesitas comida, mis sirvientes te la darán.

—Claro. Me encanta la comida caliente —se apresuró a responder Mowgli—. Nadie puede decir que no como carne hervida y asada como cualquiera. Vendré a comer. Ahora, por lo que a mí respecta, prometo al sahib que estará a salvo en esta casa por la noche, y que ningún ladrón entrará para llevarse esos tesoros suyos que cuestan tanto dinero.

La conversación cesó con la repentina marcha de Mowgli. Gisborne se quedó un buen rato pensando y fumando, y llegó a la conclusión de que en Mowgli había encontrado por fin al rastreador y guardabosques ideal que tanto él como el resto del departamento buscaban desde siempre.

—Tengo que encontrar la manera de introducirlo en el

servicio oficial. Un hombre capaz de guiar a un *nilghai* sabe más cosas del *rukh* que cincuenta funcionarios. Es un portento, un *lusus naturae*,[10] y será guardabosques si consigo que se establezca en un sitio —dijo Gisborne.

La opinión de Abdul Gafur no era tan favorable. A la hora de acostarse le dijo en confianza a Gisborne que era muy probable que un extranjero procedente de Dios sabe dónde fuera un ladrón profesional, y que a él personalmente le disgustaban los parias que andaban desnudos y no sabían dirigirse correctamente a los blancos. Gisborne se echó a reír y le pidió que se retirara a sus dependencias. Abdul Gafur obedeció a regañadientes. Entrada la noche, halló un momento oportuno para levantarse y dar unos azotes a su hija de trece años. Nadie sabía las razones de la reprimenda, pero Gisborne oyó los gritos.

Durante los días siguientes, Mowgli iba y venía como una sombra. Se había instalado, junto con sus selváticas pertenencias, cerca del bungalow aunque en los límites del *rukh*, donde Gisborne, cuando salía a la galería para aspirar una bocanada de aire fresco, lo veía a veces sentado a la luz de la luna, con la frente apoyada en las rodillas, o tumbado sobre una rama, pegado a ella como un animal nocturno. Desde allí, Mowgli le enviaba un saludo y le deseaba felices sueños, o bajaba al suelo y relataba historias maravillosas sobre el comportamiento de los animales del *rukh*. Una vez entró en los establos, y lo encontraron examinando los caballos con gran interés.

—Eso es señal de que algún día robará uno —dijo Abdul Gafur con malicia—. ¿Por qué no se busca un trabajo decente, ya que vive tan cerca de la casa? No, claro, tiene que dedicarse a deambular arriba y abajo como un camello extraviado, calentándoles la cabeza a los tontos y dejando boquiabiertos a los insensatos.

10. Un fenómeno de la naturaleza. El término en latín significa «juego o entretenimiento de la naturaleza».

Así que Abdul Gafur hablaba muy mal a Mowgli cuando se encontraban; le ordenaba que fuera a por agua y que desplumara las aves, y Mowgli obedecía, riendo sin inmutarse.

—No tiene casta —decía Abdul Gafur—. Es capaz de cualquier cosa. No baje la guardia, sahib, no sea que el chico se exceda. Una serpiente es una serpiente, y un vagabundo de la selva es un ladrón hasta la muerte.

—Cállate —dijo Gisborne—. Te permito que te ocupes de corregir a los tuyos si no provocas excesivo alboroto, porque conozco tus usos y costumbres. Las mías tú no las conoces. El chico, desde luego, está un poco loco.

—Si solo fuera un poco… —dijo Abdul Gafur—. Pero ya veremos lo que pasa.

Al cabo de varios días, el deber obligó a Gisborne a permanecer en el *rukh* durante tres días. Abdul Gafur se quedó en la casa, pues era viejo y gordo, y no le gustaba alojarse en las cabañas de los rastreadores; más bien prefería, en nombre de su amo, recaudar grano, aceite y leche de quienes apenas podían permitirse tales bendiciones. Gisborne partió un día de madrugada, un poco desconcertado porque el joven de los bosques no había acudido a su puerta para acompañarlo. Le caía bien; le gustaban su fuerza, su agilidad y sus pasos sigilosos, su amplia sonrisa fácil, su ignorancia en lo referente a todo tipo de saludos y ceremonias, y sus cuentos infantiles (a los que Gisborne había empezado a dar crédito) sobre cómo cazaban los animales en el *rukh*. Tras cabalgar durante una hora a través de la vegetación, oyó detrás un susurro de hojas. Mowgli trotaba junto a su estribo.

—Tenemos trabajo para tres días con los árboles nuevos —anunció Gisborne.

—Bien —dijo Mowgli—. Siempre va bien cuidar a los árboles jóvenes. Sirven para esconderse, siempre y cuando las fieras los dejen tranquilos. Tenemos que sacar de allí otra vez a los jabalíes.

—¿Cómo que otra vez? —Gisborne sonrió.

—Ah, ayer por la noche estaban escarbando y afilándose los colmillos en los *sal* jóvenes. Los ahuyenté. Por eso esta mañana no he ido a su casa. Los jabalíes no pintan nada en este lado del *rukh*. Debemos confinarlos más allá de las fuentes del río Kanye.

—Tal vez podría hacerlo un hombre capaz de ahuyentar las nubes; pero, Mowgli, si como dices eres el pastor del *rukh* y no pides dinero ni nada a cambio…

—Es el *rukh* del sahib —dijo Mowgli, buscando rápidamente su mirada.

Gisborne asintió en señal de agradecimiento y prosiguió.

—¿No preferirías trabajar para el gobierno a cambio de un sueldo? Cuando llevas mucho tiempo en el servicio, cobras una pensión.

—Ah, ya lo he pensado —dijo Mowgli—. Pero los rastreadores viven en cabañas con puertas cerradas, y para mí eso es como estar atrapado. Aun así lo pensaré y…

—Pues piénsalo bien y ya me responderás luego. Ahora nos pararemos aquí a desayunar.

Gisborne bajó del caballo, sacó su comida matinal de las toscas alforjas hechas a mano y observó que el día se iba despejando sobre el *rukh*. Mowgli se tumbó a su lado sobre la hierba, mirando al cielo.

Al cabo de un momento musitó con pereza:

—Sahib, ¿en el bungalow tienen órdenes de sacar la yegua blanca hoy?

—No. Está gorda y vieja, y además cojea un poco. ¿Por qué?

—Alguien cabalga sobre ella, y no despacio, por el camino que lleva a la línea de ferrocarril.

—Bah, eso está a dos *koss*. Será un pájaro carpintero.

Mowgli levantó el brazo para protegerse la vista del sol.

—El camino se adentra trazando una gran curva desde el bungalow. No hay más de un *koss*, como mucho, a la velocidad de un milano; y el sonido vuela con los pájaros. ¿Lo comprobamos?

—¡Qué tontería! Recorrer un *koss* con este sol para comprobar de dónde viene un ruido del bosque.

—Ya, pero es la yegua del sahib. Solo quiero traerla aquí. Si no es la yegua del sahib, no pasa nada. Si lo es, el sahib puede hacer lo que quiera. Cabalgan con ganas, no hay duda.

—¿Y cómo piensas traerla hasta aquí, loco?

—¿Se le ha olvidado al sahib? De la misma forma que al *nilghai*, ni más ni menos.

—Pues arriba, y corre, si tanto interés tienes.

—¡Ah, no! ¡Yo no corro!

Extendió la mano para pedir silencio, y sin incorporarse siquiera gritó tres veces, emitiendo un sonido vibrante y gutural que Gisborne no conocía.

—Vendrá ella —dijo al fin—. Nosotros esperaremos a la sombra.

Las largas pestañas se cerraron sobre aquellos ojos selváticos cuando Mowgli empezó a adormilarse bajo el silencio de la mañana. Gisborne aguardó con paciencia: no cabía duda de que Mowgli estaba loco, pero era el compañero más divertido que un solitario funcionario de Bosques pudiera desear.

—¡Ja, ja! —rió Mowgli perezosamente, con los ojos cerrados—. Se ha caído. Bueno, primero vendrá la yegua y luego el hombre.

Y bostezó en el momento en que el semental de Gisborne relinchaba. Tres minutos más tarde, la yegua blanca, ensillada y embridada pero sin jinete, irrumpió en el claro donde estaban descansando y corrió al lado de su compañero.

—No ha pasado mucho calor —dijo Mowgli—, aunque con este calor se suda enseguida. Ahora veremos al jinete, pues un hombre va más despacio que un caballo, sobre todo si es gordo y viejo.

—¡Por Alá! ¡Esto es cosa del demonio! —gritó Gisborne levantándose de un salto, tras oír un grito en la selva.

—Descuide, sahib. No le harán daño. También a él le parecerá cosa del demonio. ¡Ah! ¡Escuche! ¿Quién es ese?

Era la voz de Abdul Gafur, que gritaba aterrorizado, profiriendo súplicas a seres desconocidos para que se apiadaran de él y de sus cabellos blancos.

—Por favor, no puedo dar ni un paso más —chilló—. Soy viejo, y he perdido el turbante. ¡Arre! ¡Arre! Bueno, ya voy. Ya me doy prisa. ¡Ya corro! ¡Ah, diablos del averno, soy un buen musulmán!

El sotobosque se abrió y apareció Abdul Gafur, sin turbante, sin zapatos, con un puñado de barro y hierba en cada mano, con la faja colgando y el rostro colorado. Cuando vio a Gisborne, soltó un grito y cayó de bruces a sus pies, exhausto y tembloroso. Mowgli lo observaba con una dulce sonrisa.

—Esto no es una broma —lo reprendió Gisborne con dureza—. Este hombre está a punto de morir, Mowgli.

—No se morirá. Solo está asustado. No tenía por qué haber hecho todo ese camino.

Abdul Gafur se levantó con un gruñido; le temblaba todo.

—Es cosa de brujas. ¡De brujas y de demonios! —sollozó y hurgó con la mano en su pecho—. Por mi pecado el demonio me ha arrastrado por los bosques. Pero se acabó. Estoy arrepentido. ¡Lléveselos, sahib! —Le tendió un rollo de papel sucio.

—¿Qué significa esto, Abdul Gafur? —dijo Gisborne, que ya sabía lo que ocurriría a continuación.

—¡Lléveme a la *jail-khana*![11] Aquí están todos los billetes, pero enciérreme bien para que no me sigan los demonios. He pecado contra el sahib y contra la sal que me ha dado de comer; y de no haber sido por esos malditos demonios de los bosques, habría comprado un pedazo de tierra lejos de aquí y viviría en paz el resto de mis días.

Golpeó repetidamente la cabeza contra el suelo, agonizando de desesperación, mortificándose. Gisborne dio varias vueltas al rollo de billetes. Era el salario acumulado durante

11. Cárcel.

los últimos nueve meses, el rollo que guardaba en el cajón junto con la correspondencia familiar y la máquina de recargar cartuchos. Mowgli observó a Abdul Gafur, riendo para sus adentros.

—No tengo necesidad de volver a montar ese caballo. Regresaré a casa caminando con el sahib, y luego podrá mandarme bajo vigilancia a la *jail-khana*. El gobierno impone muchos años por este delito —dijo el mayordomo con gesto avinagrado.

La soledad del *rukh* afecta a muchas ideas en relación con muchas cosas. Gisborne se quedó mirando a Abdul Gafur, recordando que era un buen criado, y que un mayordomo nuevo tendría que aprender todas las costumbres de la casa desde buen principio, y en el mejor de los casos eso implicaría un rostro nuevo y una lengua nueva.

—Escucha, Abdul Gafur —empezó a decir—, has obrado muy mal, y ya has perdido tu *izzat*[12] y tu reputación. Pero creo que has actuado por impulso.

—¡Por Alá! ¡Jamás había deseado esos billetes! El diablo me tenía cogido por el cuello mientras los miraba.

—Eso también lo creo. Regresa, pues, a mi casa, y cuando yo llegue mandaré que lleven los billetes al banco, y no se hablará más de esto. Eres demasiado viejo para ir a la *jail-khana*. Además, tu familia no tiene la culpa.

A modo de respuesta, Abdul Gafur emitió un sollozo entre las botas de montar de piel de vaca de Gisborne.

—Entonces… ¿no me despedirá? —Tragó saliva.

—Eso ya lo veremos. Depende de cómo te comportes a la vuelta. Móntate en la yegua y cabalga despacio.

—Pero… ¡¿y los demonios?! El *rukh* está lleno de demonios.

—No pasa nada, padre mío. No te harán ningún daño, a menos, claro, que no obedezcas las órdenes del sahib —dijo

12. Honor propio y de la familia; una parte importante del código cultural de la comunidad musulmana de la India.

Mowgli—. De ser así, puede que por ventura te lleven a casa…
por el camino de los *nilghais*.

Abdul Gafur se quedó boquiabierto mirando a Mowgli
mientras se apresuraba a enrollarse la faja.

—¿Son suyos los demonios? ¡Suyos! ¡Y yo que había pensado volver y echarle la culpa a este brujo…!

—Eso está muy bien, *Huzrut*,[13] pero antes de preparar una
trampa hay que comprobar el tamaño del animal que ha de caer
en ella. Yo creía tan solo que un hombre se había llevado uno de
los caballos del sahib. No sabía que pretendías convertirme
en un ladrón a ojos del sahib, sino mis demonios te habrían
arrastrado hasta aquí por los tobillos. Aunque aún no es demasiado tarde.

Mowgli lanzó a Gisborne una mirada inquisitiva, pero
Abdul Gafur avanzó tambaleándose y con prisas hasta la yegua
blanca, montó como pudo y se marchó; dejando en el sendero
una estela de ecos y crujidos.

—No ha estado mal —dijo Mowgli—, pero volverá a caerse si no se agarra a la crin.

—Es hora de que me expliques de qué va todo eso —dijo
Gisborne con cierta severidad—. ¿Qué es eso de los demonios?
¿Cómo es posible llevar a los hombres de acá para allá por el
rukh como si fueran ganado? Responde.

—¿Está enfadado el sahib porque he salvado su dinero?

—No, pero aquí hay trampa y no me hace gracia.

—Muy bien. Pues si ahora me levanto y doy tres pasos
hacia el *rukh*, nadie, ni siquiera el sahib, podrá encontrarme
hasta que yo lo decida. Pero al igual que no quiero hacer eso,
tampoco quiero contestar. Tenga un poco de paciencia, sahib,
y algún día se lo enseñaré todo; si quiere, algún día guiaremos
juntos al ciervo. Los demonios no tienen nada que ver con todo
esto. Solo es que… conozco el *rukh* como conoce un hombre
la cocina de su casa.

13. Del árabe *huzur*, «su alteza».

Mowgli hablaba como si lo hiciera con un chiquillo impaciente. Gisborne, confuso, desconcertado y muy enfadado, no dijo nada, pero se quedó mirando al suelo, pensativo. Cuando levantó la vista, el joven de los bosques se había ido.

—No está bien que los amigos se enfaden —dijo una voz serena desde la maleza—. Espere hasta esta noche, sahib, cuando refresque.

Gisborne, a solas consigo mismo, abandonado en el corazón del *rukh* —por decirlo de algún modo—, empezó a maldecir, y luego soltó una carcajada, montó en el caballo y siguió su camino. Visitó la cabaña de un rastreador, supervisó un par de plantaciones nuevas, dio unas órdenes relativas a prender fuego a una zona donde la hierba se había secado y se dispuso a buscar un sitio donde acampar a su gusto, con trozos de roca apilados y cubierto de ramas y hojas, no muy lejos de la ribera del Kanye. Se había puesto el sol cuando avistó su lugar de descanso, y el *rukh* despertaba a la voraz y sigilosa vida nocturna.

En el altozano oscilaba la llama de una hoguera, y con el viento llegaba el aroma de una sabrosa cena.

«Mmm… —pensó Gisborne—, seguro que es mejor que la carne fría. Claro que el único hombre que es probable que esté aquí es Muller, y oficialmente debería estar cuidando del *rukh* de Changamanga.[14] Imagino que por eso está en mis terrenos.»

El alemán gigantón que estaba al frente de Bosques y Selvas de toda la India, mandamás de los rastreadores desde Birmania hasta Bombay[15], tenía por costumbre andar revolotean-

14. El bosque de creación humana más antiguo y más extenso de la India, unos ochenta kilómetros al suroeste de Lahore, cuya forestación comenzó en 1866. Berthold Ribbentrop (véase la nota siguiente) fue el encargado de trazar un plan de trabajo para forestar Changa Manga.

15. Se dice que Muller está inspirado en Berthold Ribbentrop, un ingeniero forestal alemán que ingresó en el Servicio Forestal de la India en 1866 y que ocupó el puesto de inspector general de bosques del gobierno de la India entre 1889 y 1900. Es el autor de *Hints on Arboriculture in the Panjab*

do de aquí para allá cual murciélago sin previo aviso, y dejarse caer precisamente donde menos lo esperaban. Tenía la teoría de que las visitas por sorpresa, el descubrimiento de deficiencias y las reprimendas de viva voz a un subordinado funcionaban infinitamente mejor que los lentos canales de la correspondencia, que podían acabar en una amonestación oficial, algo que al cabo de los años supondría, tal vez, una mácula en el expediente de un funcionario de Bosques. Tal como él explicaba: «Si me *dirrrijo* a mis muchachos como si fuera su tío holandés, ellos *dirrrán* "es solo ese pesado de Muller", y la próxima vez se *portarrrán* mejor. Pero si mi ayudante, el muy tonto, *escrrribe* y dice que Muller, el inspector general, no lo entiende y está muy enfadado… *Prrrimero*, no hacemos nada porque yo no estoy allí, y segundo, el bobo de mi sucesor podría decirles a mejores chicos: "Mi *prrredecesor* os ha echado una *brrronca*". Y ya os digo yo que ningún sermón de un pez gordo hace *crrrecer* los árboles».

La voz profunda de Muller procedía de la oscuridad, de detrás de la hoguera, pues allí estaba él, encorvado sobre su cocinero favorito.

—¡No te pases con la salsa, hijo de Belial! La salsa *Worrrcester* es un condimento y no una bebida. Ah, Gisborne, va a asistir a una cena muy mala. ¿Dónde tiene el campamento? —Se levantó para estrecharle la mano.

—El campamento soy yo, señor —dijo Gisborne—. No sabía que estaba por aquí.

Muller contempló la esbelta figura del joven.

(1873) y de *Forestry in British India* (1900). Según una entrevista que Ribbentrop concedió a un periódico, *The San Francisco Call*, el 8 de septiembre de 1895, tenía una estrecha relación con el padre de Kipling y conoció al autor cuando trabajaba de periodista en Lahore. También menciona que Kipling lo llamaba «el gigante que manda en los bosques de la India». Se ha sugerido que el nombre «Muller» podría hacer referencia al eminente filólogo alemán Friedrich Max Müller (1823-1900), famoso por sus trabajos sobre religión comparada.

—¡Bien! ¡Eso está muy bien! Un caballo y comida *frrría*. Cuando yo era joven mi campamento también era así. Bueno, cenará conmigo. El mes pasado fui a las oficinas *centrrrales* para escribir un informe. Escribí la mitad, je, je; y el resto se lo dejé a mis ayudantes y vine a dar una vuelta por aquí. El gobierno va como loco *detrrrás* de los informes. Se lo dije al virrey en Simla.

Gisborne soltó una risita al recordar las muchas historias que se contaban sobre los problemas de Muller con el gobierno supremo. En todas las oficinas tenía licencia para hacer y deshacer, pues como funcionario de Bosques no tenía parangón.

—Mire, Gisborne, si lo encuentro sentado en su bungalow *escrrribiéndome* informes sobre las plantaciones en vez de montarse en su caballo para ir a verlas, le *mandarrré* al centro del desierto de Bikanir[16] a repoblarlo de árboles. Estoy cansado de tanto informe y tanto papel mojado cuando se tendría que estar *trrrabajando*.

—No hay peligro de que yo pierda mucho el tiempo con los informes anuales. Los detesto tanto como usted, señor.

Llegados a ese punto, la conversación pasó a abordar temas profesionales. Muller hizo algunas preguntas, y Gisborne acató órdenes y recibió consejos, hasta que la cena estuvo lista. Era la comida más civilizada que Gisborne había probado en meses. Al cocinero de Muller no se le permitía que la distancia, por lejana que fuera la procedencia de las provisiones, entorpeciera su trabajo; y ese despliegue de manjares en plena naturaleza salvaje empezó con unos pescaditos de agua dulce picantes, y terminó con café y coñac.

—¡Ah! —exclamó Muller cuando acabó, suspirando satisfecho mientras encendía un puro y se recostaba en su desgastada hamaca—. Cuando redacto informes soy *librrrepensador*

16. Bikanir (o Bikaner), una región del noroeste de Rajastán, forma parte del Gran Desierto de la India o desierto del Thar.

y ateo, pero aquí, en el *rukh*, soy algo más que cristiano. También soy pagano.

Se colocó el extremo del puro bajo la lengua haciéndolo rodar con deleite, posó las manos sobre las rodillas, y fijó la mirada en el lóbrego y cambiante corazón del *rukh*, lleno de ruidos furtivos: los chasquidos de las ramas, como los del fuego que tenía detrás; el susurro y el crujido de un tallo combado por el calor que con el fresco de la noche recobraba su forma erecta; el incesante murmullo del río Kanye, y el susurro de la poblada hierba de las tierras altas, más allá de la ondulación de un monte, donde no alcanzaba la vista. Exhaló una densa bocanada de humo y empezó a citar a Heine para sí.

—Sí, es muy bueno. Muy bueno. «Sí, yo *obrrro* milagros, y sabe Dios que ocurren de verdad.» Recuerdo cuando el *rukh* no era más alto que tu rodilla, desde aquí hasta las tierras de cultivo, y durante la sequía el ganado comía huesos de ganado que yacía muerto aquí y allá. Ahora vuelve a haber árboles. Los plantó un *librrrepensador*, porque sabía que las causas tienen su efecto. Pero los árboles dan culto a sus propios dioses de siempre... «Y lloran los dioses *crrristianos*.»[17] No pueden vivir en el *rukh*, Gisborne.

Una sombra se movió en una de las sendas de caballos; se movió y salió a la luz de las estrellas.

---

17. Referencia al poema «Almansor», que el autor alemán Heinrich Heine escribió en 1827 y que está incluido en el *Libro de las canciones* (Orense, Linteo, 2009). Es la última estrofa del poema, en la cual Almansor, un musulmán converso, tiene un sueño en que la catedral de Córdoba, la antigua Gran Mezquita de los años de apogeo de la dominación islámica de España, que todavía conserva inscripciones del Corán, se viene abajo de forma dramática porque no puede soportar más el yugo del cristianismo. De ese modo el poema da voz a la fuerza de las religiones no cristianas, reprimidas hasta la fecha por los poderes europeos.

—He dicho la verdad. ¡Silencio! Aquí tenemos a un fauno[18] que viene a ver a su inspector general. *Himmel!*[19]¡Pero si es el dios! ¡*Mirrre*!

Era Mowgli, con su corona de campanillas blancas y una rama medio pelada a modo de cayado; Mowgli, que no se fiaba nada del fuego y estaba preparado para volver volando a la espesura a la menor señal de alarma.

—Es mi amigo —dijo Gisborne—. Me está buscando. ¡Eh, Mowgli!

Muller apenas había ahogado un suspiro cuando el chico ya estaba junto a Gisborne, gritando:

—He hecho mal en irme. He hecho mal. Pero entonces no sabía que la compañera del que matamos en la orilla del río estaba despierta buscando al sahib. Si no, no me habría ido. Sahib, ella le ha seguido la pista desde los montes más alejados.

—Está un poco loco —dijo Gisborne—, y habla de todos los animales de por aquí como si fueran sus amigos.

—Claro, claro… Si no los conoce el fauno, ¿quién va a conocerlos? —dijo Muller con gravedad—. ¿Qué dice de los *tigrrres* este dios que le conoce tan bien a usted?

Gisborne volvió a encender su puro, que se consumió hasta alcanzarle el bigote antes de que hubiera acabado de relatar la historia de Mowgli y sus proezas. Muller escuchó sin interrumpir.

—Eso no es *locurrra* —dijo por fin cuando Gisborne le hubo descrito lo ocurrido con Abdul Gafur—. Eso no es *locurrra* para nada.

—¿Qué es, pues? Esta mañana me ha dejado plantado por preguntarle cómo lo había hecho. Creo que ese chico está poseído o algo así.

18. Dios romano de los bosques y protector de los rebaños, cuyo equivalente griego es Pan. Suele representarse con cuernos y patas de cabra, y muchas veces toca la flauta.

19. «¡Cielos!», en alemán. *(N. de la T.)*

—No, no está poseído, más bien es una *marrravilla*. Suelen morir jóvenes, esos chicos. ¿Y dice que ese criado *ladrrrón* no sabía qué guiaba a su yegua? Y, desde luego, el *nilghai* no pudo hablar...

—No, pero... ¡Maldita sea! Allí no había nada. Presté atención, y tengo buen oído. El macho y el hombre llegaron a toda prisa... aterrorizados.

A modo de respuesta, Muller miró a Mowgli de pies a cabeza, luego le hizo señas para que se acercara. El joven se acercó como un cervatillo que anda con pies de plomo por un camino peligroso.

—No hay *peligrrro* —dijo Muller en la lengua vernácula—. Muéstrame un *brrrazo*.

Deslizó la mano hasta llegar al codo, lo palpó y asintió.

—Me lo imaginaba. *Ahorrra* la rodilla.

Gisborne vio que palpaba la rótula la y sonrió. Dos o tres cicatrices blancas justo encima del tobillo captaron su atención.

—¿Son de cuando *errras* muy joven? —preguntó Muller.

—Sí —respondió Mowgli con una sonrisa—. Son muestras de cariño de los más pequeños. —Entonces se volvió hacia Gisborne—. Este sahib lo sabe todo. ¿Quién es?

—Eso te lo *explicarré* después, amigo. A ver, ¿dónde están esos que dices?

Mowgli trazó un círculo con la mano alrededor de su cabeza.

—¡*Clarrro*! ¿Y sabes guiar a los *nilghais*? ¡*Mirrrá*! Ahí está mi yegua, atada a las estacas. ¿Puedes *hacerrr* que venga aquí sin asustarla?

—¿Que si puedo hacer que la yegua venga hasta el sahib sin asustarla? —repitió Mowgli, elevando el tono de voz—. Es muy fácil si las cuerdas de las patas están sueltas.

—¡Suéltale la cabeza y las patas! —gritó Muller al mozo, que apenas había soltado las cuerdas cuando la yegua, un ejemplar australiano de color negro, levantó la cabeza e irguió las orejas.

—¡Cuidado! No *quierrro* que se pierda en el *rukh* —advirtió Muller.

Mowgli permanecía en silencio, frente al fuego: era la viva estampa de ese dios griego que las novelas se recrean tanto describiendo. La yegua relinchó, levantó una pata trasera, notó que las cuerdas estaban sueltas y trotó hacia su amo, en cuyo pecho posó la cabeza, algo sudorosa.

—Ha venido sola. ¡Mis caballos también lo hacen! —exclamó Gisborne.

—Comprueba si está sudando —dijo Mowgli.

Gisborne posó una mano en el lomo húmedo.

—Ya está bien —dijo Muller.

—Ya está bien —repitió Mowgli, y una roca a su espalda le devolvió las palabras.

—Es rarísimo, ¿verdad? —dijo Gisborne.

—No, *rarrrísimo* no, tan solo una *marrravilla*… una auténtica *marrravilla*. ¿No lo comprende aún, Gisborne?

—Debo confesar que no.

Bueno, entonces vale más que no se lo explique. El chico dice que algún día se lo enseñará. Si yo se lo explicara, sería *crrruel*. Lo que no entiendo es por qué no ha muerto. Ahora escúchame tú. —Muller se colocó frente a Mowgli y habló en lengua vernácula—: Soy el jefe de todos los *rukhs* de la India, y de otros que se encuentran más allá de las Aguas Negras.[20] No sé cuántos *hombrrres* hay a mis órdenes, tal vez cinco mil, o tal vez diez mil. Tu *trrrabajo* es este: no vagabundearás más arriba y abajo por el *rukh* ni trasladarás animales por diversión o para que los vean, sino que me *servirrrás* a mí, pues yo soy el gobierno en lo que concierne a Bosques y Selvas, y vivirás en este *rukh* como guardabosques; te *llevarrrás* las cabras de los aldeanos cuando no exista una orden de que pasten en el *rukh*; y cuando deban hacerlo, las guiarás hasta él; te *encargarrrás*, pues puedes

20. En hindi *kala pani*, un término utilizado por los hindúes para designar el mar. Se creía que quienes cruzaban las Aguas Negras perdían la casta.

hacerlo, de mantener a raya a los jabalíes y los *nilghais* cuando haya demasiados; le dirás al sahib Gisborne por dónde anda el tigre y qué hace, y qué clase de caza hay en el bosque; y *avisa-rrrás* de todos los incendios del *rukh*, porque tú puedes avisar antes que nadie. Por ese trabajo se te pagará todos los meses con plata, y al final, cuando tengas una mujer, y ganado, y tal vez niños, recibirás una pensión. ¿Qué respondes?

—Es justo lo que yo… —empezó Gisborne.

—Mi sahib me ha hablado de ese empleo esta mañana. He caminado todo el día en solitario para pensarlo, y tengo una respuesta. Trabajaré si el empleo es en este *rukh* y no en otro; con el sahib Gisborne y con ningún otro.

—Así será. Dentro de una semana *llegarrrá* el documento en el que el gobierno se *comprrromete* a pagarte la pensión. Después, *vivirrrás* en la cabaña que el sahib Gisborne te indique.

—Precisamente de eso quería hablarle —dijo Gisborne.

—No es necesario; salta a la vista. No habrá nunca otro guardabosques como él. Es *extrrraordinario*, Gisborne, se lo digo yo. Algún día lo *descubrrrirá*. Escuche: ¡es hermano de sangre de todos los animales del *rukh*!

—Me quedaría más tranquilo si lo entendiera.

—Todo *llegarrrá*. Le digo que en todos los años que llevo de servicio, y son *trrreinta*, he conocido un solo caso como el de este chico. Y murió. A veces se oye hablar de ellos en los informes del censo, pero todos mueren. Este está vivo, y es un *anacrrronismo*, porque es de antes de la Edad de Hierro y de la Edad de *Piedrrra*. Fíjese, se encuentra al *prrrincipio* de la historia del *hombrrre*: es Adán en el Paraíso, ¡y ahora solo nos hace falta una Eva! ¡No! Este es mayor que el chico del cuento, al igual que el *rukh* es más antiguo que sus dioses. Gisborne, ahora soy pagano del todo.

El resto de la larga velada, Muller no paró de fumar, con la mirada perdida en la oscuridad, mientras sus labios musitaban múltiples citas, y su cara se teñía de asombro. Se marchó a la tienda, pero volvió a salir con un majestuoso pijama rosa. Estas fueron las últimas palabras que Gisborne le oyó dirigir al *rukh*, pronunciándolas con un énfasis tremendo, a través del profundo silencio de la noche:

> *Vestimos* nosotrrros *suntuosos trajes;*
> *tú, desnudo, eres noble de antiguo.*
> *Libidina era tu madre y* Prrríapo, *tu padre,*
> *un* grrriego *ser divino.*[21]

—¡Ahora sé que, pagano o *crrristiano*, nunca conoceré los intríngulis del *rukh*!

Una semana más tarde, era medianoche en el bungalow de Gisborne cuando Abdul Gafur, encendido de rabia, se plantó a los pies de su cama y le pidió susurrando que se despertara.

—Arriba, sahib —masculló— Arriba, y coja su arma. Yo ya no tengo honor. Arriba, y mátelo usted antes de que alguien lo vea.

El hombre tenía la cara muy cambiada, tanto que Gisborne se lo quedó mirando como un tonto.

—Por eso me ayudaba a pulir la mesa del sahib, ese salvaje descastado, y a recoger agua y a desplumar las aves. Se han escapado juntos, a pesar de los azotes; y ahora estará rodeado de sus demonios, arrastrando el alma de ella al averno. ¡Arriba, sahib! ¡Venga conmigo!

Colocó un rifle en la mano de Gisborne, que aún estaba medio dormido, y casi lo llevó a rastras hasta la galería.

—Están ahí, en el *rukh*; desde la casa los tiene a tiro. Venga conmigo sin hacer ruido.

---

21. Interpretación libre de la séptima estrofa de «Dolores» (1866) de Algernon Charles Swinburne.

—Pero ¿quiénes? ¿Qué es lo que pasa, Abdul?

—Mowgli y sus demonios. Y también mi hija —dijo Abdul Gafur.

Gisborne soltó un silbido y siguió a su guía. Sus motivos tenía el criado para pegar a su hija por las noches, ahora lo comprendía. Y Mowgli también tenía motivos para ayudar en las tareas a un hombre cuya condición de ladrón había sido descubierta gracias a sus poderes, fueran los que fuesen. Además, en el bosque el cortejo es muy rápido.

Del *rukh* llegó el sonido de una flauta, que bien podría ser la canción de algún dios que vagara por los bosques. Cuando se acercaron se oyó un rumor de voces. El camino terminaba en un pequeño claro semicircular flanqueado en parte por hierba alta y en parte por árboles. En el centro, sobre un tronco caído, de espaldas a quienes lo observaban y con el brazo rodeando los hombros de la hija de Abdul Gafur, Mowgli, de nuevo con su corona de flores, tocaba una tosca flauta de bambú y cuatro enormes lobos bailaban sobre las patas traseras al son de su música.

—Esos son sus demonios —susurró Abdul Gafur, con un puñado de cartuchos en la mano.

Las fieras se detuvieron al oír una nota prolongada y trémula, y permanecieron quietos con sus ojos verdes clavados en la chica.

—Mira —dijo Mowgli, dejando la flauta a un lado—. ¿De qué quieres tener miedo? Ya te dije, valiente pequeña, que no dan miedo, y me creíste. Tu padre dice… Ay, si vieras cómo corría por el camino de los *nilghais*. Tu padre dice que son demonios, y por Alá que es tu Dios, no me extraña que lo crea.

La chica soltó una risilla, y Gisborne oyó que Abdul rechinaba los pocos dientes que le quedaban. No era esa la chiquilla vergonzosa que Gisborne había visto paseando por el recinto de su casa, en silencio y cubierta con un velo. Era otra, una mujer que había florecido de la noche a la mañana, igual que la orquídea florece tras estar una hora expuesta al calor húmedo.

—Estos son mis compañeros de juegos —añadió Mowgli—, mis hermanos, hijos de esa madre que me amamantó, como te dije cuando estábamos detrás de la cocina. Hijos de ese padre que me protegía del frío en la entrada de la guarida cuando era un niñito y andaba desnudo. Mira. —Un lobo levantó su hocico gris y dejó caer la baba en las rodillas de Mowgli—. Mi hermano sabe que estoy hablándote de ellos. Sí, cuando yo era pequeño él también era un cachorro y se revolcaba conmigo en la tierra.

—Pero has dicho que eras humano —susurró la chica, acurrucándose en su hombro—. ¿Eres humano?

—Claro, sé que soy humano porque mi corazón te pertenece a ti, pequeña.

Ella hundió la cara bajo la barbilla de Mowgli. Gisborne levantó la mano para refrenar a Abdul Gafur, a quien aquella maravilla le traía sin ningún cuidado.

Pero también fui un lobo entre lobos, hasta que llegó un día que en la selva me pidieron que me fuera porque era un hombre.

—¿Quién te pidió que te fueras? No puede ser cosa de un hombre.

—Los propios animales. No lo creerás pero así fue, pequeña. Los animales de la selva me pidieron que me fuera, pero estos cuatro me siguieron porque éramos hermanos. Luego, entre los hombres, aprendí su lenguaje y me hice pastor. ¡Je, je! El rebaño pagaba un peaje a mis hermanos, hasta que una mujer, una anciana muy querida, me vio una noche jugando con mis hermanos por los cultivos. Dijeron que estaba poseído por el demonio y me echaron del poblado a palos y pedradas, pero mis cuatro hermanos vinieron conmigo sigilosamente, sin que los vieran. Para entonces había aprendido a comer carne cocinada y a hablar con atrevimiento. Fui de poblado en poblado, corazón de mi corazón, haciendo de pastor, de cuidador de búfalos y de rastreador de animales de caza, y no había quien se atreviera a levantarme la mano dos veces.

Mowgli bajó del tronco y dio unas palmadas en la cabeza de uno de los lobos.

—Hazlo tú también. No son malos ni mágicos . Mira, te conocen.

—Los bosques están llenos de toda clase de demonios —dijo la chica con un escalofrío.

—Eso es mentira. Es un cuento —repuso Mowgli en confianza—. Yo me he tendido sobre el rocío, bajo las estrellas y en la oscuridad de la noche, y lo sé. La selva es mi hogar. ¿Tendría un hombre miedo de su propio tejado, o del corazón de su hombre una mujer? Baja y acarícialos.

—Son perros y están sucios —musitó ella, inclinándose pero sin acercar la cabeza.

—Cuando se ha probado el fruto, ¡se recuerda la ley! —dijo Abdul Gafur con resentimiento—. ¿Para qué tanto esperar, sahib? ¡Mátelo!

—Chist… Veamos qué ha pasado —dijo Gisborne.

—Muy bien —dijo Mowgli, deslizando el brazo de nuevo por los hombros de la chica—. Sean o no sean perros, me acompañaron por mil poblados.

—Ay, ¿y dónde tenías el corazón? Mil poblados. Has visto a mil doncellas. Yo que… que ya no soy una doncella, ¿tengo tu corazón?

—¿Por quién tengo que jurarlo? ¿Por ese Alá del que hablas?

—No. Por la vida que hay en ti, y me doy por satisfecha. ¿Dónde estaba tu corazón entonces?

Mowgli soltó una risita.

—En mis tripas, porque era joven y siempre tenía hambre. Aprendí a rastrear y a cazar, y enviaba a mis hermanos de aquí para allá como un rey a su ejército. Así llevé al *nilghai* hasta el tonto del sahib joven, y llamé a la yegua grande y gorda del sahib grande y gordo cuando dudaron de mi poder. Con la misma facilidad habría podido guiarlos a ellos. Ahora mismo… —alzó un poco la voz— ahora mismo sé que tu padre y el sahib Gisborne están detrás de mí. No, no salgas corriendo, porque ni siquiera diez hombres se atreverían a dar un paso. Recuerda que tu padre te ha pegado más de una vez. ¿Quieres que pronuncie una palabra y lo envíe a dar vueltas por el *rukh*?

Un lobo se levantó y enseñó los dientes. Gisborne notó que Abdul Gafur temblaba a su lado. Acto seguido, su sitio estaba vacío, y el gordo volaba a través del claro.

—Solo queda el sahib Gisborne —dijo Mowgli sin volverse—, pero he comido de su pan, y ahora estoy a su servicio, así que mis hermanos serán sus servidores para guiar la caza y llevarle las noticias. Escóndete en la hierba.

La chica salió corriendo y los altos tallos de hierba se cerraron tras ella y tras un lobo guardián que la seguía, y Mowgli volvió con sus tres servidores y se enfrentó a Gisborne cuando el funcionario de Bosques se acercó.

—Esta es toda la magia —dijo, señalando a los tres animales—. El sahib gordo sabía que quienes se crían entre lobos andan a cuatro patas durante un tiempo. Al tocarme los brazos y las piernas, descubrió la verdad que usted no sabía. ¿Aún le parece tan maravilloso, sahib?

—Sí, más maravilloso que la magia. ¿Estos lobos guían a los *nilghais*?

—Sí, igual que guiarían a Eblis[22] si yo se lo pidiera. Ellos son mis ojos y mis pies.

—Entonces, ten cuidado, no sea que Eblis lleve un rifle de dos cañones. Aún tienen algo que aprender, esos demonios tuyos, porque si se ponen uno detrás del otro, un par de tiros acabarían con la vida de los tres.

—Ah, pero saben que serán sus servidores en cuanto yo sea guardabosques.

22. Del árabe *«Iblis»*, el diablo en la mitología islámica.

—Guardabosques o no, Mowgli, has causado gran ver-güenza a Abdul Gafur. Has deshonrado su casa y has manci-llado su rostro.

—La verdad, se mancilló él solo cuando cogió el dinero, y aún más cuando, hace un momento, le susurró al oído que matara a un hombre desarmado. Hablaré en persona con Ab-dul Gafur, pues soy un hombre al servicio del gobierno y me corresponde una pensión. Celebrará una boda, sea cual sea la ceremonia; si no, se verá forzado a salir corriendo otra vez. Hablaré con él cuando salga el sol. Por lo demás, el sahib tiene su casa y esta es la mía. Es hora de seguir durmiendo, sahib.

Mowgli giró sobre sus talones y desapareció entre la hier-ba dejando solo a Gisborne. La indirecta del dios de los bos-ques no dejaba lugar a dudas, y Gisborne regresó al bungalow. Abdul Gafur estaba en la galería, preso del miedo y de la ira, profiriendo maldiciones.

—Tranquilo, tranquilo —dijo Gisborne zarandeándolo, pues parecía que estaba a punto de sufrir un colapso—. El sahib Muller ha nombrado guardabosques al chico y, como sabes, al final del servicio se cobra una pensión que paga el gobierno.

—¡No tiene casta, es un *Mlech*,[23] un perro entre los perros, un carroñero! ¿Qué pensión van a pagarle?

—Eso lo sabe Alá; y ya lo has oído: el daño ya está hecho. ¿Quieres pregonarlo al resto de los criados? Prepara el *shadi*,[24] date prisa, y la chica lo convertirá en musulmán. Es un buen partido. ¿No podías imaginarte que después de tus azotes se iría con él?

—¿Ha dicho que me perseguirán sus fieras?

---

23. Del sánscrito «*mleccha*», paria o marginado; según el Oxford English Dictionary, en la antigua India el término significaba originalmen-te «persona no aria o perteneciente a un grupo marginal; un bárbaro», y más tarde pasó a designar a una persona que no se adapta a las creencias y prác-ticas convencionales hindúess; un foráneo.

24. «Boda» en hindi.

—Eso entendí. Si es un brujo, no cabe duda de que tiene mucho poder.

Abdul Gafur permaneció un rato pensativo; luego olvidó que era musulmán y se echó a llorar aullando:

—¡Es un brahmán! ¡Y yo soy su vaca! ¡Arregle este asunto y salve mi honor si se puede!

Entonces Gisborne volvió a adentrarse en el *rukh* y llamó a Mowgli. La respuesta vino de muy arriba, y en un tono para nada sumiso.

—Cuida tus palabras —dijo Gisborne levantando la cabeza—. Aún estoy a tiempo de sacarte de ahí y cazaros a ti y a tus lobos. La chica debe volver a casa de su padre esta noche. Mañana se celebrará el *shadi*, de acuerdo con las leyes musulmanas, y luego podrás llevártela. Ahora devuélvela a casa de Abdul Gafur.

—Oído. —Hubo un murmullo de dos voces entre las hojas—. Muy bien, obedeceremos… por última vez.

Al cabo de un año, Muller y Gisborne cabalgaban juntos por el *rukh*, hablando de trabajo. Salieron de entre las rocas, cerca del río Kanye; Muller iba a unos pasos por delante. A la sombra de un espeso arbusto, yacía desnudo un bebé de piel morena, y un lobo gris asomaba la cabeza por la mata que había justo detrás. Gisborne llegó a tiempo de desviar hacia arriba el cañón del rifle de Muller, y la bala atravesó las ramas altas.

—¿Se ha vuelto loco? —bramó Muller—. ¡Mire!

—Ya lo veo —dijo Gisborne tranquilamente—. La madre anda cerca. ¡Por Júpiter, despertará usted a toda la manada!

Los matorrales se separaron de nuevo, y una mujer sin velo recogió al niño.

—¿Quién ha disparado, sahib? —le preguntó a Gisborne.

—Este sahib. No se acordaba de la familia de tu esposo.

—¿No se acordaba? Es posible, claro, porque a los que vivimos con ellos se nos olvida que son diferentes. Mowgli está cogiendo peces en el río. ¿Quiere verlo el sahib? Vosotros, maleducados, salid de los arbustos y atended a los sahibs.

Muller puso los ojos como platos. Se tambaleó sobre el lomo de la yegua encabritada y desmontó, al tiempo que cuatro lobos emergían de la selva y rodeaban a Gisborne con aire dócil. La madre del bebé estaba dándole el pecho, y los apartó cuando pasaron rozándole los pies descalzos.

—No se equivocaba con Mowgli —dijo Gisborne—. Quería decírselo, pero me he acostumbrado tanto a estas criaturas en los últimos doce meses que se me había olvidado.

—Bah, no se disculpe —dijo Muller—. No tiene importancia. *Gott im Himmel!*[25] «Yo *obrrro* milagros... y sabe Dios que ocurren de verdad.»

25. «¡Cielo santo!» en alemán.

Papel certificado por el Forest Stewardship Council®